KB140196

천년이 지나도 다시는 이런 꿈을
화산花山 높은 절벽 사해의 영혼들

역사장편소설

금술잔

下

고천석 지음

작가의 말

이『금술잔』엔 조선의 자랑스러운 사람들의 인품이 담겨 있다. 그리고 푸른 물결이 일렁이던 남쪽 바다에 7년간 불어닥친 폭풍우가 서려 있다. 장구한 역사적 사실을 이들이 가진 연회석을 빌려 하나하나 풀어내려고 한다.

아무리 세월이 흘러도 일본이 일으킨 잔악殘惡행위는 결코 잊힐 리 없다. 임진전쟁을 통해 일본의 야만적인 잔인성을 전 인류에 고 한다. 틈만 생기면 침탈을 해왔던 그들과는 달리, 인정이 도타운 조선 백성은 남의 나라를 넘볼 줄 모르고 평화롭게 살아왔다. 그럼에도 이 임진년 침략에서 수백만의 조선 백성들이 목숨을 잃었다.

이 전란에서 생명을 바친 이 "절의" 정신은 과연 어디서 비롯되었을까. 백성을 보살피고 임금에겐 충신이어야 한다는 소명의식이 강해서일까. 그런 정신적인 배경엔 대대로 이어진 가문의 혈통과도 무관치 않는 것 같다. 전쟁터에서 몸을 내놓은 이들은 저승죽은 사람들의 영혼이 산다는 세계에 있는 조상과 미래의 후손들을 염려했다. 이들이 생각한 가문의 가치는 생명에 버금가도록 중시했던 것 같다. 이들은 조상을 욕되게 할 수 없고, 가문을 절대 더럽혀서는 안 되었다. 후손들에겐 자랑스러운 선조가 되고자 하는 바람이 하나의 믿음으로 작용했던 것 같다.

오늘날엔 달콤하게만 여겨지는 "사랑"을 무한한 가치로 여길지 모르지만 당시엔 "충절과 효도"가 삶에 대한 지고의 선이었다.

'사랑'도 아닌 일만 악의 뿌리가 된다는 '부富'를 숭상하는 오늘의 사회현상과는 달라도 너무나 다르다.

우리가 이런 일을 혼동 망령을 부려서는 안 될 것이다. 마음의 중심이 비로 서 있는 사람만이 '충과 효'를 실천할 수 있었다.

이들은 모두가 나라의 은혜에 '충의忠義'하고 임무에 '충실忠實'했다. 따라서 신의에 '충절忠節'하고 하늘에 '충담忠膽'해 고결한 빛을 발했다.

여기에 소개된 인물은 문·무과에 장원으로 급제한 사람이 많다. 학문과 덕망을 두루 갖춘 이들로 대부분이 초시 또는 전시까지 통과한 신분들이다. 어느 시대에서도 추구하게 될 의로운 정신은 계속 추앙받아 마땅하다. 이들의 영예로움은 온 우주에 찬란히 그 빛을 발해 영원히 꺼지지 않을 것이다.

'충신', '열사'가 나라를 섬기다 국난을 당했을 때, 목숨을 바쳐 인仁을 이루는 것이 바른 도리라 했다. 그럼에도 나라에 '충절'을 부르짖던 많은 고위직 관리들이 나라가 위급한 지경에 놓였을 때, 그들 자신의 안위와 처자를 위해 숨거나 도망해버리는 경우가 더 많았다는 것을 임진사壬辰史는 증언하고 있다. 이런 이타심 없는 사람들이 들끓는 사회는 불행할 수밖에 없다.

"장부丈夫가 국란을 당할 때 한 번의 죽음이 있을 뿐, 어찌 구차하게 살길을 바라리오. 오늘 이곳이 바로 내가 죽을 곳이다"라는 확고한 의지의 표현들은 위급함에 처한 이들의 한결같은 마음이었다.

불의에 노할 줄 알고 의로운 일에는 생명까지 기꺼이 내놓았다. 나라에 대한 직접적인 책임이 있고 없고를 떠나 오직 나라를 지키고 백성을 보호하겠다는 어질고 자애로운 마음으로 기꺼이 싸움터로 향했던 것이다. 이들은 일상에서도 불의를 가까이할 줄 모르는 강직한 삶을 살았다. 물질에 마음을 빼앗기지 않았다. 남달리 깨끗함을 좋아하고 부정은 극단적으로 미워하는 성품들이다. 관리와 지방민들이 모두 이들을 기뻐하고 존경해 마지않았다.

천성이 강직하고 불의 앞에 굽힐 줄 모르는 품성이라서 남에게 헐뜯기고 때로는 임금의 몰이해로 미움을 사 수차례의 고문과 귀양살이에 시달렸으나, 풍전등화 같은 나라를 구하기 위해서는 우주보다 더 귀중하다는 목숨을 기꺼이 내놓는다.

여기 꿈 이야기는 파담자 윤계선이 쓴 『달천 몽유록㺚川 夢遊錄』에서 가져와 재구성했다. '옛사람의 절의와 고상한 문장에 이르면 책을 덮고 탄식해 흐느껴 눈물짓지 않은 적이 없다'는 파담자, 그는 의리를 사모하고 그들의 절개를 아름답게 생각한 사람이다. 그의 의로운 품성을 흠모한다.

진주 남강을 찾아 의암 바위에서 눈물겹게 강물을 바라보면서 제일 차의 승전의 감격은 잠깐 스쳐갈 뿐, 2차 전투에서 성이 함락되는 그때의 처절한 서사적 광경이 추상화처럼 떠올라 치를 떨었다. 탄금대를 돌아 달천 강변을 거닐면서 수세에 몰린 조선군의 숨 가쁜 진영과 강물에 뛰어드는 이들의 용맹함을 회상해보기 위해 지은이의 마음은 줄곧 그곳에 머물러야 했다.

충·효·의·열이 가장 대표적인 가문이라서, 부인들은 남편에 대한 '열녀'로서 목숨을 바치고, '효자'인 아들은 진중에서 아버지를 지키려다 적의 칼날에 도륙되었다. 노복들 역시 주인의 인품에 감복해 '의인'으로 인생을 전쟁터에서 마감했다.

전쟁에서 거둔 전공엔 다소 차이가 있을지언정 이들의 인품과 살신성인 정신은 추호도 다를 바 없었다. 이들은 더 많은 재물을 모으고 드높은 자리를 탐하는 것과는 거리가 먼 삶을 살았다. '어떻게 사는 것이 바른 삶인가!'를 깨닫게 해준 고매한 27인의 인격을 추앙한다.

2014년 9월
봉화 산기슭 우거에서
지은이

목차

3부

꿈을 깨고 나서

이 세상 천 년이 지나도 이런 시심이 담긴 꿈이 또 있을까, 이 꿈이야기를 해준 사람은 원래 유학儒學을 공부하는 사람이라서 세상일에는 어두운 선비였다. 그는 문과에 뽑혀 교리에 오르긴 했으나, 반평생 울안에 장막을 드리우고 역사를 읽어오면서 뜻이 높다는 옛사람의 절의와 고상한 문장에 이르면 책을 덮고 종종 탄식해 마지않았다.

의리를 사모하고 절개를 아름답게 여기던 그는 적 일본으로부터 나라를 지키기 위해 목숨을 내걸었던 이들을 접할 때마다 흐느껴 눈물짓지 않은 적이 없었다.

그는 꿈이 있기 전 수양首陽산 고사리를 꺾고, 푸른 연못을 길어 이십칠 위의 영혼 앞에 울며 간절히 호소했다.

그들의 절의와 타고난 의로운 성품을 마음에 그리며 사모했다고 이런 꿈이 가능할까. 늘 생각하고 절실하게 바란다면 아마 우주를 움직여서라도 분명 그 바람은 이루어지나 보다. 어쩌면 꿈에라도……

그는 간단한 음식을 차려놓은 화악華岳산에 올라 눈물겹게 남쪽 구름을 바라보면서, 이 원통한 마음과 매몰차고 사나운 기운이 하늘과 땅 사이에 막혀 답답해도 헤쳐 나갈 수 없었다.

천둥이 울리고 구름이 엉기고 슬프고 허전한 바람이 불어와도 그렇다고 노여워하거나 슬퍼할 일도 아니라는 것을 깨달은 것은 꿈을 꾸고 나서도 한참 후의 일이었다.

그 같은 이들의 재주로서 문文이 물러가고 무武가 필요한 때 어찌할 수 없는 사이에 밀어 닥친 나라의 위급한 때를 만났으나 군사들은 훈련도 제대로 받지 못한 상황에서. 비록 나라를 해치는 자들을 완전히 꺾지는 못했을지라도 결코 그들의 절의까지 일그러뜨리지는 않았다. 목숨을 초개같이 여겼기에. 혹 그들 중 한두 사람이라도 하늘의 수명을 연장, 오늘에 이르게 했다면 중국 춘추시대, 오나라 왕의 와신과 월나라 왕의 상담[1]처럼 후손들을 가르쳐 이 나라의 모든 군사를 동원할 수 있었을 것이다. 그때의 의군들의 사기가 얼마나 충천했을까! 하고 상념에 잠겨보았다.

그는 이제야 제문을 소리 높여 읊으며 영혼들을 힘차게 불러본다.

아, 이 지상을 한 번 떠나면 다시 돌아올 수 없는가. 가버린 일 따르기 어려운 곳이 어디 메인가.

높이 솟은 산, 푸른 물결이 사람을 가로막는 장막이던가. 북

---

1) 臥薪(吳王)嘗膽(越王); [일부러 섶나무 위에서 자고, 쓰디쓴 곰쓸개를 핥으며 패전의 굴욕을 되새겼다는 고사. 중국 春秋時代의 吳왕 夫差와 越나라 왕, 句踐 간에 끈질긴 싸움. 吳나라 왕 범려와 싸워 그를 죽였으나, 범려의 아들 夫差에게 월나라 왕은 회계會稽산에서 패해 사로잡힌다. 그러나 뜻을 굽히지 않고 20년을 고생하여 마침내 오나라를 쳐서 멸망시켰다. 일부러 섶나무 위에서 자고 쓰디쓴 곰쓸개를 핥으며 패전의 굴욕을 되새겼다는 구천句踐의 고사. '원수를 갚거나 어떤 목적을 이루기 위하여 괴로움을 참고 견딤'을 비유한 말.

두 앵돌아진(틀려서 홱 돌아가다) 벌판에 남극이 가로질렀음이던가!

우러러볼수록 높고 건너려 해도 깊어 그 끝을 알지 못하리니.

화산花山 높은 절벽 사해의 영혼들이시여!

'행여 이곳을 돌아보실 수 있다면 이 애끓는 소리를 들으소서! 그리고 이 소찬을 흠향하소서.'

그는 또다시 짙푸른 바다를 굽어보면서 힘차게 영혼들을 부른다.

'영령이시여! 영령이시여! 어이 어이 어이 이십칠 위의 영혼들이시여!'라고

1

松柏 같은 굳은 절개 宋東萊

동래성 안 백성들은 수런거리면서 웅성거린다. 성벽 위에 배치된 병사들도 일어서서 북쪽으로 사라져가는 이각과 박진 일행들을 멀거니 바라보고만 있다. **송상현**은 많은 사람들이 바다의 썰물처럼 성안을 빠져나가는 것을 맥없이 바라보고 있다.

"영감!"

홍윤관이 곁으로 다가온다.

"이거 아무래도 어려운 싸움이 될 것 같습니다."

그러나 그는 대답이 없다. 그래도 홍윤관은 말을 계속했다.

"병마사는 싸울 생각이 없고 성에는 지킬 군사가 없으니 무엇으로 저 많은 적을 대항하겠습니까?"

상현은 그를 다시 쳐다본다.

"그렇다면 달리 방책이 있으면 말해보시오."

"차라리 성을 버리고 뒷산에 오르는 것이 좋지 않겠습니까? 뒷산은 험준해서 지킬 만합니다."

"앉아서 죽으나 서서 죽으나 뭐가 다르겠소?"

그는 '성이고 산이고 어차피 지탱하지 못할 것'이란 생각은 추호도 변함이 없다. 그의 얼굴에는 모든 것을 체념한 자의 평화로움이 깃들어 있다.

"하기는, 그러고 말구요."

홍윤관도 수긍한 것 같다. 그야말로 큰 산이 무너지는데 작은 계책으로 막을 길은 없다. 차라리 여기서 모든 것을 청산해버리는 것이 좋을 것 같다. 떠들어대면서 이언함이 층계를 올라온다.

"이런 변이 또 있나. **부사** 영감, 어떻게 하실 작정이시오?"

상현은 한동안 그를 지켜보다가 말을 건넨다.

"조용히 해주시오."

"조용히?"

"적을 맞이하면 싸워야지요."

"싸우다니요? 무얼 가지고 싸운단 말입니까?"

이언함은 삿대질을 했다.

"영감은 요행을 바라고 있으십니까?" 중용中庸에 말하기를 군자는 순리로 행동하여 운명을 기다리고, 소인은 모험을 해서 요행을 바란다고 했소(君子居易以俟命 小人行險以徼幸)."

상현은 말없이 그를 바라만 보고, 이제는 홍윤관이 나선다.

"어떻게 하면 되겠소?"

"하, 조방장까지 이러시는군요. 되지도 않을 싸움을 하겠다는 것부터 요행을 바라는 것이 아니고 무엇이란 말입니까? 이 자리를 어서 피하셔야 합니다. **부사** 영감."

"되고 안 되고는 싸워봐야지요."

"그럼 **부사** 영감은 이 싸움에 이긴다고 보십니까?"

"나는 이길 것을 알고 있소."

"하, 공부자께서 뭐라고 말씀하셨는지 아십니까? 사람은 누구나 자기가 지혜로운 줄 알지마는 그물이 함정에 쓸어 넣으면 벗어날 줄을 모른다고 하셨어요(人皆曰預知驅而納諸罟獲陷穽之中而莫知辟也)."

"······."

"성현의 말씀에는 한 치의 어김도 없소이다."

어깨가 딱 벌어진 홍윤관은 이언함의 멱살을 잡아 흔들었다.

"당신은 문자를 좋아하는데 위급한 때에 도망이나 치려고 배운 문자요?"

"하······."

"도망치겠거든 혼자나 치시오."

홍윤관은 그를 구석에 내동댕이치고 층계를 내려간다.

"**부사** 영감, 내가 그래 도망칠 사람으로 보이십니까?"

홍윤관의 발자국 소리가 멀어지자 이언함이 털고 일어선다.

"다 일을 잘해보자는 것 아니겠소."

상현은 그를 호상에 앉힌다.

"나는 대의를 위해서 노심초사했소이다. 도중에서 돌아가려는 병마사를 대의로 설득해서 여기까지 오게 했고요."

그는 말문이 막히자 주먹으로 자기 가슴을 두드린다. 이런 때는 재주가 뛰어난 것도 병인가 보다. **상현**은 이 불치의 이언함을 성 밖으로 내쫓으려다 마음을 바꾸었다. 성내에는 지휘관이 태부족이니까.

"이 군수, 나와 함께 여기서 싸울 생각이 있소?"

"여부가 있겠습니까?"

"모두가 죽을지도 모르오."

"내가 혼자 살려고 안달하는 줄 알았습니까? 『맹자』에 이르기를, 생生도 내가 바라는 바요, 의義도 내가 바라는 바다. 두 가지를 다 얻을 수 없을진대 생을 버리고 의를 취하겠노라, 하시지 않았습니까生亦我所欲也義亦我所欲也二者不可得兼舍生而取義者也?"

이언함은 또 문자를 내세운다. 아무래도 믿음성은 없었으나 쫓아버리면 그렇지 않아도 이각의 도망으로 떨어질 대로 떨어진 병사들의 사기가 어찌 되겠는가.

"장하오. 그러면 좌위장左衛將은 동문으로 가 그곳을 지켜주시오."

"이 이언함의 눈에 흙이 들어가기 전에는 동문은 안심하시지요."

그는 어깨를 좌우로 흔들며 내려간다.

조방장 홍윤관은 이각이 남긴 병사 20명을 네 등분해 동서남북의 각 문에 5명씩 배치하고 돌아온다.

"급한 대로 이렇게 하는 수밖에 없습니다."

그들을 정점으로 성을 지킬 작정인가 보다. 그러나 동문에 이언함을 배치한 외에는 나머지 문을 맡을 장수가 없다.

상현은 홍윤관과 함께 성벽 위를 돌면서 의논 끝에 비장裨將(참모) 송봉수를 서문에 배치하고 북문은 홍윤관, 자기는 남문을 맡기로 했다. 무너지는 집을 거미줄로 얽은 듯했으나 그래도 허술한 모양새다. 그렇다고 달리 어쩔 수 있었느냐 하면 그렇지도 못하다.

성벽을 지키고 있는 병사들은 지나가는 그들을 힐끗 쳐다볼 뿐 말이 없다.

"조총이라는 것은 소리만 요란했지 별것이 아니다. 마음을 가라앉히고 활을 힘 있게 당겨라. 한 사람이 두 놈만 거꾸러뜨리면 2천 명을 잡는다. 2천 명만 쓰러지면 적도 물러갈 것이다."

상현은 전례 없이 여러 말을 했으나 병사들은 시큰둥해서 허공만 쳐다보고 있다.

"병마사 어른은 어디 가셨지요?"

의심의 눈초리로 묻는 병사가 있다.

"적이 오면 밖에서 치신다고 하셨다."

이런 대답을 하는 수밖에 없다. 남문으로 돌아온 **상현**은 관원들에게 타이른다.

"소와 돼지를 있는 대로 잡고 술도 몇 독 내다 병사들에게 먹여라."

시시각각으로 몰려오는 적들에게 숱한 죽음을 앞두고 그가 관내 병사들에게 베풀 수 있는 단 한 가지 배려라면 배려일 것이다. 중천에 떠오르는 달빛 아래에 김섬이 하인과 함께 늦은 저녁을 가져온다.

"내가 잊었구나. 너는 어떻게 할 생각이냐?"

상현은 바구니를 내려놓고 비껴 앉은 김섬에게 묻는다.

"……."

김섬은 마룻바닥을 내려다보기만 하고 아무런 대답이 없다. 이 박복한 여인의 짧은 생애에는 서광이 비칠 날이 없다. 이제 그녀 생애마저 참혹함 속에 막을 내리게 한다는 것은 차마 못할 짓이다. 그래도 그녀는 명색 자기의 소실이다.

"알아서 처신하도록 해라."

김섬은 잠자코 대신 술만 따랐다. **상현**은 천천히 잔을 비우고 다른 하인 곁으로 가까이 다가간다.

"너 혼자 청주淸州까지 찾아갈 수 있겠느냐?"

고향 청주에서 데리고 온 더벅머리 소년 윤현이다.

"예, 찾아갈 수 있습니다요."

윤현은 두 손을 모아 쥔다. **상현**은 아버지 복흥에게 편지를 쓰려고 붓을 들었다. 황해도 송화현감^{松禾縣監}을 거쳐 사헌부감찰 ^{司憲府監察}을 끝으로 고향에 돌아와 노후를 보내고 있는 중이다. 그러나 막상 쓰려고 생각하니 사연이 좀 구차스럽다.

> 무리진 달 아래 외로운 성
> 이 진영 구할 길 없는데
> 군신의 의리는 무겁고
> 부자의 은혜는 가벼운가 봅니다.
> (孤城月下 大鎭不救 君臣義重 父子恩輕)

붓을 놓고 지나간 일들을 돌아보니 눈앞이 흐리고 가슴이 멘다. 그는 침을 삼키고 부채를 접어 더벅머리 소년에게 준다.

"이 길로 청주에 가서 이 부채를 아버님께 전해드려라."

층계를 내려 뜀박질로 내려가는 윤현을 지켜보던 **상현**은 주먹밥을 집으면서 김섬에게도 권한다.

"우리 다 같이 먹자꾸나."

전에 없던 일이었으나 김섬은 스스럼없이 다가앉는다. 달을 바라보며 밥덩이를 씹던 김섬이 입안을 다 비워내고 비로소 입을 열었다.

"고마웠습니다."

그녀의 얼굴은 밝은 미소를 띤다.

"함흥으로 돌아가겠느냐?"

김섬은 대답이 없다. 그녀는 바구니에 그릇을 챙겨 가지고 일어선다.

"동행을 붙이지 못해 미안하구나!"

상현은 천천히 층계를 내려가는 김섬의 등 뒤에다 대고 한마디 했다. 마지막으로 마음에 걸리던 김섬의 일도 잘 해결되는구나 싶다. 이제는 부담 없는 마음으로 죽음을 맞이할 것 같다.

호상에 앉은 채 잠시 눈을 붙이려는데 말발굽 소리가 들리더니 곧바로 눈앞에 그림자가 드리운다. 오늘 새벽 양산으로 돌아갔던 조영규다.

"아, 오셨구먼."

상현은 일어서서 그의 두 손을 붙잡는다. 보내면서도 이 죽음의 구렁텅이로 다시 오리라는 믿음은 별로 같지 않았다. 그런데 그는 약속대로 지금 돌아왔다.

"미안하게 됐소."

조영규는 **상현**이 권하는 대로 호상에 앉으면서 손바닥으로 얼굴에 흐르는 땀을 훔쳐내고 말을 잇는다.

"부산성이 떨어졌다는 소식을 듣고 그냥 달려왔구먼요. 졸지에 군사를 더 모집할 겨를도 없고 해서 그만……."

그는 죽으러 온 것이다. **상현**은 그가 고맙기 이를 데 없다. 이각의 행동으로 조각이 났던 인간에 대한 믿음이 다시 살아난다.

"군사 몇 명 더 있고 없고가 문제는 아니오. 그래 자당은 어떻게 하셨소?"

"어머님께 하직인사를 드리러 갔다 온 셈이지요."

그에게는 어린 외아들 정노가 있었다. 노모와 아들을 고향 장
성長城으로 피난을 떠나보내고 돌아온다고 했다.

"그래 영감의 가솔은 어떻게 했소이까?"

"아버님은 고향에 계시니 그 걱정은 없소이다."

"부인과 자녀들 말이오."

"저기 내아(內衙: 관사)에 있는가 보오."

상현은 동헌에 붙은 내아를 눈으로 가리킨다.

"저런, 빨리 피하게 해야지요."

조영규가 일어섰으나 **상현**이 손을 잡고 말린다.

"그냥 두시오."

"그냥 두다니요?"

"이 **송상현**은 동래성의 주장이오. 백성들을 그냥 두고 자기
가솔부터 피하게 해서야 쓰겠소?"

"그럼, 백성들도 함께 피란시키시지요."

"그러면 졸지에 긁어모은 병사들도 다 흩어질 것이오. 성을
비워놓고 적을 맞아들이는 격이 되지 않겠소?"

"이것 참, 턱없이 피를 흘리게 되겠구먼."

"그렇게 됐소이다. 하나 피를 아낄 판국이 아니오."

"자녀들만이라도 피난을 시키십시다. 아니면 영감은 절손絶孫
이 된단 말이오."

"나는 뭇사람을 사지에 몰아넣는 운명을 타고난 사람이오. 핏줄이 깨끗이 없어져야 그 죗값을 할 것이오."

조영규는 그의 기세에 눌려 더 이상 권하지 못했다. **상현**은 말머리를 바꾼다.

"영감에게 부탁이 있소. 사람이 없어 내 비장을 우위장으로 서문에 배치했는데 영감이 대신 맡아줄 수 있겠소?"

조영규는 웃고 있다.

"여부가 있겠습니까. 놀러 오지는 않았으니까요……."

이로써 남문은 **송상현**, 동문은 이언함, 북문은 홍윤관, 서문은 조영규로 방비태세를 모두 갖춘 격이다.

조영규는 일어서서 한 발 내딛다가 돌아선다.

"이별주 한 잔 없겠소?"

"여기 있소이다."

그들은 김섬이 남기고 간 호리병을 기울여 한 잔씩 나눠 마신다.

"다음에는 아마 저승에서 만나게 되겠구먼."

한마디 남기고 조영규는 계단을 내려간다. 달빛이 내리는 처량한 밤에 능숙한 솜씨로 말을 달려가는 그의 뒷모습을 바라보면서 **상현**은 생각했다.

"조영규는 남아 대장부다."

이윽고 그는 팔짱을 끼고 깊은 잠에 빠져든다.

아침 하늘에 새털구름이 떠도는 늦은 봄의 날씨는 포근했다.

남문 다락 호상에 앉은 채 잠들었던 동래부사 **송상현**은 떠들썩한 소리에 눈을 뜬다. 바로 성 아래 초가집에서 첫닭이 울고 있다. 그는 주위를 둘러보았다. 먼동이 트는 하늘 아래 성 위의 병사들은 잠을 이루지 못해 부스럭거리고 있다. 그는 일어서서 성벽 위를 돌기 시작한다.

"사또 어른, 집에 잠깐 다녀오면 안 됩니꺼?"

열두 살 아니면 열세 살은 되어 보이는 앳된 얼굴이다.

"집이 어딘데 그러느냐?"

상현은 발길을 잠시 멈추었다.

"요 너머 반송골盤松이라요. 이 약을 어머니한테 갖다 줄락캄니더."

소년은 불룩한 주머니를 안고 있었다.

"약이라고 했느냐?"

"울 어머니는 이 약을 달여 묵어야 낫는 기라요."

병든 과부의 외아들, 약을 지으러 갔다 돌아오는 길에 마구잡이로 끌려온 것 같다.

"가보아라."

"휘딱 뛰어갔다 올 김니더."

소년은 일어나 허리띠를 졸라매고 주머니를 어깨에 걸머진다.

"돌아올 것 없다."

상현은 낮은 소리로 속삭이며 발길을 옮긴다.

오전 6시, 소수병력을 수비군으로 남기고 부산성을 떠난 일본군의 주력 1만 8천여 명은 고니시 유키나가, 소오 요시토시 등의 지휘 아래 동래성을 향해 진격을 개시한다. 추수가 머지않은 보리밭에는 제비들이 먹이를 찾아 창공을 가르며 날고 있다. 자기들이 제비 먹이의 대상이라는 것을 알 길 없는 고추잠자리들, 낮게 떠다니며 꿈속에 빠져 있다. 무한한 이 자연의 고요에 고니시 유키나가는 평화를 갈구하는 하늘의 뜻이 가슴에 사무치고 주를 등진 자신의 모습이 눈에 보이는 듯했다. 본심이야 어떻든 자기는 지옥의 길을 가고 있는 것이다. 어제 부산성에서는 도저히 상상할 수 없는 살상이 벌어졌다. 일본군은 인간이 아니라 사람 물어뜯기를 좋아해 공격하는 짐승이다.

성내에 몰려 들어간 병사들은 알 수 없는 소리를 외치며 남녀노소를 막론하고 무조건 칼을 휘두르고 짓밟는다.

"사라미를 죽여라!"

치마를 두른 여자들은 늙고 젊고 간에 사정을 두지 않는다. 집 안이고 길바닥을 가리지 않고 덮친다.

"사라미란 무엇이냐?"

조선말 같은데 동행한 이 통역사는 집 모퉁이에 주저앉아 두 손으로 얼굴을 가리고 대답이 없다.

"조선말로 인간을 사라미라고 합니다."

옆에 서 있던 가와 시게노부가 대답한다.

'사라미'는 개나 돼지에 비길 것도 못 된다. 개, 돼지는 때를 가려 먹기 위해서 잡는 것이었으나 이것은 그것도 아니다. 맹목적으로 그저 잡는 것이다. 그는 일본국 내에서도 여러 차례 전쟁에 나간 일이 있다. 군사들끼리 싸웠고 승부가 결정되면 그것으로 끝이다. 백성에게 고통을 주는 것은 비겁한 일, 있을 수 없는 일이다. 그러나 이번엔 그렇지 않다. 군관과 병사의 구분도 없다. 산에서 처음 인간 세상에 내려온 짐승들같이 한데 엉켜 무작정 날뛰고 돌아다닌다. 눈에 핏발이 선 그들을 막을 자는 아무도 없다. 부산성에서 흘러내린 피는 바다 쪽으로 강물처럼 흘러간다.

소동이 지난 후 성내를 돌다 시체더미에 숨어 있는 조선 백성이 눈에 들어온다. 동행한 병사들이 '사라미'를 외치며 달려들어 창을 겨누는 것을 막아선다.

"이것들은 내게 맡겨라. 물을 것이 있다."

'사라미'는 모두 3명이다. 뒤로 묶어 배로 이송하면서 심복에게 속삭인다.

"틈을 보아 방면해라."

1천여 명의 생명 중에서 겨우 3명을 구했다. 그것이 무슨 소용이냐? 오늘의 이 범죄는 영원히 하늘나라에 기록될 것이다. 고니시 유키나가는 크게 한숨을 내쉰다.

"스님, 지금 몇 시나 되었습니까?"

멀리 동래성이 눈에 비치자 그는 말고삐를 들고 옆을 달리는 게이테츠 겐소에게 묻는다.

"진시(辰時: 오전 8시)쯤 됐는가 봅니다."

게이테츠 겐소는 해가 솟아오른 동녘 하늘을 바라보고 대답한다.

상현은 동래성에서 부산성에 이르는 20리 길에 산모퉁이마다 척후병을 매복해두었다. 이른 아침부터 금정산의 봉수대烽燧臺에서는 검은 연기가 피어오르고 척후병들이 속속 달려온다.

"적이 구름같이 몰려오고 있습니다."

성을 한 바퀴 돌아온 **상현**은 남문으로 향하다가 발길을 바꿔 관아로 들어간다. 이 며칠 동안 만나지 못했던 가족들, 이승을 떠나기 전에 얼굴이라도 한 번 보아야 하겠다.

"이제 오시어요."

중간 문을 밀자 부인 이 씨, 두 손을 모아 쥐고 서 있다. 두 눈이 붉게 충혈된 것을 보니 밤을 지새웠나 보다.

"아이들은 어디에 있소?"

"건넌방에서 자고 있어요."

상현은 신발을 신은 채 건넌방으로 들어간다. 어린 남매가 이불을 걷어찬 채 세상모르고 잠들어 있다. 그는 안막이 흐려오는데 할 말도 없다.

눈길은 천장을 향해 한동안 쳐다보다 그대로 돌아선다.

"어떻게 할까요?"

이 씨가 그의 옷자락을 잡는다.

"사대부의 아내요. 인간이 살고 죽고 간에 깨끗해야 하지 않겠소."

"깨끗한 것도 좋지만 저 아이들은 어떻게 해야 합니까?"

결혼한 지 근 30년에 처음으로 말대꾸 비슷한 것으로 들린다. 그렇다고 지금 이 마당에 방책이라고는 찾을 수 없다.

"말씀을 해주셔요."

이 씨는 치맛자락으로 얼굴을 가리며 흐느끼고 있다.

"나는 지아비로도 또 어버이로도 쓸모없는 인간이었소. 알아서 해주시오."

그는 부인의 두 어깨에 손을 얹었다가 그냥 돌아선다. 대문을 나서려는데 함경도 고향으로 돌아간 줄 알았던 김섬이 울타리 옆에서 기다리고 있다.

"저도 함께 남문에 가면 안 되나요?"

"너, 으응…… 안 되지."

상현은 볼멘소리를 남기고 말에 올라 남문으로 달린다.

"웬일이냐?"

어제 밀양으로 돌려보낸 청지기 신여로가 서성거리고 있다.

"그저 예."

그는 머리를 긁적거린다.

"여기가 어디라고. 빨리 돌아가 어머니를 모셔라!"

"괘안십니더."

신여로는 물통을 들고 우물로 저벅저벅 걸어간다.

적은 동래성을 에워싸고 서서히 좁혀 들어오고 있다.

"저게 무엇일까요?"

비장 송봉수가 낮게 말한다. 남문 밖, 약간 높은 취병장_{聚兵場} 언덕에 몰려선 적 병사들이 큰 글씨가 적힌 판자를 높이 쳐들고 그 옆에는 가사를 걸친 중들이 목탁을 두드리고 있다.

'싸울 테면 싸우자, 싸우지 않으려거든 길을 빌리자<戰則戰 不戰則假道>.'

그것을 바라보던 **상현**은 도끼로 다락 한구석 판자를 찍어다 붓으로 써 내려간다.

'싸워서 죽는 것은 쉬우나 길을 빌려주기는 어렵다<死易假道難>.'

그는 쓰던 붓을 놓고 일어선다.

"이것을 쳐들어요."

송봉수는 적들이 잘 볼 수 있는 성벽 위에 나가 판자를 들고 외친다.

"이 날강도들아!"

크게 부르짖은 그의 목소리에 힘을 얻은 병사들도 따라 외친다.

"이 짐승만도 못한 놈들아!"

"이리들아!"

적은 북을 치며 조총을 쏘아대고 성 위에서는 하나둘 피를 토하고 쓰러져갔다. 일찍이 듣지 못하던 엄청난 폭음 소리에 병사들은 성가퀴에 움츠리고 머리를 들지 못했다. **상현**은 얼굴에 미소를 머금고 진영을 돌았다.

"잘한다. 그렇게 숨어 있다가 적이 가까이 오면 힘차게 활을 잡아당겨라."

그는 활을 들어 성벽에 달라붙는 적병을 연거푸 쏘아 거꾸러뜨린다.

"봐, 왜놈들 아무것도 아니다."

힘을 낸 병사들은 이런 위험한 상황에서도 잘 대처한다. 이중 삼중으로 둘러싼 적은 한 무리가 물러가자 또 다른 무리가 달려들고 이들이 물러서자 북이 울리더니 공격을 멈춘다. **상현**은 사방을 둘러보았다. 서문과 동문, 그리고 북문 쪽도 잘 대처하는 듯 이상이 없는 것 같다.

이런 때 소산 역으로 물러간 이각이 이끄는 부대가 측면 지원을 해주면 얼마나 좋을까. 적을 배후에서 공격하면 판세를 뒤집을 만도 하는데……, 행여나 하는 마음에 북쪽을 바라보았으나 아무런 기척도 없다. 공격을 멈추었던 적의 주력이 동쪽과 북쪽으로 이동하기 시작한다. 동래성은 동쪽과 북쪽이 산줄기와 맞닿아 있다. 적들은 고지에서 성안을 내려다보고 다시 공격을 시작할 태세다. 북문에 배치된 홍윤관은 용장이니 믿음직했으나 동문의 이언함이 좀처럼 믿음이 가지 않는다.

상현은 송봉수에게 남문을 맡기고 동문으로 말을 달린다.

"영감, 피곤하시면 내려와 쉬시오. 내가 대신 하리다."

다락을 쳐다보고 외치자 갑옷을 입은 이언함이 난간으로 상반신을 내민다.

"이언함을 어떻게 보고 하는 말씀이시오."

"그럼, 내가 실언을 한 것 같소. 좀 도와드리리다."

"당신의 남문이나 똑똑히 지키시오."

상현은 타고 있던 말 머리를 돌린다.

그가 사라진 후 이언함은 눈앞이 아물거린다. 동문 밖에는 엄청난 적이 몰려오고 북문에도 개미 떼처럼 기어올랐다. 총알이 날아왔다. 정말 우박같이 쏟아져 기둥이라는 기둥은 온전한 것이 없고 옆에서는 병사들이 연거푸 나동그라진다. 이것은 정상적인 싸움이 아니다. 이런 때 장수 된 자가 한마디 호령이 없을 수 없었으나 오금을 펼 수가 없다. 그는 반이나 굴러 층계를 내려온다. 이리저리 두리번거리다 성 밑 노송 그루에 머리를 박고 엎드린다.

'대의大義.'

가슴이 두근거리는 가운데서도 항용 입에 올리던 대의가 머리에 떠올랐다.

"그렇지, 선비는 대의에 죽어야 한다."

성가퀴에 움츠리고 그의 거동을 지켜보던 병사들이 키[箕]에서 쌀이 쏟아지듯 성 밑으로 쏟아져 뿔뿔이 흩어진다.

사이를 두고 장작 패듯 날카로운 음향에 이어 동문이 부서지고 함성과 함께 일본 병사들이 지근까지 몰려 들어오고 있다.

순간, 이언함의 머리에서는 대의가 사라지고 문자가 솟아올랐다.

'죽어서 대접을 받음은 살아서 괄시를 받음만 같지 못하니라

＜好死不如惡活＞.'

그는 일어서서 두 손을 번쩍 들었다.

"사라미!"

일본 병사들이 고함치며 빙 둘러싸는 것을 갑옷 입은 자가 창대로 가로막는다.

"너, 모양새로 보니 장수 같구나."

그는 통역을 불러 새우고 물었다. 이언함은 땅바닥에 눌어붙었다.

"장수가 아니고 하아, 울산군수 이언함입니다."

"군수? 딴짓 하다가는 네 몸을 토막 내버릴 것이다."

오랏줄에 묶인 이언함은 일본 병사들에게 엉덩이를 채이면서 성 밖으로 끌려 나간다.

북문에서 홍윤관과 몇 마디 주고받은 **상현**은 서문으로 말을 달리다 적의 함성에 고개를 돌린다. 동문이 뚫리고 적이 몰려들어 오고 있다. 그는 급하게 남문으로 돌아온다. 동문으로 들어온 적은 성난 파도처럼 함성을 지르며 온 성안을 장악하다시피 했다. 여태까지 그럭저럭 버텨오던 성 위의 병사들은 입을 벌리고 바라보다 활을 팽개치고 땅으로 뛰어내려 숨을 곳을 찾아 돌아갔다.

'악, 마지막이다.'

상현은 층계를 내려 신여로에게 일렀다.

"너, 집에 달려가 조복을 가져오너라."

기다리는 동안에도 적병들은 시시각각으로 몰려든다. 그는 신여로가 가슴에 안고 온 붉은 단령을 갑옷 위에 껴입고 북쪽을 향해 네 번 절한다. 나라와 임금께 하직을 고한 **상현**은 다시 층계를 올랐다. 이제 남문은 적 일본군의 홍수 속에 무너지다 남은 섬과도 같다. 마침내 남문도 뚫리고, 끝까지 지키던 4, 5명의 병사들은 적을 물어뜯는다. 그들의 칼에 맞아 모두 쓰러지고 말았다. 남은 것은 다락의 **송상현**과 송봉수, 그리고 신여로 세 사람이다.

적병 5명이 층계로 몰려 올라왔다. 세 사람은 칼을 빼어 들고 적과 혼전이 벌어진다. 한 명, 두 명, 내리쳤으나 신여로 다음에는 송봉수가 피를 뿜고 쓰러졌다. **상현**은 칼을 옆으로 휘두르고 이어서 연거푸 내리쳐 남은 두 명을 쓰러뜨린다.

"영감……."

뒤이어 층계로 올라온 것은 얼마 전에 특사로 왔던 대마도의 다이라노 시게노부다. 그는 뽑았던 칼을 칼집에 다시 꽂으면서 비켜선다. 피하라는 눈짓이었다.

"이것이 이웃나라 간의 도리인가?"

상현은 호상에 꼿꼿이 앉아 외친다.

"영감……."

머뭇거리던 시게노부가 이어서 말문을 열었다.

"성은 이미 떨어졌습니다. 얼른 피하시지요."

상현은 주위를 둘러보았다. 북문과 서문에 불길이 치솟고 성안 곳곳에 검은 연기가 솟아오르고 있다. 아마 홍윤관도 죽고 조영규도 죽었을 것이다. **상현**은 끝없는 나락으로 떨어져 내린 기분이다. 순간의 삶도 이렇게 역겨울 수가 있을까. 바로 그때 다. 층계가 떠들썩하면서 5, 6명의 적병이 또 몰려 올라온다. 그들은 시게노부를 밀치고 **상현**에게 달려들어 칼을 쳐든다.

눈을 감고 호상에 앉아 있는 그는 팔짱을 지른 채 꼼짝하지 않았다. 둘러선 적은 연거푸 칼로 난도질을 해댔다.

"이 노~옴."

쓰러졌던 **상현**은 몸을 일으키려다 재차 내려치는 칼질에 피를 토하고 다시는 움직이지 못했다. 그때 그의 운명은 당년 42세다.

"야~앗."

곰보로 보이는 장수가 함성과 함께 내려치는 칼날에 **상현**의 목이 댕강 잘리고 머리가 마룻바닥에 나뒹굴었다. 상투를 낚아챈 곰보는 잘린 목에서 피가 흐르는 머리를 대롱거리며 층계를 내리달리고, 나머지 병사들은 뒤를 따랐다.

"호~, 이놈이 적의 주장이라지?"

남문 밖 취병장에서 전투를 지휘하던 고니시 유키나가는 호상에 걸터앉아 거적 위에 놓인 **상현**의 머리를 내려다보았다. 헝클어진 두발과 수염 사이로 부릅뜬 두 눈, 그는 머리를 들려 곰보 이하 병사들을 칭찬하고 화강금花降金(金貨) 한 닢씩 주어 물러나게 했다.

"이것이 네가 전에 말하던 동래부사 **송상현**이냐?"

고니시 유키나가는 아직도 문루에서 서성거리던 시게노부를 불러다 물어보았다.

"그렇습니다."

고니시 유키나가로서는 화평을 논할 상대를 잃은 아쉬움이 없지 않았다. 자기의 힘으로도 어쩔 수 없는 일이었으나 **송상현**은 조선의 인물이었다. 조선 사람들의 마음을 누그러뜨릴 필요가 있었다.

"이 머리는 태합太閤(히데요시)에게 보낼 것 없다. 친척을 찾아 장사를 지내주어라."

시게노부는 통역들을 풀어 **상현**의 친척들을 찾아보았으나 난리 중이라서 찾지 못했다. 제 발로 걸어온 동래부의 관원 송백과 종 두 사람, 철수와 매동을 만났다.

"우리는 죽어도 좋으니 사또 어른을 장사 지내게 해주시오."

시게노부는 그들과 함께 **상현**의 시체를 수습해서 성 밖 밤나무 숲에 매장했다. 따라간 중 겐소는 목탁 소리와 함께 경을 외고 나무를 찍어 묘표墓標도 세운다.

'조선 충신 송공 상현지묘朝鮮忠臣宋公象賢之墓.'

동래성의 전투는 반나절로 끝이 나고 성내는 쫓는 자와 쫓기는 자의 수라장으로 변했다. 김섬은 대문으로 들이닥치는 일본 병사들을 피해 울타리를 넘어 뛰었다. 남문 **송상현**의 옆에 가서 죽을 것이다. 그녀는 **상현**이 이미 세상을 하직한 것을 알 턱이 없다.

"고노 야마하(이 가시나)!"

모퉁이에서 부딪힌 일본 병사가 그녀의 손목을 낚아채고 나머지 병사들은 저마다 한마디씩 했다

"벳핀다나(미인이구나)."

"고리야 모케모노다(이거야말로 횡재로다)."

머리채를 끌려 적진으로 간 김섬은 오욕 속에서도 사흘 낮과 밤을 항거하다가 그들의 잔인한 칼에 맞아 숨을 거둔다. 그래도 **상현**에 대한 신뢰감과 함께 그녀에 대해 연민을 느낀 일본 병사들이 있어 성 밖 **상현**의 무덤 옆에 그녀의 소원대로 묻힌다.

일본 병사들이 관사로 들이닥치자 상현의 부인 이 씨는 아이들 남매를 벽장에 숨기고 문을 막아섰다.

"이러지들 말아주시오."

"이건 뭐냐?"

흙이 묻은 장화로 내실로 들어선 일본 병사들은 어미와 아이들의 멱살을 잡아끌고 갔다.

"얀반노 아마아니 가키 도모다(양반의 여편네에 새끼들이다)."

병사들에겐 포상이 내려질 것이다. 온 성내는 적의 호통과 죽어가는 남녀의 울부짖음이 뒤범벅이 되어 산과 들을 진동했다.

동래성에서 죽은 일본 병사는 1백여 명, 조선 사람은 3천여 명이 무참히 학살당했다. 산 채로 적들에게 붙들린 남녀는 5백여 명, 끌려서 부산항으로 가고 있다. 배를 타고 일본으로 간다고 했다.

"왜 빨리빨리 못 걸어가고 있소까?"

끌고 가는 일본 병사들은 수시로 창을 휘둘러 내려치곤 했다. 사람들은 고꾸라졌다가도 다시 일어서서 걸음을 재촉한다.

"이것들, 굼벵이가 아냐?"

그래도 어쩔 수 없이 처진 노인들이 있다. 적병들은 엎어놓고 굽은 허리를 짓밟아 도랑에 처넣는다.

"우루사이조(시끄럽다!)"

어머니의 손에 끌려가면서도 다리가 아프다고 앙탈하는 어린 아이를 잡아채어 길가 논바닥에 거꾸로 처박아버린다.

양쪽에 하나씩 남매의 손을 잡고 가던 **송상현**의 부인 이 씨는 얼른 한 아이를 업고 또 한 아이는 품에 안았다. 그리고 비 오듯이 땀을 흘리면서 용케도 따라갔다.

충성을 한다는 것은 몸을 버리는 것보다 어려울 것 없다지만, 그 신하로서 충성하는 것보다 더한 것은 없었다. **상현**은 나라를 지키고자 죽음을 선택했으니, 의로움에서 그 근본을 찾게 되었다.

그 같은 의로움의 행위가 없었다면 하늘이 정한 인륜의 길을 어떻게 이어가고 **상현**과 같은 이들이 없었다면 그 누가 나라를 지켜낼까.

의를 실천하는 도리는 무엇일까. 죽음의 절개를 지킨 사람들을 생각하고, 그들의 업적을 높이 기리고 그들을 삶에 표본으로 삼는다.

그는 동래 충렬사 사당과 경내를 둘러보고 전시관에 들어선다. 전시관엔 안내자가 상주하여 방문객들에게 **상현**에 대한 자상한 이야기를 해주었다. 이야기를 듣고 나니 그의 덕행에 저절로 고개가 숙여진다.

먼 곳 사람들도 경의를 표하니 충성은 나라의 상서로운 일이 일어날 징조가 아닐까 싶다. 그의 의로운 행위가 세상의 가르침이 되고 나라에서는 의로운 사람을 표창을 한다.

세상의 모든 고난이나 고통의 길엔 인정이 많아 그가 죽으므로 나라에서는 그 후손에게도 연봉을 내린다.

그의 영혼을 위해 사당을 지어 재단을 만들고 나라를 위해 죽은 그에게 임금은 관료를 파견하여 제사를 지낸다. 그 행위에 따라 임금인 선조는 액자를 내걸고 죽음을 가볍게 여겨 충성을 다한 그가 세상의 본보기가 되었다고 예관들에게 타일렀다.

해운대 하늘 끝은 **상현**이 일찍이 노닐던 곳이었다. 경내에서 경건함을 가진 그는 슬퍼 동남쪽을 바라보며 수건에 가득히 눈물을 적신다.

사람이 지켜야 할 도리는 우주의 기둥과 같을 것이다. 그가 홀로 성을 지키다가 맞이한 그의 죽음은 결코 헛되지 않았다.

휘장 아래 그의 소실 김섬은 무엇을 배웠기에 고향으로 떠나라는 권고를 받아들이지 않고 주인 따라 함께 죽었을까.

그녀가 자란 가문의 빛이 덧보인다. 성현의 글을 터득한 선조들의 후광을 입었으리라. 이곳 천 리 변방 바닷가에 있는 충렬사를 참배하는 이들은 지금도 변함없이 **상현**을 칭송하고 있다.

그의 기개, 유물과 흔적들이 절절했다. 그는 향을 피우고 술을 잔에 따라 **상현**의 영전에 정중히 올린다.

5월 초인데도 일찍 시든 꽃이 있어 삭막한데, 무성한 숲 속에서는 둥지를 틀고 고락을 함께해온 새들의 우짖는 소리가 그윽하게 들려온다. 옛적 허원2)과 장순3)의 묘가 쌍으로 봉분된 것

---

2) 許遠
　　수양성을 지키던 수성 장군 장순의 부사령관이다. 장순이 그의 애첩을 죽여 병사들의 주린 배를 달래는 그러한 정신에 감동된 그는 집으로 돌아가 자신의 노복을 죽여 병사들에게 나눠 먹도록 했다. 모두 2, 3만 명의 사람들이 희생되어 가면서 항전을 하던 결연한 의지가 하늘을 뚫을 듯이 높았다. 그 어느 누구도 투항하려는 마음을 먹지 않았다.

3) 張巡[709~757]
　　그는 포주蒲州 하동(河東; 지금의 山西省 永濟縣 서쪽)에서 태어남. 755(唐, 天寶 14)년, 당 현종이 양귀비와 놀아나느라 실정을 거듭한 틈을 타 반란을 일으킨 북방의 절도사였던 안녹산은 30만 대군으로 수양성睢陽城(지금의 河南省 商丘市 남쪽을 겹겹이 포위했다. 바로 이때에 수성 장군으로 있던 사람이 장순, 그는 적은 병력으로 수많은 적을 살상하고 장렬하게 전사했다.
　　수양성의 군민들은 모두 죽기를 각오하고 항전하려 했으나 양식이 바닥나게 되니 민심은 동요되고 사기는 땅에 떨어졌다. 이러한 사실을 감지한 장순은 자신의 애첩을 군사들 앞에서 베어 죽이고 말했다.
　　"……양식이 바닥났는데도 모두 국가를 위해 충심으로 이 성을 사수하고 있으니 나는 이에 보답하기 위해 내 살을 베어서라도 여러분의 양식으로 나눠주고 싶은 것이 나의 본심이다. 그러나 나는 이 성을 지키는 주장으로 그렇게 할 수 없지 않는가. 까닭에 어쩔 수 없이 나의 애첩에게 나를 대신하게 하였다. 원컨대 나누어 먹기를 바란다."
　　이런 비장하기 이를 데 없는 말에 병사들은 눈물만 흘릴 뿐, 감히 먹으려 하지 않았다. 그러자 장순은 다시 강개한 어투로 말했다.
　　"만약 여러분이 먹으려 하지 않는다면 나의 애첩의 희생은 헛되게 되는 것이다. 모두 그녀의 고기를 먹어야만 그녀의 죽음 또한 가치가 있게 되는 것이다."
　　장순의 이러한 정신에 감동된 부사령관 허원은 집으로 돌아가 자신의 노복을 죽여 병사들에게 나눠 먹도록 했다. 그렇게 되니 성안의 여성들은 거의가 병사들의 양식으로 희생되었다. 이어 노인과 아이들도 희생되었다.
　　결국 이렇게 반란군에게 대항하여 6천 명의 병력으로 30만 대군을 맞아 400여 차례 전투를 벌였다. 12만 명의 반란군을 죽이면서 1년 가까이 지탱할 수 있었다. 그러나 끝내 성은 함락되고 장순과 그의 측근 36명의 부장들도 장엄하게 순절했다. 장순의

처럼 오늘 이곳에 와보니 **상현**과 정발은 같은 사당에 신주가 놓여 있었다.

어진 이를 벗으로 대하는 것은 옛날과 지금이 다를 바 없으나 때를 만남에는 앞뒤가 있다.

그는 그들을 존경하고 사모하는 마음으로 사당 본전 앞을 떠나기 전에 다시 두 번 절한다.

거칠게 부는 바람이 때로는 해운대 비린내를 거둘 것이다. **상현**과 정발의 충절은 천 년을 통틀어 봐도 우뚝할 것 같다.

얼마간의 시간이 흐른 뒤, 옛 사당엔 가을바람에 나뭇잎이 질 것이고 해운대 하늘에 정기가 돌아 별자리는 늘어만 갈 것이다. 강과 산에는 기운이 무성해 부산 시민들을 보호해주는 것 같다.

온 우주에 사무치는 일본의 치욕을 어느 때에나 씻어버릴까! 치 떨리는 분노에 머리털이 쭈뼛 솟아오르는 채, 동래산 위에서 남쪽 너른 바다를 바라본다. 하늘하늘 피어오른 적들이 피어내는 연기 자락에 피비린내가 이어질 것 같다.

인생살이 군이 장수長壽를 부러워할 게 뭔가. 한 번 죽으면 이승에선 풀에 맺힌 이슬처럼 꽃과 잎이 떨어질 텐데, 그 누가 **상현**처럼 목숨을 버릴까.

'사당 안 영령들이시여, 영원토록 편안하소서!'

입안에서는 안이한 인사말밖에 중얼거려지지 않는다. 남쪽 지

이 초인적인 항전은 반란군의 사기를 꺾고 진격을 늦추어 조정이 반격할 수 있는 시간을 벌게 했다. 그가 순절함으로써 나라에 기여한 공로는 매우 컸다(장순의 결사 항전한 이 사실은 『中國歷代珍聞奇談』에 전한다).

방, 이곳은 아주 오랜 옛적부터 이어져온 밝은 태양이 빛날 것 같은데, 당시 남쪽 변방에 다섯 째 별이 떨어진 것을 어찌할까. 성에 진입한 적에게 장부로서 어찌 몸과 마음에 안위를 바랄까.

만가⁴⁾의 물결이 바닷가 피비린내를 씻어버리리라. 충주 무덤에 오르니 매우 큰 쓸개가 경련을 일으킨다. **상현**은 이제 그들과 이별을 고하려 하늘 같은 아버지에게 띄운 편지 내용을 다시 음미해본다.

외로운 성은　달무리처럼 포위 되고	孤城月暈
이웃한 여러 진에는 도와줄 기척 없다	列鎮高枕
임금과 신하의 의리가 무거우면	君臣義重
아비와 자식의 은정은 가볍나	父子恩輕

죽기가 그렇게 쉬운가! 정말 그것을 쉽게 여긴 사람이 있었으니…… **상현**과 정발 같은 절의가 더욱 빛나 보였다. 빛을 발한 사우의 단청은 그야말로 해와 달과 함께 광채를 견줄 만했다.

그들의 의로운 충성심은 적에게 결코 굴복하지 않았다. 그들의 굳센 영혼, 끝내 어디로 회기 했을까! 사당 주위 대숲은 빽빽하고 수풀은 을씨년스러우나 사실 그 영혼의 겉옷만 청주에 잠들어 있었다.

당시 변방인 동래엔 태양이 비통하듯 빛을 잃은 것 같다. 그

---

4) **輓詞**: 죽은 이를 애도하여 적은 글. 또는 그 글을 명주나 종이에 적어 旗처럼 만들어 장사 때 들고 상여를 따라간다.

러나 지금의 동래와 청주는 **상현**을 위한 사당이 들어서 주변이 새롭게 단장되고 성역화되어 있다. 넓은 개천과 높은 산은 기상이 우뚝했다. 남쪽 비바람에 어진 일 이루던 날 서쪽 변방 병기들은 의로움을 상징하고 하늘의 복을 부르는 근본적인 도리가 마을 사람을 모여들게 하는 것 같다.

질푸른 하늘에 창검을 모아 영령을 호위해 북쪽 티 끝을 제거하리라. 아무리 유려한 시를 지어 읊어도 그들이 돌아오기를 기대할 수는 없다.

이제나 그때나 변함없이 물은 동으로 흐르고 해는 서편으로 기울어져 간다.

이 전쟁사를 기록한 서양인 신부, 프로이즈의 글을 찾아보니 '일본군이 화살의 겨냥을 빗나가게 하기 위해서 허수아비를 만들어 줄지어 세워두었지만 별로 큰 성과를 얻지 못했다'고 한다. 성을 지키는 병사들의 수가 적다 보니 많은 허수아비를 사람과 같이 옷을 입혀 새워두었던 것에 대한 실효성 여부를 평가한 글이다. 이 기록은 어디까지나 승자의 입장에서 기록된 것을 감안할 때 정확하게 기록되었느냐는 물음에 신뢰성이 떨어질 수도 있다.

일본군을 맞은 조선군은 2시간에 걸친 치열한 백병전을 벌인다. 백병전에서도 조선의 짧은 칼이 일본군의 긴 칼 앞에서는 여간 불리한 게 아니다. 그러나 조선 병사들은 용감하게 싸웠다. 그야말로 혈전이었다.

41세의 젊은 나이인 **상현**은 일본의 총칼 앞에 그렇게 죽어갔다. 그는 그런 장면을 연상해보았다. 그것은 분명 비극의 한 장면임을 외면할 수는 없었다.

그러나 비극은 여기서 멈추지 않는다. 부인 이씨는 안타깝게도 포로가 되어 일본으로 잡혀가는 불운한 처지가 되었는데, 그녀는 도요토미에게 올릴 선물로 보내진 것이다. 보내는 도중 그녀는 온갖 저항을 하며 일본군이 가까이 다가오는 것을 용납하지 않았다. 그녀는 도요토미 히데요시 앞에 가서도 슬프게 울기만 해 끝내는 이를 가엾게 여긴 도요토미는 부인과 함께 두 아이를 다시 조선으로 보내도록 지시한다. **상현**의 부인이 포로가 되어 일본으로 잡혀갔다가 2년 뒤인 선조 27년에 일본 장수 고니시 유키나가와 경상우병사 김응서[5])가 화친을 의논할 때 석방

---

5) 金應瑞[1564~1624]
　본관은 김해金海. 자는 성보聖甫. 초명은 김경서.
　조선 중기의 무신으로 임진란 때 많은 무공을 세웠다. 특히 평양 전투에서 큰 승리를 거두고 난 후 포도대장. 1613년 북로 방어사를 거쳐 이듬해 길주목사, 1615년 북병사. 1618년 평안병사에 임명, 같은 해 명나라에서 원군을 요청했을 때 부원수가 되어 1만의 군사를 거느리고 도원수 강홍립과 함께 출정, 후금과의 전쟁에서 강홍립이 항복하고 김응서도 체포되었다. 이로 인해 이듬해 양사兩司의 탄핵을 받았다. 적진에서 후금군의 정세를 기록한 일기를 적어 보내려다가 발각되어 피살되었다. 후에 우의정에 추증.
　그의 사당은 북한의 국보 문화유물 제142호. 임진란 당시 병마절도사로서 평양성을 탈환하는 등의 전공을 세운 김응서는 그의 고택으로, 16세기 중엽 이전에 건축한 것이다. 원래는 경사지 높은 계단 위에 ㄷ자형 행랑채와 一자형 사랑채, ㄷ자형의 안채와 사당 및 기타 부속 건물로 이루어진 目자형 집. 그러나 현재는 솟을대문과 안채의 일부만 남아 있다.
　높은 축대 위에 세워진 솟을대문은 정면 1칸, 측면 1칸의 겹처마 맞배지붕 건물이며, 가구는 3량가. 나무기둥 하부에 화강석을 다듬은 장대석 주춧돌을 받치고, 기둥 상

되어 돌아왔다는 기록이 프로이즈에 의해 쓰여 있었다.

상현이 순절하자 동래성은 더 이상 버텨내기가 어려웠다. 결국 좌위장 울산군수 이언성 등은 잔여병사를 거느리고 일본군에게 항복했다. 그러자 일본군들은 성안의 부녀자들을 모두 문루 위로 오르게 하고 기생과 악공을 불러다가 풍악과 춤을 추게 하면서 승리를 자축하는 술자리를 벌이었다. 전쟁에서 진 자는 피눈물을 흘리는 순간, 승자는 기뻐 날뛰며 환호성을 부르짖는 것이 전쟁의 모습이다.

> 서릿발 헤치던 어제의 풍성이 떠오른다.
> 애달파라 장대한 계획 언제나 이룰까.
> 오색구름 뜬 남쪽을 바라보며 촌각을 다툰다.

> 쓸쓸한 나그네 길 어언 변방의 요새에 머물러

부에는 익공을 짰는데 주택의 격식이 매우 높았음을 보여준다. 대문간 옆에는 행랑방과 마구간·곳간들이다.

9칸 행랑채의 왼쪽 편에 있는 솟을대문에 들어서면 가로로 긴 마당 안쪽에 사랑채가 있고, 그 오른쪽에 중문간 행랑채. 사랑채는 정면 6칸, 측면 1.5칸으로, 전면에 긴 툇마루가 있을 뿐 대청 공간 없이 모두 온돌방. 중문간 행랑채는 정면 3칸, 측면 1칸이고, 사랑채의 정면 왼쪽 담장에는 외부로 통하는 별도의 출입문이 있다.

행랑채 오른쪽 편에 있는 중문을 들어서면 안뜰을 중심으로 홑처마 맞배지붕의 ㄷ자형 안채, 몸채와 오른쪽 날개 채는 온돌방이고 왼쪽에는 2칸 부엌, 안채는 몸채와 날개채의 가구구조가 다른데, 몸채는 전퇴가 있는 5량이고 날개 채는 3량 가로 되어 있다. 전퇴 부분에는 툇마루가 설치되지 않았고, 기둥은 두리기둥과 사각기둥을 섞어서 사용. 안채의 오른쪽 날개 채 방들은 김응서가 쓰던 무기들과 목판들을 보관하던 곳이다. 안채의 정면 왼쪽에 열려 있는 곳으로 나가면 ㄱ자형 평면의 별채가 있고, 그 뒤쪽 별도의 담장 안은 사당 공간이다. 현재 북한 당국에서 복원사업을 추진하고 있다고 한다.

승려가 끓여 내놓는 죽을 보니 서울 생각이 난다.
서신 드물게 온다고 참동參同 계로 꾸짖고
풍우에 가을을 지나니 석실石室은 기울어든다.

포구의 물결을 흔드는 바람 성을 불어버리려 할 때
가까운 바다에선 언제나 고래를 본다.
한양에 있는 집엔 언제나 이르게 될지
궁궐에서 지내던 일 생각하면 한쪽으로 기울어져 눈물이 흐
른다.

봄길 나서다 날 저물어 용성龍城에 이르렀으나
송사의 문서 한가로워 비단 고래같이 누웠다.
둘러봐도 바다 위 떠도는 구름뿐 서로 아는 것 적어라
십수천 관의 술 누구를 위해 마셔볼거나!

　　시詩, 네 수는 1581(선조 14 辛巳)년 서울 통판通判(判官: 재판관. 종5품) 때
수성관輪城館에서 지었다. 이 외에도 기록으로 남겨진 시가 20여
수가 넘는다.

2

하늘이 돕지 않은 태산, 어찌 넘을까! 申判尹

신립은 경기도와 황해도, 이일은 충청도와 전라도에서, 2월 말 서울을 떠나 3월 한 달 동안 군사 검열을 실시한다. 오랫동안 두만강변 여진족을 상대해왔던 두 사람은 성城에 대해서는 언급이 없고 무기와 병력 위주로 보았다. 그들의 생각엔 야전에서 싸웠던 정황이 떠오를 뿐, 성의 공방전에 대해서는 안중에도 없었던 것 같다.

"이 화살촉이 녹슬었지 않느냐?"

신립이 지적한 호령이 한 번 떨어지면 결코 그냥 넘어가지 않는다. 책임 군관은 불려나와 볼기를 맞거나 재수가 없으면 목이 떨어지는 경우도 더러 있었으니까. 지방마다 무기에는 수량이 있고 병력은 정원이 있다. 무기의 수량은 별 걱정이 없다. 북방의 오랑캐들과 남쪽의 왜구들이 어쩌다가 소동을 부려도 변경의 한시적인 분란으로 막이 내려지곤 한다. 그런 가운데 조선의 평화는 2백 년을 지속해왔다. 조상 대대로 내려진 무기가 있다. 지난가을부터 겨울까지 백성들을 독려해서 만들어놓은 활과 화살촉, 갑옷과 투구가 즐비했다. 그래도 부족한 것은 야장들을 동원해서 두드려 맞추면 그만이었다.

문제는 병력의 숫자가 태부족이다.

"군병으로 나갈 것이냐, 군포軍布를 바칠 것이냐?"

가난한 백성을 제외하고는 베나 광목을 군포로 바치고 군병엔 나가지 않는 사람들이 많다. 오랫동안 화평 속에 지낸 조선 조정은 병력을 모아 밥을 먹이는 것보다 군포를 받아들이는 것이 실속이 있어 이에 역점을 둔 것이다. 물물교환시대에는 베나 광목은 무엇이나 바꿀 수 있는 화폐나 마찬가지다. 관원들은, 군병이 될 수 있는 한 나오지 않도록 하고, 군포를 더 많은 사람들이 내도록 권하는 편이다. 그러나 어떻게 된 일인지 법적인 숫자는 줄지 않는다. 그러니 군 병력 수는 문서상으로만 있고 실제는 없다. 검열에서는 문서상으로나 실질적으로도 일치해야 한다. 관원들은 이 고을 저 고을 돌아다니면서 농민들을 데려다 줄을 세운다. 그래도 모자라면 이쪽 진영에서 저쪽 진영으로 서로 빌려주곤 했다. **신립**의 검열은 준엄했다. 그는 특히 선조 임금의 신임이 두텁다. 조정에서나 벼슬아치들 모두가 나라의 기둥감으로 우러러보는 명장이다. 그가 있는 한 나라는 걱정이 없다고 생각했다. 일본이 쳐들어올 리도 없다고 굳게 믿고 있었지만, 만일에 쳐들어온다고 해도 그가 귀신처럼 막아낼 것이다. 거기다 그는 선조가 총애하는 인빈 김씨의 소생 신성군의 장인이 아닌가! 선조의 눈치로 보아 신성군은 세자로 책봉되어 장차 임금이 되리라는 것이 지배적 중론이다.

이런 **신립**의 위세는 이 조선에서 그를 능가할 자가 없다. 그가 가는 곳마다 지방관도 깊이 고개 숙여야 하고 백성들도 오금을 펴지 못한다. 권세가 무소불위한 그의 불같은 성정에 사소한 잘못도 용서는 없다. 긍정적으로 생각하면 원리원칙대로 업무를 처결하는 곧은 무장이다. 그러나 부정적으로 생각하는 사람들은 잔인하고, 또는 포악하다는 뒷공론이 없지 않다.

음음한 4월 달이다. 백성들은 스산한 마음이 어쩐지 일손이 손에 잡히지 않는다.

남산과 인왕산, 자하문 골과 북한산에도 진달래가 만발했다. 그런데 각각의 시냇물 가에는 백 수십 명의 청년들이 어울려 술판을 벌이고 있다. 술이 취해 북을 치고 굿판까지 벌인다. 때로는 대성통곡을 하다가도 알 수 없는 무당의 축원을 외친다.

　아침부터 밤늦게까지, 때로는 밤을 새워가면서 미치광이 짓을 일삼는다.

　　이 팔자
　　저 팔자
　　멋할 팔자
　　지린내 나는 봉사
　　고린내 나는 첨정
　　······
　　『선조실록』

　위의 노랫말 가운데 봉사와 첨정은 벼슬의 이름을 말하고, 매관매직을 풍자한 노래다. 정체를 알 수 없는 이 미치광이놀이를 세상에서는 등등곡登登曲이라 했다. 패거리마다 두목이 있는데, 두목은 난봉꾼으로 이름난 정효성, 백진민 등 수십 명, 모두가 명문자제들이다. 감히 누구도 이를 나무라는 자가 없다. 이에 장구 치고 북 치듯 덩달아 백성들도 놀아난다. 『정감록』에는 오래지 않아 세상은 멸망된다고 전한다. 전국 어디에서고, 산과 들에서는 백성들이 술을 마시고 춤과 노래로 하루가 지난 줄을 모르고 있다.

　그러던 4월 1일.

　지방의 군사 검열을 마치고 한양으로 돌아온 **신립**은 선조에게 보고하고 좌의정 유성룡 집을 인사차 방문했다.

"그동안 수고가 많았소이다."

대문까지 손수 마중 나온 유성룡은 그를 반갑게 맞이하며 인사말을 건넸다. 그를 사랑채로 맞이해 술상을 사이에 두고 마주 앉았다. 훤칠한 키에 우람한 체구인 **신립**은 검게 탄 얼굴에 미소를 감추지 않았다. 권하는 술은 거침없이 받아 마셨다.

"이번에 둘러보신 결과는 어떻습디까?"

"그런대로 무난했습니다."

"일본이 쳐들어온다고 큰소리들을 치는데 그것을 믿는 사람들이 있습디까? 그러더라도 만약 왜놈들이 밀려온다면 장군께서 그들을 저지해야 할 텐데……" 하며 유성룡은 말끝을 맺지 못한다.

"걱정하지 않아도 됩니다."

"일본은 조총이라는 것이 있다고 합디다."

신립은 잔을 비우자 얼큰한 안주를 입으로 가져가면서 시답지 않게 생각했다.

"조총이라는 것이 있다 한들 어디 그것이 쏘는 대로 다 명중하겠습니까."

그는 자신만만한 표정이다.

그해 임진란이 발발하자, 일본군이 파죽지세로 진격해올 때 **신립**은 순변사로 임명된다. 부장 **김여물**과 함께 80여 명의 군관과 시정 백도 수백 명을 모병해 서울 한양을 떠나 충주로 내려간다. 적을 물리치고자…… 부장 **김여물** 등이 주장한 조령(문경세재)의 지리적 이점을 이용한 방어진지를 구축하자는 건의를 받아들이지 않고, 충주성의 서북 지역에 있는 달천 부근의 평야에서 남한강을 뒤로 둔 배수진을 치고, 기병을 이용한 정면 돌파하는 전투를 전개한다.

고니시 유키나가를 선두로 한 일본군의 대대적인 공격 앞에 중과부적으로 패배, 탄금대로 물러난 후 물속에 투신한다. 그가 왜 조령의 천연적 방어 진지를 버리고 달천에 진을 쳤는가에 대해서는 그의 무장으로서의 능력이나 인물됨과 관련해 후일 여러 사람에 의해 논란이 분분했다.

문경새재를 지나 탄금대를 돌아보면서 오래전부터 즐겨 암송했던 정다산의 시 <탄금대를 지나며>가 떠올랐다.

험준한 재 다 지나고 대지가 훤히 트이더니
강 한복판에 불쑥 탄금대가 튀어나왔네.
신립을 일으켜 얘기나 좀 해봤으면
어찌해 문을 열고 적을 받아들였을까.

회음이 만약 성안 위치에 있었던들
무슨 수로 적치敵治의 정현을 통과했으리
그때 우리는 한漢이었으면서 조趙가 쓰던 꾀를 썼으니
뱃전에 표했다가 칼 찾으러 나선 멍청이로세

기 휘둘러 물 가리키며 물로 뛰어들었으니

목숨 바쳐 싸운 군사들이 그 얼마나 가련한가!
지금도 밤이면 도깨비불이 출몰해
길손들 간담을 섬뜩하게 만든다네.

시를 지은 다산은 <사기 회음 후 열전> 이야기를 예로 들어 말한 것인데, **신립**이 한신[6]만큼 지략이 있었던들 일본군이 충주를 함락하지 못했을 것이라는 안타까움을 토로한 것이다.

사실 한漢나라의 회음 후 한신은 장이와 함께 불과 수만의 병력으로 조趙나라를 공격하기 위해 정형井陘으로 향하려고 했다. 이때 조나라 왕과 성안군 진여는 군대를 정형입구에다 집결시킨다. 이를 불가하게 여긴 광무군 이좌거가 반대했으나 듣지 않고 정면으로 싸워 이기려고 했다가 결국, 한신의 계략에 속아 조나라는 망하고 진여는 참형을 당한다는 고사인데, 회음 후가 성안에 안주하고 있었다면 무슨 방법으로 조나라의 그 많은 병력을 무찌르고 통과했으리라는 말을 떠올리지 않았을까 싶다. 이야기가 나온 터에 한신에 대한 고사를 이야기하고 나가도 괜찮지 않을까 싶다.

한신은 젊었을 때부터 집이 가난하고 관리로 뽑히지도 못한 터라 여러 사람에게 빌붙어 생활하다 보니 사람들이 그를 업신여기고 싫어했다.

---

6) 韓信
   한신은 회음淮陰 사람이다. 한신은 왕족이 아니었다. 다만 한신과 동명이인인 한왕 신이 있는데, 이 사람과 한신이 혼동되어 가끔 한신이 왕족이라 생각하는 사람들도 있을 것이다.

하루는 한신이 굶주린 채 낚시를 하고 있었는데, 한 아낙이 그곳을 지나가다가 한신이 불쌍해 보여 식사를 제공한다. 한신이 말한다.

"반드시 은혜를 갚겠습니다."

그 아낙은

"당신이 생활능력이 없기에 식사를 제공했을 뿐인데 내 어찌 보상을 바라겠습니까!"

라며 언짢아했다.

또한 회음의 건달들도 한신을 업신여겨 그중 하나가

"네가 칼을 즐겨 차고 있지만 겁쟁이가 아닌가. 나를 찔러보라. 그렇지 않으면 바짓가랑이 밑으로 기어가거라."

한신은 그를 한참이나 바라보다가 바짓가랑이 사이로 기어갔다. 이래서 사람들은 모두 한신을 겁쟁이라고 놀려댔다.

당시 항량은 회계에서 은통을 죽이고 궐기해 회수를 건너 초나라 땅에 이르렀는데, 한신이 그를 쫓아가 그의 부하가 되었으나 발탁되지는 못했다. 항량이 살해당하고 항우가 그 뒤를 이었다. 한신이 자주 항우에게 계책을 올렸지만 항우는 한신의 계책을 채용하지 않았다.

이후 한신은 한나라 왕 유방을 따라 관중에 들어가 임관을 바랐지만, 유방 역시 그를 등용하지 않았다. 소하가 한신과 만나 오랜 시간을 이야기한 끝에 한신의 재능을 알아보고 그를 유방에게 수차례 천거했지만, 유방은 그를 군량을 담당하는 관리로 임명할 뿐이다. 당시 한나라 군대에서는 탈주병이 많았다. 한신도 자신의 재능을 알아주지 않는 유방을 떠나 도망을 치게 된다. 그래서 소하는 단기로 한신을 쫓아 그를 붙잡은 뒤, 유방에게 돌아가 알현한다. 유방은 매우 화를 내었다.

"승상인 자가 도망을 치다니 어찌 된 일인가?"

소하를 꾸짖는다. 그러자 소하가

"제가 도망을 친 것이 아니라 도망간 자를 붙잡은 것입니다."

다시 유방이 묻는다.

"그대가 쫓은 자는 누군가?"

"한신입니다."

유방은 소하의 말을 믿지 않고 그를 꾸짖으며 말한다.

"여태껏 도망친 자가 수도 없이 많았는데, 그대는 한 번도 쫓지 않았소. 근데 한신이 도망친 것을 붙잡으려 했다니 이는 거짓말이 아닌가?"

"그렇지 않습니다. 다른 자들은 필부에 지나지 않겠지만 한신은 국사國士라 할 수 있겠습니다(국사무쌍). 대왕께서 이 남정 땅에 오래 머물고 싶으시면 그를 등용하지 마십시오. 그러나 장차 관중으로 나아가 항우와 천하를 다투고자 하신다면 그를 등용하셔야 합니다."

유방은 탄식하며 말한다.

"나도 항우가 나를 이 파 촉으로 쫓아낸 원한을 잊은 게 아니오. 항상 동쪽으로 진출하려는 생각을 품고 있소. 그대가 그렇게 말한다면, 내 한신을 대장으로 등용하겠소."

이에 소하가 유방에게 간청한다.

"대왕께서는 대장들을 업신여기기 때문에, 지금 한신을 임명하는 것도 마치 어린아이 놀듯 하려 하십니다. 이 때문에 한신은 도망했던 것입니다."

유방은 단을 쌓고 예를 갖추어 한신을 대장으로 임명한 뒤, 그를 불러 한동안 이야기를 나눈다. 마침내 유방은 한신을 가리키며,

"내가 한신을 얻은 것이 너무 늦었구나."

라고 했다. 그리고 한신에게 명하여 진창의 잔도를 지나 관중을 습격하게 했다. 관중의 삼진 왕(장한 사마흔 동예)이 모두 대항했지만 한신을 당할 수 없었다. 유방은 관중을 평정했고, 낙양에서 각지의 제후들을 소집해 56만이란 군대를 모아 초나라의 팽 성으로 진격한다. 그러나 이 싸움에서 유방은 기습을 당해 대패했다. 그는 간신히 몸을 빼내어 서쪽으로 달아나게 되었다. 이러자 천하의 제후들이 조금씩 유방을 배반해 다시 항우의 편에 서게 되었다. 얼마 뒤, 위 왕 표가 배반해 군사를 일으켰다. 유방이 한신을 대장으로 세워 위나라를 공격했는데, 이때 좌우를 둘러보며 묻는다.

"위나라 대장이 누구인가?"

"백직입니다"라고 신하가 대답하자, 유방은

"입에서 젖비린내가 나는구나. 어찌 우리 한신을 당하겠는가."
라고 했다. 여기서 나온 고사가 '구상유치口尙乳臭'이다.

한신이 군대를 거느리고 위나라를 공격해, 도하를 하는 척하
다가 길을 바꾸어 공격하니 위나라 군대는 크게 패한다. 한신은
곧이어 유방에게 사자를 보낸다.

"신에게 3만 군사를 주시면 조나라와 제나라, 연나라를 토벌
한 휘 대왕과 합류하겠습니다."
유방은 기뻐하고 한신의 계책을 받아들인다. 한신이 군대를 거
느리고 조나라를 공격했다. 광무군 이좌거가 조왕에게 한신의
보급로를 끊으라고 진언하지만, 성안군 진여가 이를 받아들이
지 않는다. 한신은 이 사실을 듣고 매우 기뻐하며 군대를 내어
진여와 싸워 배수진을 친다. 진여는 한신의 계책에 속아 공격을
감행했다가 크게 패하고 살해되었다. 승리를 거둔 뒤 제장들이
한신에게

"병가에서 '산을 오른쪽에, 물은 앞쪽에 두라'라고 했는데 오
늘 물을 등지고 싸워 이긴 까닭은 무엇입니까?"
라고 묻자, 한신이 대답한다.

"이것도 병법에 있습니다. '죽을 땅에 이른 뒤에야 살길이 있
고, 망하는 땅에 있어 본 뒤에야 존재할 수 있다'라고 했습니다.
그리고 오늘 나의 군사는 훈련도 제대로 받지 않은 저자거리의
사람들을 모아 쓴 것이니, 그들을 물가로 몰아넣지 않는다면 다

달아나 싸우려 들지 않았을 것입니다."

　제장들은 한신의 말을 듣고 모두 탄복했다.

　한신은 조나라를 평정한 후 이 좌거를 생포해 그의 의견을 듣는다. 광무군은 더 이상 진격은 하지 말고 휴식을 취한 뒤, 말로써 연나라와 제나라를 달래는 것이 좋겠다고 간언한다. 한신은 이를 받아들여, 새로이 조왕에 봉해진 장이와 함께 조나라에 머물고 있다.

　얼마 뒤, 유방은 항우와 싸우다가 크게 패해 성고까지 몰리게 된다. 다급해진 유방은 성고를 탈출하여 조나라에 이른 뒤, 잠을 자고 있던 장이와 한신의 인수와 군대를 빼앗은 뒤, 한신에게 명하여 조나라에서 군대를 징병하여 제나라를 공격하라고 했다.

　그러자 한신은 군대를 이끌고 제나라를 향해 진격했다. 이미 제나라는 유방의 모사 역이기의 설득을 받아 한나라에 항복한 상태다. 한신이 군대를 돌리려 하자 한신의 모사 괴철이 말한다.

　"장군은 조나라를 힘으로 빼앗아 50여 성을 얻었는데, 역이기는 말로써 제나라 70여 성을 얻었으니 장군의 공적이 역이기의 세 치 혀만 못한 것 아닙니까? 그리고 한나라 왕이 장군께 제나라를 공격하라고 했지 멈추라는 말은 없었으니, 그대로 진군하셔야 합니다."

한신은 괴철의 의견을 받아들여 제나라로 진군했고, 제왕은 역이기를 살해한 후 초나라에 원병을 요청한다. 항우가 용저를 대장으로 삼아 제나라를 구원하게 한다. 한신이 용저와 싸워 그를 살해하고 군대를 격파했다. 제나라는 어쩔 수 없이 항복한다. 이때 한신은 유방에게 사자를 보내 자신을 제왕으로 삼아줄 것을 부탁하자 유방이 이를 수락한다.

한나라와 초나라의 싸움은 처음에는 초나라가 압도적이었지만, 점차 한나라의 세력이 초나라를 압도하기 시작했다. 항우는 무섭을 보내어 한신에게

"그대가 한나라 왕을 배반하여 초나라와 연합한다면, 왕이 될 수 있는데 왜 그렇게 하지 않습니까?"

라고 설득하자, 한신은 이를 사양한다.

"항우가 저를 중용하지 않아 저는 항우를 떠났던 것입니다. 그런데 유방은 저의 계책을 잘 받아들였으며, 저를 대장에 임명하고 좋은 대우를 했습니다. 지금의 제가 있는 것은 유방 덕택이니, 그를 배반할 수는 없습니다. 공은 부디 항 왕께 잘 전해주십시오."

라고 대답했다. 무섭이 떠난 후 괴철이 한신에게 천하를 삼분해 왕이 될 것을 간청했지만, 한신은 다시 이를 거부했다. 괴철이 며칠 뒤 다시 말하지만, 한신의 마음은 변하지 않았다. 이에 괴철은 한신의 곁을 떠나고 말았다.

항우와 유방은 오랜 싸움에 지쳐 홍 구를 경계로 화평을 맺

게 된다. 그러나 유방은 장량과 진평의 말을 들어 초나라 군대를 기습해, 광무에 이르렀다. 그러나 유방은 광무에서 항우에게 패했다. 즉각 한신과 팽월, 영포 등을 정식 왕에 임명해 그들의 군대를 이끌고 항우와 싸우게 한다. 그러자 한신은 군대를 이끌고 달려와, 모든 제후, 장수들을 거느리고 항우의 군대를 격파해 바다로 몰아넣은 뒤, 도망치는 항우를 추격해 자결하게 만들었다. 이로써 유방은 천하를 제패하고, 낙양에서 황제로 즉위한 후 한신을 초나라의 왕으로 임명.

그러나 얼마 후, 한신이 역모를 꾀한다는 제보가 유방에게 들어오게 된다. 이에 유방은 운 몽에 나아가 한신을 사로잡고 그를 회음후로 강등시켜 버린다. 한신은 이러한 유방의 처사를 참을 수가 없었다. 특히 자신의 재능을 두려워하고 미워하는 유방에 대한 원망의 마음은 점점 커지게 된다.

얼마 뒤, 진희라는 장수가 거록수가 되어 북방으로 나가게 되자 한신에게 작별인사를 하러 온다. 여기서 한신은 진희에게

"공의 임지는 천하의 정병들이 모인 곳이고, 폐하는 공을 신임하네. 만일 공이 역모를 꾀해도 폐하는 처음엔 믿지 않고, 두 번째는 의심할 것이며, 세 번째에 이르러서야 군대를 출동시킬 것일세. 만일 이때 내가 안에서 공을 호응한다면, 천하를 도모할 수도 있을 것이네."

진희는 한신의 재능을 아는 터라 이에 응한 뒤 거록으로 가게 되었다.

고조 10년 과연 진희가 모반한다. 유방은 진희를 잡기 위해 스스로 군대를 거느리고 출정한다. 한신은 안에서 호응을 하기 위해 자신의 가신들과 의논해 거짓조서를 내려 관가의 죄수들을 석방한 후, 이들과 함께 여후와 태자를 습격해 살해하기로 한다. 그러나 한신의 사인이 죄를 얻어 죽음을 당할 처지가 되자 그의 아우가 여후에게 한신이 모반을 꾀한다고 고변했다. 여후는 소하를 불러 상의를 한 뒤, 사람을 시켜 거짓으로 진희가 죽음을 당하였으니 모든 신하가 와서 축하를 하라고 알린다. 소하는 한신에게 사자를 보내 공 역시 이 자리에 나와 축하를 해주는 것이 도리라고 이야기를 한다. 한신은 마지못해 여기에 참석, 미리 대기하던 무사들이 한신을 붙잡아 처형. 한신은 죽을 때 이렇게 말한다.

"내가 괴철의 말을 듣지 않아 오늘이 있게 되었다."라고 한신에 대한 이야기가 지나치게 장황했다.

따라서 '뱃전에…… 멍청이로세'라는 것도 상황에 따라 대처하는 융통성이 없다는 아쉬움을…… 나타낸 셋인데, 여씨춘추 찰금<呂氏春秋察今>에 나오는 이야기는, 초楚나라의 어떤 이가 배를 타고 강을 건너가다가 칼을 물에 빠뜨린다. 그는 칼이 빠진 부분의 뱃전에다 표시를 해두었다가 배가 나루에 닿아 멈추자 표시를 해둔 뱃전 밑의 물속으로 들어가 칼을 찾는다는 고사까지 들추어내면서 **신립**의 우둔함을 탓했으나, 앞서 그가 처했던 자초지종을 듣고 그가 한 "하늘이 돕지 않았다"는 말을 이해할 수밖에 없었다.

탄금대를 찾았을 때, 뱃사공들이 추모하는 의식 행사를 상상해보았다. 그러니까, 효종 2년에서 숙종 34년 사이에 살았던 김창협7)은 뱃사공들이 임란의 전투로 죽어간 영혼을 달래는 추모 의식을 지켜본 것이다. 그는 벼슬보다 문학과 유학의 대가로서 이름이 높았다. 당대의 문장가이며 서예에도 뛰어났다. 그의 학설은 이기설理氣說로 율곡보다는 이황에 가까웠다. 호론湖論을 지지하였다.

그러니까 100여 년 전의 옛 역사를 되돌아보았음 직한 김창협도 함께 탄금대의 비극적인 아픔을 그린 시를 지었다. 아직도 그는 혼령들이 강을 지키고 있을 것이라고 믿고 비감 어린 서정적 음률로 읊는다.

---

7) 金昌協[1651~1708]

본관은 안동. 자는 중화仲和. 호는 농암農巖·삼주三洲. 시호는 문간文簡. 과천果川 출생. 영의정 수항壽恒의 아들. 1669(현종 10)년 19세의 나이로 진사가 되고, 1682(숙종 8)년 증광문과에 장원으로 급제한다. 집의·헌납·대사간·동부승지·대사성 등을 역임, 청풍淸風부사로 있을 때인 1689년 기사환국己巳換局이 일어나 아버지 수항이 진도珍島에 유배된 뒤 사사되자 영평永平의 산중에 은거했다.

1694년 갑술옥사가 일어나자 아버지의 죄가 풀리고 그는 호조참의에 임명되었으나 관직을 받지 않는다. 그 후에도 대제학. 예조판서·돈령부지사 등 여러 차례 관직이 제수되었으나 모두 사양. 숙종의 묘정廟庭에 배향되고, 양주楊州의 석실서원石室書院, 영암靈巖의 녹동서원鹿洞書院에 제향.

문집에는 『농암집』, 저서에 『농암잡지農巖雜識』, 『주자대전차의문목朱子大全箚疑問目』, 편서에 『강도충렬록江都忠烈錄』, 『문곡연보文谷年譜』, 작품으로 글씨에는 『문정공이단상비文貞公李端相碑』, 『감사이만웅비司李萬雄碑』, 『김숭겸표金崇謙表』, 『김명원신도비金命元神道碑』의 전액篆額 등이 있다.

뱃사공이 탄금대 바라보면서	舟子望琴臺
먹이를 물고기에 던져주네	投飯贈江魚
누구에게 주느냐고 물으니	問此誰與食
슬프게 나라 위해 죽은 이들을	哀哉國殤徒
난리의 참상 어찌 자세히 알까	喪亂安可詳
오랜 세월 가슴에 원기 맺혔어라	氣結百載餘
귀천 없이 모두 함께 죽음 택하고	貴賤死同日
지력과 용기로 같은 길에 빠진 것	智勇淪一塗
싸움 자취 물새 함께 사라졌으나	跡掃鵝觀陳
혼령들은 강물 속에 모여 있구나!	魂聚蛟龍墟
봄 구름은 섬 물가에 어둡고	春雲晦洲島
원한의 기운들이 보일 듯 말 듯	冤氣疑有無
넘실넘실 서쪽으로 강물 흘러가고	滔滔西逝水
남겨진 울분 진정 버릴 수 없어라	遺憤不可除
배 젓는 노랫소리 강물도 목메네.	榜歌咽浦思
옛 누각엔 새가 구슬피 우는구나!	古臺鳥悲呼
술잔 들어 슬픔을 조용히 달래니	持觴寄一哀
배는 앞으로만 말없이 나아가네.	擊汰旦前徂

　탄금대는 원래 우륵이 가야금을 연주하던 곳으로 알려진 것
인데, 그 후 **신립**이 임란 전투에서 패배를 했던 지역으로 지금
은 공원으로 조성된 곳에 신립과 김여물 등 팔천 명의 이름 없
는 영혼들을 위한 기념탑이 세워져 있다. 수천 명의 사람들이
나라를 위해 몸을 바친 영혼들을 향하는 명망 있는 학자 김창
협의 서정은 깊은 애상에 젖어들게 한다. 가슴속 울분에 통곡하

고 구름도 어둡고 강물도 슬픔으로 흐르는 것 같다. 지저귀는 새 울음소리도, 모든 것이 흘러 먼 곳으로 떠나가 버린 적막감에서 다만 역사에 대한 아픔만이 되새겨진다.

1587년 일본 배가 전라도 흥양(興陽: 高興)현 해역에 침입해 각처에서 약탈을 자행하던 때, 가리포(加里浦: 莞島)에서는 첨사 이필이 그들과 싸우다가 눈에 화살을 맞고 후퇴하는 통에 병선 4척을 빼앗기는 소동이 일어났다. 지역을 온통 휩쓸 대로 휩쓸고 난 적들은 방향을 돌려 남동으로 손죽도(損竹島: 巽竹島)로 쳐들어와 아수라장을 만들어놓는다.

손죽도에는 여러 갈래로 검은 연기가 피어오르고 있었고, 포구에는 10여 척의 일본 배가 닻을 내리고 있었다. 바닷가에서는 적들이 소를 끌어다 잡는 중이다. 옷을 벗긴 여자들이 집단으로 성희롱을 당하는 옆에서 뒤로 손을 묶인 남자들이 그들에게 짓밟히며 고함을 지르고 통곡을 하고 또는 애원하고 있었다.

이대원은 소맹선을 여수 방향으로 보내 뒤따라올지도 모를 수사 심암에게 연락토록 하고 적을 향해 접근해갔다.

별안간 적진에서 북소리, 호각소리가 들리고 이어 10여 척의 적선이 돌진해왔다. 중과부적이라 여긴 그는 후퇴했으나 적선은 속력이 빠르게 추격해왔다. 순식간에 소맹선을 둘러싸고 화공으로 불을 지른 다음 이대원이 타고 있는 중맹선으로 다가올 때, 그는 전속력으로 적을 따돌리면서 아무리 북쪽을 바라보아도 수평선에 우리 수군은 나타나지 않았다.

여러 날 제대로 먹지도 못한 격군格軍(漕手)들은 손바닥에서 피가 흐르고 힘이 부쳐 배의 속도를 더 이상 내지 못한다. 이대원이 고함을 질러도 속도는 갈수록 느려지고 어쩔 도리가 없다. 마침내 적선 10여 척에 완전히 포위당하고 서로 활을 쏘기 시작한다.

"지른다!"

이대원이 선두에서 노를 저으며 고함을 질렀다. 적진에 돌진한다는 신호다. 정면의 적선을 밀어붙이고 길이 열리면 다행이고 안 열리면 그대로 죽는 수밖에 없다. 그러나 주위의 적선들이 그냥 있지 않았다. 저마다 기다란 낫으로 뱃전을 찍어 당기며 기름을 먹인 솜에 불을 붙여 던진다. 불은 순식간에 배 안에 번져 불길이 치솟는다. 활을 당기던 병사들은 불속에서 아우성치다 그대로 쓰러지고 일부는 물속으로 뛰어들었다. 노를 팽개치고 칼을 빼어든 이대원은 적선으로 뛰어들었다. 적 두세 명을 내리치다가 뒤에서 내지르는 칭에 정봉으로 잔등에 찔리고 그자리에서 쓰러지고 말았다. 그 뒤를 따라 적선에 뛰어들었던 김개동과 이언세는 포로가 되었다. 그들은 다 같이 창의 명수였으나 좁은 배에서 긴 창은 마음대로 휘두를 수 없었다. 그동안 여수에 있던 전라좌수사 심암은 매우 상쾌하게 생각했다. 김개동과 이언세를 보내고는 군선을 모아 출동한 것이 아니라 술잔을 기울이고 낮잠을 자고 있었다. 얼마를 지났을까. 물에 뛰어들었던 병사 한 명이 살아 돌아와 이대원 이하 모두 몰사했다고 보고했다. 심암은 기분이 좋아 술을 몇 잔 더 마셨다.

"건방진 놈, 잘 뒈졌다."

이대원은 용감한 사람이다. 얼마 전 근처 섬에 나타난 일본 적들을 무찔러버리고 사후에 보고했다. 그때 심암은 이대원을 불러 세워놓고 호통을 쳤다.

"무슨 연고로 나한테는 알리지도 않고 출병했느냐?"

"그럴 경황이 없었습니다."

"경황이 없었다고?"

"보고하고 명령을 기다리는 순간 적은 도망쳤을 것입니다."

"이는 핑계로라! 허가 없이 함부로 출동했으니 군율로 엄히 다스릴 것이다."

이대원은 기가 찰 일이다. 한동안 심암을 바라보다가 돌아서 나와 버렸다. 심암은 그대로 위에 보고하자니 자기는 무능하고 이대원만 용감하게 상을 받을 것 같다. 벌을 주자니 뒤탈이 두려워 속으로 앓는 중이었는데,

"잘 뒈졌다."

심암은 앓던 이가 빠진 듯 시원했다. 그는 붓을 들어 전주감영에 편지를 보낸다.

"손죽도에 왜구 수백 척이 침몰하여 우선 녹도 권관 이대원을 보내고 저도 뒤따라 출동하는 길이올시다."

그리고는 수영에 있는 병선 10여 척을 끌고 바다에 나갔다.

보고를 받은 전주감영은 도내의 모든 병력에 동원령을 내리고 조정에 보고했다.

조정에서는 한성우윤 **신립**을 방어사로 임명해 당일로 현지에 떠나보내고 이어서 변협을 우방어사로 임명하여 삼남의 책임자들을 바꿔 임전태세를 강화토록 했다.

바다에 나갔던 심암이 돌아와 손사래를 친다.

"녹도권관 등 약간의 사상자는 있었으나 적을 한 명 남기지 않고 깨끗이 바다에 몰아넣었습니다."

그날 밤 대대적으로 축하파티가 벌어진다.

그러나 녹도에 남아 있던 이대원의 부하들이 가만있지 않았다. 새벽에 **신립**을 몰래 찾아갔다.

"심암 전라좌수사가 수상합니다."

성정이 불같은 **신립**은 심암에게 삿대질을 하고 직접조사에 나선다.

"너 같은 것도 수사냐?"

결국 진상이 드러나고 심암은 서울에 붙들려가 목이 잘렸다. 떨어진 머리는 노끈에 매달려 며칠 동안 서소문 다락에서 대롱거리다가 그의 머리는 행방이 묘연하다. 그런 후 **신립**은 군관 30명을 영솔해 적들을 완전히 토벌했다. 일은 이것으로 끝나고 이 사건은 사람들의 기억에서 사라져갔다.

3

마음에 티 없어 깨끗한 **高敬知**

고경명의 강개함은, 그가 의병을 일으켜 싸움터에 나가지 않고는 견디기 어렵게 했다. 나라의 운명이 풍전등화 같은 급박한 때라 시국 정황도 그의 의지에 불을 질렀다. 그의 의지는 위태로움에 빠진 나라를 구하고자 한 마음이 더욱 강렬할 수밖에 없었다. 호남평야를 향해 침범하려고 금산에 진을 치고 있던 일본군을 급습해 한차례는 성공을 거두었다. 그러나 이튿날 두 번째로 벌였던 전투에서 몸을 적에게 던져 삶을 버리고 그는 의로움을 택했다.

의병을 규합하기 전부터 가슴에 품었던 그의 마음은 변함이 없었을 것이다. 의병을 모집하기 위해 각 고을에 띄웠던 그의 격문은 읽다가 뺨에 눈물이 흐르는 것을 깨닫지 못한 이들이 많았다. 글 내용은 사람의 혼을 사로잡을 정도로 조선의 문장가다운 글이었다.

임금의 수레는 이미 서도로 행차하고 도성은 지켜지지 못했다는 소문이 들려오자 **경명**은 밤낮으로 삼일 동안 목을 놓아 통곡한다. 국가가 무너진 비통함을 이기지 못해 나주사람 전 부사 **김천일**, 광주사람 전정언, 박광옥8)과 함께 편지로 창의할 계획을 세워, 5월 무자일에 담양부에 모이기로 했다.

이때 옥과 사람 학유 유팽로9) 등이 **경명**을 대장으로 추대한

---

8) 朴光玉[1526~1593]

본관은 음성陰城. 자는 경원景瑗. 호는 회재懷齋. 이이의 문인.

1568(선조 1)년 학행學行으로 천거되어 내시교관 등을 지내고 1574년 별시문과 을과에 급제하여 예조정랑을 지냄. 1579년 봉상시정奉常寺正 재임 시 신병으로 사직.

1592년 임진란이 일어나자 김천일·고경명 등과 의병을 일으키고 군량 수집과 병기 수선으로 도원수 권율을 도움. 1593년 나주목사로서 신병을 무릅쓰고 인심을 수습하고 흩어진 병사를 규합하다가 죽음. 광주光州 의열사義烈祠, 운봉雲峰 용암서원龍巖書院에 배향. 문집은 『회재집懷齋集』.

9) 柳彭老[?~1592]

본관은 문화文化. 자는 형숙亨叔·군수君壽. 호는 월파月坡. 유경안의 아들로, 1579(선조 12)년에 사마시에 합격하고 1588년 식년문과에 을과로 급제하였으나, 출사를 단념하고 옥과玉果에 거주.

1592년 임진란이 일어나자 양대박·안영 등과 함께 읍민들을 모아 의병을 일으킨다. 의병장 고경명을 맹주로 추대하고, 그의 종사관이 되어 금산錦山에서 일본군과 맞서

다. 그는 원래 문인이라서 군의 일에 익숙지 못했다. 그가 개연히 단상에 오르니 의병들은 노병을 들어 사양치 않고 열렬히 환영한다. 그는 곧바로 도내에 격문을 띄운다.

"임진년 6월 1일 절충장군 행 부호군 고경명은 도내의 각 읍 선비들과 백성들에게 급히 고한다.

본도에서 왕을 근위하러 가던 군대가 금강에서 한 번 패하고 대열을 새로 수습하려던 차에 여러 군에서 또다시 패전했다. 처음 지시할 때에 아마도 방어전술이 병법에 어긋나고 군사 규율이 문란해 유언비어가 거듭 전해지고 민심이 소요해진 까닭인 것 같다. 이제 비록 패해 흩어진 병력을 수습한다 하더라도 사기가 꺾이고 정예 병력이 악화되었으니 이로써 어떻게 위급한 사태에 대처할 수 있으며 실패를 만회하게 할 수 있겠는가 ……."

"……지금 생각하면 임금이 멀리 피난을 갔건만 문안도 변변히 못 하고 종묘사직이 잿더미가 되었는데 관군은 아직도 적을 깨끗이 쓸어내지 못하고 있다. 이런 말에 통분함이 뼛속 깊이 사무친다.

싸우다가 전사했다.

사후에 사간에 추증되고, 정문이 세워졌으며, 광주光州의 포충사와 금산의 종용사從容祠에 제향. 전라도에서 가장 먼저 의병을 일으켰기 때문에 고경명·양대박과 함께 호남의 삼창의三倡義로 지칭되기도 한다.

우리 전라도는 본래 병사와 말이 정예롭고 강하다고 이름이 나 있다. 태조대왕은 황산 싸움[10]에서 크게 승리하여 다시 삼한을 안정시켰고, 성종 때 양주 싸움에서는 적의 쪽배 한 척도 돌려보내지 않았다……."

여기서 잠시 황산의 치열한 싸움 광경을 지켜보고 본 이야기를 지속하겠다.

남원에 주둔하던 태조는 승전을 기원하는 출전 제례를 올린 후 운봉 황산을 향하여 나아가 사창리 마을 앞 해발 531미터의 정산鼎山 봉우리에 올랐다. 그리고 일단 동무듬과 서무듬 사이의

---

10) 황산 싸움

이 싸움을 **황산대첩** 또는 **운봉정산전雲峰鼎山戰**이라 부른다. 1380년 나세와 최무선의 진포대첩과 1383년 정지의 남해대첩, 그리고 1383년 최영의 홍산대첩과 함께 고려 4대 승첩이라 불렸다. 이 중 전북 지방의 2대 승첩이 **황산대첩**과 진포대첩이다. **황산대첩**은 왜구의 침략에 고전하던 고려 조정에 큰 근심을 덜어주었다. 고려조의 육전 승첩 중 가장 통쾌한 승전보였다. 황산대첩이 없었던들 남원이 함락되고 그 여세를 몰아 전주끼지도 위태로웠을 것이다.

화수산 서쪽 석벽에는 **황산 전투**에 참가하여 생사고락을 같이한 여러 장수의 공적을 함께 기리기 위해 「동고록同苦錄 정왜경신이신征倭庚申李紳」이란 아홉 글자와 8명의 원수 4종사의 이름을 새겼다. 1991년 남원문화원에서 발간한 『**황산대첩**과 유적』의 기록에는 8명의 원수를 임명했다.

왕복명·우인열·도길부·박임종·홍인규·임성미·이원계·이지란으로, 4명의 종사로는 정몽주·장사길·남은·배극렴으로 적고 있으나 그 근거가 확실한 것인지 모른다. 오랜 세월이 흘렀으나 지금도 <피바위血岩>, <인월引月>, <군마軍馬동>, <인풍리引風리>, <명석鳴石치>, <고남산 제단>, <정산봉>, <서무·동무> 등 황산대첩의 유래를 담고 있는 지명과 전설이 운봉 도처에 산재하고 있었다.

이성계가 평생 전쟁터를 누비며 타던 준마 여덟 마리가 있었다고 한다. 그중 운봉에서 타던 말의 이름은 <유린청>인데, 함흥산으로 죽을 때까지 화살을 3대 맞았다고 했다. 31살에 죽자 석조石槽에 넣어 묻었다고 한다.

매복 방어선을 돌파하여 인월역에 주둔하고 있는 적의 주력을 단숨에 격파하고자 했다. 먼저 여러 장수가 정산봉 좌측 동무듬 평탄한 쪽을 공격하자, 대비하고 있던 적의 예리한 반격에 쫓겨 번번이 퇴각했다. 이러한 진퇴를 거듭하는 동안 하루해가 벌써 기울었다.

태조 이성계가 작전을 바꾸어 우측 험한 길을 택해 서무듬 산등성이에 매복하고 있는 적을 유인하고자 했다. 그때 바로 태조가 전진하자 매복하고 있던 적의 군사가 대거 튀어나왔다. 이성계는 의연하게 대우전 20발과 유엽전 50발을 쏘아 적의 얼굴에 명중시킨다. 모두 추풍낙엽처럼 쓰러졌다. 그러는 중에도 왜구는 몇 번이고 집요하게 기습을 시도해왔다. 드디어 황산천의 진흙탕 속에서 아군과 적을 구별할 수 없는 백병전이 벌어졌다.

3차례나 적의 기습에도 불구하고 진흙에 뒤범벅이 되어 끝내 일어서는 자는 정작 모두 고려 군사들뿐이라고 사료는 기록하고 있다. 싸움에 밀린 적군은 또다시 황산 동쪽 기슭 험준한 산 위에 굳게 진지를 구축했다. 이를 지키며 대적해왔다.

이성계는 군사를 요충지에 나누어 지키게 하고, 휘하 이대중 등 10여 명의 군사를 독려하여 적을 올려쳤으나 결국 사력을 다해 반격하는 적에게 쫓겨 내려오고 말았다. 실로 승패를 가늠할 수 없는 힘든 싸움이다. 그러나 한 치도 물러설 수 없는 상황인지라 태조는 다시 군사를 정돈하고 진격 나팔을 불어 총돌격을 명령한다. 군사들은 개미 떼처럼 산을 기어올라 적진에서 충돌하게 되었다. 급박한 상황 속에서 적의 장수 하나가 창을 겨눈 채 이성계의 뒤로 달려들고 있었다. 위급했다. 이를 본 편장 이두란이 큰 소리로 이성계를 부르며 말을 타고 달려왔다.

"영공☖은 뒤를 보시오. 영공은 뒤를 보시오."

거듭 소리치며 달렸으나 이성계는 미쳐 손을 쓸 수 없는 급박한 상황이었다. 명궁 이두란의 화살이 먼저 바람을 가르고 날랐다. 화살은 달려드는 적장의 목을 꿰뚫었다. 위급한 상황 속에서도 이성계는 의연하게 전투에 나섰다. 그는 말이 화살에 맞아 쓰러지면 다시 말을 바꿔 타기를 여러 번 반복했다. 격렬한 전투가 계속되는 동안 적이 쏜 화살이 이성계의 왼쪽 다리에 꽂히자 화살을 뽑아 팽개치며 더욱 급하게 적을 쳐 나아간다. 군사들은 이성계가 부상당한 것을 알지 못할 정도로 싸움은 급박했다. 그가 화살을 맞고 부상하자 적이 몰려와 겹겹이 포위했다. 그러나 용장다운 기백을 높이 떨치며 그 자리에서 적 8명을 베어 죽이니 감히 적이 달려들지 못한다.

휘하 기병과 함께 포위를 뚫었으나 싸움의 승패는 가늠할 수 없었다. 여러 장수와 군사들은 지쳐 있었다. 태조는 하늘을 향해 소리쳐 맹세했다.

"겁먹은 자들은 물러가라. 나는 적에게 죽겠다."

여러 장수와 군사들이 크게 감동하고 용기백배하여 죽을힘을 다해 싸웠다. 그러나 적의 사기는 조금도 흔들리지 않았다. 적병들이 하늘처럼 믿고 따르는 대장이 있었기 때문이다.

나이 겨우 십오륙 세 되는 적의 대장은 백말을 타고 창을 휘두르는데, 날래기가 어느 장수와 비할 수 없었다. 적의 대장은 <아지발도>라 했다. <아지>란 어리다는 뜻이고 <발도>란 몽고말로 용감하다는 뜻이다. 이성계는 적장 아지발도의 용맹을 아껴서 생포하도록 명령했다. 그러나 이두란이 말하기를 생포하려면 많은 우리 군사가 희생될 것이라 하여 만류했다. 아지발도는 얼굴까지 갑옷으로 무장하고 있어서 활을 쏠 만한 틈이 없었다.

이성계가 말했다. "내가 활로 투구를 쏠 터이니 투구가 떨어지거든 네가 곧 저자의 목을 쏘아라"라고 말하며 박차를 가해 말을 몰았다. 이윽고 활을 들어 투구 꼭지를 쏘니 투구 끈이 끊어져 투구가 기울자 아지발도는 황급히 투구를 고쳐 쓰려 하였다. 이때 이성계는 두 번째 활을 쏘아 투구 끈에 적중했다. 투구는 그만 땅에 떨어지고 말았다. 이때를 놓칠세라 이두란이 활을 당겨 적장의 목을 쏘았다.

이윽고 적장은 숨을 거두었다. 적이 통곡하며 우는 소리가 계곡을 진동했다. 마치 만萬 마리의 소가 울부짖는 것과 같았다. 순식간에 우두머리를 잃은 왜구는 놀라 혼비백산했다. 적의 전세가 기울자 상승세를 탄 우리 군사들은 총 공세를 펴 무려 10배가 넘는 왜구를 섬멸시켰다. 시체가 산처럼 쌓이고 흘린 피가 개울을 이루었다. 적은 겨우 70명만이 덕두산(德頭山)을 타고 지리산으로 달아났다.

그토록 치열했던 전투는 막을 내린다. 그 전과로는 노획한 말이 1,600여 필, 빼앗은 병기와 적의 수급을 바친 것이 산을 이루었다. 적이 흘린 피가 황산천을 붉게 물들여 7일간이나 마시지 못했다. 그릇에 담아 오래 가라앉힌 뒤에야 마실 수 있었다고 『동국여지승람』은 전한다. 황산 전투는 고려군의 열세에도 불구하고 이성계의 과감한 전술과 목숨을 건 분전 결과 이룬 대 승첩이었다. 싸움이 끝난 뒤 적이 두려워 싸우지 못한 장수들은 이성계 앞에 나와 무릎을 꿇고 땅에 이마를 부딪치며 죄를 빌었다.

이성계는 정벌 도중에 추호도 민폐를 끼치지 않도록 여러 장수에게 엄명을 내린다. 개선 도중에 그는 전주 오목대梧木臺에서 잠시 머물며 전주 이씨 종친들을 불러 승전의 연회를 베풀었다.

"……이런 옛 승리는 혁혁해 지금도 사람들의 이목을 끈다. 그 당시 용감한 선봉대가 되어 적장을 무찌르고 적의 깃발을 뽑는 것이 우리 전라도 사람이 아니었는가? 하물며 근래에는 유학의 도가 크게 융성해 사람들이 모두 학문에 뜻을 두었다. 임금을 섬기는 대의를 누가 세우려 하지 않겠는가.

오직 오늘에 이르러서 정의의 목소리가 적어지고 자기희생을 두려워해 누구 한 사람도 용기를 내어 적과의 싸움에 나서려 하지 않고, 자기 몸만을 돌보고 처자를 보전할 계책에만 앞을 다투어 머리를 움켜쥐고, 가만히 도망치며 서로 돼질까 두려워하고 있다. 이렇다면 전라도 사람은 나라의 은혜를 깊이 저버리고 그 조상을 욕되게 하는 것이다.

이제 적의 세력은 꺾이고 나라의 기세는 날로 확장되어 가고 있다. 이는 바로 대장부가 공명을 세울 기회이며 나라에 보답할 때이다.

경명은 글귀나 아는 졸렬한 선비로서 병법도 제대로 배우지 못한 터에 대장에 추대되어 연단에 나섰으나 사졸들의 흐트러진 마음을 수습하지 못해 여러 동지의 수치가 될까 두렵다.

오직 왜구를 토벌하는 전투에서 피를 뿌림으로써 임금의 은혜를 조금이라도 보답코자 해서 이 달 열하루 날을 거사의 날로 기약하는바 무엇보다도 우리 전라도 사람들은 부모는 아들을 타이르고 형은 아우를 격려해 의군을 조직해 모두 함께 투쟁에 나서라!

바라건대 신속히 결심해 옳은 길을 좇을 것이요, 주저하다가 자신을 그르치지 말 것이다. 이에 충고하노니 격문이 도착하는 대로 분발해 떨쳐 나서주기 바란다.”

그러자 의병 모집에 응한 자가 구름처럼 모여들었다. 이때 3도의 군사가 용인에서 이미 무너졌다는 소식이다. 호남과 호서가 더욱 흔들려 **경명** 의병부대에 의지하지 않으면 안 되었다.

경명의 부대는 이윽고 전주에서 군사를 정리해 여산으로 향

하게 된다. 그는 또다시 장사들과 비밀히 회의를 가진 끝에

"금산 무주의 적들이 이미 용담, 진안으로 갔다는데…… 그들은 반드시 전주, 남원을 치려고 할 것이 분명할 터, 만일 그렇다면 대군은 필경 모두 본진으로 이동해갈 것 아닌가. 그곳에서는 노약자만 남겨두어 뒤를 지킬 것이다……. 우리 군사가 진산으로부터 불의에 쳐들어가 나머지 적을 섬멸해 없애고 뒤를 쫓아 공격한다면 적들은 앞으로 나가 새로운 곳을 점령하지도 못하고 물러서도 갈 곳이 없다. 그들은 중간에서 낭패를 봐 황산의 싸움에서 패하고 말 것이다."

이렇게 말하고는 곧바로 은진, 연산으로 향해 진을 합쳤던 것이다. 그날 군량에 대한 보고 중에

"여기에 있는 군량은 여산 군에서 내놓은 것이다"라고 했다.

경명 의병진은 북쪽으로 진군하다가 6월 23일에 여산에 머무르게 되는데 그날 금산에서 부쳐온 통지문에는 옥천 양산현에서 분란과 소동을 피우던 적들이 본군을 향해 군사를 집결한다는 것이다.

같은 군에서 전해온 통지에 의하면 10리 밖에 이미 적병들이 모여 있다는 것이다.

한편 서울을 점령해 있던 적들이 **신립**과 윤두수[11]가 좌우대

---

11) 尹斗壽[1533~1601]

본관은 해평海平. 자는 자앙子仰. 호는 오음梧陰. 시호는 문정文靖. 이황·이중호의 문인. 1558(명종 13)년 식년문과에 을과로 급제. 정자·저작을 지냄. 1563년 이조정랑 때 권신 이량의 아들 정빈을 천거하지 않아 파직, 이량이 실각되자 수찬에 등용되었다. 그 뒤 이조·공조·형조·호조의 참의를 거쳐, 1577(선조 10)년 사은사로 명나라

장이 되어 적 일천여 명을 사로잡았다는 반가운 소식도 있다.

여산군수가 입으로 전해준 것에 의하면 우의병장 **김천일**과 병사 최원만은 일시에 직산에서 진위로 떠났다고 한다.

전 도사 **조헌**이 적을 치고 있다는 전갈[12]도 급보로 속속 들어오고 있다.

경명은 이때, 후대에 회자되어 온 '마상격문馬上檄文'을 손수 기록해 여러 도에 빠짐없이 보냈던 것인데, 그가 처음 의병을 일으키기 시작부터 많은 수의 의병과 군량을 모집하려면 계속 격문을 작성해 전달해야 할 필요가 있었다. 그가 초고한 마상격문은 전선을 향해 계속 진군하던 중에 말 위에서 작성한 초안을 말한 것이다. 토씨 이외에는 수정한 흔적이 없는 그 초안은, 후손들이 보존하고 있던 것을 지금은 역사박물관으로 보내져 잘 보존되고 있다. 격문은 관서지방까지 전달된다. 대관령 서쪽뿐 아니라 그의 마상격문은 평안도까지 전해진다. 그것으로 직성

에 다녀옴.

1578년 도승지 때 이종제姨從弟(이모의 아들) 이수의 옥사에 연루되어 파직. 1579년 연안부사로 복직, 선정을 베풀어 표리表裏를 하사받는다. 1590년 종계변무의 공으로 광국공신 2등에 책록되고, 해원부원군海原府院君에 봉해짐.

건저문제로 서인 정철이 화를 입자 이에 연루, 회령會寧 등에 유배. 1592년 임진란이 일어나자 기용되어 선조를 호종, 어영대장이 되고 우의정·좌의정에 올랐다.

1594년 삼도체찰사로 세자를 시종 남하함. 1595년 중추부판사로 왕비를 해주海州에 시종. 1598년 다시 좌의정, 1599년 영의정에 올랐으나 곧 사직. 1605년 호성공신 2등에 책록. 문장이 뛰어났고 글씨도 일가를 이루었다. 저서에『성인록成仁錄』, 문집에『오음유고』, 편저에『평양지平壤志』,『연안지延安志』,『기자지箕子志』등이 있다.

12) **傳喝**; 사람을 시켜 안부를 묻거나 소식을 전함.

이 풀릴까. 격문은 도착하는 곳마다 비록 깊은 산 먼 골짜기에 피난해 있는 사람일지라도 모두 글을 베껴 보면서 전해졌다고 한다.

격문 내용 일부를 안방준의 『우산집』에는 이렇게 적고 있다.

"붉은 마음은 늙은 절개요. 흰머리는 썩은 선비로다. 밤중에 닭 우는 소리 들으니 어려운 일 많은 것 견딜 수 없고 중류의 돛대를 치니 스스로 외로운 충성을 허락한다……."

'제갈량의 출사표를 읽고 눈물을 흘리지 않는 자는 충성됨이 부족하다'는 말이 있다.

성문준[13]도 **경명**의 마상격문을 이렇게 회고한다.

"충성된 마음과 의로운 담이 글자마다 나타날 뿐만 아니라 문장의 묘함이 고금에 뛰어난 것은 최치원[14]의 황소격문 이후

---

13) 成文濬[1559~1626]

본관은 창녕昌寧. 자는 중심仲深. 호는 창랑滄浪. 1585(선조 18)년 사마시에 합격, 연은전延恩殿·참봉·세마洗馬를 지냈으나 아버지가 무욕誣辱(아무 죄가 없는데 욕을 보임)을 당하자 벼슬을 버리고 임천林泉에서 14년간 은거. 인조반정 후 사포司圃를 거쳐 영동현감永同縣監을 지냄. 박학한 학자로 이름이 높았고, 창녕의 물계서원勿溪書院에 제향. 저서에는 『태극변太極辨』, 『홍범의洪範義』, 『창랑집滄浪集』.

14) 崔致遠[?~857]

자는 고운孤雲, 해운海雲 또는 해부海夫. 고려 현종顯宗 때인 1023(현종 14)년에 내사령內史令으로 추증되었고, 문묘에 배향. '문창후文昌侯'라는 시호를 받음. 신라 6부의 하나인 '사량부沙梁部, 지금의 경주'에서 6두품의 신분으로 태어났다. 오늘날 경주慶州 최씨의 시조로 알려짐. 하지만 『삼국유사三國遺事』에는 본피부本彼部 출신으로 기록.

신라 47대 헌안왕(재위 857~861) 원년인 857년에 태어남. 부친은 38대 원성왕(재위 785~798) 때에 숭복사崇福寺 창건에 참여했다고 전해지는 견일肩逸. 48대 경문

로 오직 이 한 편이다"라고 했다. 최치원의 황소격문에 대한 내

왕(재위 861~875) 때인 868년에 12세의 어린 나이로 중국 당唐나라로 유학, 874년 예부시랑禮部侍郎 배찬이 주관한 빈공과賓貢科에 합격. 그러나 2년 동안 관직에 오르지 못하고 뤄양[洛陽] 등지를 떠돌면서 시작에 몰두하여 5수 1권으로 된『사시금체부私試今體賦』, 100수 1권으로 된『오언칠언금체시五言七言今體詩』, 30수 1권으로 된『잡시부雜詩賦』 등의 시문집을 지었으나, 오늘날에는 전해지지 않는다. 그 뒤 876년 선주宣州 율수현(水縣, 지금의 江蘇省 南京市) 현위縣尉로 관직에 올랐으며, 이 무렵 1부 5권으로 된『중산복궤집中山覆軌集』을 저술한다.

886년 헌강왕이 죽은 뒤에는 외직으로 물러나 태산군(太山郡, 지금의 전라북도 태인), 천령군(天嶺郡, 지금의 경상남도 함양), 부성군(富城郡, 지금의 충청남도 서산)의 태수太守를 역임했다.

893년에는 견당사遣唐使로 임명되었으나, 각지에서 민란이 일어나 떠나지 못함.

당시 당나라는 심각한 기근 때문에 각지에서 농민 반란이 일어나, 875년부터는 왕선지, 황소 등이 유민을 모아 산둥성[山東省], 허난성[河南省], 안후이성[安徽省] 등지에서 세력을 펼친다.

최치원의 유·불·선 통합 사상은 고려 시대의 유학과 불교에 큰 영향을 주었다. 유교 정치이념을 강조한 최승로와 같은 유학자조차도 '불교는 수신의 근본이고 유교는 치국의 근원'이라고 말할 정도로 고려 시대에는 유교·불교·도교가 서로 영향을 주고받으며 다양하게 발전. 특히 민간 신앙과 풍습에서는 그것들이 서로 긴밀히 융합하는 모습을 띠었다. 그리고 고려 말기의 선승인 진각국사眞覺國師 혜심은 "이름을 들어보면 유교와 불교가 서로 멀어 다른 것 같지만 그 실상을 알면 유교와 불교가 다르지 않다(認其名則佛儒逈異 知其實則儒佛無殊)"며 '유불일치설儒佛一致說'을 제기하기도 했다. 조선 말기에 민족의 고유의 경천敬天 사상을 바탕으로 유·불·선의 사상을 융합해 형성된 동학에서도 최치원 사상과의 연관성이 나타난다.

최치원은 문학에서도 뛰어난 성취를 보여 후대에 추앙받는다.『사시금체부私試今體賦』,『오언칠언금체시五言七言今體詩』,『잡시부雜詩賦』,『사륙집四六集』등의 시문집은 오늘날에는 전해지지 않고 이름만 남아 있지만,『계원필경桂苑筆耕』과『동문선東文選』에는 그가 쓴 시문詩文들이 다수 전해지고 있다. 또한 '대숭복사비大崇福寺碑', '진감국사비眞鑑國師碑', '지증대사적조탑비智證大師寂照塔碑', '무염국사백월보광탑비無染國師白月光塔碑' 등 이른바 '사산비문四山碑文'과『법장화상전法藏和尙傳』 등도 전해지고 있다. 그는 대구對句로 이루어진 4·6 변려문駢儷文을 즐겨 썼으며, 문장이 평이하면서도 고아高雅한 품격이 있다는 평가다.

그 밖에도『제왕연대력 帝王年代曆』,『중산복궤집中山覆軌集』,『석순응전釋順應傳』,『부석존자전浮石尊者傳』,『석이정전釋利貞傳』 등의 저술이 있었지만, 지금은 전해지지 않는다.

글씨도 잘 썼다. '사산비문四山碑文' 가운데 하동의 쌍계사에 있는 '진감국사비眞鑑國師碑'는 최치원이 직접 짓고 쓴 것으로 오늘날까지 그의 필적을 전해준다. 이 탑비塔碑는 대한민국 국보 47호로 지정되어 있는데, 최치원이 해서체로 쓴 비문은 모두 38행 2,414자로 되어 있다.

력을 알고 가야만 마음이 더 홀가분할 것 같다.

그러니까 877년 겨울 관직에서 물러난 최치원은 양양襄陽에서 이 위의 문객이 되었다가, 당시 회남절도사淮南節度使이자 당나라 시인 고병의 추천으로 관역순관館驛巡官이 되었다. 그리고 고병이 황소의 반군을 토벌하기 위한 제도행영병마도통諸道行營兵馬都統이 되자, 그의 종사관으로 참전해 4년 동안 표表·서계書啓·격문檄文 등의 문서를 작성하는 일을 맡았다. 이 무렵 최치원이 쓴 글은 1만여 편에 이르렀는데, 그 가운데 특히 '토황소격문討黃巢檄文'은 명문名文으로 이름이 높았다.

879년 최치원은 승무랑承務郎 전중시어사 내공봉殿中侍御史内供奉으로 도통순관都統巡官의 직위에 올랐다. 포상으로 비은어대緋銀魚袋를 받는다. 또 882년엔 자금어대紫金魚袋를 받는다. 최치원은 당나라에서 17년 동안 머물렀다. 나은 등의 문인들과 친교를 맺으며 문명文名을 떨친다. 『당서唐書』 '예문지藝文志'에도 『사륙집四六集』과 『계원필경桂苑筆耕』 등 그가 저술한 책 이름이 기록된다.

885(헌강왕 11)년, 최치원은 당 희종의 조서를 가지고 신라로 귀국, 신라의 49대 헌강왕은 그를 당나라에 보내는 외교 문서 등을 작성하는 시독侍讀 겸 한림학사 수병부시랑 지서서감知瑞書監으로 등용한다. 귀국한 이듬해에 왕의 명령으로 '대숭복사비문大崇福寺碑文' 등을 썼다. 당나라에서 썼던 글들을 28권의 문집으로 정리하여 왕에게 바친 바 있다. 이 가운데 『중산복궤집』 등 8권은 전해지지 않는다. 그러나 『계원필경』 20권만 전해지고 있다.

당시 신라는 지방에서 호족의 세력이 커지면서 왕실과 조정의 권위가 약화되어 갔다. 중앙 정부는 주州와 군郡에서 공부貢賦도 제대로 거두지 못해 심각한 재정 위기를 겪고 있었다. 게다가 889년에는 진성여왕이 공부의 납부를 독촉하면서 각지에서 민란이 일어나 조정의 힘은 수도인 서라벌 부근에만 한정될 정도로 정치적 위기가 심화되었다. 최치원은 894년 진성여왕에게 10여 조의 시무책時務策을 제시했고, 진성여왕은 그를 6두품으로서 오를 수 있는 최고 관직인 아찬阿湌으로 임명한다. 하지만 최치원의 개혁은 중앙 귀족의 반발로 실현되지 못한다.

진성여왕이 물러나고 효공왕이 즉위한 뒤, 최치원은 관직에서 물러나 각지를 유랑. 그리고 만년에는 가야산의 해인사에 머물렀다.

908년 '신라수창군호국성팔각등루기新羅壽昌郡護國城八角燈樓記'를 쓸 때까지는 생존해 있었다는 것이 확인되지만, 그 뒤의 행적은 알려지지 않았다. 그래서 정확한 사망 날짜는 확인되지 않는다. 방랑하다가 죽었다거나 신선이 되었다는 전설도 있다. 그는 경주의 남산南山, 합천 매화산의 청량사淸凉寺, 하동의 쌍계사雙磎寺 등을 즐겨 찾았던 것이다. 부산의 해운대라는 지명도 최치원의 자字인 '해운海雲'에서 비롯된 것이다.

유儒·불佛·선仙 통합 사상을 가진 최치원은 개혁이 좌절된 뒤에 신라 말기의 혼란 속에서 은둔 생활로 삶을 마친 것으로 되어 있다. 그러나 유교 정치이념을 기반으로 골품제도라는 신분제의 사회적 문제를 극복하려고 했던 그의 사상은 후대에 큰 영향을 주었다. 그의 사상에 영향을 받은 최언위, 최승로 등은 고려에서 유교 정치이념이 확립되는 데 기여했다. 새로운 국가 체제와 사회질서를 형성하는 데 큰 역할을 했다.

최치원은 조선시대에 와서도 태인泰仁 무성서원武成書院, 경주의 서악서원西岳書院, 함양의 백연서원柏淵書院, 영평永平의 고운영당孤雲影堂 등에 제향, 유학자들은 계속해서 숭앙해온다. 그는 유교사관에 입각해 역사를 정리하여 삼국의 역사를 연표의 형식으로 정리한 『제왕연대력帝王年代曆』을 저술했다.

그러나 최치원은 유학에 기반을 두고 있으면서도, 신라의 고유 사상을 새롭게 인식하고 나아가 유교·불교·도교의 가르침을 하나로 통합해서 이해하려고 했다. 그는 '난랑鸞郎'이라는 화랑을 기리는 '난랑비서鸞郎碑序'라는 글에서 유교와 도교, 불교를 포용하고 조화시키는 '풍류도'를 한국 사상의 고유한 전통으로 제시한다.

"나라에 현묘한 도가 있으니 '풍류'라 한다(國有玄妙之道曰風流). 그 가르침을 베푼 근원은 '선사仙史'에 상세히 실려 있는데, 실로 삼교三敎를 포함해 중생을 교화(設敎之源備詳仙史 實乃包含三敎 接化群生)한다. 집에 들어와서는 효도하고 나가서 나라에 충성하는 것은 공자의 가르침(且如入則孝於家 出則忠於國 魯司寇之旨也). 무위로 일을 처리하고 말없이 가르침을 행하는 것은 노자의 뜻(處無爲之事 行不言之敎 周柱史之宗也). 악한 일은 하지 않고 선을 받들어 행하는 것은 부처의 가르침(諸惡

莫作 諸善奉行 竺乾太子之化也)."

『삼국사기』의 '진흥왕 조條'에 인용되어 전해지는 이 글에서 최치원이 말하는 풍류도는 신라의 화랑도를 가리킨다. 달리 풍월도風月道라고도 하는 화랑도는 신라 진흥왕 때에 비로소 제도로 정착되었지만, 그 기원은 고대의 전통 신앙과 사상으로 이어진다. 『삼국사기』에는 화랑도에 대해 "무리들이 구름같이 모여들어 혹은 서로 도의를 연마하고 혹은 서로 가락을 즐기면서 산수를 찾아다니며 즐겼는데 멀어서 못 간 곳이 없다. 이로 인해 그 사람의 옳고 그름을 알게 되고 그중에서 좋은 사람을 가려 뽑아 이를 조정에 추천하였다"고 기록해두었다. 이러한 화랑의 수양 방법은 노래와 춤을 즐기고, 산악을 숭배하던 고대의 제천 행사와 밀접하게 연관되어 있었다. 고구려에도 '조의선인皂衣仙人'이라는 관직과 '경당扃堂'이라는 교육기관이 있었던 것에 비추어보면 이러한 전통은 꼭 신라에만 국한되었던 것으로 보기는 어렵다. 최치원은 이처럼 고유 신앙과 사상에 바탕을 두면서 유교·불교·도교 등 외래 사상의 가르침을 융합하고 있는 풍류도를 '현묘한 도玄妙之道'라고 부른다. 포용과 조화의 특성을 지닌 한국 사상의 고유한 전통으로 강조했다.

나아가 최치원은 유교·불교·도교의 가르침이 서로 다른 것이 아니라 지극한 도道에서는 하나로 통하므로 그것들을 구별하는 것이 무의미하다고 했다. 이러한 생각은 '진감선사 비문眞鑑禪師碑文'에 실린 다음과 같은 내용에서 잘 이해된다.

"학자들이 간혹 이르기를 석가와 공자의 가르침이 흐름이 갈리고 체제가 달라 둥근 구멍에 모난 자루를 박는 것처럼 서로 모순되어 한 귀퉁이에만 집착, 하지만 시詩를 해설하는 사람이 문文으로 사辭를 해치지 않고, 사辭로 뜻志을 해치지 않는 것처럼, 『예기禮記』에 이르기를 '말이 어찌 한 갈래뿐이겠는가. 무릇 제각기 마땅한 바가 있다'고 했다. 그러므로 여산廬山의 혜원이 논論을 지어서 '여래如來가 주공, 공자와 드러낸 이치는 비록 다르지만 돌아가는 바는 한 길이며 지극한 이치에 통달, 겸하지 못하는 자는 물物이 겸하기를 용납하지 못하기 때문이다'고 했다. 심약沈約도 말하기를 '공자는 그 실마리를 일으켰고 석가는 그 이치를 밝혔다'고 했으니, 참으로 그 큰 뜻을 아는 사람이어야 비로소 더불어 지극한 도道를 말할 수 있다 하겠다."

이처럼 궁극적으로는 유·불·선의 가르침이 하나로 통한다고 보았기 때문에 최치원은 유학자이면서도 불교에도 깊은 관심을 가졌고, 노장사상老莊思想과 풍수지리설 등에도 상당한 이해를 하고 있었다. 그는 승려들과 폭넓게 교류하고, 불교에 관한 글을 많이 남겼다. 여기에는 '법장화상전法藏和尙傳'·'부석존자전浮石尊者傳'·'석순응전釋順應傳'·'석이정전釋利貞傳' 등 화엄종華嚴宗과 관련된 것들도 있지만, 지증·낭혜·진감 등 새로 등장한 선종 승려들에 관한 글들도 포함되어 있다. 특히 '지증대사 비문智證大師碑文'에서는 신라 선종의 역사를 간명하게 기술했다. 그리고 원측圓測과 태현太賢 등에 대해서도 언급하고 있어 유식학唯識學에 대해서도 깊게 이해하고 있었던 것 같다. 그는 이 3교의 가르침을 모두 깊게 이해하고 있었기 때문에, 그의 글에서는 승려의 비문에서도 불교만이 아니라 유교와 도교의 경전이 폭넓게 인용되었다. 이는 그가 유·불·선의 3교가 서로 모순되는 것이 아니라 출발점은 달라도 궁극적으로 하나로 통합될 수 있다고 보았기 때문이다. 경명의 출사하는 격문을 다시 음미해본다.

그는 먼저 붉은 마음을 늙은 절개라고 했다. 이토록 처절한 마음의 절개와 기개로 늙어온 그의 삶에서 닭 우는 소리를 들어도 풍전등화의 국운이 염려되어 견딜 수 없었던 것이다.

피가 끓듯 한 우국충정이던 그는 그런 마음이 어디에서 비롯된 것일까.

그는 분명히 국운에 대한 희망을 예언했다. '여유 있는 패전은 결코 망하지 않는다'라고.

일본군은 밀려나고 폐허된 땅은 다시 수습되어 임금이 서울로 돌아오는 날을 보리라는 것도 확신하여 말했다. 각 도의 수령(관찰사 등 지방관리)과 선비와 평민, 그리고 군인들에게 희망을 심어주면서 나라를 구출하는 데 힘을 합하자고 피 끓는 호소를 했다. 힘을 모으면 나라를 일본으로부터 되찾게 되고 백성도 온전하리라는 일념을 담아. 나라가 없는 삶은 그에겐 암울함이었다. 금산에서의 전투는 실패했는지 모른다. 그러나 대의명분에선 그는 승자다. 나라를 위해 값진 죽음을 택했기에. 살아서 적의 노예가 되어 굴욕적인 삶보다 그의 여러 부하장수와 그리고 많은 병사들과 함께 구차한 삶이 아니라 의로움을 택한 그들에게 누가 감히 이렇다 저렇다 그들의 공과를 논할까. 이처럼 죽음을 택한 자가 있는가 하면 뒷날을 도모한다고 물러서거나, 살아서 자기 고향 부모, 처자식 품으로 돌아갔든 간에 옳고 그름을 넘어 각자가 자기 갈 길을 선택해 간 것이다.

그가 금산의 적을 공격할 때 그의 아들들은 대부분 싸움터에 나가 있었다. 집에 남은 자녀는 그나마 어렸기에 사위에게 집안일을 돌봐 달라고 부탁할 수밖에 없었다. 이때 그의 심경은 절박할 대로 절박해 있었다. 이 어찌 그의 급박했던 마음을 꿰뚫어보지 않으리.

적의 기세가 왕성할 대로 왕성해진 마당에 창의를 결행할 것을 굳힐 때부터 그는 힘없고 외로운 처지가 아니던가! 그러나 기껍게 나라에 충성할 것을 스스로 다짐한다. 그의 마음은 오히려 평화롭고 답답했던 가슴이 후련하기까지 했다.

이윽고 **경명**의병진은 은진에 도착한다. 이산으로 진군하려 마음먹고서. 그 즈음 적은 이미 황간에서 금산까지 침범해 들어왔다는 파발이 전해져 온다. 금산군수는 치열한 싸움 끝에 이미 전사했고. 적의 기세가 드세질 대로 드세져 제압하기가 여간 어려운 일이 아니라는 소식도 속속 날아든다.

금산의 전투상황을 전해들은 그는 휘하군사들이 앞을 다투듯

대장에게 몰려들어 강력히 주장한다. '돌아가 호남을 먼저 지키자'는 것. 그것도 옳다는 생각이 든 그는 그들의 뜻을 따르기로 결정한다.

식량의 보고인 호남을 지키지 못한다면 나라를 다시 찾을 길은 없다. 만약 곡창지가 적의 수중에 들어간다고 치자, 적만 배불려 그들의 사기는 드높아질 것이 분명하다. 전 국토를 유린하고도 남았을 의군의 힘을 일본군들의 뒷바라지하는 격이 될 테니까.

경명은 일단 군사를 진산으로 이동한다. 금산에 쳐들어온 적을 치려는 계산에서다. 그때도 계속 건장하고 날쌘 사람들이 의병에 응모해 들어오고 있다. 그의 의병 군대는 위세가 더욱 드높아져 간다.

경명은 드디어 장수들을 나누어 금산으로 공격해 들어가고. 때마침 그곳에 진입해 있던 방어사 곽영의 관군은 좌측을, **경명** 의병부대는 우측을 함께 공격하기로 했기에 기회를 엿보고 있다. 의군은 의기충천해 있다. 그러나 문무관으로써 군대를 장악한 장수들이 멈칫멈칫 머뭇거리고 있다. 그는 싸움의 승패를 따질 겨를이 없다. 친히 범의 소굴에 들어가 적과 혈전하리라, 마음을 굳게 다잡았을 뿐이다. 그는 조금도 머뭇거릴 상황이 아니었다.

정예부대의 기병은 직접 적의 진영으로 돌격해 들어가고 있다. 이때 적의 조총탄환이 수없이 날아든다. 매복된 적의 습격으로 일단 후퇴하지 않으면 안 된다. 전열을 가다듬고 다시 공격할 것을 다짐한다. 그는 북을 울리게 하고 갖가지 나팔도 불게 한다. 고무된 군사들은 죽음을 무릅쓰고 적을 향해 돌격해 들어간다. 기병은 일방적으로 적병을 토성 안으로 몰아넣었다.

토성 밖 관사는 모두 불태워 버리고, 이번에는 포를 쏘아대고 긴급작전으로 적을 압박해 들어간다. 의병 진영엔 군사들의 사기가 하늘을 찌를 듯하다. 이에 질세라 적들도 죽기 아니면 살기로 토성 안에서 밀물처럼 몰려나온다. 의군은 그런 광경을 그냥 바라보고만 있지 않았다. 적들의 그런 상황을 용납할 리 없으니까. 의병진은 사면을 가로막고 적을 포위해 창과 칼을 휘둘러대었다. 적은 크게 살상을 입었다. 많은 일본 병사들이 죽고 부상자가 속출했다. 토성 안에서 그런 처참한 전황을 본 적들은 더 이상 나오지 못하고 머뭇머뭇 주저하고 있다.

의병과 관군은 토성의 방벽이 워낙 두텁고 견고해 더 이상 이를 부수고 쳐들어가 함락시킬 수는 없었다. 의병들은 항오를 갖추어 본진으로 돌아온다. **경명** 부대는 그때 병력을 전부 철수가 아니라 일부라도 토성 앞을 지키고 있어야 했다. 적의 숨통을 한 번 조였을 때 아주 비틀어 버려야 하는데 다시 풀어주는 격이 된다면 어찌 될까. 비틀었던 닭의 목을 놓으면 다시 살아나는 수가 있음에도, 이를 방관한 격이다. 불행하게도 적에겐 그때, 숨을 고르고 다시 공격해올 빌미를 주고 말았다.

이 같은 의병작전이 이 보 전진을 위한 일 보 후퇴라 할 수 있을까. 이때부터 의군에겐 불길한 전조가 검은 구름처럼 밀려들고 의병 진영엔 이런 전조를 깨닫고 있는 자 누굴까. 이날 밤 곽영이 연락병을 통해 **경명**에게 내일 합세하여 싸우자고 제의해온 터이나, 이때 그의 장자 **종후**가 대장인 아버지에게 이같이 건의한다.

"오늘은 우리 군사가 싸워 득을 보았습니다. 그 기세로 군사가 온전히 돌아오지 않았습니까? 이제는 기회를 보다가 이날 밤으로 다시 나가 적을 고단하게 하는 것이 좋겠습니다. 적과 대치해 모두 가까이 야숙한다면 좋겠습니다. 적의 야간 습격이 매우 우려됩니다."

그도 **종후**의 말에 타당성을 인정하면서도 말은 그렇게 한 것일까. 아들에게 거침없는 말을 쏟아낸다.

"네가 부자간의 정으로 이 아비의 죽음을 두려워하느냐? 나라를 위해 한 번 죽는 것이 내 사명이고 대장으로서의 본분이 아니더냐?"

아들을 그렇게 나무라듯 했다. 그는 부하 장수들의 목숨은 왜 생각지 않았을까. 전쟁에 대한 기본적인 상식을 갖춘 사람이라면 이런 때 어떤 반응이 나와야 할까. 그는 막하 장이던 **종후**의 건의를 받아들였어야 옳았다. 전쟁터에서 살신성인의 정신도 값진 것이라지만, 적에게 최대한 피해를 가하는 것이 싸움엔 우선일 텐데, 기본전략이라는 것을 그가 모를 리 없음에도, 왜 그것을 간과한 것일까. 그러고서 조령에서의 작전 실패는 하늘이 돕지 않았다고 **신립**이 항변한 소리를 앞서 해두려는 것일까. 그의 평소 언행의 태도로 보아 잘못을 오직 자기 탓으로 돌리는 성정이고 보면 하늘에 책임을 지우지 않으리라는 믿음이 앞서긴 하는데.

아니나 다를까 **종후**의 말이 맞아떨어졌다. 이날 밤 적은 습격할 계획을 세워 조심스럽게 토성을 벗어나 복병을 준비하고 있었다. 대장에게 직언했던 **종후**와도 같은 막하 장들의 철통같은 경계근무로 다행히 의병 순찰자들에게 발각되었으니, 여하튼 그 상황에선 천행이다.

다음 날, 8일 정묘에 **경명**은 방어사 곽영과 함께 적진 가까이 진군해간다. 의병 부대는 적과의 거리가 겨우 2킬로미터 전방에 두고서 진지를 마련해두었다.

방어사의 관군은 더 가까이에서 적과 서로 마주 보도록 대치하고 있다.

경명은 팔백 필이나 되는 기병을 내보내어 싸움을 북돋운다. 양쪽 군이 싸우기도 전에 적은 그들의 진영을 비우고 허겁지겁 뛰쳐나오기가 무섭게 먼저 관군방어사의 진영을 공격한다. 이때 영암군수이자 관군의 부장이던 김성헌이 말을 타고 먼저 달아나버린다.

적은 물밀듯이 그를 쫓아 광주 흥덕에 진을 치고 있던 관군의 두 진영으로 바싹 가까이 공격해 들어간다. 그 바람에 관군의 방어진지가 쉽게 무너져버렸다. **경명**은 군사 숫자가 압도적으로 많은 적을 앞에 두고 의병진 스스로 외롭게 대항할 계획을 세우는데, 일단은 군사들에게 모든 준비를 갖추고 대기하도록 명령을 내린다. 바로 그 순간, 어떤 사람의 숨넘어갈 듯한 목소리가 들려온다. 목소리는 다급한 외침이다.

"방어사 군사가 무너졌다……."

이 말을 들은 의병들도 하나둘 금세 흩어지기 시작한다. **경명**은 막하 장들에게 최후의 말을 이렇게 남긴다.

"나는 말 타는 데 익숙하지 못하다. 불행하게도 적과의 싸움에 져 죽는다고 한들 한 번밖에 더 죽겠는가?"

부하들의 생사존망이 대장 한 사람의 손아귀에 달려 있다는 것을 그는 미처 깨닫지 못한 것일까.

그도 운명을 하늘에 맡기기라도 하려는가. 한 목숨 초개같이 버려도 그에겐 아무렇잖게 느껴질지 모른다. 일면 부하 장수들은 자기 목숨부터 부지하고자 하는 것이 더 급박한 일일 텐데, 전쟁터에서 대장의 목숨이 경각에 처한 상황에 대장에게 종속된 부하들의 목숨은 당연히 대장에게 귀속된 처지라서 대장과 함께 죽는 것이 더 아름다운 충성심으로 받아들여져야 한다는 것일까. 아무려면, 상관할 바 아닐 테지만, 당시에는 전쟁터에 나가 주검이 되어야 나라와 임금에게 충의가 된다. 살아남기를 바라는 것 자체가 죄악시 여기는 분위기에 목숨을 담보로 왈가

왈부할 가치는 없다.

사람은 분명 살고자 하는 생명의 욕구가 누구에게나 있게 마련. 그러나 좌우에서 부하 장수들은 말을 타고 어서 피하라고 대장에게 강력하게 요청하는데, **경명**은 또

"내 어찌 구차하게 죽음을 면하려고 한단 말이냐?"

죽기로 이미 작정한 그는 굳은 마음을 강한 슬픔의 감정에서 일어나는 아름다운 의식의 비장한 결의라도 된다는 것일까. 그의 부장들은 그를 부축하여 말에 강제적으로 태운다. 목숨을 이미 내놓은 마당에 살려고 말을 의지해 패주하는 자신의 모습이 더 역겨웠을까. 그는 동시에 자기 몸이 좌우로 흔들리더니 말에서 그만 떨어지고 말았다. 그랬다. 말도 살고 싶지 않은 사람 등에 태워 살려낼 필요가 없다는 지각이 들었나 보다. 말<馬>은 그냥 **경명**을 버리고 저 살길 찾아 도망해버린다. 이는 **경명** 스스로 몸을 주체하지 못해 떨어진 것인지, 아니면 자기 주인이 아닌 다른 사람을 잔등에 올려 달아나기가 거추장스러워 말이 잔등을 흔들어 떨어뜨린 것인지, 아니면 이것도 저것도 아닌 사람의 부주의와 말의 거친 동작으로 동시에 그리됐는지 그때 상황은 여간 불명확한 게 아니다.

그의 휘하에 있던 안영[15]은 말에서 내려 자기 말을 얼른 대장

---

15) 安瑛[?~1592]
   임진란 때의 의병. 본관은 순흥順興. 자는 원서元瑞. 남원南原 출생.
   1592년 임진란이 일어나서 서울에 있는 모친을 봉양하기 위해 가는 길에 고경명
   휘하의 의병에 가담, 활약하다가 금산 싸움에서 장렬한 전사. 장악원첨정에 추증.

에게 다시 넘겨준다. 그리고 안영은 걸어서 대장을 따르고 있다.

그의 종사관 유팽로는 말이 빠르게 달려 먼저 진중을 벗어나 있게 되자 그의 종에게

"대장이 진중을 빠져나가셨느냐?"

하고 묻자 그의 종은

"아직 빠져나오지 못하셨습니다."

유팽로는 급하게 말을 몰아 일본군의 창과 칼날이 춤추는 싸움터로 되돌아 들어간다. 참담한 난병 속에서 유팽로는 대장을 겨우 찾았다.

"나는 필경 면치 못할 것이니 너라도 어서 달려 나가거라."

하고 대장은 강한 어조로 타일렀다. 그러자 유팽로는

"내 어찌 차마 대장을 버리고 나만 살기를 바라겠습니까?"

충절의 대장에 그의 충성스러운 부하 장수다.

바로 그때 그의 몸은 적의 조총 탄이 꽂히고 순간 예리한 칼날이 그를 쓰러뜨리려 든다. 유팽로 역시 자기 몸으로 대장을 가로막고 방어하다가 적의 총탄을 맞는다. 그들은 한자리에서 최후에 목숨을 거둔다. 안영 역시 벌 떼들이 여왕벌을 에워싸듯이 그의 부하들과 함께 겹겹이 대장을 둘러섰다. 대장을 호위한 그들의 몸이 방패막이 된 것이다. 그렇게 최후까지 대항하다가 모두가 적의 총탄과 칼날에 처절하게 죽어갔다.

그의 호남의병은 금산전투 일차전에선 그렇게 처절하게 막을 내린다. 그러나 그 후 **조헌, 영규** 등에 의한 의병들의 후속 전투로 이어진다. 다른 한편 2차 금산 싸움이 있고 난 직후인 8월 27일, **조헌**의 의병을 이은 또 다른 싸움이 금산군 관내에서 벌어지고 있었다. 이 싸움은 금산군 북방 20리쯤에 위치한 소산에서 펼쳐졌다고 기록은 전한다. 그때에 싸웠던 구체적인 기록은 없으나 해남현감 변응정[16]과 전라도 의병장 소행진[17] 등이 주축을 이루어 싸운 것은 **조헌**의 순절소식이 전해진 뒤 복수전으로 싸움은 계속되었다. **경명**과 **조헌**의 금산 싸움이 실패했음에도 꼬리에 꼬리를 물고 복수전투가 이어져 갔다. 이 의병장들의 계속된 싸움은 일본군이 호남 지역으로 침입하는 것을 막는 데 크게 공헌했다.

---

16) 邊應井[1557~1592]
　　본관은 원주原州. 자는 문숙文叔. 시호는 충장忠壯. 문예文藝에 탁월했으나, 문과에는 실패. 선조 때 무과에 급제, 월송만호越松萬戶·선전관 등을 거쳐서 1592년 임진란이 일어나자 해남海南현감으로서 전공을 세우고 수군절도사가 됨.
　　금산錦山에 포진한 적군을 김제金堤군수 정담과 공동작전으로 쳐서 큰 전과를 올렸으나 적의 야습을 만나 분전 중 전사. 적장도 그의 충의에 감복, 큰 무덤을 만들고 '조선국충간의담朝鮮國忠肝義膽'이라 써서 표목標木을 세웠다. 뒤에 조정에서는 병조판서에 추증하고 고향에 정문을 세움. 금산의 종용사從容祠에 제향.

17) 蘇行震[?~1592]
　　본관은 진주晋州. 소세득의 증손, 아버지는 참봉參奉 소종선. 임진란 때 같은 고향의 이보와 함께 의병을 모집해 금산錦山의 싸움터로 향하던 중 진산珍山 배고개[梨峴]에서 일본군의 공격을 받고 전사. 큰아들 계가 아버지의 장사를 마치자마자 진산으로 달려와 싸우다가 전사, 작은아들 동同 또한 형의 전사 소식을 듣고 달려와 싸우다가 전사. 동의 부인 민씨는 강화의 친정에서 남편의 전사 소식을 듣고 자살. 뒤늦게 공적이 알려져서 1783(정조 7)년 호조좌랑에 증직되고 정려를 받음. 1843년 익산의 은천사隱泉祠에 이보와 함께 배향되었다.

가까이 있는 고을 선비와 백성들은 의병이 무너졌다는 소식을 듣고 남녀노소 할 것 없이 짐을 진 채 발을 동동 구르면서 "우리는 이제 죽었구나! 이 일을 어찌해야 쓸까?"라며 애통해하고.

백성들의 원성과 통곡의 소리가 들판을 진동한다.

의병부대가 무너지고 그의 죽음을 모른 채 응모해 모여들던 사졸들은 뒤늦게 대장의 불행을 전해 듣고 울부짖으며 다시 흩어지기 시작했다. 남쪽 시골 선비와 백성들은 그에 대한 안면이 있고 없고를 떠나 모두가 조상하고 슬퍼했다.

경명은 비록 적과의 금산 1차 싸움에서 한 번의 승리가 있었으나 전공을 더 이상 세우지 못한 채 목숨을 내놓았다. 애타게 기다리고 있는 선조 임금께 반가운 승첩소식을 보고하지도 못했다. 그러나 그가 순절한 뒤 임금과 나라를 사랑했던 그의 충의정신을 본받은 자가 얼마일까! 그의 정신을 이어받은 자들은 죽음을 무릅쓰고 적을 공격한 의병들이 계속해 일어났다. 적들은 여러 차례 승리했다고는 하지만 그들도 피해가 말할 수 없이 큰 것은 사실이다. 일본 군사들은 죽고 또는 중상자가 그들 참전 군사의 절반이 넘었다. 일본 군사들 중에는 갑옷을 벗어던지고 도망친 자들도 수없이 많았다.

경명 의병군의 금산 1차 전투가 끝난 뒤 약 40여 일 만에 재개된 것이 제2차 금산전투다. **조헌**과 승장 **박영규**의 합동작전으로 전개된 2차 전투는 **경명**군의 뒤를 이은 것이다. 그런 점에서 **조헌**의 전투는 **경명**의 복수 의병 전 격이다. 그가 전사하기 전에 **조헌**과는 이미 금산성의 적을 함께 공격하자는 결의를 맺었던 것이기에. 그런 점을 볼 때 **조헌**의 금산 2차 싸움은 실제적으로 1차전을 계승한 것이나 다를 바 없다. 1차와는 달리 **조헌**부대가 금산성을 공격하기 전에 적에게 기습공격을 당한 상태에서 싸움이 진행되었기에 제2차 금산 싸움은 그 시작과 끝이 1차와 비슷한 상황이다.

'죽으려면 무슨 짓을 못할까'라는 말에서 교훈을 깨닫듯 일전을 불사하려는데 호연한 기상들이 적을 용납했겠는가. 짐작대로다. 전하는 기록에 따르면

"적 측의 전사자 역시 보통이 아니었으니 그 남은 병졸들을 거두어 저희들 본진으로 돌아갔을 때 울음소리가 우레처럼 진동했다. 사흘이 지나도록 그들은 시체를 모두 운반하지 못한 채 마침내 무주에 있던 적들과 함께 모두 달아났으니 양호(호남, 호서) 지방이 이로 인해 안전하게 되었다."

적의 피해상황을 이보다 더 잘 설명해준 기록은 없을 것이다. **조헌**의 제2차 금산전투는 전라도의 무주, 금산 일원에 아직도 남아 있던 적을 영남 지방으로 퇴각시키는 데 결정적으로 기여했다. 이제 일본군은 수세에 몰리게 되었다. 두 차례의 금산전

투의 결과, 일찍부터 무주, 금산에 주둔하고 있던 고바야 다카 가게가 이끈 군은 더 이상 전라도에 남아 있을 수 없도록 전의 를 상실했다. 이같이 그들이 처한 전황으로 보아 전라도 공략이 실패로 돌아갔다는 것이 확인되었다. 이제 일본군은 무주, 금산 지역에서 영남으로 철수하려는데 그곳에서도 온전하지 못했다. 그곳 지역에 진을 치고 있는 의병들이 그냥 놔둘 리가 없다. **경 명, 조헌, 영규** 등이 금산전투에서 전사한 직후부터 경상, 전라 양 도의 의병은 고바야카와 다카가게군에 대한 총반격을 개시 한다. 영남 의병장 김면[18]은 지례의 고바야카와 다카가게 군을 다시 공격해 적들의 진지를 불살라버린다. 고바야카와 군은 지 례에서 상주로 진을 옮겼다가 여기에서 또 타격을 받게 된다. 김면이 이끄는 군은 다시 거창에 주둔해 지례, 김산 간의 길을 결국 차단해버린다.

  김면과 함께 거병한 합천의 의병장 정인홍[19]도 성주에 주둔

---

18) 金沔[1541~1593]
　본관은 고령. 자는 지해志海. 호는 송암松庵. 고령 출생. 이황 문하에서 성리학을 연 마하고, 많은 제자들을 가르침. 효렴孝廉으로 천거되어 참봉에 임명되었으나 사퇴. 재천거에 의해 공조좌랑에 임명되었으나, 역시 사퇴. 임진란 때 조종도·곽준·문위 15) 등과 거창·고령에서 의병을 일으킴.
　금산·개령 사이에 주둔한 적병 10만과 우지牛旨에서 대치하면서 진주 목사 김시민 과 함께 지례知禮에서 공격해오는 적의 선봉을 요격하여 격퇴. 그 공으로 합천군수 가 되고, 또 무계茂溪에서도 승전하여 의병대장의 호를 받는다. 1593년 경상우도병 마절도사가 되어, 충청·전라도 의병과 함께 금산·개령에 진주하여 선산善山에 있는 적을 공격할 준비를 마친 뒤, 갑자기 병사. 병조판서가 추증되었다. 고령의 도암사 道巖祠에 배향. 1607년 이조판서 가증. 저서에는 『송암실기』가 있다.

19) 鄭仁弘[1535~1623]

하여 고령, 합천 간의 길마저 끊어버린다. 곽재우군은 의령에 주둔하고 있으면서 함안, 창녕, 영산으로 도강하려 한 일본군을 제압한다. 이 같은 의병의 반격에 의해 무주의 일본군은 금산으로 합류한 뒤 다시 또 옥천에서 성주를 지나 경상도 개령으로 아주 퇴각해버린다. 이래서 고바야카와군의 전라도 침략은 좌절되고 말았다.

경명과 참전 의병들의 죽음은 호남의 곡창지가 결국 보존되

본관은 서산瑞山. 자는 덕원德遠. 호는 내암來庵. 경상남도 합천陜川에서 태어났다. 남명 조식의 문인.

1573(선조 6)년 학행으로 천거되어 6품직을 받고, 1575년 황간현감黃澗縣監, 다음 해 지평을 거쳐 1581년 장령이 되어 정철·윤두수를 탄핵하다가 해직된다. 1592년 임진란 때 제용감정濟用監正으로 합천陜川에서 의병을 모아, 성주星州에서 일본 병을 격퇴, 영남 의병장의 호를 받는다. 이듬해 의병 3,000명을 모아 성주·합천·함안 咸安 등을 방어, 1602년 대사헌에 승진, 중추부동지사·공조참판을 역임. 유성룡을 탄핵해 사직시키고, 홍여순 등 북인과 함께 정권을 장악한다.

1608년 유영경이 선조가 광해군에게 양위하는 것을 반대하자 이를 탄핵하다가, 이 듬해 영변寧邊에 유배된다. 하지만 선조가 급서하고 광해군이 즉위하자 대사헌이 되어 대북정권을 세움. 자신의 스승인 남명 조식의 학문을 기반으로 경상우도 사림 세력을 형성한다. 더구나 임진란 당시의 의병장으로서 활약한 경력과 남명의 학통을 이어받은 수장으로서 영남사림의 강력한 영향력과 지지기반을 확보. 그는 이런 배경으로 정계 실력자로 등장. 진주의 덕천서원德川書院, 삼가의 용암서원龍岩書院, 김해의 신산서원新山書院 등, 3개 서원의 사액을, 스승인 남명 조식은 영의정에 추증. 1610(광해군 2)년 조식이 제외되고 이언적과 이황이 문묘에 종사되자 이를 반대하다가 유생들에게 탄핵받아 청금록靑衿錄(儒籍)에서 삭제되는 등 각종 싸움으로 분란이 일어남.

정인홍은 자신의 스승인 조식에 대한 문묘종사 노력은 남명에 대한 정당한 평가와 위상을 정립하기 위한 것이었지만 반대파에 대한 과격한 비판으로 오히려 위기를 자초. 이 일로 남북의 당으로 분리되는 계기가 되었다.

1612년 그는 우의정이 되고, 다음 해 계축옥사가 일어나자 영창대군을 지원하는 세력의 제거를 주장. 그 뒤 서령부원군瑞寧府院君에 봉해지고, 좌의정에 올라 1615년 궤장几杖(조선 때, 궤장연几杖宴에서 임금이 내리던 案席과 지팡이)을 받음. 1618년 인목대비 폐위논란이 일고 있는 와중에 영의정에 올랐다가 이듬해 물러남.

1623년 인조반정 뒤 참형되고 가산은 적몰되었으며, 이후 대북은 정계에서 거세되어 몰락했다.

고 다음 날 나라가 전쟁의 상처에서 쉽게 회복될 수 있는 밑거름이 되었다.

좌참찬 성혼은 **경명**의 충렬이 왕실에 큰 공을 세웠다고 임금에게 말한다. 그는 조광조의 문인이던 백인걸에게서 상서를 배운 사람이다. 율곡의 도의 지우이던 그는 그의 정신적 도덕적인 친구다.

당시 이조참판이던 그는 공석 중인 판서를 대신하여 일본에 보낼 통신사를 선정하는데 예조판서 유성룡과 좌의정 이산해, 우의정 정철과 함께했다. 우선 삼사三使를 먼저 정하려 할 때 정철의 선창으로 성혼이 내놓은 관원들의 명단을 놓고 의논하게 되었다. 정승 두 사람이 앉은 자리인지라 율곡과 성혼은 나설 처지가 못 되었다. 당시 유성룡은 48살이라 그중 제일 연하인데다가 앞장서는 성품이 아니다. 성혼은 정철보다 한 살 위인 55살로 좌중에서는 제일 연장자였다. 그래도 관등이 제일 낮을 뿐 아니라 천성적으로 그도 말이 없는 사람이다. 두 사람이 묻는 말에 대답하는 정도에 그치고 이야기는 이산해와 정철 사이에 오고 갔다. 이렇게 해서 일본에 보낼 통신사 삼사가 결정되었는데, 당시의 정치상황을 의식해 상사上使에 정철과 가까운 서인 황윤길, 부사에 이산해, 유성룡과 가까운 동인 김성일, 서장관에는 동인이면서도 중립적인 허성이 결정된 것이다. 선조로서는 특별히 마음에 두고 있는 사람도 없어서 정승들에게 위임한 상태다. 황윤길은 첨지중추부사로 정철과 동갑인 54살, 김성일은 성균관 사성으로 이산해보다 한 살 아래인 52살, 허성은 같은 성균관의 전적으로 42살이다.

기묘사화가 일어난 것은 1519(중종 14)년이다. 그때 성혼은 열일곱 살에 사마시의 생원과와 진사과 두 시험의 초시에 합격했으나 복시에는 나가지 않고 한동안 스스로 벼슬길을 포기했다.

한동안 관직에 머물었던 성혼은 기묘사화의 참화를 겪은 뒤로는 뜻있는 선비들이 성현의 목표로 도를 추구할 뿐 의도적으로 과거를 회피하려는 경향이 짙게 드리워져 있던 때라, 관직을 떠나려는 성혼은 표면적인 이유로 '건강이 좋지 않음'을 내세웠으나 사실은 '산림거사'로 평생을 일관했던 화담 서경덕을 존경하고 그를 본받기 위함이었다. 성혼 역시 기묘사화의 직접적인 피해자이기도 하다. 그의 아버지 성수침[20]은 조광조의 직계제자 중한 사람이다.

조광조의 문집 『정암집』에는 성수침과 그의 아우 성수종[21)

---

20) 成守琛[1493~1564]
본관은 창녕昌寧. 자는 중옥仲玉. 호는 청송聽松·죽우당竹雨堂. 시호는 문정文貞. 조광조의 문인. 1519(중종 14)년 기묘사화 때 스승 조광조가 처형되고 많은 선비들이 화를 입자 벼슬길을 포기. 『대학』, 『논어』를 읽고 『태극도太極圖』를 그리면서 조화의 근본 탐구에 몰두. 후에 후릉참봉厚陵參奉에 임명되었으나 사퇴하고 처가가 있는 파주坡州의 우계牛溪에 은거.
1552(명종 7)년 예산현감 등에 임명되었으나 모두 사퇴. 다시 여러 고을의 현감에 임명되었으나 역시 사퇴. 글씨를 잘 써서 명성을 떨치고 문하에서 많은 석학들을 배출. 좌의정에 추증, 파주 파산서원에 제향. 문집에 『청송집聽松集』이 있고 글씨에 『방참판유령묘갈方參判有寧墓碣』이 있다.

21) 成守琮[1493~1564]
본자는 叔玉. 시호는 節孝 학자. 成守琛의 아우.

476

이 두 사람은 기묘사화 이후에 모두 세상과 인연을 끊고 은둔 생활을 했다고 전해진다.

의에 주린 그런 가문의 후예 성혼이 **경명**에 대해 실상이 없는 빈말을 임금에게 했으리라고는 믿어지지 않는다.

경명의 주검은 금산 어느 고요한 산속에 가매장되었다가, 그해 8월 어느 날 큰아들 **종후** 등이 출진하려 했을 때, 주위 사람들과 함께 그의 주검을 수습했다. 그가 죽은 지 무려 40일이 지난 뒤라서, 죽어 시체가 된 그의 몸을 깨끗하게 닦아내어야 했다. 그러고는 수의로는 마포 옷을 입힌다. 그다음으로 염포로 몸을 묶는 절차가 이어진다. 시체는 40일 동안 음습한 더위에 노출된 상태에서 연일 비를 맞아왔다. 부패된 정도를 알 만했다. 그러나 의아스럽게도 많은 사람들이 생각했던 것과는 놀라울 정도로 그의 주검상태의 얼굴은 달라도 너무 다른 모습이다. 그의 얼굴과 몸은 믿을 수 없을 정도로 살아 있는 사람의 얼굴처럼 혈색상태가 매우 깨끗했다.

이 광경을 보는 사람마다 어찌 기이하게 여기지 않을 수 있을까. 그의 시신을 담은 관은 그가 태어나 살았던 고향으로 옮겨갔다. 관이 지나는 고을마다 탄식하고 슬퍼하던 백성들은 헤아릴 수 없이 큰길을 계속해서 매우고 또 메운다. 어떤 이는 가

1519(중종14)년 별시문과에 병과로 급제했으나 이해 을유사화로 스승 趙光祖가 죽음을 당하자 그 문인이라 해서 臺諫의 탄핵을 받고 科榜에서 삭제 당했다. 문장과 학문에 뛰어났다. 昌寧의 勿溪書院, 坡州의 城山書院에 祭享. 直提學에 추증.

까이 달려와 영구를 만지면서 큰 소리로 서럽게 울어대었다.

의주에 안착한 임금의 행차에서 선조는 앞서 **경명**의 의거를 전해 듣고 수심 가득하던 얼굴빛이 매우 밝아졌다. 임금은 그에게 '공조참의 지제교 겸 초토사'직을 내린다. 임금의 옷을 만들어 공급하는 상의국, 토목영선을 맡아보는 선공감, 궁성, 도성 등을 증축하고 수리하는 수성금화사, 대궐안의 동산, 그리고 과일과 소채, 또한 화초 등을 맡아 관리하던 장원서, 종이 뜨는 일을 담당하는 조지서, 관에서 쓰는 기와나 벽돌을 만들어 공급하는 일인 와서 등이 공조에 속한다. 이같이 다양한 부서 중에 공조 등 6개 조의 정3품 벼슬로 왕의 교서 등의 글을 지어 바치던 자리다. 어지럽기 그지없이 광범위한 업무를 관장해야 하는 직책을 임금은 왜 **경명**에게 내렸을까. 오늘 죽을지 내일 죽을지 담보되지 않은 경각에 달린 목숨을……. 그것이 신하의 충절에 임금이 할 수 있는 최선의 보상이고 도리일까. 왕이 내린 여러 부서를 관장하는 직은 상징성에 더 무게를 두고 임명한 것이리라. 그러나 그가 없는 이승에서 그 벼슬들은 무엇에 쓰일까.

게다가 초토사까지 겸직으로 내리었으니, 그때는 나라에 변란이 일어난 상황이어서 변란을 진압하고 평정하기 위해 신하로 삼아 사건현장에 보내곤 했던 직분이 초토사다. 그에겐 초토사가 시의적절하고 현장감 있는 책무인지, 초야에 묻혀 있어 나라에 대한 아무런 책무가 주어지지 않은 제야의 선비인 그에게는 때마침 그가 자발적으로 변란의 전선에 출진해 있는 몸이라서 임금의 임시 거처가 의주로 옮긴 피란지에서는 신하들 간에 당연히 그에게 직분을 주고 책무를 맡겨야 마땅하다는 중론이 있을 법한 일이다. 그래야 공을 가려 포상을 해도 해야 할 것 아닌가. 아니 그보다도 우선한 것이 있다면, 조정에서는 한갓 초야에 묻혀 지내던 그가 싸움터에서 만약 저지러질지도 모를 그의 허물이 생기면 어떤 책임을 물을 것이고 그가 공적을 쌓으면 또 어떤 포상도 해야 하지 않을까_{물론 책임이 있건 없건 간에 초야의} _{선비에게도 벌을 주고자 할 때 얼마든지 처벌할 테지만}. 난감한 궁리 끝에 내려진 결정으로 보아야 옳을까. 국가의 책임이 주어져야 과오를 따지고 실책을 준엄하게 추궁해도 해야 할 것 아닌가. 어찌하든 당사자인 그에겐 왕으로부터 공식 직위를 부여받아 싸우는 몸이 더 자랑스럽고도 사기가 진작될 것은 불문가지不問可知다. 여하건 간에 사지에 들어가 있던 그에게 임금은, 그가 달갑게 여기지 않을지도 모를 그 많은 권력을 임금의 권위로 행사한 것이다.

그때, 그는 죽어 이 세상을 떠난 사람이었으니까. 이 세상 사람이 아닌 그에게는 이 모든 것들이 다만 공적으로 기록에 남아 후손들에게 대대로 전해질 뿐이다.

일본군은 그때 5~6개의 도를 짓밟으며 유린하고 있었다. 더욱이 경기, 황해가 더욱 심했다. 양산숙 등은 바다를 이용해 임금에게 **경명, 김천일**의 출사표를 전하기 위해 의주로 떠났다. 임금에게 갔던 양산숙 등은 임금을 알현한 다음 또다시 임금의 교서를 가지고 남쪽 진중으로 돌아오고 있었다.

교서내용은 모든 고을을 무리하지 않게 수습하고 어서 서울을 회복하라는 임금의 소망이 들어 있었다. 양산숙에게 직접 당부한 임금의 말은 이러했다.

"돌아가서 **고경명, 김천일**에게 말하라. 내가 원하는 것은 너희들이 제때에 나라를 회복해 나로 하여금 너희들의 얼굴을 하루빨리 만나보게 하라"는 것이다.

이를 어쩌면 좋을까! 문서와 구두로 전한 왕의 소망과 두 의병장들에게 내린 벼슬과 직위가 진중에 도착하기도 전에 **경명**과 많은 부하 장수들은 이 세상 사람이 아닌 것을.

경상좌수사 박홍은 입장이 매우 난처하고 고민스럽다. 동래부사에서 파면되어 고향으로 돌아가는 **고경명**을 전송해야 되느냐 그냥 둘 것이냐, 조정에서 내려온 조보朝報에는 술이 지나쳐서 파직시킨다고 적혀 있다.

"**고경명**은 그 본성이 얼뜰(다부지지 못하고 어수룩하다)한 자로 부임 이래 날마다 술만 퍼마시고 직무를 돌아보지 않으니 하루도 그 자리에 둘 수 없다<高敬命性本疎脫自到任之後……日以荒酒爲事 全廢職務 不可一日 在官>『선조실록』."

사실 그는 얼뜬 사람은 아니다. 일찍이 과거에 장원급제를 한 수재이다. 청렴결백하고 유능하기로 정평이 나 있었다. 당시 59

세, 동래부사로 있을 사람도 아니다. 좌의정으로 있다가 밀려난 정철이 과거를 볼 때에는 그 시험관으로 있었다. 별일만 없었다면 그는 정승을 지내고도 남을 인물이다. 도중에 벼슬을 그만두고 19년 동안 고향 광주光州에 있다가 정철이 권하는 터에 차마 거절 못 하고 변방 벼슬길에 나섰던 것이 이제 겨우 동래부사다. 옛날 문정왕후가 많은 선비들을 사지로 몰아넣을 때 정철의 아버지와 형도 귀양을 가고 집안이 풍비박산이 된 때다. 어린 정철은 갈 곳이 없어 헤매다가 담양에 내려와 살게 되었다. **경명**은 3살 아래인 이 영리한 소년에게 정이 들어 함께 어울리다 보니 평생친구가 되었다. 그런 연고로 정철이 밀려났다는 소식에 심사가 편할 리 없어, 술을 마신 것도 사실이다. 정철과 친한 사람은 모두 쫓겨나거나 귀양을 가는 형국이니까. 잡을 트집이 없으니 그에게는 술로 트집을 잡았으리라.

실상을 아는 박홍으로서는 마음이 착잡했다. 공연히 전송을 나갔다가 그의 일당으로 몰리지나 않을까? 나가지 않으려는데 주위에서 이를 반대했다.

"그러시면 의리가 없다고 손가락질을 받을 것입니다."

"나는 정3품의 수사다. **고경명**은 종3품의 부사니 자기가 하직인사를 오는 것이 예의지 내가 전송을 나가야 옳겠는가?"

"그렇지 않습니다. 벼슬이야 어떻든 그분은 대선배가 아니십니까?"

박홍은 마지못해 동래로 말을 달린다.

역시 벼슬은 올라가고 볼 일이지 내려갈 것은 못 되었다. 전송 나온 사람은 불과 5, 6명이고 그중에도 자신이 제일 높았다. 안 올 것을 왔다고 머뭇거리고 있는데 **경명**은 속도 모르고 다가와 두 손을 덥석 잡는다.

"이거 수사 어른, 나 같은 사람을 전송해도 괜찮소이까?"

"공연한 말씀을 다 하십니다."

"하여튼 고맙소이다."

경명은 가지고 갈 짐도 없고 따라갈 사람도 없이 홀로 나귀의 고삐를 잡고 있다. 박홍은 그대로 돌아서기도 멋쩍어 한마디 물었다.

"왜놈들이 쳐들어온다느니 안 온다느니 말들이 많은 모양인데, 영감의 생각은 어떻소이까?"

경명은 반백의 수염을 비틀며,

"쫓겨 가는 사람이 국사를 논할 것은 없고, 만사 튼튼히 대비해둔다고 헛된 일이 되겠습니까."

그는 나귀에 올라 채찍을 휘둘렀다. 뒤따르려는 사람들을 손짓으로 물리치고 홀로 멀어져 가는 모습을 지켜보다가 박홍도 말에 올랐다.

그 후 1년이 지났다. 그동안 쳐들어오느니 안 오느니 말이 많았던 적이 이 땅에. 말은 씨가 되고, 어김없이 적은 부산포를 통해 상륙해 들어왔다. 적의 침략 후 달포가 채 지나지 않은 1592

년 5월경이다.

적의 침공을 받은 경상도 의병들은 자기 고을에 처들어온 일본군을 물리치는 것도 벅찬 일이었다. 그래서 다른 곳을 걱정할 마음의 여유가 없었다. 그러나 적의 침공을 받지 않은 전라도에서는 사정이 다르다. 멀리 북으로 진격하여 서울 한양을 수복하는 것이 의병들의 당면한 목표였다. 한양을 수복하면 평양, 의주까지 밀고 올라가 임금을 모시고 최후의 결전을 감행하여 전쟁을 끝내자는 것이다.

전라도에서 이와 같은 뜻을 품고 일어난 의병대장이 몇 사람 있었다.

그중 한사람이 담양潭陽에서 일어난 **고경명**이고, 나주에서 일어난 **김천일**, 화순에선 **최경회**다. 처음부터 이들은 서로 사전에 연락이 있었으나 모든 것이 여의치를 않아 각기 독자적으로 의병을 편성하고 작전도 독자적으로 실행했다. **김천일**은 먼저 이 고장을 떠나 각처를 전전하였기에 그의 활동무대는 전라도 이외의 지역이다. **김천일**을 제외하면 전라도의 의병들은 모두 **고경명**의 단일 지휘하에 집결했다. 그만큼 사람 수도 많고 군세가 막강했다.

경명은 이전 여름엔 술만 마시고 직무에 태만하다는 이유로 동래부사에서 파면된 후 광주光州 압보촌鴨保村(광주광역시 남구 압촌리)에 낙향해 세상을 등지고 자연과 벗 삼아 살아왔다. 여전히 술을 즐기고 때로는 시를 지어 읊고, 마음의 공허함을 달래고 있었다.

전쟁이 일어나고 세상이 온통 뒤숭숭해도 그의 생활은 별로 달라진 바 없다. 벌써 나이 육십, 서울 한양이 떨어지고, 일본군은 더욱 기승을 부린다는 소식을 들어도 어쩔 도리가 없고 술을 한 잔 더 마시는 것 외에 다른 도리가 없었다.

"선생님, 경상도에서는 곳곳에 의병이 일어나고 있답니다. 저희들이라고 앉아서 바라만 보고 있을 수는 없지 않겠습니까?"

평소 잘 아는 곡성谷城의 선비 유팽로가 친구 두 사람과 함께 압보촌으로 **경명**을 찾아왔다.

양대박, 양희적이라고 한다.

"그렇구먼."

경명은 고개를 끄덕인다.

"그런데 저희들의 힘으로는 아무리 하늘이 알게 움직여봤자 수십 명밖에 모이지를 않습니다. 명망 있는 분을 대장으로 모셔야 사람들이 모여들 터인데 그것이 걱정입니다."

"그것도 그렇겠구먼."

대장이라면 군사를 아는 무인이라야 하고, 기력도 좋아야 하고, 그 위에, 이 경우는 평소에 덕을 쌓아 인심을 얻은 인물이라야 했다. **경명**은 생각이 나는 대로 그럴만한 인물들을 차례로 지목했으나 세 사람은 귀담아 듣는 것 같지 않다.

"저희들도 많이 생각했습니다만, 선생님을 두고 다른 사람은 없었습니다."

경명의 이야기가 끝나고도 한참 후에 유팽로가 그를 쳐다본다.

"이 **고경명**이 대장이라니 원 이런 일도 있나!"

그는 어처구니없다는 표정으로 그들을 바라보았다. 유교의 고전이라면 평생을 두고 연구해 모르는 것이 없다고 자부할 수 있으나 병서에는 관심을 두지 않았다. 늙어 기력도 쇠잔했다. 나귀라면 그럭저럭 탈 수 있었으나 말을 타고 싸움터를 치닫는다는 것은 생각도 해보지 않은 일이다.

늙었다고 희롱하는 것은 아닐까 싶었다.

"자네들, 이것은 장난이 아닐세. 민첩한 동작으로 전쟁터를 누비며 생명을 내놓는 일이야."

세 사람은 그런 뜻을 모르지 않았다. 그러나 죽고 사는 전쟁터에 사람을 끌어들이려면 끌 만한 인덕이 있어야 한다. **고경명**을 덮을 사람이 누가 있는가? 군사지식이니 기력이니 하는 것은 우선 사람이 모인 뒤의 일이다.

"지금 필요한 것은 선생님의 성명 석 자입니다."

유팽로는 정색을 한다. 그것은 목숨을 내놓으라하는 뜻이다. **경명**은 창밖으로 하늘을 올려다보고 천천히 대답했다.

"알아들었소이다."

경명은 자기의 생에 종말을 고할 때가 왔다고 생각했다. 값있게 막을 내리게 되었으니 더 바랄 것도 없었다.

담양 추성관秋城館의 앞뜰.

유팽로와 그의 동지, 고을의 유지와 백성들이 모인 가운데 미리 마련한 재단에 나아간 **경명**은 향을 피우고, 축문을 읽어 하늘에 고한다.

"……육신과 재산…… 이 세상에서 받은 모든 것을 바쳐 적과 싸울 터이니 천지신명이시여! 이 땅, 이 백성을 저버리지 말고 도와주소서."

이어 임금이 계신 북쪽을 향해 두 번 절한다. 짐승의 피를 나눠 마시고 서로 신의를 다짐하고 나서 창의기倡義旗를 세워 바람에 나부끼니 이로써 **고경명**의 의병은 정식으로 발족을 보게 되었다.

그는 직접 붓을 들어 격문을 기초하고, 여러 청년이 둘러앉아 이것을 베껴 수백 통으로 만들었다. 일을 끝내니 다음 날인 6월 1일, 새벽 동이 밝아왔다. 청년들은 눈을 붙일 겨를도 없이 격문을 들고 말을 달려 전라도 방방곡곡으로 흩어져 갔다.

"……근세 이래 유도儒道가 크게 일어나 사람마다 뜻을 가다듬어 학문을 닦고 있으니 임금을 섬기는 도리를 누군들 배우지 않았겠는가? 그런데 유독 오늘날에 와서는 의로운 소리는 사라지고 겁에 질려 떠들썩할 뿐 일찍이 힘을 다해 적과 싸우는 자를 보지 못했다. 다투어 자신과 처자의 목숨을 보전할 궁리만 하고 있다. 남에게 뒤질세라 머리를 감싸고 쥐[鼠]같이 도망쳐 숨기만 하고 있다. 이것은 본도本道 사람들이 나라의 깊은 은혜를 저버릴 뿐 아니라 조상들을 욕되게 하고 있다. 지금은 적의 세력이 많이 꺾이고 임금의 위광이 날로 뻗치고 있으니 대장부가 공명을 세우고 군부에게 보답할 기회이다……."

"이달 11일을 기해 군사를 일으킬 날로 삼았으니 무릇 우리 도내道內 사람들은, 아비는 아들을, 형은 아우를 타일러 의로운 군사를 규합해 함께 움직이도록 하라. 바라건대 속히 결판을 내려 선한 일을 할 것이며 잘못 머뭇머뭇하다가 스스로 일을 그르치지 말라."

늙은 **경명**이 나섰다는 소식은 호남 전 지역 백성들의 감동을 불러일으킨다.

"**고경명** 같은 사람도 목숨을 내놓는데 너는 무엇 하는 것이냐……."

앉아서 일어서지 못하는 불구자를 제외하고, 남자라고 이름이 붙은 사람은 가만히 있을 수만은 없었다. 지레 겁을 먹고 산에 숨었던 사람들도 이내 나와 누이동생의 눈총을 이길 재간이 없었다. 사람들은 홍수처럼 담양으로 모여들었다.

고경명은 호남의 스승이다. 그가 나서는 마당에 군수다 현감이다 하는 수령들도 외면할 수 없었다. 적어도 인사치레는 해야 체면이 섰다. 마필, 무기, 사람도 담양으로 쏟아져 들어왔다.

고경명의 의병부대 수천 명은 대장기를 앞세우고 담양을 출

발 북상 길에 올랐다. 적을 치고 서울을 수복한다고 했다. 전에
도 관군이 서울을 어쩐다고 여러 차례 떠들썩했다. 그러나 떠날
때는 요란했으나 돌아올 때는 숨을 죽이고 밤중에 몰래 기어들
어 왔다. **경명**은 그들과는 씨앗이 다르다. 어쩌면 일본군들을
몰아내고 대궐이 있는 도성을 다시 찾을지도 모른다. 전송을 나
온 남녀 백성들은 이 시골에서는 일찍이 보지 못한 사람과 말
과 무기의 홍수에 가슴이 설레었다.

담양 이남의 의병들은 담양에 모였으나 이북의 의병들은 장
차 거쳐 갈 연도, 지정된 장소에 모이기로 약속이 되어 있었다.
경명은 인원과 물자를 수습하면서 태인泰仁, 전주全州, 여산礪山을
통과한다.

의병진은 은진恩津에 도착한다. 총 병력은 6천여 명. 그중 기
병이 8백 명이다.

여기서 그는 뜻하지 않은 소식을 접한다. 김산金山(김천)을 떠나
북상하던 일본군이 황간黃澗에서 별안간 방향을 서쪽으로 바꾸더
니 영동을 거쳐 금산錦山을 점령했다는 것이다. 남에서는 무주茂朱
에도 들어왔다고 전해온다. 전라도를 담당한 일본군 제7군 사
령관 고바야카와 다가카게의 예정된 진출과정이었으나 **경명**은
이때 비로소 적의 의도를 알게 되었다. 전라도에는 남쪽 해안에
이순신과 **이억기**의 수군이 있고 내륙에는 방어사 곽영 휘하에
1천 명이 있을 뿐 믿을 만한 것은 **경명**의 의병 6천 명이다. 예
정대로 한양으로 북상한다면 금산의 적은 일사천리로 전주까지

밀고 내려올 것이다. 그렇게 되면 전라도는 그대로 일본군 수중에 떨어지고 만다. 북상해 한양을 탈환한다 하더라도 전라도를 잃으면 적의 식량만 보장해주는 격으로 저절로 전 강토가 무너질 것이다. **경명**은 결단을 내려야 한다. 전라도부터 지키자. 그때 방어사 곽영은 연산連山에 주둔하고 있었다.

경명은 부대를 거느리고 연산으로 이동한다. 곽영은 그를 보자 잠자코 편지 한 통을 내민다.

"적이 금산에 집결했다 하니 내일이라도 이 전주로 쳐내려올 수 있을 것이다. 전주는 우리 왕실의 발상지요, 태조대왕의 어진御眞(초상화)을 모신 고장이니 무슨 일이 있어도 적에게 내줄 수 없다.

그대는 군을 이끌고 돌아와 나와 함께 전주를 지키도록 하라."

전라 감사 이광의 편지다. 전날 밤 **경명**에게도 이광의 군관이 달려와 비슷한 사연을 전하기에 한마디로 거절해 보냈던 것이다.

"안 된다."

경명은 이광이 하는 행동이 도무지 이해하기가 어려웠다. 그는 전쟁이 일어난 초에 조정에서 동원령이 내리자 군사를 이끌고 북상하다가 금강錦江에서 서울이 적의 수중에 들어갔다는 소식을 듣고는 군사들을 해산해버린다. 그것에 그치지 않고 그는 고부古阜 본가로 돌아가 숨어 지냈다. 공론이 떠들썩하자 그는 마지못해 전주로 돌아오긴 했으나 그 후에도 하는 일마다 마뜩찮았다. 김수(경상감사), 윤선각(충청감사)과 함께 6만 군을 이끌고 올라가더니 용인에서 불과 2천 명도 못 되는 적에게 패하고 쫓겨 내려왔다. 무슨 낯을 들고 돌아왔느냐?

죽어야 할 때에 죽지 못하고 엉거주춤 붙어 있는 목숨처럼 못 볼 것도 없다. 후퇴하여 전주를 지키자는 것은 전주를 버리자는 것과 다를 것이 없다. 또 겁을 내어 머리가 혼란한 모양이다.

"그래, 무어라 대답했소?"

경명의 물음에 곽영은 한참 뜸을 드린 후에 대답한다.

"전주를 지키기 위해서는 전주를 노리는 금산의 적을 먼저 쳐야지요."

"그렇게 회답을 했습니까?"

"아직 안 했소. 앞으로 안 할 것이오."

두 사람은 금산 주변의 지도를 내놓고 의논을 시작한다.

이치에서 권율에게 패한 고바야카와 다카가게는 금산에 들어와 방비 태세를 갖추고 있었다.

고바야카와도 **고경명**과 같은 60살로, 두 사람은 다 같이 백발이 성성한 동갑 노인이다. 그러나 그들이 살아온 배경은 다르다. **경명**은 유서 깊은 선비의 집안에 태어나 학문을 닦고 과거에 급제한 문관이다. 반면에 다카가게는 전통적인 무사 집안에 태어나 수많은 전투에서 경험을 쌓고 무장으로 입신한 사람이다.

고바야카와는 칼잡이로 대표되는 난세 일본의 전형적인 무장이었다면, 글을 잘하고 시에 능한 **고경명**은 평화로운 조선의 전형적인 선비다.

연산에서 6일간, 마지막 준비를 끝낸 **경명**은 7월 7일 곽영과 함께 동남으로 50리, 진산珍山으로 이동한다. 진산에서 금산까지는 30리 거리다. 험준한 산으로 둘러싸인 금산은 외진 곳으로 다른 고장 사람의 왕래가 드물고 그곳 사람들은 세상에 태어난 그대로 순박한 사람들이다. 이들은 농사를 짓고 누에를 치는 외에 산에서 송이버섯을 캐고 벌통을 놓아 꿀을 따면서 자자손손 싸움을 모르고 살아온 고을이다.

성城도 필요치 않은 평온한 고장이다. 그러나 없으면 심심한 것이 성이었고, 원님이 좌정한 읍내에 성이 없는 것도 좋지는 않았다. 그렇다고 힘을 들여 석성까지 쌓을 것은 없고 토성이면 족했다. 이래서 금산읍에는 흙으로 모양만 갖춘 토성이 주위를 둘러 쳐져 있었다. 태고시대 그대로의 사람과 자연이 숨 쉬는 금산 고을이다.

나이가 든 연후에 덕행으로 임명된, 후덕한 인물 금산군수 권종이 천내 강변에서 전사한 지 14일이 되는 날이다. 첫새벽에 진산을 떠난 **경명**은 동으로 30리를 진격해 해가 뜰 무렵 금산 서북 5리, 와평臥坪(금성면 양정리)에 도착한다. 그의 부대는 여기 야산에 포진하고, 뒤이어 당도한 방어사 곽영은 그 좌편 나지막한 언덕에 진영을 마련했다.

일본군은 개미 떼같이 금산성의 성벽에 올라 이쪽 아군 진영을 정탐하듯 바라보고 있었다.

"너희들은 가서 저들을 쓸어버려라."

경명의 지시로 8백 기병이 적진을 향해 쏜살같이 질주해갔다. 이들은 성 주위를 돌면서 삿대질을 하고 욕설을 퍼부었다.

"이 왜 강도들아! 어제저녁이 제삿날이다."

성벽에서도 알아들을 수 없는 고함이 터져 나왔다. 일본말을 알아듣는 병사가 있어 그가 들은 바로는

"욧쓰니 시데 쓰가와즈조(四つにしてつかわすぞ: 토막을 내줄 테다!)"

그러나 피차간에는 수백 보의 거리가 있어서 화살도 탄환도 닿지 못한다. 일본군은 태반이 보병이다. 이들을 성 밖 벌판에 이끌어내다 기동력이 빠른 기병으로 짓밟자는 것이 **경명**의 계획이다.

"잔뜩 부아를 돋우어라. 저들은 성미가 급한 종자들이다. 반드시 문을 열고 튀어나올 것이다."

이것이 **고경명**의 당부이다. 그의 생각은 적중했다. 오정이 가까이 다가오자 적은 부아가 치밀 대로 치민 듯 저마다 욕설과 함께 손짓발짓으로 오만 가지 시늉을 하더니 마침내 북문을 열고 몰려나왔다. 기병들은 한 갈래 한 갈래[一派……] 차례로 돌격을 감행하여 적을 짓밟고 지나갔다. 눈코 뜰 사이 없이 반복되는 파상공격에 적은 정신을 차리지 못하고 쓰러져 피를 토했다. 그런데 사단은 사소한 데서 벌어졌다. 선두에서 돌진하던 군관 한

사람이 말이 허공으로 치솟을 때 그대로 땅에 떨어진다. 김정욱이라는 젊은 군관이다. 적탄을 맞은 말이 놀라 뛰는 통에 일어난 사고다.

땅에 떨어지면서 다리를 다친 김정욱은 절뚝거리면서 후방으로 뛰기 시작했다. 이것이 생각지도 않은 파문을 일으키고 말았다. 우군은 기가 꺾인 듯 주춤거리고 적은 기승氣勝하여 칼과 창을 꼬나들고 돌진해온다. 승세는 패세로 뒤바뀌고 의병은 밀리기 시작했다. 멀리 야산에서 바라본 **경명**이 소리친다.

"있는 북을 다 쳐라."

온 산과 들을 진동하는 북소리와 함께 **경명** 휘하 5천여 보병은 한 걸음 한 걸음 천천히 전진해갔다. 밀리던 기병들도 제자리에 멈춰 섰다. 적은 영문을 모른다는 듯 슬금슬금 성 밑으로 후퇴하였다가 해가 기울자 성안으로 모두 들어가 버린다. 의병진은 일단 꺾인 사기를 다시 북돋을 필요가 있었다. **경명**은 특공대 30명을 선발, 성 밑 여기저기 보이는 관고와 민가에 불을 질러 시야를 말끔히 거두어냈다.

어둠이 깔리자 포를 전진 배치하고 성내를 향해 연거푸 진천뢰를 발사한다. 엄청난 폭음과 함께 성안에는 여기저기 불꽃이 치솟고 숱한 비명과 아우성으로 뒤범벅이 되었다. 진천뢰는 무쇠로 만든 포탄이다(직경은 약 45센티미터, 속에 화약과 작은 철판이 무수히 들어 있어 폭발하면 살상력이 대단했다). 밤새토록 적은 성안에서 꼼짝 못 하고 성 밖 의병진은 기세가 치솟아 있다.

"내일은 힘을 합해 성을 들이칩시다."

여태까지 방관만 하던 곽영도 기운이 솟아났는가, 제 발로 걸어와 가슴을 폈다.

먼동이 밝아온다. 간밤에 약속대로 곽영의 관군은 북문을 공격하고 **경명**의 의병은 동문을 공격했다. 관군이고 의병이고 다 같이 얼마 전까지 땅을 파던 농민들인지라, 군사에 익숙하지 못하기는 마찬가지다. 관군은 마지못해 끌려나온 사람들이고 의병은 자진해서 나온 사람들이다. 그러니 정신자세와 책임감이 같을 수는 없다. 의병들은 싸울 마음이 있으나 관군은 대다수가 그렇지를 못했다. **경명**의 비극은 여기서 비롯된다. 적은 연거푸 의병들이 포진한 동문 밖으로 밀고 나왔으나 그때마다 많은 사상자를 냈다. 적은 더 이상 감당하기 어려워 성안으로 다시 쫓겨 들어간다. 의병들은 잘 싸웠다. 한 치도 물러서지 않았다. 이튿날 날이 밝아오자 일본군은 방향을 바꾸어 북문을 밀치고 쏟아져 나온다. 적이 몰려오자 관군 선봉장인 영암군수 김성헌이 싸우지도 않고 말고삐를 틀어 도망쳐버린다. 이를 바라보던 관군은 일제히 흩어져 뛰면서 요란을 떨었다. 이런 광경을 바라본 곽영도 말에 채찍을 휘둘러 쏜살같이 산모퉁이를 돌아 자취를 감추어버린다.

그야말로 허무한 패배다. 눈여겨보던 의병진영이 웅성거리고 하나둘 무기를 팽개치고 도망하는 병사들도 눈에 띄었다. 고바야카와 다카가게는 곽영을 친 여세를 몰아 물밀듯 **경명**의 의병 진영으로 달려들었다. 그러나 일단 맥이 풀린 의병들은 제대로 싸우지도 못하고 혼란 속에 밀고 당기고 풀잎처럼 쓰러지고 짓밟혔다. 그것은 전투가 아니라 대학살극을 벌이고 있었다. **경명**은 대장기를 흔들어 후퇴를 명하고 호상에 앉은 채 움직이지 않는다.

"죽는 것은 이 **고경명**으로 족하다. 모두 빨리 진영을 피하라."

그는 오직 기개 하나를 무기로 적과 싸웠다. 능히 감당할 수도 있었다. 그러나 이제 그 기개가 꺾인 이상 다른 도리가 없었다. 남은 것은 무용의 희생을 줄이는 일이다. 부하들이 대장을 억지로 말에 태워 고삐를 끌고 달리기 시작한다. 그러나 얼마 못 가 적에게 둘러싸인다. **경명**을 비롯해 그의 아들 **인후**, 참모 유팽로, 안영 등 모두 여기서 적의 칼날에 피를 뿌리고 숨을 거두었다.

4

지조와 행실이 돈독한 高正子

일본이 침략해 들어온 임진년, 십여 곳의 지방이 적에 함락되고 그들은 마침내 승승장구 북으로 돌진하고 있었다. 그 서슬 퍼런 일본군을 그 누구도 제압할 엄두도 내지 못했다. 이때 호남의 감사는 변란이 일어났다는 소문을 듣고 겁을 내어 움츠러들어 나라를 방비하려들지 않았다. 아버지 **경명**은 형 **종후**와 그를 데리고 고향으로 돌아와 칩거 중에 변란의 소식을 접하자

의병을 일으켜 전쟁에 참전할 것을 계획한다.

전라감사는 조정의 명령을 받고 그때야 비로소 군사를 거느리고 길을 떠나 금강錦江에 도착한다. 임금이 피난길에 들어서고 서울도 포기상태에 놓여 있다는 소식이 들려오자 허둥지둥 군사의 진영은 무너지고 민심은 더욱 흉흉했다. 다시 군사를 모집하려 하자 사람들은 모두 의심을 갖고 도주하여 자취를 감추어 버린다. 이때 아버지 **경명**은 박광옥과 함께 순회하며 흩어진 군사를 잘 타일러 **인후**와 **종후**에게 수백의 군사를 나누어주어 거느리게 했다. 이들은 수원으로 진군하여 목사 권율에게 넘겨주고 서쪽에 피난 가 있는 임금을 맞이하러 떠났으나 도중에 길이 막혀 더 나갈 수 없었다. **인후**는 아버지가 거느리고 있는 본진이 있는 담양潭陽으로 돌아오게 된다. 이때 **고경명**은 의병 진영에 의기義旗를 세우고 이미 대장으로 추대되었다. 앞으로 의병진을 전주로 옮기어 주둔키로 되어 있었다.

아버지는 그에게 휘하의 군사를 거느리고 진안, 무주 지역에 매복하여 영남에 주둔하고 있던 적의 침입을 차단하게 했다. 적은 무주에서 다시 영남으로 되돌아가기에 **인후**와 아버지 **경명**은 합심해 군사를 정돈해 북상할 계획을 하고서 여산에 진주했다. 그때 아버지 **경명**은 여러 도에 격문을 보내 관서로 의병들을 급히 모이게 하고, 다음엔 호서 지역에 도착해 또 소문을 들으니 황간黃澗, 영동永同에 있던 적이 금산으로 넘어들어 그곳 분위기가 더욱 험악했다. 이에 따라 전주도 아침과 저녁이 다르듯이 언제 적이 밀어닥칠지 모르는 급박한 상황이다. **인후**는 아버지와 막하 부장들과 상의 끝에 먼저 금산의 적을 쳐서 호남을 구하자고 결의한다. 군사는 일단 진산으로 옮겨지고, 그곳엔 의병모집에 지원하는 전사들이 많았다. 장병들은 나누어져 **인후**의 부대는 첨병부대로 활약한다. 얼마 안 있어 부대는 금산에 도착한다. 방어사 곽영22)과 함께 좌우로 진영을 만들어 의병이 먼저 싸움을 걸어 적병을 토성에서 압축해 사면으로 포위, 공격을 가한다. 적의 사상자는 늘어났다. 적은 토성에서 감히 나올 엄두를 내지 못한다. 날은 이미 저물어가고, 관군은 더 이상 적을 공격하려 들지 않았다.

의병은 후퇴해 본진으로 돌아온다. 이튿날 의병은 방어군과 함께 힘을 합쳐 싸우려는 작전계획이 이루어지기 전에 적은 그들의 진영을 비우고 관군을 향해 공격해 들어왔다. 방어하던 관군은 회오리바람에 쓸려 넘어지듯 와해되어 버린다. 그러나 **인후**는 아버지를 비롯한 부장들에게 명령을 내리게 해 의병들이

---

22) 郭嶸

본관은 의령이고, 호는 노곡蘆谷. 1576(선조 9)년 전라도우수사, 1578년 경상도병마절도사, 1591년 평안도병마절도사를 역임.

1592년 임진란이 일어나 서울이 함락되자, 전라도방어사로서 전라도 순찰사 이광과 함께 군사를 모집해 용인龍仁에서 일본군과 싸웠으나 패함. 7월에는 의병장 고경명과 함께 금산錦山에서 일본군과 싸웠으나 역시 패함. 사헌부로부터 용감히 싸우지 못하는 졸장拙將이라는 탄핵을 받음.

1595년 우변포장右邊捕將·행호군行護軍 등을 역임. 1599년 호위대장으로서 왕비가 수안遂安에 머물 때 경호했다.

모두 활에 살을 먹여 적을 방어하게 했다. 의병만이라도 독자적으로 싸울 태세를 갖춘 것이다.

인후는 이때 전열에 서서 무사를 독려하다가 그의 군사마저 무너지자 말에서 내려 부대를 정돈해 다시 싸우려 했으나 뜻을 이루지 못하고 진중에서 순절한다. 이때가 바로 7월 10일이다. 남쪽에 많은 사람들이 그의 소식을 듣고 부르짖어 울며 서로 조상하지 않는 자가 없었다.

그는 광주의 향리에 있으면서 아버지의 명에 따라 흩어진 병사들을 다시 모아 형 **종후**와 함께 수원에 진을 치고 있는 정윤우에게 인계하고 행재소로 가려 했으나, 길이 막혀 귀향 중에 북상 중인 아버지의 의병 본진과 태인泰仁에서 합류한다.

의병이 여산礪山에 이르러 황간·영동의 일본군이 장차 전라도로 침입하려 한다는 정보를 입수, 당초의 계획을 변경, 금산으로 향했다. **인후**는 여산의 무사들을 거느리고 앞줄에서 전투지역을 드나들다가 관군과 의병이 모두 무너졌다는 소식을 듣게 된다.

애당초 금산에서 방어사 곽영의 관군과 합세, 일본군을 방어하기로 하였으나, 적이 침입하자 관군이 먼저 붕괴되는 바람에 의병마저 무너져, 아버지 **경명**이 먼저 전사했다. 그도 말에서 내려 군사들의 대오를 정돈하다가 그 순간 안타깝게도 날아온 적의 조총탄을 맞고 진중에서 장렬히 숨을 거둔다.

5

본래부터 강개한 **趙提督**

조헌이 전쟁터에서 부르짖었던 최후의 말이다.

"장부가 국란을 당해 한 번의 죽음이 있을 뿐, 어찌 구차하게 살길을 바라리오. 오늘 이 땅이 바로 내가 죽을 곳이다!"

그의 식견은 귀신같다고나 할까. 일본 승려 게이테츠 겐소(현소)와 수호하던 날 혹시라도 나라에 화가 미칠까 두려웠다. 거적을 쓰고 도끼를 들고 5일 동안 대궐에 엎드려 일본 통신사를 처단해야 한다고 청원했다. 일부 사람들은 그를 두고 바보라고 했다. 그가 정말 바보였을까. 일본군이 부산 앞바다에 쳐들어왔다는 소식을 접하고 즉시 일어나 의리를 부르짖었음에도. 서원에서 이길 때는 격문을 급히 날려 보냈다. 그는 금산으로 급하게 들어갔다가 적에 속아 몸을 잃고 일이 그르쳐지자 그의 커다란 업적에 한 가지 결함을 남겼다고나 할까.

임란이 있기 전부터 일본의 침략을 **조헌**은 이미 간파하고, 누누이 주위 사람들에게 왜침에 대비하라고 역설했다. 그 후 필연코 조선 땅에 일본이 침입해 들어오자 5월 3일, 고향 옥천에서 열읍에 격문을 보낸다.

전 제독관이던 **조헌**은 임진(선조 25)년 6월 12일 조선 팔도의 문무 동료와 고향의 여러 동지, 승려와 백성, 부모형제, 영웅호걸들에게 다음과 같은 외침을 삼가 고한다고 했다.

"왜적을 이 땅에서 몰아내기 위해 의병이여, 일어나자!"

"천지의 큰 덕이 살아 있는 가운데, 만물은 제각기 자리를 얻어 살아야 한다. 귀신이나 사람이나 다 같이 증오하는 것은 도적일진대, 우리가 쏜 화살은 이 땅, 원수들의 심장에 꽂혀 그들을 고향으로 돌아가지 못하게 하리라. 볼 수 있고 들을 수 있는 이는 누구인들 분노하지 않을 자 있으랴! 섬나라 오랑캐의 노략질은 **묘족**苗族(중국의 서남부인 貴州, 雲南, 湖南 등지에서 사는 소수민족)이 의를 업신여기는 것보다 더 악독해 나라의 임금 죽이기를 여우나 토끼를 잡듯 했다. 그 죄악은 하늘에 사무친다. 백성을 죽이기를 풀 베듯 해 그 원한은 온 나라에 가득해 있다. 그뿐인가. 심지어는 남자의 불알을 까고도 모자라 코 베는 짓까지 저질렀다……."

일본 사신을 죽여 돌려보내지 말라고 대궐문 밖에 엎드려 애끓게 호소하던 **조헌**, 그의 울부짖듯 한 호소가 받아들여지지 않는다면 그가 들고 왔던 도끼로 자신의 목을 치라고 피를 토하면서 부르짖는다. 그의 고뇌가 어떤 것이었는지 격문은 읽는 사람의 가슴에 절절히 스며든다. 조정에서는 너무나 과격하다고 그의 성정을 나무라는 이가 있을 테지만 꼭 그 성정만을 탓할 것은 아니다. 나라의 안위를 걱정했던 진심 어린 그의 애국 충정심과 필연코 일본이 조선을 넘보리라는 그의 혜안을 이해한다면 그에 대한 평가는 분명 달라질 것이다.

"……한착23)이 제 무덤을 파는 것을 알지 못하고 역량逆亮(풍신수길)이 전쟁을 일삼아 감언과 간사한 계교로 처음에는 이익을 노리는 듯했다.

그러다가 나중에는 사람을 감추고 자취를 숨겨 몰래 군대를 거느리고 바다를 건너 이 땅에 기어들었다……."

일본은 사신을 조선에 보내 감언이설로 명나라로 진출하는

---

23) 寒捉: 夏나라 사람. 처음에 寒后 伯明에게 벼슬하고 나중에 예가 찬탈해 유궁씨有窮氏를 일컫자 그 재상이 되었다가 예를 시해하고 황제가 되었다. 하나라의 신하 靡가 유격씨有隔氏의 힘을 빌려 착捉을 멸하고 소강少康을 세웠다.

데 길만 터주면 조선은 아무런 해가 없을 것이라고 말했다. 그러나 조선 조정에 그들의 말이 먹혀들지 않자 침략의 야욕을 노골적으로 드러낸다. 그들은 부산성에서 첨사 정발에게, 또는 동래성 **송상현** 부사에게도 같은 제의를 했으나 그들도 요지부동이었다.

명나라를 휩쓸면 조선은 자동적으로 그들의 전쟁통로로 말발굽 아래 놓일 테고 의기양양한 그들의 기세를 몰아 조선도 강압적으로 그들의 속국으로 만들어버릴 것은 분명했다. 그러나 조선 조정 내에서도 일본과 우호적인 교섭을 바라는 자들은 일본의 제안이 그럴듯해서, 아니면 우호적으로 들린다고 판단해서일까, 단순하게 믿으려 했으니 말이다. 그런 생각을 가진 자들일지라도 설마 조선을 일본에 내어줄 속셈으로 흑심을 품은 것은 결코 아닐 터.

그럼에도 **조헌**은 섬나라 일본의 풍토를 잘 알고 그들의 기질을 너무나 정확하게 간파했던 것이다. 오죽하면 조정의 어리석은 자들과는 하늘 아래 더 살 가치가 없어 도끼로 목을 치라고 했을까.

"……조선은 태평세월을 오랫동안 지내온 터라 원수를 막아낼 준비를 미처 갖추지 못했다. 사나운 말발굽 아래 이렇게 짓밟힐 줄 꿈에도 몰랐다. 애석하게 문경새재가 무너지자 민망하게도 임금의 수레는 멀리 옮겨갔다. 통탄스럽고 분하다. 서울에는 이미 원수의 칼날이 번득이고 있다. 나는 애달프게도 먼 북쪽 하늘만 바라본다.

내 어찌 이토록 급박하게 도적들이 밀려올 줄이야! 또 이런 때 앞장서서 적을 밀어낼 자가 없다는 것을 알았으랴! 이 나라 수십 고을에 적을 단숨에 물리칠 용사가 아직 한 사람도 나설 줄을 모르고 있다. 원수들이 칼춤을 추면서 제멋대로 침범한 적은 일찍이 이 나라 역사에는 없었다. 남의 부모를 죽이고 남의 남편을 죽이는 죄만 해도 화기를 헤쳐 재앙을 받을 것인데 온 겨레의 목숨을 빼앗고 온 겨레의 재산을 불태워버렸다. 적들은 어찌 이리도 악독한가. 사악하면 죄를 재촉한다는 것을 알지 못하는가.

날마다 백성들의 원한이 쌓여가고 달마다 의사들의 분노는 더해 가는데 하물며 신하 된 자들이 도망해 숨는 짓은 금수들의 음탐함보다도 덜하지 않다. 인간의 가죽을 썼다면 인간의 마음이 살아 있으련만 예의와 염치는 찾아볼 수 없다.

그러나 하늘의 명을 받들면 반드시 하늘의 토벌이 이루어질 것이다. 어찌 적진에 기어들어 갈 줄만 알고 적이 강한 것만 겁내야 하는가. 싸움을 일삼는 자는 싸움으로 망한다. 백기[24]가 사사되었고 살육을 좋아하는 자는 대벽大辟을 받게 된다. 이는 나중에 황소가 패멸한 것과 같다. 그런 까닭으로 중국과 만이蠻夷

---

24) 白起: 전국시대 진나라 사람으로 용병에 능했고 소왕昭王에게 사사해 남북의 여러
　　지역을 정복했으나 나중에 사사되었다.

夷(南蠻과 東夷를 말하나, 야만인, 미개인, 오랑캐 등으로도 일컫는다)가 모두 이 왜적이 망할 것이라고 했다. 산천의 귀신도 이미 이 추한 무리들을 지하에서 저주하고 있을 것이다.

생각건대 병사를 동원해 적을 치려면 군법을 세워 군법대로 할 것이다. 태평 무사하게 좋은 날 좋은 때만 앉아서 기다릴 것은 아니다. 그런데 어째서 높은 관리들은 거듭 내리는 임금의 명령을 헛되이만 하는가?……."

그는 진실로 나라에 충신이다. 임금이 그렇게 미워하고 먼 곳으로 내쳤음에도 반목하지 않고 임금의 명령을 하늘처럼 생각했다. 그런 핍박과 내침에도 나라가 위급해지자 그는 목숨까지 내놓고 아들과 그의 제자와 함께 분연히 일어나서 전쟁터로 떠나려고 이런 격문을 쓰고 있는 것이다. 이런 신하를 또 어디로 찾아 헤매야 할까.

"……영남과 호남을 지키던 자들은 임금과 어버이의 근심과 급박함을 모르는 체했다. 경기 지방에서도 앉아서 고스란히 원수들에게 내맡기고만 있었다. 삼도를 관장하는 직분을 맡고서도 선봉대를 구원하지 않고 싸우다가 한 번 패하면 영영 다시 일어설 줄 모른다. 이를 논한다면 왜구를 도와준 큰 죄로 어찌 병사를 지휘하는 대권에 합당한 일일까. 북쪽 저 묘당廟堂은 머나먼 데서 군대가 누차 패했다는 소식에 탄식했으리라……."

"……원수들의 포위망은 겹겹이 쌓여 이 나라 백성들은 다시 살길이 끊겼다. 이렇듯 원수들의 침해와 횡포가 계속된다면 필경 이 나라는 피바다가 되고 말 것이다. 고상한 예절과 찬란한 문화가 빛나던 이 나라 이 강산이 영원히 섬 오랑캐에게 짓밟힌단 말인가……."

"아! 하늘이 조선을 도와주셔서 아직도 서해안 일대가 온전하다. 백성들이 도리를 알고 있으니 어찌 목숨을 바쳐 싸우려는 영웅들이 없을 것인가? 때마침 의병을 불러일으키는 격서가 내리자 과연 그 한 줄의 글발이 지사들의 의기를 불러일으켰다.

의병장 고동래高東來(고경명. 아마도 임진란이 일어나기 바로 전 그의 마지막 관직이 동래부사였기에 별호를 그렇게 붙인 것 같다)는 적정을 헤아리는 데 밝고, 김수원金水原(김천일. 그도 수원에서 관직을 맡았던 터라 경명과 같은 이유로 별호가 붙었을 것이다)은 부대편성에 뛰어났다. 곽장군(곽재우)은 영남에서 의병을 일으켜 그 기세가 산악을 진동하고, 김제독(金제독)은 호남우도에 격문을 날려 그 위력이 활활 타오르고 있다. 이 모두가 시국을 바로잡으려는 영재들이니 필연코 사람을 움직이는 큰 힘이 되리라……."

이어지는 부드러운 격문 문장으로 보아 격한 그의 감정은 조금 누그러진 분위기이다. 왜 아닐까. 나라에서 녹을 먹는 무인도 아니고 고향에 은거 중이기에 아무런 책임이나 의무도 없건만 다만 한때 임금의 신하였다는 명분과 나라를 사랑하고 백성을 아끼던 선비들이 여러 고을 여기저기에서 분연히 일어나 적을 밀어내려고 힘을 모은다는데, 그의 용맹은 충천해 있을 테고 병사들의 사기는 하늘을 찌를 것인데 왜 아니 그러겠는가. 그야말로 천군만마를 얻은 느낌일 것이다.

"……맹호 같은 우리 군진에 병사들이 모여들어 왕성해지고 있으니 쥐 떼 같은 원수들은 결국 멸하고 말 것이다. 하물며 호서 지방 선비들의 기풍氣風으로 다투어 적개심을 높인다면 광무제가 등군鄧軍의 의견을 믿어 큰 공훈을 세우게 한 것같이 천추에 이름을 날릴 장한 위훈을 세우지 않을까? 우리의 한 몸 아끼지 말고 세 번 크게 이길 것을 기약한다면 진실로 같은 소리가 서로 호응할 것이다. 온 백성들도 우리를 믿고 따르리니 인헌 같은 묘한 전술을 뜬다면 손영 같은 무사도 두 손을 들 것이요, 악비처럼 묘계를 꾸민다면 올술 같은 맹장도 무장을 벗으리라.

뜻을 굳게 먹는다면 귀신이 감동하고 백성들이 따라 나서며, 일을 이루려고만 한다면 천지만물도 도우리라. 어찌하다 포악무도한 왜적으로 하여금 문명한 이 강토에 오래토록 발을 붙이게 한단 말인가!……"

그의 격문은 공통으로 가지고 있는 선비들의 전통적인 기질을 일깨우고 이를 경쟁적으로 적개심을 갖는다면 한갓 쥐 떼로

비하시킨 적을 결코 멸망시키고 말 것이라고 치켜세운다. 악비의 기기묘한 전술로 책략을 쓴다면 능히 적을 눌리칠 수 있다는 부대의 전략을 일깨워준다. 작전개요가 그의 머리에 이미 그려져 있었던 것이다.

"……원충갑[25)은 북을 한 번 치고 매를 날려 치악산에서 합단의 몽고 침략병을 꺾었다. 김윤후는 큰 활을 버티고 당겨 황산성 싸움에서 몽고병을 물리쳤다. 혹은 선비였고 혹은 승려이지 무사도 아니었고 이름난 장수도 아니건만 오직 임금과 나라를 위해 한 조각의 붉은 마음으로 천고에 빛나는 이름을 남겼다. 보아라! 이 나라 강토에는 실로 인재들이 가득하니 고려 말기에 빈번한 해적의 침습浸濕이 있었으나 선배들이 모조리 물리쳤다.

을묘년 여름에 변방에 기어든 도적떼(선조 12년 니탕개가 난을 일으킴)도 후배 용사들이 단숨에 진압했다.

그 뒤 얼마동안 나라가 무사하여 무력 양성을 게을리했으나 어찌 충신 의사들의 가슴속에 백만 대병이 없을쏜가! 어떤 이는

---

25) 元沖甲[1250~1321]
본관은 原州. 시호는 忠肅. 향공진사鄕貢進士로 원주 별초別抄에 있던 중 1291(충렬왕 17)년 哈丹의 침입으로 원주성이 포위되자, 10여 차에 걸친 공방전 끝에 적을 물리치고 성을 사수했다. 이 공으로 추성분용광국공신推誠奮勇匡國功臣에 책봉되고 삼사우윤三司右尹에 이르렀다. 1303(충렬왕 29)년 홍자번洪子藩과 함께 간신 오기吳祁를 체포하여 원나라에 압송했다. 충선왕 때 응양군 상호군 鷹揚軍上護軍에 봉해졌다.

백 보 밖에서도 버들잎을 쏘아 맞히고 또 어떤 이는 높은 벼랑을 달리면서 맨손으로 호랑이를 사로잡기도 했다.

문을 숭상하고 무를 차별했으니 이는 이 나라 조정의 크나큰 실책이었다. 마땅히 나라를 자기 몸같이 여겨야 할 때인데 신하의 직분을 다하는 것을 보기 어렵다. 환난을 당하면 뒤를 삼가야 하고 역사를 귀감 삼아 마땅히 앞을 경계해야 할 것이다.

진실로 천지를 뒤흔들려는 사람들이라면 어찌 하천을 띠로 두르고 산을 갈아버릴 맹세를 아낄까.

삼도의 역량을 합해 위급한 나라를 구할 때가 바로 지금이다. 일생의 지혜를 기울여 화난을 물리칠 때가 바로 이날이다. 원컨대 나와 뜻을 같이하는 여러 선비여! 다시 얻기 어려운 이 기회를 놓치지 말라. 씩씩하고 용감한 무사들을 두루 모아 위태로운 이 나라 운명을 회복하자.

활을 당기어 먼저 칼을 휘두르는 자의 목을 쏘고 적들의 방패를 밀어붙여 저들의 창과 겨룬 다음에 적의 군마의 발목을 찌른다면 놈들은 저절로 흩어지고 말 것이다. 그러면 우리 백성들이 돌아와 모여 살면서, 밭갈이 하던 자는 비록 때가 늦은 농사일지라도 보살피고, 목수는 허물어진 집을 다시 지을 것이다. 영남과 호남의 길이 열리면 상인들은 사방으로 장사하러 다닐 것이다.

이렇게 해 우리 성군을 의주에서 맞아들이면 마땅히 간절한 교서가 내릴 것이다. 조정 신하들의 안목을 새로 넓혀 나라에 도움이 될 좋은 계책을 진언하면 지난날의 폐단은 절로 없어지고 새로운 세대의 은택은 빛날 것이다.

이제 오늘의 이 일전이 후손들에게 은덕을 드리우는 영광된 전투임을 알 것이다. 이 격문을 받아 읽는 자들은 모두 나라를 위해 왜적을 토벌할 계책을 십분 발휘해 각자 마음과 힘을 다하라! 재산을 가진 자는 군량을 바치고 힘이 있는 자는 군대 진열을 보충하라!

즉시 각 지방 책임자에게 보고해 공문을 작성하라. 다시는 때를 늦추지 말고 이 호소에 다 같이 호응해오기를 바란다. 남쪽 지방의 우리 부대와 연계를 지어 협공해 적을 물리칠 대전투를 준비하자……."

그는 먼저 조정의 크나큰 실책을 지적했다. 차별화된 문인보다 무인을 더 차별한 것은 부당하다는 것이다. 그야말로 태평한 때 무인을 냉대한다면 전쟁이 일어날 때 문인에 대한 무인의 적개심 같은 것을 상기할 필요가 있었다. 물론 무인들의 신상을 다루는데도 문인들의 손에 칼자루가 쥐어져 있으니 횡포를 부리게 마련이다. 이 같은 조정의 그릇된 속성을 도려낼 자가 누굴까? 이상 정치를 세우고 현실정치를 개혁해 바로잡으려고 척신과 훈구세력을 몰아내려다가 오히려 역습을 받아 귀양살이나 무참히 죽어간 사람들이 얼마나 많았던가.

그는 또 자기 의병부대와 전략상 전술이나 적진의 정보 등을 공유하려면 부대 간의 연계는 필요불가결한 일이라는 것을 강조한다. 격문은 또 전투할 때 구체적으로 무술 사용과 요령까지 말해준다. 이는 독립된 부대를 이끌더라도 작전의 기본 틀을 부대장과 참모들은 이를 숙지하고서 적과의 싸움에 임해야 한다는 것을 상기시켜 주고 있다.

"……만일에 왜적을 치는 데 협력하지 않는 자가 있다면 이는 저 선산군수, 김해군수와 같은 무리들로서 왜적을 도와 도적들에게 넘어간 자로 지목할 것이다. 이 전란이 끝나는 날에 마땅히 죄와 벌을 논하고 중형에 처할 것이다.

마을마다 유민들을 선발해 원근 지방에 척후를 배치하라. 원수들의 교활한 행동은 미리 예견키 어려우니 적의 병력이 적을 때는 정병을 매복하게 하여 감쪽같이 사로잡고, 적의 병력이 많을 때는 여러 고을의 힘을 합해 일제히 공격하라! 작은 이득을 탐내다가 우리의 정예부대를 훼손시키지 말고, 유언비어에 동요하다가 우리 군의 사기를 떨어뜨리게 하지 말라! ……."

그의 격문에는 피 끓는 호소가 담겨 있다.

이 같이 그는 피를 토하듯 간절히 부르짖었음에도 만에 하나라도 호응해오지 않는 자가 있을까 염려되었다. 그에 대한 위협의 복선을 깔 필요가 있다. 이에 호응해오지 않는 자는 적을 이롭게 하는 어느 군수처럼 이적행위로 간주해 처벌을 면치 못할 것이라는 엄포를 놓아, 그들의 죄와 벌을 따져 중형에 처할 것이라는 경고도 잊지 않았다. 그들을 변절케 하는 유언비어에 동요되지 말 것도 당부했다.

전술적으로 불리하고 병사 수가 적은 조선군은 전면에서 공격하는 것보다는 매복전이 더 유리했다. 매복전은 적 부대를 급습해 들어가 적이 혼비백산하는 사이에 육박전이나 칼을 휘두르면 승리가 가능했다. 조선군은 다분히 매복 작전을 수시 활용해야 했다. 대표적인 예는 곽재우가 자주 적을 물리칠 수 있었던 것도 바로 이런 전술이 주효했기에 적을 제압할 수 있었다. 조선 의병이나 관군이 대부분 일찍이 무너진 것은 바로 전면전에 있었다. 조선군은 전투에 불리하다 싶을 때 가차 없이 흩어져버린다. 이에 반해 적은 순차적으로 조총을 쏘아, 눈에 띄지도 않는 총탄이 조선군 진에 우수수 쏟아지는데 어떻게 이를 감당할 것인가. 한낱 칼이나 창을 든 자가 가당키나 했을까. 그것도 소수가 소지했을 뿐 대부분이 비무장이다. 거기다 훈련이나 제대로 받았을지 의심스럽지 않던가.

"……맹세코 왜적들을 이 땅에서 몰아내고 기어코 조선 종묘사직을 완전히 회복하자! 이렇게 되면 그 얼마나 좋을까! 이 얼마나 다행일까. 그러지 않고 만일 때를 기다리다가 그들의 조총

소리를 듣고 난 뒤에 출동하다가는 먼저 원수들의 침습을 당하리니 필경 청주의 여러 영웅이 다 같이 참화를 당한 것처럼 될까 걱정이다. 바로 이 점을 **조헌**이 피 어린 심정으로써 소리 높이 호소한다. 기회를 잃지 말고 반드시 이 왜적들을 토벌하여 멸망시키자!

붓을 내려놓으니 도리어 지루하다. 여러 동지의 양심에 호소할 뿐이다. 삼가 고한다."

격문을 쓰는 동안 그는 얼마나 긴장감 속에 휩싸여 있었을까. 시간이 흘러가도 모를 정도로 말이다. 붓을 놓아 긴장감이 사라지니 오히려 무료했던가 보다. 그러나 그에게는 이런 무료함도 잠깐이다. 마음까지 내려놓을 수 없을 테니까……

그해 초에 관군의 참패는, **이순신**의 해전에서의 연전연승, 지상에서는 의병의 활약으로 전란의 참화에서 극복하게 되지만, 관군의 참패는 그간 척신정치 아래서 심한 군역의 수탈로 군사제도가 유명무실하게 된 결과다. 의병은 그러한 척신정치에 비판적이던 각 지방의 사림들이 주도했다. 의병들의 진주, 거창, 운암, 금산 등지에서의 전과에 힘입어 전라도 일대를 공략하려는 일본의 야심을 막아낼 수 있었다.

이 격문이 각 고을에 다다르자 많은 사람들이 모여들어 벽에 붙여두고 읽어보았다. 진지하게 읽어본 사람들은 가슴이 메어지고 눈가에 촉촉이 이슬이 맺힌다. **조헌**의 격문은 사람들의 가슴을 파고들어 아려오도록 절절한 내용이었다. 평소 그의 성정을 알고 있는 터라 더더욱 감격한 모양이다.

곧바로 의병에 들어오겠다고 하나둘 모여들기 시작한다. 사나흘 만에 이미 수백 명이 모여들었다.

조헌은 곧바로 수백 명의 의병을 모아 자신이 직접 병사들을 이끌고 적진을 향해 나아갔다. 그의 문인 김절, 김약, 박충검 등과 함께 보은의 차령에서 일본군과 접전이 있었다. 그러나 그때는 대치상황에 있을 때가 많았다. 본격적인 전투는 7월에 들어서다. 7월 4일 공주에서 의기를 세우고 부대를 편성하고부터 적 토벌을 위한 본격적으로 작전이 시작된 것이다. 이것이 호서의 병으로 대표되는 **조헌**이 이끈 창의기병이다. 그에 대해 조경남은 글을 이렇게 적었다.

전 도사前 都事 **조헌**이 의병을 일으켜 적을 토벌하기로 나섰다. 그는 충청도 옥천 사람으로서 지난날 유배를 당했다가 풀려나와 향리에서 주경야독의 생활을 즐기고 있었다. 그런데 도성이 함락되고 선조가 서천西遷의 길을 떠났다는 소식을 듣고 통곡하며 의병을 모집하여 이날 공주에서 깃발을 들었다. 여기에 응모한 군사가 천여 명에 달하였으니 이때 스스로 격문을 지어 8도에 전하였다.[26]

그때는 이미 일본군이 천안, 직산 등지를 제외한 충청도 동부 지역 대부분을 점령해버린 뒤다. 순찰사 윤선각[27]의 질시로 **조헌** 은 처음부터 어려움을 겪곤 했다. 그럼에도 그를 주축으로 해 호 서의병이 곧바로 청주성 수복전투에 참가할 수 있었다. 이는 오 로지 공주의 의병승장 **영규**의 적극적인 협력을 빼놓을 수 없다.

그러니까 임진년 6월 초인가 3도 근왕군이 경기도 용인에서 실패해 흩어진 뒤 전라도, 경상도와 마찬가지로 충청도에서도 관군은 없는 거나 마찬가지였다. 호서 지방의 수부首府인 청주성 은 **조헌**이 의병활동을 하기 시작 전에 이미 적의 수중에 들어 가 있었으니 말이다. 일본군의 제5번대 후쿠시마 마사노리 예 하부대장 하치스 이에마사 휘하 부대가 청주성을 공격해 방어 사 이옥이 이끄는 관군을 모두 밀어낸 후 이곳에 주둔하고 있 었다. 그러던 중 7월 호서의병의 활동이 이윽고 개시되었다.

조헌의 의병군과 승장 **영규**의군이 협력해 청주성 수복전투가 전개되었다. 청주성 전투는 **조헌**이 공주에서 의병을 일으켜 호

---

26) 『중봉집』 부록 권2, 「행장」.

27) 尹先覺[1543~1611]
본관은 파평坡平. 자는 수천粹天. 소자小字. 국형國馨. 호는 은성恩省. 달천達川. 1568 (선조 1)년 별시문과에 급제, 좌승지 등을 지냄. 1592년 충청도 관찰사가 되고, 임 진란이 일어나자 일본군을 맞아 싸우다가 패전해 삭직되었다.
뒤에 재기용되어 충청도순변사, 판결사, 중추부동지사 등을 거쳐, 비변사 당상이 되 어 임진란 뒤의 혼란한 업무를 수습. 광해군 초 공조판서를 지낸다.

남 의병장 **고경명**의 제의를 받고 서로 힘을 합해 서울로 올라가 왕과 함께할 것을 약속한 일이 있었기에 아마도 북으로 향하는 중에 일어난 것 같다. 그런데 **고경명**은 왕을 지키기 위해 6월 27일 은진까지 올라갔다가, 황간에 주둔하고 있던 일본군이 금산에 들어와 전주를 공격할 것이라는 소문을 듣고 호남의 수도인 전주부터 먼저 지켜야 한다는 부장들의 중론에 따라 금산성 공격에 나섰다. 두 의병장의 약속은 이 같은 상황에서 이루어진 것 같다. 당초 **조헌**의병진은 **고경명**의병진과 함께 금산을 공격한 뒤에 서울로 올라가려고 했다. 그러나 이러한 작전은 양군이 힘을 합하기도 전에 **고경명**이 7월 9일 제1차 금산전투에서 전사했기에 무산되고 말았다. 이렇게 되자 **조헌**은 계획을 바꾸지 않으면 안 되었다. 승장 **영규**의군과 관군과도 연계하여 청주 회복 전투에 참가하게 되는데,

그때 방어사 이옥은 연기현 동쪽에 진을 치고 7월 말경에 청주 쪽으로 진출하게 된다. 승장 **영규**는 청주성에서 15리가량 떨어진 안심사安心寺(충북 청원군 남이면)에 이미 진을 치고 있었다. 이이 **영규**의군은 청주성 서문 밖 빙고현氷庫峴(청주시 모충동)까지 진군해 **조헌**의 지휘를 받기로 했다.

먼저 **조헌**의 의병군은 청주성 서문을 향해 일제히 공격을 시작한다. 이때 성안에 있던 일본군은 수십 명이 성 밖으로 달려 나와 조총을 쏘아대었다. 그들은 더욱 강렬한 역공을 펼친다.

조선 측 공성군攻城軍(성을 공격하는 선발된 병사)은 적절한 지형과 숲을 이용해 집중적으로 활을 쏘면서 일사천리로 공격해 들어갔다. 이날은 어지간히 무더운 날씨였다. **조헌**은 몸소 전투 대열에 서서 시석矢石을 헤치면서 종일토록 독전을 했다. 공격군 일부는 성의 남쪽 3면에서 함성을 울리며 적을 저지하고 있었다. 다른 일부는 서문 쪽에 주력부대를 투입해 협공을 가해가자 성안에 있던 적이 흩어지기 시작한다. 그 사이에 성벽을 올라가는 데 성공했다. 바로 그때다.

하늘에서는 별안간 먹구름이 깔리더니 번개가 치고 섬광이 번쩍거린다. 성 서북쪽에 소낙비가 쏟아져 내려 더 이상 공격은 불가능했다. **조헌**은 이때 크게 탄식했다.

"고인이 이르기를 성패는 재천이라 한 것이 과연 참이로구나." 하고, 허탄해한 것이다. 군사들을 물러가게 한 다음 그는 성 서편 산 위에 올라가 성안의 동정을 살펴봤다. 성안의 적은 다시는 출격하지 못한 채 날은 이미 저물고 있었다. 그날 밤 적들은 불을 질러 그들의 시체를 태운 뒤 깃대를 세워 군사처럼 보이게 해놓고서 밤중에 모두 성을 빠져나가 버렸다.[28]

날이 밝기 전에 성안으로 진주한 관, 의병 연합군은 무혈로 청주성 수복에 성공했다. 이 전투에서는 **조헌**과 함께 연합전선

---

28) 『선조 수정실록』 권26, 선조 25년 8월.

을 구축해 크게 활약한 것은 승장의군이다. 그의 세속적인 이름은 **박영규**다. 그는 공주 판치板峙 사람으로 일찍이 계룡산에 입산해 서산대사의 법문에 들어가 호를 기허당騎虛堂이라 했다. 뒤에 서봉사瑞鳳寺, 락가산사落迦山寺, 갑사岬寺 등의 주지를 지낸 후 공주 청련암靑蓮庵에서 연무演武하기를 즐겼다. 미루어봐 그는 전란이 있을 것을 예견하고 있었던 것 같다. 임진란이 일어나자 그는 옥천의 석가산釋迦山에서 승려 3백여 명을 모아 승도로서는 최초로 봉기했다. 그는 **조헌**과 연합전선을 결성한 뒤 청주성 전투에서뿐만 아니라 제2차 금산전투에서도 함께 참전할 계획이었다. 승장 **영규**는 끝까지 **조헌**과 생사를 같이했다. 청주 전투가 끝난 후 충청도 관찰사 윤선각은 올린 장계에서 **박영규**의 전공에 대해 이렇게 말했다.

대부대의 적병이 청주에 들어와 군사를 나누어두고 약탈과 살육을 함부로 하자 승장 **영규**가 승도들을 많이 모았는데 모두 낫을 가졌고 군기가 매우 엄격하여 적을 보고 피하지를 않았습니다. 드디어 청주의 적을 격파하니 연일 서로 버티어 비록 큰 승리는 없었다 할지라도 물러서지도 않았으니 적이 마침내 성을 버리고 달아난 것은 모두 **영규**의 공입니다.[29]

관군의 지휘관이던 관찰사 윤선각은 의병의 군사 활동에 대

---

29) 『연려실기술』 권16, 선조조고사본말 「임진의병」 趙憲僧靈圭邊應井附.
    『중봉집』 권8, 「淸州破賊後狀啓別紙」.

해 매우 부정적인 생각을 갖고 있었다. 그런 그가 **영규**의 전공만큼은 위와 같이 평가한 것이다. **영규**의 활약이 대단했다는 것을 알 수 있다.

이처럼 청주성 전투는 의병장 **조헌**의병진과 승장 **영규**의군이 주축을 이룬 뒤 충청관군과 영합해 전승을 올린 것이다. 그때 일본군의 입장에서는 청주는 전략상 충청도 공략의 본거지이면서 연이어 전라도로 진출할 수 있는 위치에 있었다. 그래서 이곳에 진을 두고 있던 일본군을 격퇴하여 청주성을 회복한 것은 호서 지방의 방어뿐만 아니라 호남으로 질주하려는 적의 공격로를 차단해버리는 중요한 작전이기도 했다. 청주성을 회복한 **조헌**은 방어사 이옥에게 요청한다. 성안에 있는 곡식 수만 석을 난민들에게 나누어줄 것과 우마 수백 두를 여러 마을에 분배해 경작에 이용할 수 있게 하자고. 그러나 방어사는 이를 반대해 들어주지 않았다. 방어사 이옥은 이미 순찰사와 상의한 바대로 적이 재차 이용할 수 없도록 하겠다고 성안에 쌓여 있던 양곡을 모조리 불태워버린다. 이렇게 되자, 관군과 의병 간의 불화, 불협의는 극에 달했다. 순찰사 윤선각과 의병장 **조헌**과의 갈등 소지는 피할 길이 없었다. 청주성 회복이 끝난 뒤 선조에게 올린 글에서 **조헌**은 이렇게 말한다.

신과 충청도 순찰사 및 방어사는 모두 평소에 교분이 있었기 때문에 청주의 적을 치던 날은 서신을 통하여 서로 개고한 것이 여러 번이었는데 순찰사 윤선각과 방어사 이옥이 나오지 않고 심적인 고뇌만 하였으며, 그 막하 비장(裨將; 監司, 留守, 兵使 水使 등을 수행하던 무관)들이 그들을 종용하여 권하는 말을 많이 했었지만, 의병장은 순찰사와 방어사의 절제를 받아야 한다고만 하였습니다. 출병할 때 사람을 시켜서 누차 독촉하였으나 이옥의 비장들은 서로 바라보기만 하고 앞으로 진격하지를 않았습니다. 신이 북을 쳐서 제군의 출전을 독촉하지 않았더라면 신 또한 **고경명**의 죽음과 같은 것을 면치 못하였을 것입니다. 이와 같이 호서의 장수들이 교만하고 사졸들이 나태한 모습을 신이 보았는데 이를 그대로 두고 책하지 않으면 비록 10년 동안 군사를 모은다 할지라도 결코 회복할 이치가 없을 것입니다.[30]

조헌은 위 글에서 전라도 관찰사와 방어사 곽영 등 전라도 관군의 장수들이 **고경명**에게 협력을 하지 않아 죽게 되었던 것처럼 자신도 그렇게 되리라는 것을 염려했다. 충청도 관군 지휘부의 실정도 전라도 관군 지휘부와 다르지 않다는 것을 지적한 것이다. 그는 선조에게 거듭 요청한다.

"만일 양호 지방을 보전하여 나라의 부고(府庫)로 삼고자 한다면 가신을 따로 기용하여 독전을 하게 하고 방어사의 비장으로서 나태한 자를 참할 것이며 또 순찰사에게 일도의 병력을 모두 합하여 적을 공격해야 한다"고 역설했다.

---

30) 『연려실기술』 권16, 선조조고사본말 「임진의병」 趙憲僧靈圭邊應井附.
  『중봉집』 권8, 「淸州破賊後狀啓別紙」.

어찌 됐건 이제 청주성은 회복되었다. 그리고 도내 지역에 자리 잡아 굳게 지키고 있던 일본군의 주력도 몰아냈다. **조헌**은 의병의 종전 목표가 왕을 지키는 데 있었기에 한성을 향해 다시 북상하려 했다.

온양에 이르렀을 때다. 때마침 전라도 금산을 점거한 적의 세력이 매우 크고 활력이 넘치고 있다는 것을 알았다. 그런 상황을 우려한 양호의 순찰사로부터 먼저 금산을 공격해줄 것을 요청받은 것이다. 그의 막하에서도 역시 "지금 적을 내버려두고 서쪽으로 올라가게 되면 이는 곧 호남과 호서를 모두 잃게 됩니다"라고 했다.

조헌도 그 타당성을 인정하고 금산 공격전에 대비한 전열정비를 위해 공주로 돌아온다. 공주에 돌아와 보니 휘하의 군사들 다수가 이미 순찰사의 방해 공작에 의해 흩어져버린 상태다. 단지 7백 의병만이 그를 따라 종군할 것을 결의했다.

다시 승장 **영규**의군과 합세해 금산을 향해 진군해 갔다. 그전에 **조헌**은 전라도 순찰사 권율과 8월 18일에 금산을 향해 일제히 공격할 것을 약속해두었었다.

그런데 권율에게서 급작스럽게 기일을 변경하자는 글이 날아들었다. 그러나 이 글을 미처 받아보지 못한 채 **조헌** 부대는 급히 금산성 공격에 나섰던 것이다.

금산군 10리 밖까지 진군한 의병은 거기에 진을 치고 권율의 전라도 관군을 기다렸다. 그는 지나치게 적진 깊숙이 들어가 결전한데다가 거기에 군영조차 제대로 갖추지 못한 상태다. 일본 군은 이와 같은 의병진의 실정을 사전에 탐지해 후속의 군사도 없고 군영이 미비한 점을 간파해 그들의 작전에 활용했다. 금산 2차 전투의 대체적인 전황과 의병진의 움직임을 분명하게 말해 주는 것이다.

다음 날 아침에 모두 함께 공격할 것을 약속해 명령이 이미 떨어졌는데, 그날 비가 와서 진영이 갖추어지지 못했다. **영규**가 말하기를

"군사는 준비가 있으면 걱정이 없는 것인데 진용陣容을 아직 갖추지 못하였으니 내일은 싸울 수가 없겠습니다."
라고 했다. **조헌**은 한참 동안 생각했다.
"적은 원래 우리가 대적할 수가 없는 것인데도 내가 속히 싸우려고 하는 까닭은 오직 충의의 격동으로 사기가 한창인 이때를 이용하려는 것이오."

이튿날 새벽 적이 밀어닥쳤을 때 **영규**는 진용 짜는 일을 대강 끝냈고. **조헌**의 군사는 이미 들판 한가운데에서 적과 백병전을 벌였다. 적과 의병군의 병력 수는 사실상 비슷했다. 적의 대

군이 계속 몰려오는데, **조헌**의 군사가 잠시 물러나 **영규**의 의병진으로 옮겨 들어가는 순간에 적병이 뒤에서 밀어닥친다. **조헌** 의병진이 큰 혼란 속에 빠져들 수밖에 없었다. 그런 중에도 맨손으로 치며 싸웠으나 적세는 좀처럼 꺾이지 않았다. 얼마 후 그가 난병 속에서 죽음을 당하려는 위급한 순간 어떤 사람이 **영규**에게 말하기를

"조의장趙義將은 죽고 적은 더 많은 병력이 몰려오니 물러나는 것이 좋겠습니다."

영규가 크게 부르짖는 말을 했다.

"죽으면 죽지 어찌 혼자 살아남을 수 있겠는가."

종일 적군을 무찌르며 그렇게 싸우다가 그는 장렬하게 목숨을 진중에 내던졌다. 그래서 의병의 군사들이 모두 다 싸우다 죽었을 뿐 단 한 사람도 물러난 자가 없다. 적도 또한 이날 밤에 경상도로 향하여 달아났다. 이후로는 감히 호남 지방을 침범하지 못하였다.[31]

조헌의 당초목표는 공성전을 펼쳐 금산성에 진을 치고 있던 일본군을 공격하려 했다. 그러나 그런 작전을 개시하기도 전에 야영지에서 적의 기습공격을 받은 것이다. 위의 기록으로는 **영규**의 신중한 태도에도 불구하고 **조헌**의 성급한 공격의지가 실패로 작용했다는 것을 알 수 있다. 그는 자신이 말한 것처럼, 충

---

31) 『기재사초』하, 「임진록」 3.

의를 위해 사기충천할 때 전투를 실행하려 했다지만, 그의 그런 생각은 의병전에서의 한계이기도 했다. 그러나 제2의 금산성 전투는 의병 측만이 패한 것은 아니다. 적측에도 수성전이 아니라 들판에서 벌어진 전투라서 그들도 뜻밖의 많은 희생자를 낸 것이 분명했다. 그들은 군세가 크게 꺾여 이를 계기로 잔병을 거두어 경상도로 퇴각해버린다. 적병들의 통곡이 들판에 진동한 가운데 죽어 쌓인 적병의 시체를 태우느라 불길이 3일 동안 꺼지지 않았다.[32)]

결국 2차 금산전투를 계기로 고바야가와 다카가게가 이끄는 일본군은 전라도 공략에 완전히 실패한 뒤 다시는 곡창 호남을 넘볼 수 없게 되었다. 그럼에도 이와 같은 **조헌**의 금산 제2 전투에 대해 윤선각은 부정적인 의중을 드러냈다.

전라도 순찰사 권율의 회보가 오기 전에 **조제독**은 적을 속히 쳐야 한다고 강경히 고집하면서 ㄱ 군사를 거느리고 먼저 금신으로 들어갔다. **영규**는 마지못해 따랐다. **영규**의 부하들이 말하기를

"반드시 패할 것이 분명하니 가지 마소서."

라고 했으나, **영규**는 말하기를

---

32) (賊死者亦過當勢遂大挫收餘兵還陣哭聲振野及賊屍焚之火三日不滅). 『중봉집』 부록 권3, 「신도비명」.

"가부를 서로 의논할 때에는 오히려 그의 말을 좇지 않을 수도 있지만 저 사람이 이미 먼저 갔으니 내가 만일 그를 따르지 않는다면 누가 구원하겠는가."

그런 다음 그 뒤를 따랐다. 이때 **영규**가 **조제독**과 금산 5리 안에서 진을 가깝게 치고 있노라니 적이 크게 몰려와 조의 진이 먼저 무너졌고, **영규**의 진이 다음에 무너졌다. 이 싸움에 죽은 우리 군사가 10명 가운데 8, 9명에 이르렀고 적도 죽은 자들이 많았다. **조**가 만일 **영규**의 말을 들었더라면 어찌 이 같은 실패가 있었으랴. 원통하고 또 원통한 일이다.[33]

조헌은 한때 크게 활략하면서 용맹을 떨치기도 했다. 제2차 금산전투가 있고 난 직후, 그의 의병진을 잇는 또 다른 전투가 금산군 관내에서 적 다른 부대와 전투가 벌어진다. 이 전투는 금산군의 북방 2십 리 지점에 위치한 작은 산에서 펼쳐졌다. 금산 제3 전투라 할 수 있을 이 전투에 대해서는 기록으로 남아 있는 것이 없어 소상하게 알 수는 없다. 해남현감 변응정과 전라 의병장 소행진 등이 주축을 이루어 싸운 이 전투가 **조헌**의 순절 소식이 전해진 뒤 그 복수전, 즉 제3차 금산전투가 된 것이다. **조헌**이 제2차 금산전투에서 패전했음에도 주위에 큰 영향을 미친 것이다.

의병장 **조헌**과 승장 **영규**는 치열한 싸움 끝에 의병 700명과

---

33) 『문소만록』 앞의 책, p.41.

함께 장렬히 순절하고 말았다. 최후까지 남은 700명은 훨훨 타오르는 불길처럼 강렬한 **조헌**의 충성심에 따라 단 한 명의 의병도 도망가지 않고 모두가 장렬하게 목숨을 내어놓았던 것이다. 이 전투는 의병 측이 일방적으로 패한 것은 결코 아니다. 700명의 의병이 하나가 되어 살신성인하였으니 적의 피해는 또 얼마나 컸을까, 짐작이 가고도 남는다.

충청도 동쪽은 이미 적에게 떨어지고 서쪽에는 적이 아직 들어오지 않았다. 동쪽 옥천沃川에서 일으킨 의병장 **조헌**이고 서쪽 공주公州에서 일어선 이는 승장 **조영규**다.

그 후에도 잠시 벼슬에 나간 일이 있었으나 역시 윗사람과 충돌이 있어 옥천으로 돌아와 버린다. 그러나 촌구석에 묻혀서도 세상 돌아가는 모양이 비위에 거슬려 참을 수가 없다.

그의 눈에는 영의정 이산해 이하 고관대작들은 사람도 아니고, 나라를 그르치는 망종들이다. 일본에 대한 정책들도 성에 차지 않았다. 서울에 들어오는 일본 사신의 목을 쳐서 대의명분을 분명히 하면 저절로 해결될 터인데 자기 임금을 깔고 앉은 도요토미 히데요시에게 통신사를 보내느니 마느니 흐느적거리는 조정의 태도라니.

그는 도끼를 들고 서울에 올라와 이 모든 사연을 글로 써서 임금에게 고하고는 대궐 앞에 명석을 깔고 임금의 회답을 기다린다. 그러나 권좌에 앉은 사람들을 돌아가면서 모두 자극했으

니 무사할 리 없다. 온 조정이 들고 일어나는 통에 함경도 길주
吉州로 보내 귀양살이를 하도록 결론이 났다. 그는 귀양 중에도
통신사를 보내서는 안 된다고 문서로 조정에 항의 한다. 그는 7
개월 만에 귀양지에서 풀려난 후에도 줄기차게 조정에서 실행
하려는 일본과의 정책을 공격한다. 이 전쟁이 일어나기 1년 전,
3월에도 또다시 도끼를 들고 서울에 올라와 임금에게 글을 올
리고 일본 사신 겐소의 목을 치라고 외친다. 그래도 조정 관료
들은 여전히 귀담아 듣는 이가 없었다.

"너희들이 내년에 산골짜기로 피란할 때에는 반드시 내 말을
기억할 것이다."

조헌은 주역을 배워서 그런지 선견자처럼 앞날을 내다볼 줄
알았다. 서울에서 뜻을 이루지 못하고 옥천으로 돌아오자 그는
제자들을 모아놓고 타일렀다.

"큰 변란이 닥쳐오는데 임금이 저렇게 깨닫지 못하고 있어
한심하기 짝이 없다. 너희들이라도 여러 사람이 연명으로 글을
올려 임금에게 깨닫게 할 수는 없겠느냐?"

제자들이 합심해 글을 지어 올렸으나 조정에서는 아무런 대
답이 없다.

4월에는 전부터 안면이 있는 평안감사 권징과 연안부사 신각
에게 아들 완기가 편지를 전하도록 했다. 내년에는 일본이 쳐들
어올 테니 성을 손질하고 호를 파서 방전태세를 정비하라는 내
용이다.

그러나 권징은 폭소를 터뜨린다.

"헛소문인 줄 알았더니 너의 부친은 정말 미쳤구나. 왜倭가 쳐들어올 리도 없거니와 설사 쳐들어온다 하더라도 어떻게 이 평양까지 온단 말이냐?"

그러나 신각만은 달랐다.

"나도 그것이 걱정이다. 설사 왜가 쳐들어오지 않더라도 방비를 튼튼히 해서 손해될 것은 없다."

그는 곧바로 성을 보수하고 호를 두르고, 성내에는 우물을 파고 양식을 비축한다. 이것은 훗날 연안성 방어전에 말할 수 없이 큰 힘이 되었다.

7월에는 금산군수 김현성을 찾았다. 그는 **조헌**보다 2살 연상인 50살, 21살에 과거에 장원급제한 수재인 데다 성품이 천성적으로 후덕하고 풍채도 좋은 사람이다. 이끌어주는 이가 없어 출세는 늦었으나 세상에서는 인정을 받는 인물이다. 그가 나선다면 효과가 있을 법도 하다.

조헌은 그에게 안타까운 심정을 말하고 당부한다.

"영감이라도 나서주시오. 방비책을 강구하라고 말이오."

인물로 정평이 나 있는 이로써는 대답이 시원치 않았다.

"글쎄…… 한낱 시골구석 군수에게 무슨 힘이 있겠소?"

"군수가 대단해서 온 것이 아니고 김현성이라는 인물을 보고 먼 길을 찾아왔소이다. 내가 사람을 잘못 보았구나……."

잠자코 일어서려는데 김현성이 소매 옷자락을 잡는다.

"내 감사에게 고해보지요. 감사가 나서서 조정을 움직여주면 다행이련만 어찌 될 것인지……."

김현성은 **조헌**이 보는 앞에서 감사 이광에게 글을 올리고 **조헌**을 영벽루映碧樓로 안내했다.

그는 술자리를 베풀고, 취기가 들자 이렇게 물었다.

"내 고사에 밝지 못해서…… 역사에 왜놈들이 큰일을 저질렀다는 기록도 있소이까?"

조헌은 듣지 못한 양 대답하지 않았다. 옆에 앉아 있는 사람을 돌아보았다. 박정로라는 선비다.

"노형은 저기 보이는 것이 없소?"

동방 하늘에 세 줄기의 붉은 빛이 뻗치고 있다.

"아 참, 이상하군요."

박정로는 입을 닫지 못하고 바라보았다.

"소리는 들리지 않소?"

"안 들리는데요."

"도요토미 히데요시는 이미 군사를 움직였소이다. 그 소리가 요란하게 울리는데 안 들린단 말이오?"

그러나 김현성도 박정로도 **조헌**의 말을 농담으로 돌리고 더 이상 상대하려고 하지 않는다. 일은 틀렸나 보다. 김현성 같은 인물조차 이 지경이니 다른 사람은 더 말할 것도 없다. 아마 천운이리라. 이튿날 금산을 떠나 옥천으로 돌아온 **조헌**은 다시는 외지 출입을 삼갔다. 더 이상 관원들에게 호소하는 일도 없었다.

해가 지나 1592년, 전란의 임진년이 닥치고, **조헌**은 49살의 새해를 맞게 된다. 닥쳐오는 전쟁의 불행을 피부로 느낀 그는 김포에 있는 선산을 찾아 아버지의 산소에 제사를 올리고 축문을 읽어 바친다.

"머지않아 난리가 일어나 저는 목숨을 잃을 것입니다. 이승에서는 다시 찾아뵐 날이 없을 것이니 하직인사를 받아주십시오."

그는 정말 영원히 작별하듯 눈물을 흘린다.

김포는 그의 고향이어서 어릴 때의 친구들도 여러 명 있었다. 함께 산에 왔다가 이런 광경을 보고 물었다.

"귀신이 아닌 자네가 앞일을 어찌 그리 소상히 안단 말인가?"

조헌은 긴 말을 하지 않았다.

"하여튼 난리는 일어나게 돼 있다네."

친구들은 서로 눈짓을 하며 물었다.

"난리가 일어나면 피란을 가야 할 터인데 어디가 안전하겠는가?"

조헌은 한참을 생각하더니 이윽고 입을 연다.

"김포에서 가까운 피란처는 강화도이지. 마니산摩尼山쯤 들어가면 안전할 걸세."

마을로 내려간 친구들은 그날 밤 탁주잔을 기울이면서 한숨을 내쉬었다.

"아까운 사람이 머리가 돌아버렸구먼."

이날은 부인 신申씨의 장례 날이다. 집안에서는 김포 선산에 모시자고 했으나 **조헌**의 반대로 옥천에 그냥 시신을 묻고 묘를 쓰게 한다.

"난리가 임박했는데 김포로 가다가는 시체를 길가에 버리게 될지도 모른다. 차라리 저기 뒷산에 묻어라."

장례는 별일 없이 끝났다. **조헌**은 마당에 멍석을 깔고 수고한 사람들에게 술잔을 돌리는데 하늘에서 천둥소리가 들린다.

"이것은 이상한 일이다."

조헌은 술잔을 놓고 귀를 기울인다.

또다시 소리가 들린다. 다른 사람들에게는 예사로운 천둥이다. **조헌**은 정색을 하고 일어선다.

"이것은 천고天數 하늘의 복이라는 뜻 요. 해적이 이미 바다를 건넜으니 모두 빨리 집으로 돌아가 피란 갈 차비를 서두르는 것이 옳겠소."

일본군은 7일 전인 13일에 이미 바다를 건너왔으나 천리 떨어진 이 두메에서는 아직 모르고 있었다.

"앉아서 죽을 수는 없다."

조헌은 제자들을 중심으로 의병을 모집한다. 제자들 중에는 전승업, 김절 같은 유능한 청년들이 있어 많은 젊은이들이 그의 산하에 모여들었다.

그러나 얼마 안 가 관가에서 호령이 떨어진다.

"민간들이 함부로 작당하여 무기를 들고 횡행하는 자들은 역적이거나 불한당이다."

관에서는 의병들의 부모와 처자들을 잡아다가 매를 때리고 옥에 가둔다. 의병들은 흩어지고 성난 **조헌**은 관가에 가서 고함을 친다.

"너희들이야말로 역적이고 불한당이다."

사실은 관가에서도 할 말은 없다.

"당신들이 의병이라는 이름으로 청년들을 다 끌어가면 관군은 어디서 병정을 구하란 말이오?"

"관군이 맥을 못 쓰니 의병이 일어난 것이 아니냐?"

"당신은 어떻게 해야 맥이 맥답다는 것이오?"

시골 관원들을 상대해서 될 일이 아니다. **조헌**은 제자들과 남은 청년들을 이끌고 옥천을 떠나 공주로 갔다. 충청감사 윤선각을 만나 결판을 낼 각오다.

"당신은 무엇을 하는 사람이오?"

공주 감영에서 윤선각과 마주 앉은 **조헌**은 주먹으로 방바닥을 내려치며 크게 소리친다. 그는 이 세상에 비위를 거스르는 인간이 하나둘이 아니었는데 윤선각도 그중에 한 사람이다.

두 사람은 젊어서부터 잘 아는 사이다. 나이는 윤선각이 한 살 위였으나 과거는 **조헌**이 일 년 앞선다. 자연히 젊어서는 **조헌**이 선배로 행세했다. 윤선각은 그를 모시는 처지였다.

그런데 지금은 윤선각이 감사까지 올라가 있다. **조헌**은 미관말직을 전전하다가 쫓겨나서 시골 훈장으로 생을 이어가고 있는 처지였다.

세상에서는 윤선각을 사람됨이 진중하고, 남의 허물을 말하지 않고, 희로애락을 잘 들어내지 않는 군자라고 한다. 그러나 **조헌**의 눈에는 이것이 마뜩찮게 비친다. 나랏일이 잘못되어 가는 것을 뻔히 알면서도 입을 다물고 침묵하는 것이 어떻게 군자인가? 팔방미인같이 인심이나 얻으려 하고 출세나 해보자는 기회주의자가 아니고 무엇인가!

정말 **조헌**으로서는 마뜩찮은 것이 한두 가지가 아니다. 공주에 안세헌이라는 사람이 있다. 이 고을의 못된 일은 도맡아하는 건달인데도 왜 그런지 윤선각은 그를 감싸고 감영에도 마음대로 드나들도록 내버려 두었다.

전쟁이 터지고 세상이 시끄러워지자 이 사나이는 때를 만난 듯 더욱 거드름을 피우고 백성을 공포에 떨게 한다. 그것도 윤선각의 불민함 때문이다. 일거에 서울, 평양을 빼앗기고 의주로 밀려난 선조는 궁여지책으로 영을 내린다.

적의 머리를 하나 베어오면 벼슬에 있는 자는 벼슬을 올려주고, 아전은 부역을 면하고, 종은 방면하여 양민으로 만들 것이다.

머리를 두 개 이상 베어오는 자는 그 숫자에 따라 더욱 중요한 포상이 있을 것이다.

제일 기뻐한 것이 천하의 건달들이다. 일본 사람과 조선 사람은 어떻게 다른가. 얼굴만으로는 하나도 다를 것이 없다. 그들은 우둔하게 적을 건드릴 것은 없고, 으슥한 곳에 숨어 있다가 지나가는 백성을 때려눕히고 머리만 잘라 기관에 바친다. 칭송이 자자하고 벼슬을 내리고, 그들은 살맛이 난다.

공주의 건달 안세헌은 두 번 웃는다.

우선 조정에 앉아 있는 자들을 웃어주었다.

"인정의 기미도 모르는 병신들이다."

다음은 다른 건달들을 웃지 않을 수 없었다.

"쩨쩨하다."

기왕지사 시작했으면 크게 벌일 것이지 냄새나는 머리를 하나 달랑 들고 뛰어다니는 꼴은 볼 것이 아니다.

그는 패거리를 동원해 충청도 일대를 휘젓고 다니면서 크게 판을 벌인다. 허약한 사나이만 마주치면 몰매를 치고, 때로는 산 채로 목을 조르기도 한다. 목을 따고 예리한 주머니칼로 머리를 반쯤 깎은 다음 일본식 상투를 땋아 올리면 어김없는 일본 병사다. 안세헌은 이 같은 사람들의 머리를 일본 병처럼 만들어 무더기로 소나 말 잔등에 싣고 공주에 올라와 윤선각에게 바친다.

"역사에 드문 충신이로다."

윤선각은 감동했다. 관리창고에서 쌀과 광목을 꺼내다가 후히 상을 주고 조정에 높은 벼슬을 상신했다. 한 걸음 더 나아가 아주 측근에 들여앉히고 그의 말이라면 들어주지 않은 것이 없다.

소문은 퍼져 옥천에 있던 **조헌**의 귀에도 들어갔다.

"안세헌을 죽여야 한다."

조헌은 백성들의 모임에서 크게 성토하고 윤선각에게 글도 보낸다. 그러고는 의병들을 모으는 일에 전력을 다 쏟느라 깜박 이 일을 잊고 있었다. 그러나 안세헌은 이 일을 잊지 않고 이를 갈았다.

"영감은 이 충청도의 주장으로 병권을 가지고 계시지요? 그런데 김수, 이광과 함께 용인까지 갔다가 크게 패하고 돌아온 이 외에 무엇을 하셨지요? 만약 조헌이 적수공권赤手空拳(맨손과 맨주 먹이라는 뜻, 아무것도 가진 것이 없다)으로 일어나 공을 세운다면 어떻게 될까요? 병권을 가지고도 나가 싸우지 않은 영감은 아마 무사하지 못할 것입니다."

맞는 말이다. 윤선각의 대책은 조헌에게 의병을 일으키지 못하게 하고, 공을 세울 기회를 주지 않는 데 있다. 고을의 관원들을 풀어 조헌의 의병을 방해한 이면에는 이런 기막힌 사연이 있다.

"영감이 나선 줄은 꿈에도 몰랐소이다."

노려보는 조헌 앞에서 윤선각은 목소리가 떨렸다.

"정말 몰랐소이까?"

조헌은 한 걸음 다가앉는다.

"모르다마다요. 옛정을 생각해서도 내 어찌 영감이 하는 일을 방해했겠소?"

이것이 발뺌을 하는구나 싶었다. 농사로 단련된 체력을 가진 조헌은 주먹도 보통이 아니다. 한 대 후려치려다 꾹 참고 말았다.

"이제 알았소?"

"어쩔 것이오?"

"내 정성을 다해 협력하리다."

이때부터 윤선각은 감사의 권한을 발동해 협력할 대로 협력하고, 이광륜, 신난수 등 선비들도 적극 호응하여 의병에 지원하는 청년들은 날로 늘어났다. **조헌**은 각 고을을 돌아다니면서 이들을 묶어세우고 무기와 식량을 구하여 전투 준비에 박차를 가했다.

7월에 들어 공주에 모여든 병력은 1천7백 명이 넘는다. **조헌**은 이들과 함께 웅진강熊津江가에 나가 하늘에 제사를 지내고 맹세를 한다.

"이 어려운 시기에 목숨을 나라에 바칠 것이고, 전진이 있을 뿐 후퇴는 없을 것입니다."

모든 준비가 끝나자 병사들을 이끌고 공주를 떠나 회덕懷德으로 진출한다. 그는 원래 **고경명**과 연락이 있었고, 합심해서 금산의 적을 치기로 되어 있다. 그러나 회덕 접경에 들어서자 **고경명**은 금산에서 전사하고 휘하 병력도 흩어졌다는 급보가 날아왔다.

회덕에서 더 이상 진출을 멈추고 형세를 살피는데 청주가 위태롭다는 소식이 있었다. 청주는 충청좌도의 여러 달 동안 적의 수중에 들어가 있다. 그들은 여기 식량과 무기를 긁어모으고 우도를 침공할 기획을 갖고 있다. 그러는 한편 일본 병사들은 걸

핏하면 성 밖으로 쏟아져 나와 살인, 약탈, 강간을 자행하고 있다. 조선군은 몇 차례 토벌작전을 벌였으나 그때마다 실패하고, 이번에는 관, 의병을 총동원하여 성을 포위했다. 그러나 형세는 매우 불리하다는 전갈이다.

회덕을 떠난 **조헌**은 7월 29일 형강荊江(금강 상류)을 건너 다음 날 저녁 청주성 가까이에 도착한다. 사태는 소문보다 매우 심각하다. 성을 공격하던 충청도 방어사 이옥, 조방장 윤경기 휘하 3천 병력은 군대라고 하기에는 민망스럽게도 오합지졸이다. 남루한 옷차림에 앙상한 얼굴들, 성을 멀리 바라보는 야산 숲 속에 쭈그리고 앉아 겁에 질린 눈을 이리저리 굴리고 있다. 며칠 전의 일이던가. 적은 별안간 성문을 열어젖히고 마구 몰려나왔다. 천지를 진동하는 함성과 함께 칼을 휘두르고 달려드는 통에 백병전에 익숙하지 못한 조선 병사들은 수없이 짓밟히고 10리나 쫓겨 이 숲까지 오게 되었다.

도저히 싸울 마음이 없는가 보다.

"오늘밤 어떻게 될지 알 수 없지요"

이옥도 힘이 풀려 있다. 적이 그런 기세로 한 번 더 오면 고스란히 무너지고 말 것이라고 한다.

그러나 용케 적을 성안에 옭아놓고 밖으로 나오지 못하도록 몰아붙이는 사람들이 있다. **영규**가 이끌고 있는 승병들이다.

일본군은 지난밤에 죽은 동료들의 시체를 화장해서 그 유골을 안고 어둠 속을 헤치고 북으로 떠나고 있다. 그들의 우두머리 마사노리가 있다는 서울로 갔을 것이다.

무슨 술책이 있는 것은 아닐까?

캄캄한 밤이라서 은밀히 적의 의도를 알 길은 없다. 처음에는 보초병들도 어둠 속에 어른거리는 그림자들을 지켜보는 수밖에 다른 도리가 없다. 그것도 순식간이다. 1천 명 중에서 살아남은 4, 5백 명이 자취를 감추는 데는 긴 시간이 걸리지 않았다.

"아이고."

술렁이던 어둠이 다시 고요해지고, 먼동이 트면서 성안에서는 숱한 여인들이 목을 놓아 우는 소리가 울려 퍼졌다. 그들은 울면서 떼를 지어 성 밖으로 몰려나왔다.

"왜놈들이 도망쳤시유."

일본군에게 잡혔다 풀려난 여인들이다. 그들의 입을 통해 비로소 진상이 밝혀진 것이다. 우리들은 왜놈들을 꺾었고, 그들은 도망가 버렸다. 순간 말로 다할 수 없는 감격이 온 진영에 전해지고, 일어서 주먹을 쥐는 자, 외치는 자, 소리 없이 눈물을 삼키는 자 등 각양각색이다.

우암산牛岩山에 해가 솟아오르자 조선군은 성안으로 들어왔다.

예측한 대로 성안에는 곡물이 지천으로 쌓여 있다. 눈짐작으로도 2만 섬은 넉넉히 될 것 같다. 그 외에 말과 소도 수백 두가 넘은 것 같다.

"도요토미 히데요시는 내 아들이다."

538

오래간만에 온돌방에서 잠을 자고, 밥과 떡을 먹고, 고기와 술, 무엇이나 소원대로 먹은 병사들은 일본군과 싸워 이겼다는 자부심이 용솟음친다.

하루 그리고 이틀, 청주성에는 꿈같은 낮과 밤이 흘렀으나 사흘째 되는 날 아침 별안간 이 골목 저 골목에서 쑥덕거리고 가슴을 치는 병사들도 있다. '천벌을 받으리라.'

방어사 이옥이 관고의 양곡을 태워버린다고 한다. 현장에 달려온 **조헌**이 이옥에게 다가섰다.

"양곡을 모두 태워버린다니 그게 사실이오?"

"사실이오."

병사들을 시켜 마른 섶을 곳간, 양곡부대 사이사이에 흩어놓고 있던 이옥은 돌아보지도 않는다. 곳간 째로 불을 질러버릴 모양이다.

"어찌 된 영문이오?"

조헌의 언성이 높아지자 이옥은 비로소 고개를 돌린다.

"생각해보시오. 오늘이라도 적이 쳐들어오면 이 양곡은 또다시 그들의 손에 들어갈 것이 아니오? 군량미만 남기고 나머지는 태울 수밖에 달리 도리가 있겠소? 방법이 있으면 말해보시오"

"태울 것이 아니라 산간에 피란해 있는 우리 백성들을 찾아 나눠줍시다. 먹고 농사를 짓게 말이오."

"이 난리에 농사가 다 뭡니까? 또 어디 숨었는지도 모르는 백성들을 무슨 수로 일일이 찾아 양곡을 나눠준단 말이오?"

"당신 꼬리에 불이 달린 것처럼 왜 이렇게 서두르는 것이오?"

"적이 쳐들어온다는 소식도 못 들었소?"

서울로 야간도주한 적이 10만 대군을 이끌고 복수하러 온다더라·입성하던 그날부터 소문은 꼬리에 꼬리를 물고 있다.

"당신, 그 말을 정말 믿고 있소?"

"믿고 있든 그렇지 않든 간에 만일을 위해서 대비는 있어야 할 것 아니오?"

"대비가 고작 양곡을 태우고 도망가는 것이오?"

"말조심하시오. 공주에 급사를 보내 순찰사(충청감사)와도 합의를 보았소. 당신은 도대체 뭐요?"

조헌은 한 발 다가가서 주먹을 떨었다. 무엇이냐고 따지면 달리 할 말이 없었다. 듣기 좋게 남들이 의병장이라고 불러주었으나 그런 직함은 경국대전에도 없고 한낱 백성에 불과했다. 남더러 이래라 저래라 할 처지가 못 되었다.

"보자보자 하니까."

이옥은 여태까지 받은 수모가 분노로 변해 한꺼번에 분출하는 듯 온몸을 떨었다.

조헌은 두 눈에서 불꽃이 튀고, 천천히 칼을 빼어 들었다.

"너 같은 쓰레기들부터 처치해야 일이 되겠다."

순간 옆에 섰던 거인 **영규**가 불쑥 사이에 끼어들었다. **조헌**도 힘깨나 쓰는 사람이었으나 **영규**에게는 비교할 바가 못 된다. **영규**는 칼을 빼앗고 그의 겨드랑이에 손을 넣어 끌고 갔다.

540

"당신네들 선비라는 족속은 너무 따지는 것이 병이오. 칼날과 같이 맞서는 것만 같소."

한마디 말도 없이 가던 **영규**는 **조헌**을 장막으로 밀어 넣고는 한마디 내뱉는다.

"중놈들은 어떻고?"

조헌도 가만있지 않았다.

"중놈들이야 바람이 허공을 가로지르듯 슬슬 살아가지 않소?"

영규는 씩 이내 웃고 돌아선다. 청주에 눌러 있을 형편이 못 된다.

"이옥의 모가지를 비틀어버리자."

조헌의 부장들이 일어나고 승병들도 합세를 한다. 싸움에는 뒷걸음질을 하고 권세는 혼자 부리고…… 못 참겠다. 아우성들이다. 의병과 관병들 사이에 피를 흘리게 생겼다.

그러나 이 아우성은 잠시 동안이다. 의병들은 풀이 꺾이고 도망병이 속출했다. 또다시 그들의 고향에서는 부모나 처자들이 옥에 끌려가 곤욕을 치른다고 했다. 병사들이 도망을 해도 말릴 도리가 없었다.

곡식도 문제다. 이옥이 나눠준 것은 현미 몇 섬, 그 위에 날씨는 어제가 다르게 쌀쌀해지는 데 홑옷을 입은 의병들에게는 마련할 방법이 없다. 이런 광경을 이옥은 못 본 체한다.

조헌과 **영규**는 결단을 내려야했다. 그리고 청주를 떠나야 했다.

갈 사람은 가고 따라올 사람은 남으라. **조헌** 휘하에 7백 명,

영규 휘하에 3백 명이 남는다. 남은 병사들은 죽으나 사나 떨어지지 않겠다고 했다.

그런데 풍문이 떠돈다. 명나라의 대군이 압록강을 건너왔다고. 1만에서 10만, 50만에서 1백만까지, 숫자는 들쑥날쑥 정확하지 않았으나 하여튼 오기는 온 모양이다. 외로운 전투에 대단한 희소식이다.

못난 이옥과 시비할 것이 아니라 가서 평양을 치자. 명나라군은 내려치고 우리는 올려치고…… 평양을 탈환하고 의주로 진격하여 임금을 모시고 서울까지 밀고 내려온다.

8월의 맑은 하늘 아래 대장기를 펄럭이고 청주성을 떠난 의병 7백 명, 승병 3백 명, 합해 1천 명은 4일 만에 온양성溫陽城 교외에 도착한다. 배를 이용해 북상할 계획이다.

청주의 승전소식은 바람같이 퍼져나가 도중 백성들의 환영은 참으로 기가 막힌다. 지지리 못 먹는 백성들이건만 닭, 돼지, 소까지 잡아오고, 단벌옷을 벗어 바치는 경우도 많다. 병사들은 적과 싸움에서 이기지 않고는 배겨나지 못할 상황이다. 그러나 온양성에서는 뜻하지 않은 소식이 기다리고 있다.

"말도 마십시오."

초저녁에 장막으로 찾아온 온양군의 관원은 손부터 내저었다. 조승훈이라는 조금 모자란 명나라 장수가 기천 명을 거느리고 압록강을 건너온 것은 사실이었으나 평양에서 적에게 무참히 짓밟히고 달아났다고 한다. 장막에는 실망의 회오리가 감돌았으나 **조헌**은 **영규**를 건너다보았다.

"우리가 언제 명나라군의 상판을 보러 진영을 떠났소이까?"

"맞는 말이오."

영규도 고개를 끄덕인다. 기왕 떠났으니 의주까지 가서 왕명으로 크게 병사들을 모집하고 크게 싸워야 한다.

그러나 다음 날 아침 공주에서 전령이 달려왔다. **조헌**과 가까운 친구로 윤선각의 부탁을 받고 왔다고 한다.

"무슨 부탁이오?"

조헌은 윤선각이라면 그의 이름도 듣기 싫었다. 그러나 먼 길을 찾아온 친구를 외면할 수는 없었다.

"윤 감사가 당신을 만나자고 하오."

"나를 만나요?"

"한동안 잠잠하던 금산의 적이 또다시 극성을 부리고 있다오. 당신과 만나서 이 적을 무찌를 계책을 의논하자는 것이오."

그는 금산의 중요성을 누누이 설명했으나 다 듣고 난 **조헌**은 일언지하에 거절한다.

"윤 감사하고는 할 말이 없다고 전하시오."

그러나 이광륜을 비롯한 그의 부장들의 의견은 다르다.

"나라의 강역疆域(한 나라의 통치권이 미치는 지역)이 모두 적에게 짓밟혔는데 유독 양호(충청도, 전라도)가 병화를 입지 않은 것은 하늘이 은연중에 우리들을 도와 중흥을 이룩하자는 뜻이 아니겠습니까? 지금 버리고 서쪽으로 간다면 양호는 없어지는 것입니다. 또한 금산의 적을 쳐서 후고後顧(지난 일을 돌아보아 살핌)의 걱정을 없이 한 연후에 북으로 가서 임금을 섬겨도 늦지 않을 것입니다.”

생각해보니 틀린 말은 아니다. 또 눈앞에 적을 두고 멀리 떠나가는 것은 적을 피해 떠나는 것처럼 보여 모양세도 안 좋았다.

한 걸음 나아가 **조헌**으로서는 금산은 마음에 걸리는 지역이다. 여기서 **고경명**과 함께 싸우기로 약속했으나 본의는 아니라 하더라도 **고경명**만 먼저 저승으로 보내고 자기는 살아남아있는 처지가 아닌가.

영규도 금산을 치자는 데 이의가 없다.

“이리 치나 저리 치나 왜놈들이라 나는 아무래도 좋소이다.”

괘씸한 생각으로 말하자면 윤선각의 얼굴도 보기 싫었으나 큰일을 위해서는 개인 간에 얽힌 사사로운 감정을 극복하지 못하고서 어찌 나랏일을 도모할 수 있겠는가 싶다.

그는 이윽고 공주로 윤선각을 만나러 말을 달린다.

“하, 내 이번에는 기필코 참전할 생각이었는데 그만 감기몸살이라서…….”

머리를 싸매고 드러누웠던 윤선각은 일어나 이마를 짚고 앉았다. 잠자코 바라보고 있는데 그는 가끔 상을 찌푸리고 말을 이었다.

“아이고 머리야. 지원군이라도 붙여 드려야 쓰겠는데 이옥과 윤경기는 아직 청주를 떠날 형편이 못 되고, 달리 군사는 없고,

나는 이 모양이고, 아이고 머리야."

도통 틀렸다. 노려보던 **조헌**의 입에서는 볼멘소리가 터져 나온다.

"그런 주제에 입은 왜 나불거리고, 사람은 왜 보냈소?"

"아이고 머리야. 내 눈앞이 아물거려서……."

윤선각은 몸을 지탱하지 못하고 아예 드러누워 버린다. 객사로 돌아온 **조헌**은 전라감사 권율에게 편지를 써 보낸다. 그는 달포 전에 전주 동북 이치(梨峙)에서 적을 일방적으로 무찔러 큰 공을 세우고 광주목사에서 나주목사로 옮겼다가 이광의 후임으로 전라감사에 오른 사람이다. 그러면 말이 통할 것이다.

"우리 힘을 합해 금산의 적을 치는 것이 어떻겠습니까?"

몇 차례 서찰이 오고 가는 사이에 8월 18일 함께 공격하기로 합의를 보았다.

공주를 떠난 일행은 8월 17일 아침 금산 북교(北郊)에 이르렀다. **조헌**의 의병 7백 명은 금산 북방 10리 연곤평(延昆坪)에 숙영지를 정했다. **영규** 휘하 승병 3백 명은 그 후방 와여평(瓦余坪)에 진을 친다. 그러나 하루 종일 기다려도 권율로부터는 소식이 없다. 해가 떨어지자 영규가 그의 진영으로 찾아온다.

"아무래도 일이 심상치 않은 것 같소이다. 일단 후퇴하는 것이 어떻겠소?"

그러나 **조헌**은 제안을 받아들이지 않았다.

"아니오. 권율은 반드시 올 것이오."

바로 이 시각 금산성 안에 있는 적장 고바야카와 다카가게는 조선군의 기밀 연락문서를 읽고 있었다. 권율이 **조헌**에게 보낸 편지 내용이다.

지금 내가 흩어진 병졸들을 수습한 것이 1천 명이 못 되고 훈련도 제대로 안 되었으나 10일만 지나면 쓸 만하게 될 것입니다……. 지금 내가 함께 싸운다고 하더라도 승패는 알 수 없으니 연기함만 같지 못합니다. 우리 양군이 더욱 단련하고 산에 의지하여 적을 치면 전승을 거둘 수 있을 것입니다. 가벼이 진군하지 말고 10일만 기다려주시오. 그때 가서 다시 약속합시다……. 원컨대 선생께서는 깊이 생각하십시오."

서남으로 30리, 탄현炭峴에 잠복해 있던 일본군 복병들이 샛길로 북상하는 권율의 연락병을 때려누이고 입수한 편지다. 편지를 다시 접는 고바야카와의 입가에는 희미한 미소가 떠올랐다. 후속 지원부대가 없는 **조헌**의 외로운 의병을 치는 것은 어려운 일이 아니라고 생각했다.

해돋이에 금산성을 나선 일본군 1만 명은 3천여 명씩 세 패로 나누어 **조헌** 의병부대가 있는 북쪽으로 진격해갔다. 적에게 눈코 못 뜨도록 파상 공격을 퍼부을 참이다. 척후들로부터 보고를 받은 **영규**는 급히 **조헌**에게 전령을 보낸다.

"지금이라도 빨리 후방으로 물러나시오."

그러나 **조헌**은 고개를 내저었다.

"아니오. 이 철천지원수들을 물어뜯을 것이오. 뜯어서 버릇을 가르쳐야겠소이다."

이어서 연곤평 들판에는 말로도 또 붓으로도…… 인간의 힘으로는 표현할 길이 없는 처절한 광경이 벌어지고 있었다. 1만 명 대 7백 명. 거대한 메뚜기 떼가 하늘을 시커멓게 덮고 몰려오는 것처럼 연곤평 야산을 뒤덮을 만큼 많은 적병들을 맞아 한 걸음도 후퇴하지 않는다. 한 사람의 낙오도 한 사람의 도망병도 없었다.

활로 대항하고, 화살이 다하여 칼로 대항한다. 칼이 부러지자 돌멩이로 치고 이빨로 물어뜯는다. 그렇게 싸우다 보니 해는 이미 중천에서 서쪽으로 기울었다. 그때 아군의 정황은 단 한 명의 병사도 살아남은 자가 없다. **조헌** 이하 7백 명은 이 들판에 피를 쏟아 대지를 검붉게 물들였다.

이때 **조헌**을 구하러 달려온 **영규**도 겹겹이 포위를 당하고 좌충우돌로 적을 치고 또 치다가 마침내 무수한 칼질을 당하고 쓰러져 마지막 숨을 몰아쉬었다. 그는 시체더미 속에 묻혀 있다가 적들이 모두 사라진 뒤에 치명상을 당한 몸을 이끌고 어디론가 사라졌다.

이런 싸움은 두 번 다시 생각하기조차 싫었다. 많은 사상자를 낸 고바야카와 다카가게는 남은 병력을 수습해서 철수하기 시작했다.

6

여윈 학과도 같은 **僧將**

공주의 갑사라는 절에 있던, **영규**대사는 전쟁이 일어나자, 승병을 수백 명 모집해 금산 싸움터에서 일본군과 치열하게 싸우다가 총상을 당한다.

그는 의 승군을 인솔, 먼저 문경새재로 떠나는데, 문경새재는 일찍이 **신립**이 그곳에서 싸웠다면, 아주 좋았을 천연의 방어진지다. 그곳은 방어하기가 그렇게 유리한 방어선인데, 왜냐하면

골짜기가 깊고, 고개가 가팔랐다. 사람이 좁은 행렬로 움직이지 않으면 안 되는 그렇게 협소한 골짜기라서 거기서 방어했더라면, 일본 병들을 쉽게 물리칠 수 있었을 것이다. 그럼에도 **신립**은 문경새재를 택하지 않고, 탄금대를 우적우적 고집 부렸으니, 패전이라는 엄청난 결과를 받아들이지 않을 수 없었다. 아마도 그것이 국운인지는 몰라도, **신립**이 청주 탄금대로 공격 진지를 정해 가자고 해서, 청주 달천(달래)강으로 기필코 방어선을 바꾸게 되었던 것이다. 그곳은 늪지대가 있는 벌판이다. 그럼에도 거기에서 전투를 벌이다가 모두가 전멸을 하지 않았는가.

그런 후 **조헌**이 의병을 일으켜 금산에 와 싸웠다. 금산 역시 낮은 벌판이었다. 차후 칠백의총이라 부른 의총리에서 **조헌** 의병도 모조리 죽임을 당하고 말았다. **조헌**의병진은 미처 진열을 갖추기도 전에 일본군의 습격으로 적들과 혼전을 이루었다. 그런 상황에서 적들도 많은 피해를 보았다. **영규**대사도 바로 이어서 치열한 싸움 끝에 일본군에게 배에 총상을 입었다. 그 정황은 정말 참담했다. 조총탄환을 몇 발이나 동시에 배 위에 맞았기에 창자가 상처 주위에서 꾸역꾸역 불거져 나오게 되다니. 그는 창자를 움켜쥐고서, 금산에서 갑사 본당까지 오다가 도중에서 그만 숨을 거두고 마는데…… 이를 어찌해야 하나.

영규가 지휘하는 승병은 처음엔 8백 명이다. 이들은 여러 패로 나뉘어 성 밖 중요한 길목에 숨어 있다가 적이 가까이 다가

오면 일시에 달려 나가 공격하곤 했다. 무기는 칼이나 창을 쓰는 것이 아니라 저마다 낫을 휘둘러 찍고 또는 후려쳤다. 동작들이 어찌나 능수능란한지 적은 어찌할 바를 모르다가 사상자만 많이 내놓고 강아지에 닭 쫓겨 가듯이 그냥 되돌아서 성안으로 들어갔다. 몇 차례 이 같은 승병들의 낫에 혼쭐이 난 적은 다시는 성 밖으로 나올 엄두를 내지 못했다. **조헌**은 그의 본영으로 **영규**를 찾아갔다. 키기 9척이나 되는 젊은 스님이다. 그의 인상은 말상에 턱수염을 길게 늘어뜨린 것이 근엄한 표정이다.

"당신은 누구요?"

조헌은 권하지도 않은 호상을 끌어다 걸터앉는다.

"**조헌**이오."

"도끼 **조헌**이오?"

"그건 무슨 소리요?"

"당신 도끼 들고 한양 천 리 길을 왔다 갔다, 야단법석이었다면서요?"

"그래 야단법석 좀 떨었소. 남의 성명을 들었으면 자기 성명도 대야 할 것 아니오?"

"어 참, 실례했소이다."

그의 세속 성은 박朴씨이고, **영규**는 이름이다. 서산대사의 제자로 법호를 기허騎虛라고 했는데 이 전쟁이 일어날 당시에는 고향 공주의 청련암靑蓮庵 주지로 있었다.

무술에 능해 선장禪杖(승려들이 참선을 할 때 졸음을 쫓기 위해 쓰는 대로 만든

550

^{지팡이}을 자유자재로 휘둘러 적을 치는 솜씨는 귀신과 같이 절묘했다. 그의 타고난 장재^{將材}로 창졸간에 이 절^[寺] 저 절에서 모여든 중들이었으나 부하들은 심복충심으로 기뻐하고, 성심껏 순종했다. 부대에는 기율이 엄했다. 그의 호령에는 바람이 일듯 서슬이 시퍼렇고, 한 번 싸움터에 나가면 부하 승병들은 생사도 안중에 없다는 듯이 앞으로 밀어붙일 뿐 후퇴는 결코 없었다.

이 전쟁에는 서산대사를 비롯해 사명당, 의엄, 처영 등 많은 승장들이 활약했다. 그중 제일 먼저 일어난 승장이 **박영규** 스님이다. 여기에 나온 의엄은 휴정의 제자다. 1589_(선조 22)년 정여립의 역모사건에 일부 승려들이 참가하면서 황해도 구월산에 있던 그에게 함께 역모를 도모할 것을 권했다. 그러나 그는 승낙하지 않았다. 그러고는 재령군수 박충간에게 고발해 조정에서 이를 진압할 수 있도록 했다. 이어 휴정이 조선팔도의 승려들에게 의승병으로 참가할 것을 권했을 때, 그는 황해도에서 500명의 승병을 모집해 일본군과 전투를 했다. 그는 전투에서도 물론 군량미를 모으는데도 크게 공을 세운다.

임진란 때 세운 공로에 대해 조정에서 직품을 제수하고자 했으나 이를 사양하고 선종판사^{禪宗判事}가 되기를 원하니 선종판사직을 제수하게 할 것을 청하는 내용이 있었다. <연려실기술_{練藜室記述}> <조선왕조실록, 선조 26년 5월의 비변사계문_{備邊司啓文}>

조헌은 **영규**의 소탈한 성품이 마음에 들었다. **영규**도 **조헌**의 불덩이 같은 성품이 좋았다.

"왜 하필 낫이오?"

두 사람은 곧 친해진다. **조헌**은 허물없이 대했다.

"산사에 무엇이 있었겠소? 손에 잡히는 대로 들고 나오다 보니 이 낫이지요."

"원한다면 칼이나 창 같은 무기를 주선해 드리리다."

그러나 **영규**는 고개를 내저었다.

"아니오, 낫이면 족합니다."

무기도 연장이니 손에 익숙해야 제 구실을 하게 마련 아닌가! 실재로 시험해보았으나 만져보지도 못하던 창보다 평소에 쓰던 낫이 곱절은 낫다고 했다. **조헌**은 전형적인 유교선비로 중이라면 으레 시답지 않은 사람들로 생각해온 터다. 그러나 눈앞에 앉아 있는 **영규**는 누가 뭐래도 대장부다. 애초에 그는 길을 잘못 든 것만 같다.

"당신 중 그만두고 이 차제에 환속還俗하는 것이 어떻겠소? 무관으로 나서면 크게 될 것이오."

"피차 남의 걱정은 안 하는 것이 좋을 듯싶은데 안 그렇소?"

영규가 생뚱맞게 나오자 **조헌**도 생뚱맞게 나갔다.

"아조我朝에 들어와서 중은 천민賤民으로 괄시만 받아왔는데 당신, 무엇이 고맙다고 전쟁에 뛰어들었소?"

"당신, 뭐 그렇게 따지기를 좋아하시오?"

"좋아하오."

"우리네 조선 중들같이 할 말은 많아도 이런 인간은 천지간에 없을 것이오. 전쟁이 끝나고 평화가 오면 그때 가서 따질 것을 따지고 셈을 맞춰봅시다."

"그것도 무방하오."

영규는 한동안 뚫어지게 **조헌**을 들여다보고 물었다.

"당신, 정말 싸울 생각이오?"

"놀러 오지는 않았소."

"그렇다면 내 이야기를 들어두는 것도 해롭지 않을 것이오."

영규의 설명으로는 눈앞의 적은 약 1천 명, 강병들이다. 성안에는 전쟁 전에 비축했던 양곡이 그대로 남아 있고, 적이 인근 고을에서 약탈해온 것도 적지 않으니 줄잡아도 2, 3만 섬은 있다는 계산이 나왔다. 그 위에 청주는 석성으로 둘레가 3천6백여 척, 높이가 8척尺(尺貫法. 길이의 단위. 약 30.3cm), 성안에는 13개의 큰 우물이 있다. 적이 항복할 가망은 없고 사태는 암담하기만 했다.

그러나 **영규**는 이런 소리를 한다.

"인간에게 제일가는 고통은 굶주림이고, 그다음은 외로움이 아니겠소? 외로움이 지나쳐서 머리가 도는 인간이 얼마나 많습니까?"

적은 지금 외로움에 시달리고 있다고 한다. 밤중에 몰래 성을 타고 넘어오는 그들의 밀사는 대개 서울에 있는 본영으로 가는 자들이고, 편지에는 어김없이 이런 구절이 있다.

'갑갑해서 미칠 지경이니 돌아가는 상황을 알려달라.'

이대로 포위망 속에서 격리된 상태가 계속된다면 적은 머지 않아 안으로부터 무너지리라는 것이 **영규**의 계산이다. **조헌**은 취한 듯 그의 조리 있고 사리 분별한 이야기에 귀를 기울이다 가 자정이 넘자 그믐밤의 어둠 속으로 나선다. **영규**는 비상한 인물이고, 현 상황은 밝아 보인다.

성 밖에서 **조헌**과 **영규**가 상의하는 동안 성안에서는 일본 장 수들의 회의가 벌어지고 있다. 적들은 성에 들어온 지 석 달, 포 위된 지도 달포가 넘는다. 이 한 달 동안 성에서 나간 사람은 있어도 다시 들어간 사람은 아무도 없다. 전쟁국면은 알 길이 없고 갑갑증은 날로 더해 가는데 문제는 성 밖에서 날치는 키 다리 중이다.

"일본군은 다 물러가고 남은 것은 이 청주성에 갇힌 너희들 뿐이다. 싸우다가 전몰할 것이냐, 항복하고 본국으로 돌아갈 것 이냐? 잘 생각해보아라."

잠시도 지체함 없이 항복맹서를 하라는 글을 화살에 쏘아 보 냈다. 거짓말도 열 번 되풀이하면 어찌 된 일인지 정말로 둔갑 해버린다고 한다. 처음에는 믿지 않았으나 시일이 흐르면서 병 졸들 사이에는 동요가 일기 시작했다. '정말일지 모른다. 조선 은 일본과는 비교도 안 되게 넓은 나라가 아닌가.' 이것이 당시 일본 사람들의 통념이었다. 아득하게 멀리 떨어진 나라, 더구나 기가 막히게 넓은 땅에 자기들 1천 명만 남기고 달아난 자들이 원망스럽기만 하다. 아니 원망할 것이 또 있다. 청주에 들어온 일본군 제5군 휘하 병졸들은 일본 서남방 시코구(四國)의 이마바리(今治) 출신들이었으나 사령관 후쿠시마 마사노리이하 장교들은 1천 리나 떨어진 오와리[尾張: 名古屋 지방] 출신이다. 도요토미 히데요시가 무력으로 시코쿠를 정령하자 그의 처가 쪽인 마사노리를 그중 이마바리 지방의 제후로 택했다.

마사노리는 금년에 32살. 용감한 장수였으나 술버릇이 고약한 주정뱅이다. 술만 취하면 옷을 벗어던지고 훈도지 하나로 칼춤을 추는가 하면 돌아가면서 부하장교들을 후려갈긴다.

장교들도 이를 본받아 병졸들을 때리고 백성들을 걷어차는 것이 하나의 유행처럼 퍼져갔다. 때리는 장교들은 오와리에서 들어온 타관 사람이고, 매 맞는 병졸들과 백성들은 현지 시코쿠 사람들이다. 그들은 정복자들의 압제에 눈물을 머금고 하루하루를 지탱하는 실정이다.

이번 전쟁에 의병들이 크게 일어난 지역에서 적의 사령관은 한 군대에 정착할 처지가 되지 못했다. 전투를 독려하고 민심을 수습하기 위해서 이곳저곳을 돌아다녀야만 했다. 충청도 점령군 사령관 후쿠시마 마사노리 또한 초기에 한 번 청주에 나타났을 뿐 도내를 돌아다니다 이 무렵에는 회의에 참석하기 위해 서울에 올라가 있었다. 그러나 병졸들에게는 그렇게 비쳐지지 않았다. 술을 퍼마시고 계집질을 하다 우리를 버리고 달아났다. 처음에는 자기들끼리 은근히 속삭였으나 요즘 와서는 큰 소리로 떠들고 장교들에게 대드는 병사들이 생겨났다.

"우리 시코쿠 병사들은 사람도 아니라, 이거요?"

장교들이 그렇지 않다고 아무리 타일러도 듣지 않았다. 믿지 않기로 작심한 귀에는 바른 소리로 들리지 않는 법이다.

밤중에 열린 회의에서는 좀처럼 결론이 나지 않는다. 이대로 며칠만 끌어도 반란이 일어날 것이고, 성을 버리지 않을 수 없다는 데까지는 이론이 없으나 성을 버리는 것도 쉬운 일이 아니다.

성 밖에는 도처에 **영규**의 복병들이 기다리고 있다. 그러니 적들은 피를 흘리지 않고는 성을 벗어날 방법이 없다.

서울에 가 있는 사령관 마사노리도 문제다. 좋게 말해서 성을 버리는 것이고, 사실대로 말하자면 달아나는 것이다. 멧돼지 같은 마사노리는 길길이 뛸 것이고, 책임자 몇 명은 목이 달아날 게 뻔하다.

그렇다고 이대로 앉아 있을 수는 없다. 병졸들은 성안에만 지루하게 있으니 궁상스럽고, 성 분위기는 험악해져만 갔다.

죽으나 사나 냅다 쳐서 결판을 낼 수밖에 없다. 그들은 결론을 내린다. 다음 일은 그다음에 또 생각하자.

동이 트기 전에 몽둥이를 들고 막사를 나선 **조헌**은 방어사 이옥의 진영에 들어서자 고함을 질렀다.

"너희들은 군인이냐, 밥벌레들이냐?"

소식을 듣고 달려온 이옥은 옆에 지켜 선 윤경기에게 가끔 눈길을 던지고 말이 많았다.

"지금 형편으로는……."

병사들 사기는 떨어지고, 무기와 식량이 넉넉지 못하고, 공성기기(성을 공격하는 장비)도 없고…… 성을 점령할 가망도 없는 것 같다. **조헌**은 몽둥이로 삿대질을 한다.

"폐일언하고, 당신 움직일 것이오, 아니면 내 손에 죽을 것이오?"

마지못해 일어선 이옥은 부하 장수들에게 출동을 명령하고, 온 진영을 부산하게 움직이기 시작한다.

이들은 청주성 외각으로 이동해 이옥은 동문 밖, 윤경기는 북문 밖에 진을 친다.

"싸우라는 것도 아니다. 그 대신 달아나면 무사하지 못하리라."

조헌은 눈을 부라리고 돌아섰다. 뜻 없는 자들에게 싸우라고 한 것은 무리다. 자리를 지키고 적에게 조선 병사들이 당당히 지키고 있는 진지라는 것을 보여 달라는 것이다.

대신 여기까지 4대문 밖에 분산 배치되었던 **영규** 휘하의 승병 8백 명은 전원 서쪽 대교천(大橋川: 무심천) 건너 벌판에 집결한다.

모든 것은 간밤에 **조헌**과 합의한 대로 진행되었다. 합의라기보다 전투에 경험이 있는 **영규**의 구상이었고, 새로 참전한 **조헌**은 이를 실천에 옮겼다. 동, 남, 북의 3대문은 허약한 관군으로 망이나 보게 하고, **조헌**과 힘을 합쳐 서문을 쳐부수자는 것이 **영규**의 계획 중에 하나다. **조헌**은 병력을 반으로 나누어 반은 남문 밖에 포진하고 스스로 나머지 반을 이끌고 대교천 건너 **영규**와 합류한다. 그러나 이쪽에서 들이치기 전에 적이 선수를 썼다. 적어도 8, 9백 명은 되었다. 소수의 수비 병력을 남기고 총동원한 것 같다. 저마다 칼이며 창을 들고 무서운 기세로 서문에서 쏟아져 나온 적은 대교천에서 일단 멈춰 서서 주위를 두리번거린다. 대교천은 깊은 강이 아니다. 근처에 적이 없는 것을 확인한 그들은 거침없이 여울을 가로질러 대안으로 건너왔다. 대교 전까지 5리를 두고 대열을 정비하던 **영규**는 **조헌**을 돌아보고 씩 웃는다.

"차라리 잘되었소이다."

두 사람은 잠시 의논하고, 말을 탄 부장들을 선두로, 돌아서 달리기 시작한다. 승병들 가운데 말을 탄 사람은 **영규** 한 사람뿐이었으나 **조헌**의 휘하에는 1백 명이 넘는다. 일본군도 간부들 몇 사람만 말을 탔을 뿐이고 나머지는 보졸들이다. 적과 아군과의 거리간격이 5리나 되었으니 당황할 것도 서두를 것도 없다. **조헌**은 휘하병사들에게 필요한 지시를 내리고 의병들은 들으면서 1천5백 명의 병사들은 성큼성큼 빠른 걸음으로 다가간다.

얼마 안 가 나지막한 야산, 숯 고개까지 당도했다. 지난해에 숯을 굽던 가마터가 있어 사람들은 이렇게 부르는 곳이다. 흰옷을 입은 의병들과 검은 가사를 걸친 승병들은 숲 사이로 어른어른하면서 고개를 넘자 그들 자취가 눈에서 멀어져 간다.

어느 정도 사이를 두고 뒤쫓아 고갯마루에 오른 일본군은 눈 아래 벌어진 광경에 입이 절로 벌어진다. 검은 것, 흰 것들이 뒤섞여 사면팔방으로 아무렇게나 뛰어다녔다. 흡사 놀란 양 떼들이 뛰는 모습 그대로다.

"저것들을 치고 짓밟아라!"

대장의 명령이 떨어지자 발을 멈추고 바라보던 병졸들은 고개에서 쏟아져 내려왔다. 이 적을 치면 청주에서 철수해 부산으로 가 배에 오를 것이다. 자기들 고향 일본으로 가기 위해서 말이다. 약속을 받고 성문을 나선 적들은 기운이 솟아 있다. 겁이 나서 도망치는 것들을 짓밟는 것은 식은 죽 먹기나 다를 바 없다. 무엇이 어려울 것인가?

그들도 사방으로 흩어져 뛰었다. 쫓기는 조선군은 한 사람 한 사람 멋대로 뛰었다. 멋대로 뛰는 자들을 쫓으면 적들도 멋대로 뛸 수밖에 없을 것이 아닌가!

시간이 흘러가고 조선 병사들은 마치 모래에 물이 스며들듯 자취를 감추고 그들을 쫓던 일본군은 청주의 산야에 모래알같이 흩어진 형국이다.

자칫하면 저마다 길을 잃고 해매다 조선 의병들에게 하나하나 죽어갈 위험이 있다. 사방에서 호각소리가 들리고 그들은 고개 밑으로 다시 모여든다. 어떻든 사납게 굴던 승병들이 흩어져 버렸으니 한 숨 돌리게 되었다. 서울에 연락해 마사노리에게 알리면 좋은 소식이 있을 것이다. 병사들을 수습해 돌아오려는데 멀지 않은 숲 속에서 1백여 기의 조선 기병이 나타났다. 자기들이 이를 갈고 있는 말상의 **승장**이 바람에 검은 가사를 펄럭이며 선두에선 말이 달려오고 있다.

"저 중놈을 잡아라! 태합 전하께 좋은 선물감이다."

그들은 **영규**의 머리를 도요토미 히데요시에게 바친다고 기를 쓰고 덤벼들었다. 달려오던 **승장** 이하 기마집단은 고삐를 틀어 또다시 후퇴하기 시작한다.

청주성에서 부모산父母山까지는 15리나 된다. 잡힐 듯 말 듯 후퇴하던 기마집단은 마침내 부모산 숲 속으로 사라진 채 다시는 모습을 나타내지 않았다. 해는 이미 중천을 지나고, 허기진 적 병사들은 풀밭에 쓰러져 통 움직이려고 하지 않았다. 잠시 냅다 치고 들어갈 작정이었지, 이렇게 멀리까지 올 줄은 몰랐다. 적들은 점심도 먹지 못했다.

"제엔장."

지친 병사들은 풀밭에 이리저리 쓰러져 투덜댄다. 다시 숯 고개에 당도했다. 군데군데 노송들이 부채처럼 펼쳐진 가운데 참나무와 괴암나무, 싸리와 아가위(山査子)나무가 무성한 잡목림에서는 아침에 뿔뿔이 흩어졌던 1천5백여 명의 승병과 의병들이 다시 돌아와 말없이 움직이고 있다. 그들은 고갯길 양쪽 숲 속에 이곳저곳 자리를 잡고 몸을 숨긴다. 알고 천천히 보면 몰라도 무심히 지나친 눈에는 사람이라고는 아무도 보이지 않는다.

"적이 눈앞에 와도 북이 울리기 전에는 절대 활을 쏘거나 옴

짝달싹도 하지 마라."

영규는 이곳저곳 순찰하면서 반복해서 강조하고는 이렇게 말한다.

"다리를 뻗고 한잠씩 자라. 한잠을 자고 나면 적과 싸울 힘이 솟아날 것이다."

적은 지금 지칠 대로 지쳐 훅 불면 날아가게 될 처지인지라, 한잠 자고 나면 병사들은 힘이 더욱 뻗칠 것이고 그 힘으로 세차게 적과 붙을 수 있을 것이다. 배포가 큰 병사들은 코를 골고, 그렇지 못한 병사들은 자신도 딱히 뭐라고 말할 수 없는 조바심이 들어 시간이 지나는 사이에 해는 지날수록 서쪽으로 기울고 있다. 바로 그때 저기 건너다보이는 야산 모퉁이에 적의 선두가 나타났다. 숲 속에서는 손짓 발짓으로 소리 없는 파도가 일고 코를 골던 병사들도 일어나 무기를 틀어쥔다.

병사들은 숨을 죽이고 침을 삼키면서 바라보는 가운데 적은 점점 가까이 몰려오고, 눈앞을 지나고 또 나타나 연이어 지나났다. 대개 생나무를 찍어 지팡이로 삼고 옆에 6, 7명은 다리를 절뚝거린다. 일본식 짚신(草鞋: 조리)을 신은 발에서 피가 배어나는 병졸들도 눈에 띈다.

적의 행렬이 숲 속의 아군 포위망에 완전히 들어오자 이곳저곳에서 북소리가 울리고 호각소리가 다급히 들려왔다. 숨었던 병사들은 무기를 들고 적에게 달려들었다.

"아아……."

조선 병사들이 휘두르는 쇠붙이가 햇볕에 번쩍일 때마다 공포에 떤 적군의 비명 소리가 길게 꼬리에 꼬리를 물었다. 그때마다 적병들은 쓰러져 사지를 버둥거린다. 특히 승병들의 낫질은 매우 사나웠다. 획 옆으로 휘두르면 적의 목이 꺾이고, 내려치면 어깨에서 피가 솟아올랐다.

숱한 적병들이 쓰러져 울부짖고, 허우적거리다 숨을 거두었다. 어찌 보면 몰사한 것도 같았으나 용케 빠져 도망가는 자들도 더러 눈에 띄었다. 마치 요술이라도 부리듯 승병들은 칼을 전후좌우로 핑핑 돌리고 있다. 적군의 창은 두 동강 나고 머리가 터지고 가슴은 구멍이 나 있었다.

말 위에 있던 **조헌**은 창을 휘둘렀으나 한 번도 내지르는 일이 없다. 농부가 도리깨로 곡식을 타작하듯 적을 패고 돌아갔다. 더욱이 그들은 머리가 갈라지고, 어깨가 부서지고, 때로는 쓰러져 허리를 잡고 제자리에서 맴돌았다.

의병과 승병들의 연합부대는 대교천을 건너 적을 청주성 밑까지 밀어붙인다. 적들은 황급히 문을 열고 달려 나온 조총을 든 병졸들의 엄호를 받으며 성안으로 기어들었다. 조선군은 틈을 주지 않고 성을 공격한다.

인간에게는 신의 특성과 역량을 부여받아서 그런지 때로는 죽음을 앞두고 초자연적인 힘을 발휘할 때가 있다. 힘이 솟아오른 병사들은 무기를 다루는 데 서툴던 사람들도 활이 이처럼 명중할 수가 없다. 성벽에 나타나 조총을 쏘고 활을 겨누는 자들을 쏘기만 하면 대부분이 고꾸라져 죽는다고 아우성이다. 이제 적은 풀이 꺾인 듯 조용해졌다. 오늘 싸움에서 줄잡아 저들의 반은 죽어 나자빠졌으리라.

이미 날이 저물기 시작했으나 기회는 놓칠 수 없다. 아군은 성벽에 달라붙어 기어오르기 시작한다. 일시에 성을 점령할 작정이다. 그러나 별안간 번개가 치고 천둥소리와 함께 비가 억수로 퍼붓는다. 병사들은 눈을 뜰 수도 없고, 성벽은 미끄럽고, 어쩔 도리가 없다. 아군은 물러나 장막을 치고 밤을 지낼 준비를 서둘렀다. '너희 왜놈들 내일 날 새거든 다시 보자.'

날이 어두워지자 소나기는 멈추고, 성안 이곳저곳에 불빛이 솟아올랐다. 그리고 역겨운 냄새가 풍겨 나왔다. 무슨 일일까? 짐작이 가지 않는다. 자정이 넘는 깊은 밤, 북문 쪽이 술렁이고, 가끔 놀란 아군 병사들의 고함 소리가 들려왔다.

"누구냐?"

적은 성을 넘어 달아나고 있었다.

7

장한 계획 품은 **任南原**

남원성이 이미 포위되자 **임현**은 명나라 장수와 함께 매서운 기운으로 성을 순시하면서 힘을 다해 적과 맞서 싸웠다. 일본군이 비록 사상자가 많았으나 뒤에 이어진 군부대가 갈수록 늘어나고 조선군은 수가 매우 적어서 막아낼 수가 없었다. 그는 납서[34]로 진우충과 장유성에게 구원을 요청하였으나 진우충과 장

34) 蠟書: 국가의 비밀을 요하는 서찰 피봉에 밀랍을 녹여 붙여 지정된 상대자 이외에는

유성은 지원을 해주지 않았다. 조선군 역시 와서 구원해주는 자가 없었다. 때가 임박해오자 양원이 마침내 성 밖으로 달아나버린다. **임현**은 그를 극력 저지하며 말했다.

"공은 천자[35]의 명을 받고서 번방藩邦諸侯의 나라에 구원하러 왔는데, 어찌 왕사王師를 버리고 몸을 빼서 도망갈 수가 있단 말이오?"

그렇게 나무랐으나, 양원은 그의 말을 들은 척도 않고 도리어 그에게 함께 달아나자고 사정했다.

임현은 의연한 태도로 각오를 다짐하며 이렇게 말한다.

"한 지방을 지키는 신하는 마땅히 적과 싸우다가 죽어야 되지, 의리상 구차하게 살아남으려 해서는 안 되오. 나는 이 남원성과 더불어 죽고 사는 것을 함께하기로 맹세하였소."

그럼에도 이를 무시하고 명나라 장수는 성 밖으로 도망가 버린다. 그는 곧 몸소 성 위에 올라가 손수 일본군을 향해 활을 쏘다가 화살이 바닥나자 공관에 가서 의관을 단정하게 갖춰 입고 임금이 계신 북쪽을 향하여 네 번 절하며 말했다.

"신은 이 남원성을 지켜내지 못하였으니, 죽어도 남은 책임이 있습니다."

하고는, 호상胡床에 단정히 앉은 채로 눈을 부릅뜨고 일본군을

아무도 마음대로 뜯어볼 수 없게 한 비밀문서.

35) 天子: 천제의 아들이라는 뜻으로 천명을 받아 천하를 다스리는 사람. 중국에서 황제를 일컫는다.

크게 꾸짖었다. 적군 부장 하나가 알아듣지도 못할 말로 고래고래 소리를 지르고 화를 내면서 **임현**의 목을 향해 칼을 인정사정없이 휘둘렀다. 이때가 바로 8월 16일이었으니, 그의 나이는 51세였다.

그의 죽음이 알려지자 임금은 매우 슬퍼했다. 특별히 그를 의정부 좌찬성에 추증하였다. 예관을 보내어 치제하게 하고, 이어 그가 살던 마을에 정표旌表하라고 명하며 원종공신 1등에 녹훈하였다. 그 일을 그림으로 그리어 중외中外에 간포刊布하도록 했다. 또 그의 아우인 임발을 읍재邑宰(현령)에 제수하여 어머니를 봉양하도록 해주었다.

중국의 천자도 그 소식을 듣고서 양원·진우충·장유성 세 장수의 목을 베어 조선에 그들의 악행을 널리 알리라고 명하였다. 급히 사신을 보내어 그에게 제사를 지내 주게 하였다. 포상과 주벌誅罰(죄 지은 사람에게 꾸지람을 하며 벌을 준다)이 크게 시행되었다. 왕장王章은 환히 빛나고, 세상의 모든 사람이 **임현**의 의로운 열절烈節(꿋꿋한 절의)을 알게 되었다. 적 일본이 물러간 뒤, 그가 남긴 의관衣冠(옷과 갓, 옷갓)으로 양주楊州에 있는 금문리金門里에 장사 지냈다. 남원의 선비와 백성들이 **임현**을 위하여 부중府中(府의 이름이 붙었던 예전 행정구역의 안)에 사당을 세우자 조정에서 충렬사忠烈祠라고 사액하였다.

1661(현종 2)년에 동춘同春, 송준길이 경연(임금 앞에서 경서를 강론하던 자리) 석상의 임금 앞에서 그의 유찰(그가 남긴 서간문)을 외워 읽어주자, 현종이 매우 차탄(탄식하고 한탄하다)하고 특별히 그의 자손들을 녹용(관직에 채용하다)하라고 명하였다. 1706(숙종 32)년에 그에게 '충간忠簡'이라는 시호를 추증하였다. 환난에 임하여 나라를 잊지 않는 것을 '충忠'이라 하고, 정직하여 사특함이 없는 것을 '간簡'이라 한다고 했다. 나라의 법전에는 정2품이 아니고서는 시호를 받지 못하도록 되어 있는데, **임현**은 관직이 수직守職(품계는 낮고, 관직이 높은 경우)2품이었는데도 시호를 내렸다. 이것은 임금의 특별한 은총이었다. 이에 애도와 총영(은총과 영예로움)이 제대로 갖추어지고 유감이 없게 되었다.

임현은 태도와 생김새가 걸출하고 우람했다. 기량과 식견이 넓고 커서 바라보면 의젓하여 두려움이 느껴질 정도다. 성품이 지극히 효성스러워 여덟 살 때에 어미에게 먹이를 먹여주는 까마귀를 보고서 찬탄했다.

"사람으로서 부모를 봉양하지 못하면 어찌 부끄러움이 없겠는가?"

라고 했다.

부모가 살아 계실 때에 섬기고 돌아가신 뒤에 장례를 치르고 제사를 모시는 일 등에 대하여 정성과 예절을 극진히 했다. 집에서 지낼 때에는 변함없이 옛 예절을 준행하였다. 관직에 있을 때에는 더욱 청렴한 절조節操를 가다듬었고 일찍부터 도道가 있는 사람들과 친근하게 지냈다. 학문을 좋아하고 행실이 돈독한 선비들과 넓게 교유하였다. 송강, 정철, 월정月汀, 윤근수, 졸옹拙翁, 홍성민, 약포藥圃 이해수 등과 더불어 더욱 깊이 친분을 맺었다. 중봉重峰, 조헌은 **임현**을 가장 중하게 여기어 송대宋代의 명유名儒에 견주기까지 했다.

임현은 본성이 모나고 엄격하였으며 깐깐하고 강직했다. 그가 과거에 급제한 초기에 사람들이 형세에 따라 모이고 흩어지는 시기였다. 주자36)의 의중을 훤히 알아채고서 선비들 사이의 공론은 뿌리 깊었다. 간사한 주둥이를 막아 끊고, 우뚝하게 서서 중류의 지주37)와 같았다. 이러한 까닭에 그가 공의에 흔쾌히 허락을 받았으나 뭇 소인배들의 시기와 질시는 더욱 심했다. 급기야 바다 건너의 적 일본이 조선을 침범하여 나라의 운명이 실올과 머리털처럼 위태로운데도 시류를 타고 명리만 쫓는 사람들은 오히려 이전에 밀쳐내고 배척하던 버릇을 버리지 못하고 그를 연거푸 외방의 고을로 내쫓았다. 그는 노상에서 명을 받느라고 분주하게 보내다가 마침내 위태로운 남원성의 부서진 성가퀴 사이에서 이리저리 흔들리듯이 서성이게 했다. 단지 한 번 죽음으로 그의 운명을 마무리 짓게 하였다. 그의 뛰어난 재

---

36) 朱子: 朱熹를 높인 말.

37) 中流의 砥柱: 중국 河南省의 섬현陜縣과 山西省의 평육현平陸縣의 경계인 황하 중류에 있는 주상柱狀의 돌, 즉 지주석砥柱石인데, 위가 편편하여 숫돌 같으며 격류 속에 우뚝 솟아 있다. 난세에 처하여 의연히 절개를 지키는 선비의 비유로 쓰인다.

주와 노련한 계획을 한두 가지만이라도 제대로 펴보이게 했다면 얼마나 좋았을까, 정말 애석한 일이 아닐 수 없었다.

그는 임금과 나라에 대한 충성과 절의로써 맹렬히 일어섰다. 많은 사람들의 마음이 일제히 하나가 되어 적 일본군에 단호히 항거했다. 일본군 장수가 그를 죽일 때 혀를 내둘렀다고 한다. 결국 적 일본은 조선 땅을 점령하는 데 실패했다. 조선 의군은 호남의 한 도가 흉악한 적들의 소굴이 되는 상황을 어렵게 막아내었다. 조선 조정도 이 일에 힘입어 마침내 다시 나라를 회복하게 되었다. 적을 가로막고 저지시킨 공로를 따지건대, 그가 아니고서 그 누가 감당했을까.

그는 동조하는 사람 없이 혼자 외로운 충성으로 분발했다. 이로써 대법을 수립케 된 그는 일신으로써 우주를 떠받치었다. 수백 년간 이어온 삼강三綱과 오상五常, 즉 사람이 지켜야할 근본적인 도리가 땅바닥에 추락하지 않게 했다. 마치 해와 달처럼 항상 선명하게 빛나고 우뚝한 산악처럼 높이 솟았다. 사람들은 이를 바라보며 흠앙하는 것이 장차 세월이 오랫동안 지나가도 사라지지 않을 것이라고 했다. 예전에 충현忠賢을 배척하고 난리를 빚어내어 적을 불러들이고도 끝까지 의롭게 살지 못한 사람들, 그들이 아무리 부귀를 누리고 산들, 후세에 소 치는 목동이나 하인들에게까지 비난과 욕질을 당하지 않는 자 있을까. 그런 자들과 어느 것이 잘한 것이고 어느 것이 잘못한 것일까. 이를 비교건대, 하늘이 그에게 보답해준 것이 또한 두텁지 않았다고 말할 수는 없을 것이다.

그의 어머니 송 부인이 아들이 죽었다는 소식을 듣고서 이같이 말했다고 한다.

"살아서는 효자였고 죽어서는 충신이 되었으니, 무엇이 한恨이 되겠는가?"

라고. 이는 변곤38)의(곧 아우 변진, 변우卞旰) 아내와 같았다. **임현**이 죽기 즉전에 그가 관리하던 부대에 심부름하는 소년 하나가 있었다. 그 소년은 달아나지 않고 그를 지키면서 이렇게 말했다.

"공이 나라를 위해 죽었으니 나도 또한 공을 위해 죽을 것이다."

마침내 그와 함께 목숨을 끊자, 적 일본군들도 또한 그의 충절을 탄탄하게 높여 숭상하였다고 한다. 그들의 뚫린 입에서도,

"조선에 이렇게 의로운 사람이 있으니, 우리가 어찌 쉽게 공

---

38) 卞壺: 동진東晉 때 제음濟陰 원구현冤句縣 사람이다. 원제元帝에게 신임을 받아 태자중 서자太子中庶子가 되어 동궁東宮을 시강侍講히였다. 명제明帝 때 영상서령領尙書令으로서 왕도王導 등과 함께 유조遺詔를 받들어 유주幼主를 보필하였다. 성품이 강정剛正하고 주관이 뚜렷했다. 뒤에 소준蘇峻이 반란을 일으켜 건강建康을 공격하자 영군 장군領軍將軍이 되어 여섯 개 군을 거느리고서 맞서 싸우다가 전사했다. 곧이어 그의 두 아들 진眕과 우旰도 아버지의 원수를 갚으려고 적진에 뛰어들었다가 함께 해害를 당했다. 이윽고 변곤의 아내인 배씨裵氏가 두 아들의 시신을 어루만지면서 "너희 아버지는 충신이 되었고 너희들은 효자가 되었으니, 내가 다시 무엇을 한스럽게 여기겠느냐?"고 하였는데, 그 소문을 들은 당시의 징사徵士 적탕翟湯이 "아버지는 임금을 위하여 죽었고, 아들들은 아버지를 위하여 죽었으니, 충忠과 효孝의 도리가 한집안에 모두 쏠렸다"고 찬탄하였다고 한다.
이는 안녹산安綠山의 난亂 때 장순과 허원이 강회江淮를 지켜 적의 군사가 깊이 들어오지 못하였으므로 당 현종唐玄宗이 무사히 촉蜀으로 갔다는 고사故事를 인용한 것이다.

략할 수 있었겠는가"라는 말이 터져 나왔다.

임현은 젊어서 청려장靑藜杖(명아주 대로 만든 지팡이)을 두고 시詩를 이렇게 읊었다.

"쓰러지려는 것을 붙들어

세우니 힘이 있음을 알겠고,

위험한 곳을 만났을 때에

즉시 효험을 보네."

[扶顚知有力 遇險卽爲功]

라고. 그에게 남다른 포부가 있었다는 것을 이 일에서 알 수 있었다.

남원은 호남과 영남의 문호다. **임남원**, 즉 **임현**은 그곳 남원성을 지킬 때 책임을 맡아 성가퀴를 넓혔다. 명나라 부총병 양원이 2천여 명의 기병을 이끌고 와 군사의 위용을 자랑한다.

미친 적들이 몰려오자 힘을 합해 화살 독毒을 펼치는데 한쪽은 까마귀 같았고 또 한쪽은 올빼미 같았다.

밖으로는 결국 개미 같은 원조마저 끊어진 지 오래다. **임현**은 그런 상황에서 홀로 어찌해야 했을까? 결국 30리나 되는 성이 하루아침에 일본군에 함락되고 말았다.

당시 조선과 명나라 연합군은 남원을 경상도, 전라도, 충청도를 잇는 전략상의 요충지로 지정했다. 이때 전라병사 **이복남**과

구례현감 이춘원, 조방장 김경노[39]의 군사 1,000명과 양원이 이
끄는 군사 3,000명이 방어하고 있었다.

일본군의 선봉부대 고니시 유키나가가 남원에 그 모습을 나
타냈다. 13일 일본군의 주력군이 남원성을 포위하여 공격해 들
어오고, 조선과 명나라 연합군은 이에 대항해 동문과 남문 및
북문은 각각 명나라의 양원과 장표, 모승선이 지키고, 북문은
이복남이 지키고 있었다. 14~15일 2일 동안 민·관·군이 합심
해 치열한 전투를 벌였으나 중과부적이다.

이윽고 남원성은 함락되고 만다. 양원은 함락직전에 서문을

---

39) 金敬老[1548~1577]

그는 비변랑을 거쳐 여러 고을의 수령을 역임하면서 많은 치적을 쌓음. 1592년에
임진란이 일어났을 때, 김경노는 경상조방장으로 있었다. 그는 금산으로 적이 쳐들
어오자 그곳으로 나아가 수십 명의 적병을 베었다.

그리고 선조가 피난한 의주로 달려갔다. 선조가 매우 칭찬하고, 황해방어사에 임명.
1593(선조 26)년 정월에 평양방어사 이시언과 더불어 평양으로부터 후퇴하는 일본
장수 고니시 유키나가의 퇴로를 막고 격전을 벌였다. 그 결과 전공을 세워 다시 전
라방어사로 전입되었다. 그 후 1597(선조 30)년 정월 재침략을 감행한 일본이 여세
를 몰아 남원성을 향해 공격해오자, 진주에 머물러 있던 그는 북상하는 일본군을
막기 위해 담양 금성산성으로 달려가 진을 치고 일본군의 침입에 대비한다.

한편 전라병사 이복남이 명나라 장수 양원의 구원병 요청을 받고 남원성을 향해 진
군하던 도중 전라북도 순창군 순창읍 동계면 감밭에서 합세, 그는 임사미 등 수백
명의 군사를 거느리고 남원 교룡산성을 거쳐 남원성으로 입성 한다.

이때 11만 명의 일본군이 남원성을 에워싸고. 그는 이복남 및 오응정과 함께 북문
을 지켜 분전했으나, 접전이 개시된 8월 13일 이후 전세가 크게 악화되었다.

그러자 김경로는 이복남·오응정·이원춘 등과 함께 풀 더미 속으로 들어가 종사에
게 불을 붙이게 하고, 불길 속에서 태연히 순질한다. 이것을 목격한 부하들은 총과
칼을 들고 적진으로 뛰어들어 다함께 순질했다. 이날이 바로 8월 16일이고 당시 그
의 나이는 51세였다.

이 싸움에서 남원성은 적에게 함락되었고 군관민 1만여 명이 함께 죽었는데, 지금
이들의 무덤을 '만인의총萬人義塚'이라 부른다.

통해 도망가 버리고, 이 전투에서 접반사 **정기원**, **이복남**, 방어사 오응정, 김경노, 별장 신호, 남원부사 **임현**, 통판 이덕회,[40] 광양현감 이춘원 등이 전사했다. 이 밖에도 일본군에게 학살된 민·관·군의 수는 거의 1만 명에 달했다. 전투가 끝난 뒤 순절한 사람들의 시신을 수습해 한곳에 묻었다. 이곳이 바로 남원에 있는 만인의 총이다.

---

40) 李德恢[?~1597]
본관은 용인龍仁. 자는 경렬景烈. 20세에 무과에 급제한다. 1592년 임진란으로 선조가 의주로 피란하자 선전관으로 왕을 호종하면서 일본군의 동향을 탐지하는 일을 담당했다. 특지特旨로 홍양판관洪陽判官(종5품)이 된 그는 군비를 강화하고 백성을 안무按撫하는 데 힘썼다.
1597년 정유재란으로 남원이 일본군에 포위되자 판관으로 있던 그는 명나라 부총병 양원, 남원부사 임현과 함께 수비하면서 무기고를 기습, 불사르는 전과를 올리기도 한다. 적의 숫자가 늘어남에 따라 전세가 불리해지자 양원이 거느린 명나라 군대는 도망가 버린다. 그럼에도 그는 접반사 정기원, 부사 임현, 병사 이복남 등 50여 명과 함께 분전하다 모두 전사했다. 병조참의에 추증, 남원 충렬사忠烈祠에 제향.

8

남문, 딛고 지킨 **小元帥 金晋州**

왕도의 수업이 불실했던 선조는 한 나라의 군주다운 덕목이
좀 허술했다. 자기주장에는 좀 고집스러운 데가 있는데다가 잘
못을 자기에게 돌리려는 데는 인색했다. 신하에게 전가시키는
때가 비일비재했다. 어전에서 한바탕 곤욕을 치르고 물러나온
이이는 북병사 김우서가 보낸 전령을 불렀다.

"북변 전황을 자세히 말해보시오."

"지금 여진족으로부터 포위는 되어 있습니다만 **신립** 장군이 온성부사로 재직하고 있어 니탕개 무리들이 감히 경거망동을 삼가고 있습니다. 그러나 언제 어떻게 전세가 바뀔지 장담할 수가 없다고 합니다."

"그래, 여진족 무리들이 호락호락 물러갈 것들이 아니겠구려."

"예, 2만여 명이라면 대군 병력이 아닙니까? 구원병이 빠른 시일 내에 도착하지 않으면 육진은 모두 항복하든지 자진하든지 둘 중 하나가 아니겠습니까? 여진족들의 성질은 황소 앞다리 심줄처럼 질기니까요."

이이는 전령의 보고를 듣고 충격이 여간 크지 않았다. 그는 재차 묻는다.

"여진족의 지금 행태와 그들이 갖춘 장비는 어떠한가?"

"예, 대부분 보졸들이고 특별한 전략도 없이 무리를 지어 좌충우돌하는 무리일 뿐입니다. 계급이 높은 놈만 말을 타고 다니기에 군사이동이 몹시 느린 실정입니다. 놈들이 지금은 경원부만 들락거립니다만 만에 하나라도 그 병력이 남쪽으로 내려온다면 방어하기가 여간 곤욕스러운 것이 아닐 것입니다."

"알았네. 수고가 많네. 바로 본진으로 돌아가 이 서찰을 전해주게나. 진압군이 곧 떠날 테니 방어에 한 치의 허술함이 없도록 하라고 전하시게."

"예, 명대로 보고하겠습니다."

이이는 선조를 안심시키기 위해 니탕개 난의 심각성을 보고
하지 않았다.

그러나 니탕개가 두 번째로 침입해온 것은 분노의 보복성이
강하다. 이이로서는 그들을 방어하기가 쉽지 않다고 생각했다.
그중에 다행인 것은 보졸이 대부분이라 했으니 기마병과 승자
총통을 갖추면 어렵지 않으리라는 기대도 있었다. 승자총통은
조선에서 처음 사용한 개인화기다. 1578년에 경상도 병마절도
사로 재직 중이던 김지가 개발한 것이다. 이이는 먼저 승자총통
과 활을 쏠 사수 1만 명을 급히 차출했다. 승자총통은 발사할
때 소리가 귀청이 떨어질 듯해, 담력과 용맹스러운 사람이 필요
했다. 이런 것들의 여건이 잘 갖추어진 진용을 서두른다면 여진
족의 보졸들에게는 결정적인 피해를 주게 될 것이다. 군마도 많
이 부족해 백성들에서 보충하려 했으나 난리가 났다고 하니까
자기 말을 타고 도망갈 궁리부터 하느라고 선뜻 내놓으려 하지
않았다. 일이 이렇게 돌아가자 이이는 묘안을 짜낸다. 차출된
사수 중에 사격술이 낮은 자를 상대로, 말을 나라에 바치면 병
역을 면제해준다고 공표를 했다. 그러자 단 하루 만에 부족한
군마가 충당되었다. 이는 지극히 나라보다 자기 자신의 안위를
우선할 수밖에 없는 백성들이 이이로서는 딱하다 못해 연민이
앞섰다. 어중찬한 사수들보다 말이 더 필요한 이때에 오히려 다
행이라 여겼다.

이때 조선 조정에서는 정2품인 우참찬 겸 황해도 도순찰사였

던 정언신에게 난을 진압하는 책임을 맡기면서 이이는 대책회의를 가졌다. 도순찰사는 왕명을 받고 외지로 나가는 사신을 말했다. 직위는 종1품 아니면 정2품의 재상이 겸직을 했다.

"휘하 장수는 누구를 선임했습니까?"

"예, 전하 병조판서와 숙의한 결과 **이순신**과 **김시민**, **이억기** 등을 선임했사옵니다."

"한데 **이순신**은 조부 문제가 있었지만 지금은 조용해졌습니까, 그렇지만 **김시민**은 연금을 당해 현재까지 그 죄가 풀리지 않아 아직 연금 중인데 출전할 수 있단 말입니까?"

선조가 이이와 정언신을 부른 이유는 선임한 무관을 확인하려는 것뿐만 아니다. 동인인 정언신과 서인인 이이가 서로 상의해 인솔할 무관을 뽑는다면 동·서인의 당쟁을 완화시키겠다는 기대가 있어 그랬다.

그런데 **이순신**과 **김시민**이 모두 동인의 무관이란 것을 알게 되자 선조가 심술을 부린 것이다. 그러나 선조의 의중과는 달리 **이순신**과 **김시민**은 나라를 위한 충신으로서 난의 평정을 위해 추천한 것이지 당과는 아무런 연관이 없는 인사이동이다. 이런 선택은 서인인 이이에게 인물을 추천하라고 해도 아마도 같은 선택일 것이다.

"전하, 이 두 사람은 모두 무관이옵니다. 무관은 나라를 지키는 일에 전념할 뿐 조정의 일에는 관여하지 않을 줄 아옵니다.

그리고 두 무관의 조부에게 있었던 일을 새삼스럽게 들먹일 일이 아니라고 사료됩니다. 또한 연금 중인 **김시민**에게 난을 평정하는 일을 하도록 기회를 주는 것이 좋을 듯하옵니다."

"병판의 이런 인재 등용술도 병법에 있는 것입니까?"

"전하, 병법에 그런 것이 있는지 여부는 찾아보지 못해 알 길이 없사오나, 다만 지금은 니탕개의 난을 시급히 수습해야 하는 급박한 때임을 살펴주십시오."

"알겠소 어떤 무관을 선임하든 두 대감의 추천이니 책임을 지고 난을 하루속히 수습해주기 바라오"

"예, 전하."

어전회의에서 선발된 휘하 장수는 현지 회령에 있는 **신립**을 위시해 **이순신**과 **이억기**, 그리고 **김시민**이 임명되었다.

이때는 **시민**이 집에 연금 중이라 바깥세상의 일은 아우 김시약에게 들어오던 터다. 시약은 열아홉 살의 젊은 시기에 재치 있고 남다른 붙임성이 있이 동네 사람들과도 우의가 두터웠다. 그래서 **시민**으로서는 사람들과의 사교성에는 아우를 따라갈 수 없었다. 이날도 **시민**은 뒤쪽 마루에서 따뜻한 봄볕을 받으며 병서 읽기에 여념이 없다. 그때 시약이 숨을 헐떡이며 집 안으로 달려왔다.

"형님, 경원부에 난이 일어났다고 합니다."

"뭣이? 육진의 경원부 말인가?"

시민은 읽고 있던 책이 손에서 떨어지더니 동시에 소스라치게 놀란다.

"예, 지난 정월에 침범했던 니탕개가 또다시 주동이 되어 난을 일으켰다 합니다."

"반란군은 얼마나 된다던가?"

"2만은 족히 된다고 합니다. 나라의 앞날이 걱정이 됩니다. 이런 때 형님이 꼭 참전하여 공을 세우셔야 하는데……."

시약이 염려스러운 말을 건네며 형을 부추기자 **시민**은 큰 소리로 동생을 나무랐다.

"시끄럽다마! 이 짜석아, 이 형이 뭔 전투경험이 있다고 그러느냐? 형은 지금 죄인으로 집에 연금 중에 있는 몸이 아니냐? 죄인은 나랏일을 함부로 떠드는 것이 아니다."

시약은 지금처럼 형이 언성을 높여 자기를 나무란 적이 없어 의아스럽게 생각했다. 동생을 나무라는 형의 말은 맞는 말이다. 죄인이 이러쿵저러쿵 나랏일에 입방아를 찧는 것은 엄중하게 법으로 금지되어 있다.

그렇게 퉁명스럽게 동생을 나무라기는 했으나 **시민**의 마음 깊이는 아우의 생각대로 니탕개의 난을 평정하기 위해 참전할 수 있었으면 했다.

이번에 새로 부름 받은 병조판서 율곡 이이는 **시민**이 전 병조판서에게 제안했던 일이 받아들여지지 않자 낙향했다는 사실이 있어 거듭 생각을 해보았다. 항명이긴 하지만 목숨을 내놓고 병판에게 저지른 무뢰한 행동을 했던 인물이 아닌가! 생각에 생각을 거듭했다. 그래서 더더욱 **시민**이 원했던 실용성 있는 전쟁 준비를 최대한 지원해주고 싶었다.

시민은 무인의 길을 걷고 싶다는 그의 생각과 아우 시약이 형으로부터 나무람을 들어가면서 바랐던 말과 생각이 맞아떨어진 것이 실제로 성사되고 있으나, 이이에 의해 이루어지고 있다는 것을 알 리가 없다.

동네 초입에 들어서부터 웬 말발굽 소리가 요란할까! 그는 마을 앞을 물끄러미 바라본다. 말발굽 소리는 얼마 안 있어 **시민**의 집 사립문 앞에서 멈추었다.

그러고는 열려 있는 대문 안으로 관원들이 들어서는 발자국 소리가 들려온다.

"어명을 받으시오!"

"어명이라니……."

시민은 멈칫했다. 병서를 덮어두고 그는 급하게 뒤채에서 앞마당으로 나왔다. 외출에서 대문을 들어서던 부인은 현감과 관리들을 보고 소스라치게 놀랐다.

"조정에서 **김 판관**께 급히 내린 임금의 명입니다. 함경도 경원 지역에서 일어난 난의 진압에 **김 판관**이 임무를 맡게 되었습니다. 급히 서둘러야 하겠습니다. 지금 바로 현청으로 들어오십시오. 필요한 것을 모두 준비해두겠습니다.”

시민은 온몸이 뜨겁고 붉게 달아올랐다. 해금되기를 기대는 했으나 이렇게 빨리 그런 기회가 닥치리라는 것은 미처 몰랐다. 정신을 가다듬은 **시민**은 정중하게 무릎을 꿇고 어명을 받는다.

“고맙소이다. 곧 현청으로 가리다. 경원부가 저리 위급한데 지체할 겨를이 어디 있겠소?”

“지당한 말씀이십니다. 우리 현에 공 같은 분이 계셔서 조정의 명을 전달하게 되었으니 현감으로서 영광입니다.”

시민의 호쾌한 말에 현감은 얼굴에 기쁨이 가득한 채 먼저 집 대문을 나와 떠나갔다. **시민**은 답답한 억류생활에서 이제 풀려났다. 그는 양팔에 날개를 펼칠 수 있으니 이제는 그 어느 곳이든 훨훨 자유롭게 날아가게 되어 좋았다. 그러나 서씨 부인은 그동안 연금이란 명분으로 남편 가까이 지낼 수 있어 한편 마음이 놓였으나 이제는 몸을 내줄지도 모를 싸움터를 향해 떠나가게 되었으니 남편을 다시 만난다는 것을 기약할 수 없어 초조하고 염려가 된다.

“여보, 해금되신 것은 조상의 음덕인 것 같군요. 그러나 경원부까지 난을 진압하기 위해 떠나신다니 어머님께서는 또 얼마나 걱정이 되실까요?”

“그동안 부인도 죄인이 된 이 몸을 위해 집에서 함께해주었으니 당신의 지극정성이 하늘에 닿아 이렇게 빨리 해금된 것 아니겠소. 그러니 죗값으로 이 몸 나라에 보답하는 뜻으로 공을 세우고 돌아오겠소이다. 부인은 집으로 가서 어머니를 정성껏 모셔주시오."

"예, 염려 마시고 몸성히 다녀오십시오."

난이 일어났다 하면 대책보다 서로 책임만 떠넘기려 하는 조정은 물론 병부의 분위기는 여전히 구태의연했다. **시민**이 병부에 들어서자 이이와 정언신, **이순신**, **이억기** 등은 긴장된 모습들이다. **시민**이 도착하므로 서북방으로 떠날 장수들이 다 모인 셈이다. 이들은 간단한 인사를 나누고 곧바로 회의를 시작한다.

"비록 훈련이 제대로 되지 않은 여진족이라지만 2만의 무리를 과소평가해서는 아니 될 것입니다. 더구나 지난해 초에 패배한 것에 대한 보복성이 깊은데다가 우리 군사마저 그들에 비해 수적으로 태부족해서 걱정입니다. 그래서 무예나 병법에 출중한 네 장수를 추천, 전하의 제가를 받았으니 전략을 잘 세워 기필코 니탕개 무리들을 진압해주기 바랍니다."

병조판서로서 이이가 먼저 발언을 했다. 그러자 정언신이 그간의 사정을 설명한다.

"네 장수란 여기 세 사람과 회령부사로 현지에 가 있는 **신립** 장군을 말합니다. 대감께서 말씀하셨듯이 2만이라면 대단한 병력입니다. 하나 여진족의 대장인 내탕개 말고는 올바른 장수가 없어 한 번 무너지면 혼비백산하게 될 것입니다. 그러니 네 장수들은 일당백의 신념을 가지고 있으니 니탕개부터 사로잡도록 하시오. 그렇게 되면 그를 믿고 있는 무리들은 제압하기가 한층 쉬워질 것입니다. 이런 점을 네 장수들은 염두에 두기 바랍니다."

정언신의 전의를 다지는 말에 **시민** 외에 **이순신**, **이억기** 등은 손을 불끈 쥐고 결의를 다지고 일어섰다. 날이 새기 전에 출동한다는 결의를 다지고 회의장을 나섰다.

이튿날 병영에는 기병 5백여 기와 사수 1천여 명이 승자총통과 활을 메고 출정군으로 도열했다. 그런 후 백성들의 환송을 받으며 종성으로 떠났다. 그곳에는 온성부사 **신립**이 평소에 양성한 병사 5백여 명과 종성의 관군 50여 명이 합류해 이미 니탕개 부대에 피해를 가하고 있었다. 그럼에도 워낙 병력 수의 열세로 관군은 고전 중이었다.

정언신이 종성에 도착하던 날이다. 니탕개는 약탈을 일삼아오다 두만강변에 진지를 구축하고 있었다. 이때 진압군을 극비리에 행군을 시켜 니탕개가 방심하고 있을 때 종성으로 무사히 입성했다. 그리고 신속하게 승자총통을 신속하게 배치했다. 이번 니탕개 무리들을 진압하는 데 최대한 활용해보려는 것이다. 성 주위에 호도 깊게 파고 적의 접근을 막아야 한다. 승자총통을 장전하기 위한 시간을 벌기 위해서다. 정언신은 경계를 철저히 하도록 당부를 하고서 작전회의를 소집한다. **신립**을 위시하여 세 장수를 불러들인다. **신립**으로부터 여진족의 상황을 자세하게 듣기 위함이다.

"그동안 니탕개가 정부군에게 상당한 피해를 입힌 것으로 보고가 들어왔는데 어느 정도입니까?"

"지난 1월에 침입할 때보다 병력이 두 배나 많아서 방어하기가 만만치 않았습니다."

"두만강 이북에 여진족이 그렇게 많이 삽니까?"

"예, 종성 부근만 해도 여진족 부락이 여섯 곳이 있어 그 수가 상당합니다."

"호적들의 싸움 능력은 어떻던가?"

"기병은 얼마 되지 않고 대부분 보졸들이옵니다. 우리는 군사가 모자라 고전을 하고 있습니다만 호적들이 강병은 아니라서 잘 버티어내고 있습니다."

신립이 전황을 보고하자 정언신은 다른 장수들에게도 물었다. 각자의 뜻을 모아 적절한 전략을 짜기 위해서다. 그들 장수 중에서 제일 젊은 **이억기**에게 물어보았다.

"이 장수는 어떤 작전으로 적들을 대응하겠소?"

"예, 니탕개 무리를 어지럽게 하려면 우리두 여진족이 운집해 있는 부락으로 먼저 침공해 들어가야 할 것으로 봅니다. 그렇게 해야 함부로 준동하지 않을 것입니다."

이때 **시민**이 나서서 말한다.

"그렇게 되면 소규모 병력으로 기습작전을 벌여야 할 것입니다. 적들이 보복을 한다는 구실로 성에 쳐들어오도록 유인해야 합니다. 우리에게는 성과 승자총통이 있으니 그들을 물리치기에 용이할 것입니다."

이억기와 **시민**의 주장을 번갈아 듣고 있던 정언신은 **이순신**을 보고 물었다.

"**신 부사** 말로는 여진족에 뛰어난 장수가 별로 없다고 하니 기습작전을 벌이십시다. 기선을 제압한 연후에 바로 철군하는 것도 생각해보아야 할 것입니다."

"아주 훌륭한 생각이십니다. 이 난을 조속히 끝내려면 여진족을 유인하는 것이 급선무입니다. 이 장수 주장대로 기습을 하고 나면 니탕개가 반듯이 보복해 들어올 것입니다. 우리에게는 신무기가 있으니 적들은 박살이 나고 말 것입니다."

"**김 판관**의 말대로 적이 보복하려고 나서면 오히려 역공을 한다는 뜻이오?"

정언신의 물음에 **신립**이 변방에서 경험한 장수답게 이해가 가는 작전을 내놓았다.

"모든 주장이 온당합니다. 다만 니탕개를 잔뜩 흥분케 하여 이성을 잃게 해 생포하는 것입니다."

"어떤 방법으로 말입니까?"

정언신이 의아스러운 표정을 하고 묻자 **신립**이 조건을 제시하고 말한다.

"**김 판관**과 **이억기** 장수와 함께 두만강을 건너게 해주십시오."

그러면서 그는 **시민**과 **이억기**를 번갈아 가면서 바라본다.

작전회의가 끝나자 **시민**은 성 밖으로 나왔다. 5월이라지만 북녘 두만강 기슭엔 북쪽에서 싸늘한 밤바람이 불어왔다. 승자총통을 장전하고 성을 지키고 있는 병사들은 모닥불 빛에 얼굴이 붉게 물들어 있다. 눈빛은 추운 날씨처럼 차갑게 보인다. **시민**은 그들의 표정을 하나하나 살피며 기습전에 나서는 내일의 전투를 머리에 떠올린다. 그는 단 한 번도 적과 전투를 해본 경험이 없다. 비록 용감무쌍한 무인으로 정신을 가다듬었을지라도 두려움과 설렘으로 긴장을 멈출 수 없다. **시민**은 조금 전부터 유심히 지켜봤던 군관 옆으로 다가갔다. 종성의 주둔군 중 새벽에 여진 땅으로 행군할 병사들은 일찍 잠이 들었으나 군관은 승자총통의 사수로 발탁되어 성을 지키는 역할을 맡고 있다.

　"성을 지키느라 수고가 많소. 전투경험은 많은가?"

　"전투경험도 중요하지만 적들이 나타나면 죽기 아니면 살기로 싸워야지요. 그들을 죽이지 못하면 내가 죽는 걸요. 그러기를 여러 번 했으니 그것이 경험이라면 경험입지요."

　"그렇군요. 군관다운 용기를 갖고 있군요."

　시민은 군관의 말에 흡족했다. 북녘의 이름 없는 군관이지만 자신의 목숨을 지키기 위해 싸우는 것이란 뜻이 넓게 보면 나라를 위하는 길이 된다는 아주 평범한 진리를 이 군관은 싸움터에서 활용하려는 마음가짐이다. 승자총통의 총열을 열심히 닦고 있는 군관은 손놀림에 힘이 넘쳐났다.

　"내일은 신 나는 싸움을 하게 되겠지요. 이런 무기가 있으니

586

얼마나 든든하고 힘이 솟아오르는지 모릅니다."

군관은 총탄을 맞고 벌러덩 넘어지는 여진족의 시늉을 하면서 익살을 부렸다. 북녘을 지키는 외로운 병사에게 조정의 관심이 큰 힘이 된다는 것을 알 수 있다.

다음 날, 아침 이윽고 동이 터 올랐다. 성에는 정언신과 **이순신**이 수성을 하고 있다. 복병이 기습해올까 미리 대비하기 위해서다. 그리고 육진의 지세에 밝은 **신립**이 중군을 이끌고, **김시민**이 좌군을, **이억기**가 우군을 맡아 비호같이 두만강을 넘는다.

종성에서 가장 가까운 곳에 진을 치고 있는 여진족은 지위고하를 막론하고 약탈해온 먹을 것으로 밤새 흥청거리고 있다. 기습해온 조선 관군에 의해 순식간에 전멸되다시피 했다. 그런데도 조선 장수 앞에 끌려온 부락의 추장은 정공법을 취하지 않고 비겁하게 기습전을 했다고 불만을 터뜨린다.

"우리는 기습전을 펼치지 않았는데 이 무슨 짓이오? 억울하니 다시 한 번 정정당당하게 붙읍시다."

이 말을 듣고 있던 **신립**이 추장을 보고 말한다.

"기습을 당해 패했으니 억울하단 말이오? 그럼 소원대로 살려줄 테니 니탕개에게 돌아가라. 가서 니탕개와 협력해 쳐들어오너라. 그러면 정면에서 다시 싸워주지."

신립은 조선에서 두 번째 가라면 서러울 용장이다. 지나치게 대범하면서도 단순해 그의 속내는 물 열 길보다 깊다. 지략보다는 용맹이 앞선 그가 **시민**과 **이억기**가 추장을 도륙하자고 해도 끝내 풀어준다. 그 추장의 말대로 정공법이 아닌 기습전을 감행했다는 것은 좀 떳떳하지 못한 싸움을 했다는 자괴감이 들어 추장을 풀어주었을까. **신립**은 누구보다도 여진족을 잘 알고 있다. 병부에서 토벌군까지 보내오자 자신감이 들었을 것이다. 게다가 승자총통을 이용해 여진족에게 움쩍달싹 못하게 하려는 마음이다.

아무튼 여진족의 추장은 **신립**이 내어 준 말을 타고 가면서 호언장담을 하면서 말고삐를 당겼다.

"풀어주어서 고맙소이다. 그러나 **신립** 당신은 크게 실수를 한 거요. 우리 니탕개 장군과 함께 공격해오면 크게 후회할 것이오. 그러니 이삼일만 기다리시오. 반드시 종성에서 만날 것이오"

"네 마음대로 해라. 다만, 우리 조선국에 들어오기만 해봐라. 너희들의 씨를 말려버릴 것이니 각오하고 몰려오너라."

진압군으로 출동한 기병 5백과 사수 1천여 명, 과거를 통해 병부에 들어온 세 사람의 무관, 거기에다 총통이란 신무기를 갖고 있어 **신립**은 의기양양하게 건넜던 두만강을 다시 건너왔다. 그러나 호적의 본성을 모르는 **시민**과 **이억기**는 **신립**의 일방적인 호기가 불만스러운데다 불안하기도 했다.

추장의 약속대로 3일째 되는 날이다. 니탕개는 앞서 풀려난 추장과 함께 쳐들어온 2만여 명의 무리가 어느새 종성을 포위해버린다. 그들의 전열을 보아 2일 전에 기습당했다는 보복심이 뜨거웠는지 기세가 하늘을 찌를 듯하다. 조선 진압군은 동서남북의 네 성문을 **신립**과 **이순신**, **이억기**와 **시민**이 지키고 있는데 여진족은 이상스러운 소리를 지르고 몸짓을 하며 사방에서 돌진해오고 있다.

조선군은 여진족이 가까이 접근해올 때까지 화살 하나도 날려 보내지 않고 있다. 정언신의 발포 명령이 떨어지기가 무섭게 승자총통을 발사한다. 그 순간 굉음이 천지를 뒤흔들었다. 여진족들이 나무토막처럼 땅에 퍽퍽 쓰러지기 시작한다.

이를 뒤에서 지켜보고 있던 니탕개와 추장들은 귀신에 홀린 듯 멍청하니 바라보고만 있다가 퇴각 명령도 내리지 않고 달아나기 시작한다. 니탕개는 숱한 침략을 일삼아왔으나 생전 처음 보는 순간의 장면이 펼쳐지고 있다. 조선군은 그들을 완전히 혼비백산시켜 놓았다. 성 위에서 이런 광경을 지켜보고 있던 정언신은 매우 만족스러운 표정이다. 뽀얀 화염 속으로 달아나는 여진족을 향해 다시 명령을 내린다.

"공격하라. 다시는 우리 조선의 영내에 발을 못 들이게 끝까지 추격하라."

이때 북문을 지키고 있던 **시민**은 부리나케 달아나는 니탕개를 발견하고는 힘차게 말을 몰아 추격해간다. 무기를 내팽개치고 달아나기에 바쁜 보졸들은 상대할 필요초차 없다. 오직 니탕개의 뒷모습만 보일 뿐이다. 이를 눈치 챈 니탕개가 두만강이 앞을 가로 막아서자 도끼눈을 하고 돌아섰다. 겁에 질린 니탕개는 선택의 여지가 없다. **시민**은 맞서게 되자 그를 큰 소리로 꾸짖는다.

"조선국이 너에게 후한 대접을 한 것은 잊고 오히려 칼을 겨눈 네놈이 니탕개가 맞느냐?"

"그렇다. 네가 조선의 장수라면 우리 부락을 약탈한 최몽린을 알 것이다. 내가 비록 조선국에 귀화한 사실이 있긴 하지만 여진의 피가 흐르는 몸으로 우리 땅을 넘나들며 괴롭히는 놈을 어떻게 잊을 수 있었겠느냐? 게다가 이틀 전 또 우리 영토를 기습했으니 그 잘못이 얼마나 크냐? 그러니 네 목을 내놓고 가거라."

"적반하장도 유분수지. 은혜도 모르는 네 놈의 목부터 잘라 배반자의 최후가 어떤 것인지 단단히 보여주리라."

"감히 네놈이 내게 모욕을 주는 것이냐?"

니탕개는 허공에다 창을 휘두르며 **시민**에게 달려들려는 순간이다. 동문 쪽에서 **신립**이 급히 달려오면서 고함을 지른다.

"잠깐 기다리시오. 김 판관! 그 놈은 내가 도륙하여 먼저 죽은 부하들의 원한을 갚아주어야 하겠소."

"그럼, 소관이 강을 못 건너가게 막겠소이다."

니탕개는 조선의 두 장수가 생포하려 들자 재빠르게 주위를 살핀다. 그러나 자신을 구출해줄 여진군은 강을 건너가기에 바빠 니탕개보다 자기 목숨 부지하기도 어려운 지경이다. 이런 상황을 바라보던 **시민**은 강가로 달려가 니탕개가 도망갈 길목을 막고 있다. 이제 퇴로까지 차단당한 니탕개는 자신이 포위된 것을 알아차리자 단말마의 기압 소리를 내지르며 **신립**에게 돌진해온다. 그러나 그의 행동은 이미 이성을 잃어 허둥대는 것이 역력했다.

매우 순간적이다. 니탕개의 긴 창이 하늘을 치솟다가 몸과 함께 땅에 떨어지고 말았다. **신립**은 그의 칼등으로 니탕개의 창을 내쳐버리고 옆구리를 휘갈겼기에 그렇게 땅에 나뒹군 것이다. 여진군은 니탕개가 이렇게 생포되자 강을 건너 달아나다 다리 낭떠러지에서 떨어져 강물에 빠진 자, 그대로 주저앉아 항복하는 자들로 강변을 가득 매웠다.

승전을 보고받은 정언신은 강변으로 나와 많은 포로들을 보고 **신립**과 **시민**을 불러 의견을 물었다.

"포로들의 행색을 살펴보니 한갓 농사꾼이 강제로 끌려나온 것 같네, 이들을 어떻게 처리하는 것이 좋은가?"

"다시는 못 나타나게 모두 베어버려야 합니다. 그래야 우리를 보고 겁낼 것 아닙니까?"

신립이 칼자루를 불끈 쥐며 가차 없이 도륙 낼 것을 주장한다. 정언신은 **시민**에게도 의견을 묻는다. **시민**은 **신립**을 쳐다보면서 반대 의견을 냈다.

"이들을 다 죽이면 우리 두만강이 피로 물들 것입니다. 다시는 이 땅에 발을 들여놓지 말라고 단단히 타이르고 돌려보내면 이들도 양심이 살아 있는 한 그렇게 할 것입니다."

"그럼, 어떻게 하자는 생각인가?"

신립은 **시민**의 말이 못마땅한지 퉁명스럽게 묻자 그의 감정을 건드리지 않게 말했다.

생포한 니탕개를 신 부사께서 참수해버리면 여진군은 겁에 질려 오금도 펴지 못할 것입니다.

정언신은 **시민**의 말을 듣고 **신립**에게 물었다.

"**김 판관**의 말에는 일리가 있소. 그동안 저놈들을 막느라 모진 고통을 겪었겠지만 일단 승자의 입장에 서면 관용이 필요할 때도 있소이다. **신 부사** 어떻게 할 참인가?"

신립은 자신의 주장이 받아들여지지 앉자 기분이 조금 상했으나 더 우겼다간 몰인정한 사람이라는 딱지가 붙을까 봐 못 이긴 척 받아들인다.

"전쟁에는 언제나 무고한 자의 희생이 따르기 마련인데, 포로들의 행색을 보아 농민으로 되돌아가게 기회를 주고 다만 니탕개는 목을 베고 이를 경계로 삼았으면 합니다."

"허락하겠네, 그 일은 **신 부사**가 알아서 처리하시오."

신립의 단칼에 날아간 니탕개의 목은 거리에 효수되었다. 정언신은 그래도 마음 한편으론 편치 못했다.

"이번 소탕전에서 네 장군의 공이 컸소이다. 다만 여진족과 부락의 침입으로 한때는 북방이 좀 시끄럽게 흔들렸으나 더 넓은 지역의 부락이 연합하면 어떻게 될지 한편으론 걱정이 되는군."

"그래서 승자총통을 많이 사용하지 않았습니까? 그 위력에 여진족들이 지리멸렬되었습니다. 감히 저들이 우리 국경으로 또다시 건너오려 하겠습니까?"

신립은 다른 무관들과는 달리 두 차례나 여진족과 싸워 승전하는 것에 만족해하고 강한 자신감이 들었다. 그러나 정언신이 말했듯이 세 장수와 백성들의 마음은 불안한 마음을 지울 수 없다. 여진족은 침략에 대한 지칠 줄 모르는 종족이기 때문이다. 여하튼 함경도 북방에서 일어난 니탕개의 난은 정언신 이하 네 장수들에 의해 평정되어 육진은 다시 안정을 되찾았다. 이렇게 전란을 치른 진의 밤은 깊어만 갔다. **시민**은 잠이 들지 않았다. 가택연금 상태에서 변란이 일어나 급하게 차출, 전선에 나온 것은 다행한 일이다. 그러나 조정은 어떤 방식으로 자신이 저지른 문제를 처리해줄까? 불명확한 현실 앞에 고뇌하지 않으면 안 되었다. 오월이라지만 이곳 북방의 밤은 몹시 차가웠다.

시민은 병조판서 이이로부터 사령장을 받는다. 경상도 진주 목의 판관으로 떠나라는 명령이다. 군기사의 판관은 종5품직이니 영전이 된 것은 아니다. 진주 목은 일본의 침입이 잦은 곳이라는 소문 때문에 그다지 좋은 지역은 아니다. 중앙에서 안이하게 근무하다 보면 군인으로서의 본분을 망각하고 자신의 신변 안위를 더 중시하기 마련이다.

그러나 **시민**은 진주로 떠나는 것이 싫지는 않았다. 답답한 중앙보다 무관으로서 자신의 기계를 펼칠 수 있는 곳을 선호하기 때문이다. 숙부 **김제갑**이 12년 전에 목사로 재직한 일이 있어 연고지가 된다고 생각했다. 선비의 고장이라서 병법에 연고가 있다는 것도 그로 하여금 기대가 되는 일이다. 남명 조식의 학풍에 문인들도 병법이 출중했기에 그렇다.

진주로 가는 길에 먼발치로라도 노모를 뵙고 싶었다. 아들이 무과에 합격을 해도 아무런 말이 없었던 어머니의 성정을 그는 잘 알고 있다. 그런 어머니를 두고 고향을 그냥 지나칠 수는 없다. 충청도 목천면 가전리가 본가인 건너편 가까이에 도착해 장막을 치고 하직할 채비를 했다.

목천현에서는 판관 벼슬로 **시민**이 지나간다는 연락을 받고 관리들이 미리 나와 있었다. 그 일로 온 동네가 소란스러워지자 아우 시약이 무슨 일인가 싶어 집 밖으로 나왔다. 뜻밖에 형을 만나게 되자 어쩔 줄을 몰랐다.

"형님, 어인 일로 집에 들어가시지 않고 여기에 머물고 계십니까?"

"그래, 이 형은 진주 목의 판관으로 명령을 받았다네. 본가를 지나는 길에 어머니께 인사라도 드리려고 찾은 것이네. 직접 뵙지 못하고 이렇게 멀리서나마 집을 향해 인사만 드리고 떠나려 하니 어머니께는 알리지 않았으면 하네."

"네, 형님 마음은 이해가 갑니다만 경상도 진주까지 떠나시는데 그냥 가시다니요. 형님, 그럴 수는 없습니다. 어찌하든 어머니를 직접 찾아뵙고 인사드리는 것이 자식의 도리가 아닌지요"

"어쩌겠니? 무과에 들면 어머니 앞에 나타나지 말라고 이르신 것을 아우는 벌써 잊었는가?"

"어머니의 기대가 어긋나서 그러셨다지만 그래도 자식으로서는 그래서는 아니 될 것으로 압니다."

"고작 변방에 나가는 몸으로 어머니를 더 걱정 끼치는 일이 아니겠느냐? 그러니 부탁이다. 내가 떠나고 난 뒤에라도 알리지 말도록 해라."

"형님, 그래도 행차를 집으로 돌리셨으면 합니다."

시약은 어머니를 찾아뵙고 가는 것이 자식으로서 할 최선의 도리라고 믿고 있기에 간곡하게 말한다. 집에서는 어머니 이씨 부인이 사람들이 모여 천막을 치고 있는 건너편을 바라보고 물었다.

"동네 앞이 왜들 저리 떠들썩하느냐?"

"진주 목 판관으로 부임해가는 사람의 행차랍니다."

이런 사정을 알게 된 집안사람들도 이씨 부인에게 알리지 않았던 것이다. 이씨 부인은 더욱 궁금해 다시 물었다.

"**진주판관**의 행차가 웬일로 우리 고을에 머무는 것이라더냐?"

"저어, 마님의 셋째 아드님이 **진주판관**이 되어 부임 차 간다고 합니다."

"뭐 어째, 불러라, 진주 목으로 간다면 네 형에게 내 친히 일러둘 말이 있다. 어서 불러들여라."

"예, 그렇게 하겠습니다. 어머니."

왁자지껄 몰려든 집안사람들로부터 어머니가 기다리신다는 말을 듣자 **시민**은 눈시울이 뜨겁게 달아올랐다. 어머니의 소원 대로 문관이 되지 못함을 항상 죄송스럽게 여기던 **시민**은 어머니와의 사이에 오랫동안 엉켜 있던 오랏줄이 스르르 풀려가는 것 같다. **시민**의 발걸음은 본가로 향한다. 벌써 옷을 정갈하게 갈아입고 기다리는 이씨 부인의 눈에는 눈물이 글썽거린다. **시민**은 마당에 넙죽 엎드려 어머니에게 절을 올린다. 16년 동안 뵙지 못한 어머니다. 자리에서 일어나 어머니의 얼굴을 뵈니 어느덧 초로의 노인으로 변해 있다. 오랜만에 아들을 만난 이씨 부인은 한참 동안 아들의 얼굴 모습을 바라보았다. 중년이 된 얼굴 모습이지만 분명 셋째 아들이다. 그리고 아들에게 엄하게 말한다.

"이 어미를 기어이 보지 않고 그냥 떠나려던 참이었느냐?"

"대단히 송구합니다. 어머님, 무관이 되어 어머니의 기대에 어긋나 어머니를 실망시켜 드리고 싶지 않아 그리됐습니다. 용서하십시오."

"이 어미를 닮은 고집은 여전하구나. 이제 와 누구를 탓하겠느냐. 그런데 지금 세상이 뒤숭숭한데 책임이 큰 자리에 부임하는구나!"

"이곳은 소자가 선택한 것입니다. 무관이 가야 할 자리가 바로 진주 목 같은 어지러운 지역이라고 여기고 있었습니다."

"그래, 훌륭한 생각을 했구나. 내 꼭 한 가지 일러둘 말이 있다. 어서 안으로 들자꾸나."

잔뜩 긴장했던 그는 의외로 어머니가 부드럽게 대해주시니 더욱 면구스러웠다. **시민**은 어머니로부터 호통을 받는 것보다 오히려 몸 둘 바를 몰라 한다. 이씨 부인은 아들이 방 안으로 들어서자 자리를 고쳐 앉아 장한 아들의 얼굴을 자세히 바라보았다.

"벌써 열두 해가 지났구나. 네 숙부가 그곳에서 목사를 지낸 곳이다. 그때 훌륭한 목민관이라고 칭찬과 존경을 받았단다. 너는 비록 무인이기는 하다만 너 역시 숙부의 공적에 먹칠을 해서는 아니 될 것이다."

"네, 어머님. 명심하겠습니다."

"진주는 선비의 고장으로 그곳 백성들의 자긍심이 대단했다고 네 숙부가 그러더구나. 그러니 백성의 마음을 사기 위해서 언제나 백성의 편에 서서 판단한다면 그리 어렵지만은 않을 것이다."

"네, 어머님 말씀 염두에 두고 하나하나 실행에 옮기겠습니다."

이씨 부인이 당부하는 말을 마치자 옆에 앉아 있던 시약이 어머니에게 간청한다. **시민**이 무과에 급제한 후 항상 한성에서 함께 지내다가 아내의 해산을 돕기 위해 집에 내려와 있던 중이다.

"어머니, 저도 이참에 형님을 따라 경상도의 풍물을 경험하고 싶습니다. 남쪽에서 가장 아름답다는 진주성도 구경하고 싶습니다."

"처자가 있는 몸으로 너무 오랫동안 지체하지는 말아라. 식솔을 생각해야지."

"네, 어머니. 오래 머물지는 않을 것입니다."

김시약은 그때 나이 스물여덟이다. 이미 결혼을 해 처자식이 있는 몸. 아들인 긍과 규를 슬하에 두고 있다.

"막내가 저렇게 너를 따라가겠다고 나서는데 괜찮겠느냐?"

이씨 부인은 걱정이 되어 **시민**을 보고 묻자 시민은 흔쾌히 대답한다.

"어머니, 아우와 지낸 세월이 어디 한두 해입니까? 소자 옆에 있으면 서로 큰 힘이 될 것이니 염려 놓으십시오."

"그럼, 너도 오늘은 집에서 머물렀다가 내일 떠나도록 해라."

"네, 오늘은 어머님 곁에서 지내겠습니다."

너무나도 오랫동안 떨어져 있던 아들과 도탑고도 정겨운 모정을 나눈 저녁이다. 그러나 모자간의 상봉은 오늘 밤이 마지막이 될 줄이야 꿈엔들 누가 알까. 이승에서 더 이상 해후할 수 없다는 모자간의 불운은 서서히 다가오고 있다는 것을 하늘이 알까, 땅이 알까.

임진란이 발발하고 한 달이 지난 후, 일본 수군이 남해안의 고성을 유린하고 사천 쪽으로 돌입해 진주성을 즉각 공격할 것이라는 소문이 나돌고 있었다.

사천에 있는 선진포의 왼쪽 입구에 작은 항구 마을로 선진船津이 있다. 조그마한 항구이긴 해도 마을 이름처럼 배를 정박시키기 좋은 조건을 갖추고 있다.

이 마을을 노리던 일본 수군이 고성에 진출한 것이다. 이어서 사천으로 진출한 후에 이곳의 어민들을 닥치는 대로 죽이고 임시 숙영지로 정했다. 그런데 일본군이 진주와 하동을 공격한다는 소문이 꼬리에 꼬리를 물고 있었다.

일본 수군은 구키 요시다카와 도도 다카도라 등 두 장수의 지휘 아래 있었다. 험한 바다에서 경험을 쌓았던 병사로 편성된 수군이라 소문을 들으면 침략하는 방법이 아주 잔혹하다는 것이다.

12년 동안 피폐했던 진주성의 안쪽 성은 보수가 거의 끝나고 바깥 성도 거의 마무리 단계에 있었다. 게다가 모병한 병사의 조련이 미숙한 터에 근방에 일본 수군이 집결하고 있었으니 **시민**은 마음이 다급해졌다. 만약에 그들이 진주성을 공격한다면 현재 상태로는 방어하기가 어려운 상항이다. 그러니 먼저 사천을 공격하기 위해 미리 해전에서 여러 차례 승전한 전라좌수사 **이순신**에게 밀정을 보내야 했다. 그러나 **시민**은 적절한 방법이 떠오르지 않았다. 밀서를 보내다가 일본군에게 발각이라도 되면 진주성을 즉각 공격의 빌미를 주는 격이 될 터이니 여간 난감한 일이 아니다. 이는 좌수사에게 누를 끼치는 일이 될 수도 있다. 마침내 아우 시약이 찾아왔다. 낙천적인 성격을 가진 시약은 형의 표정을 감지했는지 무슨 고민이라도 있느냐고 물었다. 시약은 무슨 일이든지 가능하다고 생각하는 젊은이다. 사천과 선진에 진을 치고 있는 일본군이 진주성을 치려고 노리고 있다고 형이 말하자 시약은 수군인 일본군이 어찌 진주성까지 공격해오느냐고 반문했다. 그러나 그들은 말만 수군이지 수륙양동작전陽動作戰 본디의 목적과는 다른 움직임을 일부러 드러냄으로써 적의 주의를 그쪽으로 쏠리게 해 정세 판단을 그르치게 하려는 작전을 결행하는 군사들이라는 소문이 들려왔다. 전라좌수사가 있는 여수에 밀지를 보내야 하는데 마땅한 사람이 없어 형이 걱정을 하자 시약이 가겠다고 자청을 했다. 시약은 병사가 아니고 일반인이라서 비밀이 유지될까, 걱정은 되었지만 시약의 다짐을 믿고 **시민**은 아우를 떠나보내기로 결정했다. 그가 보낸 밀서는 '좌수사의 수군이 선진을 공격해 그의 진주성군과 수륙 양동작전을 펼친다면 턱밑의 비수를 제거할 수 있다는 것'이다. 혹시라도 그런 내용의 밀서가 도중에 일본군에게 발각이라도 된다면…… **시민**은 그런 근심이 놓이지 않았다. 적들은 밀서를 얼마든지 악용할 가능성이 있다. 결국 시약의 제안으로 밀서를 소지하지 않고 그냥 떠나기로 했다. 시약이 진주 목사 **김시민**의 친 아우라는 배경이 좌수사인 **이순신**에게 더 설득력이 있을 법하다. 더불어 좌수사께서는 일본 적을 칠 계획이 있는지 그런 계획이 있다면 언제 실행에 옮길 것인지를 시약은 알아 와야 했다.

형의 당부를 받아 말을 타고 아침 일찍 여수로 떠난 시약은 이튿날 정오가 지나서 전라좌수영에 도착한다. 5월 들어 목포와 함포, 적진포 등에서 적선 42척을 격파하고 승전했어도 분위기는 전시 중이라 오히려 더 삼엄하다. 평복차림을 하고 도착한 시약은 경계병의 제지를 받는다.

"그대는 누구신데 어디서 무슨 일로 왔소이까?"
"진주 목사 **김시민**의 심부름으로 좌수사를 뵈러 왔습니다."
"좌수사를 뵈러 왔다고요?"
"**진주 목사**가 보냈다면 잘 아실 것입니다."
"**진주 목사**요? 그러면 목사의 명령으로 왔단 말이오?"
"그렇소이다."
"잠깐, 기다리시오."
경계병은 의심의 눈초리를 거두지 않았지만 **진주 목사**가 보냈다니까 곧바로 진영 좌수사의 군막으로 달려갔다. 짧은 시간이 흐르자 곧바로 경계병이 나오면서 손짓했다.
"들어오시오."
시약은 경계병을 따라 좌수사를 찾아 들어갔다. **좌수사** 군막은 각종 해상지도와 병서로 가득했다. 조선 앞바다를 지키기 위해 밤낮을 가리지 않고 작전을 짜기에 몰두하고 있는지를 알 것 같다. 검붉게 그을린 얼굴, 양쪽 볼이 움푹 들어가 있어 아주 야윈 모습이다. 밤낮없이 전쟁을 치르느라 하루하루 얼마나 고통의 연속적인 군막의 생활인지 알 수 있었다. 그러나 그의 형형한 눈빛은 나라를 지키겠다는 일념뿐임을 가르쳐준다. 남녘에선 그런 그를 우러러보지 않는 이가 없다. 시약이 좌수사 앞에 다가서자 그는 곧바로 **김 목사**의 아우라는 것을 한눈에 알아보았다.

"그래, 무슨 일로 나를 찾아왔는가?"

"고성과 사천에 쳐들어온 왜놈들이 곧 진주성을 공격한다는 소문이 자자해서요."

"음, 그래서 어찌한다는 것인가?"

"왜놈들, 수군이 진주성의 턱밑에서 진을 치고 있어 진주성이 위태롭습니다. 형님의 생각은 선진에 왜놈들이 집결해 있으니 바다에서 공격해준다면 육지는 진주성군이 맞겠다고 합니다."

"역시 생각대로 **김 목사**는 현명한 판단을 하셨군. 그렇지 않아도 우리 좌수영에서는 사천만을 공격할 작전을 세웠소. 문제는 진을 치고 있는 적이 내륙으로 쫓겨 가서 우리 민간인에게 보복전을 펼칠까 그게 걱정이었다오. **김 목사**가 이를 제지해준다면 이 이상 더 좋은 기회는 없을 것이오."

"수륙 양동작전을 감행한다는 말씀이시지요?"

"수륙 양동 작전이라? 아, 그렇지. 아주 이상적인 작전이오.

기상 이변이 없는 한 5월 스무아흐렛날 새벽에 우리가 선진을 공격할 것이오. 그때 연합작전을 펼칠 수 있단 말이군."

"네, 바로 그렇습니다. 그래서 형이 저를 보낸 이유가 아니겠습니까?"

"그렇다면 자네를 믿겠네. **김 목사**에게 가 좌수영 계획을 보고하시게. 5월 스무아흐렛날 새벽, 절대로 차질이 있어서는 아니 되네."

"네, 명심하여 차질 없이 **좌수사님**의 계획을 전하겠습니다."

"이 작전은 우리 수군에서도 출항 직전까지 비밀로 할 것이네. 그만큼 극비리에 치러지는 작전이니 때가 되기 전에 발설해서는 아니 되네. 이 작전이 성공하면 당항포唐項浦를 공격할 때에도 수륙양동작전을 펼친다고 전하게."

"네, 기필코 차질 없이 전하겠습니다."

공격 일을 5월 29일 새벽으로 잡은 것은 그때 조류가 여수에서 사천만으로 급하게 흘러가는 때를 맞춘 시기다. **이순신**은 이런 조류의 흐름을 적절히 이용해 전력을 높이려는 계획을 세워둔 것이다. **이순신**은 김시약이 다짐을 하고 떠나는 밤을 내려다보았다. 밤은 어둠이 짙게 깔려 있다. 시약에게 늦었으니 하룻밤을 묵고 가도록 권유해보았으나 그는 밤을 이용해 가겠다고 극구 사양을 했다. **진주 목사**가 눈이 빠지게 기다릴 것을 생각하면 형제간에 우의가 두터운 시약으로서는 한시라도 지체할 수 없다고 생각했다. **이순신**은 그런 시약을 보고 '군인보다 더 투철한 동생을 두었구나!' 싶었을 것이다. 김시약은 좌수사가 직접 영외까지 배웅을 나온 것에 대한 고마움을 표시하고 말 잔등에 올라 힘차게 말 궁둥이를 두 발로 차 출발을 다그친다.

전라좌수영을 떠난 시약은 하동 노량까지 단숨에 달려오고, 거기서부터는 매우 조심스럽게 말을 몰았다. 이광악군과 마주 쳤던 일본군과 마주치게 될 가능성이 많은 지역이다. 그는 강기 슭을 거슬러 말을 조심조심 몰았다. 평지를 지날 때는 말의 속 력을 더했다. 주변 상황을 몇 번이고 확인하면서 돌아오던 시약 은 다음 날 저녁 무렵에 진주성에 도착했다. 아우를 보내놓고 지난밤 눈을 붙이지 못했던 **시민**은 북장대 위에서 서쪽을 지켜 보고 있다. 바로 그때 먼지를 일으키며 말 한 필이 달려오고 있 었다. 이를 목격한 **시민**은 아우 시약이 분명하다는 것을 믿고 말을 타고 성 밖으로 달려 나간다. 성을 지키던 경계병들은 **목 사**가 말을 타고 급히 성 밖을 빠져나가는 것을 물끄러미 바라 만 보고 있다. 무슨 일로 나가는지 **목사**의 느닷없는 돌출행동이 벌어진 것이라 궁금히 할 겨를도 없었다. 남도에서 알아주는 진 주성을 구경하기 위해 형을 따라온 시약은 위험한 일, 궂은 일 등을 도맡아 해오던 아우다. 그런 아우가 만약 이번 밀서를 전 달하는 과정에서 잘못되기라도 한다면 평생을 두고 후회할 일 이다. **시민**은 말 잔등에서 훌쩍 뛰어내리는 늠름한 아우를 보고 소리 질렀다.

"아이고, 내 아우가 무사하게 돌아왔구나."

시민은 달려가 아우의 어깨를 감싸 안았다. 그는 **이순신**을 만났던 극적인 일을 아직도 흥분을 가라앉히지 못했는지 얼굴이 상기된 채 형을 맞았다.

"네, 형님 이렇게 잘 다녀왔습니다."

단 이틀 동안이라지만 형제가 이렇게 다시 만나게 되니 말로 표현할 수 없이 기뻤다. 형제는 나란히 북문을 향해 걸었다.

"전라좌수사께서는 형님을 대하듯 저를 극진히 대우해주셨습니다."

"그러셨을 것이다. 한데 **좌수사**께서는 뭐라 하시던가?"

형의 묻는 말에 시약은 심중한 표정을 지으며 주위를 힐끗 살피더니 **이순신**과 자신밖에 모르는 기밀이 행여 새나가지 않을까 조심스러운 눈치다. 다행이 주위는 인기척이 없어 조용하다.

"장군께서는 오월 스무아흐렛날 새벽에 사천 선진을 공격한다고 하셨습니다. 그러시면서 육전에는 아무런 대비책이 없었는데 진주성에서 배후를 친다면 크게 승리를 거둘 것이라 이르셨습니다. 즉, 수륙양동작전을 펼치는 것이지요."

"오냐, 아우. 그 얼마나 기다리던 회답인가. 그리고 또 다른 말씀은 없었느냐?"

"뭔가, 그 일은…… 당항포도 공격대상에 포함한다고 하셨는데 일자가 정해지면 그때도 이런 작전을 펼치자고 하셨습니다."

"당항포라면 여기서 멀지 않은 고성에 있지."

"네, 당항포는 선진과 이어져 있는 적의 본영이라지요, 형님."

"그렇고말고 이번에 좌수사를 만난 사실과 선진 공격에 대한 것은 당분간 비밀로 해야 할 것이야."

"염려 놓으세요, 형님."

시민은 밤이 매우 깊을 때까지 선진의 공격 날짜를 되뇌며 골똘히 생각에 잠겨 있다. 그러다가 **시민**은 이렇게 작전을 세운다.

먼저 총통 사격수 백 명으로 성에서 퇴각하기 위해 몰려나오는 일본군을 정면에서 공격한다. 다른 사백 명의 궁수는 총통을 피해서 고성 쪽으로 도주하는 적을 측면에서 공격한다. 그리고 기병 5백 명을 배치해 퇴각하는 적을 쫓게 한다.

어느덧 거역할 수 없는 날은 밝아왔다. **시민**은 이광악과 김대명 등을 불러 문서화해 놓은 작전도를 내보여 준다.

"전라좌수사 **이순신** 장군과 연락이 닿았소. 작전도에 표기해 놓은 날짜에 공격하려는데 두 군수의 의견이 어떠신지 흉허물 없이 말해주시오."

바로 그때 이광악이 매우 놀라는 표정을 지으며 묻는다.

"선진에 대한 정보가 들어온 것이 있습니까?"

"병선이 13척이라면 대충 사오백 명으로 보이오. 적들은 모두 수군으로 보면 될 것이오."

"그렇더라도 우리 작전이 너무 공격적인 것 같지 않습니까? 그리고 만약의 경우에 대비해 수비하는 방법도 겸하는 것이 좋을 듯합니다."

김대명은 소모관으로 병사들을 모병하는 것이 얼마나 어려운 가를 잘 알고 있기에 군사들의 목숨도 천금같이 생각하고 있다. 그러나 **시민**의 이런 말을 듣고는 마음이 조금 놓이는가 보다.

"두 사람에게는 좀 안 된 말일지 모르지만 나를 닮은 것을 이용해 며칠간 비밀리에 두고 있었소. 전라좌수영에 내 아우가 몰래 떠났다가 어제 늦게 돌아왔소이다."

시민은 아우 시약을 보내게 된 이유와 **이순신**이 선진을 공격하는 날짜 등을 자세하게 말했다. 이를 듣고 있던 이광악은 김 시약에게 깊은 신뢰를 가지며 말한다.

"**목사**의 깊은 마음을 우리가 어찌 알겠습니까? 그러나 작전은 빈틈이 없어 보입니다."

"김 군수는 어떻습니까? 적은 수군이라서 병선을 잃으면 우왕좌왕할 것이오. 게다가 우리 병사가 적군보다 수적으로 우세하니 군사를 아끼는 소모관으로서 안심해도 좋을 것이오."

"네, 소관도 그것이 마음에 와 닿습니다. 만약의 경우를 대비해 지원군으로 병마 5백 기를 뒤따르게 하면 더 확고한 작전이 될 것 같습니다."

"좋은 생각이오. 우리 병사들을 지원하기 위한 후속 5백 기는 소모관이 차출토록 하시오."

"감사합니다, **목사**."

"그리고 이번 기회를 통해 우리 병사들에게 실전만큼 좋은 훈련이 없다는 것을 깨닫게 해야 할 것입니다."

"그렇다면 이 작전의 승리를 위해 기존 병사들은 물론 새로 차출된 병사들에게 비밀로 해야겠군요?"

이광악이 기밀이 보호되어야 함을 알아차린 것을 본 **시민**이 당연하다는 듯 말한다.

"그렇지요. 우리만 알고 있으면 아무 탈 없을 것이오. 마음의 준비나 단단히 시켜주시오."

이날 오전 내내 **시민**과 이광악, 김대명은 정예병 일천 명의 명단을 작성하고 정오가 지난 뒤부터는 실전을 방불케 할 정도로 병사들에게 맹훈련을 시켰다. 특히 총통의 사수들을 맡아 관리하게 된 이광악은 훈련이 가혹할 정도로 군기도 엄했다. 일본군에게 당한 복수를 철저하게 응징하겠다는 이광악은 그야말로 절치부심한 훈련을 감행한다.

오월 스무여드렛날, 진주성의 동문 앞 광장엔 정예병 일천 명이 도열해 있다. 비록 단기간 내에 실시된 훈련이었지만 일당백의 기상이 적 심장을 찌르겠다는 늠름한 모습이다.

장군 복장을 한 **시민**이 출전하는 모든 병사와 성에서 상주한 주민들에게 밝혔다. **이순신**이 이끄는 수군과 함께 적을 격파한다는 말에 병사들은 환호성을 지르듯 사기충천해 있다. 진주성에서 사천현으로 들어가려면 십수교十水橋를 건너야 한다. **시민**은 십수교를 건너가기 전 오목한 분지가 있는 곳에 밤을 새울 진영을 설치토록 명령했다. 외부에서는 이 분지가 잘 보이지 않았으나 분지에서는 바깥이 아주 넓게 보여 선진에서 일어나는 일은 훤히 내다볼 수 있다. 이런 곳은 적이 밀탐하러 나오는 것도 미리 발견할 수 있는 유리한 점이 있다. **시민**은 이광악, 김대명과 내일의 작전을 다시 검토해보았다.

"동트기 전에 출동하면 작전 지역까지 은밀히 잠복할 수 있을 것 같소?"

시민은 이광악을 바라보고 물었다.

"별 차질이 없을 것 같습니다."

시민은 또 김대명을 보고 지시를 내린다.

"기병이 선진에 접근하게 되면 말에서 내려야만 할 것이오. 말을 타고 가면 적에게 노출되기 쉬울 것이기에 그렇소."

"그뿐만 아니라 조용한 새벽에 행군할 때는 말발굽 소리가 더 멀리 들리는 법이니. 그래서 기병은 풀밭을 이용해 행군할 작정입니다."

"아주 중요한 판단을 했구려, 김 군수."

이튿날 새벽, 가장 먼저 잠자리에서 일어난 이광악이 희미한 하늘을 바라보더니 염려스러워 물었다. 바람도 제법 일고 있다.

"**목사** 오늘 전투에 차질이 있을까 걱정이 됩니다."

"왜, 그렇게 생각하시오."

"하늘이 우중충하고 바람도 제법 거칠게 일어나고 있습니다. 이런 날씨는 태풍을 상대해 적응을 잘하는 적 수군에게 더 유리하지 않겠습니까? 만약 좌수영 수군과 일본선이 충돌하게 된다면 어떻게 될까 걱정이 되어서요."

"이 군수, 날씨가 이 정도면 군선이 운항하는 데 별문제 없을 것이오. 좌수사가 오늘로 날을 잡은 것은 여수에서 사천 쪽으로 빠르게 흐르는 물길 때문에 노를 힘들게 젓지 않아도 빠르게 항해가 가능한 것을 이용한 것이오. 게다가 우리 해안을 잘 모르는 적 수군이 함부로 항해하지 않을 것이오. 그러니 적선과 맞부딪칠 일은 없을 것이오."

"그렇습니까? 소관이 바다에 대한 지식이 무지한 터라 괜한 기우였나 봅니다."

"이 군수, 기우라고까지 말할 것 없소. 병사를 이끌고 전쟁터에 나서는 지휘자는 기우가 필요할 때도 있는 법이오. 속단하는 것이 졸속을 범할 수 있는 것도 병가상사라 하지 않았소."

정확히 새벽부터 출전을 서두르는 각 진영은 몹시 분주했다. 선진 부근에 매복하려면 어둠을 틈타야 하기 때문이다. 그래서 선발대 1백 명의 총통 사격수들은 주장 이광학을 따라 먼저 출발한다. 다음 궁수 4백 명은 **시민**이 직접 이끌고 뒤따랐다. 기병 5백 명을 맡은 김대명은 말발굽 소리를 줄이기 위해 풀밭을 골라 이동하고 있다. 이제 출전할 때부터 정해둔 지역으로 전군이 배치 완료되었다. 긴장된 스무아흐렛날 새벽이 지나 날이 훤히 밝아도 아무런 기적이 일어나지 않았다. 선진의 적 군막을 향해 매복하고 있던 이광악이 **시민**의 곁으로 포복해온다.

"약속 시간이 훨씬 지났습니다. **전라좌수사** 뱃길에 이상이

610

생긴 것일까요?"

"아니오, 그분은 절대로 약속을 그르치지 않을 사람이오. 그러니 조금 더 기다려 보도록 합시다."

이 군수에게 당부는 그랬으나 **시민**도 속이 타는 것은 마찬가지다.

좌수영에서 **이억기**를 기다리던 **이순신**은 그를 만나지 못하고 노량까지 진출해 잠시 항해를 멈추었다. 경상우수사 원균과 만나 선진에서 합동작전을 벌이기로 약속이 되어 있음에도 불구하고 **이억기**는 아무 연락조차 없이 참전하지 못하자 원균이 불평을 털어놓았다.

"이 **우수사**는 참전하지 않겠다는 것인가?"

"글쎄요? 전라도는 이 지역하고 물길이 다르니 항해하기가 쉽지 않은 모양 아닐까요?"

이순신의 대답에 아무런 대꾸가 없던 원균은 다시 진주성을 들먹인다.

"왜적이 지금까지도 선진에 주둔 중인데다 곧 하동이나 진주성을 공격한다는 정보를 입수했소. 그런데 진주 목사 **김시민**은 오늘 확실히 참전하는 것이오?"

"절대로 실언할 사람이 아니오."

"적의 병력은 어느 정도라고 합니까?"

"병선이 모두 13척이라니 많은 병사는 아닌 것 같소. 어찌 보면 사천 지역을 점거하고 있다는 시위용 같기도 하고"

"그래도 쫓아내야 하외다. 우리가 왜선을 모두 파괴해버리면 놈들은 갈 곳이 고성뿐인데 진주성에서 매복하고 있으니 그냥 두지 않을 것이오."

"기필코 그놈들을 요절을 내고 말아야 할 텐데."

원균은 일본군의 잔혹한 만행을 여러 차례 겪어봤기 때문에 어금니를 깨물었다.

일본군 선발대인 기마병 일천여 명이 진주성 동쪽 마현馬峴의 북쪽 산등성이에 모습을 나타내 보였다. 그들은 주변 지형을 두루 살핀다. 기고만장한 말발굽 소리를 내며 군의 세력을 과시했다. 이곳 마현은 말티 고개라고도 하는데, 진주성으로 달릴 수 있는 지름길이다. 상 등성이는 주변 일대를 한눈에 바라볼 수 있는 위치다. 이날 출현한 일본군은 정탐의 임무를 띠고 나타난 것이다.

시민은 병사들에게 적을 발견하지 못한 것처럼 위장해 행동하라고 명령한다. 맞대응을 하지 말라는 말이다. 화살 하나 탄환 하나라도 헛되게 사용하지 말도록 단단히 타이른다. 성안에 있는 사람들 모두가 잘 바라볼 수 있는 장소에 용대기41)를 세우고 장막을 많이 치도록 했다. 성안에 있는 백성들을 남자 여

---

41) 龍大旗: 용대기는 용을 그린 큰 깃발인데 여기서는 수성장인 진주 목사의 깃발로 삼아 지휘용으로 쓰기 위해 세운 것으로 여겨진다. 북 장대 부근이 지형이 높아 성내에서도 눈에 잘 띄는 곳이라 아마 군의 위용을 드러내려 하지 않았을까 싶다.

자, 또는 젊고 늙고를 가리지 않고 모두 불러모았다. 여인들에게는 남자 옷을 입게 해 많은 군사가 있는 것처럼 위용을 드러내려 했다.

당시 진주성에는 **시민**의 본성군사 3,700명과 곤양군수 이광악[42]이 거느린 100명 등 도합 3,800명의 군사가 있었는데, 이들 대부분은 정규 군병이라기보다는 새로 모집한 장정들이다. 그러나 **시민**은 진주성민들의 필사적인 단결과 곽재우, 최강, 이달 등 각처 의병들의 열렬한 성원에 고무되어 죽기를 각오하고 진주성을 사수키로 결심한 후 만반의 전투 준비를 갖추었다.

---

42) 李光岳[1584~1608]

본관은 광주廣州. 자는 진지鎭之. 이극감의 5세손으로 할아버지는 교리를 지낸 이연경, 아버지는 군수를 지낸 이호약. 민건의 딸 정부인 여흥 민씨 사이에서 아들 이근후와 세 딸을 둠.

1557(명종 12)년 충주에서 태어난 그는 1584(선조 17)년 무과에 급제, 선전관이 된다. 1592년 임진란이 일어나고 영남 지방으로 진격한 일본군이 10월 진주성을 대대적으로 포위 공격한다.

곤양군수였던 그는 초유사 김성일의 명으로 병사들을 이끌고 진주성으로 들어가 진주 목사 김시민의 좌익장이 되어 일본군에 맞섰다. 김시민이 적탄에 맞아 쓰러지자 그를 대신해 작전을 지휘, 대승을 거두고 진주성을 사수하는 데 성공한다.

1594(선조 27)년 의병장 곽재우의 부장으로 동래 전투에 종군한 이래로 곽재우와 호흡을 맞추어 항상 승리했기에 곽재우와 함께 양비장兩飛將이라 불린다.

1598(선조 31)년 전라도병마절도사로 명나라 군대와 연합해 금산, 함양 등지에서 일본군을 무찌르고 포로가 된 아군 100여 명을 되찾고 우마 60여 필을 노획하는 전과를 올린다.

임진란이 끝나고 훈련원도정을 거쳐 1604(선조 37)년 선무공신 3등에 올라 광평군에 봉해지고 경기도방어사가 된다.

1607(선조 40)년 함경남도병마절도사로 있을 때 병을 핑계로 근무를 태만히 하였다고 탄핵받아 한때 투옥, 1608년 51세의 나이로 세상을 떠난다.

묘소는 충청북도 괴산군 불정면 삼방리 산 42번지 광주 이씨 선산에. 처 여흥 민씨의 묘와 쌍분으로 조성되어 있고 문안공 강현이 시장諡狀을 지었다.

시호는 충장忠壯. 문효사에 배향, 영정을 비롯해 증시 교지, 시상, 보검이 독립기념관에 기증되어 전시되고 있다.

그날 아침부터 일본군은 신식무기라고 하는 조총을 가지고 3개 부대로 나누어 공격을 감행해온다. **시민**은 적군의 화력을 최대한 소모시키고자 일정한 거리에 올 때까지 대적하지 않고 있다. 성안에 아무도 없는 것처럼 위장하는 한편, 직접 성내를 순회하면서 임전태세를 점검하고 음식을 제공하는 등 장병 위에 군림하기보다는 자신도 병사와 같이 동고동락하면서 솔선수범한다. 이와 같이 몸소 실천한 그의 노력에 감복한 군사들은 혼연일체가 되었다.

시민은 소수병력으로 일본 대병력을 맞아 싸움에 있어 필승하기 위해 다양한 전술을 구사한다.

성 밖에 있는 아군과 긴밀히 연락을 취해 야간을 이용해 화살 등 무기를 몰래 반입하고, 성 밖에 있는 의병들로 하여금 산발적인 적측 후방 공격 및 교란작전, 횃불시위 등을 전개해 아군의 사기진작 및 적군의 혼란을 유도한다.

성안의 노약자와 부녀자에게 남장을 하도록 해 군사가 많아 보이게 하고, 야간에 악공으로 하여금 피리를 불게 해 일본군의 심리를 교란시킨다.

차대전, 현자총통, 질려포, 비격진천뢰, 화약 등 당시 조선군의 신식무기를 적절히 활용했다.

그는 일본군에게 잡혀 있다 탈출한 민간인들을 통해 적정을 소상히 파악해 적의 공격에 적절히 대처하고 있다.

진주성민들로 하여금 돌, 기와, 집단 등을 가져와 투척하게 하는 등 민·관·군 총력전을 전개토록 준비에 만전을 기했다.

이른 아침, 일본군이 저동猪洞(돌골, 지금의 도동) 뒷산과 마현에서 일시에 진격해 들어오고 있다. 적군은 세 무리로 나뉘어 산을 덮을 듯이 쏟아져 내려왔다. 한 무리는 진주성 동문 밖, 순천당산順天堂山에 진을 치고 성안을 굽어보고 있다. 다른 한 무리는 개경원開慶院에서 곧장 동문 앞을 지나 봉명루鳳鳴樓 앞에 늘어섰다. 또 다른 한 무리는 향교 뒷산에서 곧장 순천당산을 넘어 봉명루에 있는 무리와 합해 한 진을 만든다. 그 외 적군은 각 봉우리에 개미 떼처럼 무리를 지어 둘러서 있다. 적이 이날 공격해 온 경로에 대해 김성일의 장계에는 "왜적이 대탄大灘으로부터 일시에 들어왔다"고 했다.

적군은 말을 타고 제멋대로 달리고 있다. 적들은 긴 자루가 달린 둥근 금선金扇(금박을 입힌 부채)을 휘두르거나 흰 바탕에 누런 무늬가 있는 금삽金翣(금박을 입힌 운삽)을 짊어지고 있다. 그들은 온갖 색깔로 그림을 그려놓았고 바람이 불어 펄럭일 때마다 현란한 빛을 냈다. 어떤 병사들은 닭털로 만든 관을 쓰고, 머리를 풀어헤치는 자가 있는가 하면 혹은 뿔이 달린 금가면을 쓰고 있다. 각기 여러 가지 색의 깃발도 짊어지고, 긴 것, 넓은 것 등 숫자를 헤아리기조차 어렵다. 어떤 병사는 푸른 일산日傘을 받들고 또 어떤 병사는 붉은 일산을 지니고 있다. 하얀 칼날이 햇빛에 번뜩이는데, 사람이 소스라치듯 한 그 살기가 창공을 가르는 것 같다. 이 같은 기이한 형상은 사람의 눈을 현혹시켜 놀래고 당혹케 했다.

일본군 장수 여섯은 모두 검은 옷을 입고 쌍견마雙牽馬(두 마리 말이 끄는 수레)를 타고 창과 칼을 소지한 자들이 앞뒤로 호위했다. 적 장수 앞에는 흰 납의衲衣(승려가 입는 옷)를 입은 여인이 역시 쌍견마를 타고 있다. 종왜從倭(왜인 종자)를 많이 거느렸다. 걸어서 뒤따르는 여인의 숫자도 만만치 않았다.

적군은 아침부터 저녁까지 끊임없이 총을 쏘아대고 있다. 장전長箭, 편전片箭 가릴 것 없이 화살을 날리고 있다. 일본군이 사방으로 흩어져 분탕질하며 수십 리 안의 가옥들이 모두 불살라 없어졌다. 적은 멀고 가깝고를 가리지 않고, 긴 대나무는 모조리 베어내어 묶기도 하고 엮어놓기도 했다. 솔가지를 많이 가져와 진을 친 곳 밖에다 높이 쌓아놓는다. 큰 나무를 베어내어 끊임없이 실어온다. 그러나 조선군은 적의 그런 부산한 작업들을 알아차리지 못했다.

시민은 병사들의 심리를 안정시키려 애쓴다. 밤이면 악공樂工에게 문루門樓 위에서 피리를 불게 해 성내 평화스러운 분위기를 자아내게 한다. 적진에는 어린아이들이 아주 많았다. 각기 지방 사투리 소리와 표준어인 서울말 소리도 들려온다. 아이들은 큰 소리까지 내지르면서 성 주위를 맴돌았다.

"서울은 벌써 함락되었고, 팔도가 다 무너졌는데, 너희 새장 같은 진주성을 어찌 지킬 수 있느냐. 어서 빨리 항복하는 것이

616

더 나을 것이다. 오늘 저녁 개산介山 아비[43]가 오면 너희 장수 셋의 머리를 깃대 위에 매달아버릴 거요"라고 떠들어댄다. 성안에 있는 사람들이 이 말을 듣고 모두 분해서 큰 소리로 꾸짖으려하자, **시민**은 말상대하는 것을 크게 나무란다.

이날 밤, 반달이 진 뒤 적군이 가로 길이가 수백 보에 달하는 죽편竹編대로 엮은 것을 동문 밖에 몰래 세운 다음, 죽편 안에 판자를 벌려 세우고는 빈 가마니에 흙을 채워 가지고 층층이 쌓아서 언덕을 만들었다. 성안을 내려다보고 총을 쏘는 한편 조선군이 쏘는 화살을 방어할 장소를 만들려는 계책이다. 조선군은 죽편이 앞을 가렸기에 처음에는 알아차리지 못했다가 다음 날 아침이 되어 건너다보니 이미 흙 누대가 만들어져 있다.

적군은 대나무 사다리를 무려 수천 개나 만들어놓았다. 대의 간격을 좁게 엮어 너비가 한 칸쯤 되는 널찍한 사다리를 만들었다. 거기에다 멍석을 덮고 물고기 비늘처럼 연이어 배열, 적병사들이 성벽을 미끄러져 내리지 않고 쉽게 오르도록 만들어져 있다. 적군은 또 3층 산대山臺를 만들었다. 바퀴를 달아 굴러가게 하고, 산대 위에서 성을 내려다보고 공격하기 위해서다. **시민**이 현자총통玄字銃筒을 쏘게 해 산대를 세 번 관통하자 산대를 만들던 적 병사가 놀라서 두렵게 여겨 물러갔다. 수성군도

---

43) 介山 아비: 김해 사람인데 그 아비가 임진란 초부터 일본군 편에 서서 성을 함락하는 것을 도와주었다고 한다. 진주성에 와서도 '개산 아비'를 들먹일 정도라면 꽤나 악명이 높았던 자인가 보다.

일본군 공격에 대비하여 철저히 갖추고 있다. 화구火具로 공격하기 위한 도구를 준비한다. **시민**은 적군이 솔가지를 많이 쌓아놓은 것은, 성을 오르기 위해서이고, 죽편으로 앞을 가린 것을 보면 성에 가까이 다가오기 위한 것이라 생각하고 화구를 미리 마련해둔 것이다. 또 적이 가져다놓은 것이 생나무이기에 물기가 많아 타기 어려울 것이라 여겨, 묶은 섶 속에 종이로 화약을 싸서 넣고 이를 성 바깥으로 던져 솔가지를 태우도록 했다.

또 성에 다다른 적을 치기 위해 성 위에 진천뢰[44] 질려포蒺藜砲와 큰 돌덩이 등을 설치한다.

적이 만든 바퀴 달린 산대가 성에 가까이 밀어닥칠 때를 대비해, 산대를 박살내기 위한 자루가 긴 도끼, 낫 등을 준비해놓았다. 성에 달라붙는 적군에게 끓는 물을 쏟아 붓도록 하기 위해 성가퀴 안에 가마솥을 많이 비치해 물을 끓이고 있다. **시민**은 낮에는 병사를 성가퀴 안에 매복시키되 일어서서 성 밖을 내다보지 않도록 했다. 허수아비를 인형처럼 만들어 활시위를 당긴 자세로 성 밖으로 드러나게 했다.

오래토록 싸우느라 화살이 떨어지자 **시민**은 밤에 사람을 시

---

44) 震天雷: 진천뢰는, 즉 비격진천뢰인데 목표물에 날아가서 폭발하는 금속제 폭탄이다. 주로 무쇠로 만들고 대나무를 심지로 사용한다. 화약을 넣은 후 중완구中碗口로 발사하면 300보를 날아간다. 목적지에 떨어져 점화선이 타들어 가면서 폭발하게 되어 있다. 질려포 역시 화약을 사용한 폭발형 무기와 같다. 속이 빈 통나무에 마름쇠 내지 철편鐵片을 많이 넣고 완구로 쏜다. 폭발하면 파편이 되어 날아가 살상효과를 거둔다.

켜 밧줄을 타고 성을 빠져나가 감사 김성일에게 달려가 보고하게 한다. 감사가 무기를 보내려 했으나 무기를 무사히 성으로 가져올 적임자를 찾기가 어려웠다. 그래서 많은 상금을 걸고 지원자를 구하자 그곳 숙영지에 있는 한 관리였던 하경해가 선발되었다. 그가 밤을 틈타 잠행, 진주성 아래에 이르렀다. 성문을 열고 그를 맞이해 장전長箭 백여 부(1부는 30발)를 얻었다. 이제 활을 계속 쏠 수 있게 되었다 이래서 병사들의 사기는 충천하다. 장전은 일반 화살로 소형 화살인 편전과 구분된다. 장전을 일백여 구나 된 것을 적에게 발각되지 않고 성문을 열고 몰래 운반할 수 있는 위치는 촉석루 아래 암문暗門일 가능성이 높은데, 적군의 본진과 가장 멀리 떨어진 서문이 아닐까 싶다. 이날 밤, 조응도와 정유경이 거느린 원군이 남강 건너 진현에 도착했다.

새벽, 적 2천여 명이 단성 가는 길로 향해 사방으로 흩어져 분탕질해온 동네를 어지럽히고 있다. 한 무리는 단계로 가다가 김준민에게 쫓겼고, 다른 한 무리는 단성 읍내를 헤집다가 역시 그 무리도 김준민에게 쫓겨 다녔다. 또 한 무리는 살천으로 향하다가 정기룡, 조경형에게 쫓겨난다. 그들은 해가 저물어가자 진지로 돌아온다. 성을 포위한 적은 조총과 활을 진종일 끊임없이 쏘아댔다. 적들은 흙을 져 나르는 일을 이전보다 더욱 급하게 서둘렀다. 산대에 올라서도 무수히 조총탄환을 토해낸다. 수성군이 현자 전(45)을 세 번 쏘아 한 발은 죽편을 꿰뚫었다. 또한 발은 커다란 편자를 관통했다. 또 다른 한 발은 적 사수의 가슴을 꿰뚫어 즉사케 했다. 그 뒤로는 적이 다시는 감히 산대에 오르지 못했다. 그들은 많은 작업을 해 산대를 쌓아놓고도 수성군에게 큰 타격을 주지 못해 무용지물이 되었다. 이로써 그들의 작전계획은 많은 차질을 빚어냈다. 이날 낮에 정유경이 이끈 원군이 진현(진티고개), 사천(새벼리)에 도착한다. 이날 저녁 적이 횃불을 들고 줄지어 오고 가면서 서로 약속하는 듯한 형태를 만들었다. 한 아이가 적진에서 도망쳐 신 북문에 도착했는데 일본군에게 포로로 잡혔던 진주에 사는 어린이다. 어린아이를 불러들여 적의 동향에 대해 물었다. 그러자 아이는 "적이 내일 새벽에 힘을 합쳐 성을 공격할 거래요"라고 대답한다.

밤중 4경 초니까 한 시가 조금 지난 시각에 적이 그들 막사에 불을 밝히고 짐바리를 실어 내가는 등 거짓 퇴각하는 모양을 꾸며 수성군을 방심하게 한 연후에 불을 끄고서 몰래 되돌아왔다.

4경 중, 그러니까 2시경쯤 된 시각에 일본군은 두 무리로 나누어, 만여 명이나 된 부대로 변신해 동문 쪽 새로 쌓은 성벽으로 가까이 진격해 들어왔다. 적은 각자 긴 사다리를 지녔는데, 화살이나 돌을 피하려고 어떤 병사들은 방패를 짊어졌고, 또 어

---

45) 현자 전: 현자총통으로 쏘는 일종의 화살이다. 현자총통은, 철환鐵丸은 물론 차 대전次 大箭을 발사할 수 있고 은장차중전隱藏次中箭도 사용이 가능했다.

떤 병사는 향교의 보궤(제향 때 쓰는 제기의 일종)를 머리에 쓰거나 명석을 잘라 머리를 싸매었다. 그 밖에 쑥대나 풀을 엮은 것을 관冠 삼아 쓰고 있다. 적은 3층으로 된 가면 쓴 인형을 일본군처럼 만들어 차츰 사다리 위로 올려서 수성군을 속이고 나서 성벽을 기어 올라온다. 그 뒤를 따라 적의 기병, 일천여 명이 돌격해 성 가까이 육박해왔다. 거기다 적이 쏜 조총 탄이 비 오듯 쏟아진다. 그 여파로 외치는 소리가 뇌성과도 같았다. 일본 장수는 말을 달려 종행무진하면서 칼을 휘둘러댔다.

이때 **시민**은 동문 북격대에서, 판관 성수경은 동문 옹성에서 사수를 거느리고 죽음을 두렵게 생각지 않고 혼신을 다해 대항하고 있다. 전천뢰, 질려포를 퍼붓고, 큰 돌덩이를 던지고, 불에 달군 쇠[화철火鐵]를 던지고, 불이 붙은 짚 부스러기를 뿌리고, 끓는 물을 연속적으로 적에게 퍼부었다. 적은 마름쇠[능철菱鐵]를 밟은 자, 화살이나 돌에 맞은 자, 머리와 얼굴이 타거나 뜨거운 물에 일그러진 얼굴들이 헤아릴 수 없이 많았다. 또 진천뢰 파편에 맞아서 죽은 적의 시체가 삼대처럼 즐비했다.

이렇게 성 동쪽 전투가 한참 진행되고 있을 때, 1만 명이나 되는 다른 한 무리의 일본군이 어둠을 틈타 잠행, 갑자기 옛 북문 밖까지 접근해왔다. 적의 그 병사들도 한결같이 긴 사다리를 가지고 또 방패까지 짊어진 채다. 늠름하게 보이는 그런 형세가 즉시 성 담을 넘어올 것 같아 성가퀴를 지키고 있던 수성군 병사들은 기겁을 해 놀랐다. 전 만호 최덕량과 목사 휘하의 군관 이눌, 윤사복 등이 죽음을 무릅쓰고 치열한 싸움 끝에 결국 막아냈다. 그러자 흩어졌던 병사들이 다시 모여 동문에서와 같은 방법으로 일본군을 막았다. 이 때문에 성안의 돌과 기와, 초가 지붕까지도 거의 다 없어질 상황이었다.

얼마가 지났을까. 동쪽에 해가 솟아오르려고 바다 건너 아래서 움트고 있을 무렵, 바로 그때 **시민**이 왼편 이마에 조총탄환을 맞고 정신을 잃고 있었다.

시민이 유탄을 맞은 장소는 아마도 신 북문 문루였을 것이다. 어려운 상황이 되자 곤양군수 이광악이 북격대를 대신 지키며 포사수들을 격려해 용감하게 포를 발사하도록 한다. 이때, 쌍말이 이끄는 수레에 탄 적장을 포를 쏘아 박살을 냈다. 이광악과 그 부하 사수들이 사살한 적장은 장강충흥의 동생 장강현과 번지윤이다.

오전 7시에서 11시 무렵까지 일본군이 비로소 후퇴하기 시작한다. 그날 오후 3시에서 5시성에 진주성의 포위는 완전히 풀렸다. 동문과 구 북문에서 죽은 일본군의 수는 이루 다 헤아릴 수 없이 많았다. 패퇴한 적은 죽은 병사들의 시체를 끌고 가 여염閻閻의 불길 속에 던져 태워버렸기에 수성군이 수급을 거둔 것은 겨우 30여 두頭에 지나지 않았다.

적이 물러난 후에 보니 여염 곳곳에 불에 탄 인골이 쌓여 있다. 적장의 시신은 일본군이 농籠에 넣어 매고 갔다. 난감한 처

지가 된 적은 우마와 포로까지 버리고 도망쳐버린다. **시민**은 총
상을 입은 데다 병사들이 기력도 다 소진되어 도망하는 적을
추격하지 못했다. 이제 일본군이 패퇴했기에 진주성 전투는 여
기서 막을 내린다.

수성군의 사망자나 사상자 등의 피해규모는 정확히 알 수 없
다. 치열한 전투가 계속되었던 만큼 서로 간에 많은 사상자가
발생한 것은 사실이다. 일본군의 행패와 분탕질을 하는 바람에
진주민가 재산 피해도 적지 않다. 일반적으로 수성전에서는 성
을 공격하는 쪽의 피해가 훨씬 더 크기 마련이다. 조선군이 입
은 피해는 적이 받은 피해에 비하면 미미한 정도일 터.

결국 제1차 진주성 전투는 의병들의 적극적인 성원에 힘입은
시민의 탁월한 용병술과 전략 술, 그리고 진주성 내의 모든 군·
관·민이 혼연일체가 되어 죽기를 각오하고 결사 항전한 결과 3
만의 일본 병 중 2만여 명을 죽거나 다치게 했을 것이다. 진주
수성군이 이처럼 대승을 거두었기에 임진 전란사에 3대첩의 하
나로 찬연히 기록하게 된 것이다.

진주대첩은 호남 지역으로 진출하려던 일본군의 계획을 좌절
시켜 국내 최대의 곡창지대인 호남과 호서를 온전히 보전하는
데 기여했다. 의주까지 피난을 간 선조를 비롯한 대소신료 및
조선 관군과 의병들에게 싸워 이길 수 있다는 자신감과 용기를
북돋아주었다. 또한 일본군에게 남방에 강력한 조선군이 있어,
적이 전 지역으로 점령을 확대하지 못하게 하고 조선군을 더

이상 깔보지 못하게 하는 등 여러 가지의 전략적인 효과를 거두었다.

시민은 전투가 거의 끝나가던 무렵인 10월 9일 전투 지역을 순시하던 중 죽은 체하고 숨어 있던 일본 병의 저격에 의해 이마에 총탄을 맞고 쓰러져 치료받다가 며칠 후 39세의 아까운 나이로 생을 마감한다.

김시민의 사망 일자에 대해서는 주장이 엇갈리는데 음력 10월 18일(임진 잡록)과 족보에 기록된 것으로는 12월 26일이 있다.

시민은 비록 39세의 젊은 나이에 순절했으나 그 짧은 생애에도 불구하고 훈련원 판관 재직 때 낡고 녹슨 병기와 해이된 군기를 보고 유사시 국가에 큰 화가 닥칠 것을 예견하고 상관인 병조판서에게 충심으로 이의 시정을 건의하였으나 묵살되자 분연히 관직을 버리고 낙향하는 등 자신의 정당한 의사를 밝히고 관철시키려 한 올곧은 선비정신이 뛰어난 사람이었다.

그는 위급한 전란에서 목숨을 아끼지 않고, 어려운 일을 하는 데도 병사와 백성들과 함께 동고동락하는 등 솔선수범했던 사람이다.

3,800명의 적은 군사로 8배에 가까운 일본 병사 3만여 명을 맞아 다양한 전략전술로 적을 격퇴시킨 위대한 군사 전략가였다.

그는 전투가 소강상태였으나 적의 저격 등 위험이 짙은 상황에서 예하장수를 시키지 않고 자신이 직접 전장을 둘러보며 부하장병들을 격려하고 무너진 성벽을 수리케 한 것은 위험을 무릅쓰고 맡은바 소임을 완수하려는 투철한 사명의식과 책임감이 있었기 때문에 진주성 1차 전투 때, 승리가 가능했던 것이다.

또한 그는 총탄에 맞아 쓰러져서도 싸워 이기겠다는 일념으로 국사를 근심하고 때때로 북향해 절하고 눈물을 짓는 등 국가와 임금에 대한 애국충절의 정신이 유달랐다.

시민은 힘껏 진주성을 지킨 사람으로서 정말 당당했다. 그는 훈업도 높고 나라에서 내리는 보답도 융숭했다. 조정에서는 옥음46)을 내려 감탄을 금치 못한다. 그러나 이일을 어쩌랴! 10여 일을 버텨내도록 그렇게 단단하던 성이 수졸47)지에 무너져 내렸으니. 장순, 허원의 사업이 길이 빛나는 것을 보지 못한 것을 어찌 한스럽다 여기지 않을까!

임진란 전쟁에서 3대첩의 하나가 1차 진주성 싸움이었다. 그해 10월 5일 진주에 이른 나가오카 다다오키 휘하의 왜군 약 2만 명은 수천 죽제(竹梯 대나무 사다리)를 만들어 진주성을 공격, 진주목사 **김시민**이 지휘한 3,800명의 조선군과 치열한 공방전이 벌어졌을 때, **시민**은 일본군의 오 분의 일도 안 된 군사로 2만여 명의 적을 물리친 것이다. 그 처절한 전투는 조선의 어떤 전투보다 감동적이고 치열한 상황은 없을 것이다. **시민**은 진주성 싸

---

46) 玉音; 임금의 말 또는 목소리를 이르던 말.

47) 守拙; 전쟁터 싸움에 빨리 적응하지 못하고 우직한 태도를 고집함.

움을 진두지휘하다가 결국 최후 순간에 장렬히 전사했다.

전쟁이 끝나고 광해군 때 대첩비가 세워진 것으로 보아 그의 무공이 얼마나 드높고 의의가 깊은 것일까. 진주대첩, 영남에서 호남으로 나아가는 데 중요한 길목인 진주를 사수함으로써 일본군의 호남진출을 막아낼 수 있었을 뿐 아니라 불리했던 조선군 당시의 상황을 뒤집고 다시 전열을 가다듬는 계기를 마련하게 된 관군의 금자탑 같은 승리였다.

1591년에는 진주판관으로 부임해 행정의 공명정대함이 먹줄과 같았고 덕의를 베풀어 위엄을 세우니 예하 장졸과 관속들은 두려워하나 백성들은 감복하면서 평화스럽게 지낼 수 있었다.

그가 진주판관에 부임한 지 1년 후인 1592년 임진년 4월에 난이 발발하고, 진주 목사 이경(1538~?)이 병사하자 초유사 김성일의 명에 따라 진주 목사 대행에 임명된 그는 병기를 수리하고 성지를 구축하는 한편 수성군을 모집해 진주성을 사수하고자 했다. **시민**은 모집된 수성군에게 맹훈련을 시켰음은 물론 병기와 자재를 정비하고 양곡을 비치했다. 또한 염초 510근을 제조하고 총통 170여 자루를 제작했다.

진주성은 지리적으로 호남에 이르는 길목에 위치하고 있어 만약 이곳이 무너지면 일본군은 바로 호남 지역을 휩쓸게 되어 있었다.

시민은 의병장 김면의 요청에 따라 거창으로 나가 사랑암 부근에서 일본군을 크게 무찔러 승리한 바 있다. 이 공로로 1592년 7월 26일 **진주 목사**에 정식으로 임명되었던 것이다.

9월에는 진해에서 일본군 장수 평소태를 생포해 의주 선조의 피란지에 보내 조정의 사기를 높여주었다. 이런 일로 경상우병사에 임명되고 연이어 고성, 창원까지 진격해 일본군을 무찌르는 등 큰 공을 세웠다.

9

피 뿌려 나라 지킨 金倡義

서울에 입성한 명나라 군사는 추격을 주장하는 조선군을 실력으로 저지하고 자기들도 움직일 기세를 보이지 않는다. 장수들은 자하골紫霞洞 시냇가나 한강에 나가 들놀이, 뱃놀이로 세월을 보낸다. 병사들은 고을에 들어가 부녀자 사냥에 정신을 못차리고 있다.

4월이 지나고 5월에 이르러서도 여러 날이 흐른 후에 그들은 비로소 서울을 떠나 남쪽으로 내려가기 시작한다. 물러간 일본군 선봉이 이미 부산에 도착할 무렵에, 그럼에도 그들을 추격이라고 한다. 그러나 천 리 밖으로 물러간 적의 뒤를 따르는 것은 추격이라 볼 수 없다. 차라리 유람이라고 말해야 더 적절한 표현일 것 같다. 실지로 그들은 자고 싶으면 자고, 마시고 싶으면 마시고, 천천히 그것도 아주 천천히 남쪽으로 이동하고 있다. 그나마 이여송을 비롯한 높은 지휘관들은 조령을 넘어 문경까지 왔다가 서울로 되돌아가고, 제2급 지휘관들이 몇천 명씩 병력을 이끌고 남쪽으로 내려온다. 진주 싸움을 앞둔 6월 초경 그들은 다음과 같이 포진하고 있다.

경주慶州　왕필적

성주星州　유정

선산善山　오유충

거창居昌　조승훈

남원南原　사대수

조선군의 도원수 김명원은 선산, 순변사 이빈은 의령宜寧에 대치하고 각처의 관군과 의병들은 이들 막하로 몰려든다. 명나라군과 합세해 부산 방면의 일본군을 먼발치로 포위하는 형국이다. 심유경의 밀보密報(몰래 알림)로 이들 명나라군과 조선군은 일본군의 진주공격을 사전에 알고 있었다. 그러나 믿지는 않았다.

간사한 일본군이 겁을 주려고 꾸민 술책이리라 생각하고 있었다. 그런데 얼마 안 가 일본군은 진주를 목표로 정말 움직이기 시작한다. 김명원은 급히 전군에 명령을 내려 의령에 집결하도록 한다. 자신도 의령으로 이동해가고 권율, 선거이, **이복남**, **황진**, 고언백, **최경회**, 정명세, 이종인 등 관군 장수들과 **김천일**, **고종후**, 곽재우 등 이름이 있는 의병장들이 병력을 이끌고 의령으로 달려온다.

총 5만 명. 그러나 무엇보다도 문제는 식량이다. 병사들은 태반이 굶주림에 시달리고 있었다. 적이 들어오지 못한 전라도와 충청도 서쪽에서는 부녀자들까지 동원해 식량을 이고, 혹은 짊어지고 험한 길을 더듬어온다. 대개 명나라군을 위한 것이고, 조선군에 돌아가는 것은 십 분의 일도 되지 않는다. 굶주리는 5만 명이 30만이라 떠들어대는 적과 단독으로 싸울 형편은 못 된다. 도원수 김명원은 성주로 달려가 유정에게 사정한다.

"구태여 성안으로 들어와 달라는 것은 아니오. 적이 성을 포위하면 외곽을 돌면서 그 배후를 위협해주시오."

60세의 노장인 김명원이 반백의 머리를 숙이자 젊은 유정은 손사래를 친다.

"걱정 마시오."

그러고는 붓을 들어 적는다. 가토 기요마사에게 보내는 쪽지라고 한다.

"……너희들이 고집을 부리면…… 수군 백만으로 바다를 차단할 터인즉 너희들은 싸우기도 전에 자멸할 것이다……. 잘 생각해서 후회가 없도록 하라."

쪽지를 받은 군관은 대문 밖으로 사라지고 유정은 큰소리를 친다.

"기요마사란 녀석, 겁이 나서 내뺄 터이니 안심하고 돌아가시오."

32살, 아들이라도 셋째나 넷째쯤 되는 젊은 친구 유정을 김명원은 잠시 바라보다가 물러난다.

일본군이 움직이기 시작한다는 급보를 받고 그때 경주에 와 있던 도체찰사 유성룡도 유정이 순시하러 대구에 들렸다는 소식을 듣고 그에게 달려간다.

"일이 급합니다."

그러나 유정은 급할 것이 없다.

"나도 내 마음대로 못 하오. 위에서 움직이라면 움직이고 말라면 마는 것이 내 처지란 말씀이오."

그는 이여송과 송응창에게 편지를 써 보내고 유성룡을 돌아본다.

"좌우간 회답을 기다려봅시다."

서울에 있던 일본군이 단번에 천 리를 후퇴해 부산까지 밀리는 것을 보고 누구나 본국으로 돌아가는 줄 알고 있었다. 한 가지 서운한 것이 있다면 버릇을 가르치지 못하고 그대로 보내는 일이다. 도주해가는 이들이 돌아서 진주를 치리라고는 아무도 짐작을 못 했다. 조정에서는 진주 목사 서예원을 명장 오유충의 접반 관으로 임명한다.

서예원은 술과 음식을 장만해가지고 판관 성수경과 함께 급히 북행길에 올라 문경새재에서 남하하는 오유충과 마주친다. 여기서부터 함께 남행길을 더듬어 선산에 도착한다. 여기에서 군영을 설치하고 병사들의 숙소를 마련하는 일을 주선하다가 진주가 위험하다는 소식을 듣는다.

가서 진주성을 지키라. 서예원은 조정의 지시를 받고 서둘러 진주로 돌아온다. 그러나 피란민만 몰려들고, 병정은 불과 기백 명, 식량의 비축도 없다. 성을 지킨다는 것은 엄두도 나지 않는다.

그는 전쟁 초기에 김해부사로 있다가 전투 중에 야간도주한 인물이다. 지휘관이 전투 중에 도망쳤으니 당연히 참형을 받을 죄인이다. 그러나 졸지에 일어난 전쟁에 당황해 제구실을 한 수령守令은 흔치 않고 법대로 하자면 살 사람보다 죽을 사람이 디 많다. 처음에 법대로 시행하던 조정도 몇 명 처형하고는 모르는 체 눈을 감아버린다. 서예원도 그 바람에 살아남았다. '역시 도망을 쳐야겠다. 도망은 밤에 쳐야 하고 혼자서 살짝 빠져나가는 것이 제일이다. 그는 밤을 기다린다.'

방위책임자인 목사가 이런 형편이니 진주성에는 방위 태세라고 할 만한 것은 아무것도 없었다.

의령의 김명원은 아무리 생각해도 대책이 서지 않는다. 선불리 진주성에 들어갔다가 포위를 당하면 보급이 끊어질 것이고 오래지 않아 저절로 무너지고 말 것이다. 명나라 군이 적의 배후를 위협하여 주면 적은 견디지 못하고 물러갈 수도 있으나 명나라 군의 협력은 가망이 없을 것 같다. 부산에는 그동안 일본에서 배로 실어온 무기와 식량이 산더미처럼 쌓여 있다. 일본군은 이 무기와 식량으로 무한정 공격을 퍼부을 수 있을 것이다.

　결국 조선군은 진주성을 버리고 남원 방면으로 후퇴하면서 적이 추적하여 오면 운봉雲峰의 산지대에서 적을 맞아 싸우기로 하고 있었다. 조선 병사들은 지리에 익숙한 만큼 험한 산길로 일본군을 유인해 혼란에 빠뜨리고 일본군이 지치면 단번에 섬멸한다는 계책이다. 조선군의 판단으로 진주는 일본군의 제1차 목표에 불과하고 전주가 궁극적인 목표다. 전주 방위만 생각한다면 이 계책에도 일리는 있다. 이에 따라 도원수 김명원, 순변사 이빈, 전라감사 권율, 병사 선거이, 방어사 **이복남** 등은 일본군이 함안까지 진출하자 휘하 병력을 이끌고 의령을 떠나 운봉 방면으로 떠난다.

　그러나 생각이 다른 사람도 있다. 그들의 뒤를 이어 행군하던 의병장 **김천일**은 갈림길에서 행군을 멈추고 뒤따라오는 장수들을 불러 모은다.

"진주는 호남으로 통하는 관문이오. 진주를 버리면 적은 거침없이 호남으로 진격할 것이고, 호남은 잿더미가 될 것이오. 생각해보시오. 이 전란에 조선 8도에서 홀로 온전한 것은 호남이었소. 호남이 온전한 덕분에 수륙으로 병력과 물자를 공급해 마침내 오늘날 적을 경상도 남해안까지 밀어붙이게 된 것 아니겠소. 호남은 재생의 발판이었소. 지금이라도 호남만 없으면 적은 휘파람을 불고 다시 밀고 올라갈 것이오. 폐일언하고 진주를 잃으면 호남을 잃는 것이니 사생결단을 하고 진주를 지켜야 할 것이오."

김천일은 여러 벼슬을 거쳐 전쟁이 일어나기 3년 전인 선조 22년 53살에 수원부사로 있다가 파면된다. 수원은 서울이 가까운 관계로 양반들의 전장田庄(소유하고 있는 논과 밭)이 몰려 있는 고장이다. 이런 전장에서는 일반 백성과 같이 세금을 내는 일도, 부역을 나오는 일도 없다. 그만큼 힘없는 백성들에게 부담이 늘어날 수밖에 없었다. **김천일**은 감히 양반들의 전장에도 일반 백성들과 마찬가지로 부역과 세금을 부과한다. '건방지다. 조종[48]의 법도를 무엇으로 아느냐?' 서울 양반들이 들고 일어나 공격을 하고 대간臺諫(사헌부와 사간원의 벼슬)은 공식으로 그를 탄핵한다. 임금은 하는 수없이 그를 파면하기에 이르렀다. 고향 나주에 돌아온

---

48) 祖宗: 임금의 시조와 중흥의 조祖라는 뜻에서 온 말로, 당대 이전의 역대 임금을 통틀어 말한다.

김천일은 흡사 영웅이다. 사람들은 그의 용기를 찬양하고 그의 말이라면 순종하지 않는 일이 없다.

전쟁이 일어나자 그는 고향에서 의병을 모집한다. 며칠 사이에 3백 명이 몰려들었다. **김천일**은 이들을 이끌고 북상해 수원, 안산 등지에서 일본군과 싸우다가 강화도로 건너간다. 여기에 본영을 설치하고, 배로 한강을 오르내리면서 서울에 있는 일본군과 대치하고 있었다. 소식을 들은 조정에서는 장예원 판결사 掌隸院 判決事의 벼슬에 창의사倡義使라는 명예 부름을 내린다. 이번에 남으로 내려오다가 진주가 위험하다는 소식을 듣고 그는 조정에 글을 올려 진주를 사수하도록 간청한다. 그러나 사태는 급진전해 조정의 회답을 기다릴 여유가 없다. 마침내 독자적으로 진주성을 저지키로 결심한다.

"옳은 말씀이오."

경상우병사 **최경회**가 찬성하고 충청병사 **황진**도 동의한다.

"저도 협력하리다."

두 사람은 여기 모인 장수들 중에서 직위도 제일 높고 신망도 두터운 인물들이다.

김천일은 먼저 서남쪽 요충지를 물샐틈없이 굳게 지키고 있다. 그의 병사들 형세는 대단하다. 그런 과정을 이해하기 위해서는 그가 의병을 모으는 데 그의 열정과 피가 끓는 격문을 보아야 한다. 이 글이 군중들의 마음을 어떻게 움직였을까.

"'작은 것은 버리고 큰 것을 취하라!' 이는 맹자가 남긴 교훈이다. '벌 떼처럼 일어나 싸워라!'이는 초楚나라 의사들의 한결 같은 호소다.

한당漢唐 시대 이전부터 신라, 고구려 이후에도 조선을 침략한 적들이 때때로 있었지만 천추에 이름을 남긴 열사들이 몇몇이었더냐? 서리와 눈이 내리는 가을 겨울이 되어야 비로소 소나무, 잣나무의 절개를 알리라.

푸른 동해 바다 위로 해와 달이 솟아오르면 온 누리가 광명의 혜택을 받으리라. 강개한 심정으로 곳곳마다 본국 조선을 그리는 노래를 부르고 도의를 숭상하려 집집마다 예절을 닦는 글을 읽었건만 불행하게도 섬 오랑캐들이 이 땅을 침범해 나라의 운명이 위태로워졌다.

조정 신하들은 북으로 물러서고 임금의 행차도 서울을 떠났다. 사직이 위태로워지고 백성들은 도탄에 빠져 있다……. 바라노니 씩씩하고 용감한 여러 선비여! 나의 이 글을 읽고 나의 이 말을 귀담아 들어라!

찬란한 지금의 문물은 모두 선왕들이 쌓아놓은 업적이다. 흉악한 저 원수들을 치려는데 그 누가 충성을 다하고 용맹을 떨치려는가?

절개 높은 용사들이 대열에 모여드니 나라 위한 싸움에 내닫는 병사들의 의기도 드높으리라.

지사들이 군중을 불러일으키니 죽음을 아끼지 않는 의병들은 모여들라.

남쪽 지방이 비록 좁지만 몸과 마음을 바치려는 군중들이 그 얼마인가.

나라의 혜택이 널리 퍼졌으니 반드시 한마음으로 협력하려는 장사들이 많으리라. 우리 함께 힘을 모아 일편단심 싸워 나간다면 여러 의병의 충성된 공훈과 장렬한 절의는 천추에 길이 빛나고 역사에 영원히 남으리라."

격문을 각 고을에 보내고 나서 그해 6월 3일 나주관문에는 약 3백 명의 의병이 모여든다. 당초 **고경명** 의병진과 함께 북상하기로 계획된 것이지만 호남 곡창지의 중요성을 내세워 결국 **고경명** 의병진은 서울로의 진입이 아예 무산되고 만다. 초기에는 **고경명** 의병진의 부장들이 의병의 규모를 더욱 크게 늘려 북상하자는 반대에 부딪쳐 **김천일**은 소규모였지만, 서울의 왕실을 먼저 구해야 한다는 시급함을 들어 단독으로 많지 않은 의병들을 이끌고 북상 길에 오르기 시작한 것이다.

그의 의병진은 6월 23일 경기도 수원에 도착한다. 수원은 그가 부사를 지냈던 고을이다. 그가 평소 애중히 여기던 지방이라서, 그런 인연으로 그 지방에서는 그의 의병진에 지원해오는 자들이 특히 많았다. 인지상정이라 했는가! 지원자들이 늘어남에 따라 군사력은 강화되고, 그는 먼저 날쌘 장사들을 선별 모집해 4개 조를 편성한다. 그런 다음 유격전법을 활용해 번갈아가면서 적을 습격한다. 매일매일 수없이 적병을 참살했다. 특히 금령金嶺 전투에서는 한 번에 15급을 참살하고 적의 군마와 여러 가지 군수물자를 빼앗은 전과를 올린다.

이 무렵 전라병사 최원이 약 2만 명의 병력을 인솔해 경기도 관내 주위에 머물고 있었다. 의병을 봉기한 이후 그는 계속해 한마음으로 협력할 것을 주장해오던 터다. **천일**은 전라병사에게 사람을 보내 합군해 함께 싸우자고 제안한다. 그의 제안은 전라병사에 의해 받아들여진다. 마침내 전라도 관병과 의병이 연합전선을 펼치게 되었다.

천일은 전라감사 이광에게 원군을 요청한다. 이렇게 해 증원된 관군이었지만 관군은 사기가 떨어지면서 도망자가 많았다. 그런 가운데 그의 의병진은 강화江華로 이동하기를 바랐다. 의병진은 안산安山에서 인천 중림역重林驛을 거쳐 김포를 지나 강화도에 도착한다. 강화에 도착한 그는 강화부사 윤담과 함께 서로 협력할 것을 다짐하고, 연안에 방책을 쌓아두었다. 선박과 전함도 크게 수리해두었다. 그의 의병진은 다시 사기가 드높아간다.

그때부터 1594년 4월, 일본군이 한성에서 철수하기까지 7, 8

개월간 활동 근거지는 강화도인데, 그의 의병활동의 일차적 목
표는 한성 수복이다. 그러기 위해 그는 먼저 도성 주변의 적부
터 퇴치해야 한다고 생각했다. 그의 의병진이 강화로 이동한 후
대규모의 작전은 아니더라도 수시 출병해 강화 연안의 적들을
물리쳐 양천, 김포 주위가 평정된 것은 사실이다. 이 같은 실전
을 통해 **천일** 의병이 거둔 대표적인 승리는 양화도 승첩이다.
이 전투는 관병과 의병의 합동작전으로, 전라병사 최원, 추의병
장 우성전,[49] 경기수사 이빈,[50] 충청수사 변양준(1593년 4월 20일 한
양에서 후퇴하는 일본군을 추격하던 그를 명나라군이 붙잡아 그의 목에 쇠사슬을 묶은 뒤에
몽둥이질을 당한 일이 있었다) 등이 협력해 군선 4백여 척을 동원해 양화
도에 진을 친 후 성중의 적진을 공격한다. 때마침 성중의 적은

---

49) 禹性傳[1542~1593]

　　본관은 단양丹陽. 자는 경선景善. 호는 추연秋淵·연암淵庵. 시호는 문강文康. 이황의 문
하생.

　　1568(선조 1)년 별시문과에 병과로 급제. 검열·봉교·수찬 등을 지냄. 1583년 응교
에 오르고, 사인舍人을 역임. 남인의 거두로 앞장을 섰으며, 1591년 서인 정철이 물
러날 때 북인의 책동으로 삭직된다. 이듬해 임진란이 일어나자 경기도에서 수천 의
병을 모집, 추의군秋義軍이라 하고 강화에 들어가 김천일 등과 함께 도처에서 전공
을 세움. 그 뒤 대사성에 특진되었으나 의병장으로서 계속 활약, 퇴각하는 일본군
을 의령까지 추격한다. 이조판서에 추증. 저서에는 『역설易說』, 『이기설理氣說』, 『계
갑일록癸甲日錄』 등.

50) 李蘋

　　본관은 덕수德水이고 자는 세형世亨. 1502(연산군 8)년 별시문과에 을과로 급제해
검열·저작著作을 거쳐 지평이 되었다가 1504년의 갑자사화 때 유배된다. 1506(중종
1)년 중종반정 때 풀려나 1514(중종 9)년 부응교, 이듬해 응교로서 함경도경차관을
겸임, 변방의 국방 강화에 힘썼다.

　　1518년 삭주朔州부사, 1519년에는 대사간, 조광조 등 사림파의 축출과 현량과 혁파
에 앞장섰다. 그 이듬해에는 과거제도의 개혁 등 6개조의 국정 개혁책을 올린다.
1521년 이조참판이 되었으나, 송사연 등에 의해 일어난 신사무옥 때 안처겸의 일파
로 몰려 유배된다.

응전태세를 보이지 않았다. 은밀하게 성내에 장사들을 잠입케 하여 많은 적을 참살했다. 그러나 한때는 쓰라린 패전의 위기를 맞은 일도 있었다.

강화를 떠나 원정길에 오른 장단 전투에서다. 적의 유인에 속아 복병의 기습공격을 받고 크게 패한다. 의병장인 **김천일** 자신이 겨우 목숨을 구했을 정도의 큰 위기를 겪었다. 장단 전투 이후 작전의 큰 변화 없이 그의 의병은 강화에 오랫동안 머물게 된다. 그러자 그들의 상황을 바로 이해하지 못한 자들의 비난은 점차 높아지기 시작했다. 비변사에서는 한성이 수복되지 않고 있다는 소리가 들려온다. 그때 마침 선조의 교지가 그에게 전해진다.

"강화는 진취적인 곳이 아니므로 속히 하륙하라"는 명령이다. **천일**은 정병 수백 명을 선별 종사관 임환에게 전라도 관찰사 권율의 부대에 합류하도록 지시한다. 그러고서 **천일**은 강화에 계속 머물러 있다. 그 대신 당시의 군의 정황과 일의 형편이 어쩔 수 없는 사정을 선조에게 올린다.

천일은 그가 강화에 주둔하게 된 배경과 이유, 그리고 강화도의 군사 지리적 중요성에 대해 역설했다. 강화 주둔이 결코 얕은 계책이 아니라는 것을 강조한 것이다. 다만 계획과 실제가 엇갈려 의병의 강화 주둔이 장기화되면서 한양 탈환이 쉽게 이루어지지 못한 점을 인정했다. 그러나 분명한 것은 그가 임란 초기에 강화지역을 지키고 있었기에 충청, 전라, 평안, 황해 4개 도가 행재소(임금의 피란처)와 서로 소통이 가능했다. 그 지역의 백성을 안정케 해 국가의 맥을 유지할 수 있었던 것이다. 선조에게 올린 그의 말은 이러했다.

"도내島內에 있는 여러 진이 일시에 흩어져 나오면 상류의 실험失險으로 그 형세가 반드시 흩어져 인심의 향배를 가늠하기 어려울 뿐만 아니라, 또 전날 적에게 따라 붙은 백성들이 처음처럼 다시 따르지 않는다고 할 수 있겠습니까. 신이 창의사란 칭호를 받은 처음부터 주상께서 당부하신 뜻에 보답하지 못할까 두려워하여 밤잠을 이루지 못하고 노심초사에 전전긍긍하면서 조석으로 죽기만 기다리고 있는바, 비록 전쟁에서 쓰는 말[馬]을 몰아 분주히 돌아다니지는 못할지언정<戎馬之間驅馳> 군사를 나누어 적을 무찌르는 일을 게을리한 날은 없었습니다. 어찌 감히 무사하게 쭈그리고 앉아서 하는 일 없이 편안히 있었겠습니까. 만일 바로 군사를 끌고 나갔다가 마침내 무너지게 되면 해도의 고혼을 달래지 못하고 나라를 저버린 죗값에 장차 눈을 감고 죽지 못할 것입니다."51)

그의 이 같은 말을 들으면 의병장으로서 강화도에 다소 장시

---

51) 『연려실기술』 권16, '임진의병' 조헌, 승영규, 변응정.

간 머물러 있었다고 하더라도 **김천일** 자신의 안전을 위한 피난처로 삼고 있었다는 생각은 들지 않는다. 만일에 이들이 갑자기 일시에 의병진을 이끌고 그곳을 빠져나올 경우 그곳에 피난하고 있던 백성들에겐 어떤 위험이 닥치리라는 것은 자명한 일이다.

그가 선조에게 올린 또 다른 글에 보면

"강화도에 머물고 있는 의병이 일시에 나오면 피난하고 있는 백성들이 의지할 데가 없어 질 것이며, 뜻밖에 일어나게 될 변을 염려하지 않을 수 없습니다. 그러므로 도순찰사 권징에게 명하여 수사 이빈에게 전령케 하여 수군을 거느리고 방어하면서 변을 대비케 해야 할 것입니다."

이렇게 말한 것을 보더라도 강화에 주둔해 있던 **천일**군의 처지를 이해하게 되지 않을까 싶다. 일본군 입장에서야 주목표의 한성이 아닌 주변 지역을 공격해 병력손실을 볼 필요야 없어 그곳을 적극적으로 공격하지 않고 있을지는 모르나 막상 그곳을 비워둘 경우, 만일에 적이 강화도를 부혈입성 해버린 뒤라면 그들은 군사를 재정비해 한성을 언제나 쉽게 공격할 수 있는 턱밑 비수의 요충지가 될 것이 분명했다.

다음 1593년을 맞이하면서 이여송이 이끄는 명나라군이 평양성을 되찾고 연이어 개성까지 진격해올 무렵, **천일** 의병은 장차 명나라 군사와 합세해 한성수복 작전에 참여할 계획이다. 이를 앞두고 그는 미리 화공을 시켜 한양의 형세와 도로상황, 크고 작은 적의 진영들을 모두 그리게 해 이것을 이여송에게 보여주었다. 그것을 면밀히 살펴본 이여송은

"**창의사**의 우국충정과 나라를 위해 정성 다함이 이와 같구나!"

이렇게 글로 크게 칭찬했다. 그리고 한강 연안의 선유봉仙遊峯과 사현沙峴에서 벌어진 전투에서는 경기 수사 이빈, 충청수사 정걸 등과 더불어 적을 사로잡고 참살한 것을 거듭 명나라군의 진중에 바쳤다. 이는 곧 창의사라는 이름이 결코 허명이 아니라는 것을 증명한 것이다. 이처럼 강화에 거점을 삼아 군사 활동을 펼친 것과 관련해 **천일**의 의병활동과 그 전공에 대해 당시의 사관은 이렇게 적고 있다.

"강화를 보존하여 지킬 때에는 3, 4천의 군사를 모집해 적의 주력을 공격하였으나 불리하자 한강 연안에 복병을 설치하여 적병들을 참괵52)한 것이 거의 4백여 급에 이르렀다. 또 서울에서 적에게 붙어 부역행위를 하던 백성들을 유인하여 자대에 소속시키기도 하였다. 이 때문에 강화가 보존되어 위로는 의주의 행조와 통하고 아래로는 양호兩湖와 연결될 수 있었으니 그 공로 역시 적지 않다."53)

---

52) 斬馘; 머리나 귀를 배어 죽임.
53) 『건재집』 권1, 「大罪兼陣兵勢」.

1593년 2월 중순 전라도 관찰사 권율이 주도한 행주산성의 대첩 또한 **김천일** 의병과 무관한 전투는 아니다. **천일**은 이때 의병을 이끌고 강화에서 출진, 가까운 연안에 진을 치고 참전, 외원군으로서 중요한 일익을 담당했기 때문이다.

당시 우키다 히데이에, 고니시 유키나가, 구로다 나가마사 등 일본군의 이름난 장수들이 지휘한 3만 대군이 이 전투에서 대패한데는 그만한 이유가 있었다. 그들이 한강을 이용해 산성의 배후를 공격하지 못했기 때문이다. 그것은 곧 강화와 통진 일대를 지키고 있던 조선 군사들의 위협 때문이다. 강화에 주둔하고 있을 당시 펼쳐진 **천일**의 의병활동 가운데 군사 활동 이외에 중요한 몇 가지 활동이 따로 있었다. 한성 주민을 대상으로 한 대민활동이랄지, 온 나라가 통신두절의 상태에 놓였을 때 의주 행궁에 주사[54]하여 나라의 맥을 소통케 했다. 그리고 아무도 관심을 갖지 못하던 왕릉을 보전하여 지키는 것이다. 도성수복을 위한 노력에 여념이 없었던 **천일**은 언제나 이렇게 말한다. "경성을 수복하려면 반드시 먼저 경성 민심부터 수습하여야 하며, 민심이 돌아오면 자연히 적병은 스스로 물러가지 않을 수 없다"고 했다.

한때는 한성 주민들이 적진에 투항해 오히려 적을 위해 일하

---

54) **奏事**; 공적인 일을 임금께 아룀.

는 자들이 많았다. 이에 대해 그는 격문을 통해 대의로 설득하기도 했다. 또는 국문으로 써서 이해를 깨우쳐 회유하기도 해 자수하는 사람들이 많았다. 이런 상황에 **천일**은 그들을 위무하여 말하기를

"그대들이 적을 따르는 것이 어찌 본심이었겠는가. 다만 죽음이 두려워 적에게 억지로 항복하였으니 진실로 가엾은 일이요, 죄를 물을 일이 아니다"라고 했다.

그렇게 그들을 위로하고 격려해주었다. 한때 어리석었다고 생각했던 그들을 위로, 격려해줌으로써 백성들을 감동케 했던 것이다. 그뿐일까. 일본군이 경성에서 물러간 후에 성 안에 들어온 유민들을 위해 강화에서 쌀 천여 석을 실어와 굶주리는 많은 사람들을 먹여 살리기도 했다. 그 후로 경성 사람들에게 창의사 **김천일**을 말하면 고마움의 눈물을 흘리는 사람들이 많았다.

그는 누구보다 앞서 의주 행재소에 치계[55]했다. 의병의 봉기한 사실과 남쪽의 정세를 국왕에게(고경명의 의병진과 더불어) 최초로 보고한 사실이다. 더없이 어려운 난국에, 임금에게 국난을 이겨낼 수 있다는 의지를 갖게 했다. 왕에게 의지를 심어주고 왕으로 하여금 국난을 회복해 나라를 되찾을 수 있다는 꿈을 갖게

---

55) **馳啓**; 달려가 보고함.

했다는 것은 그 무엇보다도 가장 중요한 의병활동 중에 하나다.

임진란이 일어나던 그해 7월은 선조가 서쪽으로 피난을 떠난 이후 통신수단이 모두 두절되었다. 국가의 존망도 보장되지 않은 때다. **천일**의 의병이 수원에서 강화로 이동할 즈음 그의 종사관이기도 한 곽현과 양산숙을 의주에 파견했다. 해변으로 샛길을 따라 행궁에 도착한 뒤에 **김천일**의 상소문을 올리고 민간의 실정을 상세하게 알린다.[56]

이때 선조는 곽현 등이 돌아오는 편에 **김천일**을 장예원 판결사에 제수하고 최초로 의병장에게 내려진 군호 창의사를 전달케 했다. 또 교서를 통해 그의 의거를 높이 격려하면서 이때 처음으로 경상, 전라 양 도의 사민에게 전하는 유서[57]가 함께 내려온다.

당시 선조는 곽현 등에게 일러 보내기를,

"돌아가면 너의 대장에게 말하여 진심육력[58]으로 국도를 회복하여 나로 하여금 삼각산과 한강수를 다시 볼 수 있도록 하라"고 당부했다.[59]

---

56) 『선조실록』 권49, 27년 3월 무술.

57) 諭書; 관찰사나 절도사. 방어사 등이 부임할 때 왕이 내리던 명령서.

58) 盡心戮力; 정성을 다하여 힘을 모은다.

59) 『선조 수정실록』 권26, 25년 8월.

이는 의병장 **김천일**에 대한 선조의 기대가 그만큼 크다는 것을 알 수 있다. 피난길에 올랐던 왕에게 비로소 나라를 회복하게 된다는 믿음을 갖게 한 것이다. **김천일**에게 내린 교서에서 선조는 이렇게 말한다.

"그대는 위험을 당하여 자신의 몸을 돌보지 않고 공을 세우니 내 어찌 상 주는 일에 인색하겠는가. 지휘하고 호령하는 것을 마땅히 도원수와 더불어 가부를 상제하며, 병량, 기계는 오직 그대의 뜻대로 취용하라."60)

위의 교서의 내용처럼 군무를 절제하고 호령하는 일에 도원수와 함께 상제할 수 있게 했다는 것은 이례적인 일이 아닐 수 없다. 행궁보고에 앞서 **천일**은 이미 왕세자 광해군의 분조와도 소식을 전해 소통하고 있었다. 세자의 일행이 경기도 이천에 있을 때 그의 창의 소식이 전해진 것이다. 나라가 위급한 지경에 놓인 상황에서 **김천일**의 의병이 한성을 향해 북상중이라는 소식은 세자의 일행에 커다란 힘이 되고도 남았다. 세자는 손으로 편지를 직접 써서 **김천일**에게 전한다. 나라를 회복하는 데에 큰 공훈이 있기를 기대했다. 어찌하든 이로써 행궁61)과 동궁(세자궁)의 명이 비로소 하삼도 지역에도 소통하게 되었다. **천일**이 강화에 머물면

---

60) 『건재집』 卷首, 「宣廟朝敎書」.

61) 行宮; 임금이 움직일 때 묵던 별궁.

서부터는 선조의 명을 충청, 전라, 경상도로 잇게 했다.

이제 왕릉과 종묘위판보위의 활동은 어떤가. 한성을 적에게 빼앗기게 된 위기는 나라존립을 흔드는 결과다. 일본군의 만행으로 궁전이 불타고 역대의 능묘가 파헤쳐지는 등 종묘사직의 보전조차 어려운 상태에 이르렀다. 문소전文昭殿의 위패가 전내에 그대로 방치된 채 도성이 함락되었다. 당시의 실정은 누가 이것을 구하기를 기대하기 어려운 상황이다. 그럼에도 **천일** 진중에서는 사람을 뽑아 도성에 잠입시켜 그 위패를 모셔올 수 있게 되자 마침내 강화에서 이를 봉환하게 되었다.[62]

일본군은 조선의 왕릉에 보옥류가 부장되어 있을 것으로 짐작하고 능을 파헤치는 일이 있었다. 마침 일본 통역관 주계강과 박태빈 등이 **천일**에게 이렇게 알려왔다.

"적장 평조윤이란 자가 보옥을 탐색하기 위해 강릉과 태릉을 시작으로 여러 능을 도굴하려 하니 백방으로 타일러도 멈추게 할 수가 없습니다"

라고 말했다. 이때 **천일**은 비단과 은전을 넉넉히 하여 그것을 적장에게 보내게 해 그들의 만행을 저지하게 했다. 조선의 가례와 국조오례의[63]를 보내어 우리의 능제에 보옥부장의 예가 없다는 것을 밝히게 했다. 그런 결과 그들은 도굴행위를 멈추었다.[64]

---

62) 『조선 수정실록』 권26, 25년 11월.

63) 國朝五禮儀; 관찰사나 절도사. 방어사 등이 부임할 때 왕이 내리던 명령서.

이로써 그는 궁극적인 목표였던 한성 수복의 뜻을 이루지는 못했다. 그러나 나라의 맥이 끊긴 상태에서 의병이 봉기했다는 것을 최초로 조정에 보고했다. 이로써 조정에 나라가 회복 될 수 있다는 희망을 갖게 한 것은 중요하고도 의미가 있는 의병 활동이다. 그의 의병이 강화에 있는 동안 그 지역은 물론 수도권의 민심을 진정시켰던 것이다.

그리고 대민활동을 강화해 주위 백성들에게 국가위란을 극복할 수 있다는 의지를 심어주었다. 이 같은 **김천일**의 노력과 애국은 군사적으로 봐도 그 어떤 전공 못지않게 중요했다.

---

64) 『건재집』 권3, 「행장」.

10

활쏘기에도 매우 능한 崔兵使

가을에 들어 부산 방면의 일본군이 목사 **김시민**이 지키는 진주로 간다는 소식을 접한다. 제1차 진주 방어전이다. **최경회**는 의병을 이끌고 경상도로 넘어가 곽재우의 부장 심대승 등과 협력해 진주성을 치는 적의 배후를 교란한다. 작년 10월 초에 벌어진 이 전투에서 큰 적을 물리치고 승리를 거두는 데 으뜸가는 공을 세운 사람은 물론 **김시민**이었고, 다음은 **최경회** 등 외곽에서 싸운 장수들이다. 그러나 **김시민**은 얼마 안 있어 이해 12월에 진주성 안에서 안타깝게 순절했다.

경상 우감사 김성일로부터 보고를 받은 조정은 금년 정월 **최경회**를 경상우병사로 임명한다. 그는 진주성에 가 성을 지키다가 이번에 도원수 김명원의 부름을 받고 의령으로 출동한다.

병사, **최경회**의 사람됨은 드높아 결코 얽매이는 데가 없다. 처음 그가 의병을 모집할 때, 범과도 같은 인품이었냐 하면 그렇지는 않았다. 그렇다고 곰처럼 우직했느냐 하면 꼭 그런 것도 아니다. 피난지 의주義州에 머물고 있는 임금에게서 그를 격려하는 격문이 날아왔으나 그는 원래 큰 벼슬에 뜻을 두지 않는 사람이라서, 그의 장한 뜻을 펼쳐 치악산성은 높고도 험해 하늘을 찌를 듯 그윽하고 깊다. 진주성을 지키다가 성이 무너지자 **김천일, 고종후**와 함께 남강에 투신한다. 선조가 그에게 간지에 쓴 편지가 보내진 것은 1차 진주성 전투가 끝난 직후다. 그가 거느린 군사 중 일부를 우지치牛旨峙에 배치시켜 경상도 의병장 김면과 전라도 의병장 임계영 등과 연합해야 한다는 것과 새로 가담하는 의병에 대한 상황 등의 내용이 들어 있다. 또한 **경회** 자신을 '고애자孤哀子'라고 적어 당시 **경회**가 상중(임진란이 일어나기 1년 전 모친상을 당해 고향 화순에 머물렀다)임을 알 수 있다.

그의 후처 논개[65)]는 봉정 마을 외가에서 하룻밤을 지내고 다시 노정을 재촉하던 중 산청현 오부면山淸縣 梧釜面 부근에서 일본 척후병에 발각되어 사로잡히게 된다. 일본 병들은 이 부인이 경상우병사 **최경회**의 부인인 것을 금방 알아본다. 논개는 적병들에게 잡힌 몸으로 재를 넘어 일본군의 본거지인 창원 근방으로 압송되어 간다.

당시 조정에서는 진주성의 중요성을 강조해 섬진강을 지키던 방어사 **김천일**과 복수의병장 **고종후**를 진주성에 입성토록 한다. 또한 일본군을 추적해 경상도 상주 적암까지 진출한 충청병사

---

65) 論介[?~1593]

성은 주씨朱氏. 본관은 신안新安(중국). 전북 장수長水 임내면 주촌 마을에서 태어났다고 전해지는데, 출생일에 관해서는 알려지지 않았다. 논개에 대한 기록은 조선 광해군 때인 1621년 유몽인이 저술한 『어우야담於于野談』에 전하는데 "진주의 관기이며 일본 장수를 안고 순국했다"는 간단한 기록만 남았다. 그 때문에 논개는 기생이었다고 알려지게 된 것이다.

구전에 의하면 원래 양반가의 딸이었으나 아버지 주달문이 사망하고 집안에 어려움이 겹쳐 가산이 기울어지자 장수현감이었던 최경회의 후처가 되었다고 한다.

1592년 임진란이 일어나 5월 4일에 이미 서울을 빼앗기고 전라도 지역에서 고경명이 의병을 일으켜 일본군과 싸우다 전사하자 최경회가 의병장으로 나서 싸우게 되었다. 경상도에서 진주성만이 남아 일본군과 싸우고 있었는데 최경회는 의병을 이끌고 진주성 김시민을 지원하여 승리를 거둔다(제1차 진주성 싸움).

1593년 최경회는 경상우병사로 임명되어 싸웠으나 수많은 군관민이 전사 또는 자결하고 28일 만에 진주성이 함락되었다. 이때 그는 남강에 투신해 자결(제2차 진주성 싸움)한다.

1593년 7월 일본군 장수들은 승리를 자축하기 위해 촉석루에서 주연을 벌이는데 논개는 부군인 최경회의 원수를 갚기 위해 기생으로 위장해 참석한다. 이 자리에 있던 그녀는 계획대로 열손가락 마디마디에 가락지를 끼고 술에 취한 일본 장수 게야무라 로쿠스케[毛谷村六助]를 꾀어 벽류碧流 속에 있는 바위에 올라 껴안고 남강에 떨어져 적장과 함께 죽었다.

훗날 이 바위를 의암義岩이라 불렀다. 사당을 세워 나라에서 제사를 지냄. 1846(헌종 12)년 당시의 현감 정주석이 장수군 장수면長水面 장수리에 논개가 자라난 고장임을 기념하기 위해 논개생향비論介生鄕碑를 건립. 그가 비문을 짓고 그의 아들이 글씨를 쓴다. 1956년 '논개사당'을 건립할 때 땅속에 파묻혀 있던 것을 현 위치에 옮겨놓았다. 비문에는 "矗石義妓論介生長鄕竪名碑"라고 씌어 있다. 장수군에서는 매년 9월 9일에 논개를 추모하기 위해 논개제전을 열고 있다.

황진에게도 진주성 방어명령을 내린다. 이들은 명령을 받고 진주성으로 진격해간다. 때마침 산청현 오부면을 지나다가 부상당한 병사로부터 일본군에게 논개 부인이 붙들려갔다는 사실을 듣게 되어 이를 추격, 함안 현양곡咸安 縣陽谷에서 극적으로 논개 부인을 구출해, 그들은 함께 무사히 진주성에 입성했다. 그러나 논개 부인이 진주성에 입성한 후 2개월도 안 되는 6월이 되자 운명적인 결전의 날이 다가오고 있었다. 약 20만 대군을 거느리고 조선 침략에 나선 가토 기요마사와 고니시 유키나가는 그때까지 함락시키지 못했던 진주성을 공략하기 위해 용장 게야무라 로쿠스케를 공성장(진주성을 공격하는 막하장)으로 선정하고 10여만, 병력을 주어 철통같이 진주성을 에워싸고 주야로 쉴 새 없이 공격을 퍼부었다. 그 결과는 여러 정황에서 알듯이 참으로 그 싸움은 처참했다.

이때가 1593년 6월 18일, 때마침 장마철에 접어들어 남쪽에서 몰려든 검은 구름은 천지를 어둠으로 물들이면서 장대 같은 빗줄기를 퍼붓기 시작하던 비는 연이어 지루한 장마로 이어져갔다.

논개 부인은 낭자군娘子軍을 조직해 치마폭에 돌멩이를 나르고 가마솥에 뜨거운 물을 끓여 성벽을 기어오르는 적병에게 퍼붓는 등 전투에 밤낮을 가리지 않는다.

장맛비에 견디지 못한 성가퀴城堞의 동남 각이 무너진 것이 6월 28일, **황진**의 영웅적인 전투로 적을 막으며 성벽이 보수되었다. 그러나 불행하게도 일대의 명장 **황진**이 적의 조총 탄이 이마에 맞아 전사하고, 6월 29일 밤, 다시 서남방의 성첩 20여 장이 무너져 내리면서 일본 병사들이 개미 떼처럼 넘어 들어와 결국 성은 함락되고 말았다. 잔인한 적병들은 조선 방어군과 무장하지 않은 백성을 향해 6만 명을 무참히 참살했다. 성이 함락되자 **최경회, 김천일, 고종후**, 이종인,66) 장윤67) 등은 남장대 석루에 모여 국토를 지키지 못한 책임을 통감하고 자결할 것을 협의했다.

이때 **최경회**는 그의 임종 시가 될 시를 읊으며 차례로 남강 물에 뛰어들기 직전에

촉석루 중에 있는 우리 삼장사
한 잔 술 마시고 웃으면서 강을 가리키네.

---

66) 李宗仁[?~1593]
본관은 전주全州. 자는 인언仁彦. 이황의 문인. 무과에 급제, 1583(선조 16)년 군관으로 이제신李濟臣의 반란을 평정했고, 후에 북방 수비에 수차 공을 세움.
1593년 김해金海부사로서 진주성이 일본군에게 포위되자 충청도 병마절도사 황진 등과 함께 성을 방어, 끝까지 용전했으나 성이 함락되자 적병을 양팔에 한 명씩 끼고 남강에 뛰어들어 순국. 호조판서에 추증되고, 진주 충민사忠愍祠 배향.

67) 張潤[1552~1593]
본관은 목천木川. 자는 명보明甫. 시호는 충의忠毅. 선전관을 지낸 옹익의 아들.
1582(선조 15)년 무과에 급제, 여러 보직을 거쳐 사천현감泗川縣監. 1592년 임진란 때 좌의병부장, 성산星山·개령開寧 등지에서 전공을 세움.
이듬해 진주성이 적군에게 포위되자 충청도 병마절도사 황진과 함께 싸우다가 황진이 전사하자 그의 뒤를 이어 전투를 지휘, 전후 8주야의 공방전 끝에 전사하고 진주성도 함락됨. 병조참판에 추증, 철종 때는 좌찬성에 추증. 순천順天의 정충사旌忠祠, 진주의 창렬사彰烈祠에 배향.

긴 강물 출렁이며 도도히 흐르는데 파도가
마르지 않으면 우리 영혼도 죽지 않으리.
<矗石樓中三壯士一盃笑指長江水 長江之水 流滔滔波不渴魂不死>

논개 부인은 성이 함락되고 부군 **최경회**마저 순절했다는 비보를 듣고 한없는 슬픔과 분함이 북받쳐 올랐다. 성을 함락시킨 적들은 살육과 약탈을 일삼다가 7월 7일 날 촉석루에서 승전연회를 베풀기로 했다. 이 승전연회에 참여할 기생을 소집하는 알림장이 거리에 나붙었다. 이를 본 논개 부인은 이 기회야말로 하늘이 준 설욕의 기회라 생각했다. 진주 고을 수안기생을 불러 자기의 계획을 말하고 기안(기생 추천 안)에 논개의 이름을 기록하게 했다. 바로 이때부터 비장한 각오로 기생을 자처했다. 이윽고 칠석날이 돌아왔다. 성의 공격에 참가했던 일본 장수들이 촉석루에 속속 모여든다. 논개 부인은 예쁘게 화장하고 화려한 옷을 차려입었다. 그리고 운명의 연회에 참석한다. 장수지長水誌 건권절의장乾卷節義章에는 이렇게 적어놓았다.

"**최공**이 진주병사로 임진란을 당했을 때 논개는 공을 따라갔더라. 성이 함락함에 이르러 어여쁘게 치장하고 적장을 꾀어 남강의 위태로운 바위에서 춤을 추다가 강물에 떨어져 죽었다. 뒷사람이 그 바위에 새겨 의기암이라 이르더라. 강상에 사당을 세워 제사 지내노라."

논개 부인은 진주 기생들의 협조를 얻어 공성의 주장 게야무라 로스케에게 접근한다. 적장들은 승전에 도취해 방자하고 교만한 그를 혼몽대취泥夢大醉하도록 술을 권한 뒤 추파를 던진다. 그를 연회석에서 불러내기 위한 신호였다. 그녀는 남강 아래로 앞장서 허겁지겁 내려온다. 그녀는 적장 게야무라를 남강 기슭에 있는 위태로운 바위까지 유인하는 데 성공했다. 두 남녀는 흥겨운 듯이 춤사위를 벌인다. 애교를 부리는 그녀와 게야무라는 서로 포옹을 하고 기우뚱 기우뚱 자기 몸조차 가누지 못하는 그를 혼신의 힘을 다해 이끌어낸다. 그때 바로 논개 부인은 그를 강물가로 이끌어 함께 물에 빠져들었다. 10여 일간을 쉴 새 없이 내린 장맛비는 남강의 물을 노도와 같이 흐르게 했다. 홍수에 휘말린 논개 부인과 그는 서로 껴안은 채 급류 따라 한없이 흘러가 버렸다.

20살의 꽃다운 장수長水 산골 출신 주논개는 물에 들어가 수영을 해본 일이 없는 여인이다. 그런데다가 술에 취한 장수는 논개의 팔을 뿌리칠 수 없도록 취해 이성을 잃은 채 혼몽한 상태다.

임진록에는 그가 물속에서 열 번이나 떠올랐으나 기어이 물속으로 가라앉았다고 기록해두었다.

경상우병사 **최경회**는 성이 포위된 지 8일, 이날 밤 처음으로 집에 들른다.

"장수長水까지는 2백 리라……."

그는 냉수를 한 사발 들이켜고 소실 논개를 바라본다. 갓 스물, 죽기는 아까운 나이이다. 고향 장수로 돌려보낼 길은 없을까? 그러나 아무리 생각해도 죽음으로 뒤덮인 이 진주성을 빠져나갈 길은 없다. 작년 겨울 1차 진주 싸움이 끝난 후 부하들을 이끌고 산음山陰(산청)을 거쳐 장수에 머물고 있을 때다.

"너는 오늘부터 딴 일을 맡고 어른을 모셔라."

밖에서 들리는 장수현감의 당부하는 소리에 이어 방으로 들어온 것이 논개다. 앳되고도 총명한 얼굴이었다.

최경회는 이 아름다운 여인에게 정을 쏟았고, 인생의 밑바닥에서 정이 그립던 논개는 애틋한 정을 주는 장군이 고맙기 이를 데 없다. 얼마 안 되어 **최경회**의 본 부인 요청으로 논개는 그의 소실로 들어앉는다.

금년 봄 경상우병사의 직첩을 받고 경상도로 넘어올 때 논개도 함께 길을 따라 나섰던 것이다. 원래 경상도 우병영右兵營의 위치는 창원昌原에 있었다. 그러나 적의 점령지였기에 임시로 진주에 있게 된 것이다.

화평교섭이 진행되고, 적이 남으로 철수하고, 머지않아 평화가 오리라고 생각했다. 그런데 이런 분란이 일어나다니…….

"네 고향 장수로 돌아가라."

적의 공격이 임박했다는 소식이 오자 **최경회**는 데리고 갈 사람과 마필까지 준비했으나 논개는 미소로 대답한다.

"저는 여기가 좋아요. 그냥 여기 남을래요."

타일러도 듣지 않는다. 논개로서는 **최경회**를 만남으로써 세상이 달라져 보인다. 인간 세상을 산에 비한다면 뱀이며 온갖 독충이 우글거리는 기슭의 진토에서 허우적거리다 **최경회**의 등에 업혀 일약 정상에 날아오른 셈이다. 맑은 하늘은 끝이 없고 산과 들은 아름답고 사람들도 예전같이 각박하지 않고 너그럽다. 전과는 달리 인생은 살아볼 만하다.

'고달픈 추억을 되새기며, 조용한 고향 장수로 돌아가서 어쩔 것이냐? 만에 하나 **최경회**가 이 진주에서 전사라도 하는 날이면 갈 데가 없다. 만일 관기가 된다 한들 인생사존망의 기로에 서게 될 것이다. 차라리 정상에서 **최경회**와 함께 깨끗이 사라지리라.'

적이 진주로 몰려오자 논개는 다른 백성들과 함께 병사들의 밥을 짓고, 옷을 꿰매고 때로는 돌을 굴리고 땅을 파내어 흙을 삼태기로 나른다. 6월의 찌는 햇볕에 검게 그을린 얼굴은 맑은 눈만 그대로 반짝일 뿐 어김없는 농부의 아낙이다.

"내 실수다."

논개를 바라보던 **최경회**가 혼잣말같이 중얼거린다.

"네?"

"……젊은 너를 이 싸움판에 끌어들인 것이 실수고, 미리 내보내지 못한 것이 또한 내 실수다."

일전에 억지로라도 장수로 돌려보낼 것을 시기를 놓쳤다는 회한이 가슴을 두드린다.

"제가 원해서 이리로 왔고, 제가 원해서 여기 남은 걸요."

"사실대로 얘기해야겠다. 내일이 아니면 모레, 하여튼 이 성은 2, 3일을 넘기지 못하고 적에게 짓밟힐 것이다. 그런데 너를 살릴 길이 막연하다."

한편, **경회**를 따라 진주성에 가 용감하게 싸운 장수와 의병들은 성이 함락되면서 약 1,000명이 야음을 틈타 진주성을 탈출했다. 부근 산간에 숨어 유격전을 벌이던 중 여러 장수의 죽음과 논개의 장렬한 설욕의 순절을 탐지하고 시신이라도 수습하려는 충정에서 남강 하류에서 수색작업을 개시했다.

이윽고 창원 지수 목에서 **경회**의 시체와 떠내려 온 논개의 시신을 발견하게 되었다. 장장 150리 길을 운반해 삼남대로변 양지바른 언덕(함양군 서상면 금당리 산31번지)에 **경회**를 위쪽에 논개를 아래쪽에 장사 지냈다.

1592(선조 25)년 임진란이 일어난 때, 모친 평택 임씨의 삼년상을 채 마치기 전이다. **경회**는

"이제 부모님이 다 돌아가셨으니 내 몸을 나라에 바쳐도 된다. 부모에게 하던 효도를 나라에 충성으로 바치리라"라고 말했다.

맏형인 최경운, 둘째 형 최경장, 아들 최홍기, 최경운의 큰아들 최홍재, 최경장의 큰아들 최홍우 등 여섯 명이 힘을 모았다. 화순 삼천리 고사정高士亭 터에 의병청을 설치하고 각 고을에 격문을 띄웠다. 의병을 모집해 그가 의병장으로 추대되어, 전라우

의병_{全羅右義兵}이라 했다.

맏형 최경운의 큰아들인 사헌부 지평 최홍재를 금산의 **고경명** 휘하로 보냈으나 **고경명**이 이미 패전해 군사들이 흩어진 뒤였다.

1592년 7월 26일 **고경명**의 흩어진 병력 800명 정도를 재규합했다. 병력을 전라 우의 병에 편입시켰고 "골鵑" 자 표식을 만들어 사용했다.

특히 1차 금산전투에서는 밤에 낀 짙은 안개를 이용해 볏짚을 병사로 위장해서 적의 화살과 탄환을 소비하게 하고 어둠이 개이고 날이 밝아올 때를 이용해서 적을 공격해 크게 피해를 입혔다.

전라 우의 병은 당초에 한양으로 근왕을 가려고 했다. 그러나 전라감사 권율의 요청이 있어 전라도 장수로 향했다. 담양 순창 등을 거쳐 남원에 도착하게 되자 군사 수가 많이 불었다.

전부장_{前部將}에는 송대창, 후부장_{後部將}에 허일, 좌부장_{左部將}에 고득뢰, 우부장_{右部將}에 권극평, 참모관에 문홍헌을 각각 임명한다.

전라도 장수는 **최경회**가 예전 현감으로 재직하던 지방이다. 그는 그곳 지형에 익숙하고 그가 현감으로 재직할 때 선정을 베풀어 공덕비가 서 있을 정도로 지방 주민들에게 신망이 높았다. 의병의 주둔지로는 매우 적합한 곳이라서 장수에 주둔하며 전라도 방어에 나섰다.

전라우의병은 금산錦山, 무주茂州 등지에서 일본군과 싸워 크게 승리를 했다.

최경회는 군사를 이동시킬 때 지리적 상황을 이용해 장사진長蛇陣 어관진魚貫陣 조운학익진鳥雲鶴翼陣 등을 펼쳤다. 전라우의병은 능률적인 진법과 기습작전 및 매복 작전으로 일본군에게 큰 피해를 입혔다.

1592년 8월 20일 그는 일본군의 일부가 전주 방향으로 진격하고 있다는 첩보를 받는다. 일본군의 진로에 의병을 매복시켜 적을 공격한다. 타격을 입힌 큰 전과를 올린다. 이 전투를 무주 대첩이라고 한다.

이 전투에서 그는 200보 밖에서 활을 쏘아 적장을 살해했다. 원래 그는 활쏘기에도 매우 능했다고 한다.

1574(선조 7)년 5월 2일 왕 앞에서 **최경회**는 활쏘기 시합을 했다.

<文臣二品以下竝試射, 而崔慶會以二十五分爲魁>

"문신 2품 이하의 관리들의 활쏘기 시합에서 **최경회**는 25명 중에 장원을 했다."

1590년 경인시사용루재가관자庚寅試射龍樓再加官資, 즉 병인년 용루에서 임금이 활 쏘는 시험을 치르게 했다. **최경회**가 잘 쏘아 다시 버슬의 품계를 올려주었다. 이는 그가 활쏘기에도 능했다는 것을 말해준다.

1592년 9월 초 그는 일본군이 전주로 공격해 들어온다는 정보를 입수하고, 매복 작전에서 일본군 장수의 목을 베고 큰 칼과 그림통 하나를 노획한다. 칼은 자루가 길고 칼날이 등 쪽으로 휘어져 있다. 길이 53cm, 자루 135cm, 총길이 193cm이고 양날이 있는 언월도偃月刀다. 칼날에는 성도작盛道作, 모루미치 작이라고 새겨져 있다. 칼을 제조했던 사람의 이름이다. 사용하는 사람의 신분을 알 수 있는 오동나무 문양이 새겨져 있었던 것이다.

일본의 다이묘大名급 장군에게 도요토미 히데요시가 하사한 칼이라고 한다.

원래는 자웅 검이라 해서 한 쌍의 칼이었는데 일본에 남아 있는 다른 한 개의 언월도는 양대 신검으로 불리는 일본의 국보급 문화재라고 한다.

또한 그림통에는 고려 공민왕이 그린 "청산백운도青山白雲圖"가 들어 있다.

이 칼은 **최경회**가 2차 진주성 전투 후 순절하기 직전에 조카 최홍우의 손에 들려 최경장에게 전해졌다. 지금까지 최경장의 후손들에게 대대로 전해져온 것이다.

전하는 말에는 일본 강점기 때 일본 경찰이 칼을 되찾기 위해 최경장의 후손을 붙잡아 마을 앞 향나무에 매달아놓고 고문했다. 칼의 행방을 물었으나 땅에 묻어놓고 끝내 내어놓지 않았다고 한다.

이제는 땅에 묻혀 있던 과정에서 나무로 된 손잡이 부분은 썩어 사그라지고 칼은 녹이 슬었다. 한국전란 때는 경찰에 압수당했다. 경찰서 화로 부지깽이로 쓰이기도 했다. 우여곡절 끝에 최경장의 후손의 손에 다시 들어왔다고 한다.

장수, 무주에 주둔하면서 큰 승리를 거둔 **최경회**는 장수에서 남원으로 주둔지를 옮긴다. 그 이유는 전라우의병이 장수에서 일본군을 격파하여 전라도를 넘보지 못한 적군이 경상도로 물러났기 때문에 방어선을 남원 쪽으로 옮긴 것이다.

최경회 부대가 남원에 방어선을 구축하고 있을 때 영남 의병장 김면과 경상우도 관찰사 **김성일**이 원군을 요청하여 경상도로 진격하려 하자 **최경회**의 부장들과 고을 사람들이 몰려왔다.

"지금 적군의 기세가 사방으로 뻗치고 있는데 어찌 호남 지방을 버리고 멀리 영남을 구원해야 하느냐."

영남으로의 출병을 반대했다. **최경회**는 "호남아국지토 영남아국지토아湖南我國之土, 嶺南我國之土也, 호남도 우리 땅이요, 영남도 우리 땅인데 의義로써 일어난 사람들이 어찌 영남, 호남을 가리겠는가라고 하며 영남으로 출병한다.

그의 전라우의병은 진주 살천薩川까지 진출한다. 1592년 10월 1차 진주성 전투 때 그의 부대는 외곽 지원을 담당했다.

이때 임계영이 이끈 전라좌우병도 함양 지역 가까운 곳에 있었다. 태인 출신의 민여운도 의병 2백여 명을 거느리고 경상도로 이동 중이다.

전라도 의병은 경상도 사람들에게 있어서 대단한 전사로 여겨졌다고 한다. 영남 의병장인 조정의 임란일기에는

"호남의 풍속은 사납고 용감하여 전쟁에 임하면 장수와 병사는 겁내지 않는다. 용감하게 돌진하는 것은 번개 치듯 하니 능히 승리를 취하는 것은 이 때문이다. 반면, 영남은 인심이 유약하여 적을 보면 먼저 겁을 내니, 더욱이 주장主將은 의로써 죽겠다는 마음이 없다. 도처에서 적을 피하여 오직 살길만을 찾는다. 그것이 패하게 되는 이유이니 괴이할 것이 없다"고 기록했다.

최경회의 전라우의병은 일본군의 1차 진주성 공격이 임박했을 때 경상도 산음山陰에 머물고 있던 경상우도 관찰사 **김천일**과 의논해, 군사 1천 명을 이끌고 진주 살천창薩川倉에 주둔했다. 일본군은 인근 지역을 침입하여 살상과 약탈을 하고 돌아갔으나 **최경회**가 이끈 의병부대의 주둔지에는 침입하지 못했다.

당시 피난민들은 '전라도 대군이 우리 고장에 들어와 있고 합천의 군사가 올 것이니 우리는 죽음을 면할 수 있을 것이라고 했다. 이는 **최경회**가 이끈 의병부대가 그 지역 주민들에게 어느 정도 심리적 안정을 주었고 적군의 침입에 대한 방어를 잘했는가를 알게 된다.

제1차 진주성 전투의 승리는 진주 목사 **김시민**의 지휘와 전략도 뛰어났고 진주성을 사수하려는 군사와 주민들의 결사 항전의 결과다. 그러나 진주성 외곽에서 전개된 전라좌우병의 외곽지원도 크게 기여를 한 것이다.

1차 진주성 전투 승리 이후 **최경회**의 전라우의병은 거창에 주둔하며 영남의병 김면과 합동작전으로 개령에서 적군을 몰아내고 1593년 1월 15일 성주성 탈환에 성공한다.

성주성을 수복해 영남 지역의 평정을 이루자 조정은 **최경회**에게 경상우도병마사를 제수했던 것이다.

영남 지역의 수복에 전라의병의 역할이 크고 전투력이 매우 높아 조정에서는 전라우의병을 영남에서 철수하여 국왕을 근왕하게 하려고 했다. 그러나 영남 지방 주민들의 반대와 민심의 불안으로 그 계획이 실행되지는 못했다.

최경회가 이끈 전라우의병과 임계영의 전라좌의병의 역할과 그 의미는 영남 의병장 정인홍이 작성한 통문에서 잘 알 수 있었다.

"지금 **최경회**, 임계영의 양군이 처음부터 적을 치는 데 피차가 없다고 하였으며 정병 수천을 거느리고 영남에 주둔하면서 성주와 개령 등지에 있던 적을 섬멸하였다. 그 열렬한 의기는 보고 듣는 이들을 감동시키니 이는 나라를 도와 강토가 회복되려는 징조……"라고 했다.

최경회는 이 땅에서 일본군을 축출하는 데 너와 내가 따로 없다고 하여 의기와 진실한 마음으로 영남구원에 나섰던 것이다.

최경회의 비장한 결의와 충정은 최후 전투인 2차 진주성 싸움에서 잘 드러나 있다.

1차 진주성 전투와 달리 2차 진주성 전투 때는 영남의병부대를 이끌던 곽재우도 관군을 지휘하던 도원수 권율도 참전하지 않았다.

진주성의 수성을 위해서 진주 목사 서예원과 김해부사 이종인 및 일부 영남의병만이 참여했을 뿐 대부분의 군사는 전라도에서 모여든 의병이다. 창의사 **김천일**이 이끈 군사 3백 명, 전라우의병장 겸 경상우병사 **최경회**가 지휘한 군사 5백 명, 복수의병장 **고종후**의 군사 4백 명, 전라좌의병 부장 겸 사천현감 장윤의 군사 3백 명, 충청병사 **황진**의 군대 7백 명, 의병장 민여운의 군사 2백 명, 의병장 이계련의 군사 1백 명, 의병장 변사정을 대신한 그의 부장 이잠의 군대 3백 명 등이 진주성에 들어갔다. 이 외에 남원의 고득뢰, 보성의 오유, 광양의 강희보, 강희열 형제 등이 군사를 거느리고 진주성에 들어왔다.

2차 진주성 전투의 상황은 매우 참혹했다. **최경회**를 비롯한 의병장들이 진주성을 사수하고 있었으나 성은 일본군들에게 포위되어 고립된 상태라서 그랬는지 아니면 애당초 조선 조정에서는 더욱 애를 쓰지 않았거나 명나라 군에서는 지원군을 보낼 의향이 아예 없었는지는 모르나 외부의 지원을 전혀 받지 못했다.

이는 진주성 방어를 두고 조선과 명나라 지원군 사이에, 그리고 조선군 사이에서도 영남의병과 호남의병의 사이에는 전략의 차이가 있었다.

명나라 지원군은 회담을 이유로 전투에 소극적이어서 진주성의 공성책空城策을 주장하였는데 공성책이란 진주성을 비워놓으면 일시적으로 일본군이 침입하여 노략질을 하다가 곧 물러갈 것이라는 주장이다.

그러나 이 주장은 진주성의 전략적 중요성을 간과한 데서 나온 것이었고 명의 적극적인 전투수행 의지가 없었기에 나온 것이다.

이러한 상황에서 관군도 진주성의 사수에 대한 열기가 식어 있었던 것 같다.

　도원수 권율과 순변사 이빈 전라병사 선거이 등은 함안에 있다가 후퇴하기에 이르렀는데 순변사 이빈은 영남 의병장 곽재우에게 진주성의 지원을 권했으나 곽재우는 이를 거부하였다고 한다. 충청병사 **황진**이 진주성에 입성하려고 하자, "진주성은 고성孤城이어서 지키기 어렵고, 그대는 충청도절도사인데 진주성을 지키다 죽는 일은 맡은 바가 아니다"라고 했다. 이렇게 **황진**의 진주성 입성을 만류했다. 곽재우는 그의 군사를 거느리고 정진鼎津으로 물러갔다.

　이러한 여건에도 불구하고 진주성에 들어간 의병들은 **김천일**을 우도절제, **최경회**를 좌도절제, **황진**을 도순성장으로 삼았다.

　진주성의 수성은 전라 의병장들에 의해 주도되어 **김천일**은 수성에 소극적이었던 진주 목사 서예원을 대신하여 장윤을 가목사假牧使로 삼았다. 군사들의 사기가 다시 높아졌다.

　한 가지 서글펐던 것은 당시 영남의 의병 및 군대 지휘관들은 당시에 권세를 잡고 있던 동인東人이 대다수다. 그러나 전라 의병의 대부분은 비주류였던 서인西人 쪽에 더 가까웠을 것이다. 국난을 당해 힘을 합해도 부족한 때에 당파에 의해 전략을 달리했던 것은 통분할 일이다.

더구나 전라우의병은 영남도 호남도 우리나라의 땅이라는 생각으로 먼 길을 진군해 영남에 출병했던 군대다.

물론 2차 진주성 전투는 일본군이 거의 총력전을 펼쳤고 때마침 장마 때문에 성곽이 무너지고 장마철이라 활을 제대로 쏠 수 없었다. 게다가 화살까지 동이 나버렸다. 녹이 슬었던 창검은 효용가치가 떨어지고, 진주성 안에 있던 사람들의 대부분이 훈련을 받지 못한 피난민들인데다, 전투력이 떨어졌던 면도 있지만 후일 조정의 분석결과는 2차 진주성 전투의 패전원인으로 지휘계통의 불일치를 들었다. 1차 진주성 전투와 달리 거의 없었던 외곽지원 등을 들었다.

그러나 진주성의 군사와 백성들은 일본군의 대규모 공세에 외부의 지원이 없는 데도 저항하는 데 흔들림이 없었다.

일본군이 성벽을 기어오르면 큰 나무와 큰 돌을 던지거나 굴러 내리고 끓는 물을 쏟아 부었다. 또 섶에 불을 붙여 집어 던진다. 적이 성 밖에서 흙으로 둔덕을 쌓아 올리면 성안에서도 그 정도의 높이로 쌓아 올려 적의 공격을 방어했다. 적의 성벽 공격으로 성이 무너져 내리면 백성들과 군사들이 합세하여 성을 복원했다.

그러나 하늘도 진주성 안에 있던 의병과 백성들의 노력을 외면한 듯 억수같이 쏟아진 비 때문에 오래된 성벽이 자주 무너져 내렸다. 백성들이 성벽을 다시 쌓고 쌓아도 무너져 내리는 성벽, 적의 맹렬한 공격, 늘어나는 사상자와 부족한 군수품 등으로 수성군의 힘은 점점 약해져 갔다.

1593년 6월 28일 순성장 **황진**이 총탄에 이마를 맞고 전사한다. 29일에 장윤을 순성장으로 삼았는데 이날 순성장 장윤도 적의 총탄에 사망했다. 결국 진주성은 적에게 함락되고 말았다. 전투가 벌어진 지 9일 만이다.

성이 함락되자 끝까지 저항했던 **최경회, 김천일, 고종후** 등 그들의 막하에서 생사를 같이 하면서 싸웠던 문홍헌, 구희, 오방한, 박혁기, 박치경, 김인갑 등이 촉석루에 모였다.

최경회는 함께 따라 죽으려는 조카 최홍우에게 무주대첩에서 노획한 언월도와 청산백운도, 조복을 건네주었다. 살아서 고향에 있는 둘째 형 최경장께 유언과 유품을 전하라고 했다. "내가 죽은 줄 알면 형님이 필히 의병을 일으키실 것이니 너는 후일을 기약하라"며 최홍우를 탈출시켰다.

아들 최홍우에게 동생 **최경회**의 순절소식과 유품을 받아든 둘째 형 최경장은 화순에서 1593년 의병을 일으켜 통고대첩에서 큰 공을 세운다. 최홍우 역시 부친의 계의병군에 속해 통고대첩에서 큰 공을 세웠다.

11

오활迂闊한 선비 金淮陽

    1592(선조 25)년 일본의 도요토미 히데요시가 조선에 쳐들어와, **송상현**은 동래부사로 맨 먼저 그들의 칼날에 순국하고, 얼마 안 되어 선조 임금은 서쪽으로 피난을 떠나려고 할 때다. **유극량**은 통어사 **신할**을 따라가 임진강臨津江을 지키다가 군사가 무너졌는데, 그들은 전력을 다해 싸웠으나 역부족으로 모두가 전사하고 말았다. 일본이 이미 개성과 평양을 함락시키고 병졸을 나누어

철령을 넘어서자 선조는 피난을 떠나지 않는다고 공표해놓고 은밀히 대궐을 떠나버렸다. 그 당시 **김연광**은 왕명을 받아 회양淮陽부사로 부임지 10일도 채 안되었다. 병사와 병기는 모두 형편없었다. **연광**은 어찌할 수 없다는 것을 알고, 목숨을 바칠 것을 스스로 맹세한다. 부하장수가 이곳을 잠시 피하자고 권했지만 그는 "자신의 몸을 생각지 않는 것은 지방을 수비하는 신하의 본분이다. 의리에 있어 마땅히 나라와 더불어 운명을 함께해야 할 것이거늘, 이곳을 버리고 어디로 돌아간단 말인가?"라고 했다. 그런 후 거적자리를 깔고 대성통곡을 하다가 왜적이 경계에 압박해 와도 끝내 동요하지 않았다. 그는 조복을 갖추어 입고서 단정히 앉았다. 왜적이 위협하려고 먼저 손가락을 칼로 찍어 갈랐다. 이때 **연광**이 분노하여 몹시 꾸짖고 굴복하지 않자, 연달아 마구 칼질을 해대었다. 결국 그는 목숨을 놓아버린다. 그의 나이 69세였다. 이 일이 조정에 알려지자 임금이 하교하기를, "**김연광**이 나라를 위해 목숨을 바친 절개는 대단히 빛나서 사람들의 이목에 남아 있어야 될 것이다. 담당 부서로 하여금 특별히 정려하게 하고 후손을 녹용하도록 하라"고 하였다. 얼마 안 되어 우계 성혼이 당시의 급무急務에 대해 상세하게 상소하였다. 의리를 지켜 죽은 자에게 증직을 내려 포장할 것을 청하면서 특별히 **김연광**과 **송상현·유극량**을 맨 먼저 그들의 순절을 거론하였다.

급작스럽게 일본군이 쳐들어와 나라가 어지러워졌을 때, 사방 1리里(392,727m)나 되는 산성과 힘이 미약한 병졸로써 일본 적을 방어할 수 없었다. **송상현**과 **유극량**이 성을 군게 지키다가 적과 부딪쳐 죽은 것과 같지는 않았지만, 위태로움 속에 목숨을 내놓고 자신을 희생하여 인仁을 이룬 것에 있어서는 옛날에 대부大夫가 백성을 위하여 죽은 의리처럼 믿음에 있어서야, 더할 바 있으랴! 이는 공자가 말한 세 사람, 즉 은殷나라 말의 세 충신인 미자·기자·비간과 같다고 감탄했다. 그래서 감히 글쓴이는 사양하지를 못하고 서술하면서 잇달아 지난날의 느꼈던 바를 드러내게 되었다고 한다.

한때 국운이 불행하여 사나운 일본 군사들이 점차로 침범해 들어왔다. 훤히 드러난 **연광**은 그 덕德에 있어서는 외롭지 않았다. 그 충성스러운 마음, 분발하니 세 사람은 한결같이 지조를 지켰다. 동래의 산성이 먼저 패멸되자 대동강大同江 물이 중간에 들끓었다. 아득히 먼 회양 땅은 철령鐵嶺이 우편에 있었다. 일본의 창검이 마구 날뛰어도 **김연광**은 다만 외로운 처지로서, 조복에다 조관을 쓰고 단정히 앉아서 움직이지 않았다. 그의 손가락이 끊어졌다 해도 그의 혀는 아직 건재했다. 추악한 이 오랑캐 놈들아! 감히 대방大邦을 대항할쏘냐? 그 죽음은 하늘과 땅에 명백히 드러나 황제의 심중에도 지워지지 않았다. 이 또한 정 문충공이 근본 연원이 되었다. 장단의 천성산天聖山 밑 법당의 묘원에 편안히 잠든 무덤에 상서로운 무지개 때때로 나타나리라.

　　김연광은 원래부터 티 없이 맑고 어진 사람으로서 그는 조
복[68])을 갖추고 인수[69])를 차고서 진지를 지키면서 자기 위치를
결코 이탈하지 않았다. 그는 오활(전쟁의 경험이 전혀 없는)한 선비인지
라, 비록 적을 모조리 죽이지는 못했을지라도 그는 그의 신성한
몸을 더럽히지 않았다. 그의 회수[70]) 같은 인품은 맑고 깨끗했다.

---

68) 朝服; 관원이 朝賀 때 입던 예복, 붉은 비단으로 지었다.

69) 印綬; 인꼭지에 꿴 끈으로 병조판서나 군문의 대장 등 병권을 가진 관원이 병부 주
　　머니를 차던, 사슴 가죽으로 된 끈.

70) 淮水; 河南省에서 발원하여 安蘇省을 지나 江蘇省을 거쳐 바다에 흘러드는 중국에서
　　셋째가는 큰 강을 말하나 여기서는 김연광의 깨끗한 인품을 크고 깨끗한 강에 비유
　　한 것 같다.

12

전형적인 **武人 黃兵使**

일본으로 떠나는 통신사 정사 황윤길, 부사 김성일, 종사관 허성 등과 함께 **황진은** 일본에 사절단 일행으로 다녀오게 되는데, 부사 김성일은 나라의 민생을 위해서였을까. 일본이 쳐들어 올 낌새를 알아차리고도 도요토미 히데요시의 몰골의 편협함을 빗대어 쳐들어올 수 없다고 했다. 그러나 정사 황윤길과 함께 서장관이던 **황진은** 사실대로 일본의 분위기를 간파하고서 쳐들어올 것이라고 말했다. 세상 사람들은 **황진**을 우러러보며 칭찬을 아끼지 않았다. 그는 많은 사람들이 따를 만한 덕망을 가진 사람이다. 그는 방패를 들고 성가퀴에 올라 활을 당겨 적의 선봉장(편대장)을 쏘아 죽이고 적을 격퇴시켰다. 그 공로로 훈련원판관이 되었다. 그리고 이치 싸움에서도 승리해 충청도 조방장에 올랐다. 다시 수원에서 싸워 이기고, 연이어 상주에서도 연승했다. 그러나 적의 대군이 진주를 공략하자 창의사 **김천일**, 병마절도사 **최경회**, 복수의병장 **고종후** 등과 함께 진주성에 들어가 성을 사수하고 9일 동안 싸우다가 그의 몸이 한 번 넘어지자 북소리는 금세 낮아지고 말았다.

그는 용맹스럽고 신체가 건장했고, 그리고 활을 잘 쏘았다. 게다가 그는 충신으로서 엄중한 사람이다. 기개와 절조도 남보다 뛰어났다. 통신사를 따라 일본에 들어갔을 때 적의 상황이 반드시 전쟁을 일으키리라는 것을 살피고는 주머닛돈을 털어 보검 한 쌍을 사가지고 돌아와 말하기를,

"머지않아 적이 올 것인데 이 칼을 써야 하겠다"고 했다.

동복현감으로 있을 적에 집무가 파하고 나면 갑옷을 입고 말을 달리면서 혹은 뛰어넘기도 하고 위로 솟구치기도 하며 용맹을 길렀다. 용인의 전투에서는 **황진**이 별부의 장수였는데 그의 부대만 군사들이 온전히 살아 돌아왔다. 이치의 승첩에서는 그의 공이 제일 컸다.

1천5백 명의 호남 의병을 모은 광주목사 권율은 1592년 7월 초에 전주에서 전라도 관찰사 이광을 만난다. 그는 이 자리에서 전라도 도절제사로 임명된다. 그리고 금산에서 전주로 넘어오는 이치를 방어선으로 정하고 동복현감 **황진**의 부대와 합세했다. **황진** 부대에는 황 박,[71] 공시억, 위대기,[72] 소제, 소황, 노홍, 양응원 등 무인들이 많았다.

권율과 **황진**의 이치 전투 대비는 철저했다. 복병은 물론이고 길 가운데와 길가 요소요소에 목책을 쌓고 함정을 파놓았으며 마름쇠[73]도 깔아놓았다. 화살과 돌멩이도 많이 준비했다. 산 정

---

[71] 黃珀[?~1637]

본관은 성주星州. 충남 직산稷山 출생. 광해군 때 무과에 급제, 선전관이 되고, 1621 (광해군 13)년 명나라 사신이 왔다가 돌아갈 때 마침 후금後金[淸]이 선양[瀋陽]과 랴오양[遼陽]을 함락해 육로가 막히자 자원하여 해로로 명나라 등주登州까지 전송하고 돌아온다.

1634(인조 12)년 의주義州부윤을 지낸 뒤 중추부동지사에 이르러 나이가 많아 퇴관했다.

1636년 병자호란이 일어나자 충청도 관찰사 정세규 휘하에 종군, 용인 전투에서 적군에 포위되어 분전하다가 얼굴에 화살을 맞고 전사. 숙종 때 그 부자의 정문이 고향에 세워지고, 공조판서에 추증되었다.

[72] 魏大器

본관은 장흥長興. 자는 자용子容. 고려 때, 문하시중 계정의 후손. 1583(선조 16)년 별시 병과 156위.

무과에 급제한 다음, 1592년 임진란이 일어나자 이순신의 조전장으로 전공을 세움. 일본군이 금산에서 웅치를 넘어 전주 지역으로 들어오려 할 때 이치에서 동복현감 황진, 장교 공시억 등과 함께 광주목사였던 권율을 도와 호남 지역의 수호에 큰 공을 세운다.

1594년 해남현감을 역임하고, 1597년 정유재란 때에는 고향에서 군사를 일으켜 전공을 세워 훈련원정이 되고, 수군절도사가 된다.

남원에 충량비忠良碑가 세워졌다.

[73] 마름쇠: 끝이 날카롭고 서너 갈래가 지게 무쇠로 만든 방어도구. 예전엔 도둑이나 적군의 침입을 막기 위해 길목에 깔아놓았다.

상에는 청·백·홍·황·흑 등 5색 깃발을 세워 기세를 드높이었고 검은 연기를 피워서 적이 우리의 병력을 알지 못하게 했다. 꽹과리, 북, 징, 납새 등 각종 악기를 울려 병사들의 사기도 드높였다.

마침내 1592년 7월 8일 새벽에 고바야카와가 이끄는 일본군 제6군 수천 명이 공격해 들어온다. 적의 공세는 그 어느 때보다도 완강했다. 적은 북을 치고 호루라기를 불면서 조총을 쏘아대고 칼과 창을 번쩍이며 정상으로 기어 올라오니 많은 산새와 짐승들이 놀라 날고 뛰어 도망쳐버린다.

동복현감 **황진**은 군사를 거느리고 이 재를 지켜 적의 호남 진출을 막으려고 만반의 준비를 하고 있던 터에 적은 수의 우세함과 승승장구한 힘을 믿고 단숨에 이 재를 넘으려고 덤벼드는 것을 **황진**은 전 병역을 독려해 결사전을 벌인다.

적이 산 위를 집중 공격하자 아군 또한 용맹을 다해 적을 밀어냈다. 적이 낭떠러지를 타고 기어오르자 **황진**은 나무에 기대어 총탄을 막으면서 활을 쏘았다. 모두 백발백중이었다. 전투는 계속되었다. 그 전투에서 일본군은 크게 패했다. 적의 시체는 산더미처럼 쌓이고, 냇물을 이루듯 한 피가 흘러 그 산천초목에 피비린내를 풍겼다.

황진의 부장 위대기도 복병으로 적을 급습했다. 공시억 또한 최전선에서 활을 쏘고 돌을 던지며 적을 막았다. 적이 다시 정상으로 기어오르고 있었다. 그러자 총사령관 권율이 군사들을 직접 독려하니 싸움은 그야말로 치열했다. 밀고 밀리는 일이 여러 번 있었으나 적은 아군의 사기를 결코 꺾지는 못했다. 권율과 **황진**은 적을 섬멸하여 대첩을 올리니 일본군은 다시는 호남에 진출할 엄두를 내지 못하게 되었다. 마침내 적은 무기를 버리고 갑옷을 벗어 던져놓고 금산 쪽으로 후퇴해버린다. 적이 버리고 간 무기와 시체는 이치 골짜기에 가득했다. 그야말로 조선군의 대승이었다.

그런 가운데, 죽음을 겨우 면한 **황진**은 다시 동복으로 돌아가는데, 전주에 이르자, 사람들이 길을 막고서

"**황진** 장군이 아니면 전주가 어찌 무사하였을 것인가."

황진의 공을 칭송했다.

일본은 임진란 3대 전투를 일컬을 때에 이치의 전투를 첫째로 치는 것 같다. 권율도 행주대첩보다 이치 전투를 더 의미 있는 전투로 회고하고 있다. 이치 싸움으로 말미암아 권율은 광주목사에서 나주목사로 영전했고, 나주목사로 부임하기도 전에 전라도 관찰사로 승진하고, **황진**도 동복현감에서 익산군수 겸 전라도 조방장으로 승진한다.

이치대첩 지역은 대둔산 중허리를 넘어 전북 완주군으로 통하는 교통의 요지다. 당시 이곳은 전략상 중요한 곳인데, 임진년 7월 경상도와 충청도를 휩쓴 일본군이 군량미의 현지 보급

을 피해 이 배티재를 넘어 호남평야로 진출하려고 적장 고바야
가와가 거느린 이만 병력을 이끌고 이 재를 넘으려고 했다.

이치대첩은 행주대첩, 진주대첩보다 앞서는 임진란 최초의
육지에서 벌인 전승지다.

황진이 진주에 와서는 나아가 밖에서 지원하려고 했다. 그러
나 **김천일**이 특별히 성에 머물게 한 것이다. 어떤 사람이 말하
기를,

"충청병사는 진주성 수비와 직접 관계가 없으니 밖에서 싸우
는 것이 옳겠다."

황진은 이렇게 말한다.

"나는 이미 창의사와 더불어 공약을 하였으니 저버릴 수 없다"

고······, 그러나 그는 안타깝게도 얼마 후, 진주 전투에서 적
이 쏘아댄 조총탄알이 돌 벽에 맞고 튀어나온 유탄에 맞았다.
황진은 쓰러져 그의 이마에서는 피가 흘러내렸다. 그는 이렇게
해서 영예로운 생을 마감한다.

임진란이 있는 이후로 모든 장수 가운데 행군에는 법도가 있
고 사졸에 솔선하여 옛날 명장의 풍도가 있는 자로는 모두가
황진을 추중해 으뜸으로 꼽았다. 그는 재주를 다 발휘하지 못하
고 죽었으므로 조야에서 애석하게 여기지 않는 이가 없었다.

"저도 합세하리다."

말수가 적은 김해부사 이종인도 나선다. **황진**과는 무과 동기

생이다. 당시의 무과 출신이 대개 그렇듯이 웅장한 체구에 힘이 장사다. 북병사北兵使를 지낸 전형적인 무인으로 전쟁 초부터 이 일대에서 줄기차게 적과 싸워온 용장이다.

"저도 참예하리다."

고종후도 가담한다. 그는 광주 출신으로 작년 7월 금산에서 전사한 **고경명**의 아들이다. 아우 **인후**와 함께 부친을 모시고 금산전투에 참가해 아버지와 아우가 전사하는 현장을 목격하고서, 그 시신을 몸종들과 함께 거둔 다음 복수를 맹세하고 의병을 모집, 스스로 복수의병장이라고 불렀다. 충청도 조방장 정명세도 가담한다. 그는 흥양興陽(고흥) 사람으로 문과에 급제한 선비다. 충청도 해미海美현감으로 있다가 전쟁이 일어나자 의병장으로 나서 평택, 아산 방면에서 유격전으로 적과 싸운 끝에 전과가 높아 조방장의 특명을 받았다.

사천현감 김사종(남원), 해남현감 위대기(장흥), 의병장 민여운(태인), 강희보(순천), 심우신(영광), 임희진(해남), 황대중(강진), 양응원(곡성) 등 여러 장수가 동조하고 나선다. 대개 **황진**과 가까운 사람들이다.

그 밖에 거제현령 김준민, 진해현감 조경형, 웅천현감 허일, 남포현감 송제, 의병장 오유·이계련, 그리고 **김천일** 휘하의 의병부장으로 일찍이 만호를 지낸 장윤 등이 이에 가세한다. 총병력은 6천여 명.

뒤늦게 달려온 의령의 의병장 곽재우가 **황진**을 붙잡고 말린다.

"혹시 작년에 진주성을 지켰으니 금년에도 지킬 수 있다고 생각하는 것은 아니오? 그때와 지금은 사정이 다르오. 그때는 성안에 무기, 식량 등 만전의 준비가 있었고, 기천 병이나마 잘 난련된 군대가 **김시민** 장군의 의도대로 일사불란하게 움직였소. 지금은 그렇지 못하지요. 아무런 준비가 없는데다 군대가 졸병은 적고 장수는 많고, 명령이 백출할 염려가 있소. 거기다 일본군은 작년의 4, 5배가 되는 모양이고 보급도 충분하다는데, 무슨 힘으로 이를 감당할 것이오?"

그러나 **황진**은 듣기만 할 뿐 아무런 대답이 없다.

"그런즉 성에 들어가는 것은 죽으러 가는 것이오. 영감은 알 만한 사람이 왜 이런 어리석은 일에 가담하시오?"

"……."

"나와 함께 이 산야에서 유격전으로 적과 싸웁시다."

"……."

"전투의 목적은 이기는 데 있지 죽는 데 있는 것이 아니지 않소. 나는 내 부하들을 성에 끌고 들어가 헛되이 죽게 할 수는 없소."

"……."

"더구나 전쟁은 끝나지 않았고 앞으로 할 일이 태산 같은데 영감같이 유능한 장수를 그처럼 허망하게 잃어서야 쓰겠소?"

황진은 비로소 입을 연다.

"영감의 말씀대로 성안에 들어가면 십중팔구 죽음을 면치 못할 것이오. 아마 다른 장수들도 그것을 모르지 않을 것이오. 그러나 잘하면 진주전은 이 전쟁의 마지막 결전이 될 수도 있을 것이오. 안팎에서 적을 협격하면 말이오."

"글쎄요. 어려울 것이오. 나는 다만 영감을 비롯해서 좋은 사람들을 숱하게 잃을 생각을 하면 가슴이 찢어지는 심정이오."

"철수가 일러도 바람에 지는 꽃은 있는 법이오. 과히 상심 마시오."

황진은 말에 올라 채찍을 휘둘러 치고 곽재우는 멀어져 가는 그의 모습을 지켜보고 오래도록 움직이지 않는다.

본진에 앞서 선봉대를 이끌고 진주성에 들어온 것은 김해부사 이종인이다. 성안에는 엄청난 피란민들, 그것도 노인과 여자들, 그리고 어린아이들로 들끓고 있다. 젊은 장정들이라고는 어쩌다 절름발이 아니면 전쟁에 나갔다 팔이나 다리를 잃은 부상자들이 눈에 뜨일 뿐, 이런 시절에 성한 청년들이 후방에 있을 리 없다.

진주 목사 서예원은 홀로 동헌 마당에 서서 지는 해를 바라보고 있다.

"여기서 무얼 하시오?"

이종인이 말에서 뛰어내리면서 물었으나 대답이 없다.

"무얼 하느냐고 물었소."

"보시는 바와 같소."

서예원은 먼 산에서 눈을 떼지 않고 돌아보지도 않는다.

"그것은 대답이 아니오."

대청에는 괴나리봇짐, 마당 한 모퉁이 버드나무에는 안장을 얹은 말이 매어 있다. 이 인간이 또 도망칠 궁리를 하고 있구나! 생각하면서도 이종인은 화제를 돌린다.

"성안에 들어온 피란민은 얼마요?"

"대략 5만 3천 명 안팎이오."

"어쩌자고 이렇게 많은 인원을 받아들였소?"

6천 명의 병사들을 먹일 일만으로도 걱정이 태산 같은데 그 위에 5만 3천 명을 먹인다는 것은 감당하기 어려운 일이다.

그렇다고 이제 와서는 털어버릴 수도 없는 것이 아닌가. 걸음이 더딘 이들 노인과 부녀자들을 성 밖으로 내몬다면 산이나 들에서 적에게 짓밟힐 수밖에 없다. 적은 이미 근처 가까이 다가오고 있었다.

"받아들인 것이 아니라 막무가내로 몰려드는 것을 나더러 어쩌란 말이오?"

짜증을 내는 품이 도무지 정신은 딴 데 가 있는 말투다. 이종인은 천천히 칼을 빼든다.

"이쪽을 보아주실까?"

돌아보는 서예원의 턱 밑에 칼끝을 들이댄다.

"너, 죽을 것이냐, 내가 시키는 대로 할 것이냐?"

서예원은 한 손을 내젓고 와들와들 떨고 있다.

"아, 이러지 마시오."

"앞장서!"

이종인은 서예원을 앞세우고 성안을 두루 순시한다. 지형을 살피고 병력을 배치하고 곳간에 남은 식량을 점검하고, 밤늦게까지 분주하게 돌아본다. 전라도 장수들이 단결해서 진주성을 지킨다는 소문이 퍼지자 구례에 포진하고 있던 전라도 조방장 강희열이 달려오고 의병장 이잠도 밤길을 재촉해 진주성 안으로 들어온다. 하루 간격을 두고 마침내 **김천일** 이하 본진이 도착한다. 이로써 병력은 모두 7천 명. 피란민 5만 3천 명을 합해 6만 명이 이 진주성 안에서 적과 맞서게 된다.

한 가지 안된 것은 곽재우가 걱정한 것처럼 제각기 독자적으로 움직이는 장수가 너무 많아 지휘계통이 잘 서지 않을까 하는 걱정이 앞선다. 가령 그중 일부의 병력 분포만 보아도 다음과 같이 세분할 수 있다.

김천일 3백 명

최경회 5백 명

황진 7백 명

고종후 4백 명

장윤 3백 명

이계련 1백 명

민여운 2백 명

(……).

병사들도 피차 새로 만난 사이여서 졸지에 서로 어울리기 어렵고, 자연히 자기들끼리 몰려다니게 마련이다. 또 관군이다 의병이다. 하는 눈에 보이지 않는 벽도 있었다.

이들은 국군 총사령관인 도원수의 통제를 이탈하여 제각기 그 장수의 뜻에 따라 진주성에 들어온 부대들이다. 누가 누구에게 명령하거나 복종할 처지가 아니다. 장수들이 모여 의논한 결과 **김천일**과 **최경회**를 도절제, 즉 총사령관으로 하고, **황진**을 순성장, 즉 전투사령관으로 추대한다. 그 밖에 장수들은 각기 성문에 배정되어 교대로 지키기로 합의를 본 것이다. 이에 비로소 지휘계통이 서고 전투태세가 정비되어 간다.

적은 우키다 히데이에, 가토 기요마사 등 47명의 장수들이 지휘하는 9만 2천여 명. 이들은 부산에서 진주 3백 리 길을 한결같이 외친다.

"원수를 갚자!"

작년 10월 진주성에 몰려왔던 일본군은 수많은 사상자를 내고 쫓겨 간 일이 있었다. 그 원수를 갚자는 것이다.

"진주 목사를 잡아 죽이자!"

그들은 이렇게 외친다. 이미 전사한 **김시민**이건 아직도 살아 있는 서예원이건 그들은 알 바가 아니다. 소식을 들은 **황진**은 생각하고 있다.

'히데요시는 역시 병兵을 아는 인물이다.'

군령이 복잡한 것은 금물이 아닌가! 의문의 여지없이 간명해야 하고, 목표는 하늘의 달을 보듯 분명해야 한다. 이리 떼같이 몰려오는 일본군은 복잡한 논리가 필요 없다. 오직 복수심에 불타 진주 목사를 잡으러 온 것이다. 히데요시가 직접 계획했다는 이 진주성 전투는 **황진**이 여태까지 경험한 다른 전투와는 초장에 풍기는 분위기부터 달랐다.

먼발치로 진주성을 포위한 47명의 일본군 장수들은 다음 날인 22일 아침 진시辰時(오전 8시) 5백 명의 병사들을 거느리고 북쪽 비봉산飛鳳山에 올라 형세를 살피고 가끔 성을 가리켜 손가락질을 하고 있다. 성을 칠 의논을 하는 모양이다. 성에서는 꼼짝하지 않고 이들의 움직임을 주시하고 있다. 이윽고 비봉산에서 일본군 장수들이 자취를 감추고, 적의 대군이 두 진영으로 나뉘어 동서 양면에서 성으로 다가온다. 진주성은 남쪽에 절벽, 이 절벽 아래는 남강이 도도히 흘러가고 있다. 이 절벽 위에 솟은 것이 촉석루이다. 도절제 **김천일**과 **최경회**는 이 촉석루에 본영을 설치하고 있다. 성 길이는 4천3백여 척, 높이는 15척, 돌로 쌓은 웅장한 성이다.

지형관계로 성문은 동·서·북 삼면에 나 있고, 그 외각에는 넓은 호壕를 파서 물을 채우고 적의 접근을 가로막는 효과를 얻기 위한 작업을 마쳤다. **황진**은 그중 동문에 위치하고 있다.

적은 방패를 들고, 방패가 없는 자들은 대나무를 엮어 방패로 삼고 조총을 쏘면서 접근해오고 있다. 성 위의 조선군은 숨을 죽이고 지켜보다가도 적이 호까지 와 주춤거리면 일제히 성가귀에 머리를 내밀고 화살을 퍼붓고 간간히 대포를 쏘아대면 쇳덩이가 날아간다. 적은 숱한 사상자를 내고 물러났으나 1진이 물러나면 2진이 다가오고, 2진 다음에는 또 3진이 몰려온다. 그때마다 많은 피를 흘린 적은 오후가 되자 전법을 바꾼다.

조선군의 화살이 못 미치는 거리에서 수천 명씩 교대로 조총 사격을 퍼붓는 사이에 한편에서는 연장을 든 결사대가 호의 한 모퉁이 둑을 파기 시작한다. 조선군은 이 결사대에 집중적으로 화살을 퍼붓는다. 그러나 죽으면 죽는 대로 적은 후속부대가 계속 밀려들어 파는 통에 해가 질 무렵에는 마침내 둑이 무너지고 호에 담겨 있던 물은 남강으로 쏟아지기 시작한다. 용기를 얻은 적은 밤이 되자 어둠을 타고 동문에 몰려와서 통나무로 성문을 들이치고 성벽에는 수십 개의 사다리를 걸치고 일시에 성안으로 쳐들어올 기세다. **황진**은 성벽 위를 치달리면서 칼로 적병을 내리치고 때로는 손수 화전火箭을 발사해 적의 사다리에 불을 지르고 겁을 먹고 움츠러든 병사와 마주치면 이렇게 속삭인다.

"날 봐, 조금도 무섭지 않다."

밤하늘에 우뚝 솟은 이 거인을 보면 없던 용기도 솟아오르게 마련이다. 조선군은 활과 포를 쏘고 돌을 굴리고 끓는 물을 퍼붓고 창을 휘두르고, 있는 힘을 다해 자정 넘어 적을 물리쳐버린다.

황진은 촉석루의 본영으로 **김천일**을 찾아간다.

"적을 막기만 하고 치지 않으면 성은 오래 지탱하지 못합니다. 병력을 반으로 갈라 반은 성을 지키고, 반은 밖에 나가 적의 배후를 치게 하는 것이 어떻겠습니까?"

그러나 **김천일**은 찬성하지 않는다.

"다 합쳐야 7천 명밖에 안 되는 병력을 반씩 나누면 양쪽 모두 허약해서 적에게 짓밟히지 않겠소?"

"작년에 **김시민** 장군은 3천8백 명으로 이 성을 지켜냈습니다. 7천 명을 반씩 가르면 3천5백 명이니 그때와 별반 차이가 없습니다."

"그렇다 치고, 성 밖에는 적이 구름처럼 웅성거리고 있는데 어떻게 밖으로 내보낸단 말이오?"

황진은 별빛이 반짝이는 남강을 가리킨다.

"보시는 바와 같이 이 밑은 절벽, 그 아래는 강이올시다. 절벽을 타고 내려가서 강물을 따라 5리만 헤엄치면 적의 배후에 닿을 수 있습니다."

"글세…… 신중을 기해야 하오."

김천일은 분명 기개 있는 선비다. 그러나 3군을 지휘할 거목은 아닌 것 같다.

황진은 동문 안 자기 진영으로 돌아와 해남현감 위대기를 부른다.

"운봉에 달려가서 선병사宣兵使에게 고하시오. 급히 와서 적의 배후를 쳐달라고 말이오."

황진과 전라병사 선거이는 감사 권율 휘하에서 고락을 함께 한 사이다. **황진**은 위대기가 절벽을 타고 내려가는 것을 보고 성벽 위에 앉아 잠시 눈을 붙인다.

또 하룻밤이 지나고 날이 밝아오자 일본군은 등짐으로 흙을 지고 와 물이 빠진 호를 매우는 한편 활과 조총을 총동원해 조선군이 정신을 못 차리도록 조총 탄을 퍼부으며 맹렬히 공격해 온다. 그래도 조선군은 잘 싸우고 있다. 낮에 세 번 대규모 공격이 있었지만 세 번 다 물리쳤다. 밤이 되어 적은 9만 병력을 2만여 명씩 4개 부대로 편성, 함성을 지르면서 번갈아 성으로 맹렬히 몰려온다. 개미 떼같이 뒤엉켜 천지를 뒤흔드는 생지옥이 따로 없었다.

어두운 밤에 조선군은 겨눌 수도 없고 아니 겨눌 필요도 없었다. 성 밑은 발 디딜 틈도 없이 바다를 이루고 있는 일본군들, 활을 당기건 총을 쏘건 돌을 던지건 열에 아홉은 적병이 맞게 마련이다. 네 번의 공격을 네 번 다 격퇴시켰다. 적은 수많은 사상자를 내고 물러설 수밖에 없었다.

적은 지친 듯 약간의 병력 이동이 있을 뿐, 나무 그늘에 흩어져 앉아 있기도 하고 누워 있기도 하느라고, 공격은 해오지 않고 있다. 성안의 조선군도 소수의 감시병만 성벽 위에 남겨놓고 한숨 돌리는가 보다.

새벽, 콩 볶듯 요란한 총소리에 피난해 와 있는 성안 사람들은 놀라 집 밖으로 뛰쳐나온다. 먼동이 트는 동녘 하늘 아래 동문 밖에는 전에 보지 못하던 토산土山이 하나 성보다 훨씬 높이 솟아오르고, 적은 그 정상 토굴에서 조총을 난사亂射하고 있었다. 지난밤 사이에 몰래 쌓아 올린 모양이다.

　토산 위에서는 성안을 훤히 내려다보고 있었다. 성벽 위에 배치된 조선군은 그대로 들어나 사상자가 많이 나고, 적군은 이런 틈을 이용해 파도처럼 성으로 밀려든다. 성 위에 있는 조선군은 희생을 무릅쓰고 토산을 향해 활을 쏘아붙였으나 화살은 중간 허공에 떨어지고 적의 총탄은 여전히 비 오듯 쏟아진다. 조총과 활의 사정거리는 비교가 안 된다.

　"가서 전해라……."

　동문 다락에서 전투를 지휘하던 **황진**은 전령들을 모아놓고 속삭이듯 명령한다.

　"저마다 동편에 방벽을 쌓으라고 말이다."

　성을 지키는 병사들은 토산에서 날아오는 조총 탄을 막기 위해 각자 동편에 방벽을 만들라는 것이다.

　전령들은 사처로 달린다. 이윽고 크고 작은 돌들을 이고 지고, 혹은 앉고 온 병사들과 남녀노소 백성들이 성벽으로 모여들고, 성 위의 병사들은 이를 받아 각자 동편에 돌무더기를 쌓아 올린다. 한편에서는 성 밖에 몰려온 적을 막고, 다른 한편에서는 돌을 나르고, 쌓고, 그러는 가운데서도 호통과 비명 속에 많은 사람들이 피를 흘리고 쓰러져 간다.

마침내 돌무더기 방벽은 모양을 갖추고 건너 토산에서 날아
오는 조총탄도 별 효용가치가 없었다. 측면의 염려가 줄어들자
조선군은 맹렬한 반격에 나선다. 적은 또 숱한 시체를 남기고
물러선다. 해가 지자 **황진**은 동문에서 조금 떨어진 광장에 백성
들을 모아놓고 밤하늘을 배경으로 성 밖에 우뚝 솟은 적진의
토산을 가리킨다.

"저것을 없애려면 이 자리에 저것과 같은 토산을 쌓는 수밖
에 없겠소. 우리 함께 쌓아봅시다."

백성들은 미리 일러둔 대로 도끼, 호미, 괭이, 삼태기 등 제각
기 손에 잡히는 연장을 들고 온다. 지게를 지고 온 사람도 적지
않다. 그들은 군관들의 지휘하에 패를 지어 흙을 파오고 통나무
를 찍어오고, 혹은 돌을 굴려오고, 바쁘게 움직인다. 어둠 속에
서 유난히 몸집이 육중한 사나이가 말없이 바위덩이와 맞먹는
큼직한 돌을 잔등에 지어 나르고 있다. 시간이 지남에 따라 차
츰 이 말없는 장사가 사람들의 눈길을 끌고 화제에 오른다. 장
사라도 보통 장사가 아니다.

"너 어디 사는 누구냐?"

군관이 불러 세우고 묻는다. 사나이는 짊어지고 온 돌을 내려
놓고 손바닥으로 얼굴의 땀을 훔치면서 대답이 없다.

"물으면 대꾸가 있어야지 않나?"

군관은 들었던 회초리로 그의 어깨를 내리친다. 순간, 쳐다보

는 얼굴은 어김없는 **황진**이다.

"이거……."

군관은 말을 잇지 못했으나 **황진**은 돌아서면서 속삭인다.

"괜찮다."

그는 계속 돌을 나른다. 전립戰笠이며 융복戎服(군복)을 벗어던지고 백성들 틈에 끼어 등짐으로 돌을 나르는 병마절도사. 전해들은 백성들은 일찍이 들어보지도 못한 감격스러운 일에 눈물을 머금고 저마다 힘을 내어 초저녁에 시작한 토산 쌓기 작업은 밤사이에 끝을 맺는다(進盡脫衣笠親自負石城中男女感激涕泣竭力助築一夜而畢: 『선조실록』).

첫닭이 울자 **황진**은 토산 정상에 현자총통을 설치하고 손수 성 밖 적의 토산 진지를 향해 불을 댕기기 시작한다. 현자총통에서 차 대전을 발사할 경우 사정거리는 2천 보, 즉 2킬로미터 반도 넘는다. 조총의 사정거리는 그 10분의 1도 안 된다.

황진은 포술에 능한 장수다. 연거푸 날리는 차 대전이며 화전에 적진의 토산에는 흙먼지가 하늘로 치솟고 불꽃이 일고 비명과 함께 일본군 병사들이 피를 흘리며 곤두박질한다.

성안에서는 떠나갈 듯한 환성이 터져 사방으로 울려 퍼져간다. 쫓겨 간 적은 나무궤짝에 소의 생가죽을 씌우고 그 속에 숨어 성으로 접근해오고 있다. 피를 철철 흘리는 수십 개의 움직이는 생가죽, 화살도 안 들어가고 총탄도 통하지 않는다. 조선군은 대포를 쏘아 부셔버리고, 성 밑으로 다가오면 큰 돌을 굴려 산산조각을 내버린다.

적은 또 동문 밖에 쌍기둥을 세우고 그 위에 판잣집을 짓는다. 적에게 헛수고를 시키는 것도 해로운 일이 아니기에 조선군은 못 본 척하고 있다. 다 된 연후에 조총을 실어 올리면 현자총통 한 방으로 쓸어버린다.

그러나 적은 총을 쏘지 않고 마른 홰에 기름을 묻혀 불을 붙이고는 수없이 바람에 날려 성안으로 던진다. 이 바람에 동문 안에 있던 초가집들이 수십 채가 불타는 소동이 벌어진다. 성안에 혼란이 일어난 것을 본 적은 성 중에 시문矢文을 보내 항복을 권했으나 **김천일**은 한 마디로 거절해버린다. 해가 지자 소낙비가 퍼부어 불은 꺼지고 성안은 정상을 되찾는다. 이 날도 낮에 세 번, 밤에 네 번 크게 접전했으나 그때마다 조선군의 반격에 적은 피를 쏟아내고 물러선다.

적은 동문과 서문 밖, 다섯 군데에 토산을 쌓아 올리고, 그 정상에 대나무로 덕을 맨다. 이윽고 토산마다 조총을 든 적병들이 올라가더니 덕 위에 쭈그리고 앉아 성안을 내려다보고 조총을 난사한다. 성 중의 백성 3백여 명이 총을 맞고 쓰러져 갔다. 어제까지의 격전으로 화약이 떨어져 현자총통 등 대포는 쏠 수 없고, 활을 쏘아도 적진에 미치지 못한다. 그야말로 속수무책이다.

이 틈에 적은 두꺼운 판자를 궤짝처럼 사방에 두른 사륜차四輪車로 접근해온다. 성 가까이에 도달하자 갑옷을 입은 적병 수십 명이 쏟아져 나오더니 판자로 얼굴을 가리고 전진해온다. 성 밑에 당도하자 이들은 판자를 버리고 큼직한 철추로 성벽을 부수기 시작한다.

김해부사 이종인은 군중에서 제일가는 힘 있는 장사다. 허공을 날듯이 성벽에서 뛰어내리더니 성난 사자처럼 창을 휘두른다. 잇따라 적병 5명을 쓰러뜨리자 나머지 적병들은 연장이며 무기를 내동댕이쳐 버리고 도망쳐버린다.

수백 보 떨어져 대기하고 있던 적이 활이며 조총을 쏘면서 구름같이 몰려오기 시작한다. 수천인지 수만인지 분간이 가지 않게 많은 인원이다. 이종인은 성 위에서 내려뜨린 밧줄을 타고 재빨리 성벽 위로 기어오른다.

용기를 얻은 조선군은 짚단이며 겨릅단에 기름을 부어 훨훨 타는 불길을 수없이 적중에 내려 던진다. 뜻하지 않은 화공火攻에 숱한 적병이 타고 나머지는 물러간다. 이날 밤 적은 야음을 타고 북문을 기습 공격했으나 이것도 이종인 부대가 격퇴시킨다.

운명의 날이다. 이날도 전투는 아침부터 하루 종일 계속된다. 조선군은 소수병력으로 잘 막아내어 해질 무렵 적은 또다시 많은 시체를 남기고 물러간다.

전투를 지휘하던 순성장 **황진**은 한숨 돌리고 성벽 위를 순찰한다. 성 밑에는 적군 시체들이 즐비하게 뒹굴고 있다. 그는 특히 시체들이 더미로 쌓여 있는 대목에 발을 멈추고 뒤따르던 장윤을 돌아본다.

"1천 구도 넘겠소."

순간, 요란한 총소리가 울리고, 총탄이 날아오고, 돌무더기에서 뒹굴던 유탄은 **황진**의 왼쪽 이마를 뚫었다. 그는 쓰러지면서 그 자리에서 숨을 거둔다. 모든 것이 눈 깜짝할 사이에 일어난 일, 시체들 속에 섞여 있던 적병이 저지른 일이다. **황진**은 명장이다. 그의 웃는 얼굴을 보면 사신死神이 춤추는 싸움터에서도 사람들은 마음의 평화를 얻을 수 있었고, 그의 모습을 성벽 위에서 보기만 해도 저절로 용기가 솟는다. 그는 진주성을 버티고 선 기둥이다. **황진**의 죽음은 온 성내에 슬픔과 실망, 공포의 바람을 몰고 왔다. 동시에 긴장이 풀리고 여태까지 잊었던 피곤이 한꺼번에 몰려온다. 용감하던 진주성은 이제 김이 빠지고 생기를 잃기 시작했다.

그런 속에서도 시간은 흐르고 밤이 찾아든다. 전투 중에 사령관의 자리는 한시도 비울 수 없다. 하여 **김천일**은 진주 목사 서예원을 **황진**의 후임으로 순성장에 임명한다.

황진의 죽음으로 조선군은 사기가 떨어져 말이 아니었다. 그 위에 잘못된 일이 또 하나 있다. **황진**의 후임으로 서예원이 임명된 일이다.

"벼슬의 서열로 쳐서 **황진** 다음은 서예원이오."

최경회가 반대하자 **김천일**은 이렇게 대답한다. 어려운 시기에는 작은 입씨름도 큰 불씨로 번지는 경우가 있다. 더 이상 말하지 않는다.

장수를 잘못 임명한 것은 고사하고 유난히 겁이 많은 서예원, 진주성은 그로 해서 종말을 맞을 것이었다.

"괜찮아요. 저는 모든 것을 하늘에 맡기고 있어요."

논개는 덤덤하게 대답한다. **최경회**는 일어서서 그의 어깨에 한 손을 얹는다.

"그렇지. 아마 네 판단이 하늘의 판단일 게다."

대문을 나서 어둠 속으로 사라지는 **최경회**의 눈에 눈물이 고인다.

다시는 이 집에 돌아오는 일도 논개를 보는 일도 없으리라.

1591년에 **황진**은 동복현감(화순군 동복면 일대)으로 근무하는데, 이때에 그는 소금 수레를 끄는 여윈 말 한 필을 샀다. 이 말은 얼마나 굶주렸을까. 야위기는 했지만, 여포의 천리마처럼 명마라는 것을 알아보고, 그는 일과가 끝나면 갑옷을 입고 말을 달리면서 혹은 뛰어넘기도 하고 위로 솟구치기도 하며 용맹을 다지고, 적과의 전쟁에 대비한 맹렬한 훈련을 거듭했다.

그는 용맹하여 활을 잘 쏘았고, 기절氣節이 다른 사람보다 뛰어났다. 27세이던 1576(선조 9)년에 무과에 급제, 선전관을 거쳐 1590년에 그의 삼촌인 조선통신사 정사 황윤길의 무관이 되어 일본에 들어갔다. 일본인들은 통신사 일행을 겁주고 깔보는 행위를 서슴지 않을 때, 그들의 무술 실력을 한껏 뽐낸다.

어느 날, 일본인들은 통신사 일행 앞에서 과녁을 세워놓고 그들의 활쏘기 실력을 보여주려고 하는데, **황진**은 그때 과녁 곁에 작은 과녁을 세워놓고 화살을 쏘아 작은 과녁을 명중시킨다. 또한 연달아 두 발의 화살을 쏘아 새 두 마리를 한꺼번에 떨어뜨린다. 일본인들은 이를 보고 감탄했다. '조선에 이런 무사가 있다니' 하고……

13

操身한 수염에 서리 엉킨 劉水使

유극량은 오랜 장수로서 말가죽에 자기의 주검을 쌀 마음이 독실했다. 임진강臨津江에서 치열한 싸움 끝에 화살이 모두 소진되자, 그는 그대로 선 채 죽음을 맞는다. 무인이던 **극량**은 어려서부터 힘이 장사다. 몸이 날쌘데다가 머리가 명석해, 어려서부터 이웃 사람들은 그가 무사가 될 것이라고 말하곤 했다. 그 말대로 **극량**은 고학을 하여 무과에 급제해 벼슬길에 나가게 되었다. 홀어머니가 정성껏 키운 덕이라고 이웃들은 칭찬을 아끼지 않았다. 그러던 어느 날, 어머니는 마침내 **극량**에게 수십 년 동안 숨겨왔던 비밀을 털어놓는다.

"애야, 오늘 너에게 차마 입에서 떨어지지 않을 이야기를 해 주어야 하겠다."

"……?"

"들어서 좋은 얘기는 아니다만, 평생 묻어둘 수만은 없는 일이겠지."

"어서 말씀하세요. 어머니."

"나는 본시 홍 정승 집 여종의 몸이었다. 그러던 어느 날, 실수로 그 집 옥술잔을 떨어뜨려 깨고 말았지 뭐냐. 옥잔을 깨뜨린 것이 알려지면 벌을 받을까 겁에 질려 무작정 도망을 나왔다가 우연찮게 돌아가신 네 아버지를 만나 너를 낳게 되었구나! 이제 노비의 소생이라는 것이 발각되면 삭과(과거의 규칙을 위반한 사람의 급제 취소)된다는데, 이 어찌 원통한 일이 아니겠냐."

어머니의 말에 놀란 **극량**은 그 길로 어머니가 노비로 있었던 원래의 주인 홍섬[74] 대감 집을 찾았다. 주인을 만난 **극량**은 무

---

74) 洪暹[1504~1585]
본관은 남양南陽. 자는 퇴지退之. 호는 인재忍齋. 시호는 경헌景憲. 조광조 문하에서 수학, 1528(중종 23)년 생원이 되고, 1531년 식년문과에 병과로 급제, 정언을 지냄. 1535년 이조좌랑으로 김안로의 전횡을 탄핵하다가 그 일당인 허항의 무고로 흥양興陽에 유배, 1537년 김안로가 사사된 뒤 풀려났는데, 이때의 심경을 <원분가冤憤歌>에 담아 읊었다. 그 후 수찬·경기도 관찰사 등을 역임, 1552(명종 7)년 청백리에 뽑히고, 1558년 좌찬성 겸 이조판서, 이듬해 대제학을 겸임하게 되자 삼대임三大任이 과중하다 하여 좌찬성을 사임.

릎을 꿇어 인사를 하고서

"어머니에게서 자초지종을 다 들었습니다. 소인은 옥술잔을 깨고 달아난 여종의 아들 **유극량**이옵니다. 소인은 과거의 규칙을 위반한 사람이니 삭과된 뒤에 주인님의 종이 되겠습니다."

극량의 사람됨을 본 홍섬은 그의 정직한 인품에 감복했다. 홍섬은 그 후 **극량**의 그런 비밀을 두 사람만이 간직하고 도리어 **극량**을 종의 신분에서 풀어주는 문권文券을 주었다. 그리고 그를 조정에 추천해 높은 지위에 오르게 도와주었다. 그는 노비의 운명에서 완전히 벗어났지만, 죽을 때까지 어머니의 주인 홍섬을 자기의 주인처럼 대를 이어 극진히 섬겼다.

당시의 신분제도로서는 과거에 응시할 수 없는 노비 출신이었으나, 홍섬의 깊은 배려로 노비신분을 면제받았기에 그는 여러 무관직을 거친 뒤 1591(선조 24)년 전라좌수사가 되었다.

임진란 때, 죽령을 방어하다가 패배하자, 그는 군사를 영솔해 **신할** 밑에 들어가 그의 부장이 되었다. 대장 **신할**과 마침 1,000명의 군졸을 이끌고 그곳에 달려온 도순찰사 한응인[75] 등과 함

1560년 이양의 횡포를 탄핵하다가 사임, 1563년 의금부판사로 복직되어 양관兩館 대제학을 지내고, 1567년 예조판서가 되었다가 이해 선조가 즉위하자 원상院相으로 정무를 처결하고 우의정에 올랐다. 1571년 좌의정, 1573년 궤장几仗을 하사받고 영의정을 세 번에 걸쳐 중임했다. 1579년 병으로 사임, 중추부영사中樞府領事가 되었다. 남양의 안곡사安谷祠에 제향. 경서에 밝은 문장가로, 문집에는 『인재집』, 『인재잡록忍齋雜錄』이 있다.

75) **韓應寅**[1554~1614]

본관은 청주淸州. 자는 춘경春卿. 호는 백졸재百拙齋. 유촌柳村. 시호는 충정忠靖. 부사직副司直 경남의 아들. 1576(선조 9)년 사마시에 합격하고, 다음 해 알성문과에 병과로 급제, 주서注書, 예조좌랑, 병조좌랑, 지평을 지내고, 1584년 종계변무주청사

께 임진강을 방어했다. 이 전투의 사령관은 남병사南兵使 **신할**이다.

이때 임진강 남안에 이른 적병이 감히 강을 건너지 못하자, 대장 **신할**이 강을 건너 적을 공격하자고 했다. 이에 **극량**은 강을 방어선으로 삼아 지키는 것이 상책이라는 판단이 들었다.

"적이 우리 군사를 유인하고 있으니 함부로 움직이지 말고, 5, 6일간 군사의 힘을 길러 사기가 올라간 다음에 적을 치는 것이 좋겠습니다."

그러자 **신립**의 아우이기도 한 **신할**이 **극량**을 베려고 하자, 그는 계속해서 이렇게 말했다.

"내가 소싯적부터 종군하였는데 어찌 죽음을 피할 마음이 있어 그렇겠습니까. 그렇게 말한 까닭은 국사를 그르칠까 싶어서입니다."

마침내 그는 **신할**과 뜻이 같지 않다 할지라도 어찌 대장의 명을 거역하고, 뒤떨어질 수 있으랴! 싶어, 그의 군사를 수습해 거느리고 선봉에 서서 곧 강을 건넌다.

의 서장관으로 명나라에 다녀온다. 1588년 신천군수로 부임해, 이듬해 정여립의 모반사건을 적발, 고변告變, 그 공으로 호조참의에 오르고 승지를 역임했다. 1590년 종계변무의 공으로 광국공신 2등, 정여립 사건을 고변한 공로로 평난공신 1등에 각각 책록되었다. 1591년 예조판서가 되어 진주사로 재차 명나라에 가서 이듬해 돌아옴. 임진란이 일어나자 팔도도순찰사가 되어 랴오둥에 가서 명나라 원군의 출병을 요청하고, 접반관으로 이여송을 맞았다. 한응인은 이듬해 청평군淸平君에 봉해지고, 서울이 수복되자 호조판서가 되었다. 1595년 주청사로 명나라에 다녀오고, 1598년 우찬성에 승진, 1605년 부원군府院君에 진봉되고, 1607년 우의정. 1608년 선조로부터 유교 7신의 한 사람으로 영창대군의 보호를 부탁받았다. 1613(광해군 5)년 계축옥사에 연루되어 관작이 삭탈당했다가 후에 신원되었다. 그는 초서에 뛰어났다. 문집에는 『백졸재유고』 등이 있다.

그러나 미처 강을 다 건너기도 전에 적의 복병이 수없이 나타나 공격해왔다. 좌위장 이천이 강 상류에서 패하고, 이때 **신할**도 혼란에 빠진 진중에서 전사한다. 일본군의 매복에 걸려 **신할**이 전사하자 그는 강을 건너 수 명의 적을 죽였으나 그도 역시 이 전투에서

"여기가 나의 죽을 곳이다."

외치고 적중을 향해 달려 나갔다. 그러고는 감감무소식이었다.

이순신이 전라좌수사로 부임했을 때 경상좌우수영은 장부상에만 존재하는 해군이다. 그러나 전라좌수영은 당시 법 규정대로 군선이나 군비가 적어도 장부에는 맞게 준비되어 있었다.

마치 **극량**은 **이 제독**이라는 걸출한 장수가 부임해올 것을 미리 알았다는 듯이 군대를 만들어 준비해놓았던 것이다.

극량은 난이 일어나자 먼저 **신립** 휘하로 들어가 조령방어선으로 갔다. **신립**은 탄금대에서 배수진(물을 등지고 치는 진)을 쳐 싸우자고 했다.

극량은 배수진은 무모하므로 험준한 조령에서 막자고 했다. 그러나 **신립**은 이런 건의를 듣지 않고 탄금대를 고집해 결국 참패하고 말았다.

극량은 탄금대 전투에서 겨우 살아남아 임진강 전투에 그렇게 참가하게 된 것이다.

두 번의 싸움, 즉 탄금대 배수진 전투와 임진강 도강 전투에서 **극량**의 계책을 받아들였더라면 전세는 바뀌었을지도 모른다.

어찌하든 그는 매우 유능한 군인이었다. 한미(寒微; 가난하고 문벌이 변변치 못하다)한 혹은 천한신분이던 그가 당상관인 수사의 자리까

지 올라간다는 것은 그가 탁월한 지략이 있는 무인이 아니고서야 불가능한 일이었다. 그런 유능한 군인이 조련해놓은 곳이 바로 전라좌수영이다. 지략과 용맹을 겸비한 그의 전략을 모두 무시한 탄금대 배수진과 임진강 전투가 참패로 끝난 것은 매우 애석한 일이 아닐 수 없다. 백발을 흩날리며 싸우러 나가는 모습을 바라본 군사들은 그의 충절에 모두 눈물바람을 하고 있었다.

극량은 전에 조방장이라는 직함을 갖고 **신립** 휘하의 별동대장으로 죽령을 지킨 일이 있었다. 적은 죽령竹嶺으로 오지 않고 조령鳥嶺을 넘었다. **신립**이 충주에서 패하는 통에 적중을 돌파해 임진강까지 후퇴한다. 이제 그는 임진강을 방벽防壁으로 적을 막으면서 병사들을 모집해 단련했다. 무기와 식량을 비축해 충분한 힘을 축적한 연후에 공격으로 전환해 밀고 내려갈 것을 주장했다.

"장군은 잔걱정이 지나치게 많지 않소?"

한응인이 핀잔을 주자 옆에 앉은 권징이 중얼거리는 소리가 **극량**의 귀에 들려왔다.

"천한 것이 겁만 잔뜩 먹고 있어서 원……."

극량은 어금니를 깨물고 눈을 감는다. 권징의 말대로 그는 천한신분이다. 천한신분이라서 사람다운 대접은커녕 평생을 두고 삶은 고통의 연속이었다. 그의 생모는 중종, 인종, 명종의 3대에 걸쳐 재상을 지낸 홍언필 집의 여종이었다.

그가 종의 아들이라는 전력은 평생 따라붙어 언제나 북방 국경이 아니면 남해안 등 변경을 돌아다녀야만 했다. 중앙에서는 근무한 일이 없다. 그의 신분 때문에 중앙으로 직분 이동은 철저하게 배제되곤 했다. 그는 자연히 크고 작은 전투를 경험했고, 당대 제일가는 실전 경험자가 되었으나 이러저러한 핑계로 승진은 제대로 되지 못했다.

작년 2월에는 원균의 후임으로 전라좌수사에 임명되었으나 '인물은 쓸 만하되 태생이 미천해서…… 체통을 못 지킬' 염려가 있다 하여 임지로 부임하기도 전에 밀려났다. 그의 자리에 임명된 것이 **이순신**이었고, 밀려난 **극량**은 일본군의 침략이 있고 난 후에야 보직을 맡고 이 전쟁에 참가하게 되었다.

"적은 강변에서 자진 철수하고 연거푸 편지를 보내 화평을 애걸하고 있지 않소? 그래도 적이 무섭소?"

권징이 조롱하고 좌중에 웃음이 터져도 **극량**은 팔짱을 지른 채 눈을 뜨지 않았다. 맞은편에 앉았던 **신할**이 별안간 칼을 집고 일어선다.

"당신, 죽는 것이 두렵습니까? 이런 말 저런 말로 군의 사기나 꺾고 있으니 말이야."

지금 김명원을 밀치고 직접 적을 치라는 조정의 명령이 **신할**의 머리를 짓누르고 있었다. 거기다 형 **신립**이 죽은 후로는 살아 있는 것이 짐스럽고, 형을 따라 저승으로 가야겠다는 초조한 마음에 사로잡혀 있었다. **극량**은 비로소 눈을 뜨고 죽음을 서두르는 이 사나이를 바라보고 있다.

"나는 철이 들어서부터 군에 종사하여 일찍이 죽음을 피한 일이 한 번도 없소이다. 이제 늙어서 여생이 얼마 남지 않았는데 세삼 죽음이 어찌 두렵겠소? 적을 가볍게 본 것은 병가兵家에서 삼가야 할 일이외다. 만일에 실수가 있으면 나라에 큰일이라 이것을 걱정해 그렇소."

"너, 말이 많다."

신할이 칼을 빼어들고 내리치려는 것을 주위에서 뜯어말린다.

"그렇다면 내가 선봉을 서겠소."

극량은 한마디 남기고 자기 진영으로 말을 달린다. 한밤중의 공격은 동지 상격同志相擊의 위험이 있다고 해서 임진강 도하작전은 다음 날인 5월 18일, 첫새벽에 시작되었다.

"저희들은 압록강에서 여기까지 천 리 길을 잠시도 쉬지 않고 달려왔습니다. 하루라도 쉬고 기운을 회복한 연후에 적을 치게 해주십시오."

한응인이 거느리고 온 평안도 병사들이 몰려와 간청한다. 그러자 한응인은 그중 2명의 목을 가차 없이 베었다.

"무엄하다."

구름이 오락가락하는 하늘 아래 **극량**이 지휘하는 배에 탄 군은 새벽의 어둠을 헤치고 임진강을 가로질러 남으로 향한다. 강가에 상륙한 그의 병사들은 강변의 적 초소를 공격했다. 초병을 짓밟고, 일부 도망치는 적병들을 추격해 또 몇 명을 살상하고 계속 진격한다.

이어 **신할**의 부대가 강을 건너 그 뒤를 따르고, 한응인을 수행해온 검찰사 박충간, 독군督軍 홍봉상도 강을 건너 아군의 공격을 독려했다. 북쪽 강변에서 바라보던 한응인은 순조로운 작전에 만족하고 옆에선 김명원을 돌아본다.

"잘하면 오늘 안으로 한양까지 밀어붙일 수 있겠구먼."

함께 바라보고 있던 권징은 기다리던 이 순간, 그대로 있을 수 없어 배를 타고 강을 건너 공격군의 뒤를 따랐다. 한양 탈환의 꿈은 눈앞에 다가왔다고 믿었다. 그러나 해가 뜨면서 상황은 역전된다. 일전에 파주로 철수했던 1만 명의 일본군이 산을 넘어 공격해오는 통에 아군은 밀리기 시작했다.

유극량과 **신할**이 이리저리 말을 달려 가로막아도 아무런 소용이 없었다. 마침내 걷잡을 수 없이 무너져 다시 임진강으로 몰려 올라왔다. 재빠른 자는 헤엄쳐 북으로 도망치고 나머지는 적의 총칼에 쓰러졌다. **신할**도 적에게 포위되어 창을 휘둘러 좌충우돌하다 결국 적들의 칼에 쓰러지고 말았다. 그를 구하려고 달려간 **유극량**은 몰려오는 적 앞에 말을 멈춰 새우고, 연거푸 활을 당겼다. 화살이 다하자 백발을 바람에 나부끼며 칼을 빼어 들고 적중에 뛰어든 채 다시는 모습을 찾아볼 수 없었다.

홍봉상은 적의 말발굽에 밟혀 죽고 뒤에 붙었던 권징과 박충간은 재빨리 빠져, 권징은 가평, 박충간은 평양으로 도망쳐버린다. 강북에서 바라보던 한응인은 김명원과 함께 남은 군사들을 진정시키고 조정에 글을 띄웠다.

"장수들이 용렬하고 보니 신묘한 계책도 무용지물이었습니다……"라고

14

위엄 있는 우수한 장수 李水伯

이억기는 전주 이씨로, 무과에 급제해 여러 벼슬을 거쳐 경흥, 온성부사를 역임하면서 북방의 경비에 만전을 기했다.

억기는 20세에 함경도 경흥부사로 부임해 북쪽 국경에서 청년 시절을 보내는데, 그때부터 무인의 길에 들어서기 시작한다. 그때 여진의 적장 율 지내 니응개를 붙잡아 칼로 목을 벨 정도로 그는 어려서부터 무예에 뛰어났다. 나중에 그는 순천부사를 지낸 뒤에 전라우수사로 **이순신**의 막하에 들어간다. **이순신**이 채포되어 국문을 받을 때 통렬한 울분의 편지를 옥중으로 보내 **이순신**의 안부를 물었다. 원균이 삼도수군통제사로 부임해오자 한때는 원균의 지휘를 받기도 했다.

전라우수사 **이억기**는 우수한 장수다. 임란 중에 전라좌수사 직에 있던 **이순신**과 유대는 탄탄히 지켜졌다. **이순신**이 투옥되었을 때 당당하게 그를 변호할 정도로 말이다. 칠천량 때 대패 했다고는 하나 원균의 무리한 진격에 대해 반론을 펴기도 해, 그는 전투의 패배에 대한 책임감을 갖고 스스로 목숨을 내놓았다. 그는 통제사 **이순신** 휘하에서도 앞장서서 전공을 많이 올렸으니 **억기**는 그의 배를 가지고 돌진해 적선을 많이 부수고 적을 사살했다. 원균이 통제사가 된 뒤에 별 움직임이 없자 자신이 홀로 일본군에게 쳐들어가 전투를 한 용맹한 장수다. 그런 장수이기에 그는 한 전투에서 패배한 책임을 지고 그렇게 자결을 했던 것이 아닐까.

칠천량해전은 1597년 일본군의 간계로 조선 조정이 속아 넘어가 **이순신**이 조정을 기만하고 업신여겼다는 죄목으로 삼도수군통제사에서 해임된 후 서울로 압송되었다. 국문을 받고 옥에 갇히자, 조선 조정은 원균을 수군통제사로 삼고 부산 방면의 일본군 본영을 공격하도록 했다. 이에 원균은 조선연합함대를 이끌고 출전해보았으나, 당시 경상도 일원, 특히 지금의 경남 해안가와 부산 일대는 일본군의 본진으로 병법에서 말하는 사지의 형국임을 알고 출전을 잠시 미루고 있었다. 바로 그때 경상남도 초계에 있던, 도원수 권율은 애꿎게도 삼도수군통제사 원균에게 불려가 곤장을 맞는다. 그런 다음 원균은 하는 수 없이 조선연합함대(경상, 전라, 충청수군)를 이끌고 부산의 일본군 본진을 공격하기 위해 출격했다. 그러나 거친 파도에 시달려 불리한 상태에서 진격했으니 연안의 일본군에게 고전할 수밖에 없었다. 지금의 경상남도 거제도 연안의 칠천도 일대에 정박 중, 야간 기습공격을 받고 조선연합함대가 괴멸됐던 전투다.

이때 수백 척의 조선 함대 중, 배설이 12척을 이끌고 도망한 것이 후일 **이순신**의 재기에 발판을 마련한 바로 그 12척이다.

억기는 1586에는 6진 방어의 성패가 좌우된다고 할 정도로 중요한 곳이었던 온성부의 부사로 임명되는데, 이때 경흥 지방에 침입했던 여진족을 막지 못했다는 이유로 체포되었던 당시 조산보만호 **이순신**을 변호하게 된다. 그를 백의종군토록 함으로써 그때 **이순신**과 인연을 맺게 된다.

억기는 여진족의 침입이 극성을 부려 수많은 무장들이 파직당하고 처형당하기도 했던 1587년 말까지 6진의 요새를 성공적으로 지켜냄으로써 명성을 얻게 되었다.

임진란이 일어날 즈음 **억기**는 순천부사를 거쳐 전라우수사로 임명되었고 전라좌수사 **이순신**, 경상우수사 원균 등과 합세, 당

710

항포, 한산도, 안골포, 부산포 등지에서 일본군을 크게 격파한다.

1596년에 **억기**는 휘하의 전선을 이끌고 전라 좌도와 우도 사이를 내왕하면서 진도와 제주도의 전투준비를 돕는 한편, 한산도의 삼도수군통제사 **이순신**의 본영을 응원하는 등 기동타격군의 구실을 수행했다.

그는 임진란 초기를 제외하고는 주요 해전에 빠짐없이 참전, 연합함대의 주력으로서 큰 전공을 세웠다. 3도의 모든 수군 장수들이 중도에 교체되는 상황에서도 유일하게 교체되지 않고 무려 6년 동안 전라우수사의 직무를 수행하며 큰 전공을 세운 명장이다.

그러나 애석하게도 1597년 정유재란 당시 통제사 원균 휘하에서 조정의 무리한 진격명령을 받고 부산의 일본군 본영을 공격하다가 칠천량해전에서 패하고 만 것은 가슴 아픈 일이다. 패전한 장수로서 그는 깨끗한 죽음을 택하기로 결정, 스스로 바닷물에 몸을 던져 자결한다.

이때 **이억기** 함대는 전선 25척이다.

양측 기라 졸들이 흔드는 오색 깃발이 바람에 나부끼는 가운데 순풍을 타고 미끄러지듯 다가오면 함대는 1리쯤 거리를 두고 닻을 내린다.

"가서 봬야지."

이순신은 상처를 걱정하는 부하들의 만류를 마다하고 좌선을 내려왔다. 앉아서 손님을 맞는 것은 인사가 아니다.

거룻배로 파도를 헤치고 **이억기**의 좌선에 닿은 **이순신**은 권하는 대로 호상에 앉는다.

"지난번에는 혼자 싸우시는데 마련이 안 돼 참전을 못 하고 이번에도 이래저래 제때에 당도하지 못했습니다. 더구나 크게 다치기까지 하셨는데 뒷전에만 앉아 있는 격이 되었으니 죄송하고 민망하기 그지없습니다."

이억기는 왼팔을 걸 방에 처매고 있는 **이순신**을 바라보고 정말 죄송한 얼굴 표정을 감추지 못했다.

"상처랄 것도 없고…… 그보다도 조정에서는 별다른 소식은 없었습니까?"

좀처럼 웃는 표정을 짓지 않는 **이순신**이었으나 근래에 없이 화색이 도는 얼굴이다.

"떠나기 전날에도 성상의 유서諭書를 받았습니다. 속히 출동해서 군을 도우라는 말씀이었습니다."

"황공한 말씀이외다."

"그렇게 선하시고, 악한 의중은 털끝마치도 없으신 상감께서 어찌하여 이런 변을 당하시는 지 알 수 없습니다."

이순신은 듣기만 하고 대답하지 않는다. 자고로 한 집안이나 국가를 망치는 것은 악惡이라기보다 어리석음愚이라고 한다. 5

년 전 일본 왕사로 다치바나 야스히로가 처음 왔을 때부터 지금까지 조정이 한 일은 어리석지 않은 것이 별로 없었다. 그 어리석음 때문에 오늘날 이 기막힌 재앙을 당하고 있었다. 무엇을 말한 것인가.

"하늘도 무심하시지요."

이억기는 한마디 더한다. **이순신**은 귀공자 같은 그의 얼굴을 바라보고 인생의 순풍과 역풍을 생각한다. 같은 수사로 **이순신** 48살, **이억기** 32살, 16년의 차이는 순풍과 역풍의 차이다. **이억기**는 왕실의 근친으로 태어난 데다 사람됨이 총명하고 담력과 재주를 겸비한 인물이다. 10대에 이미 특재로 내승內乘 벼슬을 받고 궁중에 들어가 임금 선조를 모시게 된다. 내승은 궁중에서 쓰는 말과 기마 등을 다루는 내사복內司僕의 관원이다.

얼마 후 무과에 장원으로 급제해 1581년 21살 되던 해에 함경도 경원부사로 부임한다. 6진의 하나로 두만강 하류를 지키는 지방관이다.

1583년 여진족이 대규모로 공격해오자 기병과 보병 300명을 변복하게 해, 적진으로 돌격시켜 전투를 승리로 이끌었다.

종3품 벼슬로 일반 사람으로는 생각할 수 없는 출세가도를 달린다. 지방관은 그 지방의 책임자이기도 했다. 경원은 두만강의 연변으로 강 건너에서는 수시로 여진족이 쳐들어와 **이억기**도 이들의 토벌에 마음 편한 날이 없었다. 2년 후 1583년 10월

이순신이 이 경원 지방 건원보乾原堡의 권관으로 부임해왔다. 건원보는 **이억기**가 부사로 있는 읍내에서 남으로 35리 떨어진 국경마을이다. 권관은 소대小隊의 국경 수비대 대장이다. 이때 **이순신**은 **이억기**와 처음 대면한다. **이순신**은 39살, **이억기**는 23살, 그러나 **이순신**은 종9품의 권관으로 종3품의 부사에게는 비교도 할 수 없는 미관말직이다.

이억기는 3형제 중 막내로 형이 두 사람 있다. 둘째 형 억희는 풍류객으로 조선 팔도강산을 유람하다가 세상을 마친다. 맏형 억복은 무과를 거친 무관이다.

그는 경원부에서 5년간 근무하고 교체될 때인데 공교롭게도 형 억복이 내정되었다는 소식이 날아온다. 그는 12살 위인 형을 잘 따랐다. 그 뒤 형을 변방에 홀로 두는 것이 마음에 걸렸다. 그래서 함께 있게 해달라고 조정에 요청했더니 바로 이웃 지방인 온성부사穩城府使로 발령을 내주었다. 형제는 두만강가에서 나란히 두 지방을 다스렸고, 서로 오고 가는 일도 잦았다. 벌써 2년의 세월이 흘러갔다. 추수기를 노린 여진족이 대대적으로 두만강을 건너 경원부에 몰려왔다. 성을 지키던 병사들은 거의 전멸하고 억복도 전사한다. 온성에서 소식을 들은 **이억기**는 즉각 병사들을 이끌고 경원에 달려와 여진족을 몰살시켜 버린다. 그때 전사한 큰형의 시신을 붙들고 하염없이 울었다. 늦가을의 세찬 바람에 풀어헤친 머리를 휘날리며 말 잔등 위에서 창을 휘두르는 그의 모습은 글자 그대로 금강역사金剛力士다. 그는 이제

형을 잃은 이 지역을 하루속히 벗어나고 싶었다.

남으로 돌아갈 날을 기다리던 차, 전라도 순천부사로 발령이 났다. 일본의 침략에 대비해 남도의 지방관들을 문관에서 무관으로 교체하던 작년 봄의 일이다. 십 년 만에 두만강을 하직했는데 이 10년 동안 무공을 쌓아 명장이라는 명성을 얻었다.

곧이어 정3품 전라우수사로 승진한다. 31살에 수사는 글자 그대로 순풍에 돛을 단 격이다.

이억기의 승전기록을 보면, 1592년 5월 7일 함포에서 원균 지휘하에 함선 91척으로 일본선 5척을 격파한 것으로 시작, 같은 해 5월 8일 적진포에서 원균과 함께 함선 91척으로 적선 13척 중 11척을 격파하고, 이어서 같은 해 6월 5~6일 사이에 당항포 1차전에서 **이순신**, 원균과 합동으로 적선 21척을 전멸시켰다. 6월 7일 율포에서 적선 7척을 전멸, 7월 8일 한산도에서는 적선 73척 중 47척을 분파, 12척 나포, 7월 10일 안골포에선 적선 40척 중 20척을 분파, 9월 1일 부산포에서는 함선 166척을 이끌고 가서 적선 470척 중, 100여 척을 격파한 것으로 기록되어 있다.

1593년 2월~3월 8일까지 웅천에서는 5차례나 적선을 공격하고, 다음 해 3월 4일 당항포 2차전에서는 함선 약 60척으로 적선 30척을 분파, 1597년 7월 14~16일 사이에 칠천량에서 함선 100여 척으로 적선 600척을 공격하다가 원균과 함께 안타깝게 패전해 순절한다. 그를 가선대부로 추천할 때 인용한 시가 있다.

흉적이 바다 가운데 출몰하는데　　　　　　　　　鯨鯢出沒海之央
그 사나움을 누가 한 손으로 막아내랴　　　　　　狂浪誰能一手障
눈물을 뿌리며 배에 오르니 하늘 또한 노하는데　　泗泣登舟天亦怒
중류에서 노를 저으니 해도 빛을 감추었네!　　　　中流擊楫日無光

백 우산을 휘두르니 삼군이 출동하고　　　　　　　揮白羽三軍動
금 투구를 쓰니 여러 요귀가 숨기나　　　　　　　乍着金與衆妖藏
고개 돌리니 동한 땅에 날랜 장수 있어　　　　　　回首東韓飛將在
웅장한 이름은 천고에 빛나리.　　　　　　　　　　雄名千古汗靑芳

15

어느 영웅이 李僉使와 같을까!

임진란과 정유재란 때 활약한 **이영남**은 세 사람이다. 동시대에 같은 이름으로 활동한 전의全義가 본향인 이영남과 양성陽城 이씨의 **이영남**, 그리고 본관을 알 수 없는 이영남이 있다. 전의가 본향인 이영남은 옥포만호로 원균을 도와 일본군을 방어했다. 이어 정유재란 때, 가리포 첨절제사로서 조방장을 겸임했다. 그도 **이순신** 휘하로 들어가 진도 싸움에서 전사했다. 1621(광해군

¹³⁾년 병조참판에 추증되었다. 1975년 12월 전주 선충사宣忠祠에 영정이 안치되었다고 하는 근거 기록을 『한국인의 족보』에서 기록을 찾을 수 있었다. 그러나 여기서 말한 주인공은 양성 이 씨 **이영남**이다.

그는 선조 25년 임진란 초기에는 경상우수사 원균 휘하 율포 만호로 있었다. 전란이 터지자 적세의 거대함을 보고 원균은 곤 양昆陽 해구에서 잠시 대피하고 있을 때, 옥포만호 이운룡이 그 를 나무라고 전라좌수사 **이순신**에게 구원을 청하게 되자, 그 교 섭의 책임을 **이영남**이 지고 있었다. **이순신**이 처음에는 구원해 달라는 것을 거절하자, **이영남**은 전라좌수영 문밖에서 3일 동 안 통곡하면서 전라좌수사 **이순신**을 5, 6차례 찾아가 수군에 함 께 진출할 것을 허락해달라고 간청한다. 그 뒤로 모든 장수가 협력해 적을 무찌르는 속에 그는 항상 선봉장으로 활약한다. 이 후 5월 7일부터 소비포 권관으로 역사적인 옥포·합포·적진포 등 해전에 협선을 타고 참전해 적을 무찔렀다.

5월 29일 사천해전, 6월 2일 당포해전 등에서는 일본 장수의 배에서 울산 사갓집 여종 억대와 거제 아녀 모리 등을 빼앗아 **이순신**의 적정 탐지에 많은 도움을 얻었다.

6월 5일 당항포해전, 6월 7일 율포해전에 참전할 때는 작은 배를 타고 진격하면서 적선에 포화를 퍼붓고 급습해 들어가서 적의 머리 둘을 베고 일본선 1척을 불살랐다. 또한 7월 8일 한산도해전, 7월 10일 안골포해전, 8월 29일 장림포해전, 9월 1일 부산포해전에 참전, 혁혁한 전공을 세운다.

1593(선조 26)년 2월 10일~4월 3일 웅포해전에 참전, 3월 2일 일본군 수십 명을 격살하고 빼앗은 칼 4개 중 작은 칼 1개를 **이순신**에게 선물했다. 5월 7일~7월 14일 **이순신**의 거제도 수색 작전에 참전한다. 7월 19일 한산도 설진設鎭 후, **이순신**에게 진주·하동·사천·고성 등지의 적들이 도망갔다는 것을 보고한다.

1594(선조 27)년 3월 4일 당항포해전에 삼도명장 31명 중에 선발되어 좌선봉장 훈련판관 겸 소비포권관으로 참전, 적 대선 2척을 불살라 없앴다. 3월 21일 삼도 수군의 현지 과거에 녹명관이 되어 과거 사무를 총괄했다. 8월 14일 춘원포의 적선을 급습, 조선 사람 남녀 15명과 적선을 빼앗아왔다.

5월 22일 새 통제사가 된 원균은 **이순신**과의 약속을 어기고 자기의 과거를 잘 알고 있는 **영남**을 배척하고, 모략해 조정에 보고함으로써 그는 파직된다.

1597년 8월 3일 정유재란에 원균이 패해 전사한 후 복직된 **이순신**의 조방장으로 함대를 재편성하고.

9월 16일 명량해전에 참전해 빛나는 대승을 거두었다. 이후 9월 21일 육지전에도 조방장으로 참전, 낙동강까지 피해 달아나는 적을 추격하기도 했다.

1598(선조 31)년 3월 제56대 가리포첨사 겸 조방장에 임명되어

고금도에 기지를 두고 해로통행첩을 발행한다. 군량미를 비축, 소금을 굽고 구리와 쇠로 각종 포를 만들고 화약을 넣은 종이 주머니를 만들었다. 조주(漕舟)에 익숙한 수군을 완도 각 진에서 소집 훈련시켜 1만여 명이 승선할 수 있는 대 함대를 만들었다. **영남**은 **이순신**과는 옛 인연이 있어 그런지 남다른 신임을 받아 난중일기에는 69회나 기록돼 있다.

그는 8척의 건장하고 훤칠한 기골을 가진 장사다. 강한 의지를 가진 그는 경기도 관찰사와 지중추, 즉 중추부의 정이품 무관 벼슬자리에서도 맑고 깨끗했다. 명망 있는 벼슬로 조정에서는 뛰어난 존재로 부러움을 사기도 했다. 위태롭고 어려울 때 임금의 명령을 받고 몸을 내던지면서도 그는 행여, 후회해본 적이 없다. 그 같은 생각으로 **이순신**의 원수를 갚았다. **이영남**은 어찌하여 그다지도 서둘러 일각(一刻)을 늦다 여겼을까.

16

담력 비상하고 강직한 성품 **鄭萬戶**

"이것이 그 바다로군요. 아들이 그토록 지키고 싶어 하던⋯⋯ 조선의 바다말입니다. 예, 정말 아름다운 바다입니다. 그 모습으로, 당신이 지켜주신 아름다운 바다입니다. 그러므로 오늘 지금 다시, 그들에게 이 바다를 빼앗길 수는 없겠지요⋯⋯."

요즘 방영되고 있는 TV 사극 <불멸의 **이순신**>에서 정만호의 아버지 정응정 역할을 맡은 이의 인물됨이 퍽 인상적이다. 기개와 강한 성품이 느껴지는 언기자, 고집스럽게도 정도를 벗어나지 않는 조선의 전형적인 선비의 정신이 돋보인다. 작가는 **정운**의 성품으로 미루어 상상력을 발휘했을 법한 일로 공조판서의 추증을 받은 그 아버지의 성정도 유추해볼 수 있는 명장면이었다. 그의 부하들은 물론 여러 제장과 함께 전라좌수사는 좌수영의 성대한 장례식으로 **정운**을 떠나보내고자 하는 애절한 마음이었으나 그의 아버지 정응정은 "아들이 좋다 여기지 않을 것입니다. 전란을 제 손으로 끝내고 가지 못한 불민不憫한 아들이라 그리 물색物色없는 사람은 아닐 것입니다. 지금은 전란 중이라 일각을 아껴 다음 싸움을 대비해야 한다는 것을 전라좌수군 장수의 한 사람으로서 어찌 모르겠습니까……."

"……."

"살아서나 또는 죽어서도 아들은 전라좌수영의 장수인 것을요. 세상을 등졌다 하나 진중에 누가 되는 일은 결코 하고 싶지 않을 겁니다."

정운은 28세에 무과에 급제한 뒤 일관되게 무인의 길을 걸어왔다. 녹도만호로 부임해서는 **이순신**의 전라좌수영 막하로 들어간다. 개전 초에 그는 전라도 수군이 작전지역을 넘어서 경상해안으로 출정하는 문제를 놓고 여러 장수의 의견이 엇갈릴 때, 구역을 헤아리지 않고 나아가 싸울 것을 주장했는데, 이때 그는 칼을 뽑아들고 제장들과 회의 중인 전라좌수사 **이순신** 앞으로 나가 눈을 부릅뜨고 말한다.

"왜병이 이미 영남을 휩쓸고 이 기세를 타고 한없이 밀어붙이고 있습니다. 그 형세가 반드시 한꺼번에 수륙양면으로 진격해 들어올 것입니다. 공은 어찌하여 이처럼 망설이고 출전할 뜻이 없습니까?"

말소리와 그의 안색은 몹시 상기되어 있었다. **이순신**은 기가 질려 감히 그의 뜻을 따르지 않을 수 없게 되었다. 그는 이내 선봉으로 자청했다. 그러고는 곧바로 바다로 나가 적을 공격해 들어갔다. 적이 대대적으로 몰려오자 여러 장수는 모두 뒤로 달아났다. 이때 그는 큰 소리로

"여러 장수가 임의로 진퇴를 하니, 내가 죽을 곳을 얻었다."

부르짖으며 적진을 향해 돌진해나갔다. 이루 말할 수 없이 일본군의 배를 격파했다.

그의 출전 첫해 옥포해전에서 일본군을 맞아 크게 공을 세운다. 그의 활달한 성격과 소탈함은 전선에서 항상 그를 앞장서게 했다. 당포, 한산도에서도 선봉장이 되고. 부산포해전 때 몰운대에서 일본군 탄환에 어이없게도 쓰러지는데, **이순신**은 그의 죽음을 크게 슬퍼하고, 그를 위한 장계를 특별히 올린다. 그의 죽음이 헛되지 않게 해달라는 요지의 말을 임금에게 청했다.

임진년 9월 11일 임금에게 올린 장계에 그는 이렇게 기록하

고 있다.

"8월 27일 웅천에 도착, 경상 해안 쪽 적에 대한 정보를 수집했다. 9월 1일 새벽 몰운대에 도착, 그리고 부산 동래 해역을 수색했다. 부산포에 정박 중인 적선 5백여 척을 발견한 후, 적이 정박된 곳을 향해 그의 전선은 장사진으로 돌격해 들어갔다. 전투는 6차례나 진행되었다. 이때 적선 150여 척을 격침시켰다. 이 싸움에서 녹도 **정만호**가 전사했다."

정운은 **이순신**이 가장 아끼던 장수들 중 한 사람이다. **이순신**은 그에 관해 별도의 장계를 올려 그의 죽음을 매우 슬퍼했다.

그날도 **정운**은 몸을 가벼이 여겨 죽음을 잊고 먼저 적의 소굴을 돌격해 하루 종일 싸웠다.

"**정만호**는 그날 돛을 올릴 때 적탄에 맞아 죽었습니다. 그 늠름한 기운과 맑은 기상이 아주 없어져 뒷세상에 알려지지 못하면 절통한 일입니다."(임진년 9월 17일의 장계)라고……

1587(선조 20)년 녹도만호로 부임한 이대원76)은 녹도의 가까운

---

76) 李大源[1566~1587]
    본관은 함평咸平. 자는 호연浩然. 1583(선조 16)년 무과에 급제, 1586년 선전관으로 있다가 같은 해 녹도만호鹿島萬戶가 됨. 1587년 남해안에 침입한 일본군을 물리치고 적장을 사로잡아 수사水使 심암에게 압송. 그러나 전공을 자기 것으로 하려는 심암의 부탁을 거절하는 바람에 미움을 산다.

섬에 왜구가 침략해 들어오자 1차전에 출전해 부하들 중에 한 사람도 사망자 없이 적을 섬멸했다. 당시 직속상관인 전라좌수사 심암이 이대원에게 승전한 전과를 자기에게 줄 것을 요청했다. 그러나 이대원은 이를 거절했다. 그 일로 심암의 시기와 반감이 집요했다. 순찰사의 장계로 조정에서 이대원을 전라좌수사로 승진 임명했으나 교지가 도착했을 때는 이미 2차전 손죽도 앞바다에서 순절한 뒤였다. 이런 전과가 있는 이대원과 함께 **정운**은 녹동 쌍충사에 배향되어 있다. 그의 자세한 행적은 '삼강행실'에서도 찾을 수 있었다. 그는 성격이 강직하면서도 움직임은 매우 빨랐다. 그가 홀어머니를 모시는 데 효심이 얼마나 지극했으면 삼강행실에 기록될 정도였을까!

1591(신묘)년 선조가 전라도 녹도鹿島(고흥군 도양면 득량리) 지방에 일본인들의 침범이 잦은 곳이라고 판단. **정운**을 그곳 만호로 보내 방어토록 했다. 무관직인 녹도만호에 임명된 그는 잠잘 틈도 없이 성의 진지를 고쳐 쌓고 무기를 수선했다. 그런 어려운 상황에서도 전함을 3척이나 제작했다. 배를 만든 속도가 매우 빨라 장차 일본 적들의 기습을 방어하는 데 크게 쓰일 것이었다.

정운은 그렇게 역전 분투했으나 이게 웬일인가! 안타깝게도 부산 몰운대 전투에서 적의 탄환을 맞고 순절하게 되다니. 이

이어 흥양興陽에 침입한 일본군과 손죽도巽竹島에서 싸우다 사로잡힘. 항복을 거부하였기에 살해된다. 한편 남해안의 일본군을 물리치고 적장을 사로잡은 사실과 심암의 행패가 관찰사의 장계로 조정에 보고. 이에 따라 심암은 파면되고 그는 수군절도사에 임명되었으나, 이 명령이 도달하기 전에 전사해 안타깝기 그지없다. 그는 병조참판에 추증. 고향에 충신정문이 세워짐. 흥양의 쌍충사雙忠祠에 제향.

소식을 들은 **이순신**은 하늘을 우러러보며 대경실색했다.

"국가가 오른팔을 잃었구나!"

하며 탄식하고 녹도선으로 하여금 **정운**의 시신을 수습케 했다. 군관 송희립을 호송관으로 삼아 시신을 호송케 한 후 이윽고 전군에게 퇴각명령을 내렸다. 지역 백성들과 장졸들은 그의 죽음이 매우 원통해서 슬프게 울었다. 여기 그를 위한 **이순신**의 제문이 있다.

아, 인생이란 반드시 죽음이 있고
삶에는 반드시 천명이 있나니
사람으로서 한 번 죽는 것은
정말 아까울 게 없건마는

오직 그대 죽음에 마음 아픈 까닭은
나라가 불행하여 섬 오랑캐 쳐들어와
영남의 여러 성이 바람 앞에 무너지자
몰아치는 그들 앞에 어디고 거침없다.

우리 서울 하룻저녁 적의 소굴로 변하도다.
천 리 길 관서로 임금의 수레가 옮겨가니
북쪽 하늘 바라보면 간담이 찢기건만,
아, 슬프다! 둔한 재주 적을 칠 길 없을 적에
그대와 함께 의논하자 해를 보듯 밝았도다.

계획을 세우고서 배를 이어 나갈 적에
죽음을 무릅쓰고 앞장서 나가더니
왜적들 수백 명이 한꺼번에 피 흘리며
검은 연기 근심구름 동쪽 하늘을 덮었도다.

네 번이나 이긴 싸움 그 누구의 수고로움이던가!
종사宗社를 회복함도 날 기약할 만하더니
어찌 뜻했으랴, 하늘이 돕지 않아 적탄에 맞을 줄을
저 푸른 하늘이여! 어찌 알리리까.

돌아올 제 다시 싸워 원수 갚자 맹세 터니
날은 어둡고 바람조차 고르잖아
소원을 이루지 못하매
평생에 통분함이 이 위에 더할쏘냐!

여기까지 쓰고나메 살 에듯 아프구나.
믿는 이 그대더니 인제는 어이할꼬
진중의 모든 장수 원통히도 여기더니
늙으신 저 어버이 그 누가 모시리오.
황천까지 이어질 원한 눈을 언제 감을런가.
나라 위해 던진 그 몸 죽어도 살아 있으리라.
아, 슬프도다! 아, 슬프도다!

그 제주 다 못 펴고 덕은 높되 지위 낮고
나라는 불행하고 군사 백성 복이 없고
그대 같은 충의야말로 고금에 드물거니

이 세상에 누가 내 마음 알아주리오.
극진한 정성으로 한 잔 술을 바치니
흠향하시라. 어 허! 슬프도다.

"그가 후세에 알려지지 못하면 이야말로 지극히 애통한 일이
아닌가."

그들은 정신을 잃을 정도로 슬퍼했으나, 적들은 "이제는 적

장이 죽었으니 걱정할 것이 없다"며 기뻐 날뛰었다.

본진에 귀환한 **이순신**은 위와 같은 제문을 쓰고 **정운**이 죽음을 통탄해 마지않았다. 곧바로 행조에 부보를 전달케 했다. 이에 대한 화답으로 선조는 즉시 증, 가선대부 함경북도 병마절도사를 제수한다. 선조는 동부勳府에 어찰을 내려

"**이순신**이 영남 지방의 구원건으로 제장과 회동할 때 **정운**이 힘껏 협조하였는가 하면 왜적을 토벌하는 데 있어서도 전공이 제일 컷을 뿐 아니라 국가를 위해 몸을 바친 것이다"

하고 가의대부 병조참판에 기록게 하고 그 가문에 정려를 표시하도록 했다. 그의 아들 지언을 보은현감에 제수케 했다. **정운**이 순국한 지 60년이 되던 1652(임진)년 우산牛山 안방준의 발의로 고향 고을 사람들은 해남 옥천면玉泉面 경호변鏡湖邊에 사당을 건립, 제당祭堂을 줄곧 받들고 있다. 이후 1682(숙종. 신유)년 경호사에 예관이 파송되어 제사를 지내게 했다. 그의 축문을 보면

　타고난 순수한 효심은 어린아이 때부터였고
　몸소 활을 당기고 말을 달리면서도
　선비로서는 늘 학문을 다져 나라에 보답할 것을
　맹세하는 마음으로 그 뜻을 칼에 새겨 노력하였다.

　시험을 거쳐 벼슬길에 나아갔고,
　진포鎭浦의 수령이 되어 무기를 손질해
　나라의 방비를 튼튼히 하였다.

섬나라 오랑캐 기세를 올려
벌 떼처럼 북적거린다.
바다의 방비를 잃었고
잠깐 사이에 위험이 다가온다.
임금은 곤욕을 당하고 충신들이 죽어갈 때
몸소 머나먼 곳까지 구원의 길에 나섰다.
눈물을 닦으며 배를 몰아 칼을 잡고
노 젓기를 감독하여

돛 단 전선은 구름 사이를 쏜살같이 달려가
많은 적을 무찌르고 불태웠다.
한 몸으로 왜적을 막아 나라를 지키려고
해로를 막았어도 이내 9월 1일

빗발치던 적탄에 큰 나무가 부러졌으니
태양도 서러워했고,
장졸은 우렛소리로 통곡하였다.

　다음 해인 1683(계해)년 녹도 사에는 쌍충사雙忠祠라는 사액이
내려지고, 이와 함께 또 예관을 보내 제사를 지내게 했다. 그때
의 제문도 읽어본다.

영남을 구원할 때의 의논이 달랐다.
여러 장수가 겁을 먹었어도
공만은 몸 바쳐 싸우기를 맹세하고
두 눈을 부릅뜨고 작전을 결정
우리의 보거[77]를 이루어주었고

---

77) 輔車; 수레와 수레의 덧방나무가 떠날 수 없다는 뜻으로 바꿔 말해 상악골上顎骨처
　럼 서로의 단결을 말한다.

왜적의 숨통을 막아주었네.
옥포의 승전이며 지도紙島의 승전이니
칼을 뽑아 독전, 노를 저어 힘을 주며

싸움터에 나아갔네.
언덕은 피비린내요
바다도 핏물일세.
그러고도 남은 용력으로

끝까지 달려들어 적들과 싸웠다네.
뱀 같고, 돼지 같은 왜놈, 무찔러
소굴을 소탕키로 맹세하였고
날쌔게 달려가다, 적탄에 억눌려 숨을 거두었네.

17

거동 단정한 沈監事

어젯밤의 일이다. 도승지의 임명을 받고 숙소로 돌아와 잠자리에 막 들려고 하는데 삭녕朔寧(경기도 연천)에 사는 선비 김궤라는 사람으로부터 상소문이 날아왔다.

"……전하께서는 요망한 계집 김씨에게 빠져 나라와 기강을 무너뜨렸습니다. 또 간신배들의 말을 듣고 아무런 방비도 하지 않아 수백만 백성들을 흉악한 적에게 도살당하게 하였습니다.

그래서 전하는 만백성의 인심을 잃었으니 도리가 없습니다. 즉각 왕세자에게 왕위를 물려주고 물러나신다면 백성들도 나소 분이 풀리고 분발하여 이 큰 적을 물리칠 수도 있을 것입니다."

상소가 들어오면 임금에게 고하고 조정에 공시公示하는 것이 절차였으나 이런 때 상소를 그렇게 해도 되는 것인지 영 판단이 서지 않았다. 이충원은 새벽에, 전부터 친분이 있는 좌의정 윤두수를 찾았다.

"그 친구, 할 소리는 다 했구면."

윤두수는 상소를 읽고 혼자 중얼거린다. 그는 소탈한 사람이다.

"어떻게 할까요?"

"어떻게 할 것은 없고……."

그는 씩 웃고, 이충원은 그 뜻을 알아차린다. 입 밖에 내지 말라는 것이다.

"그보다는 신성군과 정원군이 간밤에 길을 떠났다는 소문인데 어디로 갔는지 아시오."

이 충원은 처음 듣는 소리다. 직책상으로도 이렇게 따돌릴 수 있을까? 하기는 좌의정에게도 알리지 않은 모양이니 사실이라면 심상찮은 일이다.

그는 곧바로 행궁으로 달려간다.

"전하, 두 왕자께서 떠나셨다는 것이 사실입니까?"

임금은 찔끔했으나 왕자들만 입에 오르고, 인빈 김씨의 이름

이 나오지 않는 것이 다행이다. 유홍은 역시 머리 회전이 빠른
터라 잘 감싸고 돌아간 모양이다.

"우의정이 서북 민정을 살피러 가는 편에 평양으로 피란을
보냈소. 그 애들이 이 개성에 있다고 할 것이 뭐 있겠소?"

우의정이 떠났다는 것도 처음 듣는 말이다. 또 피란을 시킨다
면 그들보다 어린 왕자들이 많은데 왜 하필 김씨 소생들만이냐?
아직도 정신을 못 차리고 인빈 김씨의 손에서 놀아나고 있구나.

말해서 소용없다고 단념한 이충원은 입을 닫아버린다.

신하들이 들어와 회의가 시작된다.

"충청도와 전라도는 지금껏 온전하지 않소? 나는 그 고장에
서 충신, 열사들이 일어나 북상하는 적을 무찌르고, 나로 하여
금 하루속히 한양으로 돌아가게 하기를 학수고대했소. 그런데
한마디 소식도 없으니 이렇게 답답할 수가 또 어디 있겠소?"

임금이 눈물까지 글썽이며 한탄하자 신하들은 머리를 조아린다.

"망극하오이다."

"무슨 수가 없겠소?"

"앉아서 기다리기만 할 것이 아니라 보내 독려하는 것이 좋
겠습니다."

한 신하가 제의하자 모두 찬성한다.

"그것이 좋겠습니다."

임금이 좌중을 둘러보았다.

"옳은 말이오. 그러면 누가 가겠소? 적진을 뚫고 가야 하는 험한 길이니 나로서는 강권할 생각은 없소. 뜻이 있는 사람은 말하시오."

그러나 아무도 나서는 사람이 없었다. 좌중에 고개를 떨어뜨리고 숨 가쁜 침묵이 얼마를 흘렀을까. 바로 그때 말석에 앉았던 보덕輔德[78] **심대**라는 체구가 깡마른 이가 앞으로 나온다.

"신이 가겠습니다."

보덕은 세자시강원의 정3품으로 세자를 가르치는 직분이다.

"내 경의 벼슬을 올릴 것이오."

그러나 **심대**는 이를 사양했다.

"가서 사명을 다하고 돌아온 뒤에 받아도 늦지 않다고 사료되옵니다."

이충원은 임금의 지시로 충청, 전라 두 도의 감사에게 보내는 친서와 백성들에게 고하는 유서를 작성했다. 적을 만나면 손쉽게 없앨 수 있도록 작은 종이에 작은 글씨로 할 말을 다 하려고

---

78) **輔德**: 세자시강원에서 세자에게 경사經史와 도의를 가르쳤으며 정원은 1명이다. 1392(태조 1)년 세자관속世子官屬을 정할 때 좌·우보덕 각 1명을 두었다. 세종 때는 집현전의 관원이 겸직하도록 했다. 1456(세조 2)년 집현전이 무산되면서 모두 실직이 되었으나 『경국대전』의 편찬과정에서 좌보덕은 정식 직제화되었다. 우보덕은 겸직이 되어 법제에서 빠졌다. 때로는 弘文館의 直提學·典翰·應教·부응교 중에서 1명을 선임, 보덕을 겸임하도록 했다. 영조 때는 兼輔德 등 5명의 겸 관직을 시강원에 설치, 『속대전』에 법제화했다. 겸관직의 확대·증설은 시강원의 비중을 높이고 세자교육을 강화시켜 나간 추세와 일치. 시강원의 주재관이었던 보덕은 종3품이었다가 1784(정조 8)년 비로소 정3품 당상관으로 격상되었다.

하니 시간이 필요했다.

　심대는 예성강에서 배를 타고 서해로 내려갈 예정이다. 이충원은 그를 벽란도까지 배웅한다. 돌아와 동헌으로 들어가는데 어제 한양으로 떠났던 신잡이 달려와 어전에 엎드린다.

　"적이 서울에 들어왔답니다."

　"저런, 이를 어쩐다?"

　임금은 말문이 막혔다가 잠깐 사이를 두고 묻는다.

　"신 승지는 어디까지 갔다 오는 길이오?"

　"어제 저녁 혜음령惠陰嶺(고양시 고양동)까지 갔다가 그 소식을 듣고 동파역에 돌아와 자고 지금 오는 길입니다."

　"적은 언제 한양에 들어왔다고 합디까?"

　"어제 아침이라고 들었습니다."

　눈앞의 탁자를 가볍게 치는 임금의 목소리가 떨렸다.

　"여기 있으면 무얼 하오? 빨리 피해야지. 당장 떠납시다."

　옆에 앉았던 윤두수가 말했다.

　"오늘은 안 되고, 내일 체모를 갖추고 떠나야 합니다."

　"지금 떠나 오늘 밤은 금교金郊에서 자는 것이 좋겠소."

　"민심이 흉흉해서 무슨 일이 일어날지 알 수 없으니 밤길을 피하고 내일 일찍 떠나도록 하시지요."

　"딴소리 말고 어서 갑시다."

　임금은 일어났다 앉았다 진정을 못 하는데 신잡을 따라갔던 홍문관 교리 이상홍이 더욱 불을 붙였다.

"한양이 모두 불타서 적은 소득이 없을 테니, 그들은 곧바로 이 개성으로 쫓아올 것입니다."

그도 겁을 먹었고, 시각을 다투어 달아나고 싶었다.

"그것 좀 봐요. 빨리 나가 떠날 채비들을 하시오."

"기왕 갈 바에는 옥에 갇힌 죄수들을 풀어주고 떠나는 것이 어떠하오리이까?"

한 신하가 제의했으나 임금은 허둥지둥 안으로 들어가면서 내뱉는다.

"대신들과 의논해서 좋도록 하시오."

윤두수는 임금의 거동을 지켜보다가 눈을 내리깔았다. 뭐니 뭐니 해도 우환의 근원은 여기에 있었다.

임금의 행렬이 개성을 떠난 것은 오후 4시다. 졸지에 무작정 떠나다 보니 모양새도 안 좋고 모든 것이 뒤죽박죽이다. 당시의 기록은 임진강을 건널 때보다도 고생이 더 심했다고 적고 있다.

개성의 백성들은 길거리로 달려 나와 드러내놓고 손가락질이다.

"저런 것도 임금인가?"

옥문이 열리는 바람에 저절로 풀려나온 김공량은 혀를 내민다.

"히히, 나는 역시 하늘이 낸 사람이야."

그러나 그는 다른 신하들과 같이 북으로 가지 않고 강원도 산간벽지로 달아난다. 금은보화는 한이 없겠다. 세상이 두 동강

나도 살길은 있을 것이다.

심대는 그해 9월에 경기 관찰사에 임명되고부터는 적을 두려워하지 않고 맹활약했다.

1592년 10월 18일. 적이 조선을 불시에 쳐들어왔을 때 야간 기습을 받았다.

군사들이 당황해 무너지고 흩어졌으나 감사 **심대**는 용맹스럽게 막하 부장들과 함께 적진에 활을 쏘고 치열한 전투를 벌이었다. 불행하게도 화살은 동이 나 버리고, 싸움은 전력의 힘을 잃게 된 후, 한양수복작전을 세우던 중 삭녕에서 일본군의 밤 습격을 받아 전사하게 되는데 그때 그는 임금이 계시는 북쪽을 향해 네 번 절하고 나서 결국 적의 칼에 쓰러졌다.

18

대대로 무과에 등제한 전형적인 무관 **李兵使**

    경주에서 적의 동태를 지켜보던 도체찰사 이원익은 마침내 적이 움직이기 시작하자 자기 관하에 있던 충청, 전라, 경상, 강원도 전역에 청야령淸野令을 내린다. 이에 따라 백성들은 적이 가까이 오면 그들이 이용할 수 있는 모든 물자, 특히 식량, 가축 등을 깨끗이 쓸어가지고 지정된 산성으로 들어간다. 군대도 부득이한 경우를 제외하고는 적과 정면 대결하는 것을 피하고 유격전으로 그들의 보급을 차단하는 데 주력해야 한다.

임진년의 경험에서 깨달은 조선군은 적에게 굶어서 말라 죽게 할 계획이었다. 청야니 유격전이니, 말은 쉬워도 이에 종사하는 백성과 군사들의 고통은 이루 말할 수 없었다. 그러나 적은 강대하고 조선군은 미약하니 다른 방도가 없었다. 수군은 이미 원균의 참패로 없어졌고, 지상군도 영남에 1만 명, 호남에 1천5백 명의 병력이 있을 뿐이다.

명나라군은 큰소리만 쳤지 지금까지 조선으로 들어온 병력은 남원에 양원 휘하 3천, 전주에 진우충 휘하 2천, 충주에 오유충 휘하 4천, 그리고 서울에 마귀가 거느리는 기천 명, 모두합해 1만여 명이다. 조선군과 명나라군을 합해 3만에도 못 미치는 숫자, 적의 14만여 명과는 비교도 안 되는 열세다. 이토록 방비가 한심한 데다 전쟁의 양상도 심상치 않았다. 통상적으로 전쟁을 일으킨 것은 무력으로 영토와 인력을 탈취하는 것이 제일가는 목표다. 그 땅에 그 인력으로 농사를 짓고, 혹은 금은보석 등 특산물을 캐어다 본국을 살찌게 하는 것이다.

이 전쟁은 달랐다. 일본군은 부수고 불을 지르고 조선의 국토를 쑥밭으로 만들고, 조선 사람을 몰살하려 들었다. 폭력으로 한 나라를 파괴해버리는 것이다. 그들은 특히 사람을 잡는 데 전대미문의 기묘한 수법을 쓰고 있다. 칼로 목을 치고 코를 도려 저마다 옆에 찬 주머니에 집어넣었다. 군인과 민간인, 남자와 여자, 노인과 어린아이를 가리지 않는다. 코가 모이면 상자

하나에 1천 개씩 채우고 소금에 절여 부산으로 후송하고, 부산에서는 숱한 상자들이 배에 실려 일본으로 건너갔다.

우키다 히데이에가 지휘하는 적의 좌군 4만 9천여 명이 섬진강 좌안을 북상해 구례求禮에 도착한 것은 8월 10일이다. 이들과 협력해 남해를 서쪽으로 항진하던 일본 수군 7천여 명은 섬진강 하구 두치진豆恥津에서 닻을 내리고 강가를 진격하는 좌군과 함께 구례로 행군했다. 큰 배들은 두치진에 정박하고, 작은 배 수백 척은 저마다 식량을 싣고 섬진강을 거슬러 곡성谷城까지 올라갔다. 곡성에서 남원은 지척인데다가 평지여서 길도 좋았다.

전라병사 **이복남**이 휘하 7백여 명의 병력을 이끌고 순천으로부터 급히 북상해 남원성으로 들어온 것은 8월 11일이다. 일본 적은 그 전날 구례를 점령하고, 11일에는 그들의 척후병들이 이미 남원성 외곽에 출몰하고 있었다. **이복남**은 임진년 7월 김제 군수 정담과 함께 웅치熊峙에서 싸운 장수다. 무과 출신으로 당시의 벼슬은 나주판관羅州判官, 부대는 거의 전멸했으나 그는 용케 살아남았다. 그 후 각처를 전전하다가 나주부사를 거쳐 원균이 수군통제사로 진출하자 그 뒤를 이어 전라병사로 임명되었다.

43세 때, 병조참판을 지낸 증조부 광식 이래 대대로 무과에 등제한 전형적인 무관 집안이었다. 조부 전은 경상좌병사, 아버지 준헌은 갑산부사, 두 아우 덕남과 인남도 무과 출신으로 임진년 싸움에서 전사했다.

전라병사의 위치는 원래 강진康津이었으나 이번 전쟁이 일어난 후로는 장흥長興으로 옮겼다. **이복남**도 장흥에서 복무했다. 원균이 지휘하던 수군이 추원 포에서 전멸하고 적의 대병력이 남해를 거쳐 전라도 방면으로 이동할 기미가 보이자 그는 도원수 권율의 명령으로 병력을 이끌고 급히 순천으로 달려갔다. 적이 그곳으로 상륙할 염려가 있어서다. 그러나 적은 순천으로 오지 않고 사천에 상륙해 남원으로 진격했다. **복남**은 만일의 경우를 대비해 1천5백 명을 반으로 나누어 절반은 순천에 남겨두고, 나머지 7백여 명을 이끌고 북상해 남원으로 들어오게 되었다.

남원성에는 지난여름 여기 도착한 명나라 장수 양원 휘하 3천여 명의 기병이 있었다. 조선군으로는 남원부사 **임현**, 구례현감 이원춘이 지휘하는 병력이 각각 몇십 명씩 있었다. 또 조방장 김경로, 산성별장山城別將 신호도 도중에 **복남**과 만나 함께 성으로 들어왔다. 이들도 몇십 명씩 거느리고 있었다. **이복남**군과 이들 병력을 모두 합하면 남원성내의 조선군은 약 1천여 명, 명군까지 합하면 방위군은 모두 4천 명이 되었다.

이복남은 **임현**이 인도하는 대로 숙소로 지정된 북문 안 초가에 짐을 풀고 용성관龍城館으로 양원을 찾아갔다.

용성관은 남원부의 객관으로 일명 휼민관恤民館이라고도 불렸다.

"적이 열 배도 넘는다고 했소? 걱정할 것이 없소. 전주에 있는 진우충 장군이 내려와서 적을 배후로부터 칠 것이고, 그 뒤에 마 제독, 또 그 뒤에는 형 경략의 백만 대군이 있는데 무엇이 걱정이오? 왜놈들, 임자를 만난 것이오."

양원은 그렇게 장담을 했다. 이 자리에서 명군은 동, 서, 남의 3문을 담당하고 조선군은 북문을 지키기로 합의했다. 이들 4대문 중에서도 경상도를 바라본 동문을 제일 중하게 여겼는데 전투가 시작되면 양원은 이 동문에 있으면서 전군을 지휘하도록 했다.

적의 본진이 남원성으로 다가온 것은 13일이다. 이날 적은 홍수처럼 밀려와서 일부는 성을 에워싸고 종일토록 성을 향해 조총을 쏘아대고 나머지는 흩어져 주위에서 사람을 잡고 닥치는 대로 부수고 불을 지르니 남원성 사방 1백 리는 연기와 불길이 솟아올라 하늘도 제대로 보이지 않았다.

분탕질이 끝나자 14일부터 적은 5만 6천여 명의 병력을 총동원해 성을 포위하고 공격을 퍼붓기 시작한다. 남원성은 둘레가 8천2백 척의 석성이다. 1척에 평균 7명의 적병이 늘어선 셈이다. 빈틈이 없었다.

이 당시 먼 산에 숨어 이 광경을 내려다본 조경남은 다음과 같이 적어놓았다.

날마다 외로운 성을 바라보니 적은 마치 달무리가 달을 에워싸듯 성을 포위하여 위급하기 이를 데 없었다. 포성은 하늘을 진동하고 불빛은 낮과 같이 밝았다. 그 속에서 우리 군대가 적을 막아내는 고통을 생각하고 짐승같이 날뛰는 적의 모습을 생각하니 가슴이 메어지고 저절로 눈물이 흐르고 탄식이 터져 나왔다(『난중잡록』).

적은 높은 사다리[飛雲長梯]를 수없이 만들어 세우고 그 위에 올

742

라 성안을 내려다보면서 마구 사격을 퍼붓고, 조선군은 대포와 진천뢰로 대항하니 피차 이루 말할 수 없이 사상자가 많이 생겼다. 특히 동문과 남문을 지키던 명군은 한때 전멸했다는 소문이 나돌 정도로 피해가 극심했다.

"성을 비우고 나오면 고스란히 보내줄 터이니 안심하고 나오라."

고니시 유키나가가 사람을 보내 권고했으나 양원은 큰 소리로 거절한다.

"나는 15세부터 장수가 되어 천하를 두루 돌아다녔는데 싸워서 이기지 못한 적이 없다. 지금 정예 10만으로 이 성을 지키고 있는데 아직 물러나라는 명령을 받은 일이 없다."

당초 명군은 위급한 경우의 연락방법을 정해두었다. 남원이 위급하면 전주에 보고하고, 전주는 공주, 공주는 서울로 보고하게 되어 있었다. 그러나 전주의 진우충은 세상에 급할 것이 없는 우둔한 인물이다. 양원이 하루에도 몇 번씩 사람을 보내 원군을 요청했으나 그의 대답은 언제나 단 한마디였다.

"알았다."

그는 위에 보고하지 않고 스스로 움직이지도 않았다.

전주에는 조선 측의 책임자도 없었다. 전라감사 박홍로가 해임되고 심유경의 접반사로 있던 황신이 후임으로 임명되었으나 황신은 변산邊山으로 피신하고 전주에는 없었다. 도체찰사 이원익과 도원수 권율은 한때 남원 동방 40리, 운봉雲峰까지 왔으나 그들에게는 전투 병력이 없었다. 또 임금이 부르는 통에 급히 서울로 떠나갔다.

　이래서 남원성은 외로운 싸움을 계속하면서 차츰 운명의 순간으로 다가서고 있었다. 외로운 싸움에서 유달리 돋보이는 것은 북문을 지키는 **이복남**이었다. 이 무렵에는 많지는 않았으나 일본군의 조총을 본뜬 소총도 등장했다. **이복남**은 활과 이들 소총을 적절히 배합해 적을 잘 막아내고 있었다. 병사들은 숨을 죽이고 있다가도 적이 안심하고 성 밑으로 몰려오면 별안간 성가퀴에 나타나니 일제 사격을 퍼붓고, 돌을 굴리고 뜨거운 물을 퍼부었다. 사부射夫(사격수)가 쓰러지면 **이복남**이 손수 소총을 조작해 사격을 퍼붓고, 때로는 진천뢰를 던져 한꺼번에 수십 명을 살상하는 때도 드물지 않았다. 경우에 따라서는 밤중에 조용히 성문을 열고 폭풍같이 적을 기습공격하고 돌아오기도 했다.

　북문을 공격한 것은 적군 중에서도 강병으로 이름난 시마즈 요시히로 휘하 1만 명과 가토 요시아키 등이 지휘하는 일본 수군 3천2백 명, 합해 1만 3천2백 명으로 조선군 1천 명의 13배도 더 되었다. 그러나 비교도 할 수 없는 이 대적을 상대로 **이복남**은 잘 싸우고 있었다. 조선군은 숫자가 적었으나 임진년 당시의 미숙한 군대는 아니었다.

　밤엔 억수같은 비가 쏟아져 내렸다. 적은 비와 어두움을 이용 기습공격을 가해왔으나 역시 실패하고 물러갔다.

　간밤의 비는 걷히고 구름 한 점 없는 쾌청한 가을 날씨였다.

적은 주목표를 불가사리 같은 북문에서 남문으로 옮기고 우키다 히데이에가 직접 지휘에 나선다. 천총, 장표가 지키는 이문이 제일 약해 보였고, 일전에도 한 차례 뚫릴 뻔했다.

종일의 전투에 지친 남문의 명군은 차츰 기세가 꺾이더니 밤 이경二更(오후 10시), 마침내 장표가 전사하고 말았다. 병사들은 흩어져 도망치고 적은 문을 부수고 성난 파도같이 성내로 밀치고 들어왔다.

사방에서 호통, 비명, 통곡이 뒤범벅이 되어 허공에 메아리치고 남원성은 걷잡을 수 없이 혼란에 빠져들었다. 이 바람에 동문을 지키던 이신방도 전사하고 하치스카 이에마사, 모리 요시나리 등이 지휘하는 적 1만 4천여 명이 성내로 몰려 들어왔다.

밝은 달밤이었다. **이복남**은 성문의 수비를 조방장 김경로에게 맡기고 방어사 오응정과 함께 일부 병력으로 백병전을 계획하고 병사들을 요소요소에 배치하고 있었다.

숱한 말발굽 소리와 함께 양원이 50여 기騎를 거느리고 나타났다.

"우리는 싸울 만큼 싸웠소. 더 이상 방법이 없으니 몸을 피합시다."

이복남이 물었다. "사방이 적인데 어디로 피할 것입니까?"

"서문이오. 고니시 유키나가와는 통해놓았소."

서문공격을 담당한 것은 고니시 유키나가였다. 그는 일전에도 양원에게 사람을 보냈고, 다른 장수들처럼 악착같이 공격하지도 않았다.

양원은 겉으로 큰소리를 치면서도 뒤로는 살길을 마련해놓고 있었다. 속이 얕은 조선 사람들과는 달리 깊숙이 굴절혜 들어간 중국 사람들의 마음속은 헤아릴 길이 없었다.

"먼저 가시지요."

이복남은 모나지 않도록 말을 조심해서 그를 보냈다. 어차피 그는 남의 나라 사람이었다. 이만큼 싸워준 것만도 고마운 일이고, 도망을 간다고 탓할 일은 아니었다.

이복남은 홍수처럼 몰려오는 적을 향해 몇 번이고 돌격을 되풀이했다. 그러나 칼로 강물을 내려쳐도 강물은 여전히 흐르듯이 적은 공격해오고 또 왔다. 마침내 등 뒤에서 북문도 뚫리고 적들은 폭포수처럼 쏟아져 들었다. 대세는 이미 기울고 마지막 순간이 다가오고 있었다.

이복남은 대장기를 앞세우고 북문으로 들어오는 적장 시마즈 요시히로를 목표로 내달았다. 도중 3명까지는 칼로 내리쳤으나 정면에서 날아온 총탄에 가슴을 맞고 말에서 떨어진 채 무수히 난자를 당하고 마침내 숨을 멈추었다.

조선군은 전원이 전사했다. **이복남**, 오응정, 김경로, 신호, **임현**, 이원춘, 그리고 통판通判 이덕회 등 장수들과 휘하 1천 명은 다 여기 남원 성을 피로 물들였다. 양원의 접반사로 성에 있던 **정기원**은 양원과 함께 서문으로 빠져나갔으나 말을 타는 데 익숙지 못해 몇 번이나 말에서 떨어지더니 마침내 적의 손에 목숨을 잃고 말았다.

명나라군의 손실도 막대했다. 서문을 지키던 천총 모승선도 전사했다. 남원에 있던 그들 병력 3천1백17명 중 살아서 성을 빠져나간 것은 1백17명에 불과했다.

일본군은 승리에 도취할 겨를도 없이 달갑지 않은 소식을 전해 들었다.

'**이순신**이 다시 나타났다'는 것이다.

조선 수군은 아주 없어진 것으로 생각했는데, 조선 수군이 남원 전투까지 참전하다니 괴이한 일이었다. 일본군은 북진해 전주까지 떨어진 것을 확인하면 바다로 돌아가 식량을 싣고 서해로 돌아 서울까지 올라갈 예정이었다. 그런데 없어진 줄 알았던 **이순신**이 다시 수군통제사로 임명되었다니 정말 기막힌 일이었다.

이순신은 조선뿐만 아니라 다른 두 나라에서도 이름이 높았다. 도요토미 히데요시는 일찍이 **이순신**이 나타나면 일본 수군은 도망치라는 말을 한 바 있었다. 자기의 야망을 꺾은 인물로, 이를 갈고 있었다. 명나라에서는 **이순신**이 있기에 바다에 대해서는 안심했다. 자기들의 수군은 단 한 척의 배도 조선으로 보낸 일이 없다.

남원에 와 있던 일본 수군 장수 도도 다카도라, 와키자카 야스하루, 가토 요시아키, 구루시마 미치후사, 간 미치나가 등은 부하들을 이끌고 그들의 함정이 정박해 있는 두치진으로 내려갔다.

지상군은 남원에서 2일간 휴식을 하고 길을 떠났다. 임실任實을 거쳐 전주를 칠 계획이었다.

19

기상 드높은 **鄭僉知**

일본은 임진란(1592) 때 전라도를 점령하는 데 결국 실패했다. 그래서 일본군은 기어이 전라도를 점령하기 위해 또다시 침략해 들어온 것이 1597년 정유재란이다. 호남을 집중공략 하려는 일본군에게는 남원은 반드시 통과해야 하는 요충지다. 고니시 유키나가와 우키다 히데이에 등이 일본군 5만여 명을 이끌고 북상하고 있을 때 조선군도 남원에 4,000여 명을 집결시켜 이를 막고자 했다. 그러나 일본은 주력군 5만 4,000여 명이 남원성을 포위해버린다. 4일간의 혈전 끝에 결국 성은 함락될 수밖에 없었다.

이 성을 지키던 2,000명의 병사와 1만여 명의 주민들이 함께 무참히 죽어갔다. 이 싸움에서 명나라 장수 접반사 **정기원**, 전라병사 **이복남**, 방어사 오응정,79) 조방장 김경노, 별장 신호, 남원부사 **임현**, 구례현감 이원춘, 진안현감 마응방80)과 명나라 통판 이덕회, 이신방,81) 마오 천시엔과 지앙 삐야오 등 명나라 장수들이 함께 전사했다. 명나라 부총병 양원은 성이 함락되기 전에 탈출해버렸다.

---

79) 吳應鼎[1548~1597]
본관은 해주海州. 자는 문중文仲, 호는 완월당翫月堂. 1548(명종 3)년 현감 하몽의 아들로 태어남. 세 아들 욱, 동량, 직과 손자 방언과 더불어 삼세오충三世五忠이라고 불린다. 1574년 무과에 급제. 임진란 때 수탄장守灘將으로 평양 대동강에서 일본군과 대치하던 중 선조가 의주로 피난 갈 때 어영대장으로 어가를 호위. 전쟁이 끝난 후 강화부사로 부임, 이어 만포첨사로 북쪽 국경을 수비.
1596년 경기방어사 겸 수원부사로 있던 중 반대 세력의 모함에 의해 파직, 고향에 은거. 1597(선조 30)년 정유재란 때 전라도우방어사에 임명, 두 아들 욱과 동량과 더불어 남원성南原城을 방어하다가 성이 함락되자 화약에 불을 질러 세 부자가 함께 폭사. 사후 한성부좌윤에 증직, 남원과 금산의 충렬사忠烈祠에 제향.

80) 馬應房[?~1597]
본관은 장흥長興. 자는 정숙靖叔. 호는 용암龍庵. 음보蔭補로 현감縣監이 되어 선정을 베풂. 1592년 임진란 때 의병으로 활약, 1597년 정유재란 때 일본군과 싸우다가 청주淸州에서 전사. 나중에 이조참판에 추증. 저서에 『용암집龍庵集』.

81) 李新芳
그는 어려서부터 군에 종사하던 역전의 용사로서 곤봉의 명수. 정유재란 때 명나라 중군으로 남원성 동문을 지키다 순절.

20

용봉의 웅기 타고난 **金從事**

　그의 안식처가 있는 곳은 안산 와동瓦洞. 그곳엔 안산을 가로
질러 흐르는 두 개의 하천이 있었다. 이곳은 예전에 기와를 굽
는 곳. 뒤엔 광덕산이 있는데, 안산천과 화정천이 흐르는 좋은
위치에 그의 묘역이 자리 잡고 있었다. **김여물**의 묘역에는 애국
충정과 병자호란 때, 청나라 군사에게 패하자 순절한 열녀각이
있고, 그의 가문 4대 고부姑婦의 열녀정신을 기리기 위해 조선

조정에서 하사한 정문이 있었다. 광덕산 산자락, 그의 묘역 아래에 자리 잡은 터에다 **김여물**의 충신정문과 열녀정문을 세운 것이다. 4대에 걸친 열녀는 정의공 **김여물**의 후실인 평산平山 신申씨, 그의 아들, 김류의 처 진주 유씨柳氏, 그의 손자 김경징의 처 고령 박씨高靈朴氏, 그의 증손자 김경표의 처 진주 정씨晉州鄭氏다. 이들은 병자호란 때 청군에게 욕을 당하지 않으려고 강화도 강물에 몸을 던져 순절한 여인들이다.

그의 묘역 신도비에는 「무릇 충신, 열사가 나라를 섬김은 국난을 당했을 때, 목숨을 바쳐 인仁을 이루는 데 있다. 하늘의 명 또한 위훈과 환업으로써 그 자손은 반드시 창성하리니, 이것은 마치 상하가 서로 주고받으면서 보답하는 것과 같다. 이와 같은 이치는 크게 밝아 조그마한 착오도 있을 수 없는 것이니, 군자는 이로써 천리天理가 없다고 탄식하는 말을 함부로 하지 못하는 것이다」라는 글귀로 시작, 그의 대인으로서의 공평무사한 행적과 애국의 단성丹誠이 새겨져 있다. 이 신도비는 김상헌[82]이 찬撰

---

82) 金尙憲[1570~1652]
　　본관은 안동. 자는 숙도叔度. 호는 청음淸陰·석실산인石室山人. 어려서 윤근수 등에게 수학, 『소학小學』 공부에 힘썼다. 1590(선조 23)년 진사시에 합격, 1596년 문과에 급제, 통례원 인의引儀가 되고 이어 예조좌랑·시강원사서·이조좌랑·홍문관수찬 등을 역임한다. 1601년 제주도에서 반란이 발생하자 진상 조사와 수령들의 근무상황을 점검하라는 임무를 띠고 어사로 파견, 선조 말년에는 정인홍 등이 성혼을 모함할 때 같이 연루, 고산찰방高山察訪·경성판관鏡城判官 등의 외직으로 전보된다.
　　광해군 대에도 북인들과의 관계가 원만하지 못해 그다지 뚜렷한 관직을 역임하지 못함. 1611(광해군 3)년 정인홍 등이 상소를 올려 이황과 이언적을 격렬히 비난하자, 승지로 있으면서 정인홍을 비난. 폐모론廢母論에 대해서도 비판적인 입장을 보인 데다 광해군 말년에는 연이어 부모상을 맞아 물러나 있어야 했다. 인조반정 이후 다시 조정에 나가 대사간·이조참의·도승지로 임명된다.

한 것이다.

1591년 의주목사로 있던 중 그는 정철의 당으로 몰려 파직과 함께 의금부에 투옥되었다. 다음 해 임진란이 일어나자 도체찰사 유성룡이 감옥에서 풀어주었다. 그러고는 그를 자신의 종사관을 삼으려고 하였다. 북방 니탕개를 몰아내는 데에서 그의 탁월한 전략과 재능, 용기가 높이 평가된다. 그 사실을 지켜보아 오던 터라 삼도순변사 **신립**은 자기의 종사관으로 임명해줄 것

1624(인조 2)년 이괄의 난이 일어난 직후 인조에게 상소를 올려 붕당을 타파하고 언로를 넓힐 것을 주장하는 상소.

반정 이후에도 강직한 성격으로 누차 시사를 비판하다가, 반정 주체들의 뜻에 거슬려 향리로 귀향하기도 함.

1627년 정묘호란이 일어났을 때 진주사로 명나라에 갔다가 구원병을 청했고, 돌아와서는 후금後金과의 화의를 끊을 것과 강홍립의 관직을 복구하지 말 것을 강력히 주장. 인조가 자신의 부친을 왕으로 추존하려는 이른바 추숭논의追崇論議가 일어나자 그에 강력히 반대, 찬성한 반정공신 이귀와 의견 충돌을 빚어 다시 낙향.

1633년부터 2년 동안은 5차례나 대사헌에 임명되었으나, 강직한 언론활동을 벌이다가 출사와 사직을 반복, 예조판서로 있던 1636년 병자호란이 일어나자 남한산성으로 인조를 호종, 선전후화론先戰後和論을 강력히 주장. 대세가 기울어 항복하는 쪽으로 굳어지자 최명길이 작성한 항복문서를 찢고 통곡, 항복 이후 식음을 전폐하고 자결을 기도하다가 실패한 뒤 안동의 학가산(鶴駕山)에 들어가, 와신상담해서 치욕을 씻고 명나라와의 의리를 유지해야 한다는 내용의 상소를 올린 뒤 두문불출했다.

1638년 장령 유석 등으로부터 '김상헌이 혼자만 깨끗한 척하면서 임금을 팔아 명예를 구한다'라는 내용의 탄핵을 받음. 곧 조정에 다시 들어오라는 명을 받았으나, 조정에서 군대를 보내 청이 명을 치는 것을 돕는다는 말에 분연히 반대. 이 때문에 청나라로부터 위험인물로 지목되어 1641년 심양瀋陽에 끌려가 이후 4년여 동안을 청에 묶여 있었다. 당시에도 강직한 성격과 기개로써 청인들의 굴복 요구에 불복, 끝까지 저항.

1645년 소현세자와 함께 귀국했지만, 여전히 척화신斥和臣을 탐탁지 않게 여기는 인조와의 관계가 원만하지 못해 벼슬을 단념하고 석실石室로 나아가 은거.

1649년 효종 즉위 뒤 대현大賢으로 추대받아 좌의정에 임명. 이후 수차례 은퇴의 뜻을 밝히면서 효종에게 인재를 기르고 대업을 완수할 것을 강조. 죽은 뒤 대표적인 척화신으로서 추앙받는다.

1661(현종 2)년 효종의 묘정에 배향. 저서에 『야인담록野人談錄』, 『독례수초讀禮隨鈔』, 『남사록南槎錄』 등이 있고, 후인들에 의해 문집 『청음집』이 간행됨.

을 유성룡에게 간청해 그와 함께 충주 방어에 나서게 되었다.

신립이 이끄는 부대가 단월역丹月驛에 도착했을 때 일본군의 북상 통로인 조령鳥嶺의 형세를 살펴본다. 그때 상주에서 일본군에 패한 순변사 이일을 만나 조령 방어가 적합하지 않을 것으로 생각했다. 그래서 충주 탄금대彈琴臺에서 배수진을 치기로 결정한다. 이때 김여물은 적은 수의 군사로 많은 적을 물리치기 위해서는 먼저 조령을 사수해 지켜야 하며, 그렇지 못하면 평지보다는 높은 언덕을 이용해 왜적을 역습하는 것이 좋겠다고 강력히 주장한다. 그러나 신립은 그의 주장을 받아들이지 않았다. 결국 충주의 달천에서 배수의 진을 치고 일본군과 싸움을 대치하게 되었다.

전세는 점점 조선군에게 불리해졌다. 그때 신립은 다짜고짜 김여물에게 이같이 물었다.

"그대는 살기를 원하는가?"

그러자 그는 웃으면서

"내 어찌 죽음을 아끼리오"

했다. 그는 탄금대 아래 싸움에서 일본군 수십 명을 죽이고 신립을 따라 강물에 투신해 자살한다. 김여물은 전투지형 선택이 결정될 때부터 이미 탄금대 전투는 패하게 될 것을 알아차렸다. 그는 바로

"남아가 나라를 위하여 목숨을 바치는 것은 바라는 바이지만, 나라의 수치를 씻지 못하고 뜻을 끝내 이루지 못한 채 한낱 재가 되니 하늘을 우러러 한숨만 나올 뿐이다."

이런 유언을 편지로 적어 아들 김류에게 보낸다. 다음 해 그의 의관을 거두어 안산군 동장리(지금의 안산시 단원구 와동)에 장사 지냈다.

1593년 5월, 부인이 강화에서 세상을 떠나자 남편의 묘에 함께 장사함으로써 증 정경부인 함양 박씨와 합장묘가 되었다.

그의 묘소는 경기도 안산시 단원구 와동 141번지에 있었다. 봉분 앞에는 옛 비와 새로운 비 2기 및 상석·혼유석이 있고, 좌우에는 동자석·문인석·망주석이 1쌍씩 배치되어 있었다.

광해군 초에 충절로 정문을 세우도록 했다. 인조반정 뒤에 정표가 잘못되었다 하여 취소되었다가, 1639년에 그의 아들 김류의 청에 의해 다시 정표되었다. 그 정표는 후에 영의정에 추증되었다. 1832년에 순조純祖는 임진왜란 240주년을 맞아 당시 **신립·김여물** 등이 순절한 충주 달천 터에 제사를 지내 그들의 충정을 기리도록 하였다.

1991년 **김여물**의 묘와 신도비가 안산시 향토유적 제4호로 지정되었다. 신도비의 비문은 좌의정 김상헌이 짓고, 글씨는 도승지 김좌명이 썼다. 한성부우윤 이정영이 전자篆字(한자 서체의 한 가지인데, 大篆과 小篆이 있다)하였다. 그의 묘역 앞에 세워진 사세충렬문四世忠烈門(안산시 단원구 와동 151번지)은 그의 충신 정려와 병자호란 때 강화도에서 순절한 그의 후실 평산 신씨(신립과 김여물은 처남과 매부 사이라는 말이 전해진다)를 비롯하여 아들 김류의 부인 진주 유씨, 손자 김경징의 부인 고령 박씨, 증손 김경표의 부인 진주 정씨의 열녀 정려가 함께 있었다. 1983년에 경기도 문화재자료 제8호로 지정되었다.

김류를 겨냥한 이 이야기는 조정에 커다란 파문을 일으킨다. 김류를 비롯한 반정 주체 세력들에게는 이괄을 부담스럽게 하는 계기가 되었다.

결국 이괄은 반정논공을 정하는 과정에서 2등 공신으로 내려 앉게 되었다. 김류, 이귀, 김자점, 심기원, 이홍립 등 반정의 주모자들이 모두 1등 공신에 책봉되어 판서의 자리에 앉은 것과는 달리 이괄은 단지 반정에 늦게 참여했다는 이유로 2등 공신이 되어 한성판윤의 자리밖에 오르지 못했다. 거사 일에 임시로 대장이 되었던 그의 활약상에 비해 충분히 불만을 가질 수 있는 일이다. 겸손하게 묘사된 이괄의 말을 들어본다.

"신에게 무슨 공적이 있겠습니까? 다만 일을 당하여 회피하지 않았을 뿐입니다. 이제 대장인 김류가 약속시간에 오지 않아서 이귀가 신에게 그를 대신하게 했는데, 김류가 늦게 왔기에 그를 베고자 했으나 이귀가 적극 말려서 시행하지 못했습니다."[83]

사세 열녀각 뒤에 말의 무덤이 있다고 해서 잠시 둘러본다. 심게 퇴화된 조그마한 상석만 덩그러니 놓여 있다. 묘 한쪽이 푹 꺼진 채 이름 없이 누워 있는 초라한 무덤이 어쩐지 쓸쓸해 보인다. 이 사실은 그의 후손들도 잘 모르는 일이라서 사실 여부가 불확실했다.

더불어 그의 아들 김류에 대한 안 좋은 이야기가 역사적으로 남아 있었다. 그는 아버지가 순절한 장소에서 기생을 끼고 풍악을 벌이며 놀다가 발각되었다는 것이다.

서인들은 임진란이 끝이 나자 자신들이 기득권을 유지하기 위해 충과 효를 빙자한 강상윤리를 강조했다.

실록에는 이례적으로 이 사건을 길게 다루었다.

"김류가 충주에 왕래할 적에 기생을 데리고 풍악을 울리면서 탄금대 아래서 술을 마셨다. 그곳은 바로 그의 아비 **김여물**이 전사한 곳입니다. 자식 된 자로서 자기 아비가 순절한 곳에 이르면 울부짖으면서 통곡하여 차마 그곳을 지나갈 수 없는 일인데, 그의 소행이 감히 이와 같았으니…… 사판仕版(벼슬아치의 명부)에서 삭제시켜 인륜의 기강을 바로 하소서……."

이 말에 김류는 정황상 다른 사람을 사주해 억울하다는 상소문을 올렸으나 결국 파직된다. 괴산에 사는 진사 이정원 등이

---

83) 『연려실기술』 권24. 『인조 조고 사본 말』 이괄의 변.

상소했다. "진천에서 충주로 갈 적에 김류가 본 고을에서 충주까지의 거리가 몇 리인가를 묻고 눈물을 흘리면서 말했다. 자식은 살아서 오늘까지 그대로 있으니 이는 큰 죄악이다. 어찌 그 땅을 밟을 수 있겠는가" 하고 목이 메도록 울부짖으면서…… 항변했으나 뜻을 이루지 못했다.

21

스스로 외롭지 않은 金原州

임진년 전쟁이 일어나기 한 해 전까지 그는 조정 대신으로 사간원에 있었다. 그런데 아들 시백이 벼슬해 조정에 발을 들여 놓게 되자, 아들과 같은 직위에 있었고, 또한 자기의 직책이 남을 감시하고 탄핵하는 위치에 있었다. 사사로운 마음이 생겨날 것을 두려울 정도로 그는 다른 사람의 비위에 대해 왈가왈부하고 싶지 않았다. 그래서 그는 원주변방으로 보내줄 것을 조정에 탄원했다. 임금은 그의 그런 사정을 들어주어 원주목사로 가게 된다. 그는 한때, 당상관(정3품) 품계인 충청도 관찰사로 지낸 적이 있다. 그러나 한갓 목사로 좌천된 것을 스스로 원했다. 조선 선비로서 그의 인생 삶에 탐심이 없다는 것을 알 수 있었다.

1555년 홍문관 정자, 병조좌랑, 정언 충청북도 관찰사 창성忺城부사 등을 역임하고, 원주를 맡아 있는 동안 많은 사람들의 존경과 사랑을 받는다. 그가 사후에도 그 사실은 변함없이 원주 시민들의 마음에 영원히 살아 있다. 그가 생존 때는 영원 산성 전투에서 그를 따라 죽은 사람들이 이를 증명해준다. 그의 집안의 노복과 가문에서도 100여 명이 그 전투에서 전멸했다. 거기에다 의병 수백 명도 함께 전사했다. 그의 인물됨을 아는데, 이 이상 더 무엇이 필요할까. 만약에 원주의 군사가 차출되어 탄금대에서 전몰되지 않았다면 그렇게 성이 쉽게 무너지지 않았을 것이라는 안타까움이 서린다.

정조 때 그의 집안은 모범이 되는 가문으로 그림이 그려지고 시로 쓰이는 등 삼강행실의 소재가 되기도 했다. 뒤에 서울이 수복되어 조선과 명나라 연합군이 서울에 입성했을 때, 광화문 거리에 걸린 두 개의 얼굴이 있었는데, 하나는 **제갑**의 흰 수염이 성성한 백색의 얼굴이었고, 또 하나는 둘째 아들 시백의 검은 수염의 얼굴이다.

제갑이 일본군과 싸웠던 원주에 있는 영원산성은 2003년 6

월 2일 원주시 사적 제447호로 지정된 성곽으로 치악산 남서쪽에 있었다. 돌로 쌓은 산성이다.

이 성은 신라 문무왕 또는 신문왕 때에 쌓았다고는 하나 확실한 고증은 달리 발견할 수 없었다. 그러나 후삼국의 혼란기에 양길과 궁예가 이곳에 거처하면서 인근 고을을 차지하게 되었다는 이야기가 전해진다. 문헌에는 영원산성이라 하여 둘레가 3,749척이며, 성안에 우물 한 개와 샘 다섯 개가 있었다고 전해진다.

현재는 둘레 4킬로미터 정도의 석축이 남아 있고, 높이는 1~3미터다. 적의 침입이 있을 때에는 원주와 이웃 고을 주민들이 이곳에 들어와서 지켜냈다. 치악산의 서쪽 중턱에 있는 금대산성이나 해미산성과 서로 교류, 적을 물리칠 작전을 수행할 수 있도록 자리 잡고 있다.

다듬지 않은 돌덩이를 차곡차곡 쌓아올린 모습이 비교적 많이 남아 있으나, 옛날 치열한 접전의 흔적이 곳곳에 남아 있었다. 그중에서 유명한 접전으로는 고려 시대인 1291(충렬왕 17)년 원나라의 합단군哈丹軍과 원충갑이 이끄는 부대와의 싸움이 있다. 향공진사鄕貢進士로 별초군에 있던 원충갑은 이곳에서 원주의 백성들과 함께 적군을 물리쳐 이름을 날린 바 있었다.

22

삼대가 벼슬에 오른 **申兵使**

    임금 선조가 개성에 막 입성하여 머물 때다. 선조는 고니시 유키나가를 만나러 충주로 내려갔던 이덕형이 실패했으나 위기를 잘 넘겨 개성으로 찾아온 것에 대해 매우 기뻐했다. 거기다 더 기뻐할 일이 있었으니, 함경도 남병사를 지낸 **신할**이 수십 명의 병사들을 거느리고 임금에게 찾아온 일이다. 함경도는 행정상으로는 한 도道이다. 그러나 군사적으로는 남북으로 나뉘어 북도의 병사는 경성鏡城에 본영을 두어 북병사라고 부르고, 남도의 병사는 북청北靑에 본영을 두어 남병사라고 명칭을 사용했다.

신할은 임기가 다 되어 후임자인 이혼과 교대하는 중에 일본군이 쳐들어왔다는 소식을 들었다. 평소 같으면 부하들 몇 명만 데리고 떠나올 것이었으나 전시 중이라서 이혼이 붙여주는 대로 약간의 병력을 이끌고 서울로 향하던 길이다. 도중에 임금이 피난을 떠났다는 기별을 듣고 임금행렬을 뒤따라온 길이다. **신할**은 마흔다섯 살에, 충주에서 실패하자 스스로 자기 목을 치고 달천강물에 뛰어들었던 **신립**의 동생이다.

"그대는 이제부터 내 곁에서 나를 지켜주시오."

그는 임금의 명령으로, 행궁으로 쓰고 있는 유수 부를 지키게 되었다. 그가 거느리고 온 북도의 병사들은 자기들도 모르는 사이에 긁어모은 농민들과는 판이하게 달랐다. 행동거지에 절도가 있고, 눈빛은 번쩍거리고, 칼과 활 솜씨도 뛰어났다.

그리고 뒤이어 기막힌 소식이 들어온다. 서울에서는 궁궐들이 모두 타고, 다른 공공건물과 많은 민가들이 타버렸다고 전해왔다. 이는 태조가 창건한 한성이 난민들의 무자비한 손에 잿더미가 되어버린다. 쳐들어오지도 않은 적을 피해 한양을 버리자고 충동질한 자는 누구냐, 여론이 들끓기 시작했다.

한양을 버린 것을 후회하는 공론과 지금이라도 한양을 방위하자는 소리가 드높다. 한양에 남겨진 이양원과 김명원만으로는 안심할 수가 없다. 임진강을 건너려면 장수와 병사들을 보내야 하는데 장수다운 사람은 아침에 도착한 **신할** 말고는 딱히 보낼 만한 사람이 없었다. 외출했다 돌아온 임금에게 신하들은 득달같이 그를 추천했다.

"**신할**을 한양으로 보내야 합니다."

그러나 임금은 형 **신립**에 이어 그 동생 **신할**을 또 사지인 전쟁터로 보내는 것이 마음에 걸렸다. 그뿐만 아니라 자기 곁에 믿음직한 장수 한 사람 정도는 남겨두고 싶었다. 안 된다고 우기다가 중론을 꺾을 수 없어 본인의 뜻에 맡기기로 했다. 임금은 곧바로 **신할**을 불렀다.

"경은 개성에 남아 나를 지켜주었으면 좋겠는데 한양을 지키는 것이 좋겠다는 의견들이 있소. 경의 뜻은 어떤지? 경의 뜻을 따를 것이니 어디 말해보시오."

"신은 전선으로 가야 합니다. 후방에서 전하를 호위해드릴 수 있는 사람은 다른 적절한 사람이 있을 것입니다."

신할은 4형제 중 막내다. 그중 바로 손위의 형인 **신립**은 2살 위다. 나이 차가 얼마 되지 않고 생김새와 목소리까지 비슷해서 누가 보아도 빼어나게 닮은 형제다. 어려서는 언제나 어울려 다녔고, 커서는 서로 도우면서 우애가 깊게 세상을 헤쳐나간 그들이다.

그런 형이 순절했다는 소식을 들은 것은 그제 양주楊州에서다. 그는 부하들이 볼까 봐 속으로 통곡하면서도 형은 역시 갈 길을 갔다고 생각했다. 형 **신립**은 그야말로 사내대장부다. 그런

형의 뒤를 따르는 것도 역시 자기가 갈 길이라고 생각했다. 그에게는 이미 저승과 이승의 경계선이 없다. 아무리 말려도 듣지 않자 임금은 혼잣말같이 중얼거린다.

"내 주변에는 입은 많아도 사람은 없소. 경이 가면 또 사람이 그리워질 것이오."

신할은 함경도에서 함께 온 병사들과 임금이 특히 맡겨준, 무과를 급제한 약간 명과 모두 50여 명을 거느리고 길을 떠난다.

우부승지 신잡은 오십이 넘은 사람으로 **신립**, **신할**의 맏형이다. 개성에 있는 동대문까지 동생 **신할**을 전송하고 돌아오는 길로 병조정랑 구성과 함께 임금을 찾았다. 당시 영의정이던 이산해와 김공량은 서로 결탁해 국사를 그르쳐 적침을 불러들인 책임을 물어 그들을 처벌을 청했으나 임금은 이를 받아들이지 않았다.

신할은 1567(명종 22)년 무과에 급제, 비변사備邊司에 보임된 그후 경상도 좌병사를 지낸 바 있다. 그는 한양을 사수하기 위해 가는 길이었으나 길은 임진강에서 막힌다.

그러니까, 1589(선조 22)년 경상도 좌병사로 선조의 몽진을 호위한 공으로 경기수어사에 임명됐으나 결국 이후 도원수 김명원과 임진강에서 9일 동안 일본군과 대치하다가 도순찰사 한응인의 병력을 지원받아 심야에 적진을 기습 공격했으나 예기치 않게 복병의 공격을 받아 불행하게도 그 자리에서 전사했다.

23

군자다운 풍류판사 **윤 판윤**

　1592년 임진란이 일어나자, 그는 교리로서 순변사 이일의 종
사관이 되어 상주 전투에서 일본군과 싸우다가 순절했는데, 그
에 대한 짧은 일화가 있다. 이일이 한양에서 군관을 모집할 때
에 그는 어떤 사람을 종사관으로 뽑았는데 이때 홍문관 교리
윤섬이 말했다.

　"그 사람은 홀어머니가 계신데 형제가 없어서 그의 어머니가

밤낮으로 울고 있으니 공께서는 잘 생각해주시기 바랍니다."

이일은

"국가의 존망이 이것으로 결판 날 것이나 종사관을 잘 뽑아야 하는데 아무래도 그대보다 나은 사람은 없을 것이네."

라고 말하고 **윤섬**을 종사관으로 택하려 했다. 그래서 **윤섬**이 어머니에게 하직인사를 드리려 하자 어머니가 말했다. 동생 윤변이 손을 잡고 울면서 말했다.

"형님은 어찌 친구만 생각하고 부모는 잊어버린 듯이 자신을 돌보지 않으십니까?"

라고 원망을 했다. 그러자 **윤섬**은

"그는 형제도 없이 형편이 가긍可矜(불쌍하고 가엾다)하지만 우리 집은 네가 있을 뿐 아니라, 또 나라가 급한 때를 당해 어찌 사정을 돌아보겠느냐?"라고 타일렀다. 형편이 좀 나은 자가 그렇지 못한 자에게 베푸는 조선 선비로서 갖추어야 할 바른 도리를 다한 것이다. **윤섬**은 마침내 이일을 따라 전쟁터를 향해 떠난다.

상주 북천전투에서 세가 불리하게 돌아가자 이일은 **윤섬**에게

"헛되게 죽기만 하는 것은 쓸 때 없으니 나를 따르게"

라고 말했다. 그는

"장차 전하를 뵈올 수 없습니다"

하고 **박지**와 함께 남아서 싸우다가 장렬하게 전사한다.

24

은총이 천지에 흡족한 司空 朴教理

북천전투가 끝난 이후 함양 사람 인언용이 일본군의 침입을 피해 산에서 피난을 하고 있었다. 북천전투에서 전사한 것으로 알려진 **박지**를 만나게 되었다. 이때 **박지**는 인언용에게 말한다.

"18세에 장원급제를 했으나 지금 전쟁이 불리해졌으니 내가 무슨 면목으로 임금님을 뵙겠는가?"

하고 스스로 자신의 목을 찔러 자결했다. 인언용은 일단 붉은

천으로 **박지**의 시신을 덮었으나 시체를 매장하기 전에 일본군이 다가와서 시신을 그대로 등에 메고 달아나 버린다. 나중에 김수 휘하 군관 이탁영에게 이 사실을 알려준다. 이때 김수와 **박지**의 관계를 알고 있었던 이탁영은 탄식했다.

25

성관星官의 도움으로 일찍이 仙術 배운 **李佐郞**

1792(정조 16)년에 충신사단의 이름을 조정에서 내린다.

임진란 때, 일본군과 싸우다가 장렬하게 전사한 3명의 충신을 이곳에 배향한 것이다. 상단에는 3명의 종군자를 배향, 하단에는 전사자를 배향. 종군 배향자는 **이경류, 윤섭, 박지** 등이다.

상주 지방 사람들은 이 세 사람을 가리켜 3종사관이라 부르면서 그들의 충의를 높이 기리고 있다. 또한 그의 짤막한 일화

가 있는데,

　예조좌랑 **이경류**는 조방장 변기이 종사관으로 차출되었다.
원래 그의 둘째 형인 이경함이 종사관으로 차출된 것이 착오로
바뀌었다.

　나중에 그의 형이 다시 명단을 고치려고 하면서

　"내 잘못 쓰인 것으로 내 어찌 너를 대신 보낼 수 있겠느냐?"
라고 했다. 이때 **이경류**는

　"이제 저의 이름이 확정, 전투 준비 계청啓請(임금에게 아뢰어 청한다)
되었고 또 사세가 급박하니 어느 겨를에 바꿀 수 있겠습니까?"
하고 병조좌랑 신분으로 싸움터에 나선다.

26

너그러운 품성 高臨陂

　1592년 12월에 종후는 광주에 의병청을 설치하고 '복수復讐'
를 군의 구호로 삼고 여러 곳에 격문을 보내어 의병을 모은다.
그는 격문에서 이렇게 호소하고 있다.
　"불행한 때를 만나 집안의 화변이 망극하다. 불초고不肖孤는
상중에 앓고 누워 아직까지 왜적들과 한 하늘 아래에 살아 있
다. 이번에 첨지 홍계남이 먼저 대의로써 아버지의 원수를 갚

고자 의병을 일으키니 마음은 다 같았다. 급박한 상황에 처할 때 누군들 분연히 일어나지 않겠는가.

나도 비록 못났으나 아버지의 장례도 마쳤으니 이 몸, 죽어도 유감이 없다. 상복을 무릅쓰고 병든 몸을 붙들고 동지들과 더불어 적과 싸워 죽을 계획을 하고자 한다."

태인泰仁 진원珍原 장성長城의 세 고을 수령들 또한 하늘에 사무친 통분을 품고 있어, 도체찰사는 그들에게 군사를 합해 원수를 갚도록 하고 법도와 규칙에 구애받지 않도록 허락했다. 그는 출전을 하면서 이렇게 결전의 의지를 다진다.

"아아, 호남 지방의 사람들뿐만 아니라 경기 지방의 선비와 백성들 중에 남쪽으로 내려온 사람들도 어찌 부자 형제의 원수가 없겠는가. 비록 다행히 적의 칼날을 피할 수 있었더라도 서리와 이슬 속에서 병을 얻어 그로 인해 죽게 되었다면 또한 이 원수를 잊을 수 없을 것이다. 내 선친이 담양에서 의병을 일으켰을 때 전라도의 여러분이 나랏일에 같이 죽기를 기약, 향불을 피우고 하늘에 맹세하고서 선친을 대장으로 추대하였으니, 진실로 형제 같은 의리가 있었던 것이다.

그런데 불행히도 대업을 끝까지 성취하지 못하였다. 여러분이 어찌 차마 길 가는 사람의 일처럼 보고 있을 수 있겠는가. 그때의 부하 무인들은 이미 다 의병으로 달려 나왔다. 원컨대 나를 불초하다고 생각지 말고 담양에서 피를 마셔 맹세하던 일을 다시 한번 회상하여 일제히 광주에 모여서 맹약을 맺고 함께 싸우자!"고 했다.

그런데 당시에는 군사 징발이 여러 갈래로 겹쳤기 때문에 민간에 있는 장정이 없어서 모집된 군사가 겨우 수백 명에 불과했다. 그는 부친과 친한 삼도체찰사 송강 정철에게 군사를 부탁했다. 정철은 절의 노비와 내노(군중에 속한 종)들을 의병에 종속시켜 주었다. 의병은 이제 천 명이 넘었다.

고 씨의 문중에는 뛰어난 두 사람의 특출한 이가 있었다. **종후**가 바로 경명의 큰아들이고, 작은아들은 **인후**다. 그들은 아버지의 이름을 결코 더럽히지 않았다. 그들이야말로 천륜을 실천한 사람이었다.

종후는 어릴 때부터 단정하고 몸가짐이 중후하여 보통 아이와 달랐다. 그가 어렸을 때, 임당 정유길[84]이 여종을 보내어 데려다 자기 부인을 시켜 친히 머리를 빗겨주게 하면서 하는 말이다.

"이 아이가 기상이 안온하니 후일에 반드시 독실한 군자가 될

---

84) 鄭惟吉[1515~1588]
본관은 동래東萊. 자는 길원吉元. 호는 임당林塘·상덕재尙德齋. 1538(중종 33)년 별시 문과에 장원급제한 뒤 전적, 공조좌랑·중추부도사 등을 역임. 1544년 이황, 김인후 등과 함께 동호서당東湖書堂에서 사가독서한 후 대사헌·예조판서 겸 대제학이 되고, 1567년 경상도 관찰사를 거쳐 1572년 예조판서·공조판서 등을 지낸다.
1581(선조 14)년 이조판서에서 우의정에 임명되었으나 사헌부에서 윤원형에게 아첨한 사람이라고 반대해 사직했다. 1583년 우의정에 승진되고 이듬해 궤장几杖을 받는다.
1585년 좌의정. 시와 문장에 능했고 글씨는 송설체松雪體로 유명했다. 문집에 『임당유고林塘遺稿』, 글씨로 <한기비韓琦碑>, <고양高陽> 등이 있다.

것이다"라고 했다. 겨우 지학[85]의 나이가 되자 학업에 대성하였다.

같은 해 늦은 봄에 일본군이 바다를 건너 곧바로 서울로 밀어닥치는데 조선의 군사는 가는 곳마다 무너지고 나라를 방어할 사람이 없었다. 아버지 **경명**은 장남인 그와 동생 **인후**를 데리고 격문을 통한 피눈물로 여러 도에 호소해 의병을 규합해 국난을 극복하기로 다짐했다. 이때 전라도 순찰사 이광[86]이 도의 병력을 총동원해 공주까지 이르게 되었다. 임금의 수레가 서쪽으로 피난해 도성을 포기했다는 소식을 듣고 놀라 그는 겁을 먹고 적진을 피해 전라도로 되돌아갔다.

이광이 두 번째 군사를 징발할 때는 사람들이 모두 모여들지 않았다. 이는 모두가 도피해버려 응해오지 않았기 때문이다. 그는 동생 **인후**와 함께 아버지를 보좌하여 북으로 올라가려 했으

---

85) 志學; 학문에 뜻을 둔 나이, 즉 열다섯 살이 된 나이를 말한다.

86) 李洸[1541~1607]

　　본관은 덕수德水. 자는 사무士武, 호는 우계산인雨溪散人. 좌의정 이행의 손자, 도사 都事 원상의 아들. 1567(명종 22)년에 사마시에 합격, 1574(선조 7)년 별시문과에 병과로 급제, 학유·검열·정언·형조좌랑 등을 역임. 1584년 함경도 암행어사로 나가 관북 지방민들의 구호실태를 살피고 돌아와 영흥부사에 임명된다.

　　1586년 함경도 관찰사, 1590년 전라도 관찰사, 1589년의 정여립 역모사건에 연루된 인물들을 미온적으로 처리했다는 탄핵을 받고 삭직된다. 1591년 호조참판, 1592년 임진란이 일어나자 조정에서는 변방 사정에 밝은 인물로 남쪽 삼도를 방어하게 했는데, 이때 전라도 관찰사로 발탁, 경상도 관찰사 김수·충청도 관찰사 윤선각과 함께 삼도를 방어했다.

　　이후 관군을 이끌고 북상해 왜적과 맞서 싸웠으나 용인 싸움에서 참패했다. 이어 광주목사 권율을 전라도 도절제사로 삼으면서, 웅치熊峙에서 승리를 거두고 전주에 침입한 일본군을 격퇴하기도 했으나, 앞서의 패전을 이유로 대간의 탄핵을 받고 파직되어 백의종군한다. 이후에도 패전을 이유로 의금부에 투옥, 벽동碧潼에 유배되었다가, 1594년 석방되었다. 저서에 『우계집』이 있으며, 이식이 행장을 썼다.

774

나 호남평야가 함락되어 곡창지가 적의 수중에 들어가면 나라를 송두리째 내주는 거나 마찬가지라는 생각이 들었다. 군의 식량을 의탁할 곳은 전라도밖에 없었기 때문이다. 적에게 내주면 적은 원기 왕성하여 싸울 수 있지만 조선 의병은 굶을 수밖에…… 그래서 영동에 있던 적이 금산으로 진출해 진을 치고 있어 그곳을 먼저 치려고 했다. 어떻게 하든 전라도를 지켜내지 않으면 안 되었기 때문이다. 이때 방어사 곽영이 이끄는 군사와 **고경명** 의병진은 좌우익으로 편성되어 적을 공격했다. 공격을 받은 적은 많은 사상자를 내었다. 이튿날 아침이 밝아오자 적은 진을 비우고 먼저 관군을 공격해왔다. 방어하던 여러 군사가 바람에 통나무 쓰러지듯 무너지고 만다. 의병만이 외롭게 대항할 수밖에 없었다. 얼마 안 있어 방어군이 완전히 무너졌다는 소리에 의병도 따라서 일시에 무너진다. 형세가 마치 거센 물결에 밀리듯 하여 도저히 의병을 수습할 도리가 없다. 그때 **종후가** 타고 있던 말이 가시덤불에 걸려 거꾸러지므로 그는 말고삐를 당기어 일으키려 하는데 수종하던 종 봉이와 귀인이 뒤에서 말을 채찍질하여 달려와 말했다.

"대장께서 진작 나가셔서 하마 멀리 가셨겠습니다."

그는 이 말을 듣고 급히 달려 거의 30리를 가서야 비로소 대장인 아버지와 아우 **인후**가 함께 진중에 순절한 사실을 알았다. 그는 그 순간 정신을 잃고 말에서 떨어졌다가 한참 후에 정신이 들자 맨손으로 적진에 나가 죽으려고 했다. 그러자 좌우에서 그를 둘러싸 포옹을 하고 말렸다.

"일이 이미 이 지경에 이르렀으니 그저 죽기만 하는 것은 무의미한 일입니다. 더구나 대장의 유체가 방금 싸인 시체 속에 들어 계시는데 지금 공마저 죽으시면 그 누가 수습하여 염습을 하겠습니까?"
라고 적극적으로 그를 제지했다.

그는 적이 떠나기를 기다리다가 걸어서 전장에 들어가, 아버지의 유체와 동생의 주검을 찾아내어 몰래 금산 산중에 묻었다가 그해 8월에 주위 사람들의 도움을 받아 비로소 관을 마련해 임시로 매장한다. 그는 하늘과도 같은 아버지와 천금을 주고도 다시 얻을 수 없는 아우의 죽음에 밤낮으로 통곡을 했다.

"부자 형제가 위급한 상황에 서로 잃어버리고 내 홀로 살아 있으니 이야말로 천지간에 죄인이라 무슨 면목으로 세상에 나선단 말이냐"

장사가 끝나자 그는 또다시 의병에 종사하려고 마음먹는다. 그러나 그의 어머니가 통곡을 하며 만류한다.

"네 아버지와 네 아우, 그리고 작은아버지까지 집안 남자들이 모두 죽었는데 너 마저 또 죽는다면 이 어미의 죽지 못한 남은 목숨이 장차 누구와 함께 살아가란 말이냐, 내가 먼저 자진하는 것이 옳지 또다시 네가 죽는 것을 차마 보지 못한다."
라고 하면서 아들의 출전을 강력하게 만류했다.

종후는 이때 의병을 따르자니 어머니가 상심하실 것이 두렵고 어머니의 뜻을 따르자니 삶과 죽음에 대한 유감으로 의를 상실할까 두려워서 마침내 문을 닫고 깊이 들어앉아 낮이면 해를 보지 아니하고 밤이 들어도 등불을 켜지 않고 미음조차도 거의 입에 대지 않는다. 그의 목숨은 거의 경각에 다다랐다. 이 때 그의 어머니는 서럽게 울며 아들에게 말한다.

"내가 너의 의거를 중지시킨 것은 본래 네가 살아 있기를 바라고 그런 것인데 지금 네가 병이 들어 죽게 생겼으니 기왕 죽을 바에야 차라리 네 뜻을 따르는 것이 낫겠구나"라고 했다.

종후는 곧바로 일어나 죽을 먹고 본도(전라도)에 있는 사노寺奴들을 거느리고 원수元帥로부터 의병에 대한 출사허락을 받고 먼 곳까지 격문을 보낸다. 군사와 군량을 확보하고 의병을 모아 정자 조수준[87]에게 원정군을 이끌게 했다. 상부에 보고, 허락을 받아 본 고을 승려 해정에게 유격대장을 맡겼다. 김린과 또 다른 숙부 고경신을 군관으로 세웠다. 그는 의병을 일으킨 때부터 "복수의병장復讐義兵將"이란 이름하에 정자 오빈을 종사관으로 택하고, 오유로 부장을 삼는다. 몸종 봉이와 귀인도 함께 종군했다. 고경형도 장교로 따라갈 것을 자원했다. 그는 숙부인 고경형에

---

87) 趙守準[1544~?]
　　본관은 풍양. 자는 국균國均이며, 조정권趙廷權의 아들. 1576(선조 9)년 생원시에 입격. 1590(선조 23)년 증광시에서 병과로 급제.
　　1597년 병조좌랑·병조정랑·시강원문학·필선·장령 등을 거쳐 1599년 나주목사. 이듬해 군자감정을 지내고, 1604년 숙천부사肅川府使로, 다음 해에 봉상시정을 지낸다. 1607년 여주목사에 제수되었고, 1611(광해군 3)년 영흥부사의 부름을 받고 임지로 나간다.

게 당부한다. "이 조카는 병든 어머니와 어린 아우를 보살필 사람이 없으니 작은 숙부께선 집에 계셔주길 바랍니다."

이에 경형은 "형제의 원수는 병兵을 돌이키지 않는 법이라네"라고 대답하고 눈물을 흘리며 따라와 **종후**는 더 이상 말리지 못했다. 그는 출병하던 날 어머니께 두 번 절하고 눈물로써 하직해 전장으로 떠난다. 그가 얼마를 달렸을까. 말채찍을 되돌려 집 앞으로 되돌아와 어린 막내아우 용후에게 말한다.

"오늘 어머님과 영이별을 하면서 깜박 잊고 너에게 일과로 배울 책을 주지 못했다."

품에 안고 있던 책을 내준다. 그러고는 말하기를

"사람이 배우지 않으면 올바른 사람이 될 수 없는 것이니 너는 부디 힘써 내 뜻을 저버리지 말라."

신신 당부했다. 이런 장면을 바라보고 있던 주위 사람들은 탄식하며 모두 눈물바람을 하고 있었다.

종후가 진주에 도착한 후 어느 날이었다. 부인 고성 이씨는 그때 두 아들을 데리고 안동본가에 피난해 와 있었다. 남편이 의병을 일으켜 적을 토벌하러 진주에 진을 치고 있다는 소식을 들었다. 그녀는 온갖 어려움을 무릅쓰고 달려와 어렵사리 황계黃溪 농사農舍에 도착했다. **종후**는 당시 본주 절양루折楊樓 아래서 군사를 조련하고 있었다. 아내는 시비88)를 시켜 친정소식을 전

---

88) 侍婢; 곁에서 시중드는 여자 몸종.

하고 면회를 요청했다. 그러나 **종후**는

"나는 이미 군중에 있으니 나갈 수 없다."

부인은 또다시 몸종에게 두 아들을 딸려 보내면서 서로 영원한 이별을 하게 했다. 큰아들은 7살이고 둘째는 5살이었다. 그는 두 아들을 안아서 양 무릎 위에 올려놓고 아이들 등을 어루만지며 말했다.

"나는 너희들이 이미 죽은 줄 알았는데 아직 살아 있었구나!"

그는 속옷을 벗어서 두 아들에게 주어 그들 어머니께 전달하도록 했다. **종후**는 이렇게 아내와 결별을 했다. 이 광경을 지켜보고 있던 의병들과 주위 사람들이 모두 울며 차마 그들 부자에게 얼굴을 들고 바라보지 못했다.

그의 복수의병부대는 적과 싸우면서 영남에 이르는 동안 많은 의사들이 모여들어 합류하기 시작한다. 의병 진영은 점점 힘이 쌓여갔다.

그러나 군량미 운반이 원활하지 못했다. 군사는 일부 주리는 것 같았다. 그러나 **종후**는 비분강개하여 의병들을 격려해주었다. 모든 것이 다 지성에서 우러나니 사람이 모두 감동해 마침내 흩어질 뜻이 없었다. 이때 관군이 모두 함안咸安 등 여러 고을에 모여 있으므로 **종후**도 역시 하동에 군사를 머물게 하고 적의 형세를 정탐해봤다. 적장 가토 기요마사는 일찍이 진주에서 승리하지 못했기에 매우 화가 나 수만의 군사를 모아 부산에서 곧장 부대를 이끌고 또다시 진주로 행군 중이었다.

그들은 **김시민**과 1차 전투에서 패하여 울분을 삼킨 채 이번엔 꼭 이겨 야망을 채우려는 야심이 대단했다. 그들은 이번엔 기어이 분패를 씻고 호남을 유린하려고 단단히 벼르고 있었다. 순변사 이빈, 전라병사 선거이,[89] 조방장 홍계남,[90] 의병장 곽재우 등이 다 피해가고 유독 김해부사 이종인, 창의사 **김천일**, 경상우병사 **최경회**, 충청병사 **황진**, 거제현령 김준민, 사천현감 장윤, 분의병장 강희열, 적개의병 부장 이잠[91] 등 수십 명이 각각 군사를 거느리고 와서 서로 회합했다. **종후**는 진주 형세가

---

89) 宜居怡[1550~1598]

　　본관은 보성寶城. 자는 사신思愼. 호는 친친재親親齋.

　　1569년 선전관에 등용되고, 1570년 무과에 급제, 1586년 함북 병마절도사 이일의 계청군관啓請軍官이 된다.

　　1587년 녹둔도鹿屯島에서 이순신과 함께 여진족을 막았다.

　　그 후 전라도 수군절도사 등을 거쳐 동래부사로 임진란을 맞아 행주幸州·운봉雲峰 싸움에서 권율과 함께 일본군을 격파, 잇따라 전공을 세워 7개 도의 병마사를 겸직했다. 이순신의 수군함대에 종군, 일본군을 대파하고 1598년 울산蔚山 싸움에서 2만여 병력을 이끌고 싸우다 전사한다. 선무원종공신에 추봉, 보성의 오충사五忠祠에 제향.

90) 洪季男

　　본관은 남양南陽. 수원水原 출생.

　　1592년 임진란이 일어나자 아버지를 따라 안성에서 의병을 일으켜 싸우다가 아버지가 전사하자 대신 의병을 지휘, 여러 곳에서 승리. 그 공으로 경기도 조방장이 되고, 수원판관을 거쳐, 이듬해 충청도 조방장으로 영천永川군수를 겸임, 진주·구례·경주 등지의 싸움에 참전. 1595년 경상도 조방장으로 전임, 이듬해 의병을 이끌고 '이몽학의 난'을 무력으로 평정하는 데 공을 세운다.

91) 李潛[1561~1593]

　　자는 原仁. 효령대군孝寧大君 보補의 7대손이며, 선공시繕工寺 감역監役 태빈台賓의 아들이다. 무과에 급제하여 1592(선조 25)년 임진왜란 때 도체찰사 정철鄭澈의 막료로 있었는데, 적개의병장敵愾義兵將 변사정邊士貞이 그의 현명함을 듣고 청하자 부장이 되었다. 처음에는 나이가 너무 어려 부하들이 잘 따르지 않았으나, 신상필벌信賞必罰을 강화하고 사졸과 고락을 함께하니 사람들이 점차 이에 복종하였다.

　　이듬해 진주성의 위급함을 듣자 주위의 만류를 뿌리치고 300명의 군사를 거느리고 나아가 황진 등과 더불어 싸우다가 성의 함락과 함께 전사한다. 1600년 선무원종공신宣武原從功臣 2등에 서훈되고 통정대부 병조참의 적개의병장에 추증되었으며, 진주의 창렬사彰烈祠에 제향.

위급함을 보고 군사를 재촉해 성에 들어가면서 군사들 가운데서 자기 집으로 가고자 하는 자는 다 보내주었다. 그래도 남아 있는 장병이 오히려 400여 명이나 되었다.

순변사는 **종후**에게 영을 전해 성을 나가서 선거이, 홍계남 등과 함께 합세해서 진주성 밖에서 지원해달라고 했다. 성안에 있던 장사들도 **종후**가 슬픈 상중인데 종군해 몸이 이미 극도로 여윈 것을 보고서 마음에 민망히 여겨 역시 **종후**더러 성을 나가라고 전했으나 그는 끝내 응하지 않았다. 그는 기필코 죽고야 말겠다는 의지뿐이다. **김천일**은 **종후**가 지은 서한을 좌랑 양산숙에게 맡겨 명나라 장수 총병 유정에게 가 군사를 내달라고 청하게 했다. 유정은 그 서한의 사연이 격렬함을 보고 옷섶을 여미며 존경하는 태도를 보였으나 역시 군사를 내줄 뜻이 없었다. 진주성이 일본 군사에게 포위를 당한 지 9일이 되었으나 외부에서는 개미새끼 하나도 응원이 없었다. **황진**, 김준민, 장윤은 서로 잇달아 전사하고 목사 서예원[92]은 겁이 나서 성을 빠

---

92) 徐禮元[?~1593]
　　임진란 당시 일본군이 진주 목사 서예원(머리를 일본에 보낸 사실에 신빙성을 더하는 문서) '주인장朱印狀'이 발견.
　　지난 4일 부산시 한일문화연구소 측은 최근 일본 기타큐슈(北九州)를 방문했을 당시 임진란 때 진주성을 공격한 일본 장수인 '구로다 나가마사' 가문이 소장한 문서 속에서 '주인장'을 찾았다.
　　연구소 측에 따르면 주인장에는 '금일今日 청취한 머리, 코, 또는 생포한 숫자, 首(수) 拾三(13), 鼻(비) 貳拾五(25), 生捕(생포) 貳人(2명) 위 건을 확실히 보냈습니다. 慶長貳年(1593년) 8月 17日'이란 내용이 적혀 있다.
　　1591(선조 24)년 김해부사로 부임한 서예원은 일본군과 공방전을 벌이다가 패주, 제1차 진주성 싸움에서 김시민 목사를 도와 일본군과 항전했고 1593년 진주 목사로 부임했으나 제2차 진주성 싸움에서 순국한 인물이라고 했다.

져나가 먼저 도망쳐 버렸다.

그때 성안은 크게 동요되어 혼란스럽게 모두 촉석루로 피했다. **종후**는 사태가 위급해 성이 지탱하지 못할 것을 알고 **김천일, 최경회**와 더불어 북쪽 대궐을 향해 두 번 절을 하고서 오빈, 김린, 고경형과 함께 남강에 몸을 던진다. 그때가 바로 1593(癸巳)년 6월 29일이다. 봉이, 귀인도 역시 **종후**의 뒤를 이어 남강에 뛰어들었다. 그리고 오유는 이종인, 강희열, 이잠과 더불어 칼을 뽑아 들고 적을 치다가 힘이 소진되어 죽었다. **종후**가 남강에 투신하려 할 때, 무사 한 사람이 곁에 있다가 그가 강물 속으로 뛰어들려는 순간 울며 간청하기를 "제가 수영에 익숙하니 공을 업고 이 강을 건널 수 있습니다"라고 했다. 그러나 **종후**는 "내가 금산에서 죽지 못한 것이 한인데 지금 살길을 찾겠느냐, 네가 만일 살아서 고향에 돌아가면 우리 집에 가서 오늘 일을 말해달라"고 했다. 무사는 바로 **종후**의 이웃 사람이다. 무사는 오랜 세월이 지났는데도 매양 이일을 말하려면 목이 메어 말을 잘 잇지 못했다고 한다.

기타큐슈를 직접 방문한 연구소의 김문길 소장은, 주인장에는 서예원 장군이란 글은 없지만 1907년 일본 도쿄대학교 호시노 히사시 교수가 내놓은 '진주성 싸움에서 승리한 일본군은 서예원 성주의 머리를 상자에 넣어 일본으로 보내 도요토미 대불전 앞에 묻었다'란 논문 내용을 볼 때 주인장 내용 중 수(首)에 서예원이 포함됐다고. 기존에 일본군이 서예원의 귀를 베어갔다는 문서는 발견됐으나 머리에 관한 문서가 발견된 것은 이번이 처음이다.
서예원이 1593년 5월 29일 순국한 기록과 당시 조선에서 일본으로 가는 선박 편이 3개월 정도 소요되는 사실 등을 근거로 볼 때 김 소장은 해당 문서가 신빙성이 높다고 시사한다.

1593(선조 26)년 7월 21일 조정에서는 진주성이 함락되어 전사자 포상을 논하고 있었다. 그 자리에서 정원(승정원)의 관리가 임금께 진언한다.

"성상께서는 특별히 사신에게 명하시어 한 장의 애통해하시는 교서를 짓게 하여 주십시오. 이는 죽은 이를 조상하고 그들의 가족을 위문하는 이외에도 잘 헤아려 주시기 바랍니다. 그들에게 포상을 증여하여 원혼을 달래 감읍시키는 한편, 앞으로 의용한 사람들이 나올 수 있도록 권면하소서. 그중에 **김천일·최경회**는 당초에 조정의 명령이 없었는데도 분연히 의병을 일으켰고 **고종후**는 아비의 원수를 갚고 왕의 원수를 무찌르기 위하여 기쁜 마음으로 몸을 희생하였으니 모두 더욱 특별히 우대하는 포장을 하지 않을 수 없습니다"라고 했다.

이어서 비변사(국군의 사무를 맡아서 처리하던 관아) 관리가 또다시 임금께 아뢰었다.

"진주의 일이 수양성 포위와 매우 흡사합니다. 힘을 다해 고수하였지만 외원(외부로부터의 지원)이 이르지 않아 끝내 성이 함몰되었으니 그 참혹하고 원통한 상황을 말하자니 기가 막힙니다. 특별히 따뜻한 성지를 내리시어 충의의 영혼들을 위로하시고 또한 도 지방의 사람들로 하여금 격려 권장하는 바가 있게 하는 것이 매우 마땅합니다. **김천일·최경회·고종후**는 세운 공이 두드러지게 우뚝하니 등급을 높게…… 그 충절을 포장하는 것을 결단코 그만두어서는 아니 됩니다."

'그 참혹하고 원통한 상황을 말하자니 기가 막힌다'고 비변
사 관리는 말하고 있다. 당나라 현종이 양귀비와 놀아나느라 실
정을 거듭했다. 이런 기회를 엿보다가 결국 30만 대군으로 반란
을 일으킨 안녹산,[93] 이때, 수양성 수성 장군, 즉 사령관으로 있
던 장순은 부사령관 허원과 측근 36명의 부장들과 6천여 명의
병력과 주민 2, 3만 명이 함께 반란군을 진압하기위해 모두 죽

---

93) 安祿山[703?~757]
　　출생한 해는 703년이 유력하며 중국 랴오닝성 차오양현에서 태어남. 아버지는 이란
　　계系 소그드인의 무장이었던 안연언(일설에는 양아버지라고도 함)이고, 어머니는 터
　　키족 돌궐突厥의 무녀 아사덕씨. 그의 아버지가 일찍 사망하고 어머니가 돌궐족의
　　장수와 재혼. 안安이라는 성씨는 계부의 성性이며 자식이 없었던 계부에게 귀여움
　　을 받고 자람. 당시 안녹산의 집안은 이민족으로 당나라 한족들로부터는 잡호雜胡
　　로 간주. 그는 6개국의 말을 구사할 줄 알아 젊었을 때 영주營州(北京의 북동쪽)에서 호
　　시아랑互市牙郞(무역의 중개인) 역할을 함. 30대에 유주절도사幽州節度使 장수규를 섬
　　겨 무관으로서 두각을 나타내었다. 영주에 본거를 두는 평로절도사平盧節度使로 발탁.
　　해奚·거란契丹·실위室韋·말갈靺鞨 등 동북 지방의 여러 민족의 침입을 방어하고 위
　　무慰撫에 노력했다. 중앙에서 파견된 사자를 뇌물로 농락하는 일에 능하였기 때문
　　에 변경의 방비에 번장蕃將이 중용되는 시류를 타고 급속히 현종의 신임을 얻는다.
　　안녹산은 거구의 몸집을 가진 체형이었는데 현종이 그의 불룩한 배를 가리켜 '무엇
　　이 들어 있나?' 하고 농담으로 묻자, '오직 황제에 대한 충성심이 가득 차 있다'고
　　즉각 대답하였다든가, 양귀비의 환심을 사서 그의 양자가 되었다는 등의 전해지는
　　일화가 많다. 이렇게 하여 744년 범양절도사范陽節度使(北京) 및 751년 하동절도사河
　　東節度使를 겸임, 당의 국경방비군 전체의 3분의 1 정도의 병력을 장악. 황태자와 당
　　시의 총신인 양국충은 안녹산에게 모반의 뜻이 있는 것으로 보고 현종과 안녹산 사
　　이에 이간을 획책. 이에 안녹산은 양국충을 제거한다는 명목으로 반기를 들고 755년
　　11월 15만의 대군을 거느리고 범양에서 중원中原(황하 중류지대)으로 쳐들어간다.
　　같은 해 12월 뤄양[洛陽]을 점령하고 이듬해 스스로 대연황제大燕皇帝라 칭하고, 성
　　무聖武라는 연호를 세웠다. 다음 해 6월에는 수도 장안을 정복, 화북華北 지방의 주
　　요부를 모두 점령. 하지만 장안의 점령과 관리를 부하들에게 일임, 방치했고 얼마
　　후 시력이 약해지고, 악성 종기를 앓게 되자 위령威令이 서지 않았다. 또한 애첩의
　　소생을 편애함으로써 둘째 아들인 안경서와 반목. 결국 경서와 공모한 환관 이저아
　　에게 취침 중에 살해된다. 안녹산의 절친한 친구였던 사사명이 13만 대군을 이끌고
　　당나라에 투항했다가 다시 반란군에 가담했는데 이를 두고 두 사람의 이름을 따서
　　안사安史의 난이라고 부른다. 사후에 『안녹산사적安祿山事蹟』이 편찬되기도 했다.

기를 각오하고 항전했다. 그 어느 누구도 투항하려는 사람은 없었다. 이렇게 사력을 다했으나 식량난까지 겹쳐 역부족이었다. 장순은 자기 애첩을 베어 군사들에게 식량대신 제공했고 부사령관 허원은 자기의 노복을 죽여 식량으로 삼도록 했다. 결국 주민들 중 여성들은 거의가 다 병사들의 양식으로 제공되었다. 그뿐인가, 노인과 아이들도 희생되었다. 그렇게 해서 수양성은 1년여 동안 지탱할 수 있었다.

이렇게 치열하게 반란군에게 대항하면서 오랜 시간을 끌어왔으나 지원군은 오지 않았다. 30만 대군을 맞은 장순은 6천의 병력으로 400여 차례 전투를 벌여 12만 명의 반란군을 박멸했다. 그러고서도 성은 지켜낼 수 없었다. 결국 성은 함락된다. 장순과 허원, 그리고 그의 36명의 부장들도 이때 장엄하게 순절했다. 장순의 이 초인적인 항전은 반란군의 사기를 꺾고 진격을 늦추어 조정이 반격할 수 있는 시간을 벌게 했던 것이다.

그러나 불행하게도 이듬해 6월, 양국충94)은 통관 결전을 명

---

94) 楊國忠[?~756]
본명 소쇠. 산시성[山西省] 루이청[芮城]현 출생. 측천무후則天武后의 총신인 장역지의 사위. 학문은 없었으나 계수에 밝음. 양귀비의 친척으로 등용되어 재상 이임보와 결탁, 재정적 수완을 발휘함으로써 현종에게 중용. '국충'이란 이름도 이 무렵 현종이 내렸다. 752년 이임보가 죽자 재상으로서 제1의 실권자가 됨. 그러나 뇌물로 인사를 문란시키고, 중앙정계를 그의 일파로 독점. 백성으로부터 재물을 수탈하는 등 실정을 계속. 또 남조南詔 원정에 실패했으면서도 이를 황제에게 숨겼고, 안녹산과의 반목으로 '안사의 난'을 자초. 난이 일어나자 현종을 따라 쓰촨[四川]으로

령했는데 작전 미숙으로 가서한이 이끈 방위군이 대패, 통관이 함락되고, 반군은 수도 장안長安으로 몰려들었다. 이때 현종은 서쪽으로 피신했다. 기아에 지친 병사들은 압력을 가해 산시성[陝西省] 마외역馬嵬驛에서 양국충은 살해되고, 양귀비는 액사(스스로 목을 매어 죽는다)했다. 당시 귀족들은 일족의 안일만을 도모하였으므로 민중들은 스스로 자위 집단을 형성했던 것이다. 민중은 지방관 안진경95) 등을 지지해 장안 부근에서 유격전을 펼쳤던 것이다.

수양성의 이 같은 전투상황과 흡사했으니 이 아니 비통한 일인가. 진주성과 수양성의 싸움이 뭣이 다를까. 안녹산은 역적인 반란군이고 일본군은 조선의 침략자라는 것이 다른가. 수양성은 양민을 식량 대신으로 삼아가면서 시일을 거의 1년을 끌어온 것, 이에 비해 진주성은 1차에서 3천8백 명으로 2만의 일본군을 물리쳐 승리했으나 2차에서 5, 6천의 의병과 6만여 명의 진주관민이 목숨을 내놓고 일본군 십수만 대군에 항전하다가 결국 8박 9일 만에 성이 함락된 것이 다르다는 것일까. 진주성

달아났으나, 도중 마외역馬嵬驛에서 군사에게 살해됨.

95) 顏眞卿[709~784?]

당나라의 충신. 서書의 대가. 자는 청신淸臣. 산동山東 임의臨沂 사람. 북제北齊의 학자 안지추의 5대손. 박학하고 사장辭章에 뛰어남. 벼슬은 어사대부御史大夫. 태자태사太子太師에 이르렀으나, 회서淮西절도사 이희열이 반란을 일으켰을 때, 그를 설득하는 소임을 명받아 적의 진영으로 가 거기서 구류된 뒤 피살. 서풍書風은 남성적인 강기剛氣가 있으며 해서楷書로는 <다보탑비多寶塔碑>, <안씨가묘비顏氏家廟碑>, 행초行草로는 <쟁좌위첩爭座位帖> 등이 걸작으로 꼽힌다. 대종代宗때, 노군공魯郡公에 봉해져 안노공顏魯公으로 불리었다. 저서에 『안노공집顏魯公集』이 있다.

은 관병과 의병 모두 8천여 병사와 일본군 병사 20여만 명과 한 번은 승전했다가 결국 패전으로 성은 함락되었다. 물론 뜻하지 않은 폭우가 급작스럽게 쏟아지는 바람에 성이 무너져 함락된 시기가 앞당겨진 것일지도 모른다.

수양성의 함락과 시간의 차이가 있었는지 모르나, 그 밖에 무엇이 또 다르겠는가. 수양성과 진주성의 함락은 그 성격상 크게 다를 바 없었다. 그래서 당시 관리들은 임금에게 비통함을 울부짖듯 진언한 것이다. 참혹하고 원통하여 그 전투상황을 차마 입에 담기에 기가 막힌다고 하지 않았던가!

세상에서는 흔히 말들 했다. **종후**의 부자 형제가 모두 의義에 죽은 것을 변성양96)에게 비유된다고. 그러나 그의 누이인 노씨의 아내와 그의 종매從妹(친사촌 누이동생)인 안씨의 아내가 적을 꾸짖고 칼에 엎드려 자결한다. **종후**의 서숙庶叔(할아버지의 서자)과 심지어 **종후**를 시중들던 종까지도 그와 함께 목숨을 바쳤다. 슬프지만 이 아니 장한 일인가. 더구나 **종후**는 집안의 원수이고 나라의 원수인 일본과 더불어 차마 한 하늘 아래 살 수 없어 한 죽음은

---

96) 卞成陽
　　부자父子간에 충효를 온전하게 한 진晉나라 변호 부자의 집안을 가리킴. 성양은 지명으로, 변호의 아버지인 변수가 성양자成陽子에 봉해졌다. 변수는 형제 여섯 사람이 모두 태보台輔에 올라 변씨육룡卞氏六龍이라는 명성을 얻었으며, 그의 아들인 변호는 성제成帝가 즉위하여 태후太后가 임조臨朝할 때 유량과 함께 정사를 보필했다. 소준의 난리 때 저항해 온 힘을 다해 싸우다가 그의 두 아들과 함께 죽었다. 세상에서는 이 변 씨 집안을 가리켜 변문 충효卞門忠孝라고 칭한다.『진서 권晉書 卷70 변호열전卞壺列傳』.

진정 그의 뜻일지 모르나 그러나 일에 유익됨이 없이 그 목숨만 버린다는 것도 역시 그의 본래 계획은 아니었을 것이다. 진주가 외부의 전연 지원이 없는 가운데 외로운 성으로 십수만의 거대한 적과 맞선다면 반드시 패한다는 것쯤은 비록 지혜 있는 자가 아니라도 내다볼 수 있는 일이다. 그러나 그는 성 밖에 있는 여러 장수와 더불어 관망하는 것을 부끄럽게 여기고 달갑게 성안으로 들어가 있는 여러 사람과 함께 목숨을 내놓는 길을 택한 것이다.

이런 치열한 전투 끝에는 아무리 적이 승자일지라도 그들의 군력손실이 헤아릴 수 없이 많았다. 그렇다면 그들의 기세가 진주성 전투 후에 약화될 것은 기정사실. 그러니 적들의 의기가 지 아니 꺾이고 배기었을까! 이제 적들이 호남으로 진격하기에는 그들의 세력이 극도로 약화되어 큰 부담으로 작용했음이 분명했다. 진주성의 함락은 곧 적의 흉한 위세를 꺾어버리는 계기가 되었을 테니까. 이로써 조선은 호남의 보전이 곧 국가 중흥의 기본이 되었다. 그렇다면 그의 한 죽음이 역시 당시상황을 잘 판단하여 의리를 지킨 것이 될 테니, 어찌 나라가 회복될 수 없다는 것을 단정하고 다만 마음에 사무쳐 목숨을 경솔하게 한 자와 같다 할 수 있을까.

조정에서 그의 아버지 **경명**과 **종후**, 아우 **인후** 등 삼부자에 대해 포장하고 은혜를 내린 것이 어찌 죽음에 유감 됨이 없을까만, **종후**와 **인후**에 있어서는 아직도 이름과 시호를 칭하는 은전이 그때까지도 내리지 않아 지방사림이 오랫동안 기다린 끝에 비로소 선비들이 대궐에 부르짖어 아울러 은명을 얻게 되었다.

27

만고에 꽃다운 이름 李提督-舜臣

백두산 천지天池에서 2백 리 길, 남으로 곧장 쏟아져 내려오던 압록강이 방향을 바꾸어 서쪽으로 굽이쳐 흐르는 지점에 혜산진惠山鎭이 있다. 이 일대에서는 제일 큰 석성石城이 있는 지방이다. 성안에는 첨사의 진영이 있다.

혜산진에서 압록강을 따라 서쪽으로 40리 지역에는 삼수군수가 좌정한 삼수성三水城이 있고, 삼수성 남쪽에 동구비보童仇非堡라는 조그만 돌로 쌓은 성이 있는데 높이는 8척, 둘레는 1천2백50 척. 임진란이 일어나기 90년 전인 1502(연산군 8)년 압록강을 넘어오는 여진족을 막기 위해서 쌓은 보루다. 과거에 오른 32살의 **순신**은 그해 겨울, 눈보라 속에 말을 달려 부임한 것이 이 동구비보다. 그는 종 9품 권관, 국경의 이 두메산골 수비 대장이다.

"어서 오시오다."

무릎까지 빠지는 눈밭을 멀리까지 마중 나온 1백여 명의 병사들, 옷이며 모자와 신발, 머리에서 발끝까지 짐승의 가죽으로 둘러진 병사들은 합창이라도 하듯 어설프게 들리는 지방 사투리로 외쳐댄다.

"고맙다 들."

말에서 내리려고 했으나 재빠르게 나선 병정이 말고삐를 잡아끈다.

"그냥 가시오다."

새까만 얼굴에 두 눈만 유난히 반짝인다. 몇 달, 적어도 겨울철이 시작되면서부터 얼굴 씻는 것조차 잊고 지내온 것 같다.

"와아……."

말을 에워싸고 함께 성안으로 달려가는 병사들은 흡사 1백 마리의 산짐승이 떼 지어 달아나는 것과도 같다. 그야말로 멋대로 자란 야생마들이다. 그런대로 단체생활에 익숙해서 질서가 잡힌 망나니들이었으나 기운이 팔팔하게 살아 있는 것만은 한 가지 취할 이로움이다.

"고단할 터인데 어서 유하시오다."

저녁상을 물리자 나잇살께나 먹은 아전이 문밖에서 한마디 한다. 북도에 들어서면서부터 '주무시라'는 말은 들을 수 없고 기껏 존대한다는 것이 '유하시오다.' 황량한 산천초목에 말투까지 비위에 거슬리게 하는 지방에서 기약 없는 세월을 엮어갈 생각을 하니 가슴이 답답하고 마음은 서글프다.

"물러가 자거라."

아전을 보내고 그는 잠자리에 든다. 아산에서 서울까지는 2백20여 리, 서울에서 이곳까지는 1천5백70여 리, 합해 1천8백여 리 길이다. 그 사이에 거쳐 온 무수한 태산준령과 크고 작은 강들을 뒤돌아보면 이 세상 끝까지 온 느낌이다.

보통 삼수와 그 이웃 고을 갑산甲山은 하늘 아래 첫 동네로, 사람이 살 곳은 못 되고, 바르지 못하다고 보는 사람들을 귀양 보내는 벽지로 알고 있다. 과히 틀린 생각은 아니리라.

이 심심산천에 들어서면서부터 사람이 사는 집이라고는 어쩌다 화전민들의 오막살이 동네가 눈에 뜨일 뿐 인간보다 짐승이 훨씬 더 많았다. '호랑이가 사람을 물어갔다' '승냥이가 돼지를 업어갔다'는 것을 오는 도중에도 심심치 않게 들어온 터다.

백암리(충청남도 아산시 온양동)에는 부인 방씨와 두 아들, 열 살 난 회와 여섯 살인 열이 있다. 거기다 부인은 세 번째가 될 태아를 갖고 있었다. 그는 아이들의 웃던 얼굴, 동구 밖까지 배웅 나와 눈물을 흘리고 슬며시 얼굴을 돌리던 부인을 떠올린다. 바로 그

순간,

"우…… 웅……."

가까운 산에서 승냥이가 으르렁거리는 소리다. 참으로 암담한 지방에 두만강 오리 알처럼 떨어졌구나! 그는 이 생각 저 생각으로 뒤척이다 밤이 깊어서야 잠이 든다.

같은 사물도 생각하기 나름이다. 그는 사냥에 재미를 붙인다. 삼수에는 호랑이나 승냥이만 있는 것이 아니라 곰, 멧돼지, 사슴, 노루 등 산짐승들이 들끓는 곳이다. 사냥은 병사들에게는 훈련이 되고 잡은 것을 나누어주면 백성들은 매우 고마워들 한다. 이 지방 사람들도 차츰 달리 보게 되었다. 말투나 행동거지나, 반쯤은 짐승이나 다를 것이 없다는 생각이 들었으나 알고 보니 이처럼 순박한 사람들도 없다. 하늘이 낸 그대로 때가 묻지 않은 사람들, 이야기책에 나오는 요순시대의 백성들과도 같다.

밤에는 병서 공부에 시간이 지난 줄도 모른다. **순신**은 그 시대까지 세상에 나온 병서는 거의 독파했다고 생각했다. 32살에 이처럼 삼수에서 벼슬의 첫발을 내디딘 그는 여기서 3년을 보내고 서울로 올라오는데, 그 후 서울 생활은 잠시 지냈을 뿐 대게 변방으로 돌아다녔다.

전라도 발포만호鉢浦萬戶, 두만강변의 건원보권관乾原堡權官, 조산보만호造山堡萬戶 등. 그것도 강등, 파면, 복직의 연속이다. 몸집이 크고 말이 없는 그가 아첨기가 없는 것은 군사관료들의 세계에서도 흠잡을 데가 없다. 과거에 합격한 지 13년 만에 그는 45살로 전라도 정읍현감井邑縣監이 된다. 종6품, 같은 연배의 다른 사람들은 정2품 판서, 빠른 사람은 정1품 정승에도 올라 있는데도……, 한때는 8개월 만에 평안도 고사리첨사高沙里僉使로 승진되었으나 대간臺諫에서 규정위반이라고 반대하는 통에 제자리에 주저앉게 되고. 지방관은 일 년 이내에는 이동하지 못한다는 규정 때문이다. 일 년이 되어 만포진첨사滿浦鎭僉使로 임명되었으나 이번에는 지나친 특진이라고 역시 현지에 부임하지 못한다. 첨사는 종3품이다.

정읍에서 2년을 보낸 **순신**은 47살의 새해를 맞는다. 임진란이 일어나기 전의 일인데, 일본의 움직임이 수상하다 하여 유능한 장수들을 발탁해 경상도와 전라도의 지방관들을 무관으로 교체하고. 2월 들어 **순신**은 종4품 진도珍島군수로 승진되었다가 부임 도중에 다시 종3품 가리포첨사(완도)로 승진되고, 가리포로 가는 도중에 정3품 전라좌수사로 또 승진된다. 불과 며칠 사이에 종6품에서 정3품으로, 7계급을 뛰어오른 셈이다.

이때는 마침 어릴 적부터 그의 사람됨을 잘 아는 유성룡이 우의정으로 있으면서 인사행정을 총괄하는 이조판서를 겸하고 있을 때다.

평소에 모난 일을 잘 하지 않던 유성룡이 임금을 설득해 이 같은 무리한 인사를 단행한 것이다. 사간원이 가만히 있을 리 없다.

"전하! 아무리 인재가 없다 하더라도 벼슬을 경솔하게 함이 이보다 더한 것도 없으니 바꾸도록 어명을 내리소서."

임금의 대답,

"**이순신**의 일은 그대들이 말한 대로다. 나도 알고 있다. 그러나 지금은 평시의 법규에 얽매이지 않고 인재를 구할 수밖에 없다. 이 사람은 능히 감당할 수 있을 것이니 그 벼슬의 높고 낮음을 논할 것이 없다. 다시는 거론하지 말라."

그래도 사간원은 계속 이의를 재기한다.

"**이순신**은 극히 낮은 벼슬아치입니다. 어찌 중망(衆望 많은 사람들로부터 받고 있는 신망)에 부합될 수 있겠습니까? 인재가 없다 하더라도 현감을 별안간 지역사령관으로 올릴 수 있겠습니까?"

임금 선조는 벌컥 화를 내고,

"바꿀 수 있다면 왜 바꾸지 않겠는가?"

더 이상 사간원은 말할 처지가 못 되어 말꼬리를 내릴 수밖에 없었다. **순신**은 평생 살아 있는 동안은 유성룡의 이 호의를 잊지 않았다.

그가 타고 있던 배에 곧이어 원균이 찾아온다. 그도 일찍이 두만강변에서 전공을 세웠던 사람이다. 부령(富寧), 종성(鍾城) 두 지방의 부사를 지낸 처지다. 세 사람은 모두 이미 알고 있었다.

"다시 두만강을 보게 될 날이 있을지……."

이때가 되면 두만강에는 바다에서 송어가 떼를 지어 올라온다. 수인사가 끝나자 잠시 같은 처지의 과거가 화제에 오르고.

산에는 짐승, 강에는 물고기가 활개치고 사람이 도리어 귀한 지방이 두만강 연변이다. 즐거움과 괴로움은 사람에 따라 취향이 다를 수 있었으나 두만강의 송어낚시만은 누구나 잊을 수 없는 추억거리다. 그들이 이야기를 주고받는 사이에도 양쪽 함대에서는 병사들이 서로 외치고 손을 흔들며 떠들썩하다.

　"왜놈 애들 이거여, 아니면 요거여?"

　새로 도착한 **이억기**의 병사들이 엄지와 새끼손가락을 번갈아 쳐들고 묻는다.

　"요거다."

　이순신의 병사들은 새끼손가락을 까불거린다. 한동안 시들했던 기운이 되살아난 것 같아 어깨를 쭉 편다. 바다에는 어느덧 해가 기울기 시작하고, **순신**과 **이억기**는 제각각 함대를 이끌고 이 고장 지리에 밝은 원균 휘하 함정들의 선도를 받아 북상해 착량著梁에서 닻을 내리고 이 밤을 지낸다.

　전라도좌수사 연합 선단 170여 척이 부산포에 도착한 것은 9월 1일이다. 지난밤을 세우고 작전을 짠 조선 함대가 이날 새벽 물운대를 지나 다대포를 바라보고 있었다. 절영도에 이르렀을 때 부산포에 있는 적함 약 500여 척이 정박 중이다. **이순신**이 이끄는 조선 함대는 그들을 급습했다. 이 해전에서 일본군은 약 100여 척의 전함이 격파된 채 육지로 도주하기에 바빴다. 이 전투에서 조선 병력은 약 30여 명이 희생되었다. 일본군의 피해에 비하면 경미하다고 볼 수 있지만 그동안 벌어진 전투의 피해 상황에 비하면 이날은 피해를 크게 입은 것이다.

이제 제해권을 장악한 **순신**은 1593년 삼도 수군통제사가 되어 한산도에 본영을 설치한다. 그때, 명나라의 수군과 합세해 일본군을 수차례 궤멸시켰다. 적들의 서해안 진출이 완전히 봉쇄된 채, 도망하는 일본군의 길을 막으라는 조정의 명령에 출동 준비 태세를 갖추면서 부하 병사들에게 아래와 같은 명령을 내린다. 이 글은 그가 직접 쓴 격문이다.

"천고에 듣지 못한 흉악한 변고가 갑자기 우리 동방예의지국에 미쳐왔다. 경상도 연안의 여러 성을 지키던 병사들이 그 바람에 흩어져 달아나 적으로 하여금 자리를 말듯이 쳐들어오게 했다. 임금의 수레가 서쪽으로 옮겨가고, 백성들의 목숨은 도마 위의 고기가 되었다. 3경(서울, 개성, 평양)이 연속적으로 함락되어 종묘사직이 텅 비게 되었다. 우리들 삼도의 수군은 그 누가 의리를 떨쳐 죽기를 각오하고 싸우려 하지 않으랴만 기회를 얻지 못해 지금까지 그 뜻을 펴지 못했다.

이제 다행히 평양에 있는 적을 소탕했고 그 결과 개성과 서울까지 회복되었다. 신하 된 우리가 기쁨으로 뛰고 구르며 무어라 말할 바를 모르고 또 싸워서 죽을 곳을 알지 못하던 차에, 위에서 선전관이 파견되어 왔다. 그것은 곳 마지막으로 도망가는 적의 길목을 끊어서 단 한 척의 배도 돌아가지 못하게 하라는 분부였다. 이런 간곡한 하교가 5일 만에 다시 내려온 것이다.

　지금은 바로 충성심을 발휘하여 제 몸을 잊어야 할 때이다. 그런데 어제 적과 맞서 전투했을 때 꾀를 부려 피하거나 머뭇거리는 태도가 많았던 것은 지극히 통분할 일이다. 즉각 마땅히 군율에 비추어 처단할 것으로되 앞으로의 일이 아직 많고 옛날에도 법령은 세 번까지 깨우쳐 이른 뒤에 적용했다고 하니 새로운 공으로 그 죄를 씻게 하는 것이 병가兵家의 좋은 방법이다. 그러므로 그 죄를 적발하지 않는 바이니 군령으로 선포한 조항은 하나하나 받들어 지켜야 한다."

　1594년부터 약 3년간 명나라와 일본의 강화 회담이 진행된다. 그런 동안 전쟁은 소강상태에 머무르게 되는데, **순신**은 이 기간 동안 군사훈련과 군비확충을 하기에 매우 분주했다. 피난민 생업을 보장하고, 산업을 장려하면서 일본의 재침입에 대비하고 있었다.
　1597년 명나라와 일본 간에 진행되던 강화회담이 결렬되자 일본군은 조선을 다시 재침략해 들어오려고 한다.
　그러나 이때 **순신**은 원균의 상소와 서인 세력의 모함으로 감옥에 갇히는 몸이 되었다.
　유성룡, 이원익 등은 상소를 올려 그의 치죄를 반대했다. 그러나 선조는 이것을 묵살해버린다. 기어코 **순신**을 실직시켜 백의종군하게 했다.

순신이 백의종군하게 되자 삼도수군통제사는 원균이 맡게 된다. 그러나 전술상 **순신**과는 비할 바가 아니던 그는 **순신**이 애써 키워놓은 수군과 함대를 모두 잃고 자신도 전사하고 말았다. 그야말로 분통 터질 일이다.

하는 수 없이 **순신**을 다시 통제사로 부르지 않으면 안 되었던 선조는 즉시 영의정 유성룡, 판중추 윤두수, 우의정 김응남, 지중추 정탁, 형조판서 김명원, 병조판서 이항복 이하 중신들을 불러 모았다.

"수군이 전멸했으니 이런 기막힌 일이 또 어디 있겠소?"

선조는 대신들에게 김식이 올린 보고서를 내보이고 대책을 묻는다. 무거운 침묵이 흐를 뿐 아무도 대답이 없었다. 임금은 크게 화를 낸다.

"대신들은 어째서 대답이 없습니까? 되는 대로 팽개쳐 두고 구경이나 하자는 것입니까?"

유성룡이 머리를 숙인다.

"일부러 대답을 올리지 않는 것이 아닙니다. 너무도 기가 막히고 아무런 대책도 떠오르지 않아 대답을 드리지 못하는 것입니다."

그러자 선조의 성정은 조금 누그러진 것 같다.

"그거 참, 형세가 불리하면 한산도로 물러날 일이지 고성 쪽으로는 왜 갔는지 모르겠구면."

"16일 새벽에 적이 사처에서 포위하고 들어오니 조선 수군은 한산도로 물러나려야 물러날 수 없고, 부득이 고성방향으로 밀릴 수밖에 없었습니다. 퇴로는 그쪽밖에 없었다고 합니다. 여기서 뭍에 오른 병사들도 많았으나 미리 와서 포진하고 있던 적이 공격해오는 통에 꼼짝없이 몰살을 당하였다고 합니다."

"한산도를 굳게 지키고 적에게 위협을 주면 되는 것인데 군이 내몰아가지고 이런 참패를 당하게 했구면."

"하여튼 어떻게든 수습을 해야 하지 않겠습니까?"

이항복이 대답한다.

"우선 통제사와 수사들을 임명하고, 그들에게 계책을 세우도록 하는 것이 순서가 아니겠습니까."

"그 말이 옳습니다."

"원균이 전에 절영도 앞바다로 나가는 것은 어려운 일이라고 하였는데 과연 오늘날 이 모양이 되고 말았습니다."

"내가 전에도 말했지만 적이 전쟁을 일으킨 지 벌써 6년입니다. 책봉冊封해준다고, 종이 한 장 받고 물러갈 리가 있겠습니까? 듣자 하니 그동안 적은 준비를 잘해서 배들도 예전에 비하여 아주 커졌다는 것이 사실입니까?"

"김식의 이야기를 들으니 사실입니다."

김응남이 대답한다.

전쟁의 소강상태가 여러 해 계속되는 동안 적은 히데요시의 특명으로 조선造船을 독려하여 많은 배들을 만들었다. 그중에는 조선의 전선을 모방한 것도 있었다. 아타케부네[安宅船]라고 불렸는데 큰 것은 길이가 70척, 너비 40척, 쌀을 1만 2천 표表 싣고 겐카이나다를 건너올 정도로 큰 배들이었다.

"기왕지사를 한탄해도 소용이 없는 일이고, 통제사는 누가 좋겠습니까?"

병조판서 이항복, 형조판서 김명원의 천거로 **이순신**을 다시 통제사로 임명하게 되었다. 다음 날인 23일, 교서가 준비되자 선전관 양호는 교서를 받들고 경상도 초계로 달린다. 초계에서 다시 **이순신**의 뒤를 쫓아 서쪽으로 달렸다.

추원포에서 조선 수군이 크게 패하던 7월 16일을 전후해서 일본의 재침군은 부산에 상륙을 완료했다. 총사령관 고바야카와 히데아키는 임진년에 제6군 사령관으로 금산에서 **고경명**과 싸운 고바야카와 다카카게의 양자였다. 그는 21살이다.

장수는 모두 42명, 총병력 14만여 명의 대군을 거느릴 위인은 못 되었으나 당시 일본은 능력보다 혈통을 중시하는 시절이라서 그는 총사령관에 임명되었고, 그 대신 일본에서 으뜸가는 군사軍師로 정평이 나 있던 구로다 조스이가 고문으로 따라왔다.

지난 7월 7일, 절영도 앞바다에 나간 조선 수군을 쓰시마까지 유인하여 혼란에 빠뜨린 장본인이 바로 이 구로다 조스이였다.

6월 그믐, 1천여 척의 함정에 인원과 물자를 싣고 나고야를 떠난 히데아키는 도중 쓰시마에서 며칠 쉬고 이날 부산으로 들어오는 길이다.

원균이 지휘하는 조선 수군과 마주치자 히데아키는 무작정 나가 싸우라고 발광을 했다.

"전쟁에서 무엇이 제일인지 아십니까?"

조스이가 히데아키에게 묻는다.

"그야 싸워서 이기는 일이지."

"그것은 제일이 아닙니다."

"그러면 무엇이 제일이오?"

"싸우지 않고 이기는 일입니다."

이래서 일본 수군은 슬슬 피해서 쓰시마까지 후퇴하였다. 조선 수군은 그들을 쫓다가 일대 혼란에 빠졌고, 이때의 실수가 결국 추원포의 패전으로 이어지게 된 것이다.

이순신이 서울에서 달려온 선전관 양호로부터 임금의 교서를 받은 것은 우키다 히데이에가 사천에 상륙하기 전날인 8월 3일, 곤양 고을 벽촌의 민가에서였다.

"임금은 이에 이르노라. 아, 나라가 의지하고 보장으로 사는 것은 오직 수군이었거늘 하늘이 우리에게 화를 내린 것을 아직 후회하지 아니하여 흉악한 칼날이 번뜩이니 마침내 3도의 대군이 한 번 싸움에 전멸하였도다. 이제부터 바다에 가까운 성이며 고을들을 누가 막을 것인가. 한산도를 이미 잃었으니 적은 무엇을 꺼릴 것인가.

위급한 상황이 아침이 아니면 저녁으로 다가왔으니 지금 당장 급한 계책은 흩어진 군사들을 불러 모으고 배들을 수습하여 요지에 웅거하는 일이니라. 그리하여 일대 진영을 마련하면 도망쳐 흘러 다니는 군사들도 돌아갈 곳을 알게 될 것이며 바야흐로 힘을 뻗치는 적을 막아낼 수 있으리라. 그 책임을 맡을 사람은 위신, 자애, 지혜, 능력을 갖추고 평소 안팎이 심복하는 인재가 아니고는 어찌 능히 그 소임을 다할 수 있으랴.

생각건대 경의 명성은 일찍이 품계를 뛰어넘어 수군절도사를 제수하던 날 이미 드러났고, 그 공업功業은 임진년의 큰 승리로 다시 떨치니라. 그 후 변방의 군사들은 경을 장성長城같이 굳게 믿었건만 얼마 전 경의 직책을 갈고 죄를 씌워 백의종군토록 하였으니, 이 또한 사람의 지모가 부족함에서 나온 것이라. 그로 말미암아 오늘의 이 패전의 치욕을 가져왔으니 무슨 할 말이 있으랴.

이제 특히 복상 중인 경을 기복起復하고 평민의 신분에서 발탁하여 충청·전라·경상 등 삼도수군통제사를 제수할 터이니 부임하는 날 우선 장병들을 불러 위무하고, 흩어진 군사들을 찾아내고, 수군의 진영을 차리고, 요지를 틀어쥐고, 군의 명성을 떨친다면 흩어졌던 민심도 가히 안정시킬 수 있으리라. 적 또한 우리에게 방비가 있다는 것을 들으면 감히 방자하게 다시 날뛰지는 못하리니 경은 힘쓸지어다.

수사水使 이하를 모두 통솔하되 때에 따라 군율을 어기는 자가 있으면 가차 없이 군법으로 처단하라. 경이 나라를 위하여 한 몸을 잊고, 기회를 보아 적절히 진군 또는 후퇴하는 능력은 이미 시험한 바라. 내 굳이 많은 말을 할 것은 없으리라.

옛날 오吳나라의 명장 육항은 두 번째로 국경의 강을 담당하여 그 소임을 다하였고, 명나라 왕손은 죄수의 신분이면서도 능히 적을 소탕하는 공을 세웠느니라. 경은 더욱 충의지심忠義之心을 굳게 하여 나라를 구제하기를 바라는 짐의 소망에 부응하도록 하라. 고로 이에 교서를 내리는 것이니 그리 알지어다."

<만력 25년 7월 23일>

순신은 몇 번이고 교서를 되풀이해 읽고 구름 한 점 없는 가을 하늘을 바라보았다. 농사는 농부에게, 싸움은 장수에게 맡겨야 한다. 이 단순한 사리, 누구나 생각만 하면 알게 되는 사리를 깨닫는데도 인간은 왜 이처럼 번거로운 곡절을 겪어야 하고 엄청난 희생까지 치러야 할까.

무지몽매한 것인가, 잘났다고 하는 사람들이 너무 많아서인가.

적은 이미 지척으로 몰려오고 있는데, **순신**은 그들에게 쫓기다시피, 뭍에서는 떠도는 장정들을 모으고, 바다에서는 흩어진 배들을 모으면서 전라도 방향으로 길을 재촉한다.

그가 통제사로 재차 임명이 되었을 때 조선 수군의 병력은

120명에 함대 12척이 고작이다.

이 병력과 함대로 그는 명량해협에서 적함 133척을 맞아 싸운다. 이 싸움에서 적함 31척이 파손되고, 조선군은 병사 몇 명이 부상을 당하는 데 그친다. 명량해전으로 제해권을 되찾은 그는 보화도, 고금도 등을 본거지로 삼고, 백성들을 모집해, 군량미를 위해 둔전을 경작케 하는 등등 몹시 분망했다.

순신이 병영으로 돌아오자 조선 수군의 주위에는 장병들이 모여들고 난민들도 줄을 이어 돌아오기 시작한다. 삽시간에 군진의 위용은 한산도 시절의 10배를 넘어섰다. 이렇게 단시일에 제해권을 되찾고 수군을 회복할 수 있었던 것은 **순신**의 개인적인 능력과 인품에 의한 것이라 해도 지나친 말은 아닐 것이다.

1598년 11월 퇴로를 찾고 있던 일본군은 이윽고 500여 척의 함대를 이끌고 노량으로 밀려온다. 이 해전에서 적은 불과 50여 척만이 퇴로를 열고 탈출할 정도로 크게 패하고 말았다.

노량해전 이전 **순신**은 또 견내량의 적 가까이에 몇 안 되는 전선을 들여보낸 적이 있다. 적선의 주력부대를 한산도 앞바다까지 유인해 부수기 위해서다. 작전은 생각대로 잘 먹혀들어 그 해전에서도 대승을 거둔다. 그런 참패소식을 들은 안골포 적선들은 포구 안에 깊숙하게 틀어 박혀 **순신**의 전함들이 아무리 유인하려고 해도 좀처럼 나오려 하지 않는다. **순신** 함대는 결국 종렬 진으로 포구 안 깊숙이 쑤시고 들어간다. 그의 부하 장수들은 여러 차례 파상공격을 했다. 그래도 그들은 꿈적하지 않는다. 안골포 적들은 끝내는 그곳 포구에서 거의 섬멸되다시피 했다. 그러니까 안골포 싸움에서 적선 42척을 격침시켰고, 견내량에서도 적선 47척을 또 격침시켰던 것이다. 이 싸움에서 적선 10여 척은 포획되었다.

한산도 대승은 작전의 편대를 학익진[97])으로 펼친 데에서도 공헌을 찾을 수 있다.

순신의 작전은 수세 혹은 공세로 유인해 섬멸시키곤 했던 것이 유효했다. 도주와 역공을 펼쳐 포위하는 등 신속하게 바꾸며 위력을 떨친 결과다.

바로 이 '신속하게 역공'하는 작전이야말로 한산대첩의 비밀이라면 비밀이다.

견내량 싸움에서의 적장은 와키자카 야스하루다. 그는 배들이 격침되기 시작하자마자 김해 쪽으로 달아나 버린다. 그의 휘하의 장수들과 병졸들은 대부분 견내량에서 전사했다.

바로 그때 와키자카의 가신인 마나베는 패잔병 4백여 명을 이끌고 한산도로 들어가고 있었다. 마나베가 한산도에서 할복자살했다는 소식이 나중에 들려왔는데, **순신**이 그때 그들을 추격하지 않고 그대로 내버려 둔 이유를 알 것 같다.

---

97) **鶴翼陣**; 학의 날개를 펴듯이 치는 진. 兩翼에 총포 대를 배치하여 적을 포위한다.

일본 패잔병들은 결국 모두가 굶어 죽은 것으로 믿어진다. 식량이 없고 배가 없어 탈출할 수 없었으므로 굶어 죽는 길 외에 다른 방법이 있었을까.

그러니 **이순신**을 하늘이 내린 신비에 가까운 인물이라고 할 만하다. 그러나 하늘이 내렸다는 그도 유한된 목숨일 수밖에 없었다. 노량해전에서 그는 혁혁한 공과 그의 목숨을 맞바꾼다. 그때 그의 나이 54세가 되던 해이다.

그는 수군통제사직에서 급작스럽게 해직된 이유가 일본 장수의 목을 가져오라는 조정의 뜻을 저버려 임금을 능멸했다는 것이 그의 죄목이다. 조정 간신들이 덮어씌운 거짓죄목으로 서울로 압송되어 문초를 받게 되었다. 그는 결코 군사를 잘못 거느리거나 싸움을 기피한 적은 없다. 바람이 일고 파도가 높아올 때를 피한 것일 뿐, 그는 적의 동태를 탐색해 알리는 정탐자들의 보고를 기다리느라 출통하지 않았던 것이 임금을 능멸하는 일이 되리라고는 추호도 생각지 못했다. 조정 간신들의 배후를 조종하는 일본군의 계교가 있었다는 것을 아는 자 누일까.
결국 원균이 패하자 조정 간신배들은 **순신**이 미워도 그를 삼도수군통제사로 다시 임명하지 않을 수 없었다. 그는 쇠잔한 남은 수군을 수습해 벽파진碧波津은 물론 여러 차례 해전에서 승리한 그의 공로와 인품을 그야말로 돌에라도 새겨두어 오래토록 보존해야 마땅하리라.

'거북선[龜船]'이라는 이름을 처음 나타낸 기록은 『조선왕조실록』에서 찾아진다. 그러니까 1413(태종 13)년 5월 초에

"거북선이 싸우는 모습을 보았다"

고 기록해두었다. 2년 후에는 다시

"거북선이 매우 견고하여 적선이 해치지를 못한다"

고 되어 있다. 그러나 어떤 형태와 규모였는지에 대해서는 자세히 적혀 있지 않았다. 그 후 180여 년간 거북선에 관한 기록이 한동안 보이지 않았다. 그러다가 **순신**의 1592년 일기 『난중일기』 2월 8일 기록에는

"거북선에 사용할 돛 베[帆布] 29필을 받다"

라는 기록을 찾게 되었다.

계속해서 『난중일기』에 적어놓은 것을 보니 거북선에 장착한 포를 처음 발사한 날이 1592년 3월 27일이다. **순신**이 해전에 처음 참가한 것을 그의 장계에

"5월 29일 사천해전"

이라 기록해두었다.

그러나 그가 건조한 "창제귀선創製龜船"의 일반적인 외부의 형태와 전투력에 대해서만 기록되어 있다. 실제 건조에 필요한 세부적인 치수에 대한 기록은 없다. 따라서 태종 때의 거북선과 그가 말한 거북선과의 관계는 확실히 알 수 없었다. 임진란 때 거북선은 그의 고안에 의해서 군관 나대용 등이 실제로 건조한

것이다. 건조된 그 거북선이 임진란 때 돌격전선으로서 기능을 발휘한다.

또 다른 기록에는 실전을 이렇게 묘사했다.

"거북선이 먼저 돌진하고 판옥선이 뒤따라 진격해 연이어지자, 현자총통을 쏘고, 포환과 화살과 돌을 빗발치듯 우박 퍼붓듯 하면 적의 사기가 쉽게 꺾이어 물에 빠져 죽기에 바쁘니 이것이 해전의 쉬운 점입니다."

전란 후에는 그 모양이 조금씩 변해 용머리[龍頭]는 거북머리[龜頭]로 바뀌고, 치수도 일반적으로 장대해지는 등 차차 크게 건조되었다.

1795(정조 19)년에 간행된 『이충무공전서』에는 '전라좌수영 거북선' 및 '통제영 거북선'의 그림과 함께 건조에 필요한 부분적인 치수가 어느 정도 기록되어 있었다.

순신이 임진란 개전 이듬해인 1593년 조정에 보낸 보고서의 한 구절이다. 그가 이 장계에서 자신 있게 언급했듯이 거북선과 판옥선은 임진란 해전에서 조선 수군의 승리를 뒷받침한 가장 강력한 무기였다. 판옥선 이전의 대명 선은 갑판 위를 평탄하게 만든 평선형이다. 그렇지만 판옥선은 갑판 위에 실질적인 갑판을 꾸미고 그 위에 사령탑을 설치했다. 이러한 구조는 세계적으로 그 유례를 찾아볼 수 없는 다층 전투함이다. 판옥선의 특징은 갑판 위에 2층으로 되고 판옥을 올린 것이다. 갑판 위에 올라 구조물을 판옥이라고 한 데서 판옥선이라는 이름이 붙여진 것이다.

거북선은 지붕 혹은 덮개 역할을 하는 개판蓋版이 갑판 윗부분을 덮고 있는 특수한 구조를 가진 군함이다. 그 덕택에 갑판에 근무하는 승조원들과 전투요원들이 적의 공격에 직접 보이지 않고 내부에서 안전하게 자신의 임무를 수행할 수 있었다. 일본군은 해전에서도 적의 배로 뛰어들어 칼과 창으로 승부를 가리는 것을 좋아했다. 조선군의 입장에서는 일본군들이 조선의 배로 뛰어들어 단병접전을 시도하지 못하게 막고, 조선의 장기인 활쏘기와 화약무기 사격으로 적을 제압할 수 있다면 아주 이상적인 전투가 될 것이다. 그 같은 필요에 따라 기본 갑판 위에 갑판을 한 층 더 높인 군함이 판옥선이고, 갑판 위에 아예 덮개를 씌운 군함이 거북선이다.

거북선은 두꺼운 개판과 그 위에 설치한 뾰족한 철침이 솟아 올라 있어 적이 뛰어드는 것을 원천적으로 봉쇄하게 되어 있다. 적의 화살 공격은 물론이고 조총 사격도 어느 정도 막아낼 수 있다. 조선 수군의 주력 군함이었던 판옥선은 1층 갑판에 있는 인원들만 보호할 수 있고 2층 상장갑판의 전투요원은 드러난 공간에서 전투할 수밖에 없다. 그러나 거북선은 배에 탄 모든 사람이 실내에 있기에 보호되는 것이 특징이다.

거북선은 조총 탄환에 대한 든든한 방호벽을 가진 돌격선이었다.

거북선은 기본적으로 재질이 단단한 나무를 두껍게 사용해 배를 만드는 한선(韓船)의 디, 엔, 에이(DNA)를 그대로 세승한 군함이다.

1795년에 편찬된 『이충무공전서』는 거북선의 외판 두께가 4치(약 12~13cm)라고 기록했다. 일본 연구자들이 구경 9밀리미터급 조총의 관통력을 시험한 결과를 보면 30미터에서 두께 4.8센티미터의 전나무 판자를 관통했지만, 거리 50미터에서는 두께 4.8센티미터의 전나무 판자를 관통하지 못했다. 조선 시대 군함은 전나무보다 더 단단한 소나무를 주로 사용해 만들었다. 결국 조총으로 50미터 이상 거리에서 두께 12~13센티미터의 거북선 외판을 관통하는 것은 거의 불가능하다는 것을 알았다.

조선 시대 군함은 방패 판 등 강도가 필요한 부분은 소나무보다 더 단단한 참나무를 이용했으므로 주요 부위의 방호의 힘은 더욱 강력했을 것이다. 임진란 이후 조선 후기에 걸쳐 대한민국에서 널리 사용한 조총은 구경 13~16밀리미터급이 많았는데, 김육은 『잠곡유고』에서 "대포는 비록 3척(약 90cm) 두께의 방패라도 쉽게 뚫으나 조총의 철환은 1촌(약 3cm)도 뚫지 못한다"고 기록했다.

물론 일본에서 구경 9밀리미터급 이상의 조총도 널리 사용했지만 위와 같은 여러 기록을 본다면 어지간한 조총으로는 50미터 이상 거리에서 거북선의 외판을 관통하기는 현실적으로 어렵다는 것이다.

최선봉에서 활약한 거북선은 적 함대를 교란시키기 위한 돌격선 역할을 수행했다.

　거북선은 판옥선과 달리 갑판 윗부분까지 완전히 덮개를 씌우고 있었으므로 방호벽의 역할에서 훨씬 강력하다. 덮개를 씌웠을 때의 또 다른 강점은 적이 아군의 움직임을 전혀 볼 수 없다는 점이다. 다시 말해 적이 아군에게 조준 사격을 하려 해도 그것조차 쉽지 않다. 사람 눈에서 내는 빛은 직사광선처럼 일직선으로 발광, 투과한다. 원근법을 떠나, 눈의 시계는 한계가 있다. 가깝거나 멀거나 상관없이 장애물이 가로놓이면 눈의 투시력은 차단된다. 두꺼운 나무판으로 가려진 거북선의 구조는 옆으로 뚫린 구멍으로 머리를 거북선 총구나 노를 걸친 사이로 디밀어 넣고 들여다보지 않는 한 내부를 볼 수 없는 것은 당연한 이치다. 뚫린 구멍엔 노를 저어 거북선을 움직이게 하는 노가 바닷물에 드리워져 있다. 옆 또 다른 구멍에는 전자총통 같은 대포가 설치되어 있어 총신이 드러나 적을 향해 겨누어져 있다. 그리고 앞뒤에서는 중, 저화기 대포가 설치되어 대포알이 적선을 향해 날아간다. 그러니 적선에서는 가까운 거리에서도 구조적으로 거북선 안을 정탐할 수 없다. 더더구나 50m 이상 거리에서는 휘젓는 노나 대포의 총열에서 뿜어내는 순간은 연기에 가려 거북선체가 적의 눈에는 더욱 불투명할 터이다.

　순신은 조정에 승전 보고를 올리면서 이 같은 거북선의 특성에 대해 힘주어 말한다.

"신이 일찍이 왜적들의 침입이 있을 것을 염려하여 별도로 거북선을 만들었는데, 앞에는 용머리를 붙여 그 입으로 대포를 쏘게 하고, 등에는 쇠못을 꽂았으며 안에서는 능히 밖을 내다볼 수 있어도 밖에서는 안을 들여다볼 수 없게 하여 비록 적선 수백 척 속에라도 쉽게 돌입하여 포를 쏘게 되어 있으므로 이번 출전 때에 돌격장이 그것을 타고 나왔습니다."

이런 방호벽을 바탕으로 거북선은 최선봉에서 돌격선 역할을 단단히 수행했다. 거북선이 최초로 출전한 전투로 알려져 있는 사천해전의 상황을 조정에 보고하면서 **순신**은 "먼저 거북선으로 하여금 적선이 있는 곳으로 돌진케 하여 먼저 천자, 지자, 현자, 황자 등 여러 종류의 총통을 쏘게 했다"는 것이다.

순신은 1592년에 5월 벌어진 1차 당포해전의 상황을 이렇게 묘사한다.

"먼저 거북선으로 하여금 층루선層樓船 밑을 치고 들어가 용의 입으로 현자철환을 치쏘게 하고 또 천자, 지자 철환과 대장군전을 쏘아 그 배를 깨뜨리자, 뒤따르고 있던 여러 전선도 철환과 화살을 교대로 쏘았다."

마치 인파이터 스타일을 구사하는 권투선수처럼 거북선이 적의 기함(함대의 사령관이 타고 있는 배)역할을 했던 층루선에 바짝 붙어 함포를 대량 발사했다는 설명이다. 거북선이 이처럼 초 근거리로 접근해서 전투를 했다는 목격담은 일본 기록에서도 찾아볼 수 있었다. 일본 측 기록인 고려선전기高麗船戰記는 1592년 7월 10

일 벌어진 안골포해전에서 거북선이 일본 배에 3~5칸(5.4~9미터)까지 접근한 상태에서 총통으로 대형 화살형 발사체를 쏘았다고 했다.

"큰 배 중에 3척은 메꾸라 부네(盲船: 장님배)인데, 철로 요해하고 있다. 석화시·봉화시·안고식 화살촉 등을 쏘며 오후 6시까지 번갈아 달려들어 공격을 걸어와 망루로부터 복도, 방패까지 모조리 격파되고 말았다. 석화시라고 하는 것은 길이가 5척 6촌에 달하는 견고한 나무기둥이며, 봉화시의 끝은 철로 둥글게 든든히 붙인 것이다. 이와 같은 화살로 5칸, 혹은 3칸 이내까지 접근해서 쏘았다."

조선 수군은 어느 정도 적선과 떨어진 거리에서 화약무기로 승부를 가르는 것을 우선시했다. 하지만 파도가 치는 바다에서 대포를 쏘아 적함을 맞추는 것은 말처럼 쉬운 일이 아니다. 특히 해상에서 사거리가 100미터가 넘는 경우 명중 정확도에는 한계가 있었다. 이런 어려움을 극복하는 데 쓰인 배가 바로 거북선이다. 거북선은 판옥선보다 강한 방호벽을 바탕으로 적선에 최대한 가깝게 접근해 코앞에서 명중탄을 날려 보낼 능력이 있다. 최선봉에서 돌격하는 거북선은 그 후방의 판옥선이 적선과 일정한 거리를 유지하는 데도 도움이 된다. 적의 전투대형을 직접적으로 교란하는 데 안성맞춤이다. 거북선은 판옥선의 가장 훌륭한 전투 파트너였던 것. 그러나 거북선 안에 승선한 격노꾼과 전투요원은 좁은 공간에서 불편한 점도 많았을 것이다.

이운용[98]은 이렇게 증언한다.

"거북선은 전투에 좋았으나 승무원의 숫자가 판옥선보다 적지 않은데다 활을 쏘기에도 불편했고, 각 영에 하나씩만 배치하고 더 이상 건조하지 않고 있습니다"라고 했다. 거북선은 내부적으로 협소하고 밖으로 공격하기에 몹시 불편했다는 점을 말한다.

거북선 형태가 1층이라는 설이 지배적인 이유가 바로 여기에 있다 하지 않을까. 노를 젓는 병사와 전투하는 수병이 한 공간에 있다 보니 거북선 내부가 협소할 것은 상상이 가고도 남는다. 완벽한 철통방어에 따른 부작용으로 조선군 쪽에서도 공격하기가 힘들었던 것이 이런 이유였을 것이다.

---

98) 李雲龍

그는 1562년 경북 청도에서 남해 현령을 지낸 이몽상의 아들로 출생했다. 임진란 발발 당시인 1592년 옥포만호로서 옥포대첩에서 공을 세웠다. 1604년에는 선무공신으로 식성군息城君에 봉해졌고, 동 9월에 삼도수군통제사가 된 인물이다. 1610(광해군 2)년 사망한 후 병조판서로 추증되었다. 이 묘는 본래 경북 청도에 있었으나, 20년 후인 1630년 그의 아들 평택현감 이암에 의해 이곳으로 옮겨졌다. 현재 이곳은 외손인 밀성 손씨 문중에서 관리하고 있으며, 그 내력은 택당 이식이 쓴 그의 묘비에 자세하게 기록되어 있다.

묘역에는 현재 이운용의 묘를 비롯하여 묘비, 상석과 향로석, 동자석 1조(2기), 망부석 1조(2기) 등 석조물이 일괄로 남아 있다. 봉분은 높이 3미터 직경 6미터 정도의 원분으로, 봉분의 아랫부분에는 치석한 석재를 가지런히 돌렸다. 아래에 받침이 되는 돌을 돌출되게 깔고 그 위에 면석처럼 돌을 얹었다. 구릉의 높은 쪽인 뒷면에는 돌을 돌리지 않고 꼬리가 길게 돌출한 것이 특징. 봉분의 모습으로 보아 후대에 크게 수리하지 않은 듯한데, 둥글다기보다는 뾰족한 것처럼 처리된 것 또한 독특했다. 묘비는 받침대를 갖추고 있으며 지붕은 없었다. 비면이 마모되어 있으나 판독이 가능하고, 비문의 전체 내용은 이미 번역되어 있어 '식성군실기息城君實記'에 수록되어 있어 생애와 무공을 잘 이해할 수가 있다. 받침에 조각된 화문花文은 선명했다. 동자석은 80cm 내외의 높이로 낮은 편, 양쪽이 같은 문인석의 형태다. 얼굴을 제외한 전체 조각이 비교적 선명하게 남아 있다.

실질적인 역할은 공격에 앞서 적을 교란하는 역할에 더 큰 쓰임새가 있지 않았을까 싶다. 거북선은 돌격선이지만 적선이 밀집해 있는 틈바구니에서 싸우느라 그만큼 막힌 공간도 많았을 것이다. 철통방어는 자랑이 되나 공격하기는 어느 정도 불편을 감수해야 했다. 판옥선을 개조한 거북선은 판옥선 위에 지붕을 얹고 여러 가지 것을 적재하다 보니 판옥선에 비해 월등히 그 속도가 느렸을 것이다. 그런 난점이 있어 그랬는지는 모르나 칠천량해전 이후에는 거북선을 건조하지 않았다고 했다. 게다가 일본군 전함은 수송선이 대부분이다. 거기다 함포도 없다. 사실 그들은 배 위에서 대포를 쏠 수 있는 여건이 되지 못했다.

당시 조선 수군의 전략은 함포를 이용해 먼 거리에서 조선 수병의 월등한 함포사격을 통해 일본군 수군을 몽땅 쓸어버리는 원거리 포격전이다. 일본군은 함포도 거의 없다. 있어 봐야 조선 수군에서 탈취한 것이라서 기술도 부족하고 그들 배의 구조 자체가 대포를 설치해 쏘기에 편한 구조가 아니다. 조선 수군은 멀리서 쏘기만 하면 일본군은 적선과 함께 자동적으로 수장되어 버린다.

그렇다면 이런 엄청난 파괴력을 가진 거북선을 개발했던 실무자는 누구였을까?

이처럼 거북선이 탁월한 배라면 거북선의 모든 것에 대해 명쾌한 결론이 나오면 좋겠지만 그렇지 못하다는 것이 안타까웠다. 당장 거북선의 발명자를 놓고서도 다양한 견해가 있다.『태종실록』에는 1413(태종 13)년에 한강에서 거북선과 가상 왜선이 해전 시범을 보였다는 것을 기록이 증언하고 있다. 2년 뒤인 1415년에도 '거북선이 수많은 적에 충돌해도 적이 우리를 해칠 수 없다'는 설명도 있었다.

하지만 태종 때 이후 **이순신**이 다시 거북선을 만들기까지 200여 년 동안 거북선에 대한 기록이 전혀 나타나지 않고 각종 함선의 보유량을 규정한 경국대전에도 거북선이 누락되어 있기에 당시 거북선과 **이순신**의 거북선을 같은 것이라고 말하기는 어렵다. 거북선의 발명자가 **이순신** 휘하의 군관이었던 나대용이라는 사람인데, **순신**이 실제 배를 만들 수 있는 조선 기술자는 아니었기에 임진란 이후에도 해골선 등 여러 가지 새로운 군함을 만든 나대용이 실질적 발명자라는 주장이다. 최근에는 거북선의 발명자가 이덕홍이라는 주장도 나왔다. 거북선 그림과 구조에 대한 설명이 나오는 이덕홍의 문집『간재집』과 "이덕홍이 전쟁 직전에 유성룡에게 거북선 구상을 전달했고, 유성룡이 이를 다시 **이순신**에게 전달했다"는 안동 지역의 전설을 근거로 들어 말하고 있다.

하지만 이 같은 주장은 모두 사료적 근거가 불투명한 개인 문집이나 지방지, 전설에 근거하고 있는 주장이어서 신뢰도에 한계가 있을 것이다. **순신**의 장계나 조선 후기의 모든 공식 기록에서 거북선을 **이순신**이 창제했다고 일관되게 기록되어 있다. 당시에는 거북선이라는 법 규정 외의 새로운 군함을 만드는 것은 지휘관의 결단이 필요한 일인데, 그 같은 결단을 내린 사람은 결국 **이순신**이란 점이 분명했다.

임진란 개전 초반 **이순신**이 보유했던 거북선은 3척이다. 임진란 중 중국에 보낸 외교문서를 모아둔 『사대문궤』에는 전라좌수영 거북선이 5척으로 기록되어 있어 2척을 추가로 건조되었다는 것을 알 수 있었다. 임진란 당시 최대 7~8척의 거북선을 보유했을 것으로 추정해본다. 임진란이 끝난 이후에는 한동안 이 숫자가 유지되다가 1746년 편찬된 『속대전』에는 거북선 보유량이 14척, 1770년의 『동국문헌비고』에는 40척으로 늘어난다. 1808년에 편찬한 『만기요람』은 30척, 1817년에 편찬된 수군의 함선 목록인 『선안』에는 18척으로 다시 줄어든다.

이 같은 거북선 숫자는 주력 군함인 판옥선의 보유량에 비하면 매우 적었다. 1746년을 기준으로 거북선 보유량은 14척으로 판옥선 보유량은 117척에 비해 8분의 1에 불과하다. 기록상 가장 많은 거북선이 등장하는 1770년을 기준으로 따져도 판옥선 보유량은 83척으로 거북선 40척의 2배가 넘는다. 보유 척수로 보자면 판옥선이 조선 수군의 주력이고, 거북선은 적을 교란시키기 위한 돌격선이라는 특수한 역할을 맡은 군함이었을 것이다.

순신은 삼도수군통제사를 지내며, 임진란으로 나라가 존망의 위기에 처했을 때 바다를 제패함으로써 전란의 역사에 결정적인 전기를 이룩한 명장이었다. 그럼에도 그는 모함과 박해의 온갖 역경 속에서 일관된 그의 우국지성과 고결하고, 청렴하며 강직한 그의 인격은 온 겨레가 추앙하는 모범이 될 만하다. 몸가짐은 우리 민족의 모범이고, 스승이 되고도 남는다.

전라좌수사로 취임, 다음 해인 1592년 3, 4월경에는 새로 건조한 거북선에서 지자포地字砲와 현자포玄字砲를 쏘는 것을 시험하고 있었다. 이와 거의 때를 같이해, 1592년 4월 13일 일본군 병력이 도합 20만 명에 달하는 대규모의 침략전쟁인 임진란이 일어난 것이다. 그는

"왜선 90여 척이 부산 앞 절영도에 와 닿았다"

는 경상우수사 원균의 통첩과

"왜선 350여 척이 벌써 부산포 건너편에 와 닿았다"

는 경상좌수사 박홍의 공문을 받은 즉시로 장계를 올리고, 순찰사와 병사, 그리고 전라우수사 **이억기** 등에게 4월 15일에 공문을 보낸다. 경상좌우도 수군은 일본군의 부산 상륙을 보면서도 전혀 싸우지 않았다.

전의를 상실한 원균은 배와 화포와 군기를 미리 바다에 침몰시켜 버린다.

『징비록』에 보면, 원균은 비장 **이영남**을 책망해 전라좌도 수군의 구원을 청했으나, **이순신**은 맡은바 경계가 있음을 이유로 영역을 넘어 경상도로 출동하기를 주저했다. 그러나 사태가 위급해지자 **순신**은 광양현감 어영담, 녹도만호 **정운** 등 막하 장수

들의 격렬한 찬반논의와 그들의 소신을 확인한 끝에 출전의 결단을 내린다.

조정에 올린 장계에서 그는 <경상도 구원에 출전하는 일을 아뢰는 계본 부원경상도장赴援慶尙道長에서> '같이 출전하라는 명령'을 내릴 것을 주청한다. 그로부터 전라좌도의 수군, 즉 **이순신** 함대는 경상도 해역에 전후 4차의 출동을 감행하여 크고 작은 10여 회의 잇따른 해전에서 연전연승한다.

제1차 출전으로 새벽 전선(판옥선) 24척과 협선 15척 등 모두 85척의 함대를 이끌고 출동.

옥포玉浦에 도착 3회의 접전에서 일본선 40여 척을 섬멸하는 큰 승리를 거둠으로써 가선대부에 승서되었다.

제2차 출전은 사천泗川해전에서 적탄에 맞아 왼쪽 어깨에 중상을 입었으나 그대로 독전한다.

당항포唐項浦해전, 율포栗浦해전 등에서 모두 72척의 적선을 무찔러 자헌대부에 승진된다.

제3차 출전인 한산해전에서는 와키자카 야스하루의 일본 함대를 견내량(거제군 시등면)에서 한산도 앞바다로 유인, 학익진의 함대 기동으로 급선회, 일제히 포위 공격함으로써 적선 73척 중 12척을 나포하고 47척을 불태운다. 이 공으로 정헌대부에 올랐다.

이어 안골포해전에서는 적선 42척을 분파, 한산도대첩을 이룬다. 이때 일본 수군은 전의를 상실, 바다에서는 결코 싸우려 하지 않았다.

제4차 출전으로 부산포를 급습, 적선 100여 척을 격파해 일본군에게 치명상을 입힌다.

1593년 7월 14일.

본영을 여수에서 한산도로 옮긴다.

수사의 직에 더하여 삼도수군통제사로 임명되었다. 한편 호남으로 들어오는 피난민들을 돌산도突山島에 입주하게 하는 등, 민생문제의 해결과 장기전에 대비한 둔전屯田을 조직적으로 추진한다.

2번째 당항포해전에서 적선 8척을 분파하고, 장문포長門浦해전에서는 적선 2척을 격파. 영등포해전에서는 김덕령[99]과 약속하여 장문포의 일본군을 수륙으로 협공한다.

조정에서는 **순신**과 원균 사이의 불화를 염려해 원균을 충청병사로 전직시켰으나, 다음 해 원균의 중상과 모함이 조정 내의

---

99) 金德齡[1567~1596]

본관은 광산. 자는 경수景樹. 시호는 충장忠壯. 광주光州 출생. 임진란이 일어나자 담양부사 이경린·장성현감 이귀의 천거로 종군 명령이 내려짐. 전주의 광해분조光海分朝로부터 익호장군翼虎將軍의 군호를 받음.
1594년 의병을 정돈하고 선전관이 된 후, 권율의 휘하에서 의병장 곽재우와 협력, 여러 차례 일본군을 격파한다.
1596년 도체찰사 윤근수의 노속奴屬을 장살杖殺해 체포되었으나, 왕명으로 석방. 다시 의병을 모집, 때마침 충청도의 이몽학 반란을 토벌하려다가 이미 진압되자 도중에 회군했는데, 이몽학과 내통했다는 신경행의 무고로 체포·구금, 혹독한 고문으로 인한 장독杖毒으로 옥사한다.
1661(현종 2)년 신원되어 관작이 복구된다. 1668년 병조참의에 추증. 1678(숙종 4)년 벽진서원碧津書院에 제향. 1681년 병조판서에 가증. 영조 때 의열사義烈祠에 형 덕홍, 아우 덕보와 병향. 1788(정조 12)년 좌찬성에 가증. 1974년 광주 충장사忠壯祠를 복원, 충훈을 추모. 생애와 도술을 묘사한 작자, 연대 미상의 전기소설『김덕령전』이 있다.

820

분당적 시론에 심상치 않게 파급되고 있었다. 11월 고니시 유키나가의 막하 간첩 요시라는 경상우병사 김응서를 통해 도원수 권율에게 "가토 기요마사가 오래지 않아 다시 바다를 건너올 것이니, 그날 조선 수군의 백승의 위력으로 이를 잡지 못할 바 없을 것인즉……" 하며 간곡히 권유한다.

이 요시라의 헌책獻策(계략과 책략을 올림)이 조정에 보고되자, 조정 또한 그의 계책에 따를 것을 명한다.

권율이 직접 한산도에 와 요시라의 헌책대로 출동 대기하라고 명을 전했으나, **순신**은 그것이 일본군의 간계인 것을 확신했기 때문에 출동하지 않았다. 도원수가 육지로 돌아간 지 하루 만에 웅천熊川에서 알려오기를 "지난 정월 15일에 왜장 가토 기요마사가 장문포에 와 닿았다"고 했다. 일본 측 기록에는 정월 14일이 일본 달력으로는 1월 13일이다.

그들은 서생포(울산 남쪽)에 상륙한 것으로 되어 있다. 즉, 일본 장수는 권율이 독전차 한산도에 내려온 것보다 6일 전에 이미 상륙했던 것이다. "왜장을 놓아주어 나라를 저버렸다"는 비열한 모함으로 파직된 **순신**은 군량미 9,914석, 화약 4,000근, 재고의 총통 300자루 등 진중의 비품을 신임 통제사 원균에게 인계한 후…… 서울로 압송되어 3월 4일 투옥된다.

가혹한 문초 끝에 죽이자는 주장이 분분했으나, 판중추부사 정탁100)이 올린 신구차(구명 진정서)에 크게 힘입어 권율 막하에 백의종군하라는 하명을 받고 특별히 사면된다.

28일간의 옥고 끝에 석방된 그는 권율의 진영이 있는 초계로 백의종군의 길을 떠난다.

아산에 이르렀을 때 어머니의 부고를 받았으나 죄인의 몸으로 잠시 성복成服(초상이 났을 때 상복을 처음 입는 것)하고 곧바로 길을 떠나야만 했다. 아들이 왕에게 불충하여 옥에 갇혀 있다는 소식을 들은 그의 어머니는 "……아들이 임금에게 불충을 하다니, 그럴리가 없다. 내 자식을 나는 그렇게 가르치지 않았다. 내가 직접 아들을 찾아가 알아봐야 하겠다"고 통탄하며 한양을 향해 긴 여행을 하다가 노구의 몸을 이기지 못해, 결국 앓아눕게 되고, 눈도 감지 못한 채, 그렇게 세상을 떠난 어머니다.

---

100) 鄭琢[1526~1605]
    1552(명종 7)년 성균 생원시를 거쳐 1558년 식년문과에 병과로 급제. 1565년 정언을 거쳐 예조정랑·헌납 등을 지냄. 1568년 춘추관기주관을 겸직, 『명종실록』 편찬에 참여. 1572(선조 5)년 이조좌랑, 이어 도승지·대사성·강원도 관찰사 등을 역임. 1581년 대사헌에 올랐으나, 장령 정인홍, 지평 박광옥과 의견이 맞지 않아 사간원의 계청(啓請)으로 이조참판에 전임. 1582년 진하사(進賀使)로 명나라에 갔다가 이듬해 돌아와서 다시 대사헌에 재임. 그 뒤 예조·형조·이조의 판서를 역임, 1589년 사은사로 명나라53)에 다시 다녀온다. 1592년 임진란이 일어나자 좌찬성으로 왕을 의주까지 호종. 경사는 물론 천문·지리·상수·병가 등에 이르기까지 정통. 1594년에는 곽재우·김덕령 등의 명장을 천거, 전란 중에 공을 세우게 했으며, 이듬해 우의정이 된다.
    1597년 정유재란이 일어나자 72세의 노령으로 스스로 전장에 나가서 군사들의 사기를 앙양시키려고 했으나, 왕이 연로함을 들어 만류했다. 특히, 이해 3월에는 옥중의 이순신을 극력 신구伸救, 죽음을 면하게 했다. 수륙병진협공책水陸倂進挾攻策을 건의했다.
    1599년 병으로 잠시 귀향, 이듬해 좌의정에 승진되고 판중추부사를 거쳐, 1603년 영중추부사에 임명된다. 이듬해 호종공신 3등에 녹훈, 서원부원군西原府院君에 봉해진다. 예천의 도정서원道正書院에 제향, 저서로는 『약포집』·『용만문견록龍灣聞見錄』등. 시호는 정간貞簡 등이 있다.

한편 원균이 이끄는 조선 함대는 칠천량에서 일본 수군의 기습을 받아 참패한다. 배를 버리고 육지로 피신한 원균은 일본 병들의 추격을 받아 살해되었다고 한다. 이번에도 김응서 및 권율을 경유한 요시라의 같은 계략이 적중했다. 정유재침의 다급한 사태에 엄청난 파탄이 초래되었으나, 조정은 속수무책이었다.

자청해 수군 수습에 나선 **순신**은 삼도수군통제사로 재임명되는데, 그는 칠천량에서 패하고 온 전선들을 거두어 재정비함으로써 출전태세를 갖추고 있었다.

『사대문궤事大文軌』 24권의 <명량대첩 장계초록>에는 어란於蘭 앞바다로 12척을 이끌고 나왔는데, 명량해전 당일에는 13척이 참전한 것으로 보인다.

그는 명량(울돌목)의 문턱인 벽파진으로 진을 옮긴다. 우수영 앞바다로 함대를 다시 옮긴 후에 각 전선의 장수들을 소집, "병법에 이르기를, 죽고자 하면 오히려 살고, 살고자 하면 도리어 죽는다(必死則生 必生卽死) 했거니와, 한 사람이 길목을 지킴에 넉넉히 1,000명도 두렵게 할 수 있다"라고 군령을 엄히 하달한다.

이른 아침 명량해협으로 진입한 적선 200여 척과 사력을 다해 싸워 일본 수군의 해협 통과를 저지한다. 일본군은 패전 후 웅천으로 철수했다. 조선 수군이 일본 수군의 서해 진출을 결정적으로 저지, 7년 전쟁에 역사적 전기를 마련했다는 점에서 임진년의 '한산도대첩'과 정유년의 '명량대첩'은 그 전략적 의의를 같이하고 있으나, 명량해전은 박해와 수난과 역경을 극복한 **이순신**의 초인적 실존實存으로 치러진 것이기에 그 의의가 더 큰 것이다.

당대 조선은 세계 최강의 수군을 보유하고 있었다.

저 유명하다는 트라팔가르해전[101]의 갈레온선보다 뛰어나고 위력은 서양의 함포를 넘어서는 수준이다.

이순신이 승리한 한산도해전은 일본의 침략을 저지하고 제해권을 장악해 조선에 반격의 발판을 만들어주었다. 하나 앞의 해전들과는 달리 한산도해전은 조선에 패권을 가져다주지 못했다.

영국 넬슨[102]제독은 아무리 사소한 것도 부하들에게 의견을 묻고 토론했다고 한다. 그는 부하들이 하는 말을 절대로 무시하지 않았다. 꼭 귀담아들었다. 이런 이유로 넬슨이 지휘하는 함대는 신뢰와 우정으로 끈끈한 유대감을 가지게 되었다. 이런 넬슨의 태도와 자질은 후에 '넬슨 터치'라고 불리는 탁월한 전술을 낳게 했다. 바로 이것이 원동력이 되어 넬슨은 나폴레옹[103]

---

101) 트라팔가르해전
　　세계 4대 해전 중, 살라미스해전, 칼레해전, 한산도해전, 트라팔가르해전을 말한다. 이의 선정기준은 세계의 운명을 바꾼 대표적인 해전이라는 평가에서다.
　　살라미스해전은 페르시아의 침공을 저지하고 아테네가 패권을 쥐게 하는 결정적인 역할을 했다.
　　칼레해전과 트라팔가르해전은 영국이 무적함대 스페인과 나폴레옹의 야심을 좌절시켜 유럽의 제해권과 패권을 가져다주었다.

102) Nelson Horatio[1758~1805]
　　영국의 제독. 1793년 이래 프랑스군과 각 지역에서 싸워, 오른쪽 눈, 오른팔을 잃었다. 1798년 나폴레옹의 이집트 원정 함대를 전멸시켰다. 1805년에는 프랑스·이스파니아 연합 함대를 트라팔가르 앞 바다에서 격멸하고 전사한다.

103) Napoleon Bonaparte.1[1769~1821, 재위: 1804~1815]

의 야욕을 무력화시킬 수 있었다. 나폴레옹은 영국의 해군력이 강하다는 것을 알고 있었다. 그 때문에 영국을 침공하려면 바다에서 결전이 불가피하다는 것을 간파했다. 영국은 나폴레옹이 마지막으로 격파해야 할 대상이었다. 지상에서나 바다에서나 영국을 완전히 섬멸하지 않으면 나폴레옹은 세계 제패의 꿈을 이룰 수 없었다. 나일해전은 무적의 군신인 나폴레옹의 발목을 처음으로 잡은 전투였다.

　이순신의 해전은 이후의 트라팔가르해전보다 어떤 의미에서는 더욱 큰 가치를 갖는 해전이다. 이 나일해전으로 유럽 국가들은 나폴레옹이 무적불패의 신이 아니라는 것을 알게 되었다. 넬슨이 트라팔가르해전에서 승전할 수 있었던 가장 큰 이유는 무엇보다도 부하 장병들과의 원활한 교감과 소통에 있었다. 넬슨은 부하 장병들에게 '만약 신호가 보이지 않거나 이해하기 어려운 경우 적함에 접근한다고 해서 결코 실수가 아니다'라고 격려했다고 한다.

　프랑스의 황제. 이탈리아계 지주인 보나파르트가(Bonaparte 家) 출신으로, 코르시카(Corsica) 섬에서 출생. 그는 포병장교로서 프랑스혁명에 참가한 후 두각을 나타내어 1804년 제1통령(統領)에 취임하여 군사독제의 길을 걸었다. 신헌법을 제정하고 나폴레옹 법전의 편수와 여러 제도의 개혁을 했다. 그해 제위에 올라 제1제정(帝政)을 수립했다. 이어 유럽 대륙을 정복하려 했다. 대상 국가는 영국·러시아·이탈리아·오스트리아·프로이센·스페인·포르투갈 등 유럽 지역을 정복, 계속 세력을 떨쳤으나 대영대륙 봉쇄와 러시아 원정에 실패하여 1814년 왕에서 퇴위. 엘바(Elba) 섬에 유배되었다. 이듬에 귀국하여 백일천하(百日天下)를 실현시켰으나 워털루(Waterloo)에서 연합군에게 패하여, 세인트헬레나(St. Helena) 섬에 귀양 가서 죽는다.

조선은 지상전에서 패배한 것을 한순간에 뒤엎고 전세를 역전시킨 것이 바로 수군이다. 임란 당시의 일본 수군의 역할은 병력과 군수품의 운반을 목적으로 삼았다. 애당초 도요토미 히데요시의 조선 침략 계획에 조선 수군에 대해서는 안중에도 없었다. 도요토미의 이런 착오가 지상전에서 승승장구한 일본군의 발을 묶어놓은 격이다. 이런 이유로 그들은 결국 패전에 이르고 말았다.

순신은 그 시대의 해전과는 전혀 다른 양상의 전투를 치렀다. 각 나라의 해전사를 봤을 때 고대로부터 이 시대까지의 해전은 동서양을 막론하고 상대의 전함에 뛰어올라 싸우는 백병전이다. **순신**의 전술은 백병전이 아닌 근접전으로, 함포로 적을 무력화시키는 전술이다. 당시 화포의 사정거리는 가까운 거리였기에 근접전을 펼쳐야 했다.

자연히 배의 원활한 기동력이 매우 중요했다. 이때 가장 중요한 것이 격군들이다. 격군들은 사력을 다해 노를 저어 배를 자유자재로 움직이게 해야 한다. 학익진은 전형을 얇게 펴 적을 한가운데로 몰아 섬멸시키는 작전이다. 조선 수군의 전형을 횡선으로 배치하면서 적함을 한가운데로 몰아넣어 집중 포격하는 것이다. 이때 전형을 횡선으로 길게 배치하기 때문에 자칫 역공을 당할 염려도 없지 않았다. 이런 단점을 보완하기 위해 **순신**은 학익진의 전형 안에 또 하나의 작은 학익진을 형성해 철옹성의 전열을 유지하면서 전투를 했다. 또한 적함을 가운데로 완전히 몰아넣고 조총의 사거리 밖에서 철저하게 포격만 했기에 승전할 수 있었다.

사실상 명량해전의 승첩은 어떤 논리로도 그 어떤 말로도 설명될 수 없는 불가사의한 힘을 발휘한 것이다. 단 12척의 전함으로 일본의 전함 130척과 싸워 이긴, 세계해전의 역사상 그 유래가 없는 전쟁이었다. 명량해전에는 한 비범한 사람이 집채처럼 밀려드는 거센 풍랑 앞에 발가벗고 선 채 거대한 운명과 대적하는 장엄함이 서려 있었다.

명량대첩으로 선조는 **이순신**에게 숭정대부崇政大夫로 서훈하려 했으나 중신들의 반대로 무산되었다.

셋째 아들 면이 아산에서 일본군과 싸우다 전사했다는 부고가 온 뒤로부터 그는 심신의 쇠약이 더해지며 자주 병을 앓게 된다.

1598년 2월 18일.

고금린古今璘을 본거지로 지정, 진영을 건설, 피난민들의 생업을 도왔다.

명나라 수군도독 진린[104]이 수군 5,000명을 거느리고 와 조

---

104) 陳璘[1543~1607]

그는 1543년 중국 광동성에서 태어남. 자는 조작朝爵이고 호는 용애龍厓. 1566년 명나라 세종 때 지휘첨사가 되었다가 탄핵을 받는다. 임진란 때 부총병으로 발탁되었으나 병부상서 석성의 탄핵으로 물러났다가 정유재란 때 다시 발탁된다. 총병관으로 수병대장을 맡았고 수군 5,000명을 이끌고 강진군 고금도에 도착한다. 진린의 계급은 제독보다 한 단계 아래인 도독都督이다.

선 수군과 합세한다. 일본 달력으로는 8월 18일, 도요토미 히데요시가 죽자 일본군은 일제히 철군을 시작하게 되었다. 순천에 있던 고니시 유키나가는 진린과 **이순신**에게 뇌물을 보내며 퇴각로의 보장을 애걸했으나, **이순신**은 '조각배도 돌려보내지 않겠다[片帆不返]'는 결연한 태도로 이를 물리친다.

조·명 연합함대는 밤 10시쯤 노량으로 진격, 다음 날 새벽 2시경 시마즈 요시히로,[105) 소오 요시토모, 다치바나 도오도라 등이 이끄는 500여 척의 적선과 혼전난투의 접근전을 벌인다. 치열한 야간전투가 계속되는 동안 날이 밝기 시작했다. 이 마지막 결전이 고비에 이른 새벽, **순신**은 독전 중 왼쪽 가슴에 적의

이순신과 연합함대를 이루어 싸웠으나 전투에는 소극적이고 공적에는 욕심이 많았던 인물로 알려짐. 조선 수군에 대한 멸시와 행패가 심해 이순신과 마찰을 일으켰으나 이순신이 세운 전공을 진린에게 양보하자 두 사람의 관계가 호전되어 전투에 적극적으로 임했다. 노량해전에서 이순신과 공동작전을 펼쳐 공적을 세운다.

105) 시마즈 요시히로[島津義弘](1535~1619)

그는 강용하기 이를 데 없는 명장이다. 이신사이[維新齋]라고도 부른다. 명장들이 모인 시마즈 4형제 중에서도, '웅대한 무예와 뛰어난 기략을 지녔던 그는 다른 장수보다 돋보였다.' 1600년 일본 내전 중 도요토미 서군과 도쿠가와 동군 간에 벌어진 세키가하라 전투에서는 서군이 붕괴되어 사방이 적에게 포위된 절체절명의 위기 속에서 동군 대장 도쿠가와 이에야스의 본진 돌파라는 초강수를 쓰고 결국 탈출에 성공한다. 서군의 패색이 짙어지자 대담하게 전진 퇴각을 지시해 적의 격렬한 공격을 받으면서도 이이나오마사 등에게 부상을 입힌 뒤 보기 좋게 전장을 탈출할 수 있었다. 적군 본진 돌파라는 철저한 전투 속에서 1,500명의 시마즈군 중 무사히 귀환한 병사는 불과 300명뿐이다. 그는 이전에도 성에 들어가 적장을 쓰러뜨리고 방심을 유도해 적의 대군을 섬멸하고 북쪽 규슈의 영웅 오오토모 소린군을 분쇄시키는 등 많은 전공을 세웠다.

1598년 순천성에 고립된 고니시 유키나가 구출 중 펼쳐진 해전에서 이순신이 탄 함선을 파악한 뒤 철포 집중 사격으로 이순신을 전사시킨 장본인이다. 그리고 고니시 유키나가를 일본으로 무사히 퇴각시킨다. 그는 노량해전 두 달 전에 벌어진 쓰촨성 전투에서는 불과 7천 명의 병력으로 명나라, 조선군 10만 연합군을 격파해 귀도진鬼島津(귀신 시마즈)라는 명성을 명나라 조정에까지 떨쳤다.

탄환을 맞았다. 이는 시마즈 요시히로의 휘하 병사가 쏜 포화에 적중, 결국 순절하게 된다. 그는 포화를 맞고도 아직 숨이 실오라기만큼 붙어 있는 순간에 사력을 다해 토해내는 소리가 최후의 명령이었다.

"싸움이 바야흐로 급하니, 내가 죽은 것을 알리지 말라"

고 당부하며 이윽고 눈을 감는다(이순신의 전사에는 의자살설[擬自殺說]이 남게 되었다. 즉, 그것은 마지막 싸움인 노량해전에서 '투구를 벗고 선봉에 나섰다'는 전설과 더불어 7년 전란에 위태로운 전투를 몇십 회나 치르면서도 그 뛰어난 전략과 전술로 한 번도 패함이 없었던 그가 자기 몸을 보전하려 했다면 얼마든지 가능했을 것이 아닌가 하는 의문에서 발단된 것). 노량해전의 전과에는 몇 가지 기록이 엇갈리나, 태워버린 적선이 200여 척, 적병의 머리가 500여 급으로 짐작하고 있다.

부 록

1. 27인의 배경

1) 宋東萊-象賢[1551~1592. 4. 15]

忠烈祠 부산광역시 동래구

가족희생: 부인 이 씨는 포로가 되어 일본으로 잡혀갔다가 돌아온다. 이조판서 추증.

동래 충렬사는 부산광역시 유형문화재 제7호로 지정된 곳, **상현**과 정발을 비롯해 24명의 순절자를 제향하는 사우다.

동래산은 사우를 포근하게 가슴에 안은 채, 남쪽을 향하고 있었다. 3만여 평이 넘는 충렬사 정원에는 아기자기한 정원수가 짜임새 있게 들어차 있고, 푸른 잔디는 융단처럼 포근했다.

상현의 자는 덕구德求이고, 호는 천곡泉谷으로 본관은 여산礪山. 부친 송부흥은 당시 현감이다. 그는 어려서 경사經史와 제자백가에 통달하고, 15세에 승보시에 장원하고, 1570(선조 3)년, 20살의 나이로 진사가 된다.

1576(선조 9)년 26살에는 별시문과에 급제해 처음 승문원 정자로 임명된다. 1578(선조 11)년에 저작량이 되고 다음 해에 박사博士에 서임됐다가 이후 승정원 주서 겸 춘추관 기사관에 임명된다.

다시 경성판관이 되어 임지로 나간다.

1578년 종계변무사의 질정관으로 명나라에 다녀왔다.

1583(선조 16)년 사헌부 지평으로 돌아와 예조, 호조, 공조의 정랑正郞이 되었다.

선조 20년에 다시 들어와 지평이 되고, 선조 21년에는 백천 군수로 나아가 3년 만에 전직 되어 들어와 충훈부경력, 사헌부 집의, 사간원 사간, 사재, 군자감정이 되고, 1591(선조 24)년 집의로서 통정대부에 올라 동래부사가 된다.

상현이 동래성에서 순절하자 그 성에 침입한 일본 장수 다이라노 히라요시 등이 그의 충절을 기려 동래성이 무너지고 난 후 그의 주검을 장사 지내 주었다는 것을 싸움이 끝나고 나서 전해졌다. 시호는 충렬忠烈이다.

1594(선조 27)년 조정에서는 이조판서를 추증한다. 부산 동래와 청주 등의 충렬사, 송공단, 고부의 정충사旌忠祠, 청주의 신항莘巷 서원, 개성 송경의 숭절사崇節祠, 경성의 화곡서원에서 각각 배향하고 있다.

그의 묘소는 충북 청주시 흥덕구 수의동 산 1~1에 소재. 충청북도 시도 기념물 제66호로 지정되었다.

원래는 동래에 있던 것을 1610(광해군 2)년에 이장해 현재의 묘역은 강촌 뒷산인 묵방산墨坊山 중턱에 자리 잡고 있다. 묘소 입구의 산 아래에 있는 신도비는 1659(효종 10)년에 새운 것으로 화강암의 이수에 조각이 정교했다. 비문은 송시열[1]이 짓고, 송준길

---

1) 宋時烈[1607~1689]

그는 은진恩津 송씨로 그의 가문은 역대로 충남 회덕이 세거지다. 아버지는 송갑조, 어머니는 선산 곽씨. 그의 집안이 회덕에 뿌리를 내리게 된 것은 9대조인 송명의가 회덕으로 장가들면서부터, 그 후손들은 이후 회덕 백달촌에 송씨 집성촌을 이루고 살았다. 그로 인해 이 지역을 송촌(宋村, 현재 대전시 동구 중리동)이라 불렀다. 백달촌은 산이 높고 물이 깊으며 흙이 비옥하여 농사에 적합한 땅이다. 은진 송씨가 회송懷宋이라고 불릴 만큼 지역사회에 깊은 연고를 가지게 된 것은 쌍청당雙淸堂 송유(1388~1446)부터. 1432(세종 14)년에 송유가 관직을 버리고 낙향, 백달촌에 쌍청당을 짓고 살았다. 뜻을 받든 후손들이 쌍청당을 정성껏 지켜, 오늘날까지 이어지고 있다. 그의 집안은 송유 이후 크게 현달한 집안은 아니었지만, 그렇다고 벼슬길이 완전히 끊긴 것도 아니다. 17세기에 들어와 은진 송씨 가문은 송규연, 송규렴, 송상기, 송준길, 송구수, 송시열 등 뛰어난 인물들이 배출된다.

그는 외가가 있는 옥천 적등강가 구룡촌에서 태어났다. 외가인 선산 곽씨 집안은 옥천에 세거지가 있다. 외할아버지는 임진란 때 **조헌**과 함께 목숨을 바친 의병장 곽자방. 그가 우암을 낳을 때 어머니 곽씨는 명월주를 삼키는 태몽을 꾸었고, 부친은 공자가 여러 제자를 거느리고 집으로 들어오는 꿈을 꾸었다고 한다. 어릴 때 이름인 성뢰聖賚는 부친이 꾼 태몽에 따른 것이다.

송시열이 친가가 있는 회덕으로 간 것은 여덟 살 되는 1614년, 이때 친족인 송이창 집에서 송이창의 아들이자 쌍청당의 7대손인 송준길(1606~1672)과 함께 수학. 11세가 되던 해인 1617(광해군 9)년부터는 아버지 송갑조에게 학문을 배우기 시작, 이 시기에 아버지로부터 받은 교육은 그의 성품에 많은 영향을 끼쳤다. 부친 송갑조는 광해군 시절, 사마시에 함께 합격한 이들이 인목대비가 있는 서궁에 인사하지 않겠다는 것에 반발, 홀로 서궁에 찾아가 절을 할 정도로 대쪽 같은 인물이다. 이 일로 유적儒籍에서 삭제되어 고향으로 낙향, 그 뒤로 두문불출, 학문과 아들 교육에만 전념했다. 그의 학문에서 가장 중요한 인물은 주자와 율곡이었다. 그렇게 된 데는 부친의 영향이 컸다. 송갑조는 송시열이 열두 살 때 "주자는 훗날의 공자다. 율곡은 훗날의 주자다. 공자를 배우려면 마땅히 율곡으로부터 시작해야 한다"라며 주자와 이이, 조광조 등을 흠모하도록 가르쳤다.

1625(인조 3)년, 송시열은 19세의 나이로 도사 이덕사의 딸 한산 이씨와 혼인, 이씨는 문정공 목은 이색의 후손이다. 1627년 이후 송시열은 연이은 큰 슬픔을 당하게 된다. 1627년 후금이 조선을 침입하는 정묘호란이 일어나 그만 맏형인 송시희가 운산에서 전사, 22세인 1628년에는 부친마저 세상을 떠난다. 부친상을 마친 뒤인 1630년에 송시열은 율곡의 학문을 계승하기 위해 율곡을 정통으로 계승한 김장생의 문하

이 썼다. 그리고 이 글을 이정영이 돌에 새긴 것이다.

2012년 5월 19일

그는 사진 전문가인 동료 소설가와 함께 청주에 있는 충렬사를 방문했다. 임진란 때 동래(부산)부사로 재직하고 있던 충렬공 **송상현**의 국가표준 영정(제85호)봉환식에 초청받아 참석하게 된 것이다.

행사에는 청주시 시장과 유림과 각 문화 단체와 청주시의 각 기관장과, 그리고 여산 송씨(礪山宋氏) 후손들로 입추의 여지가 없었다. 청주에 있는 충렬사는 **송상현**의 유지를 받들고자 청주시의 주관하에 충청북도, 청주 유림 등 각계각층 인사들의 적극적인 호응으로 2004년에 건립되었다.

상현은 임진란 당시 절체절명의 위기에 처한 상황에서 국가와 민족을 구하기 위해 용맹으로 일본군에 맞섰다. '일본군이 중국으로 진출하는 데 길만 열어주면 조선은 아무런 해가 없을 것이다'라는 적장의 권고를 받고 그는 '죽기는 쉬워도 길을 내주기는 어렵다'라는 명언을 남기고 적과 싸워 분연히 순절한다. 그는 그런 강개한 선비였다.

서울 용산에 위치한 전쟁 기념관에서는 2011년 4월의 호국인물로 송상현이 선정되었다.

에 들어가 수학했고, 이듬해 김장생이 죽자 그 아들 김집의 문하에 들어갔다.

2) 申判尹-申碇[1546~1592. 4. 28]

형제들 순절: 申礍(형). 申碻(아우)

탄금대 위령탑: 충북 충주시 칠금동 산1-1

묘소: 경기도 광주시 실촌읍 곤지암리. 경기도 문화재자료 제
63호. 경기기념물 제95호. 영의정 추증.

신립의 본관은 평산平山이고, 시조는 고려 창업공신 신숭겸이
다. 그의 이름은 원래 능산能山으로 불리다가 숭겸으로 바뀐다.
전해지는 그의 가문에 역사를 보면 눈물겹다. 숭겸은 전라도 곡
성谷城에서 나서 태봉泰封(후삼국의 하나로, 통일신라 효공왕 때 신라의 왕족 궁예가
송악松嶽<개성>에 세운 나라. 뒤에 송악의 토호 왕건에게 패망한다. 901~918)의 기장騎
將으로 배현경·홍유·복지겸과 함께 궁예를 몰아내고 왕건을 추
대해 개국원훈대장군이 되었다.

하루는 왕건이 여러 장수와 평주平州平山에 사냥을 나가다가 삼
탄三灘을 지날 때 마침 공중에 높이 떠 날아가고 있는 기러기를 보
고, '누가 저 기러기를 쏘아 맞힐 수 있겠는가' 하고 물었다. 이
때 신숭겸이 나서더니 자신이 맞히겠다고 했다. 그러자 왕건이
그에게 활과 화살을 주어 쏘라고 했다. '몇째 기러기를 쏘리까?'
하고 숭겸이 묻는다. 왕건이 웃으며 '셋째 기러기의 왼쪽 날개를
쏘라'고 했다. 그는 과연 날아가는 기러기의 왼쪽 날개를 쏘아

떨어뜨렸다. 왕건과 제장들은 모두가 탄복했다. 왕건은 기러기 가 날아가던 땅 3백 결(百結)²⁾을 하사했다. 그리고 본관을 평산으로 삼게 했다.

927(태조 10)년 대구공산동수전투(大丘公山桐藪戰鬪)에서 백제 견훤에게 포위되어 전세가 위급하게 되자 왕건의 용모와 비슷한 그는 왕 건을 병사의 복장을 입혀 피신하게 하고 대신 왕건의 복장과 백말을 타고 용감하게 적을 무찌르다 전사한다. 그래서 평산 신 씨의 가문은 대대로 충절의 피가 흘러 **신립**과 같은 용맹한 충 신이 배출되었나 보다. 그 조상에 그 후손인가, 여류시인 신사 임당 역시 평산 신씨 가문의 딸로 유명한 학자인 율곡 이이를 낳았다.

신립은 이조판서 신상의 손자, 생원 신화국의 아들로, 그의 할머니가 임금의 친척, 부림군의 딸인 만큼 큰어머니도 종실 고 성군의 딸이어서 당당한 사족집안이다.

그는 어릴 때부터 글 읽기보다는 무예 닦기를 좋아했다.

1569(명종 23)년 무과에 급제한 뒤 무신으로 나아가 선전관 도 총관, 도사 경력 등의 벼슬을 거쳐 진주판관으로 나간다.

진주 목사 양응정의 권유로 학문을 익힌 후 1583(선조 16)년 온 성부사로 있었다. 그때 훈융진(訓戎鎭)을 공격해온 야인, 추장 니탕 개를 격퇴한다. 또 경원부와 안원보 종성 등 지역으로 수시로

---

2) 조세를 메기기 위한 전답의 면적 단위. 1결은 3,000평.

침략해온 야인을 그때마다 격파, 섬멸한다.

용맹을 떨친 **신립**은 두만강 변경지대에 설치된 6진을 온전하게 보존하는 데 결정적인 활동을 했다. 그 공으로 1584년 함경도 북 병사로 임명되고, 남천익[3] 무관의 공복公服 환도 수은 갑투구 등을 하사받는다.

1588년 고미포古未浦의 야인 부락을 공격, 분탕하고 돌아온다. 그가 함부로 부하를 처형했다고 동지중추부사로 한동안 물러나 있었다. 그가 평안도 병마절도사가 되었다가 한성부판윤을 지낸 때는 1590년이다.

2012년 6월 17일 답사차 그는 충주 탄금대를 다시 방문했다. 때마침 이날 탄금대에서는 충주문화원이 주최한 **신립**과 **김여물** 등 8,000명의 영혼들을 위한 '제420 주기 팔천 고혼 위령제'가 열리는 날이다. 잔잔히 흐르는 달래 강가에선 옛 가야의 악성 우륵이 켜던 거문고의 청아한 음률이 진혼곡이 되어 들려오는 것 같았다. 420여 년 전 그토록 용맹을 떨쳤던 **신립**과 **김여물**, 그리고 팔천의군의 애국충절과 씻을 길 없는 천추의 한을 달래주기 위한 서글픈 곡이 연주되고 있었다.

배수진背水陣(달래 강을 등지고 친 방어진이라서 싸움에서 패하면 다시는 일어설 수 없다는 결사적인 각오로 일본과의 싸움에 임함)이라는 세계 전사상 찾아보기 어

---

3) 藍天翼: 조선조에서 무관(정3품 당상관 이상)이 입었던 공복이다. 무속에서는 소매에 흰 천을 잇대어 신복으로 쓰인다. 철릭, 첩리라고도 한다. 고려시대 때, 몽고에서 들어온 것이다.

려운 일이다. 모든 병사가 순절하는 옥쇄작전玉碎作戰옥처럼 아름답게 부서져 흩어진다는 뜻이나 여기서는 일본군과의 싸움에서 충절을 지키어 기꺼이 목숨을 바친다는 숭고함을 감행한다. 그들은 신무기인 조총과 조련된 일본 군 사력 앞에 오직 임금과 나라를 위한 충절의 일편단심으로 맞서 조선군의 용맹을 떨쳤던 영혼들이다.

강변에 선 무속인들은 **신립** 장군과 **김여물** 종사관 등의 장수 복장을 하고 강에서 영혼들을 불러내는 의식이 한창 진행 중이 었다. 길게 늘어진 하얀 백지에 영혼들을 달래는 글이 적힌 수십 개의 만장 기가 걸린 기다란 대나무를 세워 들고 있던 주민들은 초혼招魂죽은 이의 혼을 불러들이는 의식광경을 지켜보고 있었다. 한동안 진행되던 영혼들과 무속인들 간에 주고받는 대화가 끝 나자 참가자는 무속인들을 앞세워 충혼탑으로 오른다. 그들을 따라 수십 개의 만장 기를 든 주민의 행렬이 이어진다. 뜨거운 햇볕 아래 충혼탑에 오르는 길은 가파른 언덕이라서 더더욱 힘 겨웠다. 두 번 쉬었다가 이윽고 충혼탑에 올랐다. 그도 만장기 가 매달린 긴 장대를 들고 뒤따랐다. 그가 들었던 장대 만장 기 에는 '한 줌의 흙으로 돌아간 팔천의 고혼들이시여! …… 이제 는 훌훌 털어 던지시고 평안히 잠드소서!'라는 유려한 붓글씨가 적힌 기다란 장대를 하나 차지하고.

충주농업고등학교 관악부의 경건한 주악 속에 진행된 추모의

식은 각 기관장의 추모사, 추념사, 추모시와 헌송, 그리고 충주 가무화단이 펼친 진혼무가 이어진다. …… 육군 제3105부대의 조총발사에 마지막을 장식하는 구슬픈 주악 소리로 절차는 끝이 났다. 추모시는 이렇게 낭송된다.

이제는 부디 평안하소서
-제420주기 팔천고혼 위령제에 부쳐-

천오백구십이 년 사월 스무 여드렛날
들어도 못 들은 척, 보아도 못 본 척
돌아설 수 있으련만
당신들은 어찌하여
무모한 조총 앞에 몸을 던지셨습니까!

신립 장군이시여!
김여물 장군이시여!
그리고 팔천의 이름 모를 고혼들이시여!
그대들의 어머니와 어린 자식들은 어이하고
꺼져가는 호롱불의 바람막이로
육신을 던지셨습니까!

천오백구십이 년 사월 스무 여드렛날
쏟아지는 빗발은
끝내 핏발로 변하여 당신들을 삼키고 말았습니다.

초여름 새벽의 찬이슬에도 늘어지는 잎처럼
연약했던 조국의 운명
질풍노도처럼 밀려드는 이만 오천여 하이에나를
당신들의 뜨거운 피로 씻으려 했던

420년 전 오늘입니다.
당신들의 활화산 같은 불멸의 투혼을
그 무엇과 바꿀 수 있겠습니까!

한 줌의 흙으로 돌아간 팔천의 고혼들이시여!
아직도 잠들지 못하고 떠도는 넋이 있다면
이제는 훌훌 털어 던지시고
평안히 잠드소서.
당신들이 그토록 지키고자 했던
우리의 조국은
당신들의 음덕이 거름이 되어
무성하게 자라고 있습니다.

이제 저희는
폭풍우가 거세게 휘몰아쳐도
가신 님들의 고귀한 영혼을
잊지 않고 지키렵니다.
당신들의 넋이 탄금대 우륵의 가야금 소리와 함께
우리들 가슴속에서 살아 숨 쉬게 하렵니다.

신립 장군이시여!
김여물 장군이시여!
그리고 팔천의 고혼들이시여!
금봉산의 봉수대는 걱정 마시고
남한강 푸른 물결 이불삼아
부디 영면하소서!
부디 평안히 잠드소서!
<전 찬 덕 작>

추후 그는 영의정에 추증되고, 시호는 충장으로 불린다.

그의 딸이 신성군(선조의 4남, 인빈 김씨의 소생), 인조의 생부 정원군 친형의 부인이 되었다. 그의 매부 구사맹의 사위가 정원군(선조 5남 인빈 김씨의 소생)으로 그의 아들 경진, 경인, 경유의 형제들이 인조반정에 참여, 반정공신으로 책봉되었다.

인조 이후 권문세가로 등장함에 따라 그러한 논란은 사라지고 충절인으로 보증되었다.

어느 날 그는 서울에서 대중교통으로 한 시간 남짓 걸리는 경기도 광주시 곤지암을 가게 되었다. **신립**과 그의 조상들의 묘지가 있는 곳이라서, 그는 어려서부터 글 읽기보다는 무예 닦기를 더 좋아했다는 것을 익히 알 수 있었다. 일찍이 23세 때 무과에 급제한 그는 충북 달천강에서 고니시의 수만 일본군과 싸우다 참패를 당하자 강물로 뛰어든다. 그는 얼마나 원통하고 분했을까? 살아남은 몇몇 병사들이 물속에서 끌어낸 그의 모습이 두 눈을 부릅뜨고 당장이라도 호령할 것 같은 기세를 하고 있었다고 한다. 그의 시체를 이곳 광주로 옮겨 장사를 지내었다. 그런데 묘지 가까운 곳에 고양이처럼 생긴 바위가 있었다. 누구든 바위 앞에 말을 타고 지나려 하면 말발굽이 땅에 붙어 결국 걸어가야만 했다. 그러던 중 어떤 장군이 이 앞을 지나다 왜 오가는 행인을 괴롭히느냐고 바위에게 핀잔을 주자 벼락이 쳐 바위가 쩍 갈라지고 그 옆에 큰 연못이 생겼다. 그 후로 더 이상 괴이한 일이 일어나지 않았다는 전설이 서려 있었다.

이 바위는 큰 바위와 작은 바위 두 개가 조금 떨어져 놓여 있었다. 바위 위쪽으로는 약 400년 된 향나무가 자라고 있는데, 서로 어우러져 신비한 분위기를 자아낸다. 바위 주변에 있었던 연못 터는 지금은 학교와 주택가로 변하여 그 흔적을 찾을 수는 없었다.

그의 묘지는 광주시 실촌면 신대리 산1-1에 자리하고, 충주 탄금대에는 **신립**과 **김여물**, 그리고 이름 없는 8천의 고혼孤魂들을 위한 위령탑이 세워져 있다.

3) 金從事-汝岉[1548~1592. 4. 28]

경기도 안산시 단원구 와동 141번지. 광덕산 자락. 광국공신 2등 충주 달천강 전투(투신)에서 순절. 영의정에 추증. 경기도 문화재 자료 제8호.

당초 **김여물**의 가문은 무신 집안이다. 그는 어려서부터 병서兵書와 궁마술宮馬術을 익혔다. 일찍이 아버지가 세상을 떠났기 때문에 어머니를 아버지처럼 섬겨왔다. 녹봉을 받으면 모두 어머니에게 드리고 한 푼도 사사로이 사용하지 않았다. 그는 문무를 겸하였고, 풍채가 뛰어나 그가 조정에 드나들 때는 모두 넋을 잃고 바라보았다고 한다. 그러나 그런 그에게도 신변에 변화가 일어났던 것이다.

그의 본관은 순천順天이다. 자는 사수士秀이고, 호는 피구자披裘子, 외암嵔庵이다. 증조부는 선공감정을 지낸 김약규, 할아버지는 목사 김수렴이고, 성현도찰방省峴道察訪 훈의 아들이다. 그리고 영의정을 지낸 김류의 아버지다.

김여물은 20세 때인 1567(명종 22)년, 소과에 합격, 진사가 되고, 10년 뒤, 1577(선조 10)년 알성문과에 장원으로 입격하고, 호조·예조·병조의 좌랑·정랑을 역임한다. 그 후 충주도사를 거쳐 안동현감·순천부사·담양부사 등을 지낸다.

1583(선조 16)년 별시문과에 을과로 급제한 후 옥당(홍문관)에 들어가 정자, 교리·검열·지평 등을 지내고, 1587년 사은사의 서장관으로 명나라에 가서 태조의 조상이 이인임으로 잘못 기록된 것을 바로잡는 데 기여한 공로로 1590년 광국공신 2등에 녹훈되고, 용성부원군에 책봉된다.

1592년 임진란이 일어나자 교리로서 순변사 이일의 종사관이 되어 상주 전투에서 일본군과 싸우다가 패한다. 그 후 충주 전투에서 패해 **신립**을 따라 달천강에 투신 순절했다.

1788(정조 12)년 장의壯毅라는 시호를 받고, 순조 때에는 임진란 때 순절한 **신립** 등과 함께 충주 달천의 옛터에서 제사를 지내며 충절을 기리고 있다.

2012년 6월 11일 **김여물**이 누워 있는 안산시 와동 광덕산 자락을 둘러봤다. 당시 나라에서 하사받은 임야는 30여만 평이 넘는 광활한 산야였다. 후손 대대로 이어오면서 많은 땅을 처분하고 남은 땅은 그리 넓지 않은 것 같다. 그의 묘역에는 나라에 벼슬을 한 몇몇 후손들을 아래에 두고 **여물**은 맨 위에 자리하고 있었다. 묘지에는 아직 벌초가 이른 때라서 일년초가 들쑥날쑥 자라 있고, 묘역의 정황으로 보아 그 자손들의 입지立志를 알 것 같다. 다른 가문처럼 묘역을 호화롭게 꾸미어 드러내고자 하는 과시욕 같은 것은 찾아볼 수 없고, 와동 간선도로변 광덕산 초입에 세워 있는 신도비가 나란히 두 개 서 있다. 왼쪽 돌에 새겨진 글자는 판별이 어렵게 퇴화되었다. 이것은 **김여물** 자신의 것이고 오른쪽에 있는 것은 아들 김류의 것이다. 그는 추증된 영의정이고 그의 아들은 생존 시 영의정 반열에 오른 사람이다.

답사할 때마다 받은 느낌은 후손들의 입지와 대대로 이어진 혈통의 성향까지도 유추해보게 된다는 점인데, 순천 김씨 가문은 대대로 후손들이 그렇게 크게 번성하지 못한 것 같다.

신라 헌안왕(제47대 왕. 재위 857~860) 대에 인가별감引駕別監을 지낸 김총을 순천 김씨 시조로 해서 가문의 대표적인 사람들로 고려 때는, 추밀원사 평, 전객사령 윤인, 의정부 좌찬성 태영. 조선조 때는, 종한(이조판서 추증), 세종 때는 종서(좌의정), 선조 때 순고(선조 때 비변사, 최초로 전투함에 포를 비치했다) 등이 대표적인 인물이다.

묘역을 잠시 살펴보고 아래 정자 쪽으로 내려와 주민들과 잠시 환담을 나눈 가운데 전주 이씨라고만 밝힌 한 60대 후반쯤 되는 남자를 만났다. 그는 꽤나 비판적인 역사의식을 갖고 있었다. 한문학에도 조예가 깊어 보였다. 그런 그가 알고 있는 김류의 공과 중에는 아버지의 공적을 깎아내리고, 그의 가문에 누를 끼친 일도 있다고 했다.

1624(인조 2)년 1월 22일 인조반정의 공신 이괄이 인조반정 때 김류가 늦게 도착하는 바람에 임시로 대장에 추대된 만큼 반정 부군의 핵심이었던 그였지만, 반정부 후 이괄은 1등 공신에 책봉되지 못했다. 반정부 주체들 간의 세력다툼에서 밀린 것이다. 반정 다음 날 이귀는 인조에게 이괄의 활약상을 말하며 병조판서에 제수토록 요청했다. 그런데 이괄은 이 자리에서 형세를 관망하다가 뒤늦게 도착한 김류를 노골적으로 비판한다.

순천 김씨 가문에서는 영의정 1명, 좌의정 1명을 배출했다. 가문의 크고, 작고에 따라서 배출된 관직도 차이가 있는 것 같다.

4) 高僉知-敬命[1533~1592. 7. 9]

褒忠祠: 광주광역시 남구 원산동 947-4

집안 순절: 장남 高從厚. 차남 高因厚. 딸 고씨는 정유재란에 일본병의 겁탈을 꾸짖고 절개를 지키려 칼에 엎드려 자결함. 의정부 좌찬성(종1품) 추증.

광주광역시 기념물 제7호.

충남 금산군 금성면 양전리 산 170. 산기슭 눈벌에서 전사.

충남 유형문화재 제21호. 문화재자료 제28호.

묘소: 전남 장성군 장성읍 영천리.

1533(중종 28)년 11월 30일 그는 광주광역시 압촌동에서 태어났다. 자는 이순而順, 호는 제봉霽峯, 또는 태헌苔軒, 시호는 충열忠烈이다.

1552(명종 7)년 약관 20세 때, 생원, 진사 시험에 모두 합격한다. 진사에는 일등이다. 1558(무오)년 여름에 공헌왕인 명종이 성균관에 친히 참석하여 시험을 치를 때에도 경명은 26세로 수석을 차지한다.

1559(명종 14)년 봄, 27세 때, 다시 세자시강원사서(정6품)에 임명되어 그해 봄, 하지가 지나도 비가 오지 않아, 명종은 그에게 기우제문을 지어 삼각산에 올라 기우제를 지내라고 명하자 이를 시행했다.

1560(명종 15)년 28세에 알성문과(殿試)에 장원급제하는데, 이는 대과 전시에 해당한다. 그는 직부전시의 자격을 얻어 단시일에 성균관에서 실시되는 과거시험은, 왕의 친필 「호안국부식진회론胡安國不識秦檜論」란 논제에 응시 전시 갑과에 또 일등으로 합격한다.

'호안국4)이 진회5)를 알아보지 못한 데 대한 논고'란 제목하

---

4) 胡安國
  중국 송나라 때 사람. 그가 지은 「춘추호씨전春秋胡氏傳」이 있다. 시호는 文定.

5) 秦檜(1090~1155)
  중국南宋의 재상. 자는 會之. 高宗의 신임을 받아 19년간 국정을 전단專斷했다. 악비岳

에 응시했던 제봉은 문제에 대한 답안을 다음과 같이 펼치고
있다.

"신은 도리를 말하고자 한다. 군자는 때때로 사람의 마음을
잘 알아보지 못할 때가 있다. 정말 그런 것일까. 물론 사람의 마
음은 깊이 가려져 있으니 알아보지 못하는 것이 무리는 아닐
것이다. 그렇다고 소인을 결코 알아볼 수 없는 것일까. 물론 그
럴 수도 있다. 대체로 군자는 다른 사람과 더불어 착한 행위를
바라기에 개인의 결점은 바르게 보이는 그 태도에 가려 잘 분
별되지 않는 데 있을 것이다. 소인은 자신의 흠결을 가리려 선
한 척하는 그 교묘함 때문에 마음에 도사리고 있는 그 간사한
것들이 드러나지 않아 쉽게 분별하기가 어려울 때도 있을 것이
다. 그렇더라도 분별하지 못한 것은 소인의 교묘한 잔꾀 때문만
은 아니다. 즉, 군자로서 선한 사람을 알아내지 못한 것은 군자
의 과실도 있다고 보이기 때문이다. 따라서 소인인데도 더욱 알
아볼 수 없는 것은 소인 중에도 그 간사함이 극에 달한 자일 것
이다.

옛날 호안국이 진회를 알아보지 못한 것 역시 당시에도 의심
한 자가 있었지만, 그를 편들어 감싸주느라 그의 결점을 변명한

飛를 죽이고 주전파主戰派를 탄압하여 金나라와 굴욕적인 화약和約을 체결하여 뒤에
는 간신으로 불리었다.

자도 있었기 때문이다.

신은 생각건대, 군자가 사람을 알아보는 분별력이 미흡하기에 소인을 알아보지 못한 것이라 여겨진다. 진회가 비록 소인이기는 하나 그가 꾸미는 정상이 드러나지 않는데다 그 재주가 족히 이름을 떨칠 만하고, 그 간사함이 세상을 너끈히 속일 만하여 순문약[6]으로 교체하자고 말한 사람이 있었으나, 진회가 모르는 것이 없다고 칭송한 자도 있었다. 진회는 당시 배척할 만한 허물이 곧바로 드러나지 않는 상태였다. 오히려 선한 일은 족히 기록할 만한 것이 있었다고 하는데, 군자가 어떻게 드러나지 않은 일을 미리 알며 보이지 않는 것에 의심하여 인재를 택하는 도량을 넓힐 수 있을까.

당시에는 위초[7]에게 모두가 초목이 바람에 나부끼어 쓰러지듯 쏠리는데 진회가 홀로 죽음을 무릅쓰고 대항하여 오랑캐를 무찔렀다. 이는 실로 군자도 어려운 일인데 진회가 이를 실행에 옮겼으니 호안국이 의롭게 여겨 신임한 것은 당연한 일이다. 진회는 비록 안국이 알아주지 않는 것을 바라지는 않으나 안국이 스스로 진회를 인정하지 않을 수 없었던 것이다. 이것이 어찌

---

6) 荀文若
   문약은 순욱荀의 자, 한헌제漢獻帝의 신하로서 조조의 심복이 되어 조조의 반역을 도왔다.

7) 僞楚
   장방창을 말한다. 金나라가 宋나라 휘종과 흠종을 잡아가고 장방창을 세워 초제楚帝를 삼았다.

군자의 과실이 아니며 소인에게 마음을 둔 자가 아닐까.

정사를 논하는 글이 그릇되게 오랑캐에게 붙여 매국노에게 미쳤으되, 정중한 기대감이 해상에서 진회가 처음 돌아오던 날에 더욱 간절했다. 진회가 갓을 털며 스스로 경축하여 선한 이들이 자신의 간사함을 깨닫지 못한 것을 아주 다행스럽게 여긴 것이다. 그런데 마침내 명중[8] 형제가 유배를 모면하지 못한 것은 또 무슨 까닭일까. 안국은 비록 진회가 소인임을 알지 못했으나 진회는 안국이 군자임을 일찍이 알았다. 그 꺼려하고 두려워하는 마음을 어찌 잠깐 동안인들 잊었겠는가. 그 일을 돌아본다면 안국은 진회의 그 간사함을 미처 살피지 못한 것이다. 비록 그러하나 안국이 진회를 강연에 천거한 것을 진회가 사양한 적이 있고, 진회가 안국의 뜻을 실행하지 못한 것도 있다. 이를 관망하던 때에 이미 부합되지 않는 것이 있어, 안국도 이를 분명히 그 낌새를 짐작했을 것이다.

안국이 죽지 않았다면 낮과 밤이 분명하듯 규탄의 상소가 홀로 담암[9]의 손에서만 나오지 않았을 것이 분명하다. 애석하게

---

8) 明仲: 호안국의 조카인데 안국이 양자를 삼았다. 청강초靖康初에 금인金人이 남침하자 소를 올려 의사를 규합하여 싸울 것을 청하였다. 후에 진회에게 미움을 받아 신주新州에 정배(配所를 정해 죄인을 유배시킨다)되었다.

9) 담암: 호전胡銓의 호號. 소疏를 올려 왕윤. 진회. 손근 3인의 머리를 베어 거리에 달 것을 청하였다.

도 그가 보이지 않을 때에 미리 수단과 방법을 꾀한 주돈이를 본받지 못하고 사마광[10]이 알아보지 못한 것이 군자의 만고에 원한을 남기고 말았다. 어찌 거듭 통탄할 일이 아닐까.

정말 심하기도 했다.

소인을 알아보기가 어려움이라! 이제 한창 그 기미가 싹틀 때에는 비록 군자라도 알아보지 못하고, 나타난 뒤에는 비록 천하가 함께 알더라도 일을 바로잡을 수 없으니, 이것이 어찌 홀로 안국의 불행뿐일까. 또한 송씨 천하의 불행일 것이다. 신은 위와 같이 삼가 논한다.

경명은 이 논고를 올린 부상으로 말 한 필을 하사받는다. 처음에는 그가 성균관 전적으로 제수되었다가, 다음 사간원정언으로 옮겨, 그해 여름에 형조좌랑이 되어 지제교에 부름 받는다. 이는 대제학이던 임당 정유길의 추천이다. 또다시 병조좌랑 지제교로 바뀐다. 그때부터 그는 언제나 세 글자인 정6품직을 벗어나지 못하고 있다. 그는 정유길 추천으로 지우 정윤희,[11]

---

10) 司馬光[1019~1086]
　　중국 宋代의 학자·정치가. 자는 군실君實. 호는 우부迂夫 또는 우수迂叟. 통칭 사마온공司馬溫公. 山西省 출생. 신종 초년에 왕안석의 새로운 법에 반대하여 관직을 사양했다. 『자치통감』을 편찬하는 데 전념했다. 저서는 『사마문정공집』. 시호는 文正다.

11) 丁胤禧[1531~1589]
　　본관은 나주羅州. 자는 경석景錫. 호는 고암顧庵·순암順庵이며 찬성과 관찰사를 지낸 충정공忠貞公 정응두丁應斗의 아들이다. 이황에게 글을 배워 1552(명종 7)년 사마시를 거쳐 56년 알성문과에 장원하여 전적이 되고 이듬해 정언에 이어 병조좌랑을 지낸다. 그 후 수찬·지명·이조정랑 등을 역임한 뒤 1560년에는 명종의 배려로 사가독서 한다. 이후 사인舍人·장령·응교를 지낸 뒤 1564년 집의가 되었다. 1566년 사복

이양원[12])과 함께 호당에서 사가독서를 한다.

1561(명종 16)년 29세가 되던 봄, 그는 사가원 헌납(정5품)이 되어 임금의 특명으로 다시 홍문과 수찬이 되고,

1576(선조 9)년 그의 나이 44세가 되던 해 겨울에 창작한 「토정견시소저과욕론단계주요일언감비술회土亭見示所箸寡慾論旦戒酒邀以一言敢鄙述懷」와 「불기재명不己齋銘에는 성리학적 사유가 적극적으로 표현되어 있다」를 지었다. 이는 토정 이지함이 광주를 방문할 때의 일이다.

1578(선조 11)년 46세, 여름에 「정허명설靜虛名說」을 지었다. "정靜이란 조躁의 주인이고 허虛란 명明의 본체이다. 정은 조를 억누르고 허는 명을 드러낸다. 『주역周易』에 곤坤은 지극히 정하다"라고 했다.

시정으로 문과중시에 다시 장원한다. 이듬해 판결사를 거쳐 장단부사長湍府使를 역임하고, 그 후 예조·호조의 참의를 지낸다. 1588(선조 21)년 강원도 관찰사로 나갔다가 이듬해 돌아와 세상을 등진다. 문장으로 이름을 떨쳤고 사륙문四六文에 뛰어나 한때 홍문관과 예문관의 모든 서류를 찬술하였다. 문집에『고암집顧庵集』이 있다.

12) 李陽元[1533~1592]
조선 중기의 문신. 본관은 전주全州로 종실. 자는 백춘伯春. 호는 노저鷺渚. 아버지는 이원부령利原副令 학정鶴丁, 선성군宣城君 무생茂生의 현손. 이퇴계의 문인이다.
1556(명종 11)년 알성 문과에 병과로 급제. 1563년 종계변무사의 서장관으로 명나라에 가 명의『태조실록』과『대명회전大明會典』등에 잘못 기록된 이성계의 조상을 바로잡고 돌아와 그 공으로 당산관의 품계에 올랐다. 그 후 대제학 등을 역임하고, 1590(선조 23)년 종계변무의 공으로 광국훈신光國勳臣에 책록되고 한산부원군漢山府院君에 녹봉되었다.
1592년 임진란이 일어나자 유도대장으로 전공을 세운 뒤, 영의정에 올랐다. 이때 의주로 피난 간 선조가 요遼로 건너갔다는 헛소문을 듣고 탄식하며 8일간 단식하다 피를 토하고 죽었다. 성품이 중후하고 박학하다. 흑백의 논쟁에 치우치지 않았다.『청구영언靑丘永言』등의 가곡집에 시조 1수가 전한다. 시호는 문헌文憲.

1581(선조 14)년 영암군수로 나간다.

그 후, 사신 김계휘[13]의 서장관이 되어, 종계변무사로 명나라에 들어간다.

1582(선조 15)년 봄, 명나라에서 돌아와 곧바로 서산군수로 내려가라는 임금의 명령을 받는다. 그는 군수로 잠시 머물렀다가 그해 가을에 율곡 이이의 추천으로 원접사이던 그의 종사관으로 임명된다. 종부시첨정으로 그는 한강 가까이 나가 명나라 사신을 영접한다.

1583(선조 16)년 봄에는 한성부서윤(종4품)을 거쳐 얼마 후 한산군수로 옮겼다가 그해 겨울에 조정에서는 문장을 잘 짓는 사람

---

13) 金繼輝[1526~1582]

본관은 광산光山. 자는 중회重晦. 호는 황강黃崗. 아버지는 지례현감知禮縣監 김호, 어머니는 전의이씨全義李氏로 공조정랑 광원의 딸. 장생은 그의 아들.

일찍이 경서와 사서 등을 폭넓게 읽었으며, 문장에도 뛰어남. 1549(명종 4)년 식년문과에 을과로 합격해 사가독서에 뽑힘. 그 뒤에도 벼슬은 올랐지만 오랫동안 사가독서를 함.

1557년 김홍도와 김여부의 반목으로 옥사가 일어났을 때 김홍도의 당으로 몰려 파직, 1562년 다시 전의 관직인 이조정랑으로 복직되었으나 아버지의 상중이어서 나가지 않음.

삼년상을 마치고 다시 벼슬길에 올라 첨정·사간·집의·응교·전한·직제학 등을 역임, 1566년 문과중시에서 장원을 차지해 동부승지에 제수.

1571(선조 4)년 이조참의·예조참의에 제수, 사은사로 명나라에 다녀온다. 황해도·전라도의 관찰사를 거쳐 공조참판·형조참판과 동지의금부사 등을 역임.

1575년 동서 분당 때 심의겸과 함께 서인으로 지목된 적도 있으나, 당파에는 별로 깊이 간여하지 않고 오히려 당쟁 완화를 위해 노력함.

그 뒤 평안도 관찰사로 있다가 1581년 종계변무를 위한 주청사로 중국에 다녀왔다. 이어서 예조참판에 올라 경연관이 된다.

조선의 산천·마을·도로·성지 등의 형세와 전술적인 문제점, 농작물의 생산 현황, 각 지방의 전통·연혁·씨족 원류 등을 두루 파악해 기록으로 남겼으나, 임진란 때 소실. 이조판서로 추증, 나주 월정서원月井書院에 제향.

이 필요해 문한(문필에 관한 일)을 할 사람으로 그를 예조정랑(정5품)에 제수했으나, 그는 취임하지 않고 곧바로 고향으로 돌아와 버린다. 경인년 여름에 내 첨시정, 승문원 판교 지제교 겸 춘추관 편수관, 가을에는 통정계급에 승진, 동래부사로 부임해간다. 동래부는 바닷가에 있어 일본 사람들이 거주하고 있는 곳이라 화물이 유통되고, 많은 장사꾼들이 모여들었다. 이름 없는 세금과 몰수한 물자가 이루 헤아릴 수 없이 많았다. 그러나 **경명**은 청렴결백으로 티끌 한 점 부끄럼이 없었다. 관리와 지방민들이 모두 그를 기뻐하고 존경해 마지않았다.

신묘년 봄에는, 그는 광국원종공을 기록하는 데 참여하게 된다. 그해 여름 동래부사직에서 파면된 후 서울에 들어온다. 조정 언관(諫官, 司諫院과 司憲府의 벼슬아치를 통틀어 일컬음)이 당시 좌의정이던 정철을 논하는데 어떤 언관이 **경명**을 지적, '정철의 추천을 받은 자'라 말하기에 그는 필마에 몸을 실어 고향으로 돌아와 버린다.

1601(선조 34)년 광주 제봉산霽峯山에 사당 포충사褒忠祠를 창건하고, 1609(기유)년 3월경이던가.

장성현 오동리 남쪽에서 북쪽을 향한 터의 언덕에 그의 묘를 다시 개장하게 된다.

1592년 60세 봄, 천문을 우러러보고 부인에게 "금년에는 장성이 안 좋아 장수가 불리하다"

고 예언한다. 임진년 4월 13일, 바로 그때 전란이 일어난 것이다. 이때 그는 광주에 있는 집에 거처하고 있을 때, 소식이 들려오는데 조선 군사가 싸울 때마다 무너져서 조령의 험한 골짜기마저 빼앗겼는데도, 호남의 순찰사가 왕실을 호위할 생각을 하지 않는다 하여 **경명**은 아들 **종후**와 **인후**를 데리고 거의할 것을 계획했던 것이다.

그는 슬하에 딸 둘, 아들 여섯을 낳았다. 큰딸은 벼슬하지 않은 광주의 선비 박숙에게 출가해 아들 하나를 낳았는데, 아들의 이름은 충겸이다. 막내딸은 영광의 선비 노상용에게 시집을 가 정유재란에 일본 병을 꾸짖으며 절개를 지키다가 칼에 엎드려 자결한다.

같은 해 7월 23일경 작은아들 **인후**, 종사관 유팽로, 안영과 그 외에 여러 참모와 함께 금산 1차 전투에서 장렬히 순절해, 이로써 60년의 그의 장중한 생애가 막을 내린다.

그해 10월. 경인에 그의 시신은 화순 현 흑토평 언덕에 새롭게 장사를 했으나, 다음 날은 눈이 거친 바람에 휘날렸다. 오색찬란한 무지개가 묘소 좌측에서 일어나 그곳을 가로질러 반원형으로 길게 뻗어나 있다. 그의 산소 수십 리까지 황홀하고 아름다운 빛인 오색운무가 되어 살포시 대지에 뿌려지면서 그 빛이 밝혀진 것이다.

그 자리에 함께했던 사람들은 그의 충성과 절의에 의해 분한 마음이 감동한 자연의 현상이라고 했다. 그러나 얼마 인 가서 묘지가 상서롭지 못하다는 것이 밝혀진다.

1978년 나라의 시책으로 '포충사' 성역화 공사가 착수된다. 2008년 12월 22일 오전 11시, 광주광역시 월드컵경기장 잔디공원에(높이; 86미터, 바닥넓이; 56미터) 그가 말을 타고 '마상격문馬上檄文'을 펼쳐 보이며 적진을 향해 진격명령을 내리는 모습의 동상이 건립되었다.

5) 고정자-因厚[1561~1592. 7. 9]

褒忠祠: 광주광역시 남구 원산동 947-4

집안 순절: 아버지 高敬命. 큰형 高從厚

묘소: 전남 장성군 장성읍 영천리. 의정부 좌찬성(종1품). 영의정 추증.

명종 16년, 문신, 의병장. 본관은 장흥長興. 자는 선건善健, 호는 학봉鶴峯. 의병장 **경명**의 아들, 복수의병장 **종후**의 아우다.

1577년 진사가 되고.

1579(己卯)년에 사마시험에 합격한다.

1589년 증광문과에 병과로 급제하여 학유學諭에 이어 승문원 정자를 역임한다.

1595년 정각旌閣을 세우도록 나라에서 허가했다.

1601년 포충사를 건립, 삼부자를 배향케 했다.

1628년 아들 부천傅川의 녹훈으로 의정부 영의정에 가증加贈되었다.

1688년 의열毅烈이라는 시호諡號를 받았다.

1786년 부조묘不祧廟[14]의 특명을 받았다.

2006년 12월의 호국인물로 선정.

세상 사람들은 삼부자의 죽음의 의를 말할 때 제갈첨과 변성양을 일컫는데 **고인후**는 한집안에 6명이 목숨을 바치고 부자 형제가 충효와 의열로 세상에 드날렸다. 중국 손원화는 **인후**의 집안이 충절효제의 네 가지 아름다움을 모두 갖추었다고 했다.

그는 아버지 **경명**이 문장으로 세상을 울려 관록 있는 벼슬을 지내다가 중간에 좌절되어 나라에 크게 쓰이지 못하고 마침내 충절로 그의 이름을 크게 드날린다. **경명**은 울산 김씨 부제학 김백균[15]의 딸과 결혼해 아들 6형제를 낳았다. **인후**가 그의 2

---

14) 不遷之位(나라에 끼친 큰 공으로 사당에 영구히 모시기를 나라에서 허락한 神位), 제 사의 대상이 되는 신주를 둔 사당.

15) 金百鈞
  본관은 김해. 명종 때 부제학을 지냄. 명종 19년에서 20년으로 접어들면서 조정은 다시 한차례의 혼란을 겪게 되는데 인순왕후 심씨의 외숙인 이양, 고경명의 아버지 고맹영, 그의 장인 김백균, 이감, 강극성, 이성헌 등 이양 일파가 조정정사를 쥐락펴 락하다가 새롭게 부상한 왕비 심씨의 형제인 심의겸과 그의 아버지 심연원 등 중진 세력으로부터 밀려난다.
  이러한 변화는 사실 정국을 독단하는 세력을 견제하고자 하는 명종의 의도도 있었 고, 그동안 '일인지하 만인지상(一人之下萬人之上)'의 신분에 있던 윤원형의 세력이 째다. 그는 어렸을 때부터 총명해 3세에 이미 글자를 터득했다고 한다. 6살에 학교에 입학하자 선생을 번거롭게 하지 않고 공부는 일취월장했다. 그는 생각하는 바가 고상하고 원대했다. 많은 아이들과 놀이를 하면서 선비가 서로 보고 예를 지키는 규칙을 만들어 겸손한 태도를 보였다. 이것은 법도에도 맞는 일이었다. 이를 지켜본 어른들도 신통하게 여기면서도 기이하게 생각했다. 그는 가정의 교훈 '세독충정世篤忠貞'을 받아 지조와 행실이 돈독한데다가 충효의 성품을 타고나 기개와 절의를 숭상했다. 어느덧 청년으로 장성해 장가들기에 이르렀다.

경명의 처가는 본래 재산이 풍족한 가문이다. 외손인 **인후**에 대한 후의가 극진했다. 그럼에도 그는 화사한 의복과 풍족한 물질에 대한 탐심이 없었다. 이 모든 것을 물리치고 검소하게 생활했다. 오직 경서와 사기에 몰두하니 밤낮이 따로 없었다. 그때 그의 나이는 19세다. 1589년엔 문과에 또 합격한다. 이에 대해 조정에서는 논의가 있었다. **인후**의 문학자질은 홍문관에 두거나 독서당에 보내야 마땅하다고. 그러나 아버지 **경명**과 그의 할아버지 맹 영이 이양 당파의 핵심인물의 아들이라는 이유로 조정 당로자16)의 눈 밖에 나 있는 바람에 그마저 밀려날 수밖에 없었다. 그의 차선책으로 성균관 권지학유17)에 보직되어 세

서서히 퇴조하던 사정에도 그 이유는 있다.

16) **當路者**; 정권을 잡아 주요한 지위에 있는 사람.

상에선 그를 애석하게 생각했다.

예조참의에 추증되고, 그 뒤에 영의정에 추증. 광주의 포충사
褒忠祠, 금산의 종용사從容祠에 제향. 시호는 의열毅烈.

6) 金淮陽-鍊光[1524~1592]

개성 숭절사 삼충록<**송상현·김연광·유극량**>유문, 비기, 전
설 등을 기록한 책. 예조참판 동지의금부사 추증.

개성(松都)은 포은圃隱 문충공文忠公, 정몽주가 고려 왕조를 위해
절개를 지킨 일이 있고부터 동방의 충성스럽고도 의로움을 창
도한 곳이 되었다. 선조 때에는 회양淮陽부사 **김연광**과 동래부사
송상현, 첨지중추부사 **유극량**이 모두 송도 사람이었다. 임진란
때 목숨을 바쳐 하늘 아래 그 이름이 드날리고 명예가 후세에
까지 전해져오고 있다. 송도를 지나 서해西海로 나가다가 보면
김연광이 옛날에 살던 마을이 있다고 한다. 그곳을 지나가는 뜻
있는 사람들은 조그마한 비석에 그의 사적을 기록한 것이 있는
것을 보고서 눈물을 머금고 오래도록 그냥 지나치지를 못했다
고 한다.

연광의 자字는 언정彦精이고 송암松巖은 그의 호다. 그 가문의

---

17) **權知學論**; 벼슬 이름 앞에 붙어 그 벼슬에 일을 잠시 맡아 보는 것을 뜻하는 말이다.
학유는 성균관의 종9품 벼슬(정원은 3명)이다.

뿌리는 김수로왕의 후손으로 김해金海를 관향으로 삼았다. 고려 말엽에 첨검은 벼슬이 사온서 직장으로 비로소 장단長湍의 임강현臨江縣으로 이사하였다. 이분이 김택을 낳았다. 벼슬은 예빈시 소윤을 지냈다. 두어 대 동안 송도에 옮겨 살게 되었다. 아버지 이상에 와서는 성균관사예를 지냈다. 그의 가문 조상들은 대대로 물욕에는 욕심이 없었다. 그런 탐심이 없어 마음은 언제나 편안했다. 그는 결백하고 학문이 널리 통해 시詩를 짓고 술 마시는 것을 스스로 즐겼다. 일찍이 유생을 인솔하고 송악松嶽 음사淫祠를 불태웠던 사람은 그의 아우인 김이도였다. 김이상이 경주이씨慶州李氏에게 장가들어 1524(중종 19)년 8월에 **연광**을 낳았다. **연광**은 타고난 성품이 순박하고 인정이 두터웠다. 부드러우면서도 강경하여 매양 옳음과 그름, 정의와 사리私利의 변별에 있어 확고히 자신을 지켜 한 번도 흔들림이 없었다.

1549(명종 4)년에 사마시에 합격하고, 1555(명종 10)년에 문과에 급제하였다. 처음으로 성천 교수成川教授에 보임되었다. 여러 생도의 전례에 따라 명주를 가지고 와서 예물로 바치면 그는 이를 통렬히 물리쳤다. 한때 지방에서는 '단주선생斷紬先生'이라고 일컬어지기도 했다. 이때부터 내직으로는 교서관 정자校書館正字·봉상시 주부奉常寺主簿·승문원 교리·사직서영社稷署令·제용감첨정濟用監僉正에 임명되었고, 외직으로는 부여扶餘현감·옹진瓮津현감·온양溫陽군수·봉산鳳山군수·한산韓山군수·면천沔川군수·평창平昌군수·평양平壤판

858

관을 두루 역임하면서 모두 청렴하고 근신하게 직책을 수행하였다. 그러기에 명성은 자자했다. 그중 평창군수의 재직 때는 가장 높은 평가를 받는다. 이어서 회양부사에 승진 임명되었던 것이다.

연광은 일상생활에서 아무런 욕심이 없었기에 남들과 다투는 일이 없었다. 궁색한 때도 조정을 원망하거나 남을 탓하지 않았다. 비록 추위에 떨고 굶주리는 일이 있을지라도 태연하게 잘 극복해냈다. 오직 아버지 사예공司藝公, 김이상을 보살피는 일에만 몰두해 감히 곁을 떠나지 않았다. 간혹 지방관으로 나가 있다가 아버지가 그리워지면 문득 벼슬을 버리고 돌아와 봉양했다. 언제나 선친의 명령을 받들고 순종해 아버지를 즐겁게 해드렸다. 선대의 유고遺稿를 간행해서는 다시 문정공文貞公 윤근수에게 위촉하여 유산의 큰 뜻을 널리 펼쳐 보였다. 이런 충성스럽고도 의로움을 기본으로 삼았던 것이 바로 군자君子의 덕성이 아닐까.

그의 부인 전주 최씨崔氏는 이조 좌랑吏曹佐郎 최개의 딸이었다. 부인은 정부인에 추증되었다. 두 아들이 있었는데, 맏이는 교서관 박사인 김하손과 둘째는 참봉參奉 김질손이 함께 그의 유골을 거두어서 장단長湍 법당法塘의 서쪽 산기슭 선영 아래에 장사 지냈다. 그러나 그가 세상을 떠난 지 이미 80여 년이 지났는데도 사적을 새긴 비석이 없었다. 현손(손자의 손자)인 김초실에 이르러

비로소 비문을 의뢰하게 되었다.

이듬해에 명나라에서 행인사行人司의 행인行人 사헌司憲을 보내어 조선의 사정을 조사하게 하였다. 서애 유성룡이 중요한 지위에 있으면서, 변란이 일어났던 처음에 충절을 지킨 여러 신하를 일일이 진술하였다. 또한 **김연광**과 **송상현·유극량**을 유독 먼저 천자天子에게 옮겨 알리도록 하였다. 그 뒤에 조정에서는 마침내 **김연광**에게 예조참판 동지의금부사를 추증한다. 송도의 유생들은 다시 정몽주의 사당 곁에 숭절사崇節祠를 세워서 함께 향배하게 하였다.

1592년 회양부사로 있을 때 임진란을 당해 군인, 관리들이 모두 달아나면서 함께 피할 것을 권유했으나, 그는 홀로 성문 앞에 정좌한 채 일본군에게 참살당한다. 그는 박학하고 시문詩文에 능했다. 예조참판으로 추증되었으며 개성의 숭절사崇節祠에 제향되었다.

개성 숭절사에는 「숭절사 삼충록崇節祠 三忠錄」이 있는데, 이는 임진란 때, 전사한 **송상현·김연광·유극량** 등 세 사람의 유문遺文, 제가諸家, 비기秘記, 전설 등을 모아 기록한 책이다. 김해 김씨 가문에서는 우의정 1명, 판서가 7명, 대표적인 학자가 8명, 의병장 3명, 기타 예술인이 많이 배출되었다.

저서로는 『송암시고松巖詩稿』가 있다.

7) 趙提督-趙憲[1554(中宗 39)~1592. 8. 18(宣祖 25)]

1734(영조 10)년 영의정 추증. 1883(고종 20) 문묘에 배향.

조헌은 원래 충청도 태생은 아니다. 조상은 대대로 황해도 배천白川에서 살다가 할아버지 때 경기도 김포金浦로 이주하여 살았다. 그는 1544년 6월 28일에 경기도 김포읍 서 감정리坎井里에서 태어나 유년기를 보냈다.

집안 형편은 그리 넉넉지 못한 농가였다. 그는 어려서부터 아버지 조응지를 도와 농사를 지으면서 김황에게서 학문을 닦았다. 김황은 과거에 합격하여 군수까지 지낸 선비다.

그의 호는 어촌漁村이어서 이 고장에서는 어촌 선생으로 불리어졌으나 세상에 그렇게 많이 알려진 인물은 아니다.

조헌은 24살(명종 22)때 식년 문과 병과 9번째로 과거에 합격해 벼슬살이에 나선다. 그는 농촌에서 독학으로 공부한 사람이라서 그런지 성적은 그다지 좋은 편은 아니었다고 한다.

이후 성혼과 율곡 이이 같은 당대의 명망이 높은 학자들을 스승으로 모시고 공부를 게을리하지 않았다.

특히 주역에 흥미를 가지고 『토정비결』로 유명세를 띤 이지함을 찾아 역학에 대해 자주 이야기를 나누었다.

조헌은 성현의 말씀과 법도를 어기지 않고, 당장 실행에 옮기려는 급진적인 이상주의자였다. 누구든 이것에 어긋난 행동은 용서가 되지 않았다. 타협은 비겁하고 옹졸한 태도로밖에 여기지 않았다. 이같이 예리한 성품을 좋아하는 사람들도 있으나 자연히 주위 사람들과 부딪쳐 등을 돌려 담을 쌓게 마련이었다 그는 한 번 옳다고 믿으면 그것을 관철하는 데 임금도 두렵지 않았다.

29살에 교서관 정자로 재직하고 있을 때다. 하루는 궁에서 숙직을 하고 있는데 대비大妃께서 불공을 드릴 테니 향을 바치라는 분부가 내려왔다. 나라의 제사에 쓰려는 향이지 대비가 불공을 드리는 향은 아니라고 거절한다. 말로 거절했을 뿐만 아니라 법도에 없는 일이라고 임금에게 글까지 올린다. 그는 그 즉시 파면되어 벼슬에서 쫓겨난다.

그가 행한 정당한 일에 해고한 것은 왕실의 채면이 안 선다고 생각했는지 해가 바뀌고 얼마 안 있어 다시 복직된다. 왕실에서는 어찌하나 **조헌**의 마음을 떠볼 심산으로 그랬는지는 몰라도 또다시 향을 바치라는 분부를 내린다. 역시 그는 또 거절한다. 대노한 임금 선조는 당장 내쫓으려 하는데, 특히 자기가 아끼는 여러 관원이 적극적으로 말리는 통에 겨우 모면했으나 임금의 눈 밖에 난 것은 피할 길이 없었다. 이런 이유로 그는 지방 벼슬을 전전하면서 윗사람들과 충돌이 잦았다. 그래서 스스로 물러나기도 하고, 때로는 귀양도 가고 벼슬길은 순탄치 않았다.

41살 되던 1584(선조 17)년 겨울에는 가까이서 어머니를 받들어 모시기 위해 충청도 보은報恩현감으로 자청해 있다가 얼마 못 가

파면된다. 이때 그는 고향인 김포로 돌아가지 않고 이 고장 근처 산속으로 들어가 터전을 잡는다.

마침 이해 1월 17일 스승 이율곡이 세상을 떠난다. 그는 이 산마을에 서당을 짓고 율곡을 추모하여 이름을 후율정사後栗精舍라고 지었다. 이로서 그는 이이의 문하에서도 가장 뛰어난 학자 중 한 사람으로 불린다. 기발이승일도설氣發理乘一途說을 지지하고 이이의 학문을 계승 발전시켰다. 여기서 제자들을 가르치고 농사를 지으면서 세상을 뒤로하고 살 계획이었다. 임진란이 일어나기 8년 전이다. 이때부터 그는 옥천에 뿌리를 내리고 그 고장 사람이 되었다.

조헌은 아버지 조응지와 어머니 차씨 사이에서 태어난다. 동네 아이들의 놀림을 받을 정도로 유난히 귀가 컸으며 어릴 때부터 글공부를 열심히 해 '귀보'와 '책벌레'라는 별명이 따라다녔다.

그는 어려서부터 부모에게 효성이 지극했고, 배워서 옳다고 생각한 것이면 항상 그대로 실천했다.

중봉은 후율後栗이란 스스로 지은 호를 사용하기도 했는데, 이는 율곡의 후학이란 뜻으로 스스로 일컬었던 것이다. 그러나 그의 친구들이나 후손들은 **중봉**重峰이라는 만년의 아호를 즐겨 불렀다. 그는 고려시대 관리였던 조지린(백천 조씨 시조)의 17대손이다. 그의 시조는 황해도黃海道 백천군白川郡에 정착했다.

조상의 뼈대를 매우 중히 여기던 가문이나, 당시 그의 집안은 이렇다 하고 내세울 만한 문벌이 있는 가문은 아니다. 그렇다고 유다른 권세가 있었느냐 하면 그러지도 않았다.

증조 조황 이래 조부 세우와 부친 응지에 이르기까지 3대는 벼슬길에 나가지 않았다.

김포 서쪽 변두리 구두 물에서 농사를 짓기 시작한 것은 중봉의 할아버지 세우가 통진通津 석현石峴에서 이곳으로 이사 온 다음부터다.

그는 어린 청소년 시기에 뚜렷한 스승도 없어 서당에서 천자문을 떼고 농사짓는 틈틈이 독학으로 논어, 맹자, 대학, 중용을 깨우쳤다. 12세가 되던 해 어촌 김황을 찾아가 비로소 시서詩經書經를 배우기 시작한 것이다.

18세가 되던 해 중봉은 영월 신씨寧越辛氏 세성의 딸을 맞아 혼례를 치른다.

……2년 후 서울로 올라가 성균관에 들어가고.

그는 23세 때인 1566(명종 20)년 함경도 맨 북녘 땅 온성도호부 훈도라는 종9품 말직에 발령을 받아 처음 벼슬길에 나선다. 그리고 2년 뒤 감시[18]에 나가 동당삼장[19]에 모두 합격한다. 그해 11월 병과에 급제함으로써 종9품 교서관부자에 임명된다.

---

18) 監試; 조선왕조 때 생원과 진사를 뽑던 과거.

19) 東堂三場; 大科의 初試. 문과에는 원칙적으로 동당삼장이라 하는데, 1일의 간격을 두고 시험으로 인재를 뽑는 것이 관례다.

1568(선조 원)년, 26세 때 종6품 정주목 교수로 부름 받아 3년 동안 학풍을 크게 일으키고 1570년 파주 목 교수로 옮겨 앉았다.

조헌이 우계 성혼을 찾아가 가르침을 청한 것이 바로 그때다. 그러나 중봉보다 9년이나 위인 우계는 **조헌**의 인품을 존중해 스승의 예를 고사하고 벗으로 대하기를 바랐다.

창녕昌寧 사람인 성혼은 이율곡과 사단칠정四端七情, 이기의 설理氣, 設을 논의해 학계에 이채를 띄우던 사람으로서 성리학에 있어서 그는 기호학파의 이론적 근거를 닦은 사람이다.

그다음 해 홍주목교수로 있을 때 스승으로서 모시고자 찾아간 그에게 토정 이지함도 이를 사양하고 벗으로써 지내기를 바랐다.

1572(선조 5)년, 중봉은 29세가 된다.

교서관정자로 중앙에 올라왔다. 그는 첫 번째 상소로 첫 파직을 당하면서 조야에 그의 강직한 기개를 이때 널리 떨치게 된다.

선조 7년 **조헌**이 서른한 살 때 질정관의 벼슬을 받아 사절단의 한 사람으로 명나라에 간 적이 있다. 그곳 하례식에 참석한 그는 공자와 그의 제자들을 모시는 성묘에 참배하면서 일부 성현들을 모시는 차례가 잘못된 것을 지적해주었다. 이것을 본 명나라 성묘 책임자들은 아무도 지적한 바가 없었는데, 이를 **조헌**

이 밝힌 것을 보고 크게 감탄하여 그를 칭찬했다고 한다. 명나라에 다녀온 그는 그다음 해에 벼슬에 올라, 호조좌랑(호구 또는 재무를 맡은 차관보), 예조좌랑(지금의 교육부와 외무부의 차관보), 사헌부(감찰재판소의 벼슬) 등을 거쳐 그해 12월에 통진현감에 임명된다.

1575(선조 8)년 교서관 박사, 성균관 전적, 사헌부 감찰 등 중앙부서의 관직을 거쳐 그 해 12월에는 종6품 통진현감으로 나간다.

1586(선조 19)년 그의 나이 43세가 되던 해에 무슨 바람이 불었는지 기대하지도 않던 공주목교수 겸 제독관에 임명된다. 1592년 임진년엔 그의 나이 49세다.

천성이 강직하고 불의 앞에 굽힐 줄 몰라, 남에게 헐뜯기고 임금에게 미움을 받아 귀양살이에 시달렸으나, 바람 앞에 등잔불 같은 조국을 구하기 위해 우주보다 더 귀중한 몸을 나라를 위해 기꺼이 바친 것이다. **조헌**이 이끈 칠백 의사들의 넋은 조선 겨레의 가슴속에 영원히 살아남아 천추만대에 길이 빛날 것이다.

백천 조씨 시조 조지린은 고려 현종 때 금자광록대부(金紫光祿大夫) 참지정사(參知政事)를 지냈다. 그는 중국 송나라 태조 조광윤(중국 역사에서 유명한 황제의 한 사람)의 손자이자 위왕(魏王) 조덕소의 셋째 아들로 979(고려 경종 4)년 아버지가 자결하자 난을 피해 고려로 피란와 황해도 백천에 정착하게 된 것이다. **조헌** 이후 백천 조씨 가문에서는 판사 1명, 대제학 1명을 배출한다. 동국 18현[20]으로 배향되었다. 그중에 그의 스승 성혼과 율곡 이이가 함께 배향되었다.

　　前代의 王朝 4賢(신라, 고려시대)
　　弘儒候 薛聰(650년경~740년경)
　　文昌候 고운 崔致遠(857~?)
　　文成公 매헌 安珦(1243~1306)
　　文忠公 포은 鄭夢周(1337~1392)

　　前代의 王朝 5賢(조선 중, 후기)

　　文敬公 한훤당 金宏弼(1454~1504)
　　文憲公 일두 鄭汝昌(1450~1504)
　　文正公 정암 趙光祖(1482~1519)
　　文元公 회재 李彦迪(1491~1553)
　　文純公 퇴계 李滉(1501~1570)

　　前代의 王朝 9賢(조선 중, 후기)

　　文正公 하서 金麟厚(1510~1560)
　　文成公 율곡 李珥(1536~1584)
　　文簡公 우계 成渾(1535~1598)
　　文元公 사계 金長生(1548~1631)
　　文烈公 중봉 趙憲(1544~1592)
　　文敬公 신독재 金集(1574~1656)
　　文正公 우암 宋時烈(1607~1689)

---

20) 東國 十八賢; 동쪽에 있는 나라라는 뜻으로 조선에 대해 중국에서 일컫는 말이다. 십팔현은 문묘에 배향된 한국의 유학자들을 말한다. 본래 東西齊에 있었으나 1975년 9월 대성전(명륜당)으로 옮겨졌다. 배향된 18현은 덕행의 뛰어남이 聖人 다음가는 사람들이다. 4현 5현 9현 모두 합해 18현이다.

文正公 동춘당 宋浚吉(1606~1672)
文純公 현석 朴世采(1631~1695)

종용사從容祠. 충남 금산군 금성면 의총리 216. 연곤평 전투에서 9월 23일 전사. 자는 여식汝式. 호는 중봉重峯, 도원陶原, 후율後栗이다.

8) 僧將-朴靈圭[?~1592. 8. 18]

충북 계룡면 유평리 갑사.

영규는 한때, 머슴을 살았던 때가 있었다. 주인집 농사를 짓고 나무를 해다가 불을 지피고, 그렇게 허드렛일을 안 가리고 하는 그런 사람인지라, 동네 어른들은 늘 이래라, 저래라, 하는 말로 하대를 했다.

그러나 대사가 된 그는 **조헌**을 지원하다가 그 후에 순절한 참 장한 **승장**이었다. 그 후 계룡면 갑사 들어가는 곳, 계룡면 소재지에다가 **영규**대사 비각이 세워지고. 그의 묘는 유평리라 하는 곳에 있다. 원래 승僧들은 화장하고, 묘를 잘 쓰지 않으나, 유림들이, **영규**는 참 장한 중이니까, 극진히 대우를 해줘야 된다고 해, 묘지를 훌륭하게 꾸몄다. **영규**는 자손이 없는지? 그의 가족은 알려지지 않았다. 윤씨 종문에서 승장의 시제를 청해와, 10월이면 자기네 조상 시제를 지내면서 함께 **영규**대사의 시제를 지내고 있다.

윤씨 문중에서는 뜻을 모아 "영규대사가 나라에 공이 많은데, 우리 조상만 위할 수 있느냐?"고 하면서 **영규**의 시제를 함께 지내게 되자, 갑사의 승들도 모두 같이 시제를 지내고 있다. 유교식으로도 하고, 불교식으로도 하고, 해서 지금까지 수백 년을 이렇게 제향해온 것이다. 계룡면 유평리라고 하는 데서 말이다.

승장 **박영규**는 불도 중에 싸움터로 나온 사람으로 명색이 임금을 위해 몸을 던진 것으로 말들 하지만, 사실은 조선의 운명을 붙들고자 했던 마음이 그 어떤 일보다 우위여야 한다. 짙푸른 저 하늘과도 같은 승려의 뜻을 어찌 헤아릴까.

영규는 승려의 신분으로 **고경명**과 함께 전투에 참가한 뒤에 다시 **조헌**과 처음부터 끝까지 신의를 저버리지 않고 적과 대치했다. 그는 최후까지 생사를 같이한 사람이다. 당시에 그는 맨먼저 의승군義僧軍을 일으킨 사람으로 금산 2차 전투가 있기 전 8월 초에 전라도 경내에 들어와 활약한 바 있다. 그는 "뒤로 물러서지 않는 승병"이란 이름으로 용맹을 떨친 사람이다.

관찰사 윤선각은 이름 있는 벼슬아치로서 **조헌** 의병진에 질시하고 못마땅하게 여긴 것과는 전혀 달리, **영규**에 대한 활동은 대단히 높게 평가하고 있다.

"일개 승려신분으로서 처음부터 끝까지 **조헌**의 의병진을 뒷받침한 이는 승병 **영규**였다. **영규**는 의병장 **조헌**과의 신의를 저버리지 않고 최후까지 생사를 같이했다. 임진란 당시 그는 가장 먼저 승병을 이끌고 제1차 금산전투 때부터 **고경명**의 호남의병과 협력하여 전투에 이미 경험을 쌓아온 사람이었나."

유팽로의 『월파집』「일기」에 보면 7월…… 7일 **영규**가 승도 수백을 이끌고 **고경명**의 진에 들어오니 의병장이 이르기를 "**영규** 군이 온 것은 하늘이 우리를 돕는 것이다"라고 기뻐했다는 것으로도 양군의 협력관계가 얼마나 두터웠는가를 알 수 있다.

9) 김원주-悌甲[1525~1592. 8. 25]

忠愍祠: 충북 학성동. 충북 기념물 제12호. 영의정 추증.

원주시 영원산성(치악산 남서쪽)에서 전사. 원주시 사적 제447호.

제갑의 집안은 충·효·의·열이 가장 대표적인 가문이다. 그 역시 나라와 임금에게 '충신'으로 순절했다. 그의 부인 이씨는 남편에 대한 '열녀'로서 목숨을 바치고, 아들 시백은 '효자'로서 성안에서 아버지를 보살폈고, 아버지의 시체를 찾으려다가 성안에서 그의 뒤를 따라 저승길에 들었다. 그의 노복들 역시 주인에 대한 '의인'으로써 더불어 인생을 마감했다.

제갑의 자는 순초順初, 호는 의재毅齋, 본관은 안동, 안동 김씨 가문에서는 영의정 2명, 좌의정 2명, 판서급이 7명, 그 밖에 학자가 2명 배출되었다. 시호는 충숙忠肅이다.

원주목사로 있던 **제갑**은 1592(선조 25)년 임진란이 일어난 때, 일본 장수 모오리 요시나리의 군사가 쳐들어오자 관병과 의병을 이끌고 원주 영원산성(鴒願山城)으로 올라가 적과 맞서 싸우다가 성이 함락되자 그의 아들 시백과 부인 이씨와 함께 순절했다. 전투 장소는 강원도 원주시 판부면 금대리에 있는 돌로 쌓은 산성이다.

충북 학성동(鶴城洞)에는 **김제갑**의 충렬탑이 세워져 있다. 그는 추후 영의정에 추증되었다.

충민사(忠愍祠)에는 김시민과 함께 재향. 원주의 충렬사, 괴산의 화암서원(華巖書院)에 제향.

1966년에 강원도 애국유족부활위원회에 의하여 원주역 광장에 그의 충렬비가 세워졌다. 1711(숙종 37)년 문숙(文肅)이라는 시호가 내려졌다.

10) 金晉州-時敏[1554~1592. 10. 10]

경남 진주시 창렬사 배향. 경남 유형문화재 제1호.

충북 괴산군 능촌면 야산자락. 선무공신 2등. 영의정 추증.

시민은 어려서부터 남달리 총명하고 기골이 장대했다. 병정놀이를 좋아했다. 언제나 대장이 되어 지휘했다. 8살 때 어느 날 길가에서 병정놀이를 하고 있었는데, 이때 마침 천안군수 행차가 있어 수행원이 길을 비키라고 하자

"한 고을 사또가 감히 진중을 통과할 수 있느냐"

고 호령하면서 조금도 기가 꺾이지 않았다. 이 광경을 지켜보

던 군수가 말에서 내려 **시민**의 머리를 쓰다듬으며

"큰 재목이구나!" 하면서 길을 비켜 지나갔다고 한다.

그가 9살이 되던 때의 일이다. 백전부락 입구는 백전천(지금의 병천천)이 굽이돌아 흐르고 있었다. 이 백전천가에 물에 잠긴 바위가 있고 그 속에 큰 굴이 하나 있다. 이 굴속에는 큰 이무기 뱀이 살면서 수시 출몰해 사람을 놀라게 하고 가축에 해를 끼치기도 한다. 이때 장난꾸러기 소년 **시민**은 이무기 퇴치를 궁리하고 있었다. 어느 날 그는 '뱀은 뽕나무 활에 쑥대화살로 쏘아잡는다'는 고사를 읽고 동네 아이들과 함께 개울가로 가서 이무기 뱀이 나타나기를 기다렸다가 이무기가 나타나자 활로 쏘아 없애버렸다.

1578(선조 11)년 무과에 급제, 훈련원 판관이 되었을 때, 군사에 관한 것을 병조판서에게 건의하였으나 이를 들어주지 않자 사표를 내고 고향으로 낙향해버린다. 부임해보니 무기는 녹슬고 군의 기율은 해이하여 유사시에는 쓸 만한 병기와 군인이 없음을 개탄해 마지않았다. 이를 본 그는 이대로 두었다가는 언젠가 큰일이 나겠다는 생각이 들어 국방의 최고책임자인 병조판서를 찾았다.

"소관이 훈련원에 몸담아보니 군기가 녹슬고 군인의 기강이 해이합니다. 이대로 두었다가는 국가에 변란이라도 생긴다면 속수무책이 될 터이니 대책을 강구하셔야 됩니다."

그러나 병조판서는

"지금같이 태평성대에 군기를 보수하고 훈련을 강화하라니 올바른 정신으로 하는 소리인가? 만약 훈련원 군사들을 조련하고 병장기를 만들면 백성들을 두려움 속에 몰아넣는 결과가 되리니 망언이로다."

젊은 혈기에 분별없는 소리를 한다고 질타했다. 그는 사리를 따져 재차 간곡히 건의하였으나 병조판서는 조금도 굽히지 않고 오히려 질책으로 일관했다.

그는 올바른 건의가 받아들여지지 않을뿐더러 오히려 수모만 당하자 더 이상 참지 못하고 벌떡 일어서서 군모를 벗어 병조판서가 보는 앞에서 발로 짓밟아버리고 사직서를 써서 던져버린 후 훌훌히 일어서서 나왔다. 그 길로 벼슬을 버리고 고향으로 내려와 여러 해 동안 불운한 세월을 보냈다. 그러다가 1583년 니탕개의 난 때 도순찰사 정언신의 막하 장수로 출정하여 공을 세우게 되는데…… 그 후 다시 벼슬길에 나가 군 기사 판관이 된다.

그의 자는 면오勉吾, 지평持平인 충갑의 아들이다.

1583년 귀화한 여진인 니탕개가 회령 지방에서 난을 일으키자 출정, 크게 공을 세운다.

사천·고성·진해 등지에서 적을 격파, 경상우도 병마절도사에 올랐다. 금산金山에서 다시 적을 격파했다.

올곧은 선비정신이 뛰어난 그는 39세의 젊은 나이로 진주성 1차 싸움에서 순절했다. 그는 위난에 처해 몸을 아끼지 않고 어

려운 일을 감행한다. 그 후 조정에서는 그의 공을 높이 사
1604(선조 32)년 선무공신 2등, 상락 군에 추록했다. 숙종 때에는
정1품인 영의정에 추증하고, 상락부원군上洛府院君에 추봉되었다.

김시민을 기리는 충렬사는 충북 괴산군 괴산읍 능촌리 야산
자락에 위치하고 있다. 입구의 안내판을 지나 석조계단을 오르
면 앞에서부터 자연적인 경사를 따라 외삼문, 내삼문, 사당이
일렬로 세워져 있다. 바깥마당에는 **김시민**의 신도비(박종화가 짓고
이상복이 썼다)와 그의 유적정화기념비를 세웠다.

경상남도에도 유형문화재 제1호로 지정된 그의 전공비가 세
워져 있다.

11) 劉水使-克良[?~1592]

개성 숭절사崇節祠 제향. **유극량**의 자는 중무仲武, 연안 유씨延安劉氏
의 시조가 된다. 시호는 무의武毅이다. 병조참판 추증.
극량의 나이는 정확하지 않지만 '백발을 흩날리며 싸우러 나갔다'
는 것을 보아 노장인 것만은 분명하다. 병조참판에 추증되었다.

1592년 임진란 초에 **극량**은 전라우도 수사가 되어 **이순신**을
도와 당항포, 옥포 등지에서 크게 전과를 거두었다. **이순신**이
원균21)의 참소로 하옥되자 이항복, 김명원 등과 함께 **이순신**의

---

21) 元均[1540~1597]
    본관은 원주原州이고, 자는 평중平仲. 무과에 급제한 뒤 조산만호造山萬戶. 북방에
    배치되어 여진족을 토벌해 부령富寧부사가 된다. 전라좌수사에 천거되었으나 평판

무죄를 변론하기도 했다. 원균은 1597(선조 30)년 정유재란때 가토 기요마사가 쳐들어오자 수군이 앞장서 막아야 한다는 건의가 있었지만 **이순신**이 이를 반대해 출병을 거부하자 수군통제사 **이순신**은 파직당하고 투옥된다. 원균은 **이순신**의 후임으로 수군통제사가 된다. 기문포해전에서 승리했으나 안골포와 가덕도의 일본 수군 본진을 공격하는 작전을 두고 육군이 먼저 출병해야 수군이 출병하겠다는 건의를 했다가 권율 장군에게 곤장 형을 받고 출병한다. 그해 6월 가덕도해전에서 패한다. 7월 칠천량해전에서 일본군의 교란작전에 말려 참패했다. 전라우도 수군절도사 **이억기** 등과 함께 전사했다. 이 해전에서 조선의 수군은 재해권을 상실했다. 전라도 해역까지 일본 수군에게 내어

이 좋지 않다는 탄핵이 있어 부임되지 못함. 1592년 경상우도 수군절도사에 임명, 부임한 지 3개월 뒤에 임진란이 일어난다.

일본군이 침입하자 경상좌수영의 수사 박홍이 달아나버려 저항도 못 해보고 궤멸하고 말았다. 원균도 중과부적으로 맞서 싸우지 못하고 있다가 퇴각한다. 전라좌도 수군절도사 이순신에게 원군을 요청했다. 이순신은 자신의 경계영역을 함부로 넘을 수 없음을 이유로 원균요청에 즉시 응하지 않다가 5월 2일, 20일 만에 조정의 출전 명령을 받고 지원에 나선다.

5월 7일 옥포해전에서 이순신과 합세해 적선 26척을 격침시켰다. 이후 합포해전·적진포해전·사천포해전·당포해전·당항포해전·율포해전·한산도대첩·안골포해전·부산포해전 등에 참전, 이순신과 함께 일본 수군을 무찔렀다.

1593년 이순신이 삼도수군통제사가 되자 그의 휘하에서 지휘를 받게 되었다. 이순신보다 경력이 높았기 때문에 서로 불편한 관계가 되었다. 두 장수 사이에 불화가 생기고, 이에 원균은 해군을 떠나 육군인 충청절도사로 자리를 옮겨 상당산성을 개축하였고 이후에는 전라좌병사로 임명된다.

임진란이 끝난 뒤 1603(선조 36)년 이순신·권율과 함께 선무공신 1등에 책록, 숭록대부 의정부좌찬성 겸 판의금부사 원릉군崇錄大夫議政府左讚成兼判義禁府事原陵君이 추증되었다. 선조가 그를 선무공신으로 책록한다는 '원릉군 원균 선무공신 교서'는 보물 제1133호로 지정된다. 이 교서는 일본군을 격퇴하다가 장렬하게 전사한 데 대해 공을 기리고 포상하는 내용으로 되어 있어 그를 새롭게 평가할 수 있는 자료가 된다. 묘소는 경기도 평택시 도일동에 있다.

주게 되었다. 그가 죽은 뒤 백의종군하던 **이순신**이 다시 수군통
제사에 임명된다.

12) 沈監事-沈岱[1546~1592]

충청남도 공주시 신풍면 영정리. 향토문화 유적 제26호. 영의
정 추증.

묘지: 경기도 용인시 기흥구 상갈동(남사면 완장리 산119-1) 85번지.

심대는 1592년 보덕으로 근왕병 모집에 힘썼다. 그 공로로
선조의 신임을 받아 우부승지·좌부승지를 지내며 승정원에서
선조를 가까이 호종했다. 일본군의 침략이 격렬해지면서 그는
선조를 호종, 평양에서 다시 의주로 수행했다. 동년 9월에 권징
의 후임으로 경기도 관찰사가 되어 서울 수복작전을 계획하고,
삭녕에서 때를 기다리던 중 일본군의 야간 습격으로 전사했다.

이조판서에 추증되고. 1604년 호성공신 2등 책록.

1610년에는 선무원종공신 1등에 책록. 영의정에 추증되었다.

1638(인조 16)년에 그의 충절을 기려 명정이 내려지고 정려가
세워진다.

호성공신 교서에는 **심대**가 임진란 때 왕을 의주까지 호종했
던 공훈과 경기도 관찰사에 제수되어 서울을 수복코자 하였으

나 일본군의 습격을 받아 전사한 그에게 2등 공신을 제수한다는 내용이 담겨 있었다. 부상으로는 초상화를 그려 후세에 길이 남기고 관직은 2계급을 진급시켰다. 부모, 처자에게도 2계급씩 올려주고, 자식이 없을 경우 조카나 여 조카는 1계급을 올려준다고 되어 있다. 큰아들과 그 후손에게 그 벼슬의 지위를 영원히 세습하게 하며, 노비 9명과 밭 80결,[22] 은자銀子(은돈) 7냥, 비단 1필을 하사한다고 교시한 것이다.

이로써 **심대**의 호성공신(2등)의 포상으로 그 후손에게 밭 80결을 하사했으니 평수로는 24만 평이고, 300평 기준으로 800마지기를 소유하게 된 것이다. 다만 논이 아닌 밭으로 되어 있으니 조선시대 실제 조세액 기준은 수확량의 20분의 1을 낸다. (논의 경우는 1결당 쌀 20말을 징수하고)밭의 경우는 1결당 잡곡 20말을 내면 된다. 따라서 광대한 전답을 경작하려면 일꾼이 아마도 9명 이상은 있어야만 농사를 지을 수 있기에 노비까지 딸려주었는지 모른다.

본관은 청송靑松. 자는 공망公望, 호는 서돈西墩, 시호는 충장忠壯. 청원군靑原君에 봉해진다.

---

22) 結; 1결이란 약 3,000평을 말하는데, 이는 조선시대 토지에 대한 기본단위. 10마지기가 1결, 교실을 25~30평으로 칠 때 1결은 자그마치 교실 100개의 넓이에 해당한다. 1결에서는 대략 240말의 쌀이 생산된다. 1말은 8킬로그램, 1결당 생산량을 최고 18石(섬)을 기준으로 논이 비옥하냐의 여부에 따라 상·중·하의 3등급으로 나누어 전세田稅를 부과. 1결은 100부(짐), 1부는 10속(묶음), 1속은 10좌(한 줌)가 된다.

영의정 온溫의 5대손이며, 미湄의 증손으로, 할아버지는 광종이고, 아버지는 경력經歷 의검이며, 어머니는 우참찬 신광한의 딸에게서 태어났다.

그는 유학幼學으로 1572(선조 5)년 춘당대문과春塘臺文科(조선시대 나라에 경사가 있을 때 왕이 춘당대에 친림하여 시행된 과거)에 을과로 급제, 홍문관에 들어가 여러 직을 지내고, 1584년 지평에 이르렀다. 이때 동서의 붕당이 생기려 하자, 언관으로서 붕당의 폐단을 논하였다. 이어서 사인·사간을 역임한다.

1592년 임진란이 일어나자 보덕輔德으로서 근왕병 모집에 힘쓴다. 그 공로로 왕의 신임을 받아 우부승지·좌부승지를 지내며 승정원에서 왕을 가까이에서 호종했다. 일본군의 기세가 심해지면서 선조를 호종해서, 평양에서 다시 의주로 수행하였다.

같은 해 9월 권징의 후임으로 경기도 관찰사가 되었다. 그는 경기도 관찰사로서 서울 수복작전을 계획하고, 도성 민과 은밀히 내통하며 삭녕朔寧에서 때를 기다리던 중, 일본군의 야습을 받아 전사했는데, 일본군은 그의 수급首級을 참해 서울 거리에 전시했다.

60일이 지나도 마치 산 사람의 모습과 같았다고 한다. 그 후 이조판서에 추증, 호성공신에 책록되었다. 이 호성공신 교서는 지금도 보존상태가 비교적 양호했다. 현재 호성공신 교서는 여러 건이 이미 국가지정 문화재로 되어 있다.

임란 때 **심대**는 선조를 모시고 의주까지 갔다가 돌아와서 그는 공적이 있는 사람들과 함께 1604년 3등급으로 나누어지게 되는데, 그는 호성공신 2등으로 녹훈되었다. 1등 2명, 2등 31명, 3등이 53명으로 공신은 모두 86명이다. 이 교서에는 그에게 주어지는 포상의 내용이 구체적으로 기록되어 있다.

그는 같은 해 9월에 경기 관찰사에 임명되고부터는 적을 두려워하지 않고 맹활약했다.

1592년 10월 18일. 적이 조선을 불시에 쳐들어왔을 때 야간 기습을 받았다.

군사들이 당황해 무너지고 흩어졌으나 감사 **심대**는 용맹스럽게 막하 부장들과 함께 적진에 활을 쏘고 치열한 전투를 벌이었다. 불행하게도 화살은 동이 나버리고, 싸움은 전력의 힘을 잃게 된 후, 한양수복작전을 세우던 중 삭녕에서 일본군의 밤 습격을 받아 전사하게 되는데 그때 그는 임금이 계시는 북쪽을 향해 네 번 절하고 나서 결국 적의 칼에 쓰러졌다.

묘소는 서울시 상도동 지역에 있었으나 1974년 충청남도 공주시 신풍면 영정리로 이장, 1984년 묘비를 다시 세우고 새로 단장했다.

상도동에 세워졌던 정려도 1982년 상도동 도시계획으로 철거될 위기에 처해 묘소가 있는 곳으로 이전했다.

1997년 6월 5일 공주시 향토문화유적 제26호로 지정되었다.

그의 묘지는 경기도 용인시 기흥구 상갈동(남사면 완장리 산119-1) 85번지에 있었다. 경기도 기념물 제3호이다.

13) 鄭萬戶-鄭運[1543~1592. 9. 1]

쌍충사: 전남 고흥군 도양읍 봉암리.

부산포(다대포 물운대)해전에서 전사. 병조판서 추증. 정운공순비 부산기념물 제20호.

그의 자는 창진昌辰, 하동 정씨다. 아버지 응정은, 참봉이었으나 후에 공조판서로 추증되고, 어머니는 선산善山 임씨林氏, 우원의 딸로 참판 임수의 손녀요, 석천 임억령의 종매가 된다. 그는 7살 때, 패도佩刀(칼을 참)에 '정충보국貞忠報國(곧은 충심으로 나라의 은혜에 보답한다)'이란 네 글자를 새겨 차고 장순·악비와 같은 장군이 되기를 기대하며 활쏘기와 말 타기를 부단히 연습했다. 그는 학문할 기회를 잃은 것을 부끄러워해, 많은 서책과 사서를 읽어 몸과 마음을 닦고, 노래나 가무를 듣지도 보지도 않고, 특히 여자를 멀리했다. 그의 성품은 곧고 강직했다. 부인이 친정에서 시집으로 돌아왔을 때, 가져온 여러 가지 악기가 있었는데, 아녀자가 가지고 노는 모습이 마냥 한가롭게만 느껴졌을 것이다. 게다가 집안의 가풍과 자신의 삶과는 전연 어울리지 않았던 것인지 이를 보다 못해 놀 수 있는 모든 악기를 손수 부숴버렸다. 또한 부인이 타고 온 만 냥짜리 준마에 의해 노복이 밟혀 죽게 되자 그 말을 손수 베어 죽이고 그의 가족에게 크게 보상을 해주었다.

1570(융경 경오)년 4월 무과에 합격한 그는 최초로 영안도(함경도)의 길주, 명천 등지와 유원진柔遠鎭 거산도居山道 찰방이 되었다. 그는 오직 직분에 충실한 데만 마음을 쏟았다. 남에게 굴하지 않았으나, 찰방으로 있을 때, 감사를 수행하던 자들이 민폐를 끼치는 것을 탓하여 곤장을 때린 것을 알게 된 감사가 그를 탐탁찮게 여겨 그는 즉시 그 직에서 물러나고 만다. 그 후 웅천熊川(마산, 창녕)현감이 되어 부임했으나 역시 감사와 화합이 잘 안 되어 그날로 사표를 던지고 고향으로 돌아오고 말았다. 다시 제주 판관이 되어 그곳에 부임했으나 목사와 마음이 맞지 않아 그 자리를 박차고 집으로 돌아와 버린다. 이때도 말 한 필 얻어 타지 않았다. 그동안 이보二堡의 책임을 맡아오면서 청렴하고 불의를 가까이하지 않았다. 그는 백성 사랑하기를 어버이와 같이 했다. 백성들은 그를 부모처럼 따르고 정야鄭爺(정, 아버지)라고 불렀으나 그의 강직한 성품은 권세가들에겐 조금도 흔들리지 않았다. 그런 곧은 성품이라서 그런지 많은 시간 동안 침체된 나날을 보내야 했다.

1996년 5월 7일 오전 대우 옥포조선소에서 해군은 디젤 잠수함(209급 제6호)을 정운함의 진수식을 가졌다. 수중 최대속력 22노트(44km), 어뢰와 기뢰를 정착하고 30여 명의 승무원 탑승, 2개월간 단독 작전이 가능한 잠수함이다. 따라서 부산광역시에서는

1592년 9월 1일(양력 10월 5일) 조선수군이 부산포에 정박하고 있는 일본선 500여 척을 공격하여 그중 일본선 100여 척을 분멸하여 대승을 거두었다. 그러나 그날 조선 수군 31명과 함께 녹도만호 **정운**이 전사한 날이다. 이날을 부산시민의 날로 선정하여 기리고 있다.

14) 申兵使-申硈[1548~1592]

충청남도 공주시 신풍면 영정리. 공주시 향토문화유적 제25호. 그의 본관은 평산이고, 영의정에 증직된 신화국의 아들이다. 1638(인조 16)년에 그의 충절을 기려 명정23)이 내려지고 정려가 세워진다. 묘소는 원래 서울, 상도동 지역에 있었으나 1974년 충청남도 공주시 신풍면 영정리로 이장된 뒤 1984년 묘비를 다시 세우고 새로 단장했다. 영정리 복골은 **신할**의 8세손 신현이 이주, 평산 신씨 집성촌을 이룬 곳이다. 상도동에 세워졌던 정려도 1982년 상도동 지역의 도시계획으로 철거될 위기에 처해 묘소가 있는 곳으로 이전했다. 1997년 6월 5일 공주시 향토문화유적 제25호로 지정되었다. 그의 가문 평산 신씨는 조선조 때 영의정 6명, 좌의정 1명, 판서급이 20명이다. 의병장 2명, 독립운동가가 7명이나 배출한 명문 집안이다.

---

23) 銘旌; 붉은 천에 흰 글씨로, 죽은 사람의 관직이나 성명 따위를 쓴 조기弔旗 또는 명기銘旗를 말한다.

15) 尹判尹-尹暹[1561~1592]

경북 상주 북천전투에서 전사. 광국공신 2등, 용성부원군龍城府
院君에 책봉

忠臣土壇. 경북 상주시 연원동 산 140-2. 북천北川 북쪽 산기슭.
경북시도 기념물 133호. 상주북천전투에서 전사(제향, 6월 4일).
영의정, 광국공신 추증.

유고로는 시 22수와 대책24) 1편이 삼절유고三節遺稿에 전한다.
그의 시호는 문열文烈로 처음엔 부모를 각별히 모시고 있었다.
병조의 정삼품 이하의 벼슬아치인 홍문관 교리로서 나라에 목
숨을 내놓은 것이다. 조선조 때 그의 가문에서는 의병장과 판서
급 벼슬은 5명을 배출했다.

자는 여진如進, 호는 과재果齋, 선조 때의 문신으로서, 본관은 남
원. 도지사 우신의 아들로 남원南原 사람이다.
그의 증조할아버지는 윤시영, 할아버지는 윤징, 외할아버지는
문윤, 부인은 원경심의 딸이고, 아들은 윤형갑이다.

---

24) 對策; 과거시험 과목의 하나, 그 시대의 정치(時政) 문제를 제시하고 그 대책을 논하
    게 하던 것이다.

1583(선조 16)년 별시문과에 을과로 급제하고, 검열, 지평 등을 지낸다. 1587년 사은사의 서장관으로 명나라에 가서 태조이 조상이 이인임으로 잘못 기록된 것을 바로잡는 데 기여했다. 그 공로로 1590년 광국공신 2등에 책록되었다.

같은 해 사은사<신년을 축하하기 위하여 중국에 보내던 사신이다. 정 2품 이상의 관원을 뽑아 보내는데, 동지(冬至와 정월이 가까운 관계로 동지사)를 겸했다. 임시사행이 아니고 해마다 3번씩 정기적으로 하는 동지사, 성절사와 함께 삼절사라고도 하고, 또 삼절겸연공사, 절사라고도 한다. 사신의 구성 인원은 정사, 부사, 서장관, 종사관, 통사通事(통역), 의원醫員, 사자관寫字官, 서원書員, 압마관押馬官 등 수행원 40여 명을 거느리고 일정한 공물貢物을 헌납하고, 대가로 회사품回賜品을 받았다>로 명나라에 다녀온다.

16) 朴校理-朴篪[?~1592]

忠臣土壇. 경북 상주시 연원동 산 140-2. 북천北川 북쪽 산기슭. 상주 북천전투에서 전사(제향, 6월 4일). 경북시도 기념물 제133호. 그의 본관은 밀양密陽. 조선조 때 그의 가문에서는 영의정 1명, 판서급이 5명, 의병장 2명, 독립운동가 1명, 시인 1명이 나왔다. 그는 18세에 장원급제한 예지력이 뛰어난 젊은이다. 18세에 과거에 합격할 정도로 수재다. 대인관계가 부드럽고 겸손해서 승진도 빨랐다. 나이 30세에 홍문관 교리까지 올라 최근까지 임금에게 경서 강의를 하고 있던 중이었다.

그는 상주 전투에서 그와 함께 전몰한 **윤섬, 이경류,** 이 지역 출신으로 의병장 김준신, 김 일의 충정을 기리기 위해 1794(정조 18)년에 충신의사단비忠臣義士壇婢가 세워진다. 살아 있을 때 그의 관직은 홍문관 부수찬이다.

이비는 경북 상주시 연원동 북천北川 북쪽 산기슭에 자리하고 있었다. 경상북도 시도 기념물 제133호로 지정되었다.

17) 李佐郎-慶流[1564~1592]

忠臣土壇. 경북 상주시 연원동 산140-2. 북천北川 북쪽 산기슭. 북천전투에서 전사(제향. 6월 4일). 홍문관 부제학(정3품. 홍문관 장관). 경북시도 기념물 제133호.

임란 북천전투가 있었던 1592년 4월 25일 날, 상주시는 매년 양력 6월 4일에 이곳 전투에서 전사한 순국열사를 위해 재향한다.

이곳은 1988년 지방기념물 제77호로 지정되고, 이후 충렬 **윤섬,** 상주판관권길, 김종무, **이경류, 박지,** 김일, 박걸 등 순국열사들의 위패와 무명열사들의 위령제를 지낸다.

<전국 문화유적 총람>의 기록에는

'1592년 4월 제1차 상주 부근 전투에서 순변사 이일의 종사

관으로 참전한 홍문관 교리 **윤섬**과 홍문관 부수찬 **박지**, 그리고 조방장 **이경류**를 모신 곳이 충신사단忠臣士壇이다'라고 기록되어 있었다.

충신사단에 들어서기 전에 솟을삼문의 중앙에 '충의단'이라는 현판이 있고, 안으로 들어가 보니 재실이 있다. 정면 5칸, 측면 3칸의 팔작지붕으로 되어, 처마 밑에는 '충의단'이라 전서로 쓰여 있고, 끝에 이 '충의단'에 대한 내력을 담은 횡액橫額이 걸려 있다. 이 건물 뒤편 재단이 있는 곳에는 비각이 있고, 비의 전면에는 '충의 사단비'가 있다. 그리고 뒷면에는 초서의 비문이 새겨져 있었다.

자는 장원長源, 호는 반금伴琴. 본관은 한산韓山. 한산 이씨 가문에서는 영의정 1명, 좌의정 1명, 우의정 1명, 판서가 20명이나 배출되었다. 문신으로서 그의 아버지는 이증이며, 어머니는 이몽원의 딸이다.

사후 직제학 도승지로 증직되었다. 그의 장례는 임금의 특명으로 의관장衣冠葬으로 치러진다. 그는 경기, 광주 출신이다.

1591(선조 24)년 식년문과에 을과로 급제, 전적을 거쳐 예조좌랑이 되었다. 후에 홍문관 부제학에 추증된다. 상주에서는 이 세 사람을 가리켜 3종사관이라 부르면서 그들의 충의를 높이 기리고 있었다.

18) 黃兵使-黃進[1550~1593]

좌찬성(의정부 종1품) 추증. 旌忠祠. 전북 남원시 주생면 정송리 정
충 마을. 좌찬성에 추증.

황진은 전라도 남원에서 태어난 사람으로 이해에 44살, 그는
유명한 황희 정승의 5대손이다. 27살에 무과에 급제한 후 사신
을 따라 북경에 다녀온 일과 궁중의 선전관 또는 훈련원의 하
급 장교로 근무한 적이 있었다. 그러나 특기할 것은 만 5년간
두만강 연변에서 경비 임무에 종사한 때도 있다는 점이다. 황량
한 벽지에서 막무가내로 쳐들어오는 여진족과 싸우는 동안 그
는 많은 것을 생각하고, 무술도 연마해 전형적인 무인으로 성장
해온 것이다.

전쟁이 일어나기 얼마 전에는 통신사 황윤길의 군관으로 일
본에 다녀온 바 있다. 황윤길은 그의 아버지 윤공과는 사촌 간
으로, **황진**에게는 당숙이다. 군사에 밝은 **황진**은 열심히 일본군
의 움직임을 살피고 조선과 중국을 친다는 도요토미 히데요시
의 공언은 헛말이 아니고 사실이라고 단정한다. 정사 황윤길이
조선에 돌아오는데 부산에 상륙하면서부터 적침의 위험을 강조
한 이면에는 당질인 **황진**이 귀띔해준 말을 확신하고서다. 그러
나 부사 김성일은 적침은 없다고 단언하고 조정은 이 주장에
동조한다. 김성일을 죽여 없애고 수군으로 적을 막도록 방도를

강구하지 않는다면 나라는 망하는 수밖에 없었다.

이 절박한 심정으로 조정을 움직이려 들었으나 온 집안이 말리는 통에 뜻을 이루지 못한다. 십중팔구 일은 안 되고 화만 당할 염려가 있을 뿐이기에. 전쟁이 일어나자 이치 싸움을 비롯해 많은 전투에 참전한 끝에 지난 3월 충청병사로 승진한다.

'무민공武愍公 황진은 그의 전공으로 이현 대첩비'가 세워져 있었다. 1999년에 사단법인 전라북도 향토문화연구회에서 세운 것인데, 비문은 송준호가 쓴 비문 전문이 적혀 있는 안내판도 별도로 있다. 이곳은 전라도 완주(전주) 땅이다. 비문에는 그의 일대기가 임진란과 연관되어 적혀 있었다. 그의 출생과 성장, 그리고 이치 전투의 공훈과 1593년 6월 하순 진주성 싸움에서의 순절이 함께 기록되어 있었다.

새로 만든 '도원수권공이치대첩비'는 앞면에 비 이름이 적혀 있고, 뒷면에는 이치대첩 기록문이 적혀 있다. 양면에는 권율과 함께 싸운 여러 사람의 명단이 있고, 한 면 맨 앞에는 황진, 권승경, 노인 등의 이름이 적혀 있다. 다른 한 면 맨 앞에는 정충신, 황박, 김제민의 이름도 쓰여 있다. 이 명단을 모두 세어보니 147명이다. 이 중에는 이치 전투와 행주대첩 등에서 싸운 사람들이 섞여 있는 것 같다. 이치 대첩에서 같이 싸운 자는 황진, 권승경, 노인, 노홍, 소제, 소황, 양응원, 신여국, 최희열, 김율, 박홍남, 박기수, 김엽, 김두남, 정사준, 양재현, 정충신, 황박, 김제민, 위대기, 공시억, 정봉수, 정홍수, 양대박, 나덕명, 최호, 김

익수, 김경립, 김여숙 등이다.

황진의 자는 명보明甫. 호는 아술당峨述堂. 본관은 전북 장수長水다. 장수 황씨 가문에선 임금 시절에 청백리요, 영의정을 지낸 황희 정승을 비롯해 영의정이 2명, 판서급 2명을 배출했다. 그는 후에 좌찬성에 추증된다.

정충사旌忠祠(전북 남원시 주생면 정송리 정충마을에 소재) 사당은 **황진**을 주벽으로 하고, 고득뢰,25) 안영의 위패가 봉안되어 있고, 정충사 경내에는 현재 **황진**의 묘와 신도비가 있다. 현재의 정충사는 옛 건물이 있던 자리를 확장해 복원된 것이다. 종전에 있던 사우는 흥선대원군의 서원 철폐령에 의해 훼절되었다가 최근에 복원되었다.

재실은 정면 5칸, 측면 3칸 반의 규모다. 팔작지붕의 형태로 지붕에는 양기와가 덮혀 있었고, 기둥은 정면의 네 개, 두리기둥이고 나머지는 사우의 동남쪽에 자리 잡은 재상에서 매년 음력 10월 12일에 제향하고 있다.

---

25) 高得賚[?~1592]
　　본관은 용담龍潭. 자는 은보殷甫. 어려서부터 무예가 출중함. 경사와 글씨에 뛰어났다. 무과에 급제한 후, 어란만호·감찰·방답첨절제사 등을 역임. 1592년 임진란이 일어나자 남원에서 의병장 **최경회**의 부장이 되어 장수長水·무주茂朱·금산錦山 등지에서 일본군과 싸움. 평창平昌군수에 임명되었으나, 적의 토벌이 급하다고 사양하고 **최경회**를 따라 진주에서 싸우다 전사. 한성부우윤에 추증, 남원의 민충사愍忠祠에 배향.

19) 崔兵使-慶會[1532~1593. 6. 29]

전남 화순(능주)군 포충사. 진주 창렬사. 장수 월강사에 배향.
좌찬성(의정부 종1품) 추증.

전북 함양군(서상군) 금당리 방지 마을 앞쪽은 논개, 뒤쪽은 최
경회. 전북 장수에 공덕비가 있었다.

최경회는 전라도 화순和順에서 태어난 사람으로 당시엔 62살,
지난해에 환갑을 지낸 노인이다. 유명한 기대승의 문하에서 배
운 선비로, 뒤늦게 36살에 과거에 급제한 노력형의 인물이다.

옥구沃溝, 장수長水, 무장茂長 등지에서 현감을 지내고 56살에 고
향 화순에서 멀지 않은 담양부사潭陽府使로 부임한다.

그는 후덕한 사람이라 어디서나 백성들이 따랐다. 특히 영해
를 떠날 때에는 백성들이 작별을 아쉬워하여 생사生祠를 세운다.
담양에 온 지 3년이 되는 59살이 되던 겨울에 어머니 임林씨가
세상을 떠나자 당시의 관습대로 벼슬을 버리고 고향에 돌아와
상을 입는다. 지난 4월 전쟁이 일어나고 이어 전라도에서 **고경
명, 김천일** 등이 의병을 일으킬 때에도 아직 복상 중이어서 그
는 이에 참여하지 못했다. 그러나 7월에 들어 **고경명**이 금산에
서 전사했다는 소식과 아울러 그의 휘하에 있던 의병들이 흩어
져 고향으로 돌아왔다.

경회는 상복을 군복으로 갈아입고 **고경명**의 뒤를 이어 의병

장으로 나선다. 고향에 돌아온 패잔병들을 다시 규합하고 새로 장정들을 모아 훈련을 실시한다. 그는 글을 잘하는 선비였으나 동시에 병서에도 밝았다. 기사騎射에 능한 특이한 사람이다.

1532년 전라남도 능주綾州(현, 화순군)에서 해주 최씨 최천부의 아들로 태어난다. 양응정, 기대승에게 수학하고.

1561년 명종 16년 생원시에 합격, 진사가 되었다. 1561(선조 즉위)년 식년시 문과에 을과로 급제한다.

벼슬은 성균관 전적을 시작으로 사헌부 감찰, 형조좌랑에 이어 옥구, 장수, 무장의 현감을 역임한다.

후처인 주 논개는 그가 장수현감을 할 때, 논개의 숙부가 민 며느리로 팔아버린 것을 논개의 어머니가 현감 앞에 찾아온 후, 송사를 통해 논개를 알게 되었다. 이들 모녀가 거처할 것이 없음을 말하자 관청에서 지내게 배려하였다. 이후 무장현감으로 임명될 때, 두 모녀를 데리고 갔다. 그는 이어 영암군수와 영해, 담양부사를 역임한다.

1590(선조 23)년 모친 평택 임씨가 임종하여 상을 치르기 위해 벼슬을 내어놓고 고향인 화순으로 낙향한다.

1753년 영조 29년 충의忠毅라는 시호를 내리고 좌찬성에 추증된다. 화순의 포충사褒忠祠, 진주 창렬사彰烈祠, 장수 월강사月岡祠에 배향되었다.

20) 倡義使-金千鎰[1537~1593. 6. 29]

전남 나주시 삼영동 영산-묘지. 진주 창렬사 배향. 1681(숙종 7)년 영의정 추증.

김천일은 당년 57살, 전라도 나주 태생으로 외모는 그리 준수하지 않았으나 학문과 덕행이 뛰어난 선비다. 이항의 제자로 평생 학문에 몰두하여 벼슬할 생각이 없는 사람이다. 37살이 되던 선조 6년, 조정에서는 경학에 밝고 행실이 바른(經明行修) 인재를 전국에서 찾는다. 이때 전라도에서 천거된 것이 **김천일**, 경상도에서는 퇴계 이황 선생의 제자 조목과 이 전쟁에 역시 의병장으로 큰 공을 세운 정인홍이 천거된다.

자는 사중士重, 호는 건재健齋, 본관은 언양彦陽, 나주 흥룡동興龍洞에서 김언침과 모친 이씨 사이에서 외아들로 출생한다.

그가 출생한 다음 날 모친상을 당했고, 다시 5개월 후에는 부친상을 당해 외가에서 성장했다.

18세 되던 해인 1554년 평북 위연군수 김효량의 딸과 혼인했다. 그리고 이항<성리학에 전심해 조선 왕조 중기의 대학자로 불리었다. 1566년 의영고령義盈庫令에 이어 장령掌令. 장악원정掌樂院正을 역임하였다>의 문하에서 공부했다.

학문이나 덕행으로 하서<河西, 김인후, 미암眉岩, 유희춘> 등 선배를 찾아 더불어 놀면서 많은 것을 배운다.

1573(선조 6)년에 그의 학문과 덕행으로 거일[26]로 천거되어 군기사 주부, 용안현감에 제수된다.

1578(선조 11)년 임실현감任實縣監으로 있을 때 동면(지금의 城壽面. 柳浦里)에 가정제可貞薺와 구고면九皐面 선학동仙鶴洞에 용암서당龍菴書堂을 세워 후진양성에 온 힘을 쏟았다. 같은 해 사헌부 지평, 수원부사를 지내고 잠시 벼슬을 사퇴하고 향리로 돌아왔다.

1589년 한성부서윤에 임명되고 수원부사에 부임, 백성을 위해 특권층의 탈세 문제점을 바로잡고 부세균일의 원칙을 시행하므로 권력층의 비방과 탄핵을 받아 파직 귀향, 나주에 있었다.

선조 25년 임진에 전란이 일어나자 그는 나주에 있다가 **고경명**, 박광옥, **최경회** 등과 창의, 조정으로부터 판결사의 벼슬과 창의사의 명을 받고 일본군이 점령하고 있는 서울에 결사대를 잠입시켜 백성들로부터 많은 군자금을 얻어냈다.

5월 16일 나주에서 기병, 6월 23일 수원의 독산산성禿山山城을 점거하고 민심을 수습한 다음 용인의 금령金嶺 전투에서 일시에 일본군 15급을 베면서 전마, 갑주, 창검 등을 노획하는 큰 전과를 올린다. 이 싸움이 창의 병을 모은 후 첫 번째 승리다.

이어 일본군의 앞잡이가 된 자들을 찾아내어 처벌했다. 민심이 수습되고 매일 **김천일** 의병장의 휘하에 1백여 명의 군민이 모여드니 혼란했던 관내 지역이 안정되었다. 당시 최초 승리를

---

26) 擧逸; 초야에 숨어서 학문과 덕망을 쌓았던 사람을 기용함.

거둔 금령력은 지금의 용인시 역북 지구이며 군립도서관 경내에 **김천일** 장군 전공지라는 것을 밝히는 인내판이 설치되어 있다.

그 후 일본군이 퇴각하자 적을 추격하라는 명을 받고 진주성에 주둔, 절도사 **최경회**, 복수의병장 **고종후**, 장윤등과 사수를 다짐한다.

그러나 성이 무너지고 함락되자 위 세 사람이 함께 남강에 투신 순절했다. 진주 창렬사에 배향되었다.

전남운전면허시험장 가는 도로변에서 오른쪽 산을 바라본다. 내영산 2길 6-2, 6-3이라고 표시된 집을 따라 걸어가면 계단이 있고 신도비와 안내판이 설치되어 있었다.

그 계단을 올라 묘지 가까이 다가갔다. **김창의** 묘지 가는 길목에 큰아들 상건 묘지가 있고, 10여 미터 더 걸으면 바로 **김창의** 묘지가 있었다.

묘소 옆에 김창의 안내판이 있어, 그의 숭모 기록을 소리 내어 읽어본다.

1606(선조 39)년에 **천일**의 충의를 기려 정렬사를 세운다.

1681(숙종 7)년에 영의정에 추증되고 문열의 시호가 내려진다.

1717(숙종 43)년 나주목사 김진옥이 이 초혼장묘에 묘비를 세웠다.

21) 高臨피-從厚[1554~1593. 6. 29]

광주광역시 남구 원산동 포충사. 경남 진주시 남성동 창렬사에 배향(경남문화재자료 제5호). 이조판서. 자헌대부 추증.

답사차 진주를 방문했다. 촉석루에서 내려다본 남강엔 의기가 흘렀다. 촉석루를 지나 맨 먼저 가는 곳이 창열사이다.

준봉산, 삼만여 평 높은 언덕에 자리한 묘소(초혼장)까지 안내하여 준 고씨 종문회장의 덕분에 진주에 대한 새로운 인식을 갖게 되었다.

이때 선조가 친히 임재한 어전에서 세 사람에 대한 포상을 진언하고 있는 다음 장면이 떠오른다.

파담자의 꿈속 장면에서 정한 그의 별호는 고임피다. 그는 한때 전북 임피 지역에서 현령을 지냈기에 그가 재직했던 고을의 이름을 따라 불렀던 데서 연유한다.

자는 도충(道冲), 호는 준봉(準峰), 시호는 효열(孝烈), 본관은 장흥(長興)이다. 그의 가문은 중앙정부와는 원만하지 못해 판서급 1명을 배출했으나, 의병장이 4명, 독립운동가 4명을 배출했다. 집안은 벼슬보다 교육자나 예술인이 더 많이 배출되었다.

1570(선조 3)년 17세에 진사과에 합격하고, 1577(선조 10)년 24세에 별시문과에 1위로 급제한다.

처음엔 교서관에 속해 있다가 성균관으로 그 부서가 바뀌어 순서에 따라 전적에 승진한다. 얼마 지난 뒤 감찰로 옮겼다가 또 예조좌랑으로 바뀌었다.

당시 때를 타서 명리만 좇던 무리의 지탄을 받아 또다시 물러나게 된다. 잘못이 있어서라기보다 당파적 차원에서 억울하게 희생된 양이다. 그러나 그는 무심하게 넘기고 조금도 그런 기색을 나타내 보이지 않았다. 너그러운 성품은 그의 아버지에 그의 아들이다. 아버지 **경명**과 고향에 머물면서 유유히 세월을 보내려고 했다.

1588(戊子)년 전라도 임피(군산시 임피면) 지역 현령으로 임명된다. 그의 깊은 학문과 너그러운 마음씨로 고을을 다스렸다. 그러나 그때 당시 조정 사람들의 의견과 뜻이 달라 사헌부의 탄핵을 받아 파직된다.

1591년 지제교에 뽑혔으나 또 탄핵된다. 그다음 해 바로 터진 것이 임진전쟁이다.

종국엔 위급해진 진주성에 들어가 성을 지키다가, 성이 일본 군에게 함락될 때 **김천일·최경회** 등과 함께 남강에 몸을 던져 순절했다. 세상에서는 그의 세 사람을 삼장사라 불렀다. 이조판 서에 추증되고, 광주의 포충사와 진주의 충민사에 배향되었다.

종후의 유체는 진주의 남강에서 유실되어 끝내 찾지 못했다. 그때는 예법에 따라 초혼장이 허용되지 않아 묘소를 두지 못했 다. 이 사실이 조정에 들려오자 도승지의 증직을 내리고 왕세자 도 역시 별도로 예관을 보내어 치제케 했다. 그 후 그를 이조참 판으로 가증하고 겸직도 예대로 했다. 1595(乙未)년에 정려를 세 우고 1601(辛丑)년에 **고경명**의 사우 포충사에 배향되었다. 1628(戊 辰)년에 호남유생 백광호 등이 상소하여 **종후**와 **인후**에게 시호 를 내릴 것을 청해, 조정에서는 이를 허락해 **종후**에게는 자헌대

부 이조판서 겸 지의금부사 홍문관 대제학 지경연 춘추관 성균
관사 오위도총부총관을 가증했다. 먼저 정이품의 직을 내린 연
후에 시호를 내리는 것이 조전朝典인 때문이다. 결국 그에게는
자헌대부 이조판서를 비롯해 7가지의 벼슬이 추증되었다.

22) 李水使-億祺[1561~1597. 7. 16]

忠愍祠. 전남 여수시 배향. 묘소: 양주 아차산.

칠천량해전에서 전사. 선무공신 2등. 병조판서에 추증. 완흥
군完興君으로 추봉되었다.

이억기는 조선왕조 2대 정종定宗의 열째 아들 덕천군德泉君(이름은
厚生)의 고손高孫(玄孫: 손자의 손자)으로 나이는 젊었으나 임금 선조에게
는 12촌 조부뻘이 된다. 자연히 왕실에 대해서는 단순한 충성
이상의 각별한 애정을 쏟고 있었다.

서울 용산 전쟁기념관, 임진란 당시 **이순신**과 함께 왜적 토벌
에 큰 전공을 세운 **이억기**가 2003년 10월의 호국인물로 선정되
었다.

그는 조선 태조 이성계의 둘째 아들이며 조선 2대 임금인 정
종의 10번째 아들인 덕천군의 후손이다. 즉, 전주 이씨 덕천군
파에 속한다.

1561년 한양에서 태어난 **억기**는 17세 때 사복시내승을 제수받
는다.

임진란 당시, 그는 32살이었으나, 그가 처음엔 어느 날에 태어났는지, 잘 알려지지 않았다. 전주 이씨 덕천군파 족보 기록에는, 중국 명나라의 황제연호인 '가정嘉靖 41년에 태어났다'고 기록된 것을 알 수 있었다.

1597년 경남 거제 칠천량에서 일본군과 전투 중 자결할 때의 나이가 37세였음이 밝혀진 것이다. 그의 주검은 거제 앞바다에서 건져내어져 양주 아차산에 장사되었다.

임란 후 선무공신 2등으로 병조판서에 추증, 완흥군完興君으로 추봉되고. 1602년 여수 충민사忠愍祠에 **이순신**과 함께 배향. 1784 (정조 8)년 의민毅愍이라는 시호가 내려진다.

23) 鄭僉知-期遠[1559~1597. 8. 16]

忠烈祠, 충남 공주시 장기면 하봉리 234. 남원성에서 전사. 예조판서 증직.

자는 사중士重, 호는 견산見山. 문신. 본관은 동래東萊이다. 그의 가문에서는 영의정 3명, 좌의정 6명, 우의정 6명, 판서급은 25명이나 배출했다. 그런 연유로 동래 정씨가 명문가로 알려진 것이 아닌가 싶다.

그의 아버지는 빙고별좌를 지내고, 의정부 영의정 내산부원군에 추증된 정상신, 어머니는 전주 이씨로 담양군 이거의 증손 영천부정 이경의 딸, 그는 정광보의 후손. 부인 심씨의 아버지는 경기도 관찰사를 지낸 심전이다.

1585(선조 18)년 식년문과에 병과로 급제하고, 승문원주서, 사헌부감찰, 호조·형조·공조좌랑 등을 거쳐 1589년 사간원정언에 임명된다.

명나라에 사은사가 파견될 때, 서장관으로 다녀오기도 했다.

1594년 의주 행재소에서 복명하고, 곧이어 병조좌랑에 제수되어 춘추관기사관을 겸임했다. 정랑을 거쳐 이해 가을에 안악현감에 제수된다.

1595년 병조정랑, 사헌부장령 겸 지제교를 지냈으며 이후 사간원헌납·홍문관 수찬·시강원문학·사간원사간·종부시정·승정원동부승지·우부승지 등을 역임한다.

1596년 고급주문사告急奏聞使로 다시 명나라에 갔다. 조선에 돌아와 그는 심유경이 강화회담을 그르치고 일본군이 다시 침입하여 올 움직임이 있다는 것을 조선 조정에 알린다.

양원이 조선 조정에 들어가 당시의 싸움터에서 **정기원**이 처한 상황을 전하자 선조는 **정기원**에게 예조판서를 증직한다.

뒤에 다시 증 숭정대부崇政大夫 의정부좌찬성議政府左贊成 겸 세자이사 지경연춘추관사世子貳師知經筵春秋館事에 가증했다.

1604년 선무공신 3등에 녹훈되었고, 내성군萊城君으로 추봉되었다.

그는 문장이 뛰어났고 글씨에도 능했다. 남원 충렬사에 봉향. 저서로는 『견산집』, 『견산실기』가 있다. 시호는 충의忠毅다.

24) 任南原-任鉉[1549~1597. 8. 16]

忠烈祠. 전북 남원시 향교동 만인의 총. 남원에 제향. 의정부좌
찬성, 원종공신 1등에 추증.

임현의 본관은 풍천豊川이고, 자는 사중士重이다. 호는 애탄愛灘,
유손의 증손으로, 할아버지는 정이고, 아버지는 원주목사 몽신
이다. 어머니는 송기문의 딸이다. 이이와 성혼의 문인으로서 일
찍부터 인망이 높았다.

1583(선조 16)년에 정시문과에 병과로 급제하고, 승문원정자에
서 출발해 주서·전적·정언·지평을 거쳐 병조정랑이 되었는데,
1591년 동인과 서인 간의 당쟁에 말려들어 이해수·백유함 등과
함께 권신들의 죄를 논박하는 소를 올렸다가 서인 정철의 일당
이라고 하여 동인의 탄핵을 받고 파직된다.

이듬해 임진란이 일어나자 강원도 도사로 기용되었다. 이때
춘천에서 일본군 400여 명을 죽이는 전공을 세워 회양부사로
승진한다. 이어 1594년에 길주부사를 거쳐 함경도병마절도사를
지낸다. 1597년 정유재란이 일어나 적병이 호남에 침입하자 남
원부사가 되어 내려간다.

이때 명나라 장수 양원과 함께 성을 수비하면서 홀로 계속
분전하다가 전사한다. 죽은 뒤 조정에서는 예관을 보내 치제致祭
(제사를 치름)하고 의정부좌찬성에 추증하고 원종공신 1등을 추서
했다.

1702(숙종 28)년에는 그의 자손 통덕랑 임락이 왕에게 시호 추증을 청해 1704년에 충간忠簡이라는 시호가 추증된다.

정유재란 때 남원성에서 일본군과 싸우다가 전사한 군관민을 합장한 무덤은 만인의 총이다.

일본군은 임진란 때의 패배가 전라도 지방을 점령하지 못한 데 있다고 보고, 정유재란 때는 전라도 지역을 점령한 뒤 북상할 계획을 세우고 있었다.

1597(선조 30)년 7월 말에 고니시 유키나가와 우키다 히데이에 등이 일본군 5만여 명을 이끌고 북상하고 있었다. 이때, 조선과 명나라 연합군도 남원에 병력 4,000여 명을 집결시켜 이를 막고자 했다. 같은 해 8월 13일 일본군의 주력군이 남원성을 포위하고, 4일간 혈전이 전개된다. 군관민이 합심해 싸웠으나 힘이 소진되어 16일에 남원성이 함락되고 말았다.

이 싸움에서 전라병사 **이복남**, 접반사 **정기원**, 남원부사 **임현**, 방어사 오응정, 조방장 김경로, 별장 신호, 구례현감 이원춘, 광양현감 이춘원, 진안현감 마응방, 통판 이덕회 등 조선의 장수들과 이신방, 모승선, 장표 등 명나라 장수들이 대부분 전사했다. 성을 지키던 2,000명의 조선 병사와 1만여 명의 주민들은 모두가 함께 처참하게 살육당하고 말았다.

임현의 부인은 군수를 지낸 이원의 딸이었다. 1남 4녀를 낳았다. 아들은 임익지이고, 사위는 신계봉, 최광철, 한여제, 이정이다. 최광철은 현감이고, 이정은 진사이다. 임익지의 아들은 임공이고, 임공의 아들은 임경창인데, **임현**이 세운 음공陰功으로써 현감에 임명되었다. 그 뒤의 후손들은 침체되어 세를 떨쳐내지 못했다. 오직 신서, 신계봉의 외출外出인 이여가 벼슬이 영의정에 올라 일세의 명신名臣이 되었다.

난이 끝난 뒤 이들을 모두 한곳에 합장하고, 1612(광해군 4)년에는 충렬사를 세워 순절한 8충신을 재향하고 있다.

처음에는 남원역 부근인 동충동에 있었으나 주변이 민가로 둘러싸이게 되어 1964년 현재의 자리인 향교동으로 옮겼다. 1971년부터 정화작업을 시작해 1979년에 완공했다. 이를 만인의 총이라 일컬어 성역화되었다.

사적 제272호. 전라북도 남원시 향교동에 있다.

25) 李兵使-福男[?~1597. 8. 16]

8충신(남원역 뒤). 만인의 총(제298호). 전북 남원시 동충동東忠洞. 자헌대부, 병조판서 추증. 전쟁이 끝난 뒤 피난에서 돌아온 주민들이 시신을 한 무덤에 모시고 1612(광해군 4)년 충렬사를 건립, 전라병사 이복남 등 8충신을 모시고 있다.

1653(효종 4)년에는 충렬의 사액이 있었고 1675(숙종 원)년에 남원역 뒤로 이전한 후 1871(고종 8)년 사우가 철폐되어 단을 설치하고 봄가을로 제사를 지내왔다. 그러나 일제의 탄압은 단소를 파괴, 재산을 압수하고 제사마저 금지해오다가 해방과 더불어

사우를 복원하고 제사를 다시 지내게 되었다. 1964년 박정희 대통령이 허술한 묘역을 보고 이장을 검토, 현 위치로 이전토록 했다. 사적 제102호였던 이곳은 이전하면서 해제되고 지금은 사적 제272호로 지정되었다. 정화사업은 1977년부터 호국선현 유적 정화사업의 일환으로 1979년 정화를 마치고 충렬사에는 50명의 위패를 모시고 매년 9월 26일(정유년 음 8월 16일 해당)에 만인 의사 순의제향을 드리고 그 숭고한 뜻을 기린다.

남원성 남원 만인의 총. 제298호.

이복남의 자손들에 대한 이야기는 이색적인 내용이 있었다.

우계 이씨 중앙화수회에 소개된 충장공 **이복남**의 세 아들에 대한 내용은 다음과 같다.

우계 이씨 족보에는 충장공 **이복남**의 자녀가 총 3남 1녀로 기록되어 있었다. 이 중 장남은 경여인데, 자는 대유大有이고, 1613(광해군 5)년 무과에 합격해 절충장군 전라좌도 수군절도사에 올랐다. 그는 1636년 인조 13년에 세상을 떠났다. 차남은 경수 인데, 언제 태어나서 언제 죽었는지는 명확하지 않다. 관직은 중추부사이고, 후손이 없이 전사한 숙부 인남의 양자로 출계했 다고 적혀 있다. 삼남은 경보인데, 1591년생이며, 1597(선조 30)년 7세의 어린 나이에 적장 가토 기요마사에게 포로로 잡혀갔다. 그 후에 일본의 이가정문(元宥의 후예)이 다른 성씨들은 사물이나 뜻이 두 한자의 조립한 성인 데 비해, 이가李家라는 성은 뜻 그대 로 이가를 나타내고 있기에 이것에 대해 오늘날 후손들은 의문을 품고 있었다. 한 후손은 오랫동안 자신의 뿌리를 찾던 중에, 자신의 선조가 임란 때 전사한 충장공 **이복남**이라는 사실을 알아낸 것이다.

그들은 지난 1982년 한국을 찾아와 선조들의 사적지를 방문하고 돌아갔다. 이가정문李家政文이 420여 년 전 일본과 싸우다가 장렬히 전사한 **이복남**의 후예로 밝혀진 것이다.

26) 李儉使-英男[1571~1597. 11. 18 본향, 陽城]

묘소: 충북 진천군 덕산면 기전리 산88의 4 갈현산葛峴山 선영. 노량해전에서 전사. 선무원종공신 일등. 병조판서 추증.

그는 8척의 건장하고 훤칠한 기골을 가진 장사다. 강한 의지를 가진 그는 경기도 관찰사와 지중추, 즉 중추부의 정이품 무관 벼슬자리에서도 맑고 깨끗했다. 명망 있는 벼슬로 조정에서는 뛰어난 존재로 부러움을 사기도 했다. 위태롭고 어려울 때 임금의 명령을 받고 몸을 내던지면서도 그는 행여나, 후회해본 적이 없다. 그 같은 생각으로 **이순신**의 원수를 갚았다. **이영남**은 어이해 그다지도 서둘러 일각을 늦다 여겼을까.

자는 사수士秀이고, 무인, 양성 이씨다. 고려의 상주국공上柱國公 이수광의 13세손. 부사직副司直 사종의 아들이다. 1566년 2월 13일 충북 진천군 덕산면 기전리에서 광주 진씨廣州陳氏와의 사이에 3대 독자로 출생. 12세 소년 시절에 부모상을 동시에 당해 3년 시묘까지 한 효자다. 18세에 용마龍馬를 얻어 무예를 배우기 시작, 일산 마두馬頭(말머리) 부락의 전설이 되었다.

19세 때인 1584(선조 17)년 무과에 급제, 선전관이 되었다가 훈련원첨정으로 승진한다.

1589(선조 22)년 태안泰安군수로 발령되었으나 부임하지 않고 도총부경력으로 전임된다.

9월 27일~10월 8일 장문포長門浦해전에 참전한다.

1595(선조 28)년 5월 임란 후 만 3년간의 임기 만료로 태안군수로 부임한다. 7월에 강개 부 판관으로 전임되어 선정으로 통정대부로 승차한다.

1596(선조 29)년 12월 제74대 장흥長興부사로 부임한다.

1597(선조 30)년 3월 20일 포로 교환업무에서 인도주의를 발휘했다.

1598년 11월 19일 최후의 노량해전에서 남해 등지의 일본 수군 5백 척을 맞아 새벽 2시경의 결전 때, **이순신**이 전사함에 통곡비분 강개, 의義를 위해 혼자 살아남지 않겠다고 하며 순국할 것을 결심하고 남은 함대를 이끌고 독전 총공격을 하다가 마침내 이마에 탄환을 맞고 33세로 전사했다. **영남**을 줄곧 수행해 참전한 노복 일학이 영구를 모시고 돌아와 다음 해 봄 1599년에 고향인 충북 진천군 덕산면 기전리 산88의 4 갈현산葛峴山 선영하에 안장했다. 소년 시절 무예를 닦을 때의 애마인 용마총龍馬塚도 묘 옆에 있었다. 슬하에는 1596년 잠시 휴관休官 때, 나주

정씨羅州丁氏와의 사이에 낳은 외아들 4살의 진명이 있다.

1605(선조 38)년 절충장군으로 선무원종공신 일등 3정 4행에 녹훈되고 병조참의로 증직되었다.

1621(광해군 13)년 병조참판에 추증, 1720(숙종 46)년 병조판서로 다시 추증되고, **이순신**의 최후 진터였던 전남 완도군 고금면 덕동리 산58 충무사忠武祠에는 1959년에 위패를, 1985년에는 이규선 화백, 그림의 영정을 충무공과 함께 배향했다.

1960년 진천읍내 삼수 초등학교 앞에는 현충비顯忠碑, 1983년 장군묘역에는 사적비가 세워졌다. 또한 진천문화원에서는 「이영남 장군 전기」를 1984년에 발간했다. 양성 이씨 가문에선 판서가 4명이 배출되었다.

27) 提督-李舜臣[1545~1597. 11. 19]

顯忠祠. 아산시 음봉면 백암리 방화산 기슭.

묘소: 아산시 음봉면 어라(금성)산 아래(4월 28일 탄신재전). 영의정 추증.

충무공 이순신의 유허지가 있는 매암리 방화산 기슭엔, 그가 장가들어 살던 옛집과 그를 기리는 사당이 자리한 곳이다.

10여만 평은 됨직한 광활한 야산 언덕엔 3백 년은 족히 지났을 거목이 된 소나무와 잡목이 우거져 있었다.

영정이 있는 본당으로 들어가는 남문. 해장죽海藏竹이 울타리로 이루어진 길을 들어서자 다시 좌로 구부러진 길을 따라 본당으로 들어선다. 본당에 이르는 중앙거리는 다복한 잔가지로 아치를 이룬 아름다운 소나무 거리가 있었다. 그 아래에 자리 잡은 그의 옛집, 뒤뜰엔 장독대가 정겹게 눈에 들어온다. 옛날 그대로 보존되어 정감 넘치는 옛집 분위기가 느껴진다.

순신이 어릴 때 살던 보금자리는 그가 장가들어 장인으로부터 물려받은 옛집이 되었다. 집 안 대청마루를 중심으로 오밀조밀한 여러 개의 방이 아이들이 소꿉장난하고 놀면 어울릴 것 같다.

옛 조상들은 작은방을 그렇게 선호했나 보다. 방은 보통 2.5평 크기다. 당시에는 방이 크면 경제적으로 겨울에 땔감이 많이 들어 큰방을 선호하지 않았을까 싶다. 그것이 옛사람들의 검소한 삶의 표징이 아닌가. 그러나 그보다도 더 큰 무형적인 이로움이 있을 것이다. 사대부 집안의 바깥주인이 거처하는 방들도 대게 3평 이내의 크기가 많다. 6, 7평이 넘는 경우는 천석꾼 이상의 부잣집들에 한해서일 것이다. 오늘날 조금 산다고 하는 사람들의 방은 그것이 대청마루처럼 커, 휑한 곳에 덩그러니 놓인 침대에 혼자 또는 부부가 기거하는 경우가 많은데, 식구들이 각각 그렇게 동떨어져 생활한다면 가족 간의 온정과 우애는 어떨까. 넘칠까, 아니면 빈약할까. 독립심을 길러준다는 서구적 생활양식을 본떠 그렇게 격리시켜 놓은 것 같다. 각기 동떨어진 생활을 한다면 훈훈한 인간애는 어떻게 돈독해질까. 방이 너무

크면 오히려 정서적으로도 안정감을 주지 못할 것 같다. 생활공간이 좁은 곳에서 살갗을 서로 부비고 맞대며 성장한 아이들은 부모 자식 간에 우애가 두터워질 테고, 형제애가 더 돈독해질 것이다. 좁은 공간에서 때론 부대끼고 뒹굴며 자란 아이들은 더 정겹게 성장할 것이니까. 두말할 것도 없이 이 땅은 오래전부터 어느 나라 사람들보다 정이 두터운 백성으로 삶을 살아왔다. 이런 전통이 이어져오며 살았던 나라다. 사람의 기운은 작은방에서 왕성하게 솟는다. **순신**의 어린 시절은 그만큼 검소하고 소박하게 살았다는 것을 말해준다. 그 같은 작은 방, 작은 집에서 **이순신**처럼 걸출한 인물이 배출되지 않았을까 싶다.

요즈음 미국에서는 10평 이하의 아주 작은 집을 짓고 사는 사람들의 수가 많아지고 있다 고 한다. 더더구나 3평 정도밖에 안 되는 극히 작은 집에 사는 사람도 늘어나고 있다는 것이다. 물어보나마나 그들은 공허한 금전지출로 압박감을 받아온 돈의 노예상활을 이젠 청산하고 마음 편히 살고 싶은 생각에서일 것이다. 그들도 좁은 공간에 한번 적응만 해보라지! 분명 그 어느 때의 삶보다 가족 간에 오붓하고 공간은 아늑함이 더할 것이다. 그렇게 사는 것이 경제적 부담과 시간적 허비가 적어 마음이 더욱 안정감을 얻게 될 테니 말이다.

순신은 이곳에서 10년간 무예를 연마하여 서른두 살 되던 해, 1576(선조 9)년에 무과에 합격한다. 그가 세상을 떠난 지 108년이 지난 1706(숙종 32)년 이곳에 그의 영혼을 기리기 위해 사당을 세웠다. 1707년 숙종 임금이 현충사라 사액했다.

경내 주위를 둘러보고 현대화된 기념관 전시실로 자신도 모르게 발걸음이 옮겨진다.

충무공의 높은 덕을 더욱 많은 사람들에게 널리 알리려고 2008년부터 2011년까지 현충사 유적 정비 사업에 따라 **이순신** 기념관을 건립했다.

현대식으로 지은 전시관 입구에서 건너다보면, 이층 이상 높이의 건물이 반은 지하에 묻혀있는 것처럼 흙으로 뒤덮여 있다. 계절에 따라 적절히 자연적인 냉난방과 습도조절이 절묘하게 되어 있는 쾌적한 환경이다.

4D 입체 영상은 10분간 상영하는데, 그 입체감이 놀라웠다. 관중석 좌석이 요동치는 최첨단기법을 활용한 영화관이다. 검은 안경을 쓰고 보아야 더욱 입체감이 돋보인다. 수륙전에서 쏘아대는 아군의 대포가 뿜어내는 화약 연기와 굉음 소리에 소스라쳐 놀라게 해, 실전을 지켜보는 것을 방불케 한다. 일본군이 쏘아대는 조총 소리와 아군이 쏘는 화살촉이 관중석으로 날아오는 것 같아 몸을 좌우로 움직여 피해야 했다. 스릴 만점 영화로써 어린이들은 더욱 즐거워 어쩔 줄 몰라 한다.

다음으로 발걸음이 옮겨진 곳은 전시실 교육관이다. **순신**이 사용하던 긴 칼 2자루가 첫눈에 들어온다.

<三尺誓天 山河動色 一揮 掃蕩 血染山河>

석 자 칼로 하늘에 맹세하니 산하가 떨고

한 번 휘둘러 쓸어버리니 피가 강산을 물들인다.

순신이 오랜 전란 속에서 일본군을 몰아내고자 하는 마음을 가다듬기 위해 만든 칼이다. 칼날에 위의 글자는

"삼척서천 산하동색 일휘소탕 혈염산하"

라는 친필 검명劒銘이 새겨져 있고 칼자루 속에 "갑오년 4월에 태귀연과 이무생이 만들었다甲午四月日造太貴連 李茂生"라는 글귀가 새겨져 있다. 1594년에 만들어진 것이다.

칼의 전시실 모퉁이를 돌아 정문 중앙 홀에 이르니 그곳에는 거북선이 전시되어 있다. 실물 크기보다 대략 6분의 1 정도로 축소해 만들어진 거북선이다. 한참을 거북선 모형 앞에서 골똘히 생각에 잠긴다. 왜냐하면 **이순신** 하면 대다수 사람들이 거북선을 떠올리듯, 역시 거북선 하면 곧 **이순신**을 떠올릴 정도로 거북선은 그토록 중요한 의미를 갖고 있다고 보기에 그랬다.

이순신의 상여는 마지막 진지였던 고금도를 떠나 아산에 도착한다.

아산 금성산錦城山 밑에 안장되었다가, 전사 16년 후인 1614(광해군 6)년 지금의 아산시 음봉면陰峰面 어라산於羅山 아래로 무덤을 옮기게 된다. 전사 후 우의정이 증직되고.

1604년 10월 선무공신 1등에 녹훈된다. 풍덕부원군豊德府院君에 추가로 봉해졌으며 다시 좌의정에 추증.

1643(인조 21)년 충무忠武의 시호가 추증되었고.

1704년 유생들의 발의로 1706(숙종32)년 아산에 현충사가 세워

진다.

1793(정조 17)년 7월 1일 정조의 뜻으로 영의정으로 추증.

1795년에는 역시 정조의 명에 따라 『이충무공전서李忠武公全書』가 규장각 문신 윤행임에 의해 편찬, 간행되었다.

당시엔 **순신**의 초상화가 없기 때문에 그의 풍모를 짐작할 수가 없었다.

유성룡은 『징비록懲毖錄』에

"순신은 말과 웃음이 적은 사람이었고, 그의 바르고 단정한 용모는 수업 근신하는 선비와 같았으나, 내면으로는 담력이 있었다."

그렇게 그의 인품과 용모를 전하고 있다. 한편 **이순신**의 진陣에 머문 일이 있는 고상안27)(당시 삼가현감)이 그의 언론과 지혜로움에 탄복하면서도, 그의 용모에서 '복을 갖추지 못한 장수非福將也'로 느끼고 있는 것은 매우 인상적이다『泰村先生文集』 권3).

그의 『난중일기』는 거리낌 없는 사실의 기록, 당일의 날씨, 꿈자리를 음미하고, 어머니를 그리는 회포와 달밤의 감상, 투병 생활, 또 애끓는 정의감과 울분, 박해와 수난으로 점철된 7년 전란의 진중일기로서, 그 기록내용의 가치는 물론 일기 문학으

---

27) 高尙顔[1553~1623]

본관은 개성開城. 자는 사물思勿. 호는 태촌泰村. 용궁龍宮 출생. 1573(선조 6)년 진사가 되고, 1576년 식년문과에 병과로 급제한 뒤, 여러 벼슬을 거쳐 1607년 풍기豊基 군수. 광해군이 즉위하여 난정亂政을 일삼자, 사직, 고향에 돌아가 농사와 학문에 전념한다. 저서에 『효빈잡기效嚬雜記』, 『태촌집泰村集』 등. 『농가월령가農家月令歌』의 작자라고도 한다.

로서도 극치를 이룬다. 『난중일기』는 그 친필원본이 61편의 장계와 장달狀達을 담은 필사원본 임진장초＜壬辰狀草＞와 함께 국보 제76호로 지정, 현재 아산 현충사에 보존되어 있었다. 아마도 앞으로 유네스코 세계문화유산으로 채택이 가능할 것이다.

순신의 문필은『난중일기』와 더불어 몇 편의 시가와 서간문이 남아 있어 그의 문재文才(글재주)가 후세에 전해져오고 있다. 『이충무공전서』의 1권에는＜수사 선거이와 작별하는 시＞·＜무제육운無題六韻＞·＜한산도야음閑山島夜吟＞, 그리고 말미에 24자로 한역된 ＜한산도가＞가 수록되어 있다. 조경남[28]의『난중잡록亂中雜錄』에는 한산도의 작품이 20수나 있었는데 그중에

　　"바다에 맹세함에 고기와 용이 느끼고, 산에 맹세함에 초목

---

28) 趙慶南

임진란 때에는 그가 의병을 일으켜 많은 전공을 세움. 원래 조경남은 1570년 남원부 하원천방下元川坊 지금의 남원군 주천면 은송리 내송에서 출생, 무예와 학문을 닦아 훌륭한 장수로 성장하니 그 활 쏘는 솜씨는 날아가는 새도 백발백중 떨어뜨리는 명궁으로서 묘기를 지녔다고 했다.

1592년에 임진란이 일어나자 널리 의병을 모으고 의병대장이 되어 첫 싸움을 운봉 팔양치八良峙에서 일본군과 접전해 적은 군사로써 대승을 거둔다. 이로써 사기가 왕성해진 의병들과 더불어 연전연승, 임진란과 정유재란의 여러 싸움에서 백전백승, 이름을 떨쳤는데, 이는 군사들에게 군율은 엄하되 친형제나 부자의 정으로 대해 모든 의병이 그를 따라 전투에 임하면 합심 단결, 죽음을 각오하고 용감히 싸운 것이다. 그래서 심지어는 조 장군의 군사는 서로 부자간의 군병 같다 할 정도였다고 한다. 장군은 군사를 조련할 때 매일 구룡치九龍峙의 소나무 밑에서 훈련을 하고 이 소나무에 활을 걸어두고 쉬었다 하여 그 소나무를 ＜장군소나무＞라 부르기도 하는데 이 노송은 지금의 주천면 호경리 석당石堂 위에 고고히 서서 600여 년 진 풍운을 한결같이 이기고 서 있다.

남원에서는 황진, 양한규와 더불어 조경남을 남원고장 삼웅三雄이라 일컫는다. 그가 남긴 난중잡록(지방유형문화재 107호)은 그가 13세부터(53세 여름부터) 써온 일기로 임진 정유난의 정황과 당시의 정세 및 국제정세 등이 기록되어 있어 중요한 역사자료로 평가된다.

이 아네<誓海魚龍動 盟山草木知>"

라는 구절이 있다. 1937년에 간행된 조윤제[29)]의 조선시가사
강<朝鮮詩歌史綱>은 조선 중기의 시조문학발휘시대에 속하는 대표
적 인물 중의 한 사람으로 **이순신**을 꼽는다.

2. 조선에 지원군으로 파병된 명나라 장수

* 지휘

경략군문經略軍門 병부시랑兵部侍郎　　송응창

제독군무提督軍務 도독동지都督同知　　이여송

* 좌군

좌협대장左協大將 부총병副摠兵　　　양원

부총병副摠兵　　　　　　　　　왕유익

부총병副摠兵　　　　　　　　　왕유정

참장參將　　　　　　　　　　이여매

참장參將　　　　　　　　　　이여오

---

29) 趙潤濟[1904~1976]
　　본관은 함안咸安. 호는 도남陶南. 경상북도 예천醴泉 출생. 1929년 경성제국대학 조
　　선어문학과 졸업. 그해 동 대학 법문학부 조교, 경성사범학교 교유敎諭를 역임.
　　1945년 경성대학 법문학부장에 취임, 국립서울대학으로 개편하는 기틀을 닦았으며,
　　1949년 서울대학교 문리과대학 교수·학장 등을 역임.
　　1954년 성균관대학교로 옮겨 교수·대학원장·부총장 등을 지냄. 1960년 한국교수협
　　의회의장, 1965년부터 영남대학교 교수를 역임. 1969년 대한민국학술원 회원에 선
　　임. 저서에는 『조선시가사강朝鮮詩歌史綱』, 『한국시가의연구』, 『한국문학사』, 『국문
　　학개설』 등이 있고 편저로 『한글 큰 사전』이 있다.

참장參將	양소선
부총병副摠兵	사대수
부총병副摠兵	손수렴
참장參將	이녕생
유격장군遊擊將軍	갈봉하

* 중군

중협대장中協大將 부총병副摠兵	이여백
중군비어中軍備禦 참장參將	방시춘
부총병副摠兵	임자강
참장參將	이방춘
유격장군遊擊將軍	고 책
유격장군遊擊將軍	전세정
유격장군遊擊將軍	척 금
유격장군遊擊將軍	주홍모
유격장군遊擊將軍	방시휘
유격장군遊擊將軍	고 승
유격장군遊擊將軍	왕 문

* 우군

우협대장右協大將 부총병副摠兵	장세작
부총병副摠兵	조승훈
유격장군遊擊將軍	오유충

유격장군遊擊將軍	왕필적
참장參將	조지목
참장參將	장응충
참장參將	낙상지
참장參將	진방철
유격장군遊擊將軍	곡 수
유격장군遊擊將軍	양 심

* 후발대	
부총병副摠兵	이평호
원임장原任將	장기공
유격장군遊擊將軍	송대윤
유격장군遊擊將軍	엽방영
유격장군遊擊將軍	조문명
유격장군遊擊將軍	고 철
유격장군遊擊將軍	시조경

이상 지휘부에는 차관급 벼슬 직위 한 명과 州의 장관 또는 중추부사 격의 직위 등 2명이다. 대장급 3명, 부총병 7명, 참장 10명, 유격장군 17명, 기타 원임장 1명 모두 40명이다.

3. 일본 지상군과 수군 편성

제1빈대: 주장 고니시 유키나가(小西行長) 휘하 병력 1만 8,700명
고니시 유키나가는 본진으로 7천 명

소오 요시토시   5천 명
마츠우라 시게노부   3천 명
아리마 하레노부   2천 명
오오무라 요시사키   1천 명
고토오 스미하루   7백 명

나머지 예비병력 3,000명은 충주성을 탈환할 목적으로 진격
해갔다.

제2번대: 주장 가토오 기요마사 휘하 병력 2만 800명
가토 기요마사   8천 명
나베지마 나오시게   1만 2천 명
사가라 나가쯔네   8백 명

제3번대: 주장 구로다 나가마사 휘하 병력 1만 2,000명
구로다 나가마사   6천 명
오오토모 요시무네   6천 명

제4번대: 주장 시마즈 요시히로 휘하 병력 1만 5,000명

시마즈 요시히로   1만 명

모오리 요시나리   2천 명

다카하시 구로오   1천 명

아키쯔키 사부로   1천 명

이도오 스케다카   1천 명

제5번대: 주장 후쿠시마 마사노리 휘하 병력 2만 4,700명

후쿠시마 마사노리   5천 명

도다 가쯔다가   4천 명

하치스 이에마사   7천2백 명

죠소가베 모토치가   3천 명

이코마치 가마사   5천5백 명

제6번대: 주장 고바야가와 다카가게 휘하 병력 1만 5,700명

고바야가와 다카가게 1만 명

다치바나 무네도라   2천5백 명

모리 히데가네   1천5백 명

쯔쿠시 고오몬   9백 명

다카하사 나오지   8백 명

제7번대: 주장 모오리 기모토 휘하 병력   3만 명

제8번대: 주장 우키다 히데이에 휘하 병력 1만 명
제9번대: 주장 하시바 히데가쯔 휘하 병력 1만 3,500명

하시바 히데가쯔   8천 명
호소카와 다다오키   5천5백 명

총 16만 400명

일본 수군의 편성
가토오 요시아키   1,000명
구키 요시다카   1,500명
도도 다카도라   2,000명
와키사카 야스하루   1,500명
구와야마 이치하루   1,000명
구와야마 마사하루   1,000명
구루시마 미치후사   700명
도쿠이 미치도시   700명
스가이 에몬쇼오   250명
호리우치 우지요시   850명
스기와카 덴사부로   650명

총 1만 1천150명

참고문헌

1. 『고려사(高麗史)』

2. 『고려사절요(高麗史節要)』

3. 박천식, 「고려 우왕대의 정치세력의 성격과 그 추이」, 『전
   북사학』 4, 전북사학회, 1980

4. 고혜령, 「이인임 정권에 대한 일고찰」, 『역사학보』 91, 역
   사학회, 1981

5. 고천석, 『풍류랑의 애가』 상·중·하, 이담Books, 2009

6. 이우혁, 『왜란 종결자』 제1권, 들녘, 1998

7. 김훈, 『현의 노래』, 생각의 나무, 2004

8. 김경진, 『임진왜란』 1권, 자음과 모음, 2005

9. 조원래, 『임진왜란사 연구』, 아세아문화사

10. 박영규, 『조선왕조실록』, 들녘, 1996

11. 『선조실록(宣祖實錄)』

12. 『선조수정실록(宣祖修正實錄)』

13. 『국조방목(國朝榜目)』

14. 『중봉집(重峯集)』

15. 『난중일기(亂中日記)』

16. 『난중잡록(亂中雜錄)』

17. 『기재잡기(寄齋雜記)』

18. 『우암집(尤庵集)』

19. 『송자대전(宋子大全)』

20. 『숙종실록』

21. 『신독재유고(愼獨齋遺稿)』

22. 『청음집(淸陰集)』

23. 『월사집(月沙集)』

24. 『항의신편(抗義新編)』

25. 『택당사초(澤堂史草)』

26. 『삼절유고(三節遺稿)』

27. 「임진란 중 서호지방의 의병활동과 지방사민의 동태」, 김
    진봉, 『사학연구(史學研究)』 34, 1982

28. 『국조인물지(國朝人物志)』

29. 『광해군일기』

30. 『한국계행보(韓國系行譜)』, 보고사, 1992

31. 『국조명신록(國朝名臣錄)』, 『징비록(懲毖錄)』, 『간옹집(艮翁集)』

32. 『용인시사』, 용인시사편찬위원회, 2006

33. 『용인군지』, 용인군지편찬위원회, 1990

34. 『경기 인물지』, 경기도, 1991

35. 이인영, 『내 고장 용인 문화유산 총람』, 용인문화원향토
    문화연구소, 1997

36. 『경기문화재 대관』-도 지정 편, 경기도, 1998

37. 『용인문화재총람』, 용인시 문화재 총람, 1999

38. 『용인시의 역사와 문화유적』, 한국토지공사 토지박물관, 용인시, 2003

39. 『네이버백과사전』, 『두산백과사전』, 『전국문화유람 총람』, 『전국문화유적 총람』

40. 『호남인물 100』, 남성숙, 1996

41. 『진도군지』, 진도군·전남대학교 호남문화연구소, 2007

42. 『건재집卷首』 「선묘조교서(宣廟朝教書)」

43. 『세계 4대 해전』, 윤지강 지음, 느낌이 있는 책

44. 『이충무공전서(李忠武公全書)』

45. 『고려선전기(高麗船戰記)』, 일본

46. 『한국의 檄文』, 송찬섭·안태정 엮음, 다른 생각

47. 『진주성 전투』, 지승종 글·김용철 사진, 문화고을

48. 『진주 목사 김시민』, 정문상 역사소설, 도서출판 계간문예

49. 『七年전쟁』, 김성한 역사소설, 산천재, 2012

인명 찾기

고천석

1995년 등단
1995년 계간 자유문학 신인상 수상
1999년 황희 문화 예술상(본상) 수상

창작집 『세레나데』(2001)
산문집 『나 울게 내버려두어요』(2002)
단편소설집 『물너울 저편』(2007)
역사소설 『풍류랑의 애가』 상, 중, 하(2009)

금술잔 下

초판인쇄 2015년 1월 9일
초판발행 2015년 1월 9일

지은이   고천석
펴낸이   채종준
펴낸곳   한국학술정보㈜
주소   경기도 파주시 회동길 230(문발동)
전화   031) 908-3181(대표)
팩스   031) 908-3189
홈페이지 http://ebook.kstudy.com
전자우편 출판사업부 publish@kstudy.com
등록   제일산-115호(2000. 6. 19)

ISBN   978-89-268-6759-4 03810